紅樓夢公開課

第二冊

細論寶黛釵卷

歐麗娟 著

目錄

第一章 如何解讀紅樓人物

第二章 《紅樓夢》裡的重像

第三章 賈寶玉

第四章 林黛玉

第五章
薛寶釵

第一章

如何解讀紅樓人物

關於《紅樓夢》人物的相關討論，堪稱汗牛充棟，而「人物」大概也是對讀者最有吸引力的小說構成要素。在進行人物總論之前，我想把自己多年以來研究《紅樓夢》的心得——人物詮釋原則——和大家分享，在過去，這些原則非常有效地幫我重新認識了《紅樓夢》中的人物。必須說，它們並非一開始便那麼清晰，而是我在盡量用客觀的態度閱讀《紅樓夢》、深入認識個中角色的過程裡，逐漸產生的一些反省。種種反省所獲的這些心得，其實在西方思想家的論辯中也可以找到蹤跡，並且透過哲理分析而被更明晰地確立出來。我將先透過別人的學說對自己的心得加以說明，因為那些學說的背後有比較深厚的哲理背景，可以把個人多年來的體驗表達得更精確和深刻。以下所引述的，便是對這些林林總總之心得的更好呈現。

標籤化的讀法

首先，希望讀者注意一個道理：如同我們面對身邊人一樣，如果小說中的人物是鮮活、豐富、引人入勝的，就應該被當作一個特定的具體對象來看待，除非該作家實在是個笨伯，是第二流的小說家。但很不幸的是，許多讀者都習慣於給小說中的人物貼標籤，事實上，恐怕不只對小說人物如此，對身邊很多的人也是動輒標籤化，不在乎削足適履、以偏概全，而我則很難接受這種輕率的態度。

在現實中，我們置身於社會網絡裡，免不了會有一個很大的困擾，即人與人之間實在充滿了許多幢幢魅影，讓我們失去了對整體的把握，以至於要瞭解身邊的人真的太難。而小說卻不是如此，小說中的人物可以「躺」在那邊，任由我們徹底解剖；我們可以像偵探一樣，蒐羅各種蛛絲馬跡來重新建構對他／她的認識，也就是說，小說家想讓你知道的東西，在作品中一定都會提供出來，只要讀者非常努力便能夠找到，從而組合成一個完整的拼圖。因此相形之下，小說可以讓我們充分實驗對人性的好奇和探索，獲得一種窮究的樂趣。

這麼多年以來，在考察過一個個紅樓人物之後，我的整體感受是：法國哲學家路易・杜蒙（Louis Dumont, 1911-1998）於《階序人》一書中的論說真是深獲我心，在這本書裡，他一開始就著眼於所謂的「個人」（individual）做出精到的分析，由此讓我們警覺到：人物一定是一個個體，也即individual，然而用「individual」來看待人物的時候，我們恐怕會混淆很多的範疇而不自知。如此一來，當討論人物的性格特質和品格價值時，常常便會把特質變成價值，並且很快地貼上一些標籤，那就引發了很大的問題。

在此要請讀者一起思考：什麼叫「個人」？一個人只是因為他單獨存在，便叫作「個人」嗎？我們應該要怎樣去認識「個人」？杜蒙提醒我們注意，所謂的「個人」至少有兩個含義。第一，指特定經驗上的個人，也就是說，每一個個體都有他的生命史，有其從出生開始在成長過程中面對的家庭教育環境，以及後來接受同儕或社會的各種意識的影響，才形成他現在的這般樣貌，所以必須把一個人還原到特定的經驗上加以認識。第二，杜蒙發現西方文化會把個人當作價值的擁有者，意即個人的存在就是體現某種價值，尤其在小說中更是如此，而我們現在也正是不自覺地這般操作。因為小說不可能把每一個人物每天二十四小時的各種樣態巨細靡遺地呈現出來，經過作家取捨之後在小說文本中所呈現的形象，便被我們很自然地當成作家想要表達的某一種觀念或是價值。

尤其因為《紅樓夢》寫得太吸引人，讀者更容易把《紅樓夢》中的某個人物視為某種價值的擁有者，以致簡化或膨脹其存在意義，而言過其實。舉個例子來看，不少讀者或研究者主張薛寶釵代表禮教、作偽，林黛玉則代表性靈、追求自由、反抗禮教。那其實是大有問題的，原因正在於我們沒有把人物當作一個特定經驗上的個人來看待，沒有進入他們的生活空間、人際關係及其內外在的各種處境，反而很快抓住一些現象就貼上標籤，說這個人代表什麼、那個人代表什麼，並且正邪不兩立，這便是米蘭・昆德拉（Milan Kundera, 1929-2023）所謂「簡化的白蟻大軍」之所以形成的原因。

倘若我們承認《紅樓夢》不是那種獨白型小說，作者只把筆下的人物當成自己某些信念的傳聲筒，而是客觀細膩地把他所認識到的豐富人性具體呈現出來，那麼就應該調整心態，把林黛玉、賈寶玉、薛寶釵、茗烟、賈政、王夫人等人都當作特定經驗上的個人來看待。比如說，不要只看到賈政作為大家長對子孫嚴酷的那一面，而是瞭解一下：他過去是怎麼成長的？整個過程中有沒有發生過人生的重大轉變？此一轉變的意義又在哪裡？他和他的家族關係如何，以至於他用這樣的方式來對待他的孩子？他和他的母親關係又如何？他對子孫就只有嚴酷的那一面嗎？又為什麼會出現這種嚴酷的情況？如果不仔細地一一檢驗、努力客觀地找出答案，而是立刻貼標籤，一概用幾個空洞的形容詞來下定論，以至於永遠只看到原先已經預設的偏見，那就是讀者在耽誤自己，而這是最令人擔心的結果。

但即便如此，《紅樓夢》本身並不會因此而受損，對於薛寶釵、襲人的貶低，對於王夫人、賈政的歪曲，也不會真正有損於這些人物本身，我相信總會出現有眼光的人能夠重新好好看待《紅樓夢》。我們已經到了應該掙脫那些限制自己成長的舊衣服的時刻，這身舊衣服早已顯得太狹窄、太陳舊，會束縛我們的成長和跳躍，為什麼還要把它牢牢地穿在身上，導致自己發育不全？即使必須經歷拆肌裂骨的椎心之痛，也要自覺地把它脫去，因為一旦缺乏這樣的努力，人類就會一直停留在原始蒙昧的狀態，這是我結合閱讀和對人生的理解所得到的很深的感慨。透過哲學家杜蒙的精密分辨，可以提醒讀者，小說中的每一位人物，尤其在曹雪芹此等偉大的小說家筆下，都屬於特定經驗上的個體，而不是用來代表某些單一的價值和理念。

那麼，何以讀者會如此自然地從「價值的擁有者」的視角來看待那些角色？細究起來當然有著各種原因，有的是來自文化傳統，有的是出於現代社會的某些意識形態，也有的是源自人性的本能反應。讀者總是很快地認為林黛玉就代表本真、代表自由的性靈，薛寶釵則代表被禮教扭曲的人。之所以會如此迅速地做出這種分類，而且都採用很簡單的二分法，對人物的其他豐富面向與深層底蘊一概視而不見，我想，其背後至少有一個自己察覺不到的文化傳統在發揮作用。

就此，可以引述一位學者的看法來加以說明：我們過去的藝術經驗，包括閱讀小說與欣賞戲曲的經驗，導致創作者與讀者／觀眾之間互相加強與調整之後而形成的一種微妙審美準則——作家希望讀者能很快地掌握自己所創造出來的人物，讀者則只想要娛樂和輕鬆，不想耗費心力探究那些人物到底具備何等內涵，因此希望作品不要那麼複雜。這種雙重的需要便共同塑造出一個文類的邊界，達成創作和欣賞時的一種默契，在中國傳統裡就是「臉譜式」的塑造和理解，只要人物一出場，大家即一目瞭然：他在劇中代表的價值是什麼？他的立場是什麼？他的正邪道德屬性是什麼？

針對這種現象，戲劇理論家洛地已經指出：「『腳色』是我國戲劇構成中特有的事物，它既是班社一群演員各有所司又互補相成的分工，又是劇中眾多相互關係的人物的分類。……所以中國傳統戲劇（劇本）以『腳色』登場並不以『人物』登場。」這是來自於過去文化傳統中的藝術經驗所導致，洛地發現傳統戲劇構成中的特有要素是「腳色」。請注意此處的「腳色」是指傳統戲劇中的「腳色」，和現代的敘事學語境中的「角色」是不同的，傳統戲劇採取「班社制」，劇團中的演員各有所司。中國傳統戲劇是以腳色登場，而不是以人物登場，「人物」意指比較具體的、特定經驗上的人，而「腳色」則已經臉譜化，也因此被扁平化，成為某一種價值觀的擁有者。

換句話說，作家本身在創作時已經先為各種角色貼上標籤、做好分類，所以觀眾一下子即看得很清楚，演員所扮演「腳色」的善惡好壞一目瞭然，以至於見到白色抹臉的曹操便很生氣。可是在現實生活中，有誰會一出現就告訴你「我是奸人」？每個人都有其深不可測的複雜性，絕對不會這麼簡單。但很不幸的是，讀者常不自覺地用「腳色」而不是「人物」來看待《紅樓夢》中的各個構成要素，使之流於簡化而變得扁平又單一。

扁平人物與圓形人物

再補充一個曾經給我很大啟發的論說，雖然那並非從中國傳統戲劇文化中觀察到的類似情況，但道理是相通的。英國小說家暨文藝批評家愛德華．摩根．福斯特（Edward Morgan Forster, 1879-1970）在《小說面面觀》裡指出，「人物」是構成小說不可或缺的最基本要素，其塑造方式或表現形態大約可以分為兩種：一種是「扁平人物」，一種則是「圓形人物」。「扁平人物」是指「在最純粹的形式中，他們依循著一個單純的理念或性質而被創造出來」，例如這個人是忠心耿耿的，另一個人是追求自由的。因此，扁平人物意謂他們總是代表某一種觀念或功能，在整個故事中只表現出公式化的言行，彷彿在他們的身上牢牢掛著理智、傲慢、情感或偏見等固定的標籤。他們給讀者的主要印象用一句話即可以完全概括，所以也非常容易辨認，容易為讀者所記憶。福斯特在他的論述裡舉了一篇英國小說的例子：這則故事裡只要管家一出現，無論他說什麼話、做什麼事，表面上話可以說得不一樣，所做的事情也不相同，可是歸根究柢，從一個角度就可以完全理解他唯一的動機與目的：他要為主人效忠，一切都為了維護主人的利益，這便是標準的扁平人物。

福斯特說，還有另一種更重要的小說人物即「圓形人物」，他「能以令人信服的方式給人以新奇之感。……圓形人物的生命深不可測——他活在書本的字裡行間」。這最可以考驗一個小說家的功力，只有對人性的認識足夠深刻，才能創造出成功的圓形人物，簡單來說，就是能夠用令人信服的方式給人以新奇之感。更重要的是，圓形人物的生命是深不可測的，他有陰影，有我們看不到的部分，他穿梭在書本的字裡行間，不被書本所限制；讀者必須跟著他一起呼吸，延伸到小說沒有觸及的地方，這樣的小說人物才是圓形人物，也只有該等人物才能短期或長期地進行悲劇性的表現，要負擔悲劇性的表現非圓形人物不可。因此，要判斷一部小說偉大與否，有一個很簡單的標準，即它有沒有創造夠多的圓形人物，如果一部小說裡沒有圓形人物，相關言行都不能夠讓我們信服，也不夠新奇，形象一目瞭然，兩三句話便可以將其所有的言行舉止解釋清楚，那麼該小說家恐怕就是二流、三流或不入流的。

當然，這並不意味著假若一部小說裡所有的人都是圓形人物，則那部作品就最偉大，因為小說畢竟是人為的藝術，必須有穩定的參照系，如果每個角色都是不斷變化的圓形人物，它的內部結構將會非常混亂。所以福斯特說，在一部真正偉大的小說中，扁平人物也是不可或缺的，只是扁平人物的功能比較可憐，是要用以襯托圓形人物的豐富表現。

小說的主角通常都是圓形人物，否則這部小說無法一直發人省思，讀者看一兩遍就沒有興趣再讀下去了。從圓形人物的角度看待《紅樓夢》中的諸多角色，即呼應了杜蒙所說的：必須把小說人物看成特定經驗上的人，回到他特殊的、與眾不同的生命史中，才能夠找出他和別人不一樣的地方，而且那會帶來令人信服的新奇之感。這便是研究《紅樓夢》時非常有趣的地方，可以一直尋幽探勝，不斷發現原來迎春不只是這副模樣，其實惜春是那般形態，而黛玉、探春、李紈、賈政等更是不僅如此，都和當初看到的時候大不相同。

對於這一點的認識，古人其實走在我們之前，如明代的董復亨，他有一段關於《史記》的解釋說得非常有意思。《史記》雖然是史書，但在寫列傳這類的人物傳記時，史家的視野一定帶有想像和虛構的成分，那是無可置疑的，畢竟事過境遷，生無旁證、死無對證，尤其關於列傳中的主角在戰爭、君臣糾葛等情境中，為什麼有如此這般的言語行為，史家一定要設身模擬、移情進入，才能夠描述得合情入理，那和小說家的書寫策略是一樣的。

對中國文學史有所涉獵的人都知道，小說在發展過程中，史傳是其重要來源，正是在史傳的傳統下，衍生出了小說的創作。董復亨在〈程中權詩序〉一文中轉述顧天埈所言：

余友顧太史（案：即顧天埈）嘗與余論史，謂：「太史公列傳每於人紕漏處刻畫不肯休，蓋紕漏處即本人之真精神，所以別於諸人也。」余嘆為知言。

所謂「太史公列傳每於人紕漏處刻畫不肯休」，紕漏即紕漏，就是缺點、弱點，對此史家是不會放過的，一定會加以刻畫，「蓋紕漏處即本人之真精神，所以別於諸人也」。換句話說，缺點、弱點甚至「不足為外人道也」的陰暗面，才是構成這個人的真精神所在，也是讓這個人和別人不一樣的地方。例如，黛玉和妙玉同樣都很「高傲」，但是兩個人分明非常不同，而且各自有著不同的缺點。像董復亨如此體察史家用心的文人已經感覺到，即便面對一個過去的古人，也應該把他當作特定經驗上的個人，不要放過他的紕漏處。

《紅樓夢》也是如此，一個立體的人物當然有優點，也有缺點，或者是有時為優點而在其他情境中卻變成了缺點，因此我們必須在特定的脈絡下進行個案式的看待。對《紅樓夢》知之甚深的脂硯齋也有類似的體會，他非常討厭一般小說的扁平化描寫，尤其是很多公式化的才子佳人小說，佳人大多是十全十美，貞潔又深情，才貌兼備，但她們其實只是某種概念的投射，是想像的產物，作者進行架空式的描繪，讓人覺得乏味而不真實，因此脂硯齋對之批評很多。曹雪芹同樣也對此不屑一顧，第一回開宗明義便抨擊道：「歷來野史，皆蹈一轍。」所以另闢蹊徑寫一部小說，它有如一個反射了美好的、醜陋的、一切形形色色的萬花筒，附著作者自己一生對人性的所有觀察與深刻領悟，而脂硯齋很清楚地體察到曹雪芹的這一番用心及其偉大的才華。

就此，有幾段相關的脂批可供參考，首先是第四十三回的評論：

> 尤氏亦可謂有才矣。論有德比阿鳳高十倍，惜乎不能諫夫治家，所謂人各有當也。此方是至理至情。最恨近之野史中，惡則無往不惡，美則無一不美，何不近情理之如是耶。

比較起來，寧國府的尤氏並不是重要的角色，讀者對她的印象大多不深，但即使這樣的一個人也是圓形人物。尤氏看似很無能，擋不住王熙鳳的「攻勢」，寧國府的家務也沒處理妥當，以至於混亂失序，但如此的印象恐怕是誤判，脂硯齋便說尤氏「亦可謂有才矣」。之所以會產生相反的誤解，是因為我們不在那個環境裡，不知道處於那般複雜的家族中，她能做到這種地步已經算是有才，換作我們的話，寧國府早就衰亡了！脂硯齋還說她「論有德比阿鳳高十倍」，尤氏的才能明顯比不上王熙鳳，但道德層面則較之要高出十倍，她的缺點在於「不能諫夫治家」，只一味地放任丈夫賈珍胡作非為，這便是她的紕漏處。脂硯齋藉由她來指出「人各有當」的道理，每個人都有其優點，而有優點當然就有缺點，莊子早已一針見血地指出「有成必有毀」的道理，在這一面有所成就，即必然喪失另一面的長處。

脂硯齋讓我們看到曹雪芹是一位非常傑出的人性觀察者，他也很願意深刻細膩而豐富多樣地呈現筆下所刻畫的對象，所以脂硯齋說，如此寫小說才是「至理至情」，能夠極度地合情合理。脂硯齋從來不吝於表達愛恨之心，出於十分客觀中肯的義憤，他又說：「最恨近之野史中，惡則無往不惡，美則無一不美，何不近情理之如是耶。」如果以《紅樓夢》的文本相參照，所謂的野史便包括第二十三回提到的《楊太真外傳》及《牡丹亭》、《西廂記》，還有才子佳人小說等，脂硯齋覺得那些故事中的人物寫得根本不合乎真實的邏輯，其實都屬於「把人看作價值的擁有者」的扁平人物。

因此，脂硯齋始終憤憤不平，更早地於第二十回批評說：「可笑近之埜史中，滿紙羞花閉月，鶯啼燕語。除（殊）不知真正美人方有一陋處。」其實真正的美人都一定是有缺陷的，因為她們也是人，我們到目前為止也沒有看到十全十美的美人，《紅樓夢》中只出現過一位，但是那個人對讀者來說顯得很不真實，以至於難以留下深刻的印象，她就是薛寶琴。寶琴這位少女十分完美，一到賈府便壓倒群芳，確實找不到任何缺點，然而我們對她卻沒有產生鮮明、強烈的感覺，可見脂硯齋說的話是很有道理的。當然，之所以會出現這種情況，也源於作者對薛寶琴的刻畫還不夠充分，如果後四十回能由曹雪芹親自延續，或許便可以看到不同的人物風光。總而言之，脂硯齋所謂的「真正美人方有一陋處」正呼應了明代董復亨所說的「紕漏處即本人之真精神，所以別於諸人也」。

因而，讀者不必過度揄揚妙玉、黛玉的所謂「本真」，而且她們的本真也談不上是一種人格價值，只能說是她們的人格特質。人格特質和人格價值並不相同，可是一般卻常常混為一談。換句話說，「率真」是一種人格特質，但絕對不是人格價值，好比很率真地對人說「你好醜」、「你很笨」，那當然絕不能說是一種人格價值。然而卻很常見到把率真當作一種人格價值來加以推崇，又像貼標籤一樣地把它黏附在那些人物身上，誠為對人物的嚴重簡化和削足適履。

在《紅樓夢》裡，曹雪芹固然主要是透過引人入勝的敘事來塑造人物的形貌，但又在很多地方微妙而間接地表達出他對人性之所以如此的看法，整體而言，這位偉大的小說家對其筆下人物的呈現，包括兩個層面：一個是「知其然」，也就是清楚而完整地掌握到這些人物究竟是什麼樣子，並豐富、客觀、全面、有趣、傳神地加以呈現出來；一個是「知其所以然」，即進一步瞭解他們為什麼會是這個樣子的原因，那更必然是各不相同。所以他們都是圓形人物，具有很多的面向，而且每一面都還有層次上的差異，當我們在「知其然」即如實地看待他們之後，先不要急著判斷他們的好壞，還應該要追蹤一個問題：他們為什麼會是這般模樣？也就是要「知其所以然」。曹雪芹對此等問題的認識非常周全而深刻，絕不僅是作為一個人性的觀察者，透過直接的經驗和思考，把林林總總的多樣人性在小說裡生動傳神地組織起來；此外，其實他也以人性之研究者的高度在告訴讀者，他很瞭解人物何以會變成如此這般的各種原因，那更是深入心理學的層次。

每個人都是他自己的主人

必須說，「知其然」已經很不容易了，要「知其所以然」便更加困難，這個層面一般讀者幾乎不會涉足，需要做深入的研究才能有所領略。關於「知其所以然」，我們先簡單地指出兩個角度，即先天和後天。人都會有自己與生俱來的先天稟賦，很多科學家和心理學家已經陸續證明，固然勇氣、智慧之類的品質可以靠後天加強，但其實也有先天的因素。有的人天生比較聰明，理解力強，那明顯是先天的稟賦，但科學研究卻告訴我們，可能連道德都有很大的成分是由基因所決定的，我們總以為道德可以「自覺」而「自決」，然而這些特質也有一些比例是來自於天賦。先天稟賦到底決定了哪些東西，到目前為止還是研究者汲汲探求的課題；至於後天，大家都知道教育和環境會影響人格塑造和性格內涵，而最主要的環境即是家庭，因為一個人在成長過程中，最關鍵的就是幼兒時期，此一階段完全受到家庭的影響。

《紅樓夢》第二回便藉由賈雨村的一番理論來告訴讀者，書中那些人物都具備很特殊的先天稟賦，「正邪兩賦」便被用來解釋寶玉此種奇怪而無法歸類的人物，作為他們之所以成為特異、甚至病態人格的先天理由，但並非每個人都是「正邪兩賦」者，只有極少數人屬於這一類。推而擴之，我們還可以知道，曹雪芹對人物先天稟賦的解釋是「氣本論」，即人的形成來自於天地間的陰陽二氣，正氣、邪氣各自以不同的比例調配，而構成了不同的人格特質，再加上後天的環境和教育，才會塑造出有別於他人、各有其優缺點的獨特存在。

這番道理恰恰符合西方的學術成果，倡導主體心理學的W．P．詹維克（W. P. Jenwick）於一九二七年的研究中指出，在人類智力的發展過程中，遺傳因素占比高達百分之四十五，環境因素占比百分之三十五，另外的百分之二十則是兩者相互作用的結果。但縱使有這麼多令人無奈的先天決定因素，主體心理學還是告訴我們：人仍然可以有一定程度的自主，不必如同賈環那樣，永遠安著壞心，要往下流走，還只管怨別人偏心。

此一學派之所以稱為「主體心理學」，是因為它把教育、環境都視為構成主體心理發展的要素，形成三維結構模式，但它特別強調其中的一個要素，即主體的能動性。相關學者認為，主體能動性在人的成長發展過程中最為重要，正是具有這種主體能動性，所以每個人都是他自己的主人，不可以把一切現況都歸諸環境或怪罪別人，最終還是應該要自己負責。我個人比較喜歡主體心理學反求諸己的立場，你要做什麼樣的人是必須自己反省和做決定的，猶如德國哲學家格奧爾格．黑格爾（Georg Hegel, 1770-1831）非常喜歡的一句話：「這裡就是羅德島，要跳就在這裡跳。」這是從《伊索寓言》裡引述而來的，因為他常常引用，因此在哲學界也很知名。如果一個人在羅德島能夠跳得很高，則到了任何地方都應該可以跳得一樣高，不要說跳得不高是因為該處不是羅德島！同樣地，切莫以為現況不好是因為教育資源不足、機會不多，那當然也是原因之一，但卻不能只歸諸這個原因；其實任何地方都是羅德島，要做什麼樣的人，都應該反求諸己，都必須人格自決。

主體心理學特別強調每一個人都應該開發、凸顯自己內在所具備的主體能動性，自己想要做什麼樣的人，一定要自己去選擇、判斷和努力追求，而不是歸因於先天稟賦或者後天的教育和環境，否則便形同推卸責任。

每個人都可以做自己的主人，但做自己主人的方式絕對不是任性，而是真心反省並努力超越，依迪絲．漢密爾頓（Edith Hamilton, 1867-1963）在《希臘精神》一書裡有一段話，可以帶給我們一些省思，她說：「心靈，是它自己的殿堂。它可以成為地獄中的天堂，也可以成為天堂中的地獄。」那麼，我們想讓自己的心成為天堂還是地獄？在天堂中卻感到自己的心受困於地獄，或者是明明受困於地獄但想要創造天堂，那是截然不同的心態，對此，每個人都應該捫心自問，去自我探尋和追求答案。你是什麼樣的人，歸根究柢，鑰匙是在自己的手上，塑造自己的力量也同樣是在你自己的內心，每個人都是自己靈魂的雕刻師，也是自己心靈的打造者，應該要自己負這個責任。

奧地利心理學家維克多．弗蘭克（Viktor E. Frankl, 1905-1997）正是採用這樣的觀點。身為猶太人，弗蘭克曾經有過非常慘烈的被迫害經歷，他被抓進納粹集中營，九死一生倖存之後，他開始反省讓人可以努力活下去的原因，於是善用自己非常在行的心理分析去挖掘人內在的意義，而開創了維也納第三心理治療學派，用「意義治療法」探討人要如何定義自己的生命價值，有哪些方式可以塑造有意義的人生。他藉由這個學說幫助很多人解除生命的困境。整體來說，人活著都很辛苦，但要自己努力從人生的各種遭遇裡尋找價值，並且無論在任何地方、任何處境，一個人都可以活得高貴而有尊嚴。

從集中營的紀錄片中可以看到，人一送進去就被剝光衣服，剃光頭髮，像一大批牲畜般被熱水沖洗，在集中營裡，人類的一切都被踐踏、被粉碎，最後連生命也會被剝奪，但即使在這種情況下，弗蘭克卻告訴我們，人還是可以擁有自由的！人最後的也是唯一的自由，歸根究柢，便取決於人可以選擇自己的態度和立場，這是你的心靈真正可以擁有的自由。放棄選擇態度和立場的權利，而抱怨環境的不公、周遭的惡劣，真的是在推卸責任。

既然人擁有心靈的自由，則不同的人就會表現出不同的樣態，縱然在同等的條件之下，遭遇類似的打擊，有的人選擇的是絕望，而有的人選擇的卻是希望。現代英國詩人佛雷迪克．朗布里奇（Frederick Langbridge, 1849-1922）曾於〈不滅之詩〉中說過：

兩個囚犯從同一個鐵窗向外眺望，一個看到的是泥濘，一個看到的是星辰。（Two men look out through the same prison bars: One sees the mud and the other the stars.）

由此可見，在同樣的絕境裡，有的人還是仰望著閃爍的星星，有的人卻覺得整個世界充滿汙穢。所以說，推卸責任和歸咎環境是沒有意義的，只能讓自己變成環境的奴隸，但其實你是你自己的主人，作為一個主人，你事實上擁有最根本的自由，可以決定自己的心態。因此，黛玉一直固執而偏頗地用一種主觀的弱者視角來看待自己，以至於活在感傷之中以淚洗面，我們必須尊重她，但是並不贊成這種生活態度；同樣地，也切莫將趙姨娘的卑劣歸咎於姨娘的低賤身分，因為在那種環境下根本可以不必如此，所以頭腦清楚的探春便舉了周姨娘為例，一樣身為賈政的妾室，周姨娘就完全不像趙姨娘那般惹是生非。

弗蘭克的洞見傳達了一種極其珍貴的心態，告訴我們如何在一個沒有希望和自由的絕境裡，繼續更積極地創造存在的意義，他在其自傳中提到，可以透過三種可能性來尋找生命的意義。第一種可能性是「創造」的價值，例如做好一件事，甚至完成一種創新，在人文的世界裡開啟不同的可能或提供嶄新的發現，那基本上是一般人可以認知到的一種存在的價值。當然人的價值並非只有這一種，也不必非常努力去競爭求新，倘若一定要去和古往今來的人相對抗，勢必會造成另外一種壓力，那就適得其反了。

第二種可能性是創造生命的意義，也就是「經驗」的價值，從經驗中累積生命的真切感受，包括各種喜怒哀樂的體認，最重要的便是人與人之間的互惠與相愛，好好愛一些人、好好愛這個世界，和周圍的人有非常美好的互動交流，在回憶中充滿的是燦爛的笑容，感受到人與人之間、人與大自然之間友善的溫情，這也會讓人的存在變得有意義。而珍惜人與人之間的緣法，可以在日常生活中點點滴滴地累積，重點還是在成就自己存在的意義，所以絕對不是做鄉愿、濫好人。

第三種可能性在於我們可以擁有的自由，便是確立自己面對人生、面對世界的態度，這對於很多人來說也是最有意義的一點。面對無法改變的命運，如果能做到這一點，便擁有了生命的意義，創造了一種態度上的價值。

我們看待小說中的人物，其實也等於是在看待我們自己，所以請大家同時思考自己人生的問題。小說中的人物受限於他們的時代，也受限於作者為他們所設定的藝術框架，因而有其專屬的生命內涵，我們的工作不是要求他們走出來滿足讀者的需要，而是走進去真正如實並客觀地瞭解他們。在瞭解他們的同時，切記必須實事求是、客觀公正，不需要過分為他們開脫，也不需要過分替他們張揚，我們只應認真地認識他們所處的時空背景，以及他們如何在那個環境下展演自己生命的各種意義。

「抑釵揚黛」現象

在人物總論之前，我提取了《紅樓夢》研究兩百年以來爭議和論戰最多的一大問題，這個熱點使清末的文人們一談起《紅樓夢》，就立刻站隊變成「擁釵派」或者「擁黛派」，一語不合還幾乎要老拳相向，可見爭論是非常激烈的。而此一現象至今猶然，歷久彌新，將釵、黛的褒貶問題向外延伸，也可以是《紅樓夢》人物評論現象的總體反映。為什麼會擁釵？為什麼會擁黛？「抑釵揚黛」的現象背後是否有一些心理原因，使得讀者如此強烈地投入對人物的認同或者反對中？

所以，我先來談一談「抑釵揚黛」現象的心理分析，也是希望大家提前準備好做一個有自覺的讀者，而不是順著一般的感性本能去閱讀《紅樓夢》，也唯有以自覺的、更高的學問來支撐，才能真正進入它更豐富、深邃的世界。

我們可以注意到，「抑釵揚黛」基本上反映了紅學人物論的主流，雖然也有人是「抑黛揚釵」，但「抑釵揚黛」者顯然比較多，占壓倒性的多數，情緒也特別強烈，所以我先以這般的現象作為起點。「抑釵揚黛」現象的心理分析，讓我們更清楚地知道，原來我們在閱讀過程中，往往很不自覺地受到一些本能的、潛意識的或者是外在環境若干主流價值觀的干擾和主導，如此一來，對《紅樓夢》的認識便容易會產生很大的偏差。

過去很長的一段時間中，我一直疑惑著並不斷推敲：為什麼會出現這種現象？對小說中的人物無論是喜歡還是討厭，背後有沒有一些原理在不自覺地運作，卻凌駕於我們的理性之上，導致我們的評論顯得隔靴搔癢，甚至流於顛倒失誤？經過多年的思考，我把這些心理現象的肇因分成四層，比較完整地涵蓋各種因素，釐清之後也讓人可以超越出來，獲得更清明的眼光。

「人人皆賈寶玉，故人人愛林黛玉」

首先，我在前文中隱約涉及過，讀者於閱讀的過程中，很容易會對主角特別是敘事所聚焦的主軸進行投射和認同。由於《紅樓夢》的主角是賈寶玉，讀者便很自然地依照他的眼光來看世界，以他的好惡為標準，他喜歡的人，讀者當然比較傾向於跟著欣賞；他不喜歡的人，我們也很容易順著他的惡感而產生比較負面的反應。

古人早已注意到了這個現象，以下我要引述兩段紅學評論作為參考，第一段是清朝評點家趙之謙《章安雜說》所言：

> 《紅樓夢》，眾人所著眼者，一林黛玉。自有此書，自有看此書者，皆若一律，最屬怪事。

《紅樓夢》中的人物五彩繽紛，展現出人性的多元多樣，但為什麼我們卻偏偏只鍾情於一人？大家所聚焦的、熱烈討論的對象都是林黛玉，這實在是一大怪事。趙之謙注意到此一現象，接著提出了很有洞察力的解釋，他說自己忽然大大領悟到，那是因為：「人人皆賈寶玉，故人人愛林黛玉。」確實，我們總是不自覺地認同主角，由他帶領我們貫穿全書始末，因此很容易以他為中心，結果人人都變成賈寶玉，也都隨著賈寶玉去愛林黛玉。雖然這個解釋並非使用分析性的語言表述，但趙之謙深刻發掘出一種非常頑強而普遍的潛在心理，十分難能可貴。

在如此的背景下，我們應該要進一步思考一個問題：寶玉所愛的人就一定是最好的嗎？寶玉所不喜歡的人便一定是不好的嗎？答案是：其實未必盡然。因為愛情本來即是非理性的，它之所以會發生，之所以引發的感受會那麼強烈，甚至強烈到讓人生死以之，都是由一些盲目的、超越理性的、不能夠解釋的因素造成的。簡單來說，愛一個人不是計算過的，既然不是理性運作的結果，因此你愛上的人未必就是客觀世界裡最好的，甚至不一定是最適合你的，否則又怎麼會有離婚的情況？所以，用主人公是否愛一個人作為判斷人物高下的準則，恐怕會大有問題。

關於這一點，清代重要的紅學評論家二知道人也有過一個說法，其《紅樓夢說夢》揭示出問題的癥結所在：

> 人見寶、黛之情意纏綿，或以黛玉為金釵之冠。不知寶、黛之所以鍾情者，無非同眠同食，兩小無猜，至於成人，愈加親密。不然，寶釵亦絕色也，何以不能移其情乎？今而知一往情深者，其所由來者漸矣。若藻鑒金釵，不在乎是。

他指出讀者總是忽略了一大問題，即寶玉確實最愛黛玉，但黛玉未必因此便是金釵之冠。寶玉之所以會鍾情於黛玉，並不是因為黛玉比較好，而是因為他們從小青梅竹馬，有長期的情感培養和生活倫理的加強，透過時間上和生活上點點滴滴累積起來的深度和厚度，才形成了非常強韌的情感堅持，更是構成彼此不可或缺的原因。相對地，寶玉和寶釵的關係自然就有所不同。寶釵的絕色當然也會轉移寶玉的注意力，只是寶釵欠缺和寶玉青梅竹馬的關係，以及在童年期的漫長時間孕育起來的深厚感情，因此才會永遠比不上黛玉，但這並不表示寶釵本身有其他的問題。

二知道人犀利地點出寶玉之所以對黛玉情有獨鍾，「其所由來者漸矣」，背後有一個逐漸累積的漫長過程，這才是讓他一往情深的原因，絕非因為黛玉在客觀評價上都是五顆星。所以在品評眾多金釵的時候，並不應該採取寶玉的感情趨向進行判斷。一般人因為寶玉喜歡黛玉，便斷定黛玉是寶玉所肯定的最高價值，甚至是人格的最高典範，那是大有問題的推論。

何況即使是寶玉所肯定的最高價值，那也只是他個人的主觀意念，絕不等於客觀的真理，甚至不代表作者的取向。傳統評點學史上最傑出的評點家張竹坡，即提醒讀者要注意作者與主人公是不同的，不應混為一談：「仍依舊看官誤看了西門慶的《金瓶梅》，不知為作者的《金瓶》也。」同樣地，寶玉的標準和眼光未必可以作為一個客觀的判準，寶玉喜歡誰是一回事，但是曹雪芹如何評價他筆下的金釵，那又是另外一回事，兩者之間是不能畫上等號的。然而直到現在，還是有很多讀者以寶玉的情感趨向為準則，作為評價金釵們的依據，這是第一層次的範疇混淆，可謂「仍依舊看官誤看了賈寶玉的《紅樓夢》，不知為作者的《紅樓》也。」

至於把寶玉視為曹雪芹的代言人，所以把寶玉的判斷當成是曹雪芹的旨意，又是更嚴重的第二層次的範疇混淆。脂硯齋於第十九回提醒道：「按此書中寫一寶玉，其寶玉之為人，是我輩於書中見而知有此人，實未目曾親睹者。」意思是寶玉這個人物，連曹雪芹周遭很親密的親人或朋友也都不曾真正見過，而是只形諸文字作品中，可見縱使這部小說帶有很濃厚的自傳色彩，但那些自傳的材料早就已經轉化為另外一套創作法則下的運用成分，服從的是和曹雪芹的家族歷史無關的藝術法則，所以一定會被改頭換面，而且會煥發出完全不同的意義。如果因此便將小說人物與作者或其親族家人相等同，當然是一種重大的認知謬誤。對脂硯齋而言，在這部小說中可以看到曹家及其親友等一群人的共同集體經驗，但那只不過是來自現實的吉光片羽，並不等於這部小說的全部，因此就連寶玉都是他們從來沒見過的人。如此一來，賈寶玉再怎麼重要，也只是曹雪芹筆下的眾多人物之一，當然不能完全代表曹雪芹本身。

因此，喜愛《紅樓夢》的人應該要尊重且理解到，《紅樓夢》是一部獨立自足的完整的藝術作品，所有的意義都得在文本中尋找。固然作者的家世傳記可以提供給我們一些資訊，具有輔助性的功能，卻不可以喧賓奪主，更不可以主從顛倒。

回到釵、黛評價的問題，普林斯頓大學浦安迪（Andrew H. Plaks, 1945-）教授曾經於《中國敘事學》一書中指出：「一般的市民讀者對《紅樓夢》的理解，流於簡單化，他們或是迷戀於二玉的奇緣，或是痛罵封建社會對有情人的不平。也就是說，很多人基於本書的自傳性質，而誤以為賈寶玉只代表作者自身的本相，殊不知自傳體的虛構作品也常常有作者內省自己往事的反諷意味。」我認為，《紅樓夢》事實上是自我譴責、自我懺悔之作，作者絕對不是為了宣揚自己的某些被當時所否定的價值，然後故意寫書給予諷刺或進行反抗，那其實是一種比較低的創作層次，因為創作變成一種現實的工具。但很多讀者依然認為小說中有一個作者所給予的固定判準，因而存在著一種「褒中貶」或「貶中褒」的曲折筆法，以符合自己的主觀看法。

所謂「褒中貶」，又云「明褒暗貶」，即當作者明確讚美某個小說人物具有優點的時候，評論者或讀者便會宣稱作者表面上肯定了那個人物，但真正的用意是在貶低；而相應地也創造出「貶中褒」

即「明貶暗褒」的詮釋方式，主張作者字面上雖然是否定某些人物，實則乃暗中給予褒揚。此種說法獨立來看當然是沒有問題的，本來文學作品就可以有很多種解讀方式，也可能會存在表裡不一的反諷，但殊堪玩味的是，在《紅樓夢》的人物評論上，這一類的評論者都是將兩種詮釋方式分離看待，並且僵化二分、各自套用，以至於所謂「褒中貶」的手法都集中於寶釵、襲人、麝月等人身上。確實，這三個人物在《紅樓夢》以及脂批中常常被美言盛讚，然而那一類的評論者卻不願意接受，執意認為曹雪芹乃在使用「褒中貶」的寫作手法來反諷她們是負面人物。至於「貶中褒」的主張則都是用在黛玉、晴雯或者其他比較離經叛道的人物身上，評論者此時便會宣稱：曹雪芹雖然對那些人做出比較負面的描述，但其實是在「貶中褒」。很顯然，這般的詮釋角度在於他們堅持自己的喜愛、認同觀與作者一致，所以非得套上符合自己想法的邏輯不可，於是創造出「褒中貶」或「貶中褒」的解釋方式。

如此涇渭分明的二分法，顯係現代的批評者建立起來的意識形態，所謂「褒中貶」、「貶中褒」全然出於讀者主觀的好惡，為了遷就自己的個人成見，便不惜加以曲解，去改變作者確切明示的褒貶傾向，而最終其實都只是在堅持讀者自身的主觀判斷而已。回到浦安迪所說的「自傳體的虛構作品也常常有作者內省自己往事的反諷意味」，確實，本來作者在書中即可以表達出自愧自責的個人懺悔，所以第三回說寶玉「潦倒不通世務」、「於國於家無望」之類的批評性話語，都是如實地自我譴責，而不是在「貶中褒」地自我揄揚，暗指他們這種人雖然是當時的失敗者，可其實是超越時代的先進。所以書中但凡涉及貶詞之際，我認為都應該要視之為直抒其意，而不是正言若反的曲折用法。當然，人物究竟是什麼樣子，往往都是見仁見智，因為人文的事物本來就沒有絕對唯一的詮釋和判斷，然而一旦能夠自覺地減少意識形態所帶來的干擾與誤導，此時我們必定能夠看得更多、更精確。

關於這一點，清末民初評點家野鶴在《讀紅樓夢箚記》中早已提醒道：「讀《紅樓夢》，第一不可有意辨釵、黛二人優劣。」他認為讀《紅樓夢》之前，首先要建立一個自覺的心態，即不要急著評論誰好誰壞，在不夠瞭解對象的情況下，切莫讓自己的好惡起主導作用來占據對小說的理解。確實，我們為什麼要把自己的好惡看得如此重要，而不好好要求自己、檢查自己，自問我們下過功夫了嗎？真的苦心去瞭解他們了嗎？「瞭解」應該是先於好惡判斷的，既然都還不夠瞭解，何以要急著判斷人物的優劣？那豈不是過於輕率而不負責任嗎？野鶴接著又評論說：

或曰：「黛玉憨媚有姿，雅謔不過結習，若寶釵則處處作偽，雖曰渾厚，便非至情，於以知黛高而釵下。」或曰：「黛小有才，未聞君子之大道，一味撚酸潑醋，更是蓬門小家行徑，若寶釵則步履端詳，審情入世，言色言才，均不在黛玉之下，於以知釵高而黛下。」野鶴曰：都是笑話。作是說者，便非能真讀《紅樓夢》。

換言之，無論是「揚釵抑黛」或是「抑釵揚黛」，都不是真正地讀懂了《紅樓夢》，野鶴從一個比較理性的角度來要求自己、要求讀者，在諸多的評點意見中實屬難得。

必須說，個人的好惡是非常不重要的，因為任誰都有好惡，而好惡必然受限於個人的有限性，以至於往往是很片面的，片面的成見便不應膨脹為真理，由此可以類推，我們怎麼讀書其實也就是在考驗我們怎麼做人。所以，當我們在日常生活中想要批評誰的時候，請先停下來想一想：我們真的瞭解他嗎？我們為了瞭解他又下過多少功夫、花費多少時間？假若不曾用心，也不夠瞭解，那麼最好就閉上嘴巴，因為批評別人、傷害別人太過容易，我們真的可以擁有這樣的權柄嗎？

同情弱者，同情失敗者

至於「抑釵揚黛」現象的第二層心理成因，便在於人性本能都是同情弱者、同情失敗者。對此，很有思辨能力的小說家昆德拉也有同感，他在《生命中無法承受之輕》中即說道：「每個人看事情的傾向都是在強大之中看到有罪的人，而在弱小之中看到無辜的受害者。」顯然那是人類共通的基本人性。因此，只要有人在我們面前哭得梨花帶雨，我們就很容易接受他的委屈，並且站在他那一邊，認為一切都是別人的錯，可真相絕非如此簡單。一旦意識到這個問題，想要超越人性弱點的人便會加以審視，而力圖避免讓自己陷入此等的窠臼之中。

換句話說，我們要認識到在人的內心都存在著一種看事情的傾向：倘若面對的是一個強大的人，我們會不自覺地努力找出他的原罪；如果看到的是一個弱勢的人、失敗的人，便很容易把他視為無辜的受害者。但是真相可能完全不是如此，甚至恰恰相反，一個強大的人，很可能又正直又有才能又十分努力，他為什麼不應該強大？一個弱小的人，可能是因為他資質平庸乃至愚鈍，或懶惰不認真所致，因而強弱成敗都是恰如其分、公平應得的結果。所以，我們要如實地看待眼前所面對的人物，不要想當然耳，被盲目的本能所誤導。

其實，很多的人生經驗以及相關論證，還有各種的人物呈現都告訴我們，越是表現出無奈和可憐的人，他恐怕也只是一種策略的操作，那真的叫作「巧言令色」，即話說得很動聽，臉色裝得很和善，而當一個人在巧言令色的時候，你根本無法看穿他的虛偽不真誠，得要事後才能察覺，可見「感覺」常常是會騙人的，所以要揭開蒙蔽，如實地看待這個世界。更奧妙的是，也許有一個人現在哭得很傷心，而且明顯地渾身傷痕累累，並不是裝出來的策略運用，但實際上他可能正是罪魁禍首！因為我們所看到的只是眼下的一個片段，卻不清楚之前到底發生什麼狀況，若是單用這一瞬間來判斷事件的是非始末，乃至總結一個人的一生，就注定會誤入歧途。

昆德拉上述感言作為一個總綱性的說明，十分呼應劉勰在《文心雕龍．才略篇》中所說的道理：

俗情抑揚，雷同一響，遂令文帝以位尊減才，思王以勢窘益價，未為篤論也。

《文心雕龍》是中國最偉大的文學批評著作，其系統之嚴謹、見識之深刻，恐怕現在的所有學者都還未必能夠窮盡其底蘊。劉勰這一段話的意思是說，一般人的情感反應總會帶有一定的褒貶，而且其好壞判斷會呈現出高度的人云亦云的趨向，此一人性弱點在文學批評上也處處皆然，於是乎，因為曹丕當上皇帝，擁有至高的權力地位，故而後人通常便對他的才能降格評論，這叫作「以位尊減才」，其中隱含著一種平衡心理。相反地，曹植的性格上明明有一些缺點，固然謝靈運讚美他才高八斗，但是從文學的角度來比較，他也未必會勝過曹丕，可就因為曹植後來的處境非常窘迫，那般地憂讒畏譏，讓他寫出了〈七步詩〉，何況還有一篇優美動人的〈洛神賦〉，他的人生是如此痛苦，最後還很淒慘地死去，如此一來，後人的同情心與讚美便都倒向他那一邊，曹植的歷史評價也因此被抬高，這便屬於「以勢窘益價」，顯然是出自於一種補償心理。劉勰告訴我們，即使以客觀為終極標準的文學批評家，大部分卻都仍然擺脫不掉這般的人性弱點，所以才會「俗情抑揚，雷同一響」。

把《文心雕龍》的「俗情抑揚，雷同一響」這番觀察放在《紅樓夢》的人物評價上，也同樣適用。如同夏志清所說：「由於讀者一般都是同情失敗者，傳統的中國文學批評一概將黛玉、晴雯的高尚與寶釵、襲人的所謂虛偽、圓滑、精於世故作為對照，尤其對黛玉充滿讚美和同情。」於是「除了少數有眼力的人之外，無論是傳統的評論家或是當代的評論家都將寶釵與黛玉放在一起進行不利於前者的比較」，由此透顯出「一種本能的對於感覺而非對於理智的偏愛」。可嘆「理智」並非與生俱來的能力，是必須千錘百鍊，要自覺努力追尋才會得到的稟賦，而順任本能的感覺則太容易，難怪會出現「俗情抑揚，雷同一響」的情況。

此外，其中還包括一層心理作用，可以參考被視為法國第一位社會學家的艾彌爾・涂爾幹（Emile Durkheim, 1858-1917）所言：

> 在一般情況下，我們可能容忍一些人類通常都有的弱點、缺陷，例如自私、軟弱、偏見、固執、好色，但一旦這些弱點帶來了甚或僅僅是伴隨了嚴重後果，人們往往就無法容忍這些弱點了。而且，戲劇效果越好，藝術感染力越強（越「真實」），觀眾就越容易為這種情感左右，就越不容易理性、冷靜體察和感受裁判者的視角。一種強大的……情感和心理需求會推動我們去尋找和發現敵人，創造壞人。

倘若用此一心理現象來解釋《紅樓夢》的釵、黛褒貶，恰恰可以說明寶釵、襲人還有王夫人之所以會被視為寶、黛之戀愛悲劇的替罪羊，原因便在於讀者被那種強大的戲劇效果所影響，無法忍受寶、黛如此嚴重的悲劇後果，才會被驅動去發現敵人和創造壞人。所以，一旦在為寶、黛之戀而感到悲憤不捨，需要尋求情感發洩的時候，我們就要真的要小心了——小說中一些強大的人，他們其實完全無辜，卻因讀者的心理需要而被定罪為壞人。

對「面具」的恐懼心理

以讀者對釵、黛的不同反應而言，應該也牽涉到小說家不同的寫法，而觸動了不同的閱讀心理，這是造成抑釵揚黛現象的第三個原因。福斯特的《小說面面觀》一書便分析過，人們之所以喜愛讀小說的心理學原因，在於我們處於現實世界的存在狀態中會面臨的一個重大問題，即：

> 人類的交往，……看起來總似附著一抹鬼影。我們不能互相了解，最多只能作粗淺或泛泛之交；即使我們願意，也無法對別人推心置腹；我們所謂的親密關係也不過是過眼煙雲；完全的相互了解只是幻想。但是，我們可以完全的了解小說人物。除了閱讀的一般樂趣外，我們在小說裏也為人生中相互了解的蒙昧不明找到了補償。

換句話說，我們總是苦於人與人之間的隔閡、誤會、不瞭解，但卻可以完全透視小說人物，因此，除了閱讀的一般樂趣以外，我們從小說裡也為人生中無法相互瞭解的困境找到一種心理補償，因而閱讀小說時，基本上就是在消解或放下現實中人和人之間的種種猜防，暫時可以鬆懈下來，終於感覺到全心全意的投入與信賴。這種出於本能所偏愛的「感覺」，讓讀者比較容易不自覺地傾向於接受裡外透明的林黛玉，而對藏愚守拙的薛寶釵，則不免仍然保有現實中對「面具」的恐懼心理，但是這種心理也會干擾我們對小說人物的正確判斷。

可以說，曹雪芹塑造林黛玉的手法是所謂「探照解剖式」的，「內聚焦」的角度使得這個人物內外敞亮明晰、一覽無遺；相對而言，塑造寶釵的手法則是「投影掃描式」的，只投影一定的外在呈現，並且是單一角度的投影，掃描到的部分大都只是一個外觀，所以是一種「外聚焦」的敘事角度，自始至終都比較少琢磨寶釵的心理活動。而根據福斯特的分析，讀小說本來就是為了了解消現實中人和人之間的猜防，但一碰到薛寶釵的時候卻行不通了，還是只能看到她表現在外的部分，因此人們當然比較傾向於能夠有效地幫助心理補償需求加以落實的林黛玉。

以上是造成「抑釵揚黛」現象的第三個心理因素，接下來談第四個原因。

時代價值觀

這個原因牽涉到一大問題，讓我苦思很多年，即為什麼賈寶玉、林黛玉總是被現在的讀者從如此之張揚的角度，推崇為所謂反封建、反傳統的叛逆者，甚至革命先鋒，是超越時代的領航人？何以類似這樣的標籤都往他們身上貼附，他們真的達到了那般的程度嗎？即便他們確已達到，但又是以怎樣的方式做到的？種種問題都還需要非常仔細地檢驗，而不應該如此簡單化地直接給他們戴上這麼一頂大帽子。

經過多年的思考，我終於明白一個道理，那也可作為對如今這個時代的反省。通常來說，人們活在特定的時空之中，很自然地會受到時代價值觀的影響而不自知。但是，該類思想信念既然叫作「時代價值觀」，便意味著其實是受限於特定歷史時空而產生的，所以它注定是有限的，甚至很有可能是偏頗的。我們以經過百年來歷史的劇烈變動之後所形成的現代世界觀，去理解兩百多年前的一部小說作品，勢必存在著極為巨大的隔閡而不自知。「以今律古」的做法是否會帶來很大的問題？答案是肯定的。換句話說，有限的現代價值觀會導致我們沒有仔細檢驗小說中的種種細節，便做出符合己見的定論，然而一位偉大小說家的偉大之處，便在於他能夠在細節的地方建構人物，越是優秀的小說家，就越能夠在細節裡活生生地呈現人物的光彩，正如西方一句諺語所說的：「魔鬼就藏在細節裡。」我們面對的是一部舉世公認的偉大小說，無比複雜、深刻而奧妙，卻對那麼豐富的細節都視而不見，只片面地、選擇性地找一些相關段落大加發揮，同時用以支持論斷的又都是現代人所信仰的價值，那豈不是一個很值得反省的問題嗎？

事實上，我們這個時代和過去的文化傳統幾乎是完全斷裂的，並且此一斷裂是我們身在現代而不容易有所察覺，但只要有所意識便會發現兩者是如此之天差地別。更何況，即使和傳統的文化沒有那般令人驚心動魄的斷裂與分解，人和人之間本來就已經存在著很大的差距，猶如德國科學家恩斯特・海克爾（Ernst Haeckel, 1834-1919）[1]所說：「人和人之差，有時比類人猿和原人之差還遠。」

1 德國近代偉大的生物學家、藝術家、哲學家、醫生。

這確實是真知灼見，因此單靠推己及人的做法是不足以真正瞭解紅樓人物的。

概括言之，現代讀者身處於個人主義盛行的時代，此種風氣不但受到尊崇，而且常被當作一個絕對的價值，所有的文化發展、社會運作，便以這等標準作為努力的方向。在如此的背景下所孕育出來的讀者，很容易傾向於認同小說中比較不受束縛的角色，似乎只要不受束縛，即比較投合個人主義的價值觀，於是我們就給那些人物貼上勇氣、反傳統之類帶有進步性的標籤。

心理學家埃利希．佛洛姆（Erich Fromm, 1900-1980）發現到：「每一個社會排斥某些思想和感情，使之不被思考、感覺和表達。有些事物不但『不做』，而且甚至『不想』。」在佛洛姆看來，任何一個社會裡，其成員在共同的群體生活中都會孕育出一種共通的價值觀，以至於他們排斥某些思想和價值，那些被排斥的思想和感情不但不被思考，甚至也不被「感覺」。那麼，在個人主義受到極力推崇的現代環境下，我們不願意思考，不願意感覺和表達的那些思想與情感，究竟有哪些？簡單地說，即「禮教」與「倫常」，「倫常」的一面會造成人與人之間的束縛，以及必須遷就別人的無奈，而「禮教」更被視為對個人的壓抑乃至戕害。於是對於禮教的優點，我們根本不去思考，甚至一聽便本能地立刻加以反對。

我們活在其中，就像呼吸那樣不自覺地採用的一套意識形態，至晚可以追溯到清末，那真的是一個劇烈變動的時代，西方的船堅炮利與他們的文化制度撲面襲來，中國的一切相形見絀，於是對傳統產生非常極端的態度。在如此劇烈的衝擊下，出現了幾句非常重要的標語性口號，言簡意賅地顯示近一百多年來文化制度和價值觀是如何發生根本性的巨變，其中之一，即譚嗣同在《仁學》的自述中所高唱的「衝決倫常之網羅」。《仁學》寫於一八九六年，處於清朝末年，即將要國破了，民族要滅亡了，那是一個充滿危機的時刻。這批知識分子所要衝決的「倫常」乃是以儒家兩千年的思想為核心，包括君君、臣臣、父父、子子，儒家思想認為天地之間一切秩序都是由此而建構的，結果譚嗣同卻主張，現在志士仁人的努力是要「衝決倫常之網羅」，顯然那已經被視為一種應該打破的牢籠了。這麼一來，和倫常有關的一切即完全被否決，而且完全被唾棄，傳統中國的價值觀與文化秩序面臨徹底的瓦解。一路延續下來，民國初年五四運動代表人物之一的胡適，他也宣稱要「重新估定一切價值」，意欲重新丈量中國傳統，而雖然表面上說的是「重新估定」，其實就是要全部加以反對。

歷史學家林毓生認為，五四運動的特徵及其不平衡的地方可以圍繞兩點來談：第一點便是激烈地反傳統，也即對中國傳統社會與文化全面而整體地反抗；第二點乃是在五四運動的影響之下，產生了對西方文化特殊的歡迎態度，最主要的是民主自由的思想，以及達爾文主義關於生物學的「演化論」。在這樣的情況下，一方面反對既有的東西，而且是全盤否定；另一方面所吸收的西方思想主要又是所謂的個人主義。但個人主義並不是在中國土壤上孕育生發的，而是由西方背景所產生出來的價值觀，有其整體的配套環節，卻又被懸空地單獨移植到中國，於是在缺乏制衡與調節的情況下便出現很大的問題。

值得注意的是，其實近數十年來，歐洲的思想家們也開始檢討反思：西方所產生的個人主義是不是也有其本身的問題，尤其是當它作為其他文化的標準時，這些問題就更大了。法國哲學家杜蒙便認為，西方文明有它們的歷史脈絡，所以產生了個人主義；但事實上，施行個人主義的西方人自身也面臨個人主義所帶來的問題，更何況把個人主義運用到其他的社會，一定會出現更嚴重的問題。

杜蒙進一步說，西方近代所孕育出來的、所崛起的個人主義，其思想預設自由和平等的概念，那實在不可以用來取代其他社會本身的思想範疇，因為西方這樣的近代文明和其他的文明或文化是根本不同的，其中充斥唯名論（nominalisme）的思想，可是這一種唯名論「只承認個體之存在，而不承認關係之存在，只承認個別要素，而不承認要素組群。事實上唯名論可說是個人主義的另一個名字，或說是個人主義的一個面」。

簡單地說，所謂的個人主義基本上只承認個體，而不承認關係的存在，但是「關係」不正是構成倫常的核心嗎？於是個人主義思潮一旦進入中國，剛好就和當時所謂的「衝決倫常之網羅」彼此合拍。換句話說，一方面我們排斥既有的傳統文化，另一方面西方又提供了一種非常不同的思考，於是一百多年以降，我們的思想價值觀便發生了激烈的變化乃至斷裂，幾乎無法再銜接起來。如此一來，不只我們的生活方式出現了巨大的差異，就連我們頭腦裡所認識到的、所想去追求的都完全不同。

這也恰恰可以解釋讀者比較傾向於林黛玉，而比較不喜歡薛寶釵的理由，因為薛寶釵是活在關係之中、活在倫常之中，而林黛玉則個人化一點，不太理會既有的群體調節模式。據此而言，於「抑釵揚黛」的現象上，也許存在著一種現代人活在個人主義之下所引發的心理效應。

以上四項，我認為是導致《紅樓夢》人物論的評價傾向背後的重要原因。一旦我們有了自覺之後，便應該盡量避免那些本能的或者時代環境的影響，而重新客觀閱讀《紅樓夢》，如此我們將會看到非常不同的內涵，並帶來更大的擴充與嶄新的啟發。

總而言之，切莫把我們現代的價值觀當作衡量過去一切的唯一標準，以至於只要傳統的文本符合我們價值觀的就奉之為經典，就是具有前瞻性、就是進步的，這其實反映出現代人面對歷史的無知與傲慢。其實，每一個時代都有它所必須面對的問題和想要彰顯的價值，沒有必要也不可能去迎合未來的人類，因此，當面對過去的文本世界時，我們實在不應該用今天的個人主義和民主思想作為意義判斷的唯一標準。

滑疑之耀

《紅樓夢》不同於其他知名的中國古典小說，這部作品裡沒有絕對的是非不相容、善惡不兩立的人物塑造，未曾單純地依據主觀好惡而神聖化或是醜化書中的人物，而且充分體現出文化的高雅與人性的高度。但很不幸的是，出於中國文化的特質和人性的安全需要，讀者往往很不自覺地以一種簡化的二分法來讀小說，如此的做法對《紅樓夢》而言是很大的傷害，其實也反過來阻礙讀者自己的成長。《莊子．齊物論》有一段話說：

> 凡物无成與毀，復通為一。唯達者知通為一，……是以聖人和之以是非而休乎天鈞，是之謂兩行。……是故滑疑之耀，聖人之所圖也。為是不用而寓諸庸，此之謂以明。

莊子主張物我平等，認為人類並不是世界上唯一的存在，自我也不是宇宙的中心，有道是「蝸牛角上爭何事，石火光中寄此身」（白居易〈對酒五首〉之二），個人是無比渺小而短暫的存在，又何必如此執著於一己的小小好惡？只可惜，偏偏這小小的「個人好惡」卻是最難以超越的。西方小說家昆德拉，他以小說寫作實踐者的身分在反省小說藝術時，也覺得現代讀者常常落入一種簡化的潮流之中，因此感嘆道：

可惜啊，小說也不能倖免，它也被簡化所統領的白蟻大軍好好啃了一頓，這群白蟻不僅簡化了世界的意義，也簡化了作品的意義。……小說的精神是複雜的精神。每一部小說都對讀者說：「事情比你想像的複雜。」這是小說的永恆真理，但是在簡單快速回應的喧嘩之中，這樣的真理越來越少讓人聽見了，喧嘩之聲先問題而行，並且拒斥了問題。對我們時代的精神來說，要嘛是安娜有理，要嘛是卡列寧，而塞萬提斯卻向我們訴說著知之不易，告訴我們真理是無從掌握的，可他老邁的智慧卻看似笨重累贅又無用。

誠然，對我們現在這個快速的、簡單的、尋求快餐的世界而言，塞萬提斯的智慧恐怕已經變得「笨重累贅又無用」，然而我總是相信，古老的智慧更禁得起時間的考驗，我們應該要好好地回到莊子、回到塞萬提斯的智慧，藉此領略面對小說以及面對整個人生應該要有的態度。這個世界以複雜、弔詭的方式向我們展開，我們沒有理由撇過頭，只用一隻眼睛來看它，所以要轉換回我們的雙眼，甚至轉動我們看望世界的眼光，才能夠擁有多重觀照所帶來的「滑疑之耀」。

複調型小說

此外，來自於音樂學的複調觀念，也有助於我們理解小說中兼收並蓄的各種不同價值觀，而開闊地面對作品裡形形色色的人物。「複調」不同於我們平常所熟悉的音樂呈現方式，即整段樂章或是整首歌曲內只有一個主旋律，其他的聲部只是對它的和聲，因此本身往往不成旋律。例如在合唱表演中，主旋律通常在第一聲部，總是受其他聲部的烘托，而我們也常常只記得主旋律，對於其他聲部的存在往往聽而不聞。倘若用這種單一主旋律的樂曲譜寫或呈現方式來理解小說，面對第二、第三流的作品時尚有可行之處，因為那些創作者之所以書寫小說，也只不過是為了傳達自己所要批判或宣揚的理念與情感，所以他們的小說便有所謂的單一主旋律，由主角來代表，而其他作為對立或是旁襯的人物，基本上即是次要的、可有可無的。

就此，俄國偉大的文學理論家米哈伊爾．巴赫金（Mikhail Bakhtin, 1895-1975）認為，在一般獨白型的浪漫主義小說作品中，「人的意識和思想只不過是作者的激情和作者的結論；主人公則不過是作者激情的實現者，或是作者結論的對象。正是浪漫主義作家，才在他所描繪的現實中，直接表現出自己的藝術同情和褒貶」。在此等的作品中，小說家意圖透過他的筆墨來宣揚理念或發洩好惡，而直接主宰小說中單一價值觀的設定，所有的角色都只是為了表達或凸顯該單一的價值觀。作者成為小說背後的操控者，小說人物只不過是他的代言人、傳聲筒，或者變成他結論的對象，這類的作家在他所描繪的現實中，直接表現出自己的藝術同情和褒貶，使「我」變成主宰整部小說的唯一標準。

巴赫金認為，在歐洲小說的發展歷史上，有一位非常了不起的作家突破了這樣的窠臼，就是費奧多爾．杜斯妥也夫斯基（Fyódor Dostoyévskiy）：「陀思妥耶夫斯基的獨特之處，不在於他用獨白方式宣告個性的價值（在他之前就有人這樣做了），而在於他把個性看做是別人的個性、他人的個性，並能客觀地藝術地發現它、表現它，不把它變成抒情性的，不把自己的作者聲音同它融合到一起。」杜斯妥也夫斯基不用獨白的方式來宣告個性的價值，換句話說，他不把「我」丟進作品裡，以之作為唯一的價值標準。杜斯妥也夫斯基的獨特之處便在於，他把個性看作是他人的個性，並且能夠客觀地發現它、藝術地表現它。

確實，我們都不過是大千世界的一小部分，我們自己固然很重要，可是別人也和我們一樣重要。在如此的認識之下，便能夠客觀地發現不同的價值，再藝術地表現不同的個性，這就是小說在巴赫金的眼中應該達到的目標，同時也意味著不要把主角的或者作者的聲音和小說中人物的聲音融合為一，亦即作家本身不能介入敘事中，不能變成整部小說的主宰，而是要讓多元的角色和聲音一起出現，如此便屬於「複調型小說」。

簡言之，所有主張複調曲式的偉大音樂家都有一個基本原則，便是聲部之間的平等，沒有任何一個聲部應該突出於其他聲部之上，沒有任何一個聲部應該只是單純的伴奏，或者只是作為配角去烘托主角的地位。「複調型音樂」裡的每一個聲部都是主旋律，不是為了襯顯某一主旋律而存在的，因此每一個聲部都非常優美動聽，也都有自己的獨立性，完全可以被單獨欣賞，並且各個聲部之間又那麼平等地共同構成一首和諧的樂曲。巴赫金用複調這一音樂概念，來說明杜斯妥也夫斯基所達到的突破：

他的作品裏，不是眾多性格和命運構成一個統一的客觀世界，在作者統一的意識支配之下層層展開；這裏恰是一個眾多的地位平等的意識連同他們各自的世界，結合在某個統一的事件之中，而互相不發生融合。

換句話說，作者不是如同木偶或傀儡的操縱者。「複調」的觀念告訴我們，人物和人物之間的關係並不是你正我邪，哪一個角色代表作家所肯定的價值，就以該角色作為唯一的判準，完全不是如此。每一個人物，即便其階級身分比較低下渺小，但是從生命和個性的價值來說，他背後都展現著一個完整世界的存在意義。

巴赫金的複調說是小說理論裡發展出來的一個新觀念，昆德拉於《小說的藝術》中也提到，他從音樂那兒借了「複調」一詞來指稱這種寫作的結構，而此一觀念事實上是來自巴赫金的，顯然昆德拉身為一名創作者，同樣認同、吸收這個概念並努力實踐，他說，你將會看到小說與音樂的對比並不是沒有意義的，從複調音樂更可以清楚地瞭解小說學可以開展的豐富性。一旦我們從複調的概念出發，便不會總是以為林黛玉、賈寶玉最重要，他們固然重要，然而劉姥姥也一樣重要，她出現的次數非常少，作者給予比較多的篇幅來呈現的情節甚至只有兩次，但是只要我們善於閱讀，就會發現她的活色生香、靈動傳神，以及她背後所隱含的豐富世界、老練的智慧。偉大的小說家可以使一個小小的、身分卑微的鄉下老太太同樣綻放光亮，所以讀者更不應該用一種簡單的、快速的方式，去看待《紅樓夢》這部小說，以及其中的所有人物。

在人物總論之前，我先做如此這般的一個開場白，是希望讀者知道，當作者在調配筆下形形色色各種人物的出場時，必須有一整個藝術結構的通盤考慮，所以在篇幅的安排上一定會有主從的差異與呈現形式的劃分，但那絕不等同於這些人物的價值高下。

回到小說來看，如何才能讓每一個人物都如同複調音樂中的聲部一樣彼此平等，並且各自都具有生動傳神而耐人尋味的生命事件？關於這個問題，可以參考清初評點家張竹坡的洞見，他在《金瓶梅讀法》的第四十三則中寫道：

做文章，不過是情理二字。今做此一百回長文，亦只是情理二字。於一個人心中，討出一個人的情理，則一個人的傳得矣。雖前後夾雜眾人的話，而此人一開口，是此一人的情理。非其開口便得情理，由於討出這一人的情理，方開口耳。

這一段話的意思是說，「情」與「理」當然並非只有唯一的固定內涵，它們會因人而異，不同世界的情與理都具有自己的脈絡，我們要進入那個特定的脈絡中，才能夠好好掌握人物的意義。小說家當然也是如此，他必須很瞭解劉姥姥的成長背景、人格特質，才能塑造她的種種言行舉止，並合情合理地設計她進賈府的情節，這並不是簡單的工作。所謂「於一個人心中，討出一個人的情理」，請注意他強調的是這位人物的情理，而不是作者的情理，更不是主角的情理，此一說法事實上已經隱隱然觸及一個道理，便是小說家不應該用自己獨白的聲音介入、操縱，將其個人當作小說世界的唯一天平，因為一旦這麼做的話，人物即會變成傳聲筒，沒有其自身的情理，當然就不會生動，也不會充滿魅力。

大家很熟悉的一位怪傑金聖嘆，同樣在《讀第五才子書法》中說過：《水滸傳》「寫一百八個人性格，真是一百八樣。若別一部書，任他寫一千個人，也只是一樣，便只寫得兩個人，也只是一樣。」所謂別的小說寫一千個人物都只是一個樣子，那就是所謂的獨白型小說，然而複調型小說並非如此，它會讓每一個人都獲得真正屬於他的聲音、屬於他的生命姿態，展現出唯獨他才能夠探索到的生命內涵。別的小說會讓人覺得不耐讀，原因正在這裡，因為它們無法讓讀者不斷地尋幽探勝，不斷地挖掘以前看不到的東西原來是這麼迷人！

我們從張竹坡和金聖嘆所說的道理，應該要省思到：連《金瓶梅》、《水滸傳》都已經可以用複調的方式去理解，那麼《紅樓夢》就更應該如此！比起《金瓶梅》和《水滸傳》，《紅樓夢》更讓我們領略到各個聲部之間互相平等，而又多彩多姿、形形色色的人性風光。

「一字定評」與代表花

下面將圍繞「一字定評」與代表花來展開人物總論。我希望以最言簡意賅也最具有指引作用的方式，讓大家對紅樓人物有一個比較清楚而簡要的完整掌握。而選擇以代表花來探討人物的原因，在於花與女性相互映襯而彼此定義，那是中國古典文學常見的表現手法。透過用花品來比配美人，讓每一種花卉獨特的生物特性、外形姿態與小說中特定的人物互相定義而緊密結合，這種描寫手法既超越了泛泛地說美人如花的通套，同時也是作者傑出才能的呈現。

讀者千萬不要忘記一件事情：《紅樓夢》是中國傳統小說裡唯一一部描寫貴族階級的小說，我們常常忽略這一點，以至於總是把它當作一般的羅曼史看待，可那是大錯特錯的。古往今來極少有貴族出身的人寫小說，因為在文化精英的眼中看來，寫小說是墮落的、反文化的行為，一直到清代，和曹雪芹同時代的幾位作家都依然被如此看待，其中一個便是《儒林外史》的作者吳敬梓，好友曾為他感慨說：「吾為斯人悲，竟以稗說傳。」意思是，我真為吳敬梓感到悲哀，這個人擁有那麼大的才能，卻只能靠「寫小說」此種微不足道的小事留名。另外一位旗人出身的小說家文康，身為《兒女英雄傳》的作者也深自懺悔：「人不幸而無學鑄經，無福修史，退而從事於稗史，亦云陋矣！」他自嘆無能參與比較偉大的工作，比如鑄經修史，而只能去寫小說這種稗官野史，痛感自己一生卑陋無成。由此可見，古人其實把小說看得非常低下，他們的世界和我們真是非常不同，在價值觀上更是南轅北轍，因此倘若用今天的思想觀念去衡量傳統社會，常常便會產生誤解，給予過度的評價乃至顛倒的論斷，所以希望讀者一定要不斷回歸到這一點來校正思考的坐標。

曹雪芹作為一位普世認可的經典大師，他對筆下的人物基本上是平等看待的，但是如果回到他的出身背景來看，小說中還是深深打上了他所在的階級烙印，對他而言，將人以階級進行劃分根本上就是天經地義的，雖然他們都各有特色，甚至一樣耐人尋味。所以讀者可以看到，太虛幻境的金釵正冊全部都是貴族小姐，副冊的女性如香菱，雖然出身名門，但是五歲時便被拐走，淪落於婢女賤籍，她因為身分的滑動模稜，以至於不容易清楚定位，所以才被放在副冊之中。而在又副冊內的女子包括晴雯和襲人，其身分都是婢女賤籍，她們甚至沒有法律地位，是完全屬於主人的財產，這當然也決定了她們在小說中的各種舉止。不同階級的人生活在同一個空間裡，彼此的互動要根據哪一種禮法，如何以其個性來執行她們的任務，又是否有所逾越等，這些問題都應該回到它的文化脈絡下看待，當我們要判斷她們是什麼樣的人之時，必須把此一歸屬原則考慮進去。

元春之「貴」

由於賈府是小說聚焦的舞臺，所以我把賈府的四位嫡系女兒：元春、迎春、探春、惜春放在最前面，並且按照她們的排行來說明。此處所言的排行是指「大排行」，也就是說，這四名同輩的女孩子雖然由四個不同的母親所生，甚至出於不同的房系，可是一體將她們依循古代的輩分觀念，再按照年齡的大小順序來加以排列。根據此一規則來看，位居第一的賈元春為賈政的正配嫡妻王夫人所生，身分當然非常正統，只不過元春在小說一開始的時候便已經缺席，因為她在年紀輕輕的十三歲時即入宮去了，那反映的是旗人文化。

清朝的宮廷制度對於旗人女性有著嚴格的管理，簡單來說，八旗家的女兒在十三歲到十六歲之間全部要造冊，每三年一次送到宮中備選，條件好的會被選入宮中指婚，成為皇族王公的妃嬪；而在內三旗的選秀女系統裡，從十三歲起每一年都要列名參選，選進宮中的是要當服務人員，依照條件又分幾個等級，才學高的便像元春一樣做女史，擔任公主、郡主的陪侍伴讀。事實上，寶釵之所以會來到賈府，便是因為她奉命上京選秀女，因此在賈家暫住，由第四回所謂「除聘選妃嬪外，凡仕宦名家之女，皆親名達部，以備選為公主、郡主入學陪侍，充為才人、贊善之職」這一段的說明，可知寶釵走的是內三旗系統，與妃嬪的指婚無關。結果一住就住很久，選秀女也沒了下文，可見該段情節應該是曹雪芹為了要把相關的男男女女集合到這裡，而運用了當時現實社會制度的一種合理性，讓寶釵名正言順地來到賈府，同時小說家根據自己的創作需要，又對現實原則做了一些調整。總而言之，從元春、寶釵兩位女性身上，我們可以很清楚地看到小說如實地反映清朝所特有的旗人文化制度，而且是屬於內三旗的系統。

雖然元春從小說伊始便處於缺席狀態，但是她的存在其實決定了賈府，以及依附於賈府的眾多成員乃至寶玉在內的每一個人的命運。對於賈元春此一人物，該用哪一個字來指引她整體最重要的特色？也只有在深入瞭解這位女性之後，才足以找到合適的某一個用字。用一個字來定評一位人物，當然也難免簡化，如何讓那些不得不簡化的概括形式不至於削足適履，而能夠有其貼切中肯之處甚至發揮畫龍點睛之效，誠然是重大的考驗。

我有過種種的考慮，但思前想後之餘，還是認為「貴」這個字最為恰當，因為元春身為貴妃，在清朝的後宮體系裡僅次於皇后、皇貴妃，那是非常尊貴的一種身分，《紅樓夢》中便用鳳凰來比喻她。而元春所代表的皇權是凌駕於人世間的各種權力之上的絕對權威，此一「貴」字適足以彰顯她的地位，並且因為這種「貴」的等級更凌駕於父權之上，所以大觀園裡少男少女的命運就不完全僅是由父權所決定，在某種意義上，元春才是他們命運的真正決定者。此外，元春是以賢孝才德選入宮中做女史，後來又被破格拔升封為賢德妃，可見她的內在素質確實足以體現貴族的精神性，因此「貴」字也可以同時表達她的高貴品格。

至於元春的代表花，參考學術界的相關討論，雖然有人提到元春和石榴有關，但討論的重心在於石榴的果實，也引用了北朝的史傳記載裡提到過的石榴故事，不外乎就是取其多子的象徵意義。當然身為皇宮中的妃嬪，尤其在傳統的父權文化下，母以子貴，多子基本上能夠給予母親一個地位上的保障，所以石榴本身確實屬於吉祥的物品，作為饋贈或祝禱也是常見的。

但必須注意的是，已經有學者仔細分辨《北齊書．魏收傳》那一段史料的內容，發現和元妃的狀況並不相同，其實不能相提並論；最重要的是，我認為石榴的果實和花朵是兩種不同的對象與概念，雖然二者都來自同一個植物。元春的代表花確確實實是石榴花，依據便在第五回寶玉神遊太虛幻境時所看到的預告各個女性命運的圖讖中，元春的判詞是「二十年來辨是非，榴花開處照宮闈」，可見元春的代表花很明確就是石榴花。

特別值得注意的是，第三十一回中出現的石榴花意象，那更與為元妃所創建的大觀園息息相關。當時，湘雲和她的貼身丫鬟翠縷在大家散會以後，也要回到她們的暫時住處，主僕兩人一路在大觀園裡走著，同時欣賞園中的景致，翠縷便問道：

「這荷花怎麼還不開？」史湘雲道：「時候沒到。」翠縷道：「這也和咱們家池子裏的一樣，也是樓子花？」湘雲道：「他們這個還不如咱們的。」翠縷道：「他們那邊有棵石榴，接連四五枝，真是樓子上起樓子，這也難為他長。」

所謂的「樓子花」是一個專有名詞，並非泛泛地形容一般好幾朵單獨的花高高低低分布在枝杈上的整副樣子，而是指某一朵花從花心裡長出來的雄蕊、雌蕊變成一枝花梗，頂端又開出一朵完整的花，看起來就如同蓋樓房一樣，一層上面還有一層，那是一種很特別的生物形態，來自於基因突變，在大自然中也並不常見。在這裡，曹雪芹將生活中的細緻觀察與他的敘事需要結合起來，以所謂的「樓子上起樓子」來象徵富貴的顯赫等級。

根據這一段主僕的對話，可知史家也有樓子花，但他們家開出樓子花的是荷花，不同於賈家的石榴花，並且賈家的石榴花不只是普通地起一層樓而已，它是接連四五枝的「樓子上起樓子」，簡直堪稱為奇觀，根本是世界上不可能出現的景象。就此，曹雪芹很明顯地利用合乎自然原理的生物狀態，又再進一步加以虛構誇張，目的便是要呈現賈家「樓子上起樓子」的非凡氣勢，更盛於史家。一般地說，賈、史、王、薛四大家族互相聯絡有親、共存共榮，但是賈家還要更勝一籌，其原因即在於府內出了一個皇妃。石榴花在大觀園中開出接連四五枝「樓子上起樓子」的特殊樣態，隱隱然其實也就是暗喻賈家出了一個皇妃，並催生了大觀園，因此才能夠取得更高於史家的聲勢，正是氣脈充足的巧妙體現。

但偏偏事情又沒有那麼簡單。曹雪芹深深瞭解到世間辯證的奧妙法則，即這個世界絕對沒有唯一的真理，有成便有毀，老子早已提醒我們：「禍兮福之所倚，福兮禍之所伏。」賈家開出了「樓子上起樓子」的石榴花，誠所謂「烈火烹油，鮮花著錦」（第十三回），然而其背後所暗藏的陰影事實上卻非常讓人驚恐，這是常人在羨慕甚或嫉妒的時候恐怕都不知道的。透過對書中諸多人物的研究，我越來越體會到每個人都有他的地獄，每個人都有他必須面對的弱點，也都有不為人所知的痛苦與煎熬，所以不要太輕易地批評別人，也不要太隨便地嫉妒或討厭別人，那都是我們在缺乏「滑疑之耀」的情況下，很容易做出的一種情緒化反應。

迎春之「懦」

接下來要討論的紅樓女性，是年齡居次的二小姐賈迎春，她是榮國府長房賈赦之女，由妾所生。參考第七十三回的回目「懦小姐不問累金鳳」，我便用「懦」字作為迎春的一字定評，也確實全書中關於迎春的性格描述都在支持著這個「懦」字，「懦」絕對是迎春最重要的一個性格特質，同時更可以說是她的人生悲劇的根源所在。

迎春之「懦」表現在哪裡呢？最鮮明的解說見諸第六十五回中，興兒向尤二姐介紹賈家的重要成員時，提到大家給迎春這位二姑娘起的諢名乃是「二木頭」，因為她「戳一針也不知噯喲一聲」。「木頭」真的是非常貼切的一個比喻，因為所謂的「木頭」即是死亡植物的遺體，完全沒有生機，缺乏作為一個活的生命體該有、必有的動態反應。具有這種人格特質的迎春，當然會遭受外在各式各樣的力量的欺凌和壓迫，然而當一個人不懂得或不願意反抗時，其實也等於是在自我縮減，別人自然而然就更會得寸進尺，一旦縮減到最後，便會把自我吞沒，那也正是迎春的悲劇所在。西方很早便提出「性格決定命運」的說法，我真的覺得確實是迎春的性格決定了她的命運，小說家在她身上顯示出對古老箴言很慘烈的一個印證。

除興兒之所言，第五十七回透過寶釵的心理活動，也讓讀者得知「迎春是個有氣的死人，連他自己尚未照管齊全」，當然更照顧不來寄住在她房裡的邢岫烟，於是岫烟也說：「二姐姐也是個老實人，也不大留心，我使他的東西，他雖不說什麼，他那些媽媽丫頭，那一個是省事的，那一個是嘴裏不尖的？」此外，第七十三回中邢夫人也罵迎春「心活面軟」，意思是她的心思容易受影響，拿不定主意，又不敢拒絕別人，以至於做事不知道堅持原則，也沒有能力捍衛基本的界線，到最後一直不斷地犧牲自己，配合別人。而第七十七回迎春之大丫頭司棋的內心獨白，同樣是說迎春「語言遲慢，耳軟心活，是不能作主的」，在在顯示她沒有魄力，沒有堅定的意志力，不敢表達自己的想法，因此發生事故時便無法作主，難怪連自己的命運都不能夠自己選擇、自己爭取。

以上種種關於迎春人格特質的評論都輻輳到同一個核心，即迎春事實上是沒有辦法幫助別人的一個人，因為她連自身都難保。如此軟弱無能的人物，以「懦」字作為她的一字定評是毫無問題的，而她之所以沒有代表花，主要的原因就是木頭怎麼能開出花呢？

探春之「敏」

再下來是三姑娘探春。第五十五回鳳姐目睹探春上任理家之後一鳴驚人的表現，她深深感覺到家裡多了一個人才、一副臂膀可以互相幫襯，畢竟她一個人終究孤掌難鳴，獨木難支大梁。就在這個過程中，王熙鳳非常客觀地把賈家的各方人等做了一番評論，對平兒說道：

> 雖有個寶玉，他又不是這裏頭的貨，縱收伏了他也不中用。大奶奶是個佛爺，也不中用。二姑娘更不中用，亦且不是這屋裏的人。四姑娘小呢。蘭小子更小。環兒更是個燎毛的小凍貓子，只等有熱灶火坑讓他鑽去罷。真真一個娘肚子裏跑出這個天懸地隔的兩個人來，我想到這裏就不伏。再者林丫頭和寶姑娘他兩個倒好，偏又都是親戚，又不好管咱家務事。況且一個是美人

燈兒，風吹吹就壞了；一個是拿定了主意，「不干己事不張口，一問搖頭三不知」，也難十分去問他。倒只剩了三姑娘一個，心裏嘴裏都也來的，又是咱家的正人，太太又疼他，雖然面上淡淡的，皆因是趙姨娘那老東西鬧的，心裏卻是和寶玉一樣呢。

確實，探春擁有內在高度的品格與才能，心思細膩精密，口才又好，懂得說話的分寸，是十分難得的人才。然而，請注意「又是咱家的正人」一句，很多讀者論及探春的性格尖銳如同玫瑰花時，都認定她之所以帶刺是因為有自卑感，只要一碰觸到她庶出的身分，她就十分敏感，所以才會激烈反擊。必須說這類的推論是不正確的，其實探春一點都不自卑，也根本不需要自卑，她才不會為出身而敏感，因為如此光明正大的人根本不會在乎所謂的出身，所謂「英雄不怕出身低」，真正的英雄看到的是高遠的層次，更何況她姓賈，是名正言順的賈家子孫、貴族血脈，即王熙鳳所謂「咱家的正人」，因此平兒也說：「他便不是太太養的，難道誰敢小看他，不與別的一樣看了？」顯然和庶出是否就更沒有關係了，足證上述常見的自卑說根本扞格不通，和探春的性格及其真正的身分歸屬是完全不合契的想當然耳。總而言之，王熙鳳掐指算到後來，唯獨探春一個才是足以和她搭檔的理想人選。

透過脂硯齋的批語，以及第五十六回的回目「敏探春興利除宿弊」的提示，我便採用「敏」字作為賈探春的一字定評。脂硯齋特別挑出回目中的「敏」字，做了一番很清楚的說明：

探春看得透，拏得定，說得出，辦得來，是有才幹者，故贈以「敏」字。

毋庸置疑，脂硯齋對「敏」字所提供的詮釋是最精準的。「敏」表示一個人擁有在群體世界中迅捷斡旋的反應態度、才幹氣魄、決斷力、真知灼見及長遠的策略。探春的才幹與黛玉的詩才並不一樣，雖然其實黛玉也有與探春類似的一面，但由於她天賦上的深閨弱質無法負擔人世的繁雜，於是選擇留在閨閣中吟詠個人的性靈；而探春屬於儒家的那一派，因此她一方面可以獨善其身，一方面也可以積極介入人群中。

依照脂硯齋所提到探春的四個特點，以下一一進行分析說明。

首先，所謂的「看得透」，即具有高度的判斷力，那實在不是一件容易的事。應該說判斷力是來自於高度的認識力，而「認識」這個心理活動背後所牽涉的關鍵在哪裡？如何才能掌握主從之分、輕重緩急的界限？這些都需要有很高的智慧、學養和自我訓練才能做到。沒有認識力就沒有好的判斷力，可是認識力需要優異的天賦加上後天的努力，始足以培養出來，而探春便具備了這兩個條件，所以她「看得透」，不會只流於表面而被小人的行為所蒙蔽，也不會只專注於短暫的無常現象而浮動反覆，她看到的是現象背後的真相和核心，因此清晰而堅定。有判斷力的人通常不會優柔寡斷，不會容許自己在灰色地帶裡猶豫煎熬而舉棋不定，也不會因為想要討好兩端而左右失據。探春之所以「拏得定」，關鍵在於她只要一做出判斷之後，便會依據這個非常精準的原則，接下來清清楚楚地朝著此一定向進行處理，由此顯示出一種魄力。

而「說得出」是指有絕佳的表達能力，可以抓住重點、掌握邏輯，把一個道理說得非常清楚，那也真的不是一件容易的事情。想想看，有的時候雖然心裡明白，可是卻說得不清不楚，類似的情況我們自己都發生過，比如找不到恰當的語詞，或者沒有清晰的思路便開始描述，結果就陷入夾纏混亂之中，讓人聽不懂。探春不僅擁有絕佳的判斷力，對於事態的輕重主從之分可以非常迅速地把握，同時在口頭言說上也有條有理，最重要的是抓住重點，讓對方無法在枝枝節節的地方糾纏而模糊焦點，因此清晰有力，直指核心。第五十五回王熙鳳已經點出「倒只剩了三姑娘一個，心裏嘴裏都也來的，又是咱家的正人」，所謂「心裏也來的」便相當於「看得透」，而「嘴裏也來的」即口才非常，能夠把道理說得最精準、最清楚，很快地把不必要的糾葛剪除殆盡。同時，「說得出」還包括一種不畏壓力敢於表達的勇氣，唯有如此才足以顯示出好口才的真正價值。顯然這樣的「說得出」實在是不容易的，難怪會特別得到王熙鳳的讚賞。

探春另外一處口才絕佳的表現，在於第七十四回抄檢大觀園的過程中。當時王善保家的媳婦藐視這位年輕的主子，很沒有眼色地故意掀探春的裙子，還說了幾句非常僭越無禮的話，簡直把探春當成私藏贓物的竊賊，於是探春立刻毫不客氣地給了她一巴掌，那當然也是王善保家的媳婦應得的懲罰，因為她自視甚高，以為具有邢夫人陪房的優勢，便可以不把探春放在眼裡。從彼此的針鋒相對中，清楚可以看出不僅探春的口才一流，就連她的丫鬟待書也很伶牙俐齒，給予對方狠辣的反擊，因此王熙鳳讚歎說：「好丫頭，真是有其主必有其僕。」探春聽了，冷笑道：「我們作賊的人，嘴裏都有三言兩語的。這還算笨的，背地裏就只不會調唆主子。」其實這話充滿反諷的意味，意思是說，你們既然把我們當賊看、羞辱我們，我便順著這個羞辱以諷刺的方式承認我們是做賊的，既然是賊當然油嘴滑舌，而手下的待書還不夠厲害，缺點還有很多，但她有一個優點就是背地裡不會挑唆主子，不會做出小人的行為。這其實都是在諷刺王善保家的媳婦暗箭傷人、挑撥離間。

探春在這種情況下還能夠用詞精準，字字都正中對方的禍心，讓對方的惡形惡狀無所遁形又無法反駁，真的是非常精彩！一般人都誤會了，當吵架的時候，說話過度尖銳而流於傷害性的人其實不是真正會爭論的人，口才不是用在那種地方的，例如晴雯便屬於這一種，試看第五十八回芳官的乾娘欺負芳官，因此在怡紅院鬧出風波，那個婆子一味蠻橫地強詞奪理，襲人便喚麝月道：「我不會和人拌嘴，晴雯性太急，你快過去震嚇他兩句。」相形之下，探春的口才在這幾個特殊的場景裡表現得既具有君子之風，可是又不為小人所欺，還能恰當反擊，讓對方只得棄甲繳械，誠屬真正高明的君子！一般說來，敦厚老實的君子容易被小人所蒙蔽、所欺侮，那也是我們在歷史中常常看到的悲劇，但探春則是一個非常聰明的君子，所以絕對不會被小人騎到頭上，她也很能夠堅持分寸，懂得適時給予下馬威，讓對方知難而退，如此種種實在都是非常不容易的境界。

此外，探春還有處理事務的高度能力，即「辦得來」，這又讓她更高一層。試想：有的人看得透、拿得定也說得出，可就是沒有辦法調動一群人做事，於是只能當輔助性的幕僚。能夠指揮一群人共同合作，使每個人各安其位，發揮他們各有的才能，大家相輔相成，把事情迅速有效且乾淨俐落地完成，那實在是太不容易了，得要有很高的領導能力才足以做到。探春深具幹才，這份幹才就是指直接處理事務的能力，首先是體現於結詩社一事，第三十七回她寫了一副花箋給寶玉，想要號召園中的姊姊妹妹們一起來舒展性靈風雅，不必讓男人專擅，女兒也可以不讓鬚眉。此時的探春還處於韜光養晦的沉潛階段，既然不在其位便不謀其政，故而她不自我張揚、不過分展現自己，只把實務才幹用在業餘的結詩社上，堪稱是一名非常有為有守的優秀女性。

探春展現幹才的第二次，也是最重大的一件事，就是我們所熟知的整頓大觀園。當時接替鳳姐來協理大觀園的有三位金釵，第一個是李紈，身為賈府的媳婦，那是她應該負擔的家務事，由她出面管理，具有倫理上的優勢，也因此名正言順，可是她的性格太過於溫厚寬和，下人都不怕她，因此李紈基本上是掛名的，是一塊理家的招牌，確保這幾個人的理家名正言順；而利用李紈長嫂的倫理優勢賦予職責，那也是王夫人安排人選的絕佳策略之一。第二個是寶釵，透過外人的參與可以讓家人們更加收斂，不敢放肆，而起到約束的效果，但也因為寶釵是異姓親戚的關係，她不好過多地介入家務事，所以常常只是從旁做一名幕僚，提供一些意見，很多時候都保持緘默，因為她懂得分寸，這麼一來，實際上操持家務和決策執行的人都是探春。讀者可以發現，自第五十五回以後，探春的戲份突然大幅增加，正是因為她已經處在一個合適的位置上，可以浮出檯面開始展現才氣縱橫的輝煌生涯。根據以上的種種情況，可以印證探春確實是說得出、辦得來，堪可贈以「敏」字。

由此足見脂硯齋的那四句話雖然非常簡單，總共才十二個字，卻足以把探春所有的優點都面面俱到地表達出來。

此外，還應該特別注意的，是第五回中關於探春的人物判詞，作者所提供的描述乃「才自精明志自高」，其中的「才」是一種能力，「志」是志氣，屬於精神上對理想的追求與對品格的堅持，這一點至關緊要。因為一個人有才能而缺乏理想、品格，便會流為梟雄，例如曹操之類；可是有理想卻沒有才幹的人，則會眼高手低，變成一個沒有用的君子。有才而無志的代表，在《紅樓夢》裡不就是王熙鳳嗎？而有志卻無才的人物，可以舉甄士隱為例，第一回說他的全名叫作「甄費」，脂硯齋的評點指出那是要用以諧音「真廢」，暗示這位「神仙一流人品」其實真是沒用！可見有才又有志，才是對現實世界具有提升力量的一種人格特質，而探春便完全符合此等條件。

其實，探春在幹才之外，還身懷文才及書法才藝，其文才雖然與寶釵、黛玉不能相比，但也絕非平庸。例如第三十八回中大家分題作菊花詩，黛玉的作品因為題目新、立意也新，非常纖巧，於是得了第一名，而第二名的名單裡即包括了探春，可見探春的詩才事實上並不太算遜色，她具有良好的文學素養。再看第三十七回她寫給寶玉的那一副花箋，便是用十分整齊優美的駢文寫成，更何況詩社是在探春的號召下成立的，讓其他少女們都能夠藉此充分地吟詠風月、抒情言志，不也表現出文人雅士的風範嗎？再加上她堪稱眾姊妹中最優秀的書法家，當元妃省親之後將姊妹們的詩篇編次完成，接著便是交給探春謄寫的，難怪秋爽齋裡擺放了滿桌的筆硯，這一項才華顯得高人一等，無出其右。

再看第二十七回，探春請託寶玉到外面走動的時候，順道替她找一些小玩意兒回來作為閨中消遣，她給寶玉的選擇標準為「樸而不俗、直而不拙」，即東西要樸素，但是不可以流於庸俗；不要有任何虛誇的雕飾，不過也不能一點精心的設計都沒有，而流於拙劣。可見探春既不喜歡「俗」與「拙」，也不欣賞過分裝飾、過分花巧，此人其實是非常中庸均衡的，不流於任何一種過分的極端，單單審美品味就極有意思。

總歸而言，探春不僅身懷四才，更重要的是人格與品味都很高尚，再加上對賈家的認同感很強，所以王熙鳳在細數一干人之後做出結論，宣稱唯有探春可作為臂膀，幫助她一起理家。鳳姐更說：「他又比我知書識字，更厲害一層了。」王熙鳳是沒有讀過書的，所以未曾受到較高深的思想訓練，培養更具穿透性的眼光，以至於無論她多麼能幹，也還是停留在「市俗」的層次，終究略遜探春一籌，由此益發凸顯出探春的卓越。

至於探春的代表花，小說中有過很明確的提示，其一便是紅杏花，主要是用來暗示探春的命運。

第六十三回眾人於寶玉的生日宴上掣花籤助興時，探春抽到的那一支上面畫有杏花，並且附帶一句詩云：「日邊紅杏倚雲栽。」這朵紅杏以雲層作為土壤，高高在上接近太陽，那當然帶有很濃厚的皇家寓意，而花籤上注云：「得此籤者，必得貴婿。」也暗指探春的夫家地位非常尊貴，她將來應該會成為海疆藩王的王妃。

探春的代表花之二是玫瑰花。第六十五回中，興兒在向尤二姐介紹家中的太太、小姐時，說道：「三姑娘的渾名是『玫瑰花』。……玫瑰花又紅又香，無人不愛的，只是刺戳手。也是一位神道，可惜不是太太養的，『老鴰窩裏出鳳凰』。」玫瑰花確實很美麗、很芳香，可惜渾身帶刺，但是如果給予尊重，讓它安靜地綻放生命的風采，不去加以侵犯，它是絕對不會反擊的；它之所以會戳手，是對那些無理逾越、失了分寸的入侵者的迎頭痛擊。探春這個人和迎春完全不一樣，迎春是「戳一針也不知噯喲一聲」，而玫瑰花則是：我尊重你，你也要尊重我，如果你逾越應有的分際，我也會毫不留情地一掌打回去加以反擊。探春絕對不會主動傷人，但卻勇於維護自己的尊嚴，人格不容侵犯，這是她很重要的人格特質，作者以玫瑰花作為探春的代表花之一，主要便是要展現她的性格風範。

探春是我最欣賞的一個人物，她有為有守，能夠拿捏世道情理的分寸，可以說，探春在其環境中的表現給了我們一個很好的參考與示範。

惜春之「僻」

接下來是對四妹妹惜春的探討。首先，對「惜春」這個名字其實可以有完全不同的理解，一般紅學界的普遍看法，是認為春天代表希望，象徵美好與完滿，成為各式各樣的人們心中所嚮往的一個象徵符碼，而前面加個「惜」字，則是在惋惜春天的離去，是對時光流逝、美麗事物消殞的感傷不捨。這種理解方式當然沒有錯，而從四春整體組成諧音「原應嘆息」的象徵來看，其中便包含著生滅的循環，對於一個追憶樂園的作者而言，少女的淪喪、青春的消逝、繁華的潰散，就如同春天離去、百花凋零一般，都是他心中難以磨滅的傷痛。

但是，一旦將惜春的「惜」字扣緊這位金釵本身的獨特性來思考，我發現這個「惜」字並不是指惋惜，而是完全相反的意思，即吝惜。其實惜春一點都不惋惜春天，因為她根本就不要春天，甚至厭惡春天！這名人物在《紅樓夢》中的第一次出場，是在第三回，作者透過黛玉的眼睛來呈現惜春的樣貌，她是「身量未足，形容尚小」。與此同時，迎春的形象是「肌膚微豐，合中身材，腮凝新荔，鼻膩鵝脂，溫柔沉默，觀之可親」，顯得平庸而缺乏個性。再看探春的容態，則是「削肩細腰，長挑身材，鴨蛋臉面，俊眼修眉，顧盼神飛，文彩精華，見之忘俗」，這般的人物形象會讓我們眼前為之一亮，顯示探春擁有非常鮮明的特性，在人群之中一眼即可以辨別出來。相較之下，惜春「身量未足，形容尚小」的體貌，基本上就是發育不完全，還是一個幼小的孩童，歲月在她身上尚未創造出使之區隔於他人的獨特性，因此對她的描寫完全沒有涉及專屬的個性特質，連屬於可以辨認的面目長相，作者都沒有一筆描寫。

最值得注意的是，從第三回黛玉眼中的「身量未足，形容尚小」，至第五十五回王熙鳳細數理家人才之際，給予惜春的評價也是「四姑娘小呢」，再到第七十四回抄檢大觀園，整個故事已經進入尾聲，但此時作者對於惜春的描寫依然是「年少，尚未識事」的「小孩子」。由此可見，自第三回一路到第七十四回，經過了七十幾回的漫長篇幅，時間在惜春身上卻幾乎是停頓的，她整個的人物形象等於沒有成長，一直都處於很幼小的狀態。這到底是怎麼回事？究竟是《紅樓夢》的敘事時間本來便十分緩慢，以至於大家的成長跡象都不明顯，或是另外有一種情況，即惜春根本是非常幼小，幼小到就算給她五年的時間，也還是只能成長為一個小朋友？而我覺得第二種的可能性最高，因為黛玉的案例已經呈現出從五、六歲到十五、六歲，長達十載的敘事過程，以及由時間所帶來的飛躍性的成長，惜春不應該置身於時間之外。不過奧妙的是，縱使惜春這般幼小，面對周遭環境卻也發展出一套處世哲學，一種適合她自身性格的應對之道。惜春與她周遭的環境交涉互動時所呈現出來的獨特人格特質，可以說是眾多金釵乃至所有紅樓人物中絕無僅有的一種。

我給惜春的一字定評是「僻」字，即冷僻、孤僻，很不合群的意思。而嚴格言之，其孤僻的程度豈止是不合群，對於惜春來說，她棄世、出世、厭世，選擇的是離開這個世界。面對這個她所厭惡的世界，她顯然十分憤世嫉俗，可是她年紀太小，以至於沒有辦法處理問題，世界對她來說就是一個過分龐大的罪惡，她那麼細小的拳頭如何有力量去抵抗？連自我保全都唯恐力有未逮，於是這小小的女孩便從佛家思想中找到一種處理此等困境的方式，亦即出世。對佛家來說，人間塵世形同「火宅」，遍布著罪惡的汙穢，是種種苦惱、焦慮、痛苦的禍首，惜春作為佛教徒，她充滿厭世的心態，所採取的方式便是放棄這個世界，選擇出世。從「僻」字也可以看出她盡量和世界切割、與世隔絕，主動選擇做一個局外人，不參與這個世界的任何成分，包括春天的盛美都寧可拋棄，正如第五回太虛幻境中，有關她的《紅樓夢曲．虛花悟》所說的「把這韶華打滅，覓那清淡天和」，由此也證明惜春的名字其實是「吝惜春天」的意思，所以此一「僻」字基本符合惜春的性格。

小說中有一段描述，恰好淋漓盡致地觸及「僻」字。第七十四回寫到「誰知惜春雖然年幼，卻天生成一種百折不回的廉介孤獨僻性」，作者在此清楚指出，一個人的人格構成必然包含先天因素，雖然先天成分並不是造就人格特質的全部充分條件，另外還有後天的環境因素也必須加進來，共同發揮作用。無論如何，作者已經告訴我們，這名小女孩與眾不同的孤獨僻性是與生俱來的一種特質，其實不止惜春，作者認為每個人都一定有各式各樣不同的天賦，例如寶玉是正邪兩賦，而惜春的天性則是一種「百折不回的廉介孤獨僻性」，其中的「廉」代表一種非常乾淨的人格特質，可是加上個「介」字，則已經變成是過分的潔癖。惜春對潔癖的堅持堪稱百折不回，絕不打折扣，絕不和稀泥，絕對沒有灰色地帶，她的世界不講人情世故，乾淨得沒有商量的餘地，那也是來自於她的天生稟性。

說實在的，這種個性很不容易與人相處，如果一個人追求潔癖到如此的程度，最後一定會淪為孤獨者，也確實惜春後來遁入空門，整日面對著青燈、佛卷，所過的正是一種非常空寂孤獨的生活。因此這個「僻」字也暗含著惜春有一點偏離健全之道，過分偏執與過分冷僻，以至於決絕，而那也恰恰符合心理學中所定義的病態人格特質。在此，所謂的「病態人格」並沒有批評高下的意思，只是用以說明在她的人格構成中帶有某些不尋常的要素，以及她和現實世界、和別人的互動模式是與一般人不同的。

如果要為惜春找一種代表花，其實非常令人困擾，因為在客觀的文本裡，作者完全沒有提到她和任何花卉有什麼關聯，巧婦難為無米之炊，既然作者沒有提及，我們便不可妄加揣測。雖然《紅樓夢曲．虛花悟》中說道：「將那三春看破，桃紅柳綠待如何？……說什麼，天上夭桃盛，雲中杏蕊多。到頭來，誰把秋捱過？」但所謂的桃紅、杏蕊都只是詩詞裡常見的套語，用來表示盛衰無常，和惜春之間並沒有針對性的關係，絕不能泛泛地穿鑿附會。

至於惜春為什麼沒有代表花，則可以找出非常合理的原因。簡單來說，惜春始終非常幼小，還不夠健全與成熟，可以說是「苗而不秀」，沒有足夠的後天學習和啟發，讓她可以逐漸地改變自己，於是她早早地便決定要擺脫這個世界，這樣的人當然不能開出花來，因為花朵是要植根在現實土壤中的。然而對惜春來說，土壤恐怕也是骯髒的地方，事實上她覺得整個世界都是骯髒的，任何地方都不能豁免，所以根本無所遁逃，最後就只能到空門內找到一片庇護之地。

黛玉之「愁」

關於林黛玉的一字定評，根據第五回對黛玉的判詞「堪憐詠絮才」，有人主張「才」字可以派上用場。所謂的「詠絮才」運用六朝才女謝道韞的典故，她歌詠雪花紛飛的景象「未若柳絮因風起」的名句膾炙人口，「詠絮」即用以讚美黛玉很有創作才華，非常扼要地傳達了黛玉讓人印象深刻的形象特質。不過我認為，單用「才」字來呈現黛玉的特質，其實並不夠充分而無法切中核心，因為這只展現她很會作詩的一面，而她頗具感傷性和毀滅性的生活樣貌卻無法完整呈現，不足以傳達黛玉那種使眼淚變成生命線的特殊狀態。而且「才」其實又分為很多種，有治世範疇的幹才，有創作方面的詩才，還有書法、繪畫之類的才藝，涉及的範圍太廣，單單一個「才」字過於籠統，很容易混淆，於是小說家特別說是「詠絮才」，以凸顯黛玉最主要的特徵。就此而言，將「才」字作為黛玉的一字定評其實並不精確。

再看第六十三回，眾金釵為寶玉慶生的過程裡，採用了一種很風雅的酒令遊戲：掣花籤，輪到黛玉的時候，她「伸手取了一根，只見上面畫著一枝芙蓉，題著『風露清愁』四字，那面一句舊詩，道是：莫怨東風當自嗟。」其中的「風露清愁」四個字，呈現出非常幽靜和寂寞的感覺，顯示了黛玉身處詩情畫意的生活情境中，自己彷彿和周遭的落花秋風融合為一，形成李商隱式的悲劇情態。在我看來，這可能比詩才更能夠展現黛玉主要的人格特質，所以用「愁」字來作為黛玉的一字定評，應該更為貼切。

同時在這一段情節裡，也清楚地告訴我們黛玉的代表花是芙蓉花。可是問題來了，芙蓉在中國傳統文化的認知中存在著兩種類屬：一種是木芙蓉，一種是水芙蓉。木芙蓉生長在陸地上，花朵碩大；而水芙蓉即是荷花，生長在水裡，那麼黛玉的代表花到底是水芙蓉還是木芙蓉？學界對此眾說紛紜，存在爭議的原因便在於晴雯作為黛玉的重像，她的代表花有所爭議。

具體來看第七十八回，當時寶玉問兩個小丫頭晴雯過世前說了什麼遺言，一個小丫頭很老實地把晴雯臨終時的痛苦掙扎做了如實陳述，但是寶玉並不滿意，繼續追問晴雯除了一夜喊娘之外，還叫了誰的名字？旁邊另一個伶俐的小丫頭便趁此機會，虛構了晴雯死後到天上做司花之神的謊話。這種浪漫的死亡正投寶玉之所好，如同傳說中李賀年紀輕輕二十七歲就死了，其實是被召到天上去修白玉樓文，都屬於一種用以平衡死亡之悲痛的心理反應，也是人類對自己喜愛的對象的一種補償心理的表現，並將之美化得更神聖、更美麗、更具有傳奇性，果然讓寶玉聽了以後轉悲為喜。接著寶玉又繼續追問晴雯是管哪一樣花的神？那丫頭聽了，一時謅不出來，恰好這是八月時節，園中池上芙蓉正開，小丫頭便見景生情，忙答道：

> 我也曾問他是管什麼花的神，告訴我們日後也好供養的。他說：「天機不可洩漏。你既這樣虔誠，我只告訴你，你只可告訴寶玉一人。除他之外若洩了天機，五雷就來轟頂的。」他就告訴我說，他就是專管這芙蓉花的。

而後寶玉被賈政叫去作詩，當他再回到園中時，「猛然見池上芙蓉，想起小丫鬟說晴雯作了芙蓉之神，不覺又喜歡起來，乃看著芙蓉嗟嘆了一會」。「池上芙蓉」這個詞在宋詩中曾出現過，而結合該詩中的上下文語脈，非常清楚地可知描寫的是陸生的木芙蓉，所以「池上芙蓉」並不等於水芙蓉或是荷花，而是木芙蓉，只是因為它長在水邊，枝杈往側邊延伸，它的枝葉甚至花朵便和水面交相輝映，這般的木芙蓉也可以叫作池上芙蓉。詳細的分析請參人物專論的部分。

寶釵之「時」

接下來談薛寶釵的一字定評與代表花。

第五回寶玉神遊太虛幻境時，看到關於釵、黛合一的判詞，其中的「可嘆停機德」一句形容的便是寶釵，於此用到樂羊子之妻的「停機」典故，以彰顯寶釵擁有傳統大家閨秀的完美品德。採取「德」字來作為寶釵的一字定評，當然沒有問題，不但具有文本根據，也很符合寶釵的人生價值觀。

此外，如果用「賢」字——賢、德二字往往有連稱的含義，如元春便是被封為賢德妃——來作為寶釵的一字定評，確實也可以，然而我思來想去，認為《紅樓夢》其實提供了另一個更重要的一字定評，而且那個字更能充分含括寶釵最被作者所肯定的高明智慧，因為「德」還只是指人與人之間相處的一種正面表現，可是寶釵並不僅止如此，她的心性處在一個更高明的境地。

作者於第五十六回回目上所擬設的「敏探春興利除宿弊，時寶釵小惠全大體」，已經清楚地給予這兩位優秀女性一字春秋，分別為「敏」字、「時」字，探春的「敏」已見前文所述。然而不幸的是，在充斥著個人主義、反對儒家禮教，不屑從群體中認識自我的現代意識中，通常很難察覺到該「時」字的重要性，尤其我們關於傳統文化和古典文學的素養實在是非常粗淺又單薄，難怪注定了視而不見。其實，「小惠全大體」斷斷不可解釋為寶釵很會做人，憑一點小手段就可以使各方皆大歡喜，以說明此人多麼高明，因為前面還有一個「時」字，「時」不單單只是用以表達活動過程中與先後相關聯的時間範疇，在中國儒家傳統的道德體系裡，這個字已經昇華成為宇宙的核心概念之一，因此也成為對最完美人格的描述。

對此，《孟子．萬章下》有幾段話提供了最佳佐證，孟子說道：

> 伊尹，……治亦進，亂亦進。……柳下惠，不羞汙君，不辭小官。進不隱賢，必以其道。遺佚而不怨，阨窮而不憫。與鄉人處，由由然不忍去也。「爾為爾，我為我，雖袒裼裸裎於我側，爾焉能浼我哉？」故聞柳下惠之風者，鄙夫寬，薄夫敦。……可以速而速，可以久而久，可以處而處，可以仕而仕，孔子也。

伯夷，聖之清者也；伊尹，聖之任者也；柳下惠，聖之和者也。孔子，聖之時者也。孔子之謂集大成。集大成也者，金聲而玉振之也。

由此我們可以發現，儒家其實非常多元而寬廣，一點都不迂腐，它尊重每一個人的性格特質，讓每一個人都能夠在自己的個性下去精進、去昇華，進而達到聖人境界。不要誤以為儒家就是僵化古板、壓抑個性的代表，那真是一種出自於無知的天大誤解，試看在孟子對儒家的道德體系建構中，即顯示了儒家承認或接受至少三種不同的聖人形態，因為每個人天賦的個性氣質是不能勉強的，但都可以在各自不同的性格下變成更好的人，好到極限便會成為聖人，這是儒家對個別差異的肯定。

以儒家的理想人格來說，第一種聖人形態叫作「聖之清者」。伯夷不同意周武王用「以暴易暴」的方式所建立的政權，寧願歸隱「採薇而食」，直至餓死首陽山，此人乾淨到極點，不打一點折扣，最後也勢必奉獻他的生命，作為保有理想的代價。

另外一種完全不同的聖人形態則是以伊尹為代表。伊尹「治亦進，亂亦進」，無論是處在光明的、美好的時代，還是黑暗的、混亂的時代，他都努力地勇往直前，努力地自我實踐，因為他希望藉由一己之力來推動這個世界前進。他不會在亂世的時候選擇明哲保身或者隱居不仕，而是大無畏地大踏步往前走去。像伊尹這樣的人便被稱為「聖之任者」，他們勇於任事、勇於承擔、勇於前進。

還有一種聖人形態乃是由柳下惠所體現，他「不羞汙君，不辭小官。進不隱賢，必以其道」。原來一個品德崇高的人不見得一定要和這個世界劃清界限，而是可以非常溫柔融洽地與之結合在一起，同時他的原則依然堅定鮮明，不同流合汙、沆瀣一氣，那也實屬難得。因此孟子稱柳下惠那般的聖人是「聖之和者」，和光同塵，與周遭世界並沒有扞格。

這三種人格形態十分不同，但是都被儒家稱為聖人，成為後人可以效法的最高典範。不過，正所謂的人外有人，以最全面的偉大人格來說，他們都還遠遠不夠，而真正的集大成者便是孔子，「孔子，聖之時者也」。從整段話的表述脈絡來看，顯然壓軸的「聖之時者」超越聖之任者、聖之清者、聖之和者，是一種最偉大、最全面的人格境界。而所謂的「聖之時者」，考察上下文可以得知，就是當清則清、當任則任、當和則和，能夠因時制宜，不墨守成規，不單一僵化地面對事物，所以孟子說：「孔子，聖之時者也。孔子之謂集大成。」

這個「時」字可圈可點，誠然是一個形容最偉大之人格境界的用詞，並且與孔子密切相關，而《紅樓夢》作者用「時」字來評價寶釵，顯示出對寶釵的人格給予了高度的讚美。可嘆太多的讀者都討厭寶釵，認為她做人太完美，一般人對做人太完美的人天生即容易產生反感，同樣地，「聖之時者」擁有靈動的智慧，那般層次的人一旦落入現實世界中，便很容易遭到懷疑，這實在是一個很奇怪並應該要警覺的心理反應。古人早已觀察到此一現象，如洪應明《菜根譚》中的經典名句所言：

> 淡薄之士，必為濃豔者所疑；檢飭之人，多為放肆者所忌。君子處此，固不可少變其操履，亦不可太露其鋒鋩。

顯然這是一般人很容易產生的本能心態：既然大家都熱衷於各種現實追求，於是認為淡泊之士是在故作姿態，作假欺瞞，而以自我為中心的放肆者也會對自我控制的檢飭之人產生疑忌，主張他們其實別有所圖。類似的疑忌心態真是處處可以得到印證，人們總覺得「非我族類，其心必異」，而且還要將其貶低，做出各種非理性的攻擊，反映出盲目的常見心態。例如黛玉有些任性，也很努力地在追求她心目中的愛情，刻意地要讓自己的才華得以顯現並獲取肯定，是一個非常爭勝好強的少女，所以在第四十五回之前，讀者會發現黛玉常常疑忌寶釵。面對這種世間的流俗常態，《菜根譚》則提醒我們：「君子處此，固不可少變其操履，亦不可太露其鋒鋩。」《菜根譚》中的這幾句話，很可以幫助我們仔細琢磨，應該如何在現實世界中調整自己——不是調整自己的原則，而是調整自己外顯的方式。

以寶釵而言，只要我們不帶有成見和先天的疑忌，便可以很清楚地看到，寶釵確實一直在努力使「老者安之，朋友信之，少者懷之」（《論語·公治長》），她真是盡心盡力讓周圍所有的人都能夠得到安頓，也因此常常體現出「飽而知人之飢，溫而知人之寒，逸而知人之勞」的難得心性。吃飽的人永遠不知道飢餓有多麼痛苦；當身上穿得很溫暖、很舒適的時候，根本不知道忍冬受凍的感覺是多麼刺骨；而在安逸悠閒的時候，也不知道勞苦揮汗的人是多麼吃力。正如散文作家琦君曾說過，一個吃過苦的人才能夠慈悲，誠哉斯言！確實如此，如果一路都太順利，根本不知道什麼叫受苦，又怎麼可能對人產生同情，怎麼可能瞭解對方需要什麼幫助？所以小小的挫折、小小的失敗、小小的不順利，都是上天給我們的恩賜，教我們懂得柔軟，懂得慈悲！

更何況寶釵出身於貴族家庭，是個不折不扣的閨秀千金、人中之鳳，卻還能夠「飽而知人之飢，溫而知人之寒，逸而知人之勞」，真是一種非常了不起的人格境界。所以作者用「時」字來作為寶釵的一字定評，我認為是很合理的，也與寶釵在小說中的各種表現非常一致。只是因為我們這個時代不講究禮貌教養、不講究心性修為，也不講究自我節制，以至於常常會對那一類的人產生疑忌，我們正是所謂的放肆者、濃豔者，所以總認為別人實際上也都是另有所圖，才會如此故作姿態。於此再一次地提醒大家：事實上《紅樓夢》的儒家血統是非常深厚的，那是精英文化的基本根柢，第七十三回即清楚說到不愛讀書的少年寶玉乃「《學》、《庸》、《二論》是帶注背得出的」，可見儒家經典不可或缺，也是寶釵的一字定評「時」字必定出於《孟子》的文化背景。我們如果不能夠認識或是接受這一點，便會與《紅樓夢》格格不入。而只有盡量在《紅樓夢》的世界裡思考問題、感同身受，才能真正地貼近它，那是很重要的一種閱讀訓練。

應該補充說明的是，有關薛寶釵的一字定評「時」字，依據的是《紅樓夢》第五十六回的回目，但不同的版本之間用字並不完全相同。由於《紅樓夢》的版本問題比較複雜，在此我們選擇曹雪芹生前便已經寫好，並且存留下來回數最多、最完整的定本：庚辰本。

庚辰本用「時」字來作為薛寶釵的一字定評，衡諸全書中薛寶釵的各種言行舉止的表現，誠可謂非常切合，寶釵面對不同的對象、身處不同的環境即扮演不同的角色，而且努力盡心到完美的極致。就這一點而言，我們現代人大概很不能理解，可是對大家閨秀或世家公子來說，那根本是理所當然的，先天的條件及後天教育的塑造，都使得友善待人此一品行已經內化到他們的心底，成為他們品格的一部分。這並不是所謂的作偽，也不是由外在強加的規訓而導致人對自我本性的異化，那其實是他們個性中的一部分，對他們來說，此乃理所當然、發自內心的表現，他們沒有敵人，唯一的敵人就是嫉妒他們的人。我在現實生活中真的見過這般的完美人物，近距離、遠距離默默地觀察很多年，發現他們堪稱薛寶釵的現代典範。

其實，世界是如此地豐富多元，每個人盡可以各適其性、各安其位，有的人是淡泊者，有的人是濃豔者，濃豔者可以熱衷於各種追求，但不必去質疑淡泊之士；同樣地，放肆者可以充分地享受伸展自我的痛快，而不必去懷疑、去猜忌那些超越自我的檢飭之人。每個人的人生價值觀都不一樣，每一種生命的造型和關於這個世界的圖像也彼此截然不同，沒有必要以自己所習慣的信念來誹鄙別人。而對於薛寶釵的眾多曲解，或許正反映了我們這個時代過於個人主義的集體風氣。

寶釵的代表花是牡丹花。在第六十三回「壽怡紅群芳開夜宴」中，寶釵抽到的花籤上「畫著一支牡丹，題著『艷冠群芳』四字，下面又有鐫的小字一句唐詩，道是：任是無情也動人。」「艷冠群芳」四個字明確地讚美此人非常漂亮，與黛玉的美麗可以分庭抗禮，然而如果真的要選出第一，寶釵恐怕還是首選，第五回便說：「來了一個薛寶釵，年歲雖大不多，然品格端方，容貌豐美，人多謂黛玉所不及。」第四十九回寶玉也提到「你們成日家只說寶姐姐是絕色的人物」，顯無疑義，加上寶釵的人格特質在傳統時代中是最完美的，這個人實在沒有任何缺點，倘若非得派上缺點的話，大概就是她缺乏改革的信念。

至於花籤上的籤詩「任是無情也動人」乃是一種假設性的複句結構，存在著讓步語氣，因此其中的「無情」二字絕對不可以斷章割裂來看，而誤以為作者是要用這個詞去批判寶釵。正確的解讀方法是聯繫整首詩的上下脈絡進行分析，然後便會瞭解那其實是說此人哪怕無情也還是很動人，何況她一點都不無情，所以更動人，因此稱她為「艷冠群芳」。詳細的分析請參人物專論的部分。

湘雲之「豪」

接下來進入下一個人物，史湘雲。

基於《紅樓夢》中各個人物的展現，讀者很容易誤以為曹雪芹寫《紅樓夢》的宗旨是反封建禮教，張揚所謂的真人真性，如果就這一點而言，史湘雲確實可以被歸類到具有率真人格特質的那一群人之中，但她從來都不曾反封建禮教，可見那些常見的論調確實過於簡單化。至於史湘雲的一字定評，我想還是用「豪」字比較切合。

此字出於第五回，當賈寶玉神遊太虛幻境時，耳聞了非常動聽的《紅樓夢十二曲》，其中有一支針對史湘雲而作的曲子題為〈樂中悲〉，透過曲文的敘述，我們可以看出史湘雲先天具有一種非常特別的素質。她和林黛玉不同，林黛玉天生注定是要還淚的，所以她整天哭泣，每每自苦，一味鑽牛角尖，相較之下，史湘雲的命運其實更為不幸，自幼父母雙亡，由叔父和嬸母照管，但二位長輩基本上就是把這位千金小姐當成廉價勞工，湘雲每天都得做各式各樣的針黹女紅，常常要持續到三更半夜，而且沒有薪水可領；有時稍微幫襲人做一點精巧的活計，被嬸母看到了還會不受用，只有來到賈府時才能恢復一點青春少女的活潑快樂。且看第三十六回，史家打發人來接她回去，只見「那史湘雲只是眼淚汪汪的，見有他家人在跟前，又不敢十分委曲」，在此必須注意《紅樓夢》裡所謂的家人，大部分的時候指的是奴僕。這時家裡的奴僕來接她，湘雲分明很捨不得回去，眼淚都快掉下來了，可是她卻連流露出不捨的情緒也不敢，所以寶釵很體貼地反倒催促她趕快離開，以免回家後又要受罪。

很明顯地，真正處境惡劣的史湘雲並沒有像林黛玉那般整天為自己的不幸怨天尤人，她生來就帶有一種很特殊的開朗稟賦，具備非常健全的天性，即〈樂中悲〉所謂的「幸生來，英豪闊大寬宏量」，使得她不會偏執地、情緒化地回應現實的遭遇，即使處境悲慘，也可以毫無心機地看待人生、看待世界。

史湘雲也「從未將兒女私情略縈心上」，不被種種細膩的、雖然有時候很悱惻動人，可是實在太過糾纏的心思所困限。「好一似，霽月光風耀玉堂」，史湘雲生在富貴人家，卻擁有如同光風霽月般的坦蕩人格，那該是多麼迷人！所以我認為，「豪」字比較貼近史湘雲的人格描述，而「光風霽月」或者「寬宏大量」這些成語都可以參與到「豪」字的內涵聯想之中，因為豪爽、豪邁等形容詞本即讓我們感受到一個人的豁達明朗，不至於斤斤計較，也不會把個人情緒過分地放大。

根據第六十三回掣花籤的情節，可以斷定史湘雲的代表花乃是海棠花。回到傳統文化脈絡中探尋海棠花的象徵內涵，可以發現此花地位崇高，唐代賈耽《百花譜》裡便稱海棠為花中神仙。雖然歷代的《群芳譜》或《花譜》對於各種花的評價及其所衍生、投射的象徵意涵多少會有些變動，但採用「花中神仙」這個意象來形容史湘雲，應該是比較貼切的。史湘雲不大像是人間凡種，她不怎麼具有一般的人性弱點，即得意時便開心張揚，失意時即怨懟不已。史湘雲超越了她的孤兒處境，依然能夠那樣開闊爽朗，猶如霽月光風一般散發給周遭的人，而不會給別人帶來情緒的負擔，那真的是非常不容易的一件事情。「花中神仙」這個評價比較能夠展現出史湘雲的脫俗，而她的脫俗和林黛玉的脫俗不同。其實一旦仔細分辨、客觀評量之後，應該說林黛玉是一個「濃豔者」，具有較強的人間性，她很執著甚至陷溺於現世的某一些情感和情緒，那些頻繁的傷春悲秋都仍然是屬於此岸世界的；而史湘雲則根本不把這類得失悲喜放在心上，她不往內去鑽營糾結，而是向外去擴延舒展，於是她的世界就不會只偏執在個人的小小天地中。

其實海棠花的品種有很多，有春天綻放的，也有秋天吐蕊的，還有一種是四季都可以開花的，而富貴人家種植的海棠自然非比尋常，比如怡紅院中蕉棠兩植，其中一株即是珍貴的西府海棠。以秋天開花的種類來說，便稱為秋海棠，根據明代《群芳譜》的說明，秋海棠的異名也稱「斷腸花」或是「相思草」。如果把《紅樓夢》看成是一闋關於女兒的集體悲劇命運交響曲，秋海棠便特別能夠展現出史湘雲作為一名悲劇女兒會有的悲劇下場，〈樂中悲〉所說的「終久是雲散高唐，水涸湘江」，清楚暗示湘雲也會不幸地守寡，孤獨一生。不過由於後稿的遺失，無法確定曹雪芹或小說的原意，讀者大約領略即可，也無須過度地穿鑿附會。

李紈之「靜」

下面進入正冊中又一個重要人物：李紈。

曹雪芹非常特別又細膩地透過花品，呈現出李紈被隱藏在意識表層底下那幽微的一面，觸及了潛意識裡的某一些生命原欲。第四回寫道：

> 原來這李氏即賈珠之妻。珠雖夭亡，幸存一子，取名賈蘭，今方五歲，已入學攻書。這李氏亦係金陵名宦之女，父名李守中，曾為國子監祭酒，族中男女無有不誦詩讀書者。至李守中繼

承以來，便說「女子無才便有德」，故生了李氏時，便不十分令其讀書，只不過將些《女四書》、《列女傳》、《賢媛集》等三四種書，使他認得幾個字，記得前朝這幾個賢女便罷了，却只以紡績井臼為要，因取名為李紈，字宮裁。

從這一段介紹可以得知，作者不太強調李紈的先天稟賦，而是凸顯後天教育在她身上所發揮的壓倒性影響。李紈的父親叫作「李守中」，依據脂硯齋的指示，此名乃是諧音「理守中」，蘊含著守住正統中道，代表了儒家禮教的那一套正統觀念；而李紈的「紈」字則與婦德和婦功有關，「紈」字即紈素，代表精細的絲織品，與自古以來女性的生活樣態和她們的價值內涵密不可分。

有學者做過相關研究，認為「李紈」這個名字可能是出自於李白〈擬古十二首〉第一首的「閨人理紈素」，二者剛好存在諧音的對應關係。我覺得此一推測很有道理，但也沒人敢百分之百確定，曹雪芹到底是從豐沛的中國文化和文學傳統的哪個方面汲取命名的靈感。倘若據此加以分析來看，「閨人」指閨中女性，即少婦或少女，她們在閨中「理紈素」，從事的完全是和女性空間有關的女性活動。「閨人理紈素」這句詩如實地傳達出在傳統婦德的教育下，女性被限定於某種活動類型中，一則與李紈的命名有諧音現象，二則整句詩也符合李紈最重要的基本人物設定，所以該研究成果還是很有值得參考的地方。

一個女孩子被取名為「紈」，又字「宮裁」，名與字之間相輔相成，「紈」與「裁」二者代表因果關係並具有邏輯意涵，就性別意義來說，也與「女子無才便是德」的觀念完全吻合。再看李紈只讀過一些《女四書》、《列女傳》、《賢媛集》等，這類書的內容大致都是讚美女性的典範，而書中的女子又全是以輔助性角色出現的，簡單地說，女性之所以會被讚揚，原因在於她把所有的才能及生命意義都用來作為男性的輔助，只要能夠成功地輔助男性，做一位好母親、好妻子、好媳婦等，她就是一名有價值的、成功的女性。當然以我們今天的立場來說，不會認為那是好的、理想的觀念，但我還是要再度重申，希望大家必須有一個心態，即瞭解到我們之所以會認為此種情況並不可取，是因為我們這個時代在努力地往前走，但在理解過去的文化和文學遺產時，卻不應該用今天的角度去評判，以免落入時代錯置的陷阱，造成削足適履的問題。

確實，後天教育完全內化到李紈的核心人格，把她塑造成為一個賢女、賢媛，「因此這李紈雖青春喪偶，居家處膏粱錦繡之中，竟如槁木死灰一般」。然而青春大都是奔放的、是追求的、是向外探尋的，何況又生活在膏粱錦繡的富貴人家，面臨更多的各種外在誘惑，但李紈身處如此的生命階段和外在環境下，竟然「一概無見無聞，唯知侍親養子，外則陪侍小姑等針黹誦讀而已」。揣摩良久之後，我發現作者無形中傳達出對於李紈現有的人格情態的一種因果性解釋，也就是說，「因此這李紈雖青春喪偶，居家處膏粱錦繡之中，竟如槁木死灰一般」的「因此」這個詞，說明了後天教育是造成她現在這般模樣的主要原因，她從小所接受的教育已經變得和她的呼吸一樣，渾然天成，如同我們也很少去懷疑從小就接受、習以為常的現代觀念。

可見李紈這個人物的塑造範疇和林黛玉、史湘雲或者賈惜春都不相同，作者並沒有強調她先天的稟賦，而主要是在描述她的成長過程，由此看來，她的天賦應該是比較普通，和我們平常人差不多，而平常人受後天的影響其實是更大的。在後天的教育之下，李紈被塑造成「竹籬茅舍自甘心」，展現出完全不問世事，也與世無爭的一種生命姿態，這是我們今天一般人往往不大能夠理解的奧妙之處。

在第六十三回「壽怡紅群芳開夜宴」一段情節中，李紈抽到的花籤上畫著一枝老梅，所以她的代表花即是梅花。梅花本身便具有遺世獨立的意味，再加上個「老」字，更是有如老僧入定一般，處於一種禪心淡泊、夷然不動的狀態。籤上附帶的一句「竹籬茅舍自甘心」，出自宋朝王淇的〈梅〉詩，它的前一句是「不受塵埃半點侵」，意指世間的半點塵埃都侵擾不到她身上，她對外面的世界已經完全漠不關心，因為她是名寡婦。這是對女性的貞節要求所致，如果一個寡婦還存有對生命的熱情，別人很容易會覺得她不安於室，而增加出軌的疑慮。對此，我們現在看來都會覺得很不合理，但那個時代認為這才是最高的婦德表現，李紈則完全內化了這一套價值觀。那支籤上還注云：「自飲一杯，下家擲骰。」自己的酒自己喝，在人生的路上，作為一個寡婦便要自甘其道，沒有人可以與你共飲這一杯人生之苦酒，所以是非常孤獨的一種處境。但話說回來，從本質上而言，其實何獨寡婦為然，誰人不是如此？只是寡婦特別明顯而已。在掣花籤的一段情節中，「自飲一杯」或者「共飲一杯」也都與簽主的性格命運是相關的。

有趣的是，李紈抽到這支籤時的反應竟然是感到欣欣然，深獲我心！她覺得這支籤太好了，讓她心有戚戚焉，完全能夠共鳴，所以笑道：「真有趣，你們擲去罷。我只自吃一杯，不問你們的廢與興。」世界的滄桑興亡、人的生死得失，對她而言都不在人生的視野之中，她甘心於竹籬茅舍，在自己劃定的小小世界裡棲居，終身安於這般的狀態，所以「槁木死灰」、「一概無見無聞」等形容語句全部都是同質同構的，互相呼應，表明李紈將婦德視為她人生的最高理想，並且充分實踐，不問周邊事物的廢與興。

同樣地，在第六十五回中，興兒給尤二姐介紹李紈時也說道：「我們家這位寡婦奶奶，他的渾名叫作『大菩薩』，第一個善德人。我們家的規矩又大，寡婦奶奶們不管事，只宜清淨守節。妙在姑娘又多，只把姑娘們交給他，看書寫字，學針線，學道理，這是他的責任。除此問事不知，說事不管。」我們可以清楚地發現，種種小細節都非常一致地輻輳到同一個核心，即李紈要做一位完美的寡婦、完美的女性典範。她待人待事寬和大度，然而寬和一旦太過即變成放縱，所以下人都不怕她，因為她不管事、一概無見無聞，不把這個世界的得失放在心上，所以對下人來說，她當然是「第一個善德人」。而對於大戶門閥、貴族仕宦之家，寡婦奶奶們向來不管事，以此等的家族特性來說，只要是守寡了，便應該恬淡自甘，做到清淨守節，不宜對現實世界還有任何積極的參與。果然李紈也確實完全符合這一套要求，她在家庭內部閨閣中所要做的唯一工作，就是陪伴未出嫁的小姑們，帶著她們學一些針線規矩，把婦德灌輸給姊妹。可見這幾段重要的、相關的描述都一致地指向老梅花此一意象，李紈在其意識層次上很篤定地走向一條寡婦清淨守節的人生道路。

以這般的生命形態而言，可用「靜」字作為李紈的一字定評。中國傳統婦女在守節之際，她們的內心狀態常被比喻為心如止水、波瀾不興，如唐代孟郊〈列女操〉詩中所言：「波瀾誓不起，妾心井中水。」以宣示情感的忠貞，不被外力所誘惑而發生搖盪。我之所以給李紈一個「靜」字，著眼點在於回應傳統女性守節時常常會使用到的意象，表達出那種沉靜無求，不為外界風起雲湧的干擾和刺激所動。

然而必須注意的是，李紈這株老梅畢竟是個活生生的人，其內在依然同樣保有任何一個存在的、活生生的人都會具備的生命本能。事實上，李紈根本不可能完全心如止水，她的心表面上是所謂的槁木死灰，可其實在灰燼之下還是有一些殘餘的火焰在燜燒，有的時候會躥出來一些火星，顯示出情緒的翻攪，所以我喜歡用「休火山」來描述她。李紈絕對不是死火山，她的生命力只是表面上沉睡甚至消亡，但實際上她還是一個活生生的人，所以曹雪芹特別以紅杏與老梅並置，透過紅杏來體現出李紈本身所沒有察覺，也是每一個人都不可能完全根除的另一個內在的自我。李紈在小說中很有趣的幾個現象，都來自於這個自我，包括她非常節省甚至吝嗇，對於金錢很敏感，還會嫉妒她的同類，即和她處境很類似卻不像她那般甘於寂寞的人：妙玉。這些奧妙都留待人物專論的篇幅中再加以詳述。

妙玉之「潔」

妙玉作為一個妙齡的出家女性，照理來說，和李紈這位寡婦的處境最為接近，只不過妙玉是所謂的帶髮修行，更別有一番女性的吸引力。舉個例子，第四十四回中，當王熙鳳發現賈璉偷情時，在盛怒之下潑醋廝打，夫妻兩人鬧到賈母面前，賈璉被賈母喝令向鳳姐賠罪，賈璉一開始心有不甘，但他再看看王熙鳳，黃黃臉兒也沒有妝飾，卻比平常更加美麗可愛，於是心動氣軟，誠心誠意地道歉，可見不化妝有不化妝的美。所以說，女性的美有各式各樣的形態，不要以為濃妝豔抹就是最好看的，有的時候人淡如菊，又如水上青蓮、出水芙蓉，都別有一番魅力，猶如第三十七回寶釵〈詠白海棠詩〉所說的「淡極始知花更豔」，據此而言，妙玉恐怕擁有比濃妝豔抹更具誘惑力的女性美感。

同時妙玉的內心也確實不甘寂寞，於櫳翠庵中種植的是如胭脂一般的紅梅花，再加上她對寶玉保有一種很朦朧的情愫，還將自己每日使用的茶杯拿給寶玉使用，在在暗透出屬於塵世的少女情懷。作為一個極端潔癖的人，妙玉對劉姥姥喝過的茶杯是寧可砸碎或者丟掉，卻竟然把她個人專屬的杯具給寶玉使用，其中微妙的女兒心思已是昭然若揭。所以，雖然都是以梅花為代表花，藉以傳達那一種出世的生命處境，但妙玉的紅梅與李紈的老梅又十分不同，於是便出現同類之間非常微妙的特殊情緒反應。巧妙的是，紅梅花的「紅」所展現出來的人性內在，包括對生命、對生活的欲望和追求，於李紈身上的這一片死灰之中，卻是透過紅杏來呈示。

就妙玉而言，她的代表花即是紅梅花。在中國傳統文化的設定裡，梅花原本代表著超然的出世意象，然而「紅」卻是一種非常入世的、很具有世俗內涵的顏色，例如古典建築中的朱欄玉砌，宮殿內紅色的丹墀、朱紅色的亭柱，還有以紅色為主的喜慶婚宴等，都屬於紅塵色彩。乍看之下，紅梅花簡直有如小型的玫瑰，在白雪紅梅的優美圖景中，晶瑩剔透的白雪圍繞著豔麗的紅梅，襯托得紅梅更加鮮明搶眼，難怪寶玉看到櫳翠庵前面那十數株如胭脂般的紅梅時，會停下腳步細細賞玩一回方走，那真是非常具有審美性的一幅景象。故而紅梅既有出世也有入世的雙重形象，兼具一種很難兼容的矛盾性，也是妙玉這位少女最特別的一點。

我取「潔」字作為妙玉的一字定評，是根據第五回《紅樓夢曲》裡關於妙玉的曲子〈世難容〉，而導致這個曲名的原因是「過潔世同嫌」，曲文說：「氣質美如蘭，才華阜比仙。天生成孤癖人皆罕。你道是啖肉食腥羶，視綺羅俗厭；却不知太高人愈妒，過潔世同嫌。」妙玉同樣是先天帶來的一種孤僻性，加上後天官宦家庭培育出來千金小姐所特有的傲慢之氣，構成她很特別的性格。

不過事實上，曲文中的「高」與「潔」並不完全都是正面的描述，讀者一定不要斷章取義，切莫只因其中的某一個字詞便限定了全面的觀照，流於以偏概全或範疇混淆。試看「高」與「潔」這兩個字的前面都有一個很重要的副詞，即「太」與「過」，凡事太過或不及都會迷失它正面的那一面，所謂的「太高」其實更是過猶不及，而妙玉過分地把「高」當成一種偏執的價值，形成一種「高傲」，以至於和世界形成太大的決裂，當然就有人厭惡或嫉妒她的「高」；同樣地，一旦「過潔」便會「世同嫌」，過分潔癖必然造成別人的壓力，何況妙玉的過潔是真的太過極端，連黛玉都不被她放在眼裡，當面嫌棄黛玉是個大俗人，則可想而知，妙玉注定是難為世界所容。

在此，我要特別提醒大家思考一下：當世界容納不下你的時候，便反控世界的庸俗與骯髒，此乃很常見的一種評論方式，但我覺得那是一個不負責任的做法。難道你是世界的中心，其他人都得配合你才對？你堅持自己的個性，但別人也同樣有權利堅持他自己的個性，為什麼不順應你的人就叫作世俗，而你卻可以唯我獨尊，自詡為高潔而驕傲呢？要知道，高潔並不等於高傲，試看老莊再高潔不過，卻和光同塵，連鳥獸都可以和諧共處；程顥是位學問高深、品格崇高的理學家，卻讓人感到如沐春風，在在都證明高潔並不等於高傲。換句話說，一個高傲的人往往比較多的是「驕傲」，而不是「高潔」，這是我們應該仔細分辨的地方。

對妙玉此種「太高」、「過潔」之人格特性的形成原因，作者曾解釋如下：一是受天生的稟賦所影響，其二則是後天的環境使得她的「高」與「潔」發展得太過，那恐怕也不是作者所推崇的一種人格形態。「人格特質」與「人格價值」意義不同，這兩個詞完全是不同的概念，卻常常被混為一談：所謂的人格特質是構成或呈現某個人的一種特殊狀態，和好壞高下沒有關係，並不涉及評價；但當我們論稱人格價值的時候，指的是某一人格形態是有價值的，是值得追求的，它甚至可以成為很多人學習和效仿的對象。所以當我使用這兩個詞之際是有嚴格區分的。妙玉的人格特質便是太高、過潔，而從某個意義來說，因為「太」與「過」，她的人格特質也就被扭曲到另一個極端的方向，故而不能成為一種人格價值。

鳳姐之「辣」

對於《紅樓夢》全書，即使我真的是浸潤其中，不放過任何一個細節，但卻實在找不到王熙鳳的代表花。關於惜春與迎春，我已經找出一套心理的機制來解釋她們為什麼沒有代表花，然而在王熙鳳的部分，我目前還沒有答案，所以只好懸缺。學術界仍然不乏使用創造性的方式，來為懸缺的空白給予填補，例如有人提出一種說法，認為結合王熙鳳既美豔又毒辣，既精彩熱烈又陰暗深沉，具有既豐富又複雜的雙面性，於是便選擇罌粟花作為她的代表花。此一說法很有意思，也有一定的參考價值，可惜缺乏文本證據，所以我並不加以採用。

進一步而言，王熙鳳確實很漂亮，又非常精明能幹，而此人有時手段之毒辣，帶有不留後路的決絕，罌粟花似乎可以表達出這些特點。但其實，鴉片最早傳到東方的時候，乃是運用在外科手術中作為麻醉劑，屬於一種對病患大有幫助的醫藥產品，只是任何東西在使用時只要太過或不及，良藥也會變成毒藥。所以把鴉片當成是罪惡淵藪的一類論述，反映的是在半殖民時代之後，我們對此一物品的好惡已經受政治、國族命運的影響，其原意已經被大大改寫。倘若就這個角度來說，罌粟花可能較吻合王熙鳳的人格特質以及她與賈府的關係，亦即王熙鳳並不是只有毒鴉片的一面而已，事實上，我清清楚楚看到鳳姐背後所隱藏著非常無可奈何的辛酸面，而且王熙鳳也擁有心靈良善溫厚的那一面！王熙鳳這位女性非常複雜，絕對不能夠用白蟻大軍來簡化她，我們必須看到女強人背後的辛酸與犧牲，以及她非如此心狠手辣不可的那些不得已的苦衷，要成就女強人的輝煌，背後是以血淚為代價的。

關於王熙鳳的人物定評，其實很難單用一個字眼來概述，但《紅樓夢》提供一個很重要的關鍵字。在第三回裡，賈母向黛玉介紹這位未見其人、先聞其聲的人物時，說道：「你不認得他，他是我們這裏有名的一個潑皮破落戶兒，南省俗謂作『辣子』，你只叫他『鳳辣子』就是了。」其中的「辣子」一詞原本來自南方，是對所謂「潑皮破落戶兒」的一種暱稱、諢名或是貶詞。然而被賈母轉換一用，則成為「其辭若有憾焉，其實乃深喜之」（朱熹《四書集注》），意即表面上那些評價王熙鳳的話語有一點點負面，但「其實乃深喜之」才是關鍵。賈母常常用這樣的方式來表達她對兒孫的喜愛，最有代表性的一個例子，是在第四十回劉姥姥逛大觀園時，她們一行人來到探春的秋爽齋，停留片刻之後，賈母向薛姨媽笑道：

「咱們走罷。他們姊妹們都不大喜歡人來坐著，怕髒了屋子。咱們別沒眼色，正經坐一回子船喝酒去。」說著大家起身便走。探春笑道：「這是那裏的話，求著老太太姨太太來坐坐還不能呢。」賈母笑道：「我的這三丫頭卻好，只有兩個玉兒可惡。回來吃醉了，咱們偏往他們屋裏鬧去。」

顯然賈母很瞭解這些女孩子們的心思，知道她們比較喜歡清靜，不樂於外人打擾，只因需要招待外客，不可失禮，才不得已而勉強為之。賈母在此特別點出「只有兩個玉兒可惡」，兩個玉兒即黛玉和寶玉，可是賈母並非指責他們真的可惡，而其實是說這兩個人是我的心肝寶貝，卻偏偏有那麼多稀奇古怪的品性，真麻煩！很明顯，賈母以這般的方式來表達對兩個玉兒的一種偏愛，對王熙鳳也是如此，作為長輩的賈母完全明白晚輩身上具有小小的人格缺憾，而在必須凸顯那些缺憾的時候，常常便故意用反話。

因此，以「辣」字作為王熙鳳的一字定評是合理的。而且「辣」有很多種效果，有的時候是辣得夠味，有的時候是辣得嗆鼻，有的時候是辣到令人無法承受，眼淚鼻涕直流；辣是一種非常豐富的滋味，很多食物加了一點辣便很有風味，突然煥發出完全不同的吸引力。我認為王熙鳳這個人物也是如此，當她把「辣」發揮到極致的時候，對周圍人來說，恐怕都會是很大的壓力；可是當她不過分張揚之際，又會使周遭的人們感到輕鬆愉快，例如她很會說笑話，當她要說笑話的時候，大家都爭相走告，呼朋引伴，趕緊去聽二奶奶講笑話，因為錯過了實在可惜！此刻她便起到調味劑的正面作用，讓如此一個大家族裡沉悶肅穆的人際關係變得良性而活潑，更具有人情的詼諧和溫暖，所以賈母會疼愛她並不是沒有理由的。

寶琴與香菱

在此，我要補充兩位沒有放在正冊中的少女，首先要談寶釵的堂妹薛寶琴。

寶琴這位金釵是後起之秀，遲至第四十九回才第一次現身，卻青出於藍而勝於藍，排在前面那麼多耀眼的金釵之後上場，居然還可以一舉奪魁，領袖群芳，真可以說是曹雪芹的神來之筆。寶琴的代表花是哪一種呢？經過長期的研究推敲，我認為正確的答案應該是水仙花。主要的依據是在第五十二回，當時賈家的大總管賴大嬸子贈予寶琴兩盆臘梅、兩盆水仙，寶琴把其中的一盆臘梅送給探春，一盆水仙送給黛玉，黛玉收到以後還想轉送給寶玉。就此而言，臘梅和水仙便和寶琴有了聯結，尤其是水仙花，從名字到花品都顯示為不食人間煙火的仙子，很符合寶琴給人的印象。

恰恰在第四十三回中也寫到，寶玉要私祭投井死去的金釧兒，於是偷偷來到城外的水仙庵，他提到「這水仙庵裏面，因供的是洛神，故名水仙庵」，也證明「水仙」確實是水中女神的意思。剛好這兩處又是整部小說裡唯一提到「水仙」的地方，比對之下，寶琴豈不正是洛神般的優雅仙子嗎？難怪她一到賈府，便讓見多識廣的賈母驚豔不已，也被大家公推為最出色的少女。那麼，說寶琴的代表花是水仙花，應該是可以確定的。

接著，我們看金釵副冊中唯一提到的香菱。

香菱的身分比較模稜含糊，因為她事實上是望族大戶的女兒，可惜後來不幸淪落為拐子的貨品，變成黑戶賤民，只能夠做人家的侍妾或婢女，如此一來，她就被列入正冊與又副冊之間的副冊。透過第五回的人物圖讖，可以很清楚地看出香菱的代表花是蓮花，圖讖上用蓮花遭受到秋風霜降的摧殘之後蓮枯藕敗、水涸泥乾的景象，來暗示香菱的不幸命運。

關於香菱的一字定評，有兩個參考用字都很適合，其一是「呆」，其二是「苦」。就「呆」字而言，最關鍵的是第六十二回的回目「呆香菱情解石榴裙」給出了清楚的標示，香菱確實有憨厚、憨傻、可愛的一面，「呆」應該是她人格最重要的一個核心。有趣的是第四十八回中，香菱進園以後一心一意地作詩，沉醉入迷到了廢寢忘餐的程度，寶釵見狀忍不住憐惜地嘲笑她說：「何苦自尋煩惱。都是顰兒引的你，我和他算帳去。你本來呆頭呆腦的，再添上這個，越發弄成個呆子了。」脂硯齋也為香菱學詩批注云：「今以『呆』字為香菱定評，何等嫵媚之至也。」薛寶釵連用三個「呆」字形容香菱，再加上脂批注明「呆」字很能傳達出她的嫵媚感，更顯得她那天真純粹的可愛一面如在目前，所以這個「呆」字確實很恰當，脂硯齋也證明「呆」字是香菱的一字定評。

只不過香菱的存在狀態，整體上並不單以「呆」為主。另外，第四十八回中一再提及香菱整日苦心作詩，包括：「香菱拿了詩，回至蘅蕪苑中，諸事不顧，只向燈下一首一首的讀起來。寶釵連催他數次睡覺，他也不睡。寶釵見他這般苦心，只得隨他去了。」到了第四十九回，寶釵便笑著調侃道：「呆香菱之心苦，瘋湘雲之話多。」其中更將「呆」與「苦」連用並稱，如果把「苦」這個字單獨摘取出來，考察香菱整個人生的重要特質所在，應該也可以作為參考。她真的是最悲慘、最可憐的一個女孩子，小小年紀才五歲（實歲四歲）便被迫離開父母家人，在拐子的暴力陰影下生活，後來又被賣給薛蟠為妾，再受疼愛也都還是必須終日被人差遣。一般而言，人活在這種情況中很難健全地成長，尤其是在童年成長期就遭遇如此巨大的不幸，那種創傷幾乎是徹底影響一生的，但幸虧香菱天生呆頭呆腦，對那麼多悲慘的事情，她竟然可以用比較健全的方式去面對，種種慘烈的不幸遭遇居然沒有為她的性格帶來陰影、造成扭曲，真的是令人匪夷所思。我在仔細研究之後發現，原因可能源於她的先天稟賦與家族的血緣遺傳，尤其是其母親封氏的影響，使得她在這般的遭遇之下，還能夠有大家閨秀式的表現，這一點以後再詳細說明。

無論如何，香菱的遭遇是最苦楚的，她一輩子簡直是為了完成悲劇而存在，活著的目的似乎就只是為了白白受苦、白白犧牲，最後以默默死亡終結自己的生命旅程。據此來說，我真的覺得香菱是最悲哀的一種生命類型，因為她完全是為了沒有意義的受苦而來到人間，所以用「苦」字作為香菱的一字定評也有其合理性。

襲人之「賢」

下面進入到金釵又副冊，其中所收納的都是婢女，首先看襲人的部分。襲人原是賈母房中的大丫鬟，後來被挪給寶玉使喚。而凡是來自賈母房中的無論是人或物全部都非常尊貴，更受敬重，一如第六十三回林之孝家的所言：「別說是三五代的陳人，現從老太太、太太屋裏撥過來的，便是老太太、太太屋裡的貓兒狗兒，輕易也傷他不的。」所以襲人也是怡紅院中唯一領取一兩銀子月錢的超級大丫鬟。相比於晴雯，她的位階確實更高，這是毋庸置疑的一個客觀事實。

我們可以用「賢」字作為襲人的一字定評，原因有兩點，其一是第二十一回的回目「賢襲人嬌嗔箴寶玉」，作者清楚點明襲人的「賢」；其次，第七十七回中，當晴雯、芳官等人被攆出大觀園以後，寶玉與襲人談論那些人被趕走的原因時對她說道：「你是頭一個出了名的至善至賢之人，他兩個又是你陶冶教育的，焉得還有孟浪該罰之處！」在此第二次點明襲人的「賢」。由此可見，「賢」確為襲人最重要的人格特質。

至於襲人的代表花是桃花，這也毋庸置疑，因為第六十三回掣花籤時，襲人抽到的是一支桃花，籤上題著「桃紅又是一年春」。由於讀者往往都用簡單二分的方式來討論《紅樓夢》人物，再加上不喜歡襲人的讀者很多，而且他們的反感很是強烈，總覺得她在虛假作偽，一心一意想要做寶玉的妾，於是對她的任何評論全部都是負面的，連帶在詮釋她的代表花時，也刻意選用杜甫〈絕句漫興九首〉其五的「顛狂柳絮隨風舞，輕薄桃花逐水流」，以此來證明襲人的輕薄。

可是要知道，自從《詩經》以來，桃花的意象便不斷為中國傳統文人所歌詠，而不同的詩家賦予桃花的意涵也各式各樣，有人覺得桃花就是輕薄，有人感到桃花便是美麗，有人認為桃花表現了女性生命的圓滿，各方觀點其實十分多元乃至懸殊，根本不可一概而論。可嘆人們一旦對某個對象抱有成見之後，常常便會刻意選擇一種可以支持自己成見的說法，於是便拿杜甫這首視桃花為輕佻的詩歌作為依據，以抒發對襲人的不滿。但其實，柳絮隨風紛飛、桃花逐水漂流都是暮春時節再自然不過的風物景象，在心生不滿的人眼中就把它解釋為顛狂、輕薄，該詩句即反映出詩人杜甫當時的特殊心境，實在是「欲加之罪，何患無辭」了。事實上，杜甫讚美桃花的詩遠遠更多，這句「輕薄桃花」的詩堪稱是絕無僅有的一首，根本不能作為桃花的主要象徵意義，但後來的詮釋者不僅嚴重地以偏概全，又在脫離詩人創作心態的脈絡之下，單用這一句詩來解釋《紅樓夢》中的襲人，只因為該詩句與小說中都有桃花此一意象，便將兩者的寓意等同為論，其中實在進行了太多跳躍式的連接，顯然完全是受到主觀成見的主導。

回到文本中仔細考察，清楚可見襲人的代表花桃花完全與輕薄無關。從「冰山一角式的引詩法」來看，此處的桃花其實象徵著幸福美好的婚姻，那是從《詩經・桃夭》的「桃之夭夭，灼灼其華。之子于歸，宜其室家」便已經確定下來的。而包括「桃紅又是一年春」這一句籤詩所源出的原詩的整體描述，都清楚地告訴我們，襲人會有二度婚姻。但二度婚姻並不代表襲人就有人格的缺陷，因為二度婚姻在古代有很多種可能，我們必須回到賈府的特殊階級特性來觀察襲人的身分歸屬問題，以及賈府面臨抄家的大環境，再參照許多相關的因素，才足以對桃花的象徵意義、襲人的性格評價給予正確而合理的定位。然後我們才能夠明白，縱然襲人嫁作蔣玉菡之妻，其實也可以不違背她對寶玉的真情，那都是複雜的人世間所可能發生的情況。關於這一點請參考人物專論的部分，於此無煩詳述。

晴雯之「勇」

接下來輪到晴雯了。在花費多年的時間去觀察和思考我周邊及文學作品中的人物後，我認為一般對於晴雯的認識，事實上存有太多想當然耳的簡化。我們總是太快地將一個人的人格特質當作人格價值來看待，可是如此一來，對於人格特質和人格價值的掌握其實便發生了混淆，以至於和客觀真相產生很大的落差。

首先，晴雯的代表花是芙蓉，這一點並沒有問題，因為在第七十八回中，伶俐的小丫頭胡謅晴雯死後去天上擔任芙蓉花神，於是寶玉作了〈芙蓉女兒誄〉以悼念她，再加上晴雯是黛玉的重像，即所謂的「替身」設計，那麼晴雯和黛玉共享芙蓉作為代表花便順理成章。

關於晴雯的一字定評「勇」固然明白無誤，但其意義該如何理解則有些爭議，那卻是大部分的讀者都沒有意識到的。作者用「勇」字來形容晴雯，出處在第五十二回的回目「勇晴雯病補雀金裘」，單單就這個字來說，它通常表示勇敢、勇氣、勇往直前，而晴雯確實沒有做過任何見不得人的事，她的表現也堪稱光明磊落，自己病重還熬夜支撐為寶玉縫補孔雀裘，尤其是最後她含冤而死，更讓人跟著寶玉悲慟不捨，以「勇」字作為晴雯的一字定評，基本上不會有太多的疑義。

但不要忘記細節就是魔鬼。晴雯並非只存在於那些經典畫面之中，小說在其他各處還展現了她的全面性，我們不應該只局限於一兩個經典字句或情節上，割裂地、孤立地來看待此一人物。如果把全書中關於晴雯的所有表現加起來一併考慮，讀者恐怕對於這個「勇」字定評會有一些保留；或者說，其實還必須加上很多其他的限定，才能對晴雯的「勇」有更精確的認識。

應該注意到，晴雯的「勇」和她的其他重要人格特質事實上是息息相關的，而晴雯還有哪些人格特質呢？透過賈府上上下下各式人等對晴雯的描述，便呈現出更完整、更真實的樣貌。例如第三十一回，晴雯不小心跌斷了寶玉的扇子，被寶玉埋怨兩句以後，她立刻搶白了一大篇尖酸刻薄的話去攻擊寶玉和好意來勸架的襲人，經由襲人的回應，我們知道晴雯說話總是「夾槍帶棒」，那是晴雯開口時很重要的一個特質，她說話確實很傷人，和黛玉如出一轍，如同第八回寶玉的奶娘李嬤嬤曾責怪黛玉道：「真真這林姐兒，說出一句話來，比刀子還尖。」可見這兩個具有重像關係的人物，她們也擁有相通的人格特質，其中之一便是講話尖酸刻薄，帶有強大的殺傷力。

其次，她們的性格也都比較慣嬌，不願意受任何委屈。第三十一回中寶玉便對晴雯埋怨道：「你的性子越發慣嬌了。」第七十七回寶玉又提到晴雯的情況，說：「他自幼上來嬌生慣養，何嘗受過一日委屈。」以至於養成爆炭般的性格，動輒發脾氣，第五十一回寶玉即描述晴雯是「素習好生氣，如今肝火自然盛了」。果然第五十二回當晴雯獲悉墜兒偷竊蝦鬚鐲時，當場氣得「蛾眉倒蹙，鳳眼圓睜」，立刻要抓墜兒過來訓斥一番，可見這個人實在很沉不住氣，她是一生氣便立刻要爆發的那一種，然而整個家族人口眾多、牽涉很廣，如果任何事情都以如此激烈的方式來解決，真的會永無寧日。難怪平兒用「爆炭」形容晴雯的這種性格，所謂「爆炭」就是隨時有火苗躥燒，火光四濺，和愛生氣、容易發怒是很吻合的一種描述，也是很生動傳神的一個比喻。

再看第七十七回晴雯被攆出去以後，寶玉擔心她離開怡紅院在外面會承受不了，因為晴雯「自幼上來嬌生慣養，何嘗受過一日委屈。連我知道他的性格，還時常衝撞了他。他這一下去，就如同一盆才抽出嫩箭來的蘭花送到豬窩裏去一般」。然而只要仔細想一想，便會發現這個現象真的很奇特，一個到人家府裡去做幫傭的婢女，居然從小到大沒有受過一天的委屈，嬌慣得有如「才抽出嫩箭來的蘭花」，而我們現代人在互相平等自由的社會生活中，卻可能常常都在受委屈，比起做丫鬟的晴雯還不如，這豈不是很違反常理嗎？所以我們應注意到晴雯的遭遇非常特別，她會如此之嬌生慣養，那是需要有特殊的環境條件來配合的。果然寶玉素來知道她的性格，作為一個主子卻反過來處處配合她，竟然還常常讓她不滿意，就連襲人也曾調侃寶玉說「一天不挨他兩句硬話村你，你再過不去」（第六十三回），意思是寶玉已經受慣了晴雯的氣，一天沒有被晴雯搶白兩句，便等於沒過完那一天，可見寶玉天天都得被晴雯用硬話回嗆頂撞。但是縱然如此低聲下氣，好性子的寶玉也曾一度受不了她暴烈的脾氣，第三十一回中即震怒到非得要攆她出去不可；而當跌扇子事件平息之後，寶玉還對晴雯說「你的性子越發慣嬌了」。不僅如此，第七十四回鳳姐也認證晴雯是「論舉止言語，他原有些輕薄」，什麼叫輕薄？就是指沉不住氣、不夠沉穩，完全順著自己的情緒任性地說話、做事。

另外，作者也描寫了晴雯質樸粗疏的一面，第五十三回說她「素習是個使力不使心的」，意指心思簡單，不費腦力，所以即使生了病也很快便會好轉，不比林黛玉整日纏綿病榻，因為黛玉的心思太糾結、太鑽牛角尖，勢必連帶損及健康。結合種種相關的描述來看，晴雯之「勇」，很明顯是在一個十分特別的環境中，於各方面條件都配合的情況下，讓她塑造出來的人格特性。

當我沉浸在《紅樓夢》的世界裡，與每一個人物近距離相處，慢慢去揣摩他們、理解他們，進而整體掌握人物的生命脈絡之後，我認為晴雯雖然「勇」，但性格中缺乏一種自我控制的理性沉穩，她缺少客觀思考的頭腦，更沒有一種冷靜地把自己抽離出來的能力。她只瞻前卻不顧後，缺乏全局的概念，對她來說，高興就是高興，不高興便直接表達出來，甚至遷怒於他人，顯示出一種粗率的野性，這和她的成長過程具有一定的關聯。

在當時的社會背景下，所有的丫鬟都不可能接受教育，那是我們應該知道的常識。例如第六十三回寶玉要慶生的時候，認為單喝酒實在太無趣，於是提議行酒令來變變花樣，但立刻被襲人否決了。襲人說，玩文雅的要用文字來創造趣味，而她們都不識字，占了現場人數的一半，所以必須選擇相對簡單的遊戲形式，那樣才能雅俗共賞。由此可以清楚地知道，這些丫鬟都不認識字，更不用說接受學問的陶冶，進而提升性靈。加上晴雯是名孤兒，缺乏倫理薰陶，也因此，晴雯所擁有的是與生俱來的一種原始狀態，那固然有其優點，但同時也有其缺點。缺點是沒有經過知識學問與倫理關係的打磨與昇華，晴雯始終處於一種相對原始的心智形態，並且因為怡紅院這個特殊的環境而變本加厲。一直到十六歲死去為止，晴雯都處於這般狀態，她身上反映的是一種來自原始腦筋的武斷和直爽，在「使力不使心」的情況下帶有盲目的衝動，因而她的情緒經常失控。難怪墜兒偷竊蝦鬚鐲的事件爆發之後，平兒和麝月等人都認為最好不要讓晴雯知道，因為她瞻前不顧後，到時候一氣起來或打或罵，事情被揭發，一定會導致更多人際上的困擾，也果然不幸言中。

當然曹雪芹寫作的心態是「懷金悼玉」，第五回的《紅樓夢曲》很清楚地做了這個總論，該組曲是為了緬懷眾多美好的女孩子，故而基本上不會用負面的評論加諸她們身上。但是，我們也不能以偏概全或望文生義，而必須實事求是、客觀分析。以下是我關於此一問題的補充，對讀者可能是更有幫助的。

暴虎馮河式的「勇」

其實，所謂的「勇」有很多層次，也有很多面向，不能一概而論，因此單單一個「勇」字並不能做擴大化的運用，何況每一個人都是獨特的個體，有其特殊的生命史的脈絡，所以很多的抽象語詞都不能被直接套用，否則便會削足適履。就晴雯的個案而言，她的「勇」乃是暴虎馮河式的有勇無謀，因為對她而言，直接把強烈的情緒抒發出來便是全部，她沒有考慮在發洩情緒之外當前的客觀環境與局勢狀況，以及在人與人之間不同的身分地位關係下，做什麼樣的反應才是合適的。只有很受寵愛的環境才足以讓一個人一輩子橫衝直撞而永遠不改變，而晴雯正是一個嬌生慣養的人，這一點業經寶玉的再三強調，確屬事實。假設這個說法和論斷足以成立，則如此的有勇無謀無疑足以引發我們的一些思考。

我們一般都認為，率直勝過虛偽，從而將率直合理化為一種「人格價值」，以至於率直本身所蘊含的一些人格缺陷便被模糊和掩蓋了。經過長時間的思考，我認為率直的人通常具有某種性格缺陷，而人們卻往往基於率直者的表裡如一而加以包容。由於世人誤認為只要做到表裡如一，直接表達出人性內在的實質想法就是很好的人格，但這是對「率直」的極大誤解。因為每一個人都很有限，勢必形成各種盲點，並且每一個人的內心也不免存在著各種小小的邪惡，包括會嫉妒和貪婪，或為一些不足為外人道的意念而產生內心的波動，那麼率直的人將這些部分直接表達出來就是正當的嗎？就會因此而讓他成為君子嗎？答案當然是否定的。

顯然「率直」具有不同的層次，在人格價值上也相差懸殊，但多數人總是未經區辨而混為一談。這個體認是我在人生經驗中花費二十年之久的時間，透過觀察身邊的人以及反省自己所領悟到的，至少需要用數百字的文章才能把其中的道理講清楚，但是《論語》只用一句話便說得明明白白，十分通透，那次的閱讀經驗讓我印象極為深刻，甚至十分震撼，從此對《論語》心悅誠服。《論語．陽貨》記載子貢與孔子的師生對話，子貢問老師：「君子亦有惡乎？」孔子回答道：「惡稱人之惡者。」孔子討厭講別人壞話的人。可奇怪的是，我們與親朋好友在一起時就很容易批評別人，往往很難自省，一旦處於網路上的匿名空間，便更加肆無忌憚。可見當一群人沉瀣一氣的時候，身處其中之人通常不會意識到這個問題，以至於沉淪而不自知，也因此君子要時常反省自己，才能夠真正地避免人性的墮落。

而孔子所厭惡的另外三種人，還包括「居下流而訕上者」和「勇而無禮者」兩類。以「勇而無禮者」來說，率直的人僅僅追求表裡如一，他們勇往直前，卻不懂得尊重別人，很少替對方考慮，根本不擔心對方是否會受到言詞的傷害，而我們也常忽略「勇而無禮」的層次，那便是平常人很少去辨析的混淆之處。接著，孔子進一步反問子貢說：「賜也，亦有惡乎？」此時子貢回答道：

惡徼以為知者，惡不孫（遜）以為勇者，惡訐以為直者。

原來，子貢也發現人們常常混淆了「不孫（遜）」和「勇」的區別，以至於把不遜當成勇敢，所謂「惡不孫（遜）以為勇者」即呼應孔子所厭惡的「勇而無禮」，而他又進一步指出「訐」和「直」其實並不相同，但有人卻在「訐以為直」的混淆下，把攻擊別人視為直率，一語點出一般人的盲點，顯示出他洞察事理的明辨睿智，以及對世人美化自身之放縱的不滿。

講到這裡，可以清楚看到我們對於晴雯的「勇」必須下一個更精確的定義，事實上，晴雯絕非「勇者無懼」的勇，她的「勇」帶有無禮和不遜，甚至到了攻訐別人的地步。態度張狂惡劣，對別人缺少尊重才會有所謂的「無禮」，而為所欲為不僅不是「勇」，反而已經落入「不遜」。透過一番思考，我終於明白關於直率的問題在於對概念的模糊，以「訐」為直，把直率地表達出傷害、攻擊和不尊重他人的行為叫作「表裡合一」，無疑是嚴重的範疇混淆。由於這二者的差異非常微妙，以至於沒有受過思想訓練、沒有分辨透徹的人會自然而然地認為，表裡如一就是人格價值，那真是大謬不然的誤解。

我們很多時候混淆了「直」與「訐」之間的差異，用「直」的概念掩蓋、偷渡並合理化「訐」的作為，導致那樣的「直」已經變質成為一種負面的人格特質。在具體的行為中，這些概念很容易重疊或混淆在一起，需要我們用足夠的眼光分辨清楚，透過仔細的檢證，才足以辨別一個人究竟是

「直」還是「訐」，而不應該僅僅因為其人表裡合一、直抒胸臆，便認為他的行為是正面的、帶有人格價值的「直」。好比未曾受過教育的小孩子不可能成為偉大的君子，因為他根本不懂得如何控制自己，但小孩子確實很直率，因此會揭穿「國王的新衣」。換句話說，人格問題是非常複雜的，我們不能用一種簡化的概念來對所遇到的各式各樣的人進行評論，那般的做法時常會謬以千里。

就此，中西方的相關文獻有助於我們對此一概念的釐清。現代人對朱子多持一種抵觸的態度，但這種態度純然是偏見所導致的。我們不應該預設立場，而理應就事論事，倘若朱子所說的內容合乎情理，我們便必須認識到朱子的深刻與高妙。試看莊子認為庖丁解牛達到刀刃無傷的地步，那已經是相當高明的逍遙境界，然而《朱子語類》則進一步指出：

> 人不可無戒慎恐懼底心。莊子說，庖丁解牛神妙，然才到那族，必心怵然為之一動，然後解去。心動便是懼處。

所謂的「族」，即孔隙非常狹窄的骨節與經脈聚集處，解牛最難的一關，是要求穿過「族」的時候不傷到刀刃，即不可以碰觸到「族」，那實在很需要高超靈巧的技術，也需要凝神專注的心智意念。而在刀刃透過「族」的時刻，面臨狹窄曲折的縫隙，庖丁那一瞬間的心動便是「懼處」，意指那一瞬間他是很恐懼的，唯恐稍有偏失便出了差錯，因此所謂的逍遙並不是不顧一切地放浪人間，然後毫髮無傷。哪裡可能這麼簡單？

朱子的話使我們明白，恐懼與勇氣是相關的。一個無所畏懼的人，事實上並不懂得真正的勇氣，也不可能擁有真正的勇氣，更談不上逍遙。此外，西方哲人對思辨有著高深而精微的要求，因而他們累積了相當多的真知灼見，也可以避免很多的概念混淆，相形之下，我們很多人的思維方式往往是跳躍式延伸的，於是便常常用「直」、「率」和「真」這些抽象的概念評價他人，造成嚴重的混淆而不自知。我們理應清楚認識到，勇氣並非一種簡單的心態，一位法國哲學家即認為：「恐懼才能顯示勇氣的價值，無知的勇氣不是真正的勇氣。」這位哲學家犀利地洞察到，一個不懂得恐懼的人，根本就不具有勇氣的價值。同樣地，朱熹的那段話也告訴我們，庖丁在心念一動的瞬間已經產生恐懼，這才讓他有了勇氣去推進刀刃，所以說沒有恐懼，真正的勇敢或逍遙便無從談起。一個不曉世事、被寵壞的人會認為整個世界都是他的遊樂場，那般為所欲為的人只能稱之為橫衝直撞，而不能叫作具有勇氣。

另外，歐洲中世紀的一位學者暨詩人奧利佛・聖約翰・葛加提（Oliver St. John Gogarty, 1878-1957）也曾論及勇氣與恐懼的關係。死亡大概是人類所能面對的最大恐懼，正是在一首關於死亡的詩歌裡，詩人寫道：「若無恐懼，何來英勇？汝哀為何？徒增阻撓。」其中，「若無恐懼，何來英勇」這句詩與那位法國哲學家所說的話幾乎完全一致，可見「勇者無懼」並不是不懂得何為恐懼，而是心志堅強到了某一程度，能夠超越並克服恐懼，唯其如此，才會展現出真正的勇敢。因此，勇氣的前提是建立在恐懼之上，我們熟悉的羅馬詩人馬庫斯・圖利烏斯・西塞羅（Marcus Tullius Cicero, 106 BC-43 BC）也提到，「勇氣就是對艱難和痛苦的蔑視」！

綜上可知，「勇氣」的前提或相關條件，一是要懂得恐懼，因此不知恐懼為何物的人不配談勇氣；二是要有艱難的前提和痛苦的必要，沒有經歷過艱難痛苦和無法面對的障礙，便談不上所謂的勇氣，因為勇氣要求我們超越艱難和痛苦。再看厄尼斯特．海明威（Ernest Hemingway, 1899-1961）在《老人與海》裡也提到：「勇氣，就是在高度壓力之下，仍然保持優雅態度。」這又從另外一個角度說明應該如何定義「勇氣」，即縱使面臨重重壓力，一個人還是能夠不失控、不捶胸頓足、呼天搶地和怨天尤人，而仍然保持沉靜和優雅，如此才可謂超越恐懼。換句話說，人唯有克服強大的壓力才足以展現他所具有的勇氣。

一旦我們同意以上這些對於勇敢和勇氣的認識和定義，再去對比晴雯所呈現出來的「勇」，就會發現晴雯的勇敢其實更像是有恃無恐。首先，賈母非常喜歡晴雯，因此把她撥給寶玉使喚，而此一做法背後的含義，便是要讓晴雯將來做寶玉的姨娘。對於賈母這一潛在的用意，晴雯是心知肚明的，因此她在臨終前對寶玉說「只說大家橫豎是在一處」（第七十七回），以至於有恃無恐。第二，寶玉對晴雯也過於寵愛縱容，總是放任她為所欲為。因此，晴雯的率性不能稱之為勇氣，她僅僅是有恃無恐而已。此外，晴雯非常容易生氣，只要稍不如意便會暴跳如雷，動輒打罵，所以被比喻為「爆炭」，又有何優雅可言？

我並無刻意從負面角度批評晴雯的意思，而是就事論事，釐清事情的真相。對於晴雯，以及具有和晴雯同樣直率性格的人，我們都應該做更精細的區分，而不能僅憑單一的抽象概念一概而論。一個所謂率直的人之所以會產生問題，便是因為他自認為很誠實、不虛偽，所以並沒有意識到「自我控制」的重要與必要，更不明白單單誠實無偽並不足以構成明智的頭腦而掌握到真理。正如上文所指出的，率直僅是「人格特質」而非「人格價值」，卻因為大家對這些概念模糊不清，甚至混淆為一，才會認定「率直」是一種人格價值，而更加不願意反省自身，拒絕做出改善。因此，當一個率直的人自以為表裡合一的時候，他會更加有恃無恐，甚至不遜、無禮地抒發個人的好惡與成見，以致傷害到別人而不知。

何況一般人都是很有限的人，只能用有限的心思見識而發為意見，因此注定片面而偏頗。「意見」與「知識」判然有別，前者是個人的成見，或是人云亦云的普通看法，但後者是經過千錘百鍊而不變的道理，可嘆社會上卻多的是把自己的主觀意見當客觀真理之輩，因此清朝乾嘉時期一位很有學問的大學者戴震，他不甘成為概念混淆的思想家，也把主觀的「意見」與客觀的「理」區分得很清楚，在《孟子字義疏證》一書中提到：

> 心之所同然始謂之理，謂之義；則未至於同然，存乎其人之意見，非理也，非義也。……因以心之意見當之也。

他同樣認為，一般人儘管真誠地表達個人的看法，但那些看法只能夠叫作「意見」，問題就出在「以心之意見當之也」，誤以為個人的意見即等於客觀道理並堅持己見，而率直的人由於自恃表裡如一，不願意反省自己的不足，因此更容易被淺薄狹隘的成見所蒙蔽。戴震進一步指出：

> 即其人廉潔自持，心無私慝，而至於處斷一事，責詰一人，憑在己之意見，是其所是而非其所非，方自信嚴氣正性，嫉惡如仇，而不知事情之難得，是非之易失於偏，往往人受其禍，己且終身不寤，或事後乃明，悔已無及。

也就是說，儘管率直的人居心坦蕩無私，但如果僅憑一己之意見而是其所是、非其所非，以自己的意見作為唯一的判斷標準，這便是誤把意見當作真理。換言之，儘管當事人沒有任何詐偽且秉心坦蕩，也不能把個人的意見等同於真理，更何況一旦人們「自信嚴氣正性，嫉惡如仇」的時候，卻往往會忽略「事情之難得，是非之易失於偏」。此處的「情」即「實」的意思，「事情」便是指事實。戴震認為，絕大多數的人都只能夠瞭解自己所看到的那一面，然而事實非常複雜，很少有人足以真正掌握到事實的全部真相，所謂的是非也會因為立場或角度的改變而變化、而失於偏頗。因此，人們不能把表裡如一和對人直率無欺等同於真理，更不能因此便「是其所是，非其所非」，一味堅持自己認為是對的想法，任意批評自己認為是錯的見解，如此「嫉惡如仇」的結果會使得人受其禍，甚至相比於虛偽的小人，這樣的人所造成的傷害並不會更少；換句話說，當人們自以為是的時候，並未意識到自己已經是呈現出大義凜然姿態的劊子手！可悲的是，即使發生這種情況，我們往往未曾察覺，或事後才能明白，但那時後悔已經來不及了，畢竟傷害已經造成。正如戴震所說，天下智者少而愚者多，沒有人可以完全代表真理。一般人理解的「理」都只是主觀的意見而已，因此如果任由人們表達意見的話，一定會對他人造成傷害。

我藉由古人所講的道理闡發多年思考的心得，並以此來檢視《紅樓夢》中的人物，也確實發現到，在墜兒竊取鐲子之舉東窗事發以後，晴雯的自信嚴氣正性與嫉惡如仇表現得尤為明顯，也果然對「事情之難得，是非之易失於偏」毫無警覺，完全「憑在己之意見」來處斷一事、責詰一人。當時平兒把麝月悄悄叫出去，告訴她鐲子已經找到了，罪魁禍首乃是怡紅院的小丫頭墜兒，並吩咐麝月不要讓晴雯知道，因為晴雯是個「爆炭」，一旦她知道就必定會爆發，對家族內部的人際關係產生不良的影響。而在窗外偷聽到這番事由的寶玉，竟然又把情況一五一十地告訴晴雯。

在此，我們又可以發現寶玉確實是很複雜的一個人，不但偷聽別人的談話，還把談話內容轉告晴雯，晴雯果然氣得杏眼圓睜，即刻要處置墜兒，以至於事情最終還是鬧了出來。而晴雯是如何對待墜兒的？她拔下髮簪，髮簪的一端是很漂亮的裝飾造型，另一頭由於需要能夠插進頭髮裡而非常尖利，晴雯便用髮簪如針尖的一端試圖戳爛墜兒的手，同時言辭尖銳地辱罵墜兒，最後更以寶玉的名義把墜兒給攆了出去。關於這一段情節，我們可以注意的是，晴雯確實完全印證了戴震的描述，甚至還假傳「聖旨」，因為寶玉根本沒有下那道驅逐指令。從此一做法來看，晴雯是否具備真正良好的人品，也是很需要進一步思考和斟酌的。

麝月與平兒等

接下來要探討的是麝月。第七十七回中，寶玉指出襲人是「頭一個出了名的至善至賢之人」，而「善」與「賢」都是道德的評價，由於麝月與襲人之間確實也存在所謂的替身關係（the double），故而麝月的一字定評不妨採用「賢」字。所謂「替身關係」並不是一般用語，而是運用精神分析理論來解讀小說人物之間一些錯綜複雜的對應關係時所形成的專有名詞，即「重像」之意。總而言之，因為襲人是至善至賢之人，而秋紋和麝月皆得益於襲人的陶冶教育，並無孟浪該罰之處，因此用「賢」字來評價麝月也是恰當的。

第六十三回中，麝月抽到的花籤詩是「開到荼蘼花事了」，意指到了荼蘼盛開時也就敲起春天落幕的警鐘，從此將進入百花凋謝、萬綠滿溢的夏天。麝月之所以會抽到荼蘼花乃是小說家的精心設計，原來作者要讓麝月成為留在寶玉身邊的最後一位少女，從這一層面來說，我們也可以認為，麝月是大觀園之春的最後一朵花。脂硯齋曾經提到，襲人出嫁前千叮嚀、萬囑咐要寶玉留下麝月，否則寶玉無人侍候，那會讓愛他的人何等擔心！寶玉從小到大是一位集三千寵愛在一身的貴公子，根本不懂得如何照顧自己，因此襲人央求寶玉一定要把麝月留在身邊，脂硯齋就此認為襲人「雖去實未去也」。襲人為寶玉百般盡心，並做到她所能做的所有努力，我們實在不應該強迫一個人用「死」來證明對政治的忠誠和對情感的堅貞，事實上，要人「以死明志」更像是「吃人」，從本質來說就是法西斯式的霸道要求，無論是禮教還是情教皆然。

我個人非常欣賞平兒，這與人生閱歷有關，而十八歲的人不能欣賞平兒也是合理的。關於平兒的一字定評，當然是「平」字最好。固然小說的回目上兩次用了「俏」這個形容詞（第二十一回「俏平兒軟語救賈璉」、第五十二回「俏平兒情掩蝦鬚鐲」），照理來說，「俏」作為平兒的一字定評是有憑有據，沒有問題的。但「俏」字比較偏向於外貌的嬌美可愛，很少用來傳達人物的性格特質，完全無法呈現出平兒在性格上的卓越，何況《紅樓夢》中上上下下、裡裡外外的諸多姑娘，哪一個不是美麗漂亮的？就連恐怖夜叉夏金桂，都是花朵兒一般的美人呢！再參考其他金釵們的一字定評，包括黛玉的「愁」、寶釵的「時」、湘雲的「豪」、妙玉的「潔」、探春的「敏」、迎春的「懦」、惜春的「僻」、襲人的「賢」、紫鵑的「慧」等，沒有一個是和外貌有關的。所以我認為，與其用「俏」作為平兒的一字定評，不如用「平」這個字更貼切，既充分展示出平兒在性格上的優點，也足以凸顯平兒與眾不同的獨特性。

平兒確實人如其名，例如第六十五回裡，興兒在向尤二姐介紹家中的太太、小姐時，言語中涉平兒與王熙鳳，他認為鳳姐兩面三刀，上頭一臉笑、腳下使絆子，手段狠毒、心思毒辣；但是平姑娘則為人很好，赤膽忠心，還是王熙鳳的好姊妹，這就呈現出輿論對平兒的正面評價。而在此必須特別澄清的是，很多人誤以為王熙鳳是一個極為勢利的人，可這般的想法卻大錯特錯，王熙鳳對平兒是非常照顧和寬容的，事實上平兒也是她唯一的知己，兩人屬於同一陣營，彼此親如姊妹。固然平兒也有和王熙鳳不同的另一面，但那一面與她對王熙鳳的赤膽忠心絕不矛盾，讀者不能只抽取其中的幾個情節便以偏概全。

讀者們往往把人性簡單化，認為平兒與王熙鳳一體，那麼平兒一定與王熙鳳出於一轍。其實平兒和王熙鳳的關係是多面的：平兒非常忠愛自己的主子，而王熙鳳也極為疼惜平兒，她們這一對妻妾有如姊妹般聯手作戰。與此同時，平兒保有一份對別人的善心和慈悲，擁有王熙鳳分沾給她的權力卻從不濫權，反倒善用權力來幫助那些受欺侮的弱者。平兒經常背著王熙鳳做很多好事，面對那些受到不合理的對待或正在受苦的人，平兒都會利用她作為王熙鳳之心腹所擁有的權力來加以照顧，如同興兒所說的，「小的們凡有了不是，奶奶是容不過的，只求求他去就完了」。此外，平兒也會故意向王熙鳳報告錯誤的資訊，以免他人受到懲罰，在平兒看來，但凡是無傷大雅的事，對那些下位弱勢的人稍微縱容和寬恕都是允許的。道理的微妙之處就在於此，事實上權力不一定會帶來邪惡，我們也可以使用權力去救助弱者；有錢人也並非完全都為富不仁，而是可以做到富而好禮。權貴和富豪的人品高下決定權力和金錢所發揮的作用，高尚的人品會使得權力和金錢發揮正面積極的效益，而人品卑劣者即使手無分文也能作惡多端。

接下來要看鶯兒。她是寶釵身邊的貼身丫鬟，本來姓黃，名叫金鶯，寶釵認為這個名字太拗口，所以便用單字「鶯」來稱呼她，也確實更加簡潔而有意味。鶯兒最明顯的特徵，即她擁有非常靈巧的雙手，會以柳條編製一些新奇別緻的花籃，也會打出各式各樣的絡子。總之，任何平凡的素材到了她手上都會脫胎換骨，而變成非常精美的用品，因此還曾受到黛玉的稱讚。《紅樓夢》中有幾段重要的情節都與鶯兒的巧手有關，這也是鶯兒在小說中最被凸顯的一點，故可以取「巧」字為定評。

此外，還有紫鵑。紫鵑的一字定評是「慧」，出於第五十七回的回目「慧紫鵑情辭試忙玉」，那一段情節描繪得非常清楚。「慧」指心思靈慧，作者用「慧」字正面表示出紫鵑人格的正直良善，她在對黛玉赤膽忠心的同時，也對黛玉未來的人生歸宿深謀遠慮。紫鵑對二玉自幼培養出來的青梅竹馬的深情是十分清楚的，也很有心要促成這段良緣。但需要我們注意的是，如何在禮教社會中人我兩全，用一種更加周備的視角看待「情」的問題，便決定了曹雪芹及其《紅樓夢》與傳統才子佳人式的浪漫愛情敘事是分道揚鑣的。

一般來說，女主角身邊的丫鬟往往成為才子與佳人之間的中介和過渡橋梁，甚至是才子佳人之間穿針引線的撮合者，紅娘便屬其中最知名的代表，但紫鵑卻完全不是如此，固然紫鵑為了黛玉的幸福而著想，有心要促成寶、黛的婚姻，然而她的所作所為都合乎禮教。於傳統文化中，上層階級的禮教極為森嚴不可逾越，甚至攸關性命，在這種情況下，符合禮教是促成黛玉婚姻的必要前提。身處《紅樓夢》的時代，一段堅貞的愛情只要不合乎禮教，便無法被各方承認和接納，更難以在現實中立足，也就不可能得到幸福。因此，紫鵑在有心促成二玉姻緣的過程中，始終未曾如傳統戲曲小說裡的紅娘和梅香那般去做一些傳詩遞簡、攜衾抱枕的事情，而只是測試寶玉的心意。一旦掌握了寶玉對黛玉的真心，紫鵑才開始在心裡進行盤算，但在盤算之後也並未做出任何逾越規矩的行為，她仍然認為要用一種合乎正道、遵照禮教的方式來促成雙方的姻緣，如此將來二人的婚姻才會是圓滿的。紫鵑的「慧」，體現於她並沒有架空時代環境，自以為婚姻只是兩個人之間的私事，不必顧慮其他。只不過在現代個人主義盛行的當下，多數人對婚姻的理解太過簡單，與《紅樓夢》的落差懸殊，我們實在不應該用現今的意識形態去理解《紅樓夢》中的婚姻和愛情。

上述內容介紹小說中一些比較重要的人物，遺憾的是，我們不可避免地遺漏了部分角色，例如秦可卿和巧姐。要一字定評秦可卿十分困難，因為用「淫」字來評價她是有失全面而欠妥當的，她的代表花是什麼也令人困擾，唯一有憑證的，是她房內掛著一幅唐伯虎畫的《海棠春睡圖》，或許海棠可以作為她的代表花。但海棠同時又是湘雲的代表花，一花二用自無不可，顯然象徵意義也大不相同：可卿的海棠充滿嫵媚風情，帶有情色意味；而湘雲的海棠則嫵媚而豪邁，展現出光風霽月的男子氣概，可說是小說家匠心獨運的安排。此外，儘管秦可卿位居金陵十二釵正冊之內，但在書中卻很快便消失退場了，因此對秦可卿的定評缺乏充足的憑據，我們也不宜妄加推測。至於巧姐，則根本還是一個女嬰，女嬰當然無一字定評可言，既然她尚未成長，因此也沒有開花的可能性。

經過思考和取捨，這一章「如何解讀紅樓人物」仍存在著些許不可避免的遺漏，對此，我們也無法求全責備，請再參看後續的個別人物論，當可以更加清楚而完整。

第二章

《紅樓夢》裡的重像

影子關係

透過作者獨特的設計，《紅樓夢》中不同的人物之間會產生所謂的「重像」或「替身」關係。例如麝月是襲人的分身，第二十回寫她「公然又是一個襲人」，至於林黛玉與晴雯之間的重像呼應，以及甄寶玉與賈寶玉的翻版複製狀況，都是讀者很快便可以把握到的。毋庸置疑，這些人物彼此的映照也都是作者刻意設計的一種孿生關係和對應聯結。

在小說的寫作策略中，設計不同人物之間的對應關係乃是小說家的特權。作家運用人物彼此的關涉來傳達特定的意義，並使得情節產生相應的延伸、擴大與波瀾曲折，從而引發讀者對作品之深刻意味的思考。過去的評點家也有類似的發現，只不過他們採取的語彙與「重像」、「替身」之類不同，傳統的評點家會使用「影子」或「影身」來說明人物的對應情況。評點者發現兩個人物之間的投影關係，而此一投影關係往往建立於某一種類似性上，「某一種」便是指人物之間存在著或建立起各式各樣的同質性之一，就《紅樓夢》而言，「影子說」最早見諸脂硯齋的評語。

眾所周知，甄寶玉乃是賈寶玉的主要重像，但《紅樓夢》上半部只在第二回透過冷子興稍微交代甄寶玉的相關情況，該處有一段脂硯齋的夾批：

> 甄家之寶玉乃上半部不寫者，故此處極力表明以遙照賈家之寶玉。凡寫賈寶玉之文，則正為真寶玉傳影。

這一段批語提到，《紅樓夢》上半部之所以不寫甄家的寶玉，並非因為甄寶玉不重要，而是可以由賈寶玉來代替甄寶玉演出，即所謂的「遙照賈家之寶玉」，因此不必重複浪費筆墨，使行文冗贅，那是作者在書寫中為求簡約所使用到的巧妙的處理方法。脂硯齋的批語又進一步提醒「凡寫賈寶玉之文，則正為真寶玉傳影」，此處的「影」即是指甄寶玉和賈寶玉之間具有一致性，寫賈寶玉便是在寫甄寶玉，這兩個人長得一模一樣，不僅如此，連個性也完全一致，因此只要寫一個就夠了，藉由一個人來呈現另一個人，而對於沒有寫到的一方即屬於「不寫之寫」。

除甄寶玉和賈寶玉以外，《紅樓夢》裡還有幾組存在著「影子」關係的人物，比如晴雯與黛玉、襲人與寶釵。脂評本都保存相關的評點，第八回中脂硯齋便提到：「余謂晴有林風，襲乃釵副，真真不錯。」晴雯具有林黛玉的風範與性格特質，而襲人則是薛寶釵之「副」，即寶釵的影子和分身。第七十九回還有一段關於賈寶玉〈芙蓉女兒誄〉的眉批，指出該段誄文「雖誄晴雯，而又實誄黛玉也」，證明晴雯與黛玉之間「二而一」的關係，接著脂硯齋又云：「試觀『證前緣』回黛玉逝後諸文便知。」也就是說，如果把〈芙蓉女兒誄〉一段情節與後面「證前緣」一回互相比較，晴雯與黛玉二人的影子關係便更明確了。可惜「燈前緣」的文字已經散佚，我們無從得知相關的細節。

陳其泰、張新之、解盦居士和涂瀛都是清代晚期的評點家。陳其泰於《紅樓夢回評》中曾說：「襲人，寶釵之影子也。寫襲人所以寫寶釵也。」正式提出「影子」這一評點用語。張新之的《紅樓夢讀法》也提到：「敘釵、黛為比肩，襲人、晴雯乃二人影子也。」在此，「影子」一詞再度出現。此外，解盦居士《石頭臆說》則特別指出：「微特晴雯為顰顰小影，即香菱、齡官、柳五兒，亦無非為顰顰寫照。」同樣也是對「影子」這個術語的運用。

不過，我對於解盦居士的此一提法持保留意見，因為過分推演「影子說」會有穿鑿附會之嫌。其中，稱齡官為黛玉小影的說法是可以成立的，文本證據歷歷可驗，但是香菱和柳五兒二者則屬推論過度，試看解盦居士的依據與推論在於：「蓋菱齡皆與林同音也，柳亦可成林也，香菱原名英蓮，亦謂蘡薁之應憐也。英蓮、蘡薁幼時均有和尚欲化去出家，其旨可知矣。」然而，柳可成林，別的植物也能成林，何況同音字在中文裡很多，再加上音近字，可謂沒完沒了，按照過於寬鬆的諧音邏輯，《紅樓夢》中豈非很多人物都可以成為林黛玉的影子？這種想當然耳的邏輯是很不嚴密的。再說，英蓮與黛玉二人幼時的確都曾被和尚化去出家，但若就此便認為二人是彼此的影子，其中的邏輯也過於寬泛。

西方的重像說

因此需要注意的是，在建立「影子」關係的時候，讀者很容易出於自己預設的成見而去尋找各式各樣的比附，但那些觀點背後的邏輯往往都存有很大的缺陷，以致「影子說」容易引起過度推論，在跳躍式的邏輯之下也難免流於穿鑿附會。為了避免這一類的問題，我們需要借鑑西方的概念和理論，因為西方學界對概念的界定比較嚴格，在方法論上也非常講究，從而建立了一套如何建構影子關係的手法。西方不使用「影子」而使用「the double」此一說法，有學者翻譯成「替身」，不過「替身」這個詞在中文語境裡似乎有冒名頂替的意味，就語感而言，我個人傾向於使用「重像」，「重像」一詞相對不會引起誤會，也不會由於過度口語化而引起誤解。「重像」之說可以涵蓋傳統的「影子」

這一術語乃至於「替身」的翻譯，而總體上來看，這三者其實是三合一的。

自從佛洛伊德在一九〇〇年出版《夢的解析》之後，精神分析理論為心理學帶來了深遠的影響，並延伸到人文領域裡，於文學作品乃至繪畫及各式各樣的藝術形式和種類中，批評家常常會操作潛意識理論進行分析。例如，佛洛伊德使用他的精神分析理論研究過李奧納多・達文西（Leonardo da Vinci, 1452-1519）的繪畫，認為達文西具有戀母傾向，其實在文學批評中，小說以人物為主，因此這套方式更適合用來對人物進行心理深度的分析。就我現在掌握到的資料而言，西方至少有三本專書在心理學及精神分析的符號系統下探討「重像」問題，因此「重像」是十分嚴格的學術術語。那麼，在西方學者的建構之下，小說人物之間的替身關係應該如何界定？

羅伯特・羅傑斯（Robert Rogers）的《文學中之替身》（*A Psychoanalytical Study of the Double in Literature*）一書，即藉由精神分析對文學作品中的替身關係進行研究。在這本書中，他分析了文學作品裡作者操作並建立小說人物之間替身關係的方式，而把那些替身關係分為兩種：一種是「顯性替身」（manifest double）；一種是「隱性替身」（latent double）。要回答「顯性替身是什麼」這個問題，我們首先要梳理所謂的「顯性」是建立在何等基礎上？一望可知，「顯性」乃建立於最明顯可以判斷的條件上，即形貌——「容貌相似」是最容易判斷的顯性關係。換句話說，「形貌相似」構成了顯性替身的關鍵性準則。

至於隱性替身，是指二者在外貌上不呈現相似性，乍看之下，我們無法把握到兩人具有替身關係，因此除了容貌之外，還必須根據人物的特質來進行判斷。換句話說，隱性替身關係存在於兩個外貌不同的角色之間，要辨識他們是否具有替身關係，需要留心雙方的身分處境是否相似、命運個性是否相似；除此之外，作者在書中是否隨時利用敘事情節將兩個人相互對照、彼此襯托，倘若答案皆然，才可以稱得上他們具有隱性替身關係，否則便可能只是一種巧合而已。

至此，顯性替身與隱性替身的區別已十分清楚明白，顯性替身關係最重要的條件就是容貌相似，而隱性替身之間的容貌一定不能相仿，但是二者的命運、個性與處境都具有相似性，並且書中需反覆表現這一點，使替身互相襯托。以下列表簡要說明之：

一、顯性替身：兩個**形貌相似**卻獨立存在的角色，其身世或相似或對立。

二、隱性替身：兩個**外貌不同**的角色，但**身分處境相似**、**命運個性相似**，書中隨時將此二人對照比較，以襯托彼此。

既然有隱性替身也有顯性替身，人物之間存在著相仿或不相似的地方，那麼如何使人物去複製、投射到替身角色上？羅傑斯認為，有「重疊複製」和「分割複製」兩種方式。把同一個特點放在另一個人物身上，便屬於重疊複製，如果重疊的是容貌，彼此就屬於顯性替身；如果把一個人的命運、個性、處境複製於另一個人物上，而雙方長得並不相像，則他們之間所建立的即是隱性替身關係。至於分割複製，可以望文生義，指的是透過兩個對立的部分來呈現同一個整體，類似「一體兩面」的模式。這是一種比較複雜的複製方式，二者必須互補而構成一個完整的整體，因此形成如同「理智對情感」或「精神對肉欲」之類的分割方式，並且僅存在於顯性替身上。對於分割複製的判定，我們必須極為謹慎，例如當兩個人物的相貌並不相類，彼此的命運處境也不雷同卻又看不出對立互補的關係，此時我們便不能判斷其中具有分割複製的設計。

精神分析學說十分艱澀高深，但就目前我們所掌握的原則來分析《紅樓夢》，仍足以對《紅樓夢》

產生新的認知，為《紅樓夢》的研究帶來別開生面之感，甚至可能完全推翻讀者既有的認識，因為既有的認識往往建立在從小耳濡目染的觀念上，但那些又往往只是一些想當然耳的成見。

賈寶玉的重像：甄寶玉與薛寶釵

我把賈寶玉、薛寶釵與林黛玉三位主角之間的關係，及他們與其他人物的「重像」關係進行全面的整理，以此進一步分析而深入認識《紅樓夢》。就賈寶玉而言，他最主要的顯性重像是甄寶玉。

第二回已經提到，寶玉性格淘氣，對姊姊妹妹有一種很獨特的溫柔體貼，姊姊妹妹對他也有很獨特的「解痛劑」效用，和甄寶玉一模一樣。再看第五十六回，賈寶玉做了一場白日夢，夢中到了甄寶玉家與他相會，在碰面之前，賈寶玉還被甄寶玉家的丫鬟們嫌棄，認為賈寶玉是個臭小子卻跑來汙染這裡。從未被別人那般嫌棄過的寶玉終於理解被討厭的感覺是什麼，同時，因為自己是男生而被責罵的遭遇又與夢中的甄寶玉如出一轍，這麼一來，甄寶玉與賈寶玉的夢中會見便有如照鏡子一般，二人完全可以互相對應甚至互換。

第五十六回的另一段還提到，甄府有四位地位比較高的僕婦來到賈府拜望，與賈母有了一番對話，在交談的過程中大家發現甄府和賈府的少爺都叫寶玉，十分巧合，賈母便讓那四位僕婦看看寶玉的模樣。沒想到一見之下四人大感驚訝，幾乎要以為是甄府自家的少爺也跟著來到這裡，據此我們就不難發現這兩人長得一模一樣，加上個性完全相同，難怪眾人都分辨不出來。可見第五十六回是非常重要的一回，需要我們仔細閱讀。甄寶玉與賈寶玉的容貌相似絕無疑問，二人也同屬貴宦階級的王孫公子，最後更都面臨抄家的命運，因此這兩個人之間的顯性重像關係毋庸置疑。

令我們吃驚的是，薛寶釵、榮國公賈源同樣和賈寶玉具有顯性重像關係，可按理說，與寶玉具有重像關係的人應該是黛玉，因為二人是靈魂知己，但事實上卻並非如此。在傳統主流的認知理解中，寶玉反對科舉考試，認為讀書做官的人是「祿蠹」、「國賊祿鬼」，同時抗拒家族所賦予他的使命與責任，只想做長不大的彼得．潘；然而寶玉的外貌雷同於榮國公賈源的此一事實，恐怕會顛覆我們原先的認知。很多讀者僅從現代價值觀出發，片面而偏執地強調寶玉追求個人性靈的一面，拒絕接受《紅樓夢》是一部自我懺悔之書，以至於始終沒有留意到賈寶玉和榮國公這兩個人物之間的重像關係。

賈寶玉與薛寶釵之間的替身關係，同樣是建立在彼此的容貌相似上。第三回的相關內容可作為二人之為顯性重像關係的證據，在黛玉眼中，寶玉「面若中秋之月，色如春曉之花，鬢若刀裁，眉如墨畫，面如桃瓣，目若秋波」，所謂的「鬢若刀裁」屬於男性的容貌特徵，當然不能與寶釵相貌相對應，但其他所有的面部特徵則都簡直如出一轍。到了第八回，作者進一步透過寶玉的眼睛來看寶釵的容貌，當時寶釵由於宿疾發作而在家裡休養，寶玉前來探望她，看到寶釵「唇不點而紅，眉不畫而翠，臉若銀盆，眼如水杏」，其中的「臉若銀盆」的「盆」並不是指臉的大小，而是指臉的形狀。

表面上，寶玉與寶釵一個是「面若中秋之月」，一個是「臉若銀盆」，文字描寫有所不同，但實際上他們的面部特徵是完全一致的。請看寶玉「面若中秋之月」，中秋之月是百分之百最圓的，其他月分的月亮不足以企及，而圓正好是薛寶釵「臉若銀盆」的特徵；此外，銀盆是銀白色的，中秋之月也是銀白色的，皎潔光亮。因此，這兩個人的臉型完全一樣，並且同等白皙光潤，帶有富貴人家子女的特質，而不是黑黑瘦瘦的外形。再看寶玉「色如春曉之花」、「面如桃瓣」，指的是臉色白裡透紅，顯示寶玉身體健康，營養充足。同樣地，寶釵「唇不點而紅」，是說寶釵完全不用塗口紅便血色鮮麗，也表明她個人的營養是良好的，因此五官鮮明，不用化妝就很亮眼。而黛玉則與他們完全不同，黛玉的五官像水墨畫般平淡悠遠，雖然別有一番情韻，卻絕不是輪廓鮮明的美感形態。

還有寶玉「眉如墨畫」，說明他有著兩道漆黑的濃眉，而寶釵的「眉不畫而翠」也是一樣。此處的「翠」是墨綠色的意思，而不是青綠色。在古代一般不用黑色來形容眉毛，「翠」即接近黑色的深青色，是古人形容婦女之眉漂亮好看時常常會用的詞彙，唐代詩人李賀甚至直接用「綠」來形容眉毛。可見寶釵不用化妝，美麗的容顏便自然呈現出來了。此外，寶釵和寶玉還有一個非常相像的地方，即靈魂之窗，寶玉是「目若秋波」，眼波流轉，眼神靈動；而寶釵乃「眼如水杏」，「杏」表示寶釵的眼睛是圓的，故成語中有「杏眼圓睜」之說，「水杏」則形容目光如水，這表明二人都是濃眉大眼，眼波清澈，因此二人的長相是完全吻合的。在第二十八回，對寶釵長相的描述再度出現過一次，與上述幾乎完全一致。

至於寶、黛的外貌則截然不同。第三回透過寶玉的眼睛來看林黛玉，黛玉是「罥烟眉」，眉色淡如輕煙，而第二十三回中，寶玉用《西廂記》的情色話語來挑撥試探黛玉，笑說：「我就是個『多愁多病身』，你就是那『傾國傾城貌』。」黛玉聽了以後非常生氣，認為自己被貶低為情色關係下的性對象，對她而言是莫大的侮辱，因此她十分憤怒，「不覺帶腮連耳通紅，登時直豎起兩道似蹙非蹙的眉，瞪了兩只似睜非睜的眼，微腮帶怒，薄面含嗔」。我們看到寶玉向黛玉表達出愛情關係的認定，而黛玉卻是不接受的，並且非生氣不可，從二人出身的階級特性來理解，便會知道這才是真正大家閨秀的必然反應，寶玉的做法違背了她的教養。從上述的描寫可以看出，黛玉的眉毛比較疏淡，朦朦朧朧、似有若無，而她的眼睛「似睜非睜」，由此可見黛玉的眼睛不夠大，是狹長的鳳眼，顯示出黛玉的美感造型是那個時代特殊的美麗，與我們現代人的審美觀恐怕相距甚遠。從眼睛就可看出，黛玉與寶釵的美完全不同，相比之下寶釵的外貌更接近於寶玉的長相，二人連面部輪廓都十分相似，形成了一種「夫妻臉」。

不止如此，寶玉和寶釵在體態上也屬於同類，第三十回說寶釵「體豐怯熱」，所以被比擬為楊妃；而第二十九回張道士則說寶玉「越發發福了」，「越發」一詞表明寶玉的發福是進行式，比過去更甚。再者，從第三十回寶玉於午後滂沱的雷陣雨中狼狽返家，叫門時被麝月誤以為「是寶姑娘的聲音」，也顯示二寶的聲音雷同，更加強了彼此的聯繫。需要注意的是，無論是五官的濃眉大眼、輪廓鮮明，還是體態上的富態，其整體外形所反映的，實際上乃上層階級所欣賞的金玉般的儀表形貌。所謂的「金玉般」是表明寶玉相貌堂堂、粉妝玉琢，不至於憔悴瘦弱，而小說中一再提到寶玉之所以備受寵愛，尤其是受到賈母的寵愛，原因很多，其中之一即是他的長相。寶玉作為賈府未來繼承人的態勢十分明確，因此第二十五回中趙姨娘試圖借助馬道婆的魔法來鏟除他，以便讓自己的親生兒子賈環取而代之，其實趙姨娘本身對寶玉並無個人角度的厭惡，只因寶玉是賈環得到家產的一大阻礙，所以才會對寶玉產生如此強烈的仇恨。當時她也提到寶玉的長相討人喜歡，於是大人便偏心多疼愛他一些，這很客觀地指出外貌是寶玉得寵的重要原因。

就此而言，寶玉和寶釵的美感形態十分符合當時的主流審美標準，所以兩個人的名字中都有一個「寶」字互相映照，所謂的「寶」便是世俗世界裡共同形成的價值觀。曹雪芹的寫作十分精細，從雙方的夫妻相及門當戶對的家世背景等，他透過各個角度和細節來建構寶釵與寶玉之間金玉良姻的關係。

二寶「遠中近」

然而，這兩個人的關係其實並非純然僅僅是由外在條件建構而成的金玉良姻，他們是否還有內心中無形而深刻的某一種親近？這是至關緊要的一大問題。正巧有一段脂批告訴我們，二寶之間不是只有外力所加的金玉良姻，他們內在也有一種很特殊的緊密相通。第二十一回裡，關於「一時寶玉來了，寶釵方出去」的一段描寫，脂硯齋說那是「奇文」，他提及：

> 寫得釵玉二人形景較諸人皆近，何也。寶玉之心，凡女子前不論貴賤皆親密之至，豈於寶釵前反生遠心哉。蓋寶釵之行止端肅恭嚴，不可輕犯，寶玉欲近之而恐一時有瀆，故不敢狎犯也。寶釵待下愚尚且和平親密，何及於兄弟前有遠心哉。蓋寶玉之形景已泥於閨閣，近之則恐不遜，反成遠離之端也。故二人之遠，實相近之至也。至顰兒於寶玉實近之至矣，却遠之至也。

寶玉從小即自封為絳洞花主，只要是年輕漂亮的女性，他都會一片真心對待。既然是如此的個性，寶玉又何以會對寶釵反而生出遠心，單單在寶釵面前刻意疏離？原因並不是他們兩個人之間難以溝通，而是在於寶釵「行止端肅恭嚴，不可輕犯」，寶玉擔心自己太靠近寶釵的話恐怕不免「一時有瀆」，那樣會讓寶釵不高興，以至於影響到他們之間的感情，所以寶玉不敢隨意狎暱，不敢像對別的女孩子一般地對待寶釵。舉個例子，寶玉愛吃女孩嘴上的胭脂，而如果寶玉用此種方式對待寶釵這位大家閨秀，二人便不可能再有任何親近的機會。

寶玉是很細膩的人，他這麼做並不是因為與寶釵不熟、不喜歡寶釵，或兩個人意見不合而和她撇清關係，恰恰相反，他出於對寶釵的尊重以及維持兩個人之間的好感才會如此行事，保持距離才是更長久之道。同樣地，寶釵「待下愚尚且和平親密」，何以對寶玉這位姨表兄弟反而有遠心？「蓋寶玉之形景已泥於閨閣」，寶玉和女孩子的親近是沒有界限的，一旦接近寶玉，「近之則恐不遜」，那就等於鼓勵寶玉繼續放縱習性。總而言之，因為要尊重對方的個性，並且維持他們彼此的某一種親近，兩人之間反倒刻意疏遠。於是，脂硯齋對寶玉、寶釵的雙方關係下了一個評語，直言「故二人之遠，實相近之至也」。

這和一般人的感覺恰好相反。一般總認為寶釵與寶玉之間似乎太客氣了，他們保持距離互不侵犯，於是推論兩個人的價值觀不合，雙方的互動很不投契。但如此的推論太過簡單化，事實上，正是因為他們非常親近，親近到不想破壞彼此的關係，因此才刻意違反自己一般待人的原則，以維護良善的情誼。

脂硯齋還說：「至顰兒於寶玉實近之至矣，却遠之至也。不然，後文如何凡較勝角口諸事皆出於顰哉。」這一段批語更加引人深思。黛玉與寶玉青梅竹馬，關係極為親密，後面吵架拌嘴、不愉快的事件全部都發生在寶、黛身上，「以及寶玉砸玉，顰兒之淚枯，種種孽障，種種憂忿，皆情之所陷，更可（何）辯哉。」至於寶玉與寶釵相處時卻完全沒有這類的情況，顯得順當融洽。

總而言之，寶釵與寶玉屬於「遠中近」，而黛玉和寶玉則是「近中遠」，這一段脂評蓋棺定論，顛覆了我們對三人之間關係的認知。關於這一點，其實黛玉自己也感受到了，第四十五回述及黛玉獨處漫思的時候，「一面又想寶玉雖素習和睦，終有嫌疑」，即證明這一點，顯然兩人之間「終有嫌疑」，並非全如第五回所說的「言和意順，略無參商」。可以說，脂硯齋的這段話對於我們理解愛的深與淺、遠與近具有醍醐灌頂的作用。由此再繼續分析，則寶釵和寶玉二人容貌相近，那不僅說明雙方是金玉良姻，也可以隱喻他們「遠中近」之互動關係的本質。

寶玉的另一重像：榮國公

寶玉的另一個重像是榮國公賈源，此一設計的寓意十分深刻，也很值得特別注意。第二十九回賈母領銜到清虛觀祈福打醮，與住在道觀的張道士之間有一番對話，張道士是國公爺的替身，代替國公爺去出家。張道士對賈母說：「前日我在好幾處看見哥兒寫的字，作的詩，都好的了不得，怎麼老爺還抱怨說哥兒不大喜歡念書呢？依小道看來，也就罷了。」又嘆道：

> 我看見哥兒的這個形容身段，言談舉動，怎麼就同當日國公爺一個稿子！

說著兩眼流下淚來。賈母聽說，也由不得滿臉淚痕，說道：「正是呢，我養這些兒子孫子，也沒一個像他爺爺的，就只這玉兒像他爺爺。」張道士和賈母所言，重點在於他們都指出寶玉和榮國公的「形容身段，言談舉動」完全相像，可謂符合顯性替身的最高標準。前面提到的那幾個人物中，甄寶玉的長相固然和賈寶玉一模一樣，寶釵同樣是外貌上雷同於寶玉，而寶玉卻連言談舉動都完全是當日國公爺的翻版，讓張道士一看到寶玉便想到國公爺，兩人的顯性替身關係其實更加強烈而明確。

於此還需要進一步推敲的是，寶玉所相像的國公爺究竟是哪一個？國公爺的爵位是可以世襲的，但因為隨代降等制度的關係，榮國府應該只有一代的國公爺，也就是始祖賈源。可是，從賈母的情感反應來看，似乎指的是賈代善，也即賈母早已過世的丈夫，因此賈母聽到張道士的那段話之後才會感慨萬分，滿眼淚痕，這也是合理的情況。不過，在隨代降等的爵位繼承制度之下，第二代的賈代善應該已經不是國公爺了，何況張道士又向賈珍道：「當日國公爺的模樣兒，爺們一輩的不用說，自然沒趕上，大約連大老爺、二老爺也記不清楚了。」賈珍是孫子輩的，孫子記不得爺爺的長相通常很合理，因為年齡差距比較大。但大老爺是賈赦，二老爺指賈政，他們兩個身為兒子怎麼會不記得父親的長相？仔細加以推敲，最大的可能是父親很早去世，在孩子才四、五歲的時候便亡故了，因此孩子長大後記不清楚父親的長相，那也算合理。

但是，情況似乎不是如此。在第二回「冷子興演說榮國府」一段裡，冷子興歷數賈家世系各方人等的狀況時，提到了賈代善：「自榮公死後，長子賈代善襲了官，娶的也是金陵世勳史侯家的小姐為妻，生了兩個兒子：長子賈赦，次子賈政。如今代善早已去世，太夫人尚在。」接著冷子興又提到：「代善臨終時遺本一上，皇上因恤先臣，即時令長子襲官外，問還有幾子，立刻引見，遂額外賜了這政老爹一個主事之銜，令其入部習學，如今現已升了員外郎了。」既然賈赦、賈政有這般的經歷和遭遇，顯然當時年齡已經不小，則應該不會記不清楚父親的長相，因此如果與寶玉相似的人是賈代善，那是很不合理的一件事。假設張道士的說法成立，那麼他指的國公爺應該是賈源，玉字輩的寶玉這一代沒見過曾祖父是非常合理的，孫子輩的賈赦、賈政記不得祖父也很合理。

但如此一來，又和賈母的情感反應不能契合了。從賈母的話語和反應來看，張道士應該是賈代善的替身；而從張道士的那段話分析，他也可以是賈源的替身，單單從年齡上來看，兩者都有可能，倘若以焦大醉罵的情節作為參考，張道士擔任第一代榮國公賈源的替身也是完全可能的。第七回說，寧國府的焦大「從小兒跟著太爺們出過三四回兵」，「太爺們」是指水字輩的賈源、賈演那一代，焦大親眼見證了賈家祖宗九死一生掙下家業的全部過程，同時活到玉字輩這一代，因此他和寶玉甚至玉字輩的下一代草字輩是同時共存的。照此一情況來看，如果與賈源同期的焦大可以一直活到寶玉的時代，那麼作為賈源替身的張道士還可以和賈母對話，也是合理的。這個例子告訴我們，張道士可能是賈代善的替身，也可能是賈源的替身，問題的重點不在於筆墨上的誤差，而在於無論寶玉肖似的是賈源或賈代善都可以成立，作者也許刻意混淆了三個人的外貌，其用意便是要藉此來強化寶玉和賈府開宗肇基的父祖輩之間的傳承關係，並強調寶玉作為賈府繼承人選的唯一性。

試看賈母說：「我養這些兒子孫子，也沒一個像他爺爺的，就只這玉兒像他爺爺。」作為對應的是，在第五回賈寶玉神遊太虛幻境時，寧、榮二公叮囑警幻仙姑的話也是：「遺之子孫雖多，竟無可以繼業。其中唯嫡孫寶玉一人，稟性乖張，生情怪譎，雖聰明靈慧，略望可成。」考慮到這些情況，可以肯定的是，寶玉作為賈府唯一繼承人的身分，也確實反映在他與祖宗外貌的相似上。人類學家布羅尼斯拉夫・馬林諾夫斯基（Bronisław Malinowski, 1884-1942）曾經提到，外貌的相似是人與人之間一種很特殊的強烈聯繫，則可想而知，寶玉是賈家能夠延續下去的唯一希望。據此我推測，賈源和賈代善父子之間應該也有容貌相似的地方。

《紅樓夢》中一再凸顯賈寶玉和祖宗之間的關係，由此我們也可更清楚地認識和定位這部書的宗旨。作者不斷強調寶玉作為家族存亡絕續的唯一關鍵所在，寶玉卻偏偏沒有完成此一使命，也因此構成了全書濃厚的懺悔色彩。作者藉由寶玉這個人物，對自己一生潦倒、一技無成進行懺悔，他愧對祖宗的天恩祖德，因為他是一個無材補天的失敗者，完全沒有承擔起祖宗所寄予的使命與責任。

甄寶玉作為寶玉的顯性重像，也為我們理解全書的懺悔情緒提供觀照視角。其實，作者是透過重疊複製和分割複製建立二人之間的重像關係，在《紅樓夢》的後四十回中，相對於賈寶玉，甄寶玉有了一個截然不同的人生發展狀況，即回歸於經濟仕途。續書者塑造了一段情節，讓甄寶玉、賈寶玉二人面對面談話交流，而甄寶玉的那一番關於文章經濟、為忠為孝的話語，讓賈寶玉覺得很不入耳，於是之後寶玉對寶釵說道：「只可惜他也生了這樣一個相貌。我想來，有了他，我竟要連我這個相貌都不要了。」這段話表現出續書者並沒有我們所想像的那麼不堪，事實上，續書者比大多數讀者更真切地掌握了前八十回所留下來的線索。按照後四十回的描寫，甄寶玉和賈寶玉分裂成兩種不同的價值觀，二人雖然長相一致，但已經變成兩種不同的人了，所以甄寶玉和賈寶玉之間替身關係的複製手法，是先重疊而後分割。

關於賈寶玉的重像，還有一位是芳官，第六十三回對於芳官有一段非常繁複的描寫：

當時芳官滿口嚷熱，只穿著一件玉色紅青酡絨三色緞子斗的水田小夾襖，束著一條柳綠汗巾，底下是水紅撒花夾褲，也散著褲腿。頭上眉額編著一圈小辮，總歸至頂心，結一根鵝卵粗細的總辮，拖在腦後。右耳眼內只塞著米粒大小的一個小玉塞子，左耳上單帶著一個白果大小的硬紅鑲金大墜子，越顯的面如滿月猶白，眼如秋水還清。引的眾人笑說：「他兩個倒像是雙生的弟兄兩個。」

這兩個人的重像關係，其中必有特別的意義，因為作者把芳官塑造為寶玉的重像之一是很明確的，但現在暫且不表。關於賈寶玉的部分，到此先告一個段落。

寶釵之重像：寶琴、襲人和楊貴妃

接下來要說明的人物是薛寶釵，因為她和賈寶玉具有重像的關係，所以我把她放在第二位進行討論。

談到薛寶釵，便無法迴避寶釵與寶玉之間的情感問題，針對這一點，常常有人提出寶釵對寶玉是否有愛的疑問。要回答這個問題，其實首先應該要把握愛的定義究竟是什麼？否則便是囫圇吞棗、隨口漫談。然而，即使愛具有基本的共同條件，如佛洛姆在《愛的藝術》中所歸納的，但其形態與方式卻是沒有定論的，有一千個人就有一千種愛，無法一概而論，黛玉的愛情絕非唯一的標準，更談不上最高的境界。固然黛玉對寶玉是愛，但寶釵對寶玉也可以是某一種愛，所謂的「某一種」便需要我們謹慎定義。例如香菱對薛蟠其實有很深的愛，書中證據斑斑，只是那種愛明顯與黛玉的愛並不一樣，因為黛玉和香菱兩個人的人生遭遇與生命處境天差地別，她們對愛的理解和表現形態當然也是截然不同的。

此外，我們同樣應該明白，任何一個人都不會永遠活在十八歲，十八歲的人對愛的理解與二十八歲、三十八歲和四十八歲的人對愛的理解也是不一樣的。換句話說，一個人身上存在著多種多樣的愛，在不同時期更會發生不同的變化，所以某個人對愛的定義並不是了不起的絕對真理。世間的愛有千千萬萬種，黛玉和寶玉的愛情並不需要過分膨脹誇大，以為雙方由前世愛到今生，他們之間擁有極其偉大的愛，其實這二人之間的情愛恐怕未必有那般崇高的意義，何況正確說來，前世的木石前盟根本毫無愛情的成分，只要客觀細讀便知。參照寶釵與寶玉有很明顯的顯性重像關係，兩人的情感是所謂的「遠中近」，脂硯齋所謂「遠中近」與「近中遠」的概念無形中也為我們提供了一個思考的新角度。

寶釵的顯性重像是寶玉，已見諸前文的解說。此外，寶釵同時也有三個隱性替身。第一位是薛寶琴，而寶琴與寶玉之間恰巧也有聯姻的潛在關係，作者透過寶琴的鳧靨裘與寶玉的雀金呢互相輝映，共同構成賈母看了以後非常欣賞的美麗畫面：雙豔圖。因此，這兩人之間確實有婚姻的暗示，而薛寶琴也是全書中賈母真正唯一明白透露出求配意願的對象，可惜薛寶琴已經許給梅翰林之子，賈母等同於碰了一個軟釘子。薛寶琴的出現是作為寶釵和寶玉之間金玉良姻的鞏固與加強，所以她確實有如寶釵的替身，而且彼此剛好又是堂姊妹，二人名字裡共同的「寶」字也更明顯關聯為一。由於小說中並未描繪寶琴的形貌，我們無法判斷她的長相是否與寶釵有相似之處，不過從二寶聯姻的角度而言，寶琴理應為寶釵的隱性替身。

寶釵的另一個隱性替身是襲人，剛好都是以大局為重的賢德之人。寶釵與襲人的外貌並無十分相似之處，身分處境上也有小姐、丫鬟的貴賤之別，但她們的命運是類似的，作者明確告訴我們，這二人都與寶玉有婚姻關係，一個是妻，一個是妾。襲人雖然「妾身未分明」，但她已被王夫人內定為寶玉的姨娘（見第三十六回），姨娘一個月領的月錢是二兩，先前襲人做賈母的大丫頭時領的月錢是一兩，被撥到怡紅院後仍舊從賈母處領一兩，此時王夫人決定從自己的月錢裡勻出二兩來給襲人，原先的一兩則另外換補別的丫頭，這便是在私底下、實質上認可襲人為寶二姨娘，保證襲人享受賈府姨娘的共同待遇。

無論如何，就實質上來說，襲人、寶釵二人確實都與寶玉有著廣義上的婚姻關係。至於麝月則是襲人的替身，第二十回提到麝月「公然又是一個襲人」，二人都很顧全大局，不以自己的好惡欲求為重，因此麝月在性格和命運上也同樣是襲人的延伸，根據脂硯齋所言，當襲人不得不嫁給蔣玉菡時，她千叮萬囑讓寶玉把麝月留下來，因此「襲人雖去實未去也」，可見麝月和襲人是一體的。綜上所述，寶釵的隱性替身有寶琴、襲人和麝月等三位。這是我目前整理出來的大概線索，以後還可以繼續修正和完善化。

有趣的是，除上述的人物重像之外，寶釵還有一位歷史人物重像：楊貴妃。第二十七回回目「滴翠亭楊妃戲彩蝶，埋香塚飛燕泣殘紅」，很明確地指出寶釵的歷史人物重像是楊貴妃。這兩句回目是對稱性的駢偶語句，卻有讀者針對「楊妃戲彩蝶」做出一些負面的推論，並使用很刻薄的表述方式批評寶釵，例如認為楊貴妃在歷史上淫亂濫權，她與自家的姊妹兄弟禍亂宮廷，是引發安史之亂的罪魁禍首，而作者把寶釵類比為楊貴妃，即意在藉此貶低、諷刺寶釵是禍水，諸如此類的推論不勝枚舉。這便清楚顯示出人文學科很容易犯的一種錯誤，在於輕易做出不嚴謹的推論，妄下斷言。第五回的《紅樓夢曲》開宗明義地告訴我們，作者是抱著「懷金悼玉」的心態來悼念十二支曲子所對應的十二位女性，曹雪芹緬懷悲憐那十二位女性，縱使有所批評，也是在不掩其正面性的情況下委婉透露出來，比如晴雯就是一個代表性的例子，更何況寶釵是和寶玉、黛玉鼎足而立的女主角。

換句話說，曹雪芹把寶釵比喻為楊貴妃是不可能帶有負面意味的，更何況楊貴妃並非禍水，實際上她完全不干涉朝政，而且與唐玄宗是能夠心靈相通的靈魂知己，這二人的愛情在歷代帝妃的關係中幾乎是絕無僅有。楊貴妃三十八歲時被縊死於馬嵬坡，她與玄宗一起相處十六年，彼此專一忠誠，相較於古代帝王擁有三千佳麗是極為普遍的情況而言，唐玄宗在十六年內卻完全沒有外遇，實在是很不可思議的，何況平民夫妻尚且有七年之癢，帝妃兩人如此專一的感情真可以稱得上是奇蹟！再者，楊貴妃的人品與才華都是超凡脫俗的，不僅從未恃寵干政，她的藝術才華也遠遠超乎一般平凡的女性，甚至高過於專業的藝術家，足以和玄宗夫唱婦隨、琴瑟和鳴，這才有資格讓一位偉大的帝王鍾情於她。

除此之外，還有一個非常重要的證據可以說明此一歷史重像的設計完全是正面的，從第二十七回的回目來看，與寶釵「滴翠亭楊妃戲彩蝶」相對的是黛玉「埋香塚飛燕泣殘紅」，作者以趙飛燕比擬林黛玉，可見趙飛燕屬於黛玉的歷史人物重像之一。但人所共知，趙飛燕在歷史上聲名狼藉，有非常豐富的史料記載趙飛燕的淫蕩問題，就此而言，作者採用趙飛燕來比喻林黛玉，難道是對林黛玉的批評和貶低嗎？當然不是。因此，既然連趙飛燕這般人物被用以比喻為林黛玉而不帶任何淫蕩的內涵，則作者選擇楊貴妃來比喻薛寶釵，也純粹在於薛寶釵與楊貴妃都是豐美絕色的女性，以及二人共同出身於貴族的身分背景。

不過，寶釵的歷史重像不僅是明顯可見的上述幾位，從情節敘述中所隱然對應的文獻典故來看，其相關的歷史人物還包括孔子、屈原這兩大賢聖之輩。其中的屈原最為明顯，曹雪芹刻意安排了蘅蕪苑做為寶釵的居所，於第十七回、第四十回一再特寫其苑中所種植的各種香草，例如藤蘿、薜荔、杜若、蘅蕪、茝蘭、清葛、紫芸、青芷之類，乃如寶玉所點明的，皆出自《離騷》，而寄託了「香草美人」的道德象徵，這也是蘅蕪苑得名的依據，凡稍有中國文學史常識的人也都一望可知，可見屈原確然為寶釵的歷史重象之一。至於孔子的取義則比較巧妙，除第五十六回回目上「時寶釵小惠全大體」的「時」字是來自孟子用以讚美孔子的「聖之時者」（《孟子．萬章》），請參「一字定評」的部分；此外還有第二十二回元宵節的一段情節，具體詳情請參《紅樓十五釵》的說明，此處不再贅述。

黛玉的顯性替身：小旦、齡官、尤三姐和晴雯

在全書中，黛玉的重像是數量最多的，那些人物之間賴以建立重像關係的共通特點也是最多的，作者頗費苦心，使用特殊的寫作策略，使得黛玉的分身無處不在，以至於當黛玉不在場時也形同在場。

首先，第二十二回出現了黛玉的顯性替身，一個唱戲的小旦。在清朝，王公貴族的生日都是重大的節日，除安排生日禮物之外，還需要演戲慶賀，對於賈府此種大戶人家而言，那也是他們過生

日時必備的一種方式。我查閱了有關清代王府的一些生活實錄，這些材料提到王府貴族對於過生日的說法不是「做壽」，《紅樓夢》裡也沒有使用「做壽」一詞，唯獨「壽怡紅群芳開夜宴」這個提法，由此可見，我們對該等階級的瞭解還十分有限。

回到第二十二回，寶釵的生日宴上安排了戲曲班子演出，文中寫道：

至晚散時，賈母深愛那作小旦的與一個作小丑的，因命人帶進來，細看時益發可憐見。因問年紀，那小旦才十一歲，小丑才九歲，大家嘆息一回。賈母令人另拿些肉果與他兩個，又另外賞錢兩串。鳳姐笑道：「這個孩子扮上活像一個人，你們再看不出來。」寶釵心裏也知道，便只一笑不肯說。寶玉也猜著了，亦不敢說。史湘雲接著笑道：「倒像林妹妹的模樣兒。」寶玉聽了，忙把湘雲瞅了一眼，使個眼色。眾人却都聽了這話，留神細看，都笑起來了，說果然不錯。一時散了。

接著，書中寫到寶玉、黛玉二人因此事而起的爭執：

寶玉沒趣，只得又來尋黛玉。剛到門檻前，黛玉便推出來，將門關上。寶玉又不解何意，在窗外只是吞聲叫「好妹妹」。黛玉總不理他。寶玉悶悶的垂頭自審。襲人早知端的，當此時斷不能勸。那寶玉只是呆呆的站在那裏。黛玉只當他回房去了，便起來開門，只見寶玉還站在那裡。黛玉反不好意思，不好再關，只得抽身上床躺著。寶玉隨進來問道：「凡事都有個原故，說出來，人也不委曲。好好的就惱了。終是什麼原故起的？」林黛玉冷笑道：「問的我倒好，我也不知為什麼原故。我原是給你們取笑的，——拿我比戲子取笑。」寶玉道：「我並沒有比你，我並沒笑，為什麼惱我呢？」黛玉道：「你還要比？你還要笑？你不比不笑，比人比了笑了的還利害呢！」寶玉聽說，無可分辯，不則一聲。

黛玉又道：「這一節還恕得。再你為什麼又和雲兒使眼色？這安的是什麼心？莫不是他和我頑，他就自輕自賤了？他原是公侯的小姐，我原是貧民的丫頭，他和我頑，設若我回了口，豈不他自惹人輕賤呢。是這主意不是？這却也是你的好心，只是那一個偏又不領你這好情，一般也惱了。你又拿我作情，倒說我小性兒，行動肯惱。你又怕他得罪了我，我惱他。我惱他，與你何干？他得罪了我，又與你何干？」

黛玉的不成熟和無理取鬧在此表現得十分顯著，我們認識到這一點並非是對她的批評，而是客觀的把握。平心而論，從書中的這段描寫可以看出，黛玉是一名心態不夠成熟的女孩子，她的愛情也是不夠成熟的，因為她還只是個少女，而且在待人處事方面所受到的教育更十分有限。由於雙親去世，黛玉總是自認處於孤弱狀態，因此儘管她在賈府十分受寵，仍舊把自身的不安全感以及對這個世界莫名的恐懼，全部都投射到寶玉身上，讓寶玉去承擔，而寶玉對黛玉十分體貼包容，這是寶玉的優點所在。

黛玉的另一個重像是齡官。在第三十回裡，作者透過寶玉的眼光介紹齡官的形貌：

眉蹙春山，眼顰秋水，面薄腰纖，裊裊婷婷，大有林黛玉之態。寶玉早又不忍棄他而去，只管痴看。只見他雖然用金簪劃地，並不是掘土埋花，竟是向土上畫字。寶玉用眼隨著簪子的起落，一直一畫一點一勾的看了去，數一數，十八筆。自己又在手心裏用指頭按著他方才下筆的規矩寫了，猜是個什麼字。寫成一想，原來就是個薔薇花的「薔」字。……裏面的原是早已痴了，畫完一個又畫一個，已經畫了有幾千個「薔」。外面的不覺也看痴了。

齡官不但眉眼之間彷彿黛玉，她對賈薔的苦戀影姿也猶如黛玉的翻版，在第三十六回中，賈薔為了討好齡官，花了一兩八錢銀子，從外頭買來了一隻會銜旗串戲臺的雀兒，興興頭頭往裡走著找到齡官，表演給她看，賈薔只管陪笑，問她好不好。齡官卻說道：

「你們家把好好的人弄了來，關在這牢坑裏學這個勞什子還不算，你這會子又弄個雀兒來，也偏生幹這個。你分明是弄了他來打趣形容我們，還問我好不好。」賈薔聽了，不覺慌起來，連忙賭身立誓。……齡官還說：「那雀兒雖不如人，他也有個老雀兒在窩裏，你拿了他來弄這個勞什子也忍得！今兒我咳嗽出兩口血來，太太叫大夫來瞧，不說替我細問問，你且弄這個來取笑。偏生我這沒人管沒人理的，又偏病。」說著又哭起來。

看看齡官是如何地折磨賈薔，如何地自怨自艾，如何地說反話歪派自己喜歡、也喜歡自己的人，那就十分清楚了，她確確實實是黛玉如假包換的重像。

除小旦和齡官外，尤三姐也是作者設計的黛玉之重像。尤三姐在身分教養、人品心性等諸多方面都與黛玉相去甚遠，讀者也很難將風情浪蕩的尤三姐與冰清玉潔的林黛玉相提並論，故而在閱讀中便自動地過濾和忽略那些客觀資料。然而在文學研究中，我們不能受限於固有的成見，而應該根據文本所提供的訊息，全面並客觀地分析作品中人物的成長與變化。尤三姐和尤二姐在小說中剛出場時都是十分淫蕩的形象，這對姊妹起初的確與賈珍、賈蓉父子等人存在著不正當的男女關係，儘管她們事後都已經改過自新，但我們無法否認二人的道德瑕疵。第六十五回中，興兒對尤二姐描述府中的成員時，提到：

> 奶奶不知道，我們家的姑娘不算，另外有兩個姑娘，真是天下少有，地下無雙。一個是咱們姑太太的女兒，姓林，小名兒叫什麼黛玉，面龐身段和三姨不差什麼，一肚子文章，只是一身多病，這樣的天，還穿夾的，出來風兒一吹就倒了。我們這起沒王法的嘴都悄悄的叫他「多病西施」。

「三姨」就是尤三姐，既然尤三姐的面龐身段與黛玉十分相似，二者便足以構成重像關係，再由其中的「多病西施」來看，西施乃是黛玉的歷史重像，早在第三回黛玉首度登場時，即描寫黛玉「病如西子勝三分」，提到西施與黛玉的重像關係，此處等於是再度加以強化。

黛玉還有一位顯性替身：晴雯。第七十四回中，王夫人提到：「上次我們跟了老太太進園逛去，有一個水蛇腰、削肩膀、眉眼又有些像你林妹妹的，正在那裏罵小丫頭。我的心裏很看不上那狂樣子。」一鑑於當時與老太太同行，王夫人出於對賈母的尊敬，不便在賈母面前施展家長的權力，所以當下並沒有追究晴雯的放肆。這一段話很值得我們注意，一方面證實了晴雯是黛玉的顯性替身，另一方面也說明王夫人不常進大觀園。但偶爾才去一次大觀園的王夫人卻親眼目睹晴雯罵小丫頭的場景，十分輕狂，由此可見晴雯確實常常打罵小丫頭，並非巧合；而王夫人評價晴雯的「狂樣子」其實是很客觀的，晴雯對待小丫頭時很少收斂、克制自己的脾氣，甚至比正規的主子還凶狠，違背了賈府寬柔待下的家風，因此王夫人心裡對晴雯留下很惡劣的印象。很顯然，晴雯與黛玉在外形和性格上都有類似之處，不同的是，黛玉口齒伶俐卻不失雅致，晴雯則是由於缺乏教育而表現出一種近乎原始的野性狀態。

黛玉的隱性替身：妙玉、茗玉和慧娘

無論是小旦、齡官、尤三姐還是晴雯，林黛玉與她們之間的重像關係都建立在形貌相似的基礎上，因此屬於顯性替身。除此之外，黛玉還有一些隱性替身，例如在第十八回出現的妙玉。因為元妃省親，妙玉以帶髮出家的女尼身分進入賈府，作者對妙玉的身家背景做了一番交代：

> 外有一個帶髮修行的，本是蘇州人氏，祖上也是讀書仕宦之家。因生了這位姑娘自小多病，買了許多替身兒皆不中用，到底這位姑娘親自入了空門，方才好了，所以帶髮修行，今年才十八歲，法名妙玉。如今父母俱已亡故，身邊只有兩個老嬤嬤、一個小丫頭伏侍。文墨也極通，經文也不用學了，模樣兒又極好。因聽見「長安」都中有觀音遺迹並貝葉遺文，去歲隨了師父

上來，現在西門外牟尼院住著。他師父極精演先天神數，於去冬圓寂了。妙玉本欲扶靈回鄉的，他師父臨寂遺言，說他「衣食起居不宜回鄉，在此靜居，後來自然有你的結果」。所以他竟未回鄉。

妙玉的身世背景與黛玉簡直如出一轍，包括她們的籍貫都是蘇州，兩人都生於「讀書仕宦之家」，妙玉自小多病，而黛玉也是如此，二人得要用出家來治病的方法也都一致，差別只在於妙玉的父母買了許多代她出家去祈福消災的替身都不中用，直到妙玉親自入了空門方才痊癒；而早先和尚也是專程前來要渡化黛玉，還說如果黛玉不出家，她這一輩子的病便會好不了，除非不見外姓親友、不許聽見哭聲。那是因為出家讓人六根清淨，可以斬斷情根，不受其苦，但黛玉既然留在塵世，又日夜與寶玉這位外姓親友共處，她的病就一輩子不會好轉，因此注定淚盡而亡，至於妙玉親自出了家以後即是一個健康的人，反倒走上另外一條俗情糾纏的道路。綜上可見，妙玉和黛玉兩人的宿命是完全一樣的，而在雙方的重像關係上，法名妙玉的「玉」字也是很重要的符號指引。

黛玉與妙玉二人皆出自讀書仕宦之家，但並不表示這般的家族不會因為人丁稀少而逐漸沒落。妙玉本家與黛玉自家又很類似，都由於人口太過單薄，以至於其家族難以支撐下去，一旦父母亡故，孤子獨女便會無依無靠。必須說，古代大家族的繁茂壯盛與人口是成正比的關係，第一回指出，賈雨村正是因為「生於末世，父母祖宗根基已盡，人口衰喪，只剩得他一身一口」，整個家族只剩一個人的時候即面臨灰飛煙滅，所以古人才會喜歡多子多孫，以之為多福氣的象徵。以前我完全不能同意古人的某些想法和觀念，但進入他們的社會脈絡以後，才終於能夠理解，在當時社會的運作情況下，如果沒有足夠的人口延續世代，即便是一個非常昌盛的大家族，也會很快地敗落，而那是在傳統的社會結構與社會條件下必然產生的結果。

妙玉的父母俱已亡故，身邊只有兩個老嬤嬤、一個小丫頭服侍，這和黛玉來到賈府時的情況同樣如出一轍，第三回說：「黛玉只帶了兩個人來：一個是自幼奶娘王嬤嬤，一個是十歲的小丫頭。」再者，小說描述妙玉「經文也不用學了，模樣兒又極好」，足見妙玉與黛玉二人的學問都很好，也都長得很漂亮，參照重像設計的手法，妙玉乃是屬於黛玉的隱性替身，因為書中並沒有涉及她們容貌的相似，但她們身分處境和命運個性則很類同。另則妙玉為人非常孤傲，其潔癖的程度比起黛玉還更有過之，顯然作者處處是採用重疊複製的手法來設計妙玉與黛玉的替身關係。

此外，小說中還提到一位名叫「茗玉」的小姐，這個茗玉也是黛玉的重像。第三十九回劉姥姥逛大觀園時，為了討老太太等人的歡心，現場胡謅了一位十七、八歲極標緻的地方小姑娘，夜晚到人家院子裡抽柴草的故事，沒想到賈府湊巧發生走水失火的事故，還驚動了賈母，劉姥姥此一不吉利的故事中途被打斷，於是她見風轉舵，換了一個吉祥的故事給賈母聽，但在「情哥哥」寶玉的追根究底之下，那則故事有了後續的說明，而在我看來，其中即隱藏了作者在背後所操縱的一個重像設計。由於寶玉打破砂鍋問到底，劉姥姥只得把故事編下去：

> 那原是我們莊北沿地埂子上有一個小祠堂裏供的，不是神佛，當先有個什麼老爺。……這老爺沒有兒子，只有一位小姐，名叫茗玉。小姐知書識字，老爺太太愛如珍寶。可惜這茗玉小姐生到十七歲，一病死了。

此處的「小姐知書識字，老爺太太愛如珍寶」，與黛玉的背景也十分近似，第二回說，黛玉的父母只有她這麼一個女兒，對之愛如珍寶。而茗玉小姐十七歲就死了，也呼應了黛玉將來的青春夭亡。整體而言，故事中的茗玉與黛玉、妙玉都擁有良好的家世背景，都備受父母的疼愛，而她們同時也都是青春早夭。並且和妙玉一樣，茗玉的名字裡也有一個關鍵字「玉」，那是一個非常重要的指引。

接下來，再看第五十三回「寧國府除夕祭宗祠，榮國府元宵開夜宴」一段，其中的慧娘也是作者為黛玉所設計的人物重像，曹雪芹大費筆墨詳細地介紹她所創造的精品「慧繡」：

> 一色皆是紫檀透雕，嵌著大紅紗透繡花卉並草字詩詞的瓔珞。原來繡這瓔珞的也是個姑蘇女子，名喚慧娘。因他亦是書香宦門之家，他原精於書畫，不過偶然繡一兩件針線作耍，並非市賣之物。凡這屏上所繡之花卉，皆仿的是唐、宋、元、明各名家的折枝花卉，故其格式配色皆從雅，本來非一味濃艷匠工可比。每一枝花側皆用古人題此花之舊句，或詩詞歌賦不一，皆用黑絨繡出草字來，且字迹勾踢、轉折、輕重、連斷皆與筆草無異，亦不比市繡字迹板強可恨。他不仗此技獲利，所以天下雖知，得者甚少，凡世宦富貴之家，無此物者甚多，當今便稱為「慧繡」。竟有世俗射利者，近日仿其針迹，愚人獲利。偏這慧娘命夭，十八歲便死了，如今竟不能再得一件的了。凡所有之家，縱有一兩件，皆珍藏不用。有那一干翰林文魔先生們，因深惜「慧繡」之佳，便說這「繡」字不能盡其妙，這樣筆迹說一「繡」字，反似乎唐突了，便大家商議了，將「繡」字便隱去，換了一個「紋」字，所以如今都稱為「慧紋」。若有一件真「慧紋」

之物，價則無限。賈府之榮，也只有兩三件，上年將那兩件已進了上，目下只剩這一副瓔珞，一共十六扇，賈母愛如珍寶，不入在請客各色陳設之內，只留在自己這邊，高興擺酒時賞玩。

此中提到，「原來綉這瓔珞的也是個姑蘇女子，名喚慧娘」，姑蘇就是蘇州，同為黛玉的籍貫。慧娘是仕宦貴族家庭的子女，受到良好的教育，這與林黛玉的出身也十分雷同。至於慧娘的個性雖然沒有顯現出來，但我們透過慧娘專心投入她的刺繡作品上，完全以審美自娛為目的，可以推測出二人的個性應該相近，慧娘把瓔珞當成藝術品，灌注自己的心血，而黛玉寫詩也有如此的意味，雙方都有脫俗的藝術化生活。而彼此命運的相似之處，在於她們都是十七、八歲便去世了，從現代人的長壽價值觀來看，黛玉與慧娘的人生在還沒有來得及充分開展之前即面臨結束，因此她們的命運帶有悲劇性。由此可見，慧娘與黛玉的重疊關係並不在於她們外貌的相似，因此她們不是顯性替身，而是隱性替身。

就出身經歷與命運的相似性而言，茗玉、慧娘都是黛玉的隱性替身，但根據羅傑斯的評判標準，隱性替身還需要作者在書中隨時將這兩個人對照比較以襯托彼此，而我們可以發現，除了妙玉之外，茗玉與慧娘二人於出現時便已經去世了，僅僅只在書中匆匆一帶而過，卻還是起到對比襯托的作用。如此說來，西方的理論可以幫助我們認識小說的深層意蘊，但也不需要削足適履去加以遷就。

黛玉的歷史人物重像

林黛玉之歷史人物重像的數量是最多的，除了上文提到的西施以外，另一組就是姊妹並稱的娥皇、女英。最直接的證據見諸第三十七回，當時在探春的號召下開了詩社之後，大家都做了詩翁，所以要取別緻的雅號，書中寫道：

探春笑道：「我就是『秋爽居士』罷。」寶玉道：「居士、主人到底不恰，且又瘰贅。這裏梧桐芭蕉盡有，或指梧桐芭蕉起個倒好。」探春笑道：「有了，我最喜芭蕉，就稱『蕉下客』罷。」眾人都道別緻有趣。黛玉笑道：「你們快牽了他去，燉了脯子吃酒。」眾人不解。黛玉笑道：「古人曾云『蕉葉覆鹿』。他自稱『蕉下客』，可不是一隻鹿了？快做了鹿脯來。」眾人聽了都笑起來。探春因笑道：「你別忙中使巧話來罵人，我已替你想了個極當的美號了。」又向眾人道：「當日娥皇女英洒淚在竹上成斑，故今斑竹又名湘妃竹。如今他住的是瀟湘館，他又愛哭，將來他想林姐夫，那些竹子也是要變成斑竹的。以後都叫他作『瀟湘妃子』就完了。」大家聽說，都拍手叫妙。林黛玉低了頭方不言語。

在小說中，大凡別人對黛玉調侃和開玩笑，而黛玉低了頭或紅了臉不說話的反應，都是表示她心裡喜歡和願意接受。就此來說，黛玉對「瀟湘妃子」這個雅號是非常喜歡的，因為此一稱呼很美，而且該神話故事裡所透顯的娥皇、女英二人對於情感的執著，也相當膾炙人口和引人遐思，所以黛玉十分中意。

此外，林黛玉還有一個歷史人物重像：趙飛燕。趙飛燕在歷史上聲名狼藉，以淫蕩好色著稱，卻被作者用來類比冰清玉潔的林黛玉，那恐怕會引發某些具有古典常識的讀者疑惑。其實，作者採取趙飛燕這般的歷史人物來比喻書中的人物形象時，並不遵從歷史人物的單一面貌或人格特徵，而是側重於其他的特點，畢竟歷史人物是多面性的，創作者完全可以依照自己的需要加以取捨，因此要正確認識一個文本對歷史典故的運用重點所在，便必須回到文本本身仔細推敲。我們絕對不能因為歷史上的趙飛燕聲名狼藉，就認為曹雪芹選擇此一典故的用意是為了諷刺或貶低林黛玉，那是不尊重創作之獨立性的做法。

試看李白被召入宮中擔任翰林供奉，隨侍在唐玄宗和楊貴妃身邊時，曾根據親眼所見創作出與趙飛燕關係密切的〈清平調詞三首〉：

> 雲想衣裳花想容，春風拂檻露華濃。若非羣玉山頭見，會向瑤臺月下逢。（其一）
>
> 一枝紅豔露凝香，雲雨巫山枉斷腸。借問漢宮誰得似，可憐飛燕倚新妝。（其二）
>
> 名花傾國兩相歡，長得君王帶笑看。解釋春風無限恨，沉香亭北倚闌干。（其三）

在這一組詩的第二首中，李白以趙飛燕比喻眼前那位傾國傾城的楊貴妃，所謂「借問漢宮誰得似，可憐飛燕倚新妝」，其中的「可憐」是可愛的意思，李白認為，美麗可愛的趙飛燕在剛剛畫好妝最美的時刻，才足以比得上眼前如同牡丹花般「長得君王帶笑看」的楊貴妃。此一寫法歷來受到很多詩評家的穿鑿誤解，在字裡行間創造出一些弦外之音，他們指出，趙飛燕在歷史上聲名狼藉，而李白採取趙飛燕來進行類比，用意是在諷刺楊貴妃的行跡淫蕩，藉機抨擊皇宮的穢亂，但那是非常荒謬的見解。研究李白的專家詹鍈就曾指出，認為李白的〈清平調詞〉存有諷刺楊貴妃的意思，此一說法是違反常識的，面對擁有生殺予奪之大權的君王，李白根本不可能在唐明皇面前去諷刺他心愛的貴妃，這是人性的基本常識。簡單地說，李白之所以選擇趙飛燕加以比喻，是側重於其身為漢成帝皇后的身分，乃是用來褒揚楊貴妃的一種手法，也符合楊貴妃等同於皇后的實質待遇。

同理，曹雪芹也可以根據自己的需要，把趙飛燕安排成林黛玉的歷史人物重像，這兩人的相似之處就在於她們的體態纖弱細瘦，身輕似燕，因此曹雪芹擬出「埋香塚飛燕泣殘紅」作為回目之名。但是，我個人認為其匠心還不止於此，曹雪芹用趙飛燕類比林黛玉，與李白以趙飛燕比喻楊貴妃，關鍵原因還包括趙飛燕的皇后身分與地位，而我們往往忽略了作家的這一層用意。趙飛燕固然出身倡家，但她成為漢朝的皇后，是身分地位最為尊貴、能夠母儀天下的女性。雖然趙飛燕在人格上存在很大的問題，但客觀上確實是名正言順、不折不扣的皇后。唐玄宗礙於楊貴妃原來是其兒媳婦的身分，難以冊封她為真正的皇后，只能退而求其次冊封她為貴妃，但實際上，楊貴妃的衣飾儀禮等級是完全比照皇后的，所以她是實質上的皇后。李白之所以採取趙飛燕類比楊貴妃，最重要的一個原因便是只有趙飛燕才有資格與楊貴妃的尊貴地位相提並論，二人都是世俗社會中最有權力地位、最尊貴的女性。

當然曹雪芹早已作古，我們無法起曹雪芹於地下而問之，因此作者採取趙飛燕來類比黛玉的用意難以確考，不過以黛玉在賈府中如此受寵的地位，作者用「埋香塚飛燕泣殘紅」加以等同，恐怕不只是著眼於體態的纖細而已，也應是為了突出與強調黛玉的尊貴地位。總而言之，人文學科十分多元，很難用科學的絕對唯一標準來衡量，因此進行人文學科的閱讀與研究更要求我們必須細心謹慎，不能想當然耳。

在此，我要特別澄清一個常見的誤解，即很多讀者都以為林黛玉喜歡閱讀《西廂記》、《牡丹亭》，所以會認同其中追求愛情的女主角崔鶯鶯、杜麗娘，也因此把兩位戲曲女性也視為黛玉的分身。但其實那是一種充滿跳躍式聯結而極為粗疏的錯誤推斷，事實上，基於世家大族的禮教觀念，貴族千金連婚前的私情都被視為罪大惡極的淫濫，避之唯恐不及，又豈能與該類「淫邀艷約、私訂偷盟」（第一回）者流相提並論！是故，黛玉自己即使在第三十五回私下無人之際想到了崔鶯鶯，但心中同時一併明確提出「我又非佳人」的定義，斷然給予區隔，而在第五十一回不小心引述兩書中的曲文後，也清楚宣稱「咱們雖不曾看這些外傳，不知底裏」的撇清立場。據此而言，以現代的意識形態而將黛玉與崔鶯鶯、杜麗娘畫上等號，實屬違反文本事實的主觀認定，無法成立。

綜合林黛玉的隱性替身、顯性替身，以及歷史、神話兩界的人物重像來看，黛玉的影身具有一些相通的特點。首先，諸位女性人物都美麗絕倫，十分漂亮，其中最突出的當屬晴雯，王熙鳳曾說「若論這些丫頭們，共總比起來，都沒晴雯生的好」，可見晴雯之美貌。至於黛玉的容貌，第二十六回形容她「秉絕代姿容，具希世俊美」，由此可見，黛玉美得舉世罕見、非比尋常。黛玉的其他替身，如妙玉也是模樣極好的，而那個演小旦的女伶也一定具有外貌的優勢，否則無法擔綱這般的角色。

就此而言，可以舉一個例子來說明。我曾經在學生時代看過一齣關於漢武帝與陳阿嬌、衛子夫兩位皇后之三角愛情故事的歌仔戲，出飾衛子夫的演員扮相並不出色，甚至還比不上陳阿嬌的美麗動人，無法達到傾城傾國的視覺效果，於是每當演到衛子夫的嬌豔讓漢武帝傾倒、讓陳阿嬌嫉妒時，便毫無說服力，戲劇效力即大打折扣。因為戲劇是視覺的藝術，舞臺上聚光燈下的演員需要有外型上的說服力，小旦如果不夠年輕貌美就不足以令人信服。前文提過，賈母特別疼愛寶釵生日宴上那位唱戲的小旦，而賈母最喜歡的女孩子都具備容貌美麗和口才伶俐兩大特點，薩孟武對此早已有所研究和關注，這也可以間接證明小旦的清麗不俗。

再者，林黛玉的眾多重像和黛玉一樣都才華出眾，她們各自擁有獨特的才藝，比如齡官是十二個戲子裡演得最好的，因此元妃給了她特別的賞賜，寶玉也特別到梨香院去央她唱曲；晴雯的手藝可以補好連外面最好的工匠都束手無策的孔雀裘，慧娘更具備高雅的藝術品味和精湛的繡工技巧。此外，林黛玉的重像們都是個性鮮明的人，比如第三十六回中，寶玉專程去央求齡官唱〈裊晴絲〉時，齡官忙起身躲避，並正色拒絕了寶玉，她甚至曾在元妃省親時拒絕領班賈薔的指定，只肯表演自己擅長的戲碼，因此是十分特立獨行的一個人。同樣地，晴雯極為自我乃至驕縱，妙玉的清高孤傲更不用說了，顯示出各色人等與林黛玉都有性格方面的此一特點，同時她們也都口齒伶俐，在在呈現了黛玉之重像的共通性。

還有，林黛玉的重像都面臨體弱多病、青春早夭、家世單薄的命運。例如尤三姐沒有家庭可以倚靠，以至於她淪落成為男性的玩物，並遭遇自刎而死的悲劇命運，而妙玉、晴雯、小旦及齡官也都是無枝可依之人，齡官甚至年紀輕輕就出現吐血的症狀，從而許多少女都死於十幾歲。另外，黛玉與她的重像也都表現出對待感情的深切執著，例如晴雯和妙玉都鍾情於寶玉。而齡官對賈薔更是一往情深，因此面對人中龍鳳、集萬千寵愛於一身的寶玉卻冷眼相待，這是寶玉從來沒有過的經驗，也給寶玉另一種情感的啟蒙。類似地，尤三姐對待感情也很執著，她的心中只有柳湘蓮，願意等候他一輩子，否則寧可終身不嫁。

最後，我必須特別提醒一點，林黛玉的人物重像群還有一個往往被忽視的重要共同特點。出於對黛玉的偏愛，讀者們滿心要為黛玉一掬同情的淚水，所以往往偏執地把黛玉看作寄人籬下的孤女，以至於忽略了黛玉其實備受愛寵的客觀事實。同樣地，黛玉的重像之一齡官也十分受寵，她獲得元妃的喜愛和照顧，擁有皇妃諭賜的「命不可難為了這女孩子」的特權，因此沒人敢為難她。至於晴雯，她在怡紅院蒙受到寶玉和眾人的縱容，在多數情況下，晴雯甚至凌駕於寶玉之上，在怡紅院中擁有絕對的話語權和決定權。此外，妙玉的來臨其實是受賈府的邀請，她所居住的櫳翠庵是一處獨立的宗教聖地，宗教的特殊性反而讓妙玉可以免除世俗權威的侵擾，因此櫳翠庵猶如妙玉的個人王國，可見妙玉是很受禮遇的。至於茗玉與慧娘也都是被父母愛如珍寶的掌上明珠，是貴族或大戶出身的千金小姐。

總而言之，這些女孩子在特定的環境中都受到很多的寵愛，即使像晴雯此等出身低賤並且沒有受過教育的人，由於各種因緣際會，也在特定的環境裡得到偏愛而發展出格外驕縱的個性。對晴雯而言，她的際遇就是怡紅院，沒有怡紅院，晴雯也不可能如此地走極端；類似地，妙玉也是到了賈府中的大觀園內安頓，才把個性發展成更加地放誕詭僻。我們要真正認識林黛玉和她的重像，便必須回到她們的生命史中，把握到這些人都備受寵愛的客觀事實，絕對不宜只從一般性的角度看待她們。

有關賈寶玉、薛寶釵、林黛玉的顯性及隱性重像可以羅列如下，並為本章做一總結：

賈寶玉	顯性：甄寶玉、薛寶釵、榮國公賈源、芳官 隱性：賈政、北靜王水溶
薛寶釵	顯性：賈寶玉 隱性：薛寶琴、襲人、麝月 歷史人物：孔子、屈原、楊貴妃
林黛玉	顯性：小旦、齡官、尤三姐、晴雯 隱性：妙玉、茗玉、慧娘 歷史人物：娥皇、女英、西施、趙飛燕 共同特點：美麗絕倫、才華出眾、個性鮮明、口齒伶俐、纖弱多病、青春夭逝、備受寵愛、家世單薄、深情執著

第三章

賈寶玉

對絕大多數讀者來說，賈寶玉代表著純真與性靈，是一位有著赤子之心的「新人」，這位「新人」誕生於封建體制最成熟的帝制晚期，他抗拒成人世界的汙穢與虛偽狡詐，由此被賦予超越傳統乃至帶有革命英雄的意味。由於近百年以來歷史、政治、社會主流的特殊發展，導致我們更願意去強調寶玉投合今天價值觀的部分，尤其是在文化意義方面，比如讀者所以為的反傳統、反禮教。

在未經反思的情況下，我們通常都是用自己的視野去看待各種現象，猶如德國思想家恩斯特·卡西爾（Ernst Cassirer, 1874-1945）於《論人》一書中所說：

> 人總是傾向於把他生活的小圈子看成是世界的中心，並且把他的特殊的個人生活作為宇宙的標準。但是，人必須放棄這種虛幻的托詞，放棄這種小心眼兒的、鄉下佬式的思考方式和判斷方式。

確實，現代人常不自覺地落入「這種小心眼兒的、鄉下佬式的」眼界中，導致集體的偏頗誤解，因此我們應該要努力抽離出來，重新反思與警覺，不應繼續局限於個人生活的小圈子裡，形同井底之蛙。豈不見第四十九回中，當寶玉在見識到薛寶琴的出類拔萃之後，連他自己都承認：「可知我井底之蛙，成日家只說現在的這幾個人是有一無二的，誰知不必遠尋，就是本地風光，一個賽似一個，如今我又長了一層學問了。」那麼，倘若我們一味以自己的好惡去看待小說人物，便更容易變成小心眼兒的鄉下佬了。

對於賈寶玉這位人物的介紹與認識，我想藉由一個對照的方式，循序漸進地探討。首先看寶玉的出身背景，他誕生於貴族世家，這等背景在根本上已深深影響著此人的人格特質、意識形態、文化品味和審美觀等，他所在的階級已經與他的內在人格結合為一體，那絕不是一個外來強加的虛偽外殼，而是構成自我的一部分。在第二回中，作者開宗明義地利用先天稟賦，即正邪二氣來解釋寶玉不同於一般的人格形態，然而單單只有先天稟賦還不夠，從小成長的後天環境也是個人性格之塑造、分化的重要關鍵，其影響並不亞於天賦。小說家清楚地指出：正邪兩賦之人「若生於公侯富貴之家，則為情痴情種；若生於詩書清貧之族，則為逸士高人；縱再偶生於薄祚寒門，斷不能為走卒健僕，甘遭庸人驅制駕馭，必為奇優名倡。」這是《紅樓夢》對人性理解的一大思想綱領，其中的人性論非常精彩，絕對不能用一般所謂的反封建、反禮教來加以簡化套用。

從上引正邪兩賦的一段氣論可知，首先，寶玉顯然並不是逸士高人，因為他誕生於公侯富貴之家，所以必須從這個角度來理解他的人格特質。其次，寶玉的前身來歷是女媧補天遺落棄用的唯一畸零殘石，它的象徵意義究竟是什麼？寶玉的複雜性絕對不能一言以蔽之，因為身為一個真正有血有肉的人，他自己就處於內在矛盾衝突的狀況中，再加上他既然作為世家子弟，同時必須擔負起家族的命運，何以竟然如此之不肖？這些問題都必須結合寶玉的家庭背景，才能夠真正解釋其正邪兩賦的意義究竟在哪裡。

「石—玉—石」循環三部曲

回到玉石的來歷，寶玉誕生之際所攜帶的玉就是他的前身，即女媧補天時留下唯一未用的畸零殘石，《紅樓夢》在第一回中便用「頑石」來稱呼這塊石頭。那麼應該如何理解「頑石」呢？首先，「頑石」可能是一個客觀的描述，說明這塊石頭樸素原始、完全沒有經過雕琢，是自然的產物；另一種說法是，「頑石」暗含著一種人文的貶義，即是不夠格。所以，這塊頑石到底是指很原始、很粗糙、很自然的石頭，還是說它本身帶有一種人文價值的貶義在其中？無論哪一個問題的答案都不應該直接判斷。只是大部分的人在下判斷之前很容易望文生義，因為人性往往是想當然耳，產生感性直覺的反應，導致讀者都只用一般的人性本能去讀書，然而如果我們想要追求真正的知識，就一定要超越人性，並努力地打破自己的主觀成見。倘若意識不到自身其實必然受困於一種自我局限，我們便永遠不會蛻變；而不願意忍受蛻變的拆肌裂骨之痛，那更不可能超越自我，如此一來，我們的知識只會永遠停留在一般性的常識反應上。

關於這塊石頭的本質與內涵問題，有一種傳統式的「石頭循環三部曲」說法，用以對應解釋寶玉的前身、今生與來世：前身是指入世之前的寶玉，就是一塊頑石，比較原始自然，沒有經過人為的雕琢；而今生是指頑石幻化成寶玉口中的美玉與寶玉之後，一起來到人間，進入賈府；來世則指寶玉出家歷經一段時間之後，又回到天庭仙班，復還本質，因為他曾經是太虛幻境中的仙人，最終又回歸到石頭的存在形態。此一「石—玉—石」循環三部曲大致可以概述寶玉不同的生命變化，而所對應的存在空間即是神界—俗界—神界。神界是石頭存在形態的棲息地，而石頭又代表著自然與真我，比較具有精神性的一面。對於現代人來說，這種超越世俗的「真」被視為一種毋庸置疑的崇高價值，如此一來，頑石便代表所謂的本真、最本然的真我，也是一般人認為最可貴的地方。

當頑石被一僧一道大施法術縮成一塊鮮明瑩潔的美玉，攜入人間受享溫柔鄉和富貴場時，在一般人的認識中，此刻的玉屬於可佩戴的吉祥物，能夠用來彰顯世俗身分，它本身即具有炫富的價值屬性，因此玉就代表著文明，也是一種所謂的「假我」。「假我」意指外在所附加於我們身上的表層之我，人們為了生存，不得已需要調整自我去應對周遭的社會，在這種情況下所形成的那個我便被叫作「假我」。而玉作為市場流通中具有金錢價值的珍寶，則被視為一種物質層面的產品，屬於世俗化的範疇。如此一來，石與玉的分化，以及神界與俗界的判然二分，也形成一種二元對立的關係。

然而，真的有這般二元對立關係的存在嗎？我們首先來檢驗小說文本的描述。在《紅樓夢》第一回中，當頑石聽聞一僧一道說到紅塵中的榮華富貴時，即「不覺打動凡心，也想要到人間去享一享這榮華富貴」，可見頑石並不是來人間受苦修煉的，它是要去溫柔鄉和富貴場中受享的。由此看來，這塊石頭真如讀者所以為的，是那般完全的自然純真嗎？其實未必，它會起心動念，想要受享榮華富貴，這難道不就是物質性的展現嗎？並且頑石明確指定要到人間去，而人間又是世俗的場域，顯然石頭尚在神界時，便已經具備凡心。足見當我們採取並強調神界與俗界、真與假、自然與文明的二元對立之分時，根本上就已經是問題重重。

接著，文中說到頑石「自恨粗蠢，不得已，便口吐人言」，此處頑石稱自己粗蠢，有可能是客觀上的描述，說明這塊石頭的外形又粗醜又蠢笨，但也有可能是價值上的判斷，謙稱自己內在粗陋蠢笨，因為頑石此時面對的是二位仙師，出於對一僧一道的尊敬，才自我貶抑以凸顯對仙師的崇仰。那頑石向一僧一道說道：

「大師，弟子蠢物，不能見禮了。適聞二位談那人世間榮耀繁華，心切慕之。弟子質雖粗蠢，性却稍通；況見二師仙形道體，定非凡品，必有補天濟世之材，利物濟人之德。如蒙發一點慈心，攜帶弟子得入紅塵，在那富貴場中、溫柔鄉裏受享幾年，自當永佩洪恩，萬劫不忘也。」二仙師聽畢，齊憨笑道：「善哉，善哉！那紅塵中有却有些樂事，但不能永遠依恃；況又有『美中不足，好事多磨』八個字緊相連屬，瞬息間則又樂極悲生，人非物換，究竟是到頭一夢，萬境歸空，倒不如不去的好。」這石凡心已熾，那裏聽得進這話去，乃復苦求再四。二仙知不可強制，乃嘆道：「此亦靜極思動，無中生有之數也。既如此，我們便攜你去受享受享，只是到不得意時，切莫後悔。」石道：「自然，自然。」那僧又道：「若說你性靈，却又如此質蠢，並更無奇貴之處。如此也只好踮腳而已。也罷，我如今大施佛法助你助，待劫終之日，復還本質，以了此案。你道好否？」石頭聽了，感謝不盡。那僧便念咒書符，大展幻術，將一塊大石登時變成一塊鮮明瑩潔的美玉，且又縮成扇墜大小的可佩可拿。

單看此段描寫中幾個關鍵的形容詞，包括「粗蠢」、「一塊大石」、「質蠢」等，根據這些點點滴滴的微小描寫，如果只憑直覺式的反應，我們可能會覺得這石頭是一塊笨重的頑石，於是「頑石」就變成了客觀的外形描述；而且頑石後來又被縮成扇墜大小、可佩可拿的鮮明瑩潔的美玉，似乎又有了小與大、玉與石之間清楚的區隔，正好對應於以上所引述的「石—玉—石」循環三部曲中，石與玉被賦予完全不同的價值內涵，即石頭代表神性，是精神的、自然的，是「真我」；玉則代表著俗界的文明，是一種被社會所改寫的價值，符合人間的審美觀，所以被稱為「假我」。我們可將這種思維之下所形成的對應現象做一對比：

神界：石——自然、真我、精神、超俗、神性
俗界：玉——文明、假我、物質、世俗、俗性

王國維解寶玉之「玉」

不僅如此，「玉」一字除了代表文明、假我、世俗的物質意義之外，在王國維的解釋中，更被賦予了生物的本能性。王國維作為一位國學大師，大概也是第一位藉哲學思想以分析《紅樓夢》的開宗祖師，並且真正地把《紅樓夢》當作一部文學作品來探討，這是很具開創性的貢獻。從紅學的發展歷史來看，人們一直擺脫不掉對《紅樓夢》做各方面非文學性、非文本性的使用，甚至直到現在還有人聲稱：把《紅樓夢》當作文學作品來研究，是紅學中最大的謬誤！可想而知，王國維的《紅樓夢評論》誠然可以算是紅學史上的一座里程碑。

王國維採取西方的哲學思想來認識《紅樓夢》，確實是一種非常具有開創性的做法，也彰顯出《紅樓夢》本身的思想深度，以及超越民族、超越文化之樊籬的普遍性，只不過這麼做是否能夠真正打通中西的款曲，或許又存在著穿鑿套用的危險，仍都可以另當別論。當王國維運用阿圖爾．叔本華（Arthur Schopenhauer, 1788-1860）的生命哲學去理解《紅樓夢》時，其思維方式存在著兩個問題：第一，對於所用的理論或思想體系是否已完全掌握？第二，運用已知的理論去分析文學作品，其間是否存在著距離的問題？在承認王國維對紅學研究具有貢獻的同時，也應該看到此一做法所產生的另外一個負面影響。事實上，王國維是借他人之酒杯來澆自己心中之塊壘，王國維所苦惱的是他自己的人

生問題，他由《紅樓夢》所看到的就是自己的人生困境，於是採取從叔本華那裡所得到的認識來解決自己的人生困境，同時也投射到《紅樓夢》中，運用叔本華的理論解釋小說裡的人、事、物。

王國維認為，《紅樓夢》也同樣在解決生活或生命本身最嚴重的、很難破解的一大問題，即人會受制於欲望，他說：「生活之本質為何？欲而已矣。」他認為生活的本質僅僅只是「欲」而已，「欲」便是欲望，即生命各種基本的需求。當王國維認為生命的本質就是欲望的時候，那會產生一個問題，即以偏概全，因為生活的本質並非只有欲。而王國維將此說法再套用到《紅樓夢》中，自然便得出如此的看法：「所謂玉者，不過生活之欲之代表而已。」換句話說，他又運用諧音聯想，將寶玉的「玉」雙關等同於欲望的「欲」，然後再聯繫叔本華的哲學思想進行闡釋，這大致就是王國維整體思想背後的一個理路。

隨後他又將欲望簡單化成兩樣東西，即《禮記》所說的：「飲食男女，人之大欲存焉。」而《孟子．告子上》也提到：「食、色，性也。」又如《列子》引古語所說：「人不婚宦，情欲失半。」在在指出人類存在最基本的共通性就是食與色，這是古人所提到並一致認可的。於是我們很容易會認為：食與色對於每個人來說都很重要，而且一樣重要，我們不可加以壓抑，否則就是在戕害人性，就是禮教吃人，這便是百年以來一直在操作的一種推論模式。如此一來，寶玉入世到公侯富貴之家以後的人生，即被我們當作是受享的過程，然後「玉」本身進而被認定為代表著世俗欲望與「假我」。

但是這樣的推論，其實包含好幾層跳躍式的聯結，甚至包含錯誤的定義。例如第一個基本定義本身便是錯的，因為生活的本質真的是王國維所說的「欲而已」嗎？用「而已」這兩個字，豈不是認為「欲」即人類存在的全部核心，並且將生活限縮在「欲」之中嗎？那事實上是把人給嚴重簡化、矮化甚至卑下化，似乎人在根本上只不過是本能的運作而已，這種理解當然有很大的問題。其實人之所以為人，絕對不是只有這個層面，人永遠擁有超越「欲」之上無邊無際的層次，而且永遠可以具有向無窮無限的高處去攀爬、去嚮往、去追升的空間。所以就這個定義來說，一開始便出現了很大的問題。

其次，當我們覺得「飲食男女，人之大欲存焉」、「食、色，性也」的時候，又犯了一個很嚴重的所謂「本能主義」的錯誤，即用本能來解釋人格問題，以及人在社會中的種種問題。然而事實上，人與人之間的很多問題並不是由本能所引發的，人際關係中有太多的是非紛擾及恩怨糾葛，足以引起內在的心靈病變，甚而導致精神疾病，那其實都與本能無關。透過心理學和社會學的研究，我們可以得知，用本能主義來思考人的問題是嚴重的以偏概全。固然每一個人都得要靠吃才能活下去，可是在我們把「食、色，性也」、「飲食男女，人之大欲存焉」當作人的最大本質來討論時，便犯了一個嚴重的錯誤，就是誤以為食與色都是人所具有的大欲，並且每一個人的食色程度與樣態是完全一樣的。

其實並非如此，否則又怎麼會有孔孟與盜跖之別？我們確實都得吃飯，然而怎麼吃、吃什麼卻是可以大不相同，比如可以像弘一大師那般粗茶淡飯，也可以像暴發戶一樣鋪張浪費，二者之間天差地別，根本不能一概而論。固然「欲」是作為人之存在，或者是任何生命之存在都不可或缺的根本需求和本能，但如果只用這種本能來看待人，就一定會出現很多問題，因為即便是本能也都具有很多的差異，而那些差異才是決定人的價值的關鍵。一般人常把放任本能叫作自由，其實是大錯特錯，因為放縱本能的同時，也等於使人的真正價值墮落而不自知，這個道理涉及很多的問題和辯證，尤其是很多想當然耳的一般推論更隱含不少謬誤與漏洞，往往令人誤入歧途，但此處無暇細說，容後再詳談。

回到對於寶玉之「玉」的認識，王國維開啟了一個詮釋的方向，卻也限定了後人在思考上的突破，因此把寶玉的玉只當成是欲望的欲。但《紅樓夢》乃一部複雜又偉大的作品，豈會那麼簡單地來看待「玉」的存在？尤其從幾千年的中華歷史來看，玉的文化內涵非常豐富，又怎是一個「欲」字了得！更何況再進一步仔細地考察，書中名字帶有「玉」的人物也真的都是在展現欲望嗎？都是做世俗的表現嗎？試看林黛玉的「欲」可能具有愛情渴望的部分，但卻完全不涉及食與色，此等世家大族的貴族小姐飲食上非常節制，一般都只揀自己喜歡的吃一兩口（見第四十回），而黛玉更是「平素十頓飯只好吃五頓」（見第三十五回），簡直有一點厭食症。並且在黛玉身上也沒有一般形而下的情欲，她至死之前完全不涉及所謂的情欲，這就已經清楚推翻了《紅樓夢評論》中「所謂玉者，不過生活之欲之代表而已」的論點。

超越二元對立

由此可見，雖然可以直接採取諧音法，再套上一個普遍可以通用的哲學思想體系，看起來也彷彿可通，然而一遇到具體對象便會大有出入，乃至於扞格不通。顯然我們太常用二元對立的思考模式去認識世界，包括去認識經典，而歸根究柢，這種情況也其實是非戰之罪，因為它是來自於人性，我們雖然不抨擊這個普遍的現象，卻必須清楚意識到此一問題，並努力加以克服。

確實，我們從小在一開始認識這個世界的時候，都必須透過二元的方式去展開，因為建立知識一定得用二元的方式，以至於我們始終很本質性地陷入二元的概念框架中。雖然如此，人類還是可以追求一種超越二元對立的境界，例如在佛學經典中可以看到，佛家希望我們能夠解脫、解離、破除這種二元的方式，以體悟超越界的大智慧，因此當佛經在談「真如」、說「涅槃」的時候，並不是用我們所習慣的正反高下的概念去理解，而是採取不左不右、不高不低、不熱不冷的表述方法去破除二元對立的思考框架。因為只有在打破二元的框架之後，才能夠真正掌握到所謂涅槃真如的智慧，此所以龍樹有「不生、不滅、不斷、不常、不一、不異、不去、不來」的「八不中道」之說。

然而，二元的思考框架涉及語言的複雜操作，既然它作為人類學習、認識這個世界，與追求知識、掌握道理時不可或缺的基本思想運作模式，我們以此去理解玉與石的對立，真的是自然而然，甚至必然而然，可問題便在於：這樣做的結果，不會讓我們超越一般常識的層次。真正的智慧是超越於此一框架之上的，而曹雪芹觸及了那般更高一層的辯證智慧，他並未宣揚禮教吃人，主張人就應該要發洩情緒並鼓勵縱容本能，甚至把這種自我放任當作人類唯一真實的價值來加以弘揚。正如太虛幻境兩側的對聯寫道：「假作真時真亦假，無為有處有還無。」我認為這兩句的意思是在告訴我們，真與假是一體的兩面，是可以互相轉化的互補關係，因此當我們把假當作真的時候，假即會是真；當我們把「真」當作一個價值而加以追求的時候，真也就變成了假，因為那變成了刻意的模仿。

此一真假互轉的道理，在第五十八回「杏子陰假鳳泣虛凰，茜紗窗真情揆痴理」中，便提供了一個很容易理解的例證：藕官和菂官在戲臺上扮演才子佳人，因「常做夫妻，雖說是假的，每日那些曲文排場，皆是真正溫存體貼之事，故此二人就瘋了，雖不做戲，尋常飲食起坐，兩個人竟是你恩我愛」。這個案例告訴我們，假的可以變成真的，雖然演戲是假、女扮男裝是假，演戲的「假鳳」、「虛凰」更是假中文假，但卻培養出了真情，正所謂的假戲真做、弄假成真。所以用二元對立去思考人性事理或《紅樓夢》之類的經典作品，其實都是將《紅樓夢》貶低和簡單化，也把世界看得太過單一。

而所謂的「真亦假」，則可以印證於明末文人所流行的一種文化雅癖——崇真。崇真就是崇揚率真、真我的思想，當崇真思想流行之後，大家便將這種真我等同於有個性、有性靈，它成為一個人人追捧的價值，於是吸引眾多的文人去追求與模仿，然而弔詭之處便在於，一旦大家都來模仿率真的時候，其流弊是最終反倒成了造假。因為他們的心中其實並沒有處於「真」的狀態，也不是內在有一個很強大的自我力量需要表達，而只是故作姿態。換句話說，這一類的人之所以宣揚「真」，只是為了獲得獎賞，被大家推崇，也正因為能得到外在的名聲，導致大家都來模仿，紛紛表現出「真」的樣子，而那些模仿的人當然就是在造假。所以說，真與假的定義和它們彼此的關係並沒有那麼簡單。再比如說，一個剛剛出生的嬰兒確實可以叫作「真」，然而這個「真」是沒有意義、沒有內容的，因為嬰兒根本不知道「真」是什麼，那只是什麼都不懂的空白狀態，所以崇真思想本身是很有問題的。

曹雪芹一定深刻認識到了明代後期流行性靈說與崇真觀的弊病，以及它所產生的混淆，才會在太虛幻境的對聯中標示出「假作真時真亦假」一句，並安排一段「杏子陰假鳳泣虛凰，茜紗窗真情揆痴理」的情節。現在學術界常常說《紅樓夢》受到性靈思想、崇真思想的影響，所以追求婚姻戀愛自主，甚至宣揚所謂的個性覺醒或情欲解放，但我認為剛好相反，由於明代留下來的思想弊端以及社會遺毒，曹雪芹深刻地洞察到那類觀念的缺失，以至於他要告訴我們，事情並沒有如此簡單！

在我看來，曹雪芹絕對不是在反封建禮教，相反地，他是在指點禮教與自然其實是可以合而為一的，正所謂「名教中自有樂地」，名教與自然事實上是一體兩面，而不是互相對立。

玉石一體

針對「石—玉—石」循環三部曲的說法，接下來還要再提出一些疑問，因為很明顯地，這三部曲的二分法本身是無法成立的，事實上每一個階段無論是玉還是石，都兼具了雙重性，不單以「玉」代表欲望這一點已經被證明是錯誤的，其實寶玉在神界的時候便不僅僅是石頭而已，它的本質更屬於玉石，是一塊玉。

試看寶玉的前身是女媧煉石補天所遺留下來的五色石，《淮南子．覽冥訓》明確指出：「女媧煉五色石以補蒼天，斷鰲足以立四極，殺黑龍以濟冀州，積蘆灰以止淫水。」而這般的五色石不可能是一般未經雕琢過的所謂「頑石」，也不同於自然界中吸收天地精華所形成的靈石，如孫悟空的前身之類。又其分身神瑛侍者所居住的赤瑕宮，「赤瑕」之名可以直接聯想到「赤霞」，那其實是一個專有名詞，早在宋代便有記載，《路史》一書說女媧補天時「煉石成霞」，而「霞」正是天邊的彩霞，彩霞是紅色的、多彩的，即等同於女媧所煉造的五色石。只因曹雪芹為了凸顯寶玉的「無材補天」，於是保留了「赤」字，而將彩霞的「霞」改為瑕疵的「瑕」，顯示其間具有一個同音兼同質的連帶關係。可見有關寶玉的所有神話都與女媧補天相關聯，赤瑕宮的神瑛侍者也是脫胎於五色石的神話脈絡。

然則五色石又豈會是普通的「頑石」？它根本上便如同玉一般繽紛可喜，具有視覺上的美感，再加上女媧的鍛煉，使得這塊石頭「靈性已通，因見眾石俱得補天，獨自己無材不堪入選，遂自怨自嘆，日夜悲號慚愧」，所以我們稱此塊石頭為通靈寶玉，而通了靈的石頭就是玉，所謂的「靈性已通」根本已經證明這塊石頭是一塊玉了。再根據文學批評家劉勰在《文心雕龍．原道》中對靈性的解釋：「惟人參之，性靈所鍾，是謂三才。為五行之秀，實天地之心。」意指人類作為五行之秀、天地之心，是性靈所鍾的獨一無二的存在物，所以人才能夠參透宇宙自然運行的奧祕。而參透到宇宙自然奧祕的人，又是如何體現天地之心的呢？劉勰說，是「心生而言立，言立而文明，自然之道也」，亦即參透天地之心以後，才能夠使用語言，而有了語言之後，文化、文明也才會彰顯出來，足見文明、文化的建立是來自於語言文字的運用。而能夠使用語言文字的前提則是要有一顆天地之心，這顆心便是性靈之所鍾，可以用來「原道」，推動文明、文化的進程。

反觀頑石靈性已通，又口吐人言，正暗示著頑石已經有了天地之心，是性靈之所鍾，屬於一個非常寶貴的存在，因此當它意識到自己的不足後，便日夜悲號慚愧、自我罪咎，所以它不可能是一塊自然的石頭，自然的石頭不能參透道，更不可能說話，也不會有價值觀的評斷。總而言之，在神界的時候，石頭早已不是天然的石頭，它根本就是一塊玉，外在五色繽紛，內在又性靈能言，能夠參透到天地之心而成為五行之秀。換句話說，女媧用來補天的石頭是頂天立地、維繫人類文明的社會支柱，因而當這塊石頭不能派上用場時，真的是發自內心地悲號慚愧，由衷感覺到自己是被拋棄的瑕疵品，是一個不足以參與宏大事業的敗筆。

這塊通靈的五色石被遺棄在青埂峰之後，又發展出另外一個存在的形態，就是以神瑛侍者為中介，與絳珠仙草建立了一個還淚的木石前盟的神話，那是小說家為了整體敘事的需要而設計的。有很多人認為神瑛侍者並不是頑石，兩者各自獨立不一，可是從整體的敘事結構上來說，二者必須是同一的，只是以不同的形態在神界活動，尤其神話思維與科學邏輯不同，神話本來就帶著象徵性，可以有不同的分身構成並存的關係，更何況赤瑕宮的「瑕」也是玉的一種形態，「赤瑕」又隱含五色石的意思，所以隸屬於由五色石之名稱所轉化的赤瑕宮的神瑛侍者，當然還是賈寶玉。而絳珠仙草入世之後變成林黛玉，她要還淚的對象一定是前生的神瑛侍者，後者入世後也顯然是賈寶玉，所以神瑛侍者必然是賈寶玉的前身，而寶玉最早的前身又很明確，是一塊女媧遺落的五色石，足證頑石與神瑛侍者是一而二的關係，讀者實在不需用機械化的方式去區隔對應，而產生無中生有的揣測。

再看神瑛侍者的名字也非常有趣，「神」表示對立於俗界的神界，而「瑛」是玉字旁，神瑛侍者居住的赤瑕宮又有五色石的含義，其中的「瑕」也是玉字旁，這兩個字都以玉作為部首，顯然都屬於同一類，更充分證明神界的遺石不是頑石而是玉石。根據《說文解字》的訓詁解釋來看，瑛是「玉光也」，即玉散發出來的光芒，而石頭是不會發光的。《玉篇》中也提到：「瑛，美石，似玉；水精謂之玉瑛也。」由此可見，寶玉在神界還沒有幻形入世之前，所出現的相關物品、詞彙、意象都與玉有關，因此聲稱寶玉的前身是石，到了人間之後才變成玉的這種說法，根本是錯誤的。

事實上從神界開始，寶玉的前身就是一塊玉石，它的功能是要頂天立地，創造人類文明與維繫世界秩序，被賦予很高的期望，即所謂的「補天」。既然這塊石頭有很高的內在性靈特質，便絕對不能用自然，或用一般所謂的真我去看待它。只是當這塊石頭到了俗界之後，才開始出現「寶」與「玉」的分化，即寶與玉變成兩種可以分開看待的不同的東西：一是靈秀的美石；一是高價的珍寶。

從這一點來說，也證明寶玉幻形入世的人間俗界不單只有世俗的範疇，然而我們一般本能反應的直覺成見是：入世之後的寶玉來到俗界，便代表了文明、假我、物質、俗世等。可是要知道，在神界的時候，頑石本身已經不是原始自然的石頭，它已經是被嚴格鍛煉過的通靈玉；即使「頑石」在外形上變成了美玉來到人世間，它也不是很單純的只有物質世俗的一面，而是仍有精神的、性靈的一面，形同擁有形上的生命，與世俗物質的「寶」存在著價值上的區隔，一般只把玉等同於金銀珠寶之類的貴重品，實在是不正確的認知。因此，無論寶玉在哪一個階段，其三世的每一世都是玉、石並存，也即玉、石一體。

複名寶玉

玉具有一種很特別的雙重性，這種雙重性到了人世間後便會產生一種比較複雜的關係，而且只有在俗界才會有如此之呈現，因為到了人間的玉被賦予了世俗價值，導致人們爭相追逐，於是以寶物的屬性引發很多紛爭。然而玉的本質又是通靈的美石，這麼一來，到了人間的玉石即產生一種世俗性與精神性兼具的雙重性。

此一雙重性也表現在寶玉的命名之上。我們可以注意到，與寶玉同一輩的人，名字上帶斜玉字邊的有：賈珍、賈璉、賈珠、賈環、賈瑞、賈琮、賈瑞、賈珩、賈珖、賈琛、賈瓊、賈璘等，這些人都是單名，也就是除了姓氏之外，名字裡只有一個單字，而唯獨只有寶玉是複名，由兩個字構成，顯示他的名字背後寄託了很複雜的用意。再考察清朝時期的命名現象，學者告訴我們，當時取複名的比例比單名來得多，高達百分之七十，可是這種情況與中華文化早期的命名趨勢並不一致。

先秦時代，《公羊傳》中便提到：「二名，非禮也。」換言之，除了姓氏以外，名字中有兩個字者被視為不合禮教，到了王莽時期，甚至還有所謂的「二名之禁」，即禁止名字採用兩個字，這顯示一直到漢代為止，使用複名其實是一個禁忌，所以古人諸如孔丘、孟軻、莊周、韓非、曾參、鄒衍、商鞅、屈原、宋玉、賈誼、司馬遷、班固、揚雄、張衡，以及著名的建安七子等，大都是單名。單名現象一直到西晉也還大為流行，有學者認為，漢、晉之間流行單名是為了便於避諱，尤其是皇族在取名字時故意取比較冷僻的字。西晉之後，因為五胡亂華的影響，南北文化有了交流，所謂的「二名之禁」開始鬆弛，取複名的情況也就越來越多。學者王泉根在《中國人名文化》一書中，比較唐、宋、元、明、清時期與之前的取名方式，發現唐宋明清間的取名方式與前期相比，複名（二字名）的使用率越來越高，大致說來，唐、宋、元時代複名的使用率占人名的一半左右，到了明、清階段，則逐步遞增至百分之六十與百分之七十。

也就是說，在《紅樓夢》所處的歷史環境裡，取複名的比例大約是百分之七十。所以如果把命名現象的社會背景一起進行考察，便會發現寶玉取名為「賈寶玉」雖然反映了社會主流，卻又與同輩兄弟的祧名完全不一致，顯得十分突兀。更何況對照小說來看，當「寶」與「玉」作為「二名」一起出現在他身上時，這兩個字事實上是不同的概念，價值觀也完全不同。確切而言，寶玉之所以叫作賈寶玉，便是要呈現出玉在世俗和精神上的雙重性，這當然是來到俗界才會產生的，也因此是發生在「賈寶玉」此一階段。換句話說，當他還在神界的時候，就已經是玉了，而那塊玉有著非常深刻的文化意涵；一旦這塊玉石來到人間之後，它本身仍然還是玉石，但是人間的金錢觀、利益追求賦予玉一種世俗價值，因此到了俗界的玉開始有了雙重性，該雙重性便在「寶玉」的二名上呈現出來。

進一步比較寶玉那些玉字輩的堂兄弟們，他們名字中的「玉」都屬於偏旁，「玉」所占有的比例僅僅只是字體上的二分之一乃至三分之一，唯獨寶玉的「玉」保留了玉的全形，也因此容納了玉的所有特性，神性與俗性都可以在寶玉身上全部體現。相比之下，包括賈珍、賈璉、賈環、賈瑞、賈瓊這些人，他們名字中的「玉」作為偏旁，是被邊緣化的，相應地，玉比較正面的那一面也被削減了，以至於降低了神性、心靈價值與精神性的成分。那些只占有偏旁的玉字輩的人，他們通常都比較庸俗，諸如賈璉的好色、賈珍的爬灰、賈環的黑心下流種子、賈瑞的癩蛤蟆想吃天鵝肉，總之，都非常不堪；賈珠則屬於唯一的例外，但這應該也是他必須早死的原因，以免與其他單名玉字旁的同輩並列，構成矛盾不一致。可見所有單名採斜玉旁的玉字輩人物，他們的「玉」只不過是占有名字一小部分的偏旁而已，他們的精神價值面也相應地受到擠壓、掩蓋，而流於市俗。

總而言之，寶玉來到人間以後，得要用玉的全形來命名，正是因為「寶玉」一詞所可以涵蓋的精神面是一般玉字輩所沒有的。在第五十六回中提到寶玉命名的來歷，藉由甄府四個管家娘子的回話，可知甄家也有一位少爺叫寶玉，她們說：

> 「今年十三歲。因長得齊整，老太太很疼。自幼淘氣異常，天天逃學，老爺太太也不便十分管教。」賈母笑道：「也不成了我們家的了！你這哥兒叫什麼名字？」四人道：「因老太太當作寶貝一樣，他又生的白，老太太便叫作寶玉。」

甄寶玉其實就是賈寶玉的顯性重像，二人無論容貌還是性格、命運等各方面都非常相似，而這一段則是整部《紅樓夢》中唯一提到何以寶玉要叫作「寶玉」的地方。雖然描述的是甄寶玉，不過既然這兩個寶玉具有重像關係，即使最後分道揚鑣，然而前面他們重疊的程度高達約百分之九十九，因此據之也可以合理地說明為什麼賈寶玉會叫作寶玉，其中透露出兩個重要的原因：

第一，因為他像寶貝一樣，寶玉的「寶」字來自於世俗，唯有到了世俗後才有所謂的寵愛與貴重。在自然界中大家都是平等的，那裡的玉根本上不會成為一種價值，更不會被叫作寶貝。玉只有來到人間以後，才被附加這麼多的珍惜與人為價值，所以寶玉在人間的名字中一定要有一個「寶」字。

第二，因為他生得白，潔白如玉，這個「白」字也對應了「玉」字。當然，單單如此還不足以說明寶玉的「玉」的複雜意義與深厚內涵，不過即使只是從一般的層次來看，也已經清楚告訴我們，為什麼寶玉的名字裡要有一個「寶」字，原因便在於他來到了人間，而人間是有比較的，因此產生貴賤、高下之分，「寶」字就是在人間這種很勢利的條件下所產生的。以這一點來說，畸零玉石來到了人間，取名「寶玉」，雖然違背了家族中的單名規則，但是反而吻合了清代的主流環境，所以賈寶玉之名看來也與清代當時的社會背景有一定的對應關聯。

曹雪芹創作《紅樓夢》的時間點主要是在乾隆時期，而康、雍、乾三朝也被研究清朝的歷史學家稱為「盛清」，那是一個繁榮和平的時代，寶玉正是誕生在此一最富庶、處於巔峰狀態下的太平盛世，他既然是生長於其中的寵兒與佼佼者，深受其滋養與塑造，當然不會反對自己所處的時代與階級。且第一回已經明白交代，補天棄石指定要到人間的富貴場與溫柔鄉中，完全是為了受享榮華富貴，而不是來苦修和受折磨的。從這一後設指定的階層便可以清楚地看出，《紅樓夢》意欲書寫的是貴族世家，是精英階層中最鼎盛高雅、文化集中的美好代表。因此寶玉的「寶」字，除了說明他在賈府中是一位備受寵愛的寵兒之外，也呼應了「玉」字所容納的精神性與世俗性的雙重面向。

賈寶玉的雙重面向

既然「寶」和「玉」帶有重疊與分化的不同層次，確實我們也可以在寶玉身上看到很多矛盾的情況。如果說玉具備了精神性的價值，代表一種對於理想的堅持、對於性靈的執著，那麼就寶玉這個人渴望受享榮華富貴的入世動機來說，他與玉的精神性功能完全是衝突的；可是假若以玉被附加了所謂的世俗欲望，代表一種世俗的追求而言，又會發現寶玉這個人與通靈玉石根本上發生了矛盾。所以首先要把握到，寶玉此一人物的特殊性是源於所謂的「玉石」，從神界到俗界，從前生到今世，寶玉一切的故事都是玉石的故事，而不是「石－玉－石」的階段循環。只是從神界到俗界，這塊玉石所在的場域經過變換，來到人間之後的玉石更被附加世俗的面向，以至於賈寶玉就成了精神性與世俗性的雙重統合體，確實在寶玉十九年的人生中，我們可以看到雙重面向在他身上不斷地出現重疊與分化，以至於他的人生充滿複雜辯證，也呈現出無限的跌宕曲折。

因此，「寶」和「玉」這兩個字並不是同義複詞，同義複詞的意思是指「寶」與「玉」都是寶物，都是一種世俗所認可、所追求的珍貴物品。如果這樣想的話，便會落入到以前流行的看法中，即把玉當作是世俗的象徵，如王國維將「玉」與「欲」等同的雙關思維。但以古人精英階層的雅文化來說，玉的本身絕對不等於世俗，甚至恰恰相反，而我們之所以會把玉視為一種世俗的象徵，其實與現代人對於玉的看法有關，即認為玉就是很珍貴、很高價的東西，但那都是非常嚴重的片面化。

要知道，《紅樓夢》是在描寫貴族世家所發生的故事，他們對於玉的認識，一定具有積澱幾千年而非常深厚的文化內涵，那對於遭遇過巨大歷史斷層的我們來說，卻是相當陌生的。一旦回到傳統的文化脈絡中，我們就會發現玉石一定具有雙重性，並且精神性要高過於物質性，例如第十五回中，北靜王親眼見到寶玉之際便讚美道：「名不虛傳，果然如『寶』似『玉』。」單單以這句話而言，還不一定看得出來「寶」與「玉」是不是類似或等同的範疇，是否都屬於所謂的珍寶或者世俗認可的價值，但已經可以感覺到原來「寶」與「玉」是可以分開來說的，屬於兩種不同的東西，而不是像同義複詞那般可以完全畫上等號。

再看第三十回裡分別出現兩名女孩子，即小生寶官與正旦玉官，二人雖是同一種職業，甚至生活在同一個生活圈子內，然而她們確實是兩個不同的人，根據這一點來看，更證明了「寶」和「玉」事實上是兩回事，只是這兩回事的差異程度到底有多大，我們還要進一步加以檢證。由此可見，從《紅樓夢》中的這幾個段落來看，已經清楚地顯示寶和玉是可以分開來談的。另外，還有一個強而有力的證據告訴我們，原來在貴族世家的文化涵養中，他們對玉的認知與我們今天很片面化的看法完全不同。

在第二十二回裡，當寶玉聽完〈寄生草〉而悟了禪機，自己也仿之填寫了一闋來表達對塵世的灰心，黛玉、寶釵看到曲文以後怕他誤入歧途，黛玉便直接對寶玉提出質疑，笑道：

「寶玉，我問你：至貴者是『寶』，至堅者是『玉』。爾有何貴？爾有何堅？」寶玉竟不能答。

因為回答不出來而被寶釵、黛玉、湘雲三人笑指鈍愚之後，寶玉卻想到寶釵與黛玉都比他知覺在先，卻也尚未解悟，乃自忖「我如今何必自尋苦惱」，於是醍醐灌頂，打消了悟道解脫的念頭。兩位冰雪聰明的少女聯手之下，果然就讓寶玉回歸正途，大家又恢復情誼，和好如初，這一次閨閣生活中的小小風波並沒有在他們之間造成任何嫌隙與隔閡。由此也顯示出一般讀者太喜歡誇大與強調書中少女之間的紛爭，甚至上升到彼此價值觀的對立為敵，穿鑿出明爭暗鬥的陰影，那其實都是言之過甚而違背事實的，若干拌嘴不和只不過是她們生活中的小小漣漪而已。

回到這一段的敘述中，我們可以很清楚地看到，黛玉是故意在寶玉的名字上做文章，用意在於：既然名字本身作為一個符號，對人們有暗示命運、象徵人格內涵的作用，那麼是否可以由此得出解釋，說明何以寶玉名字中有「寶」和「玉」二字，以及寶玉此人到底能不能符合其命名的隱喻與意涵？結果寶玉一聽便回答不出來，當場語塞，突然意識到連他自己都不認識自己，完全沒有辦法為自己定位，那還談什麼解脫！發現到這一點以後，寶玉當然也就打消了參禪悟道的念頭。

黛玉用一種公案打禪機的方式在寶玉的名字上做文章，這是她冰雪聰明的地方，同時也清清楚楚地告訴我們，「寶」和「玉」是截然不同的兩種概念：至貴者是「寶」，而貴是在人間才會存在的一種判定，是所謂的寶貝；至堅者則是「玉」，而堅硬不正是石頭的本質嗎？在先秦時代，《呂氏春秋》中便用「堅」來形容石頭，指出：「石可破也，而不可奪堅。」也就是說，可以將石頭打破甚至磨碎，但都奪不走石頭堅硬的本質。《淮南子》中也提到「石生而堅」，石頭與生俱來的性質便是堅硬。從先秦到西漢對石的代表性描述中，可以得知石頭的專屬性質就是堅，而黛玉則說「至堅者是『玉』」，並沒有強調玉所具有的貴和寶的屬性，反倒把石頭的堅硬歸給了玉，由此也清楚顯示出「寶」與「玉」是完全不同的概念，這兩種對象具有截然不同的性質。尤其黛玉的家世背景和賈府完全相等，門當戶對，其祖上是四代列侯，父親林如海則是位高權重的欽差大臣，所以黛玉是百分之百的貴族少女，她的這番話可以代表貴族文化對於玉本身的看法，即玉是不被世俗性所限制的，具有更珍貴的一種超越世俗之上的崇高性質。

簡單來說，我們可以看到在賈寶玉的命名上，由於這塊玉來到了人間，於社會場域中得到一些不是它本身所擁有的外加性質。玉本身是堅硬的、是精神性的，屬於比較高雅的層次，但來到人間之後，社會賦予它世俗性，所以有所謂的「至貴者是『寶』」之說。如此一來，「寶玉」這個名字主要是告訴我們，賈寶玉與甄寶玉兩個人有二而一、一而二的關係，他們身上具有相反並存的原始與文明，是精神性和世俗性、自然與人為、素樸與雕琢、無價與有價等種種對立性質的矛盾體。所以賈寶玉是個很複雜的人物，從《紅樓夢》的故事描寫中，我們可以發現此人確實有很多的面向，如果一味主張他代表至高無上的精神價值，代表心靈的追求而反抗世俗，恐怕就會淪入很嚴重的以偏概全。

事實上，寶玉在尚未入世之前，他之所以動凡心的目的便是要來受享榮華富貴，這一點在第一回伊始即說得很清楚，因此聲稱他完全代表著心靈的追求是根本上不能成立的。這個人物的複雜性同時也展現在命名中，所以寶玉非得要用兩個字來命名不可，因為如此才足以完整涵蓋他身上矛盾辯證的複雜關係，由此可見，寶玉此人的一生真的不能很簡單地一言以蔽之。

至於寶玉為什麼要叫作寶玉？第一，「寶玉」這個名字保有了玉的全形，由此才能夠涵蓋玉最完整豐富的文化內涵，不至於像其他的單名，玉的存在感、精神性和正面的意義都被削減與邊緣化。第二，為什麼一定要加上「寶」字？賈寶玉之所以不直接叫「賈玉」，原因在於玉字的內涵雖然豐富了，可是不大容易顯示出它與世俗之間糾纏的複雜關係，所以再加上「寶」這個面向，便更可以凸顯出那是來到人間後所得到的名字。

那麼，賈寶玉與甄寶玉的名字之間又有如何的對應關係呢？一般學術界的看法是：「寶」與「玉」相當於同義複詞，所以賈寶玉等於「假玉」，假玉來到人世間便是為了要否定世俗性、反抗這個禮教封建的社會等。而賈寶玉與甄寶玉雖然一開始是顯性重像的關係，可是最後他們分道揚鑣，試看在續書第一百一十五回中，當兩人相見時，甄寶玉已經是規引入正，回歸經濟正途，不再頑劣淘氣，變成從內而外都非常吻合貴族世家之期望的佳子弟。因此，面對甄寶玉滿口談論經世濟民、世俗應對之道，賈寶玉便覺得索然乏味，對這場期待已久的會面也大失所望，此刻在賈寶玉的心裡產生了一個念頭：

> 我想來，有了他，我竟要連我這個相貌都不要了。

因為他看著甄寶玉走向一條他以前所反對的路，兩個人雖然長得一模一樣，可是最終卻踏上南轅北轍的方向，甄寶玉完全變成貴族家庭所希望的樣子，而賈寶玉的內心則依然迂闊怪詭，想為閨閣增光。因而賈寶玉認為，雖然他本身現在擁有如寶似玉的外貌，但是自己的內在仍舊很「頑劣」，如果從世道的標準來看，目前既然已經有一個人具備他的長相了，又填進了能夠滿足世俗期望的內在，那麼他賈寶玉是不是連那副容貌都可以不要了呢？這就是賈寶玉此刻的心情。

當我讀到上面那一段續書文句的時候，便更加意識到原來「寶」與「玉」確實是兩個不同的概念，彼此是裡與外、形而上與形而下兩層的辯證關係，本身即不能用「寶」的單一化概念來看待，而加以等同。賈寶玉的命名隱喻了一個動態的辯證過程，意思是說，賈寶玉的一生與甄寶玉一樣，其實都在成長與變化，而此一成長變化因為有階段性、層面性的不同，所以便出現了寶與玉的重疊與分化的關係，以此來呈現不同階段、不同層面的個別差異。「寶」與「玉」會在世俗的這一面重疊，是因為「玉」來到人世間，被附加了「寶」的性質，然而玉的內在又是所謂的「至堅者是『玉』」，換句話說，他本身就是玉石。則玉石與寶石是在什麼時候重疊，又是在什麼時候分離呢？以下即由此加以說明。

玉如寶之貴

當玉「如寶之貴」的一面被強調時，小說中出現的情節便是「金玉良姻」，此時金與玉才會相對，也十分符合傳統與世俗社會的門當戶對的要求。事實上賈寶玉與薛寶釵都擁有很漂亮的、如寶之貴的外貌，那是曹雪芹很刻意安排的一個設計，寶玉心中雖然最愛的是黛玉，然而他同時對寶釵也是喜愛的。就在第二十一回，寶玉翻看《南華經》而悟禪機時，便提筆寫到他想要「戕寶釵之仙姿，灰黛玉之靈竅」，因為「戕其仙姿，無戀愛之心矣」，由此看來，寶玉是將戀愛之心放在寶釵這一方的，此言誠然大大出乎讀者的意料！這幾句清楚洩露寶玉對寶釵其實有著戀愛之心，只是此一戀愛之心到底該如何定義，又具有怎樣的性質，都還得更精細地看待。

事實上，我們不能否認寶玉對寶釵也是有好感的，而且這份好感不只是外貌的吸引，也建立在他們共同的價值觀上，這一點卻是幾乎所有的讀者都忽略的。眾所周知，寶玉將官僚體系中的所有讀書人都貶低為「祿蠹」（第十九回）、「國賊祿鬼」（第三十六回），因為那些讀書人根本不努力於為國奉獻的經濟事務，於是被視為白領俸祿的米蟲，而寶釵在第四十二回中也說道：

男人們讀書不明理，尚且不如不讀書的好，何況你我。就連作詩寫字等事，原不是你我分內之事，究竟也不是男人分內之事。男人們讀書明理，輔國治民，這便好了。只是如今並不聽見有這樣的人，讀了書倒更壞了。這是書誤了他，可惜他也把書遭塌了，所以竟不如耕種買賣，倒沒有什麼大害處。

意思是說，如今朝廷上的那些讀書人，沒有一個是在輔國治民，言外之意其實也就等於「祿蠹」。所以很明顯地，寶釵在此與寶玉的觀念完全一致，認為那些拿朝廷薪水占有一席之地的人都是寄生蟲，這可是非常叛逆的指控，完全不亞於寶玉。而黛玉從來沒有如此激烈的言論，最多只是不去規勸寶玉讀書，比起寶釵的批判實在消極得太多，就此而言，兩位金釵中誰比較接近寶玉，實在不言可喻。然而這卻是絕大多數的一般讀者所忽略的事實，甚至給出了顛倒的誤判。

不僅如此，二寶在世俗性上很接近的一面還表現於外貌相似，具有顯性重像的關係，二人不僅長得很接近，就連聲音都相差彷彿。第三回說寶玉「面若中秋之月，色如春曉之花，鬢若刀裁，眉如墨畫，面如桃瓣，目若秋波」，而在第八回和第二十八回都重複提到寶釵的長相是「唇不點而紅，眉不畫而翠，臉若銀盆，眼如水杏」，其中的「眉不畫而翠」對應了寶玉的「眉如墨畫」，眉色鮮明成形；「眼如水杏」對應於寶玉的「目若秋波」，明亮的眼光流動有神；「臉若銀盆」則是對應寶玉的「面若中秋之月」，兩人都是白皙的圓臉，是最為圓滿、最有福氣的一種面相。可見這兩人真的長得很相似，連體態也都是豐潤型的，不同於黛玉的弱柳扶風、搖搖欲墜。第二十九回中提到寶玉是「越發發福了」，而寶釵則是「體豐怯熱」（第三十回），體態豐潤，於是大家都拿她比楊妃。雙方的夫妻相加強了二寶聯姻的世俗基礎，更何況寶玉的通靈玉上所鐫的「莫失莫忘，仙壽恆昌」，與寶釵金鎖片上的「不離不棄，芳齡永繼」八字是完全一樣的意思，也都來自於神界的指令。所以這兩個人從先天上便注定要構成金玉良姻，是符合傳統甚至神界的一種天作之合。

一旦「金玉良姻」浮現時，此時的玉所偏向的就是「至貴者是『寶』」的那一面。也因為金玉良姻的壓力，使得寶釵成了黛玉的夢魘，黛玉心中的糾結不安又朝向寶玉抒發，以致寶玉為了表達自己的心意便產生了摔玉、砸玉的舉動。第二十九回中，黛玉由於心中的不安全感而歪派寶玉，寶玉聽見她說「好姻緣」三個字，「越發逆了己意，心裏乾噎，口裏說不出話來，便賭氣向頸上抓下通靈寶玉，咬牙恨命往地下一摔，道：『什麼撈什骨子，我砸了你完事！』偏生那玉堅硬非常，摔了一下，竟文風沒動。寶玉見沒摔碎，便回身找東西來砸」，此時被摔與被砸的玉所凸顯的是比較世俗性的層面，朝向「金玉良姻」的針對性十分明確。

玉如石之堅

然而，玉如石之堅的這一面仍然是一直存在的，隨之也有所謂的「木石前盟」，因此寶玉與黛玉共享的名字是「玉」，成為賈母所並稱的「兩個玉兒」（第四十回），他們要在木石前盟的面向上去建立一致性，締造彼此的聯結。簡而言之，木石前盟是在玉如石之堅的這一層面上開展出來的，而二寶聯姻則是建立於偏向世俗的範疇中，故而寶釵與寶玉共享的名字是「寶」字。

試看第三回二玉初見的場面，當寶玉聽聞黛玉沒有和他一樣的通靈玉時，「登時發作起痴狂病來，摘下那玉，就狠命摔去」，顯示出一種聯通關係受阻之後，孤獨無伴的畸零感。再看第五十七回「慧紫鵑情辭試忙玉」一段，其中紫鵑欺騙寶玉而謊稱黛玉要回南方老家，用以測試寶玉的心意，此際寶玉的反應是：「眼也直了，手腳也冷了，話也不說了，李媽媽掐著也不疼了，已死了大半個了！」當寶玉以為他要失去木石的伴侶時，他也失去了自己的心，變成行屍走肉，命都已經去掉半條，據此可想而知，黛玉的「玉」也正是寶玉心靈所執著的如石之堅的那一面。參照後四十回中還有一段類似的情節，第九十四回寫到寶玉的通靈玉丟失了，怎樣都找不回來，至第九十五回時，寶玉的言行舉止簡直是呆若木雞，別人叫他說謝謝，他就說謝謝，叫他行禮，他就行禮，完全變成木偶一般地失魂落魄，而這與他失掉通靈玉有直接的關聯。將前八十回與後四十回失「玉」的情節放在一起並觀，可知此時的「玉」代表寶玉內在性靈的那一面。

既然寶玉的「玉」有其複雜的兩面性，絕對不能一概而論，並且此一兩面性還會在寶玉此人身上產生拉扯，於是寶玉自己也經常在擺盪中，不但有偏向於世俗的一面，甚至有非常封建乃至紈袴的那一面。事實上，他有一些地方和賈璉、賈蓉並沒有什麼太大的差別，比如寶玉喜歡吃少女嘴上的胭脂，其形貌正如二知道人《紅樓夢說夢》所說：「寶玉好喫嘴上臙脂，未曾實敘，只於婢女口中言之，則尋常之接脣為戲可知。」而在第六十三回便出現了賈蓉抱著丫頭親嘴的行為，從外觀來看，這兩人的舉止幾乎是一模一樣，絕不能只用「思無邪」來合理化寶玉喜歡吃人嘴上胭脂的作風。

回到真假的問題上，評點家王希廉在《紅樓夢總評》中提供一個關於真假比較精當的說法，他指出：

《紅樓夢》一書，全部最要關鍵是「真假」二字。讀者須知，真即是假，假即是真；真中有假，假中有真；真不是真，假不是假。明此數意，則甄寶玉、賈寶玉是一是二，便心目了然，不為作者冷齒，亦知作者匠心。

這段話與第三十一回史湘雲與翠縷論證陰陽時所說的道理相互一致，湘雲說道：「『陰』『陽』兩個字還只是一字，陽盡了就成陰，陰盡了就成陽，不是陰盡了又有個陽生出來，陽盡了又有個陰生出來。」真與假也是如此，並不是說有一個固定的東西叫作真，另外一個與真敵對的東西叫作假，其實真與假根本就是同一件事，而釐清真與假的根本關鍵，便在於其狀態處於何種程度、何種面向與何種角度之下。王希廉的這番分析也是在告訴我們，當我們認為是真的時候，其實已經進入到假的狀態中，因為我們已經為這個「真」套上一種人為的概念，而凡是人為便避免不了假。

此外，這般道理中也隱含著很深刻的佛學意涵，如佛教的名相學即告訴我們，概念在很複雜的運作之下影響了本質的存在。佛學真的是非常深奧的一門學問，個中思維精微細膩而複雜，所以當佛教剛傳入中國時，最先打入的便是精英階層，在得到最優秀之輩的接受以後，才慢慢滲透到其他的社會層面中。王希廉所說的「真即是假，假即是真；真中有假，假中有真；真不是真，假不是假」

並不是在掉書袋，也不是在玩弄詞彙，他真的是認識到在人的認知過程中，符號和思想之間的互動連帶關係非常複雜。所以至少從字面上，我們可以明白原來真與假的關係有著很多的層次，不能簡單地用兩種不同事物的概念去理解，故王希廉說：「明此數意，則甄寶玉、賈寶玉是一是二，便心目了然，不為作者冷齒，亦知作者匠心。」

賈寶玉與甄寶玉

接下來針對賈寶玉與甄寶玉的重疊現象，我做一點嘗試性的說明，當然這個想法絕對不是唯一的答案，但是對於寶玉之所以一定要用複名的原因，除了說明其自身的雙重面向之外，賈寶玉與甄寶玉二者究竟是否因此而呈現出兩種不同的人生發展軌跡，也許都可以做一些參考。

試問，賈寶玉為什麼要叫作「賈寶玉」？在賈寶玉十九年的人生演變過程中，主要常呈現的是「假寶真玉」的狀態，無論是否展現了雙重辯證，賈寶玉終究是來否定世俗的，否則他最後不會出家。出家屬於否定塵世的範疇，無論是很正面或很反面地看待世俗，只要出家就必然是否定世俗。所以我認為假（賈）和真（甄）在這裡可以作為動詞來理解，代表著一種價值的取捨，即否定「寶」所呈現的世俗，肯定「玉石」的質性，既然世俗的這一面是社會外加給他的，倘若當初寶玉幻形入世時不是銜玉而生，他不會極大化地得到如寶之貴的這一面。寶玉在歷經十九年的富貴場、溫柔鄉之後，終於懸崖撒手，他要否定十九年來附加在身上的世俗面向，而最後走向對於玉石的肯定。玉石一般指的是比較精神性的、個人性的價值，就此而言，賈寶玉是假的寶玉、真的玉石。這麼一來，賈寶玉便與甄寶玉有所不同：甄寶玉是「真寶假玉」。

賈寶玉一開始當然是為了來人間享受榮華富貴，然而過了十九年之後他終於還是捨棄了世俗，所以從結果來看，賈寶玉是要來否定世俗「寶」的這一面。

在那十九年中，寶玉到底擁有哪些如寶之貴的一面呢？比如金玉其外的形貌，長得漂亮確實會得到很多好處，雖然在某些地方可能會比別人遭受到更大的壓力、更多的誘惑、更深的嫉妒等，但是在世俗界的常態中，擁有好的外貌通常會帶來比較多的優勢。果然，寶玉之所以受到賈母等長輩們的喜愛，除了對家族來說，他是血脈衣鉢的傳承者，最重要的也是因為他長得漂亮。《紅樓夢》中有好幾個地方都提到為什麼寶玉會如此受寵，便是因為長得好看，例如第二十五回趙姨娘說道：「也不是有了寶玉，竟是得了活龍。他還是小孩子家，長的得人意兒，大人偏疼他些也還罷了。」小孩子聰明伶俐，外貌又美，當然很容易得到大人們的喜愛。第五十六回賈母也說道：「就是大人溺愛的，是他一則生的得人意。」而在第二十三回中，甚至連向來嚴格的父親賈政一眼看到寶玉是「神彩飄逸，秀色奪人」，對比一旁的賈環「人物委瑣，舉止荒疏」，竟然當下即不知不覺地「把素日嫌惡處分寶玉之心不覺減了八九」，其神效可知。總而言之，寶玉來到人世間之後享受到很多特權，他根本就是一個既得利益者，怎麼可能不具有世俗性？他享有外在的金玉美貌所帶給他的種種好處，這也是「玉」之雙重性的顯現。

寶玉享受著與生俱來的諸般優越條件，包含出身背景、天賦相貌與內在資質等各方面，但在他十九年的生命發展過程中卻逐漸認識到無常的本質，最後便斷然捨棄人世間，而他也終於明白，唯有剝開金玉其外的表殼才能夠真正地擺脫世俗，第一百一十五回中他心想：「我想來，有了他，我竟要連我這個相貌都不要了。」

此時的寶玉與傳統悟道、求道的故事中，對容貌外相的破除其實是一致的，例如八仙之一的鐵拐李原本是神界中風度翩翩的美男子，然而不幸後來發生了意外，魂魄被迫進入一個乞丐的身體裡，變得骯髒醜陋又被人唾棄，這樣的契機使得鐵拐李終於明白什麼叫作真正的智慧。原來真正的神不是建立在外貌上的，而是要體會人的艱苦、不幸、醜陋與卑賤，才能夠真正養成一種慈悲，才有資格變成神。一個不懂得卑賤、醜陋、陰暗的生命，如何能夠真正具有廣大無邊的慈悲？所以說，鐵拐李的故事點出了悟道或是提升自己的關鍵，在於破除或超越表象。

再如莊子常透過支離疏、嚙缺之類的「畸人」來宣達逍遙的大智慧，此種「畸人」的外貌支離破碎，十分怪異，然而卻擁有著混沌般的智慧，這樣的人往往蘊含著至高無上的奧妙。《紅樓夢》中也吸收了《莊子》的這個詞彙，妙玉即自稱為「畸人」，只不過一經妙玉的主觀轉化，其含義已經與莊子的指涉大不相同，她的用法反而更強調了自己想要與世界不同的優越姿態。其實，《莊子》中所描述的那些有大智慧的人是形殘而神全，即形體殘缺，但內在非常圓滿，而一般世俗的人則剛好相反，我們是形全而神殘，表面上是很正常的人，可是在健全的身體中可能住著一個殘破的靈魂，卻毫不自知，如此地汲汲營營、不擇手段，追求虛幻的、表面的浮華幻覺，從而不自覺地誤入歧途，那會不會才是真正的「畸人」？我們常常買櫝還珠、本末倒置、輕重不分，將大好的人生浪費在死前一定會後悔的事物上，卻終身陷於迷惘中而不自知！

歷經塵世十九年的寶玉最後能夠大徹大悟，必然也是洞察到美麗形貌無形中所帶來的好處與特權，使得自己不自覺地已經完全受到影響和牽制，唯有擺脫這般的世俗性才能夠整個掙脫出來，而擁有真正的超越性、真正的慈悲。當賈寶玉看到甄寶玉的變化時，便心想：「我想來，有了他，我竟要連我這個相貌都不要了。」此時的賈寶玉由內而外地完成了真玉石的發展過程，他已經徹徹底底回到玉石的完整範疇。而甄寶玉剛好相反，他之所以要姓甄，是因為他與賈寶玉的人生發展有著關鍵性的不同，最後的甄寶玉完全走向世俗的面向，雖然世俗不一定完全是假，但如果只就玉的雙重性來考察這兩個人的命名，則我們可以說甄寶玉是「真寶假玉」。

這個說法該怎麼理解呢？首先，從第二回、第五十六回都可以看出甄寶玉與賈寶玉在相貌上一模一樣，個性上也如出一轍，都視女兒為無上的珍寶、淘氣、不肯讀書上進，因此他們從小就被視為很怪異或很不肖的子弟。在第二回裡，由賈雨村的口中可知甄寶玉是：「暴虐浮躁，頑劣憨痴，種種異常。只一放了學，進去見了那些女兒們，其溫厚和平，聰敏文雅，竟又變了一個。」甄寶玉的「暴虐浮躁、頑劣憨痴」似乎不合於一般世道，事實上正表現了他的正邪兩賦，正邪二氣矛盾統一、彼此交鋒，所以形成如此這般的特異人物。因為帶有正氣，所以他與賈寶玉並沒有流入「皮膚淫濫」中，而他們的正氣則是來自於堯、舜、禹、湯、文、武、周、召、孔、孟等大仁者，這些人在傳統中都具有非常正統高貴的人格價值，使得賈寶玉、甄寶玉不曾淪為賈珍、賈環、賈蓉之類難看的不肖子孫。但是二人身上同時也具有邪氣，這股邪氣使得他們沒有辦法真正變成一個佳子弟，足以傳承家業，在家族隨代降等的情況之下扛起復興家族的重大使命。正邪二氣的共同作用使得他們的性格產生了一些缺陷，那些缺陷便讓他們一則不能擔負起家族的責任，二則在人格上也無法塑造成大雅君子，所以才會表現出「其聰俊靈秀之氣，則在萬萬人之上；其乖僻邪謬不近人情之態，又在萬萬人之下」。

只不過第八十回以後甄寶玉與賈寶玉開始分道揚鑣，當第一百一十五回兩人相見之際，甄寶玉已經規引入正，大談文章經濟、為忠為孝，所以此時的甄寶玉就變成賈寶玉所要排斥的對象。當甄寶玉由外而內地展現了世俗的那一面，賈寶玉才會連外貌這一與世俗最淺薄的聯繫都可以丟掉。甄寶玉作為賈寶玉的顯性替身，作者一開始用重疊的手法建立起二者的密切關聯，但是到了後四十回，我們才發現這兩個重像之間開始分裂、相反對立，以此形成雙方在另一個層次的關聯。所以甄寶玉與賈寶玉的關係便在於：一個是真寶假玉，一個是假寶真玉，於各自的人生發展過程中，兩個人的關係是先重疊、後分割，分割之後賈寶玉覺得連自己的相貌都可以不要了。在這般的情況下，讀者會發現賈寶玉本來是金玉其外的，但最後把玉石由內而外地徹底化，而要丟掉那一副金玉相貌。換句話說，賈寶玉將「假寶」由內而外地徹底毀棄，從內在到外在，從精神到形體都完全地玉石化；反觀甄寶玉不僅有金玉的外貌，他的心靈也逐漸完全地金玉化，成為對世俗價值的完整體現，於是與賈寶玉分割而走向截然不同的方向。

最後必須再做一個補充，上述的說法難免還是把「玉」當成一個與「寶」截然不同的東西來看待，可是如此的判然二分並不具備絕對性。雖然我們之前一直將玉石視為精神性、超越世俗、心靈神性的代表，然而問題在於：玉石真的完全是精神性的代表嗎？它完全沒有世俗化的成分嗎？種種命題恐怕都需要打上問號，這就是對《紅樓夢》得要不斷地深化研究的地方，而答案必定複雜。倘若《紅樓夢》是一部關於玉石的故事，那麼無論是在神界還是俗界，寶玉都是一塊玉石，而寶玉的前身即處於神界中的玉石，也不是完全沒有世俗性。換句話說，「世俗」這個概念太簡單，它遠遠不足以把玉石豐富的文化內涵呈現出來。所以下面我要提供另外一個思考，即女媧神話裡的玉石其實還是不能脫離與世俗的關聯，因為玉石的任務是補天，補天的行為本身便是經世濟民的隱喻，這是玉石本該稟賦的精神性格，可見簡單地將神性與俗性二分真的是一種非常危險的做法。

玉石：高度文明的產物

接下來，我們再從另一個角度來分析寶玉的玉石具有何等意涵。

讀者們最容易忽略的是，設計玉石神話其實更是為了賦予寶玉一個貴族血統，倘若他不是女媧補天遺留下來的五色石，也不具有通靈的性質，則根本沒有資格進入貴族家庭。因為玉在中華傳統文化裡被賦予一種非常崇高神妙的地位，尤其在重大禮儀場合都發揮了重要的關鍵作用，例如作為國與國之間歃血為盟的見證；玉可以通靈，所以可以拿來向天神祝禱祈求，禮敬天地四方、日月星辰。日本漢學家林巳奈夫曾說過，華夏先人們之所以如此重視玉，是因為它具有使生命再生的能力，是神祇與祖先的靈魂所依憑的神具。古人認為佩玉可以增進人的生命力，在遺體旁邊放玉能夠讓死者復生，至少也可防止屍體腐敗，也有喪葬風俗是讓死者口中含玉，以確保死者轉世投胎時不至於灰飛煙滅。《紅樓夢》恰巧利用此一含玉現象加以轉化，安排寶玉銜玉來到人間，其中便暗含著投胎轉世再生的生命意涵，所以作者的這個獨特設計，絕非只是為了創造男主人公奇特的來歷，而是帶有文化的深厚積澱。

古人對玉的信念是認為玉具有種種神祕的力量，可以改變人的自然性格，並使人與宇宙最深層的力量發生關聯，如此一來，玉會讓一個人變得更深刻、更超然，更能微妙地參透天地造化的神祕，佩玉也可以產生趨吉避凶、祈福禳災之類比較實際的功能。寶玉的銜玉而誕其實正暗示著他與宇宙最深層的力量發生關聯，所以這位人物才會那麼獨特，足以成為《紅樓夢》這部大書的主角。

由此可見，玉的重要價值與通靈寶玉實際上具有直接關聯之處，因此嚴格地說，寶玉前身的故事並不能說是石頭神話，而應該稱為玉石神話，因為這塊玉石所反映的並不是原始的石頭崇拜，而是華夏文明所特有的玉石崇拜。並且它不但是華夏文明玉石崇拜之下的產物，承襲了玉石神話的信仰，尤其玉石的珍貴意義更象徵著尊貴的地位與階層，屬於權力地位的象徵。寶玉之所以能夠來到富貴場、溫柔鄉，享受十九年的美好歲月，正因為他是玉石而不是石頭。所以玉石的世俗性要從「貴」的層次去理解，貴族的「貴」字說明了此一玉石是高雅文明的結晶。

根據地下考古文物的挖掘成果，我們得知早期的歷史社會透過玉而形成了具有貴賤、高下之別的禮制，社會中的種種調節都與玉有關，玉是促進封建禮教不可或缺的要件，參與了上層社會的交往活動，玉器已經成為權勢、財富、等級身分的象徵物，是貴族的代表，因此也唯獨在貴族的墓葬中才有玉，春秋時期的貴族墓區中便出土了大量的玉器。後來透過神權政治、君權神授，玉又與神權扣聯在一起，於是玉石又轉化為王權的象徵，從商周以來，玉成為彰顯帝王美德的符號象徵，也與周公制禮作樂的禮制息息相關，和禮制的定型化關係密切。由此看來，玉石豈是如此簡單，它背後有著非常龐大複雜的文化內涵，從這一點來說，貴族血統對寶玉產生著潛移默化的作用，使得他從誕生的第一刻起，所呼吸的每一口空氣都對其人格的塑造產生深刻的影響。原來作者是要告訴我們，玉石擔負了更多的文明責任，雖然一般的石頭也有自身的優點，然而與文明沒有什麼太大的關係，真正的文明則需要文化的創造和各種人文經驗的累積。

能夠在富貴場、溫柔鄉受享的寶玉，前身必定是一塊被女媧煉造過的玉石，那正好賦予他幻形入世時得以進入貴族階層的基本條件，因為普通的石頭根本沒有這樣的資格，即使《西遊記》中那塊吸收天地日月精華的仙石，也只能孕育出孫悟空這個野性的潑猴，有待唐僧的陶冶收服。從貴族文化的角度來看，「玉石」正是以一種象徵的方式來說明寶玉具有貴族的血統，而這一點卻經常被我們現代人所忽略。

參考《紅樓夢》第一回，我們可以看出貴族血統是如何與寶玉幻形入世的過程相聯結。當一僧一道接受玉石的懇求時，「便念咒書符，大展幻術，將一塊大石登時變成一塊鮮明瑩潔的美玉，且又縮成扇墜大小的可佩可拿」，第二回又提到玉石的外貌是「五彩晶瑩」，再看第八回藉由寶釵的眼睛，顯示玉石是「大如雀卵，燦若明霞，瑩潤如酥，五色花紋纏護」。根據這些描述，可知通靈寶玉的外形精緻小巧，潔白瑩潤，有如牛奶一般，而「燦若明霞」、「五色花紋纏護」也都暗示著這塊寶玉的前身便是五色石。當初玉石在與一僧一道對話之際，雖然自稱蠢物，不能見禮，但那是面對二位仙師時的謙卑姿態，玉石所說的話不一定就是客觀的事實，它畢竟是女媧煉造過的五色石，只不過相較於順利補天的其他玉石，其「無材」確實可以稱得上「質蠢」。當這塊在青埂峰的大石被縮成扇墜大小、可佩可拿的美玉時，其性質本身並沒有改變，唯獨大小不同了，「五色花紋纏護」更是非常清楚地表明：通靈寶玉的性質、形態與五色玉石的前身始終一以貫之。

在第八回中，脂硯齋便針對通靈寶玉的外形做了四個面向的提示，指出其中的隱喻，他說：「大如雀卵」是指它的「體」，形容通靈寶玉的體積如雀卵般大小；「燦若明霞」則是描述它的「色」，散發出光彩輝煌的色澤；「瑩潤如酥」是比喻它的「質」，即質地如羊脂牛乳一般晶瑩溫潤；接著是「五色花紋纏護」所對應的「文」，花紋的「紋」也可雙關於文化的「文」，在中華文化裡，「文」是一個非常重要的關鍵概念，攸關傳統思想的核心架構，「文」包含天文、地文，最後進入人文，「文」字便代表文明與秩序，是人類進步所累積的成就，包含技術、思想、心靈等各方面的成果。至於「紋」字加上了「糸」部首，原指織物的紋路，更是古典文學批評中對於文學作品之精緻優美的常用類比。而通靈寶玉的「五色花紋纏護」所對應的正是文明的「文」，所以這塊玉絕不是一個原始的、與生俱來的欲望象徵，通靈寶玉的前身經過煉造之後就是文明的產物，而且與貴族的文化直接相關。

「文」字是在告訴我們，通靈寶玉與文化、文明有關。換句話說，玉石來到人間絕對不是只想滿足「食、色，性也」的原始欲望，它要求的是一個高度的文明，也唯有在富貴場和溫柔鄉的貴族階層，才能夠提供這般的精英文化。貴族文化乃精英階層與大傳統的凝聚傳承所形成，與平民文化是截然不同的，其中的文化內涵與深度都遠遠地超過了一般的通識教育。脂硯齋針對通靈玉石「大如雀卵，燦若明霞，瑩潤如酥，五色花紋纏護」的特徵，分別用「體、色、質、文」四字來加以對應說明，便是要告訴我們，此一通靈玉石是裡外俱美、文質彬彬，絕對遠遠超乎一般粗陋的原始本能。這塊女媧補天時唯一遺棄不用的畸零玉石，之所以能夠來到「昌明隆盛之邦，詩禮簪纓之族，花柳繁華地，溫柔富貴鄉去安身樂業」，正是因為它本身已經具備了高度的文明條件。「昌明隆盛之邦」是大中華的一種自我驕傲，因為當時中華民族認為自己是全世界文化程度最高的國家，而國家文化又集中體現在「詩禮簪纓之族」上，這是儒家所開展出來的文明內涵。

女媧補天是一個後設的神話，作者藉此包裝了玉石的入世動機，當玉石幻形入世時清楚指定目的地是詩禮簪纓之族，而沒有封建禮教根本不可能會有詩禮簪纓之族。倘若曹雪芹真有反對儒家封建禮教的意念，為什麼還要給這塊石頭這般的神話安排呢？從種種的寫作動機來看，認為《紅樓夢》之創作宗旨是要用以反封建、反禮教的說法是不能成立的。相反地，在封建禮教中，最高的貴族等級不但是文化大傳統的承擔者，更屬於文化集中的精英階層，唯有在該等的階級裡，才可以享受所謂的富貴場、溫柔鄉。簡單來說，也只有身處此一階級中才可以參與高度的文化與文明，這對於靈動的靈魂來說才是最具魅力的地方。那些貴族精英在此可以讀很多深刻細膩的書籍，可以進行非常複雜精深的思考，可以創作或賞鑑優雅精緻的藝術，可以參透宇宙奧妙的道理，諸如此類的心智鍛煉，如果沒有高度的文化支撐是做不到的。

廣大的平民不會去想那些問題，一般的通識教育也不會觸及那些內涵，而詩禮簪纓之族則是文化集中的精英階層，他們帶動和承擔著文化大傳統的使命。據此可知，玉石自己要求來到這樣的地方，其心念動機絕對不是用原始的生命欲望即可以涵蓋的，實際上它具有非常重要的文明意涵。從常識便可以知道，補天的事業並不是誰都可以擔當，唯有極少數的秀異分子才能夠扛起那般頂天立地、中流砥柱的重責大任，塵世中沒有志向、沒有才能的凡夫俗子是直接被排除的，只能去過庸庸碌碌的一生，由此更足以證明這塊玉石是高度文明的產物。

總括來說，即使這塊補天的玉石是個瑕疵品，沒有那麼百分之百的完善，然而它一開始便是按照最高的標準來進行煉造的，就算它被遺落不用，也是一個非常獨特的存在物，非同一般。因此，小說家接著便賦予玉石一個所謂的「奇異出生」（monstrous birth），而在民間傳說中，奇異出生常常與英雄故事相關。

銜玉而誕

首先看寶玉的銜玉而誕，此一安排本身即合乎轉世再生的意義，在《周禮》和《左傳》中都提到，古人給死者的口中含玉，便是希望遺體可以不朽不腐，並幫助死者轉世再生，所以從傳統習俗來看寶玉的含玉而誕，確實具有轉世投胎的意涵。

不過，出生時自胎裡便帶來靈物，也不見得是中華傳統文化的專利，人類學家發現澳大利亞的原住民對這類的物件有一特殊名稱，他們稱伴隨著新生嬰兒來到人間的靈物為「秋苓格」（Churinga），這種與生俱來的靈物當然會被視為神聖的物品，秋苓格被安置於洞穴中祕藏陳列，不可隨便侵犯，否則便會帶來災難，而只有在舉行儀式和節慶的時候，才會被拿出來使用，是祭祀禮儀中非常珍貴的寶物。由上述例子可知，將隨胎而生的物品視為寶物，真的是各地文化中很普遍、很常見的信仰。

專門研究民間文學的民俗學家史密斯．湯普遜（Smith Thompson, 1885-1976），對神話傳說以及民謠故事的內容做了一些分類與考察分析之後，也注意到奇異誕生的孩子於出生時身上常常會帶有其他的物品，在他的《民間文學情節單元索引》一書中，「編號T婚姻、生育」下「T500-T599懷孕和生育」類的T552項，便是所謂的奇異誕生，其中蒐集了各種關於奇異誕生的故事。可見寶玉的銜玉而誕之情節也是「卑之無甚高論」，因為那只是反映一種普世皆然的常見現象，也反映古代原始觀念中屬於不平凡人物的表徵。曹雪芹安排奇異誕生的情節，讓寶玉成為一個不平凡的人物，而在第二回「冷子興演說榮國府」中，賈雨村也稱寶玉這種不平凡的來歷是由極為獨特的正邪二氣所構成的。總之，小說家在前五回中以各式各樣的方式來告訴我們，不要用一般人的意識形態和價值觀去理解寶玉以及他十九年的人生。

神瑛侍者、玉石、賈寶玉三位一體

說明至此，還必須就神界的部分特別提醒一點，即玉石在進入塵世變成寶玉之前，還有一個很特殊的生命類型，那便是神瑛侍者，這位隸屬於赤瑕宮的神瑛侍者又與絳珠草產生灌溉的因緣，於是賈寶玉來到人間後就與林黛玉產生戀情。我認為神瑛侍者便是玉石，也正是賈寶玉，但很多讀者會揣測玉石、神瑛侍者與賈寶玉三者之間的關係，如周汝昌認為，神瑛侍者不是賈寶玉而是甄寶玉，以至於很多人懷疑神瑛侍者與賈寶玉無關，可能是另外一個存在。但如果這樣解釋的話，黛玉的還淚就會成了笑話，因為她哭錯了對象！並且從整體的敘事結構以及小說中的證據來看，神瑛侍者也是補天的玉石所變化而成，而它們都是賈寶玉的前身，為了因應神話的需要，使得賈寶玉含玉而生，但賈寶玉與玉石仍是一體的，二者可以分成兩種存在，彼此之間相輔相成，神瑛侍者亦然，形成三元乃至多元共構的關係。

其實，這種三合一的形態不僅是神話思維所允許的非物理性設計，即使作為一個現實中的人也有所謂的形、影、神三個層面，如陶淵明便寫了一組〈形影神〉詩，他的創作主旨是：「極陳形影之苦，言神辨自然以釋之。」其中包括〈形贈影〉、〈影答形〉、〈神釋〉三首，顯示一個人可以分化為形、影、神三種不同的存在形態，彼此甚至還可以對話詰辯，足見一個人的整體構成事實上可以區分出多種層次。則寶玉雖然含著玉石出生，但何以寶玉一定得要與玉石是不同的個體，才能夠帶著玉石來到人間，而不是帶著他自己的某個部分呢？換句話說，我們不應該用「一加一等於二」這種機械的觀念來看待寶玉的故事，神話的思維告訴我們，一個人本來就可以分化、幻化出多個內在部分，而那些分化、幻化出來的存在都是來自於同一個個體，將所有分化的對象整體組合在一起，才構成寶玉這個完整的人物。

關於神瑛侍者、玉石及賈寶玉的同一關係，我們也能從情節內容中進行一些檢視而得到證明。首先來看神瑛侍者與絳珠草的因緣是：

> 只因西方靈河岸上三生石畔，有絳珠草一株，時有赤瑕宮神瑛侍者，日以甘露灌溉，這絳珠草始得久延歲月。後來既受天地精華，復得雨露滋養，遂得脫却草胎木質，得換人形，僅修成個女體，終日游於離恨天外，飢則食蜜青果為膳，渴則飲灌愁海水為湯。只因尚未酬報灌溉之德，故其五內便鬱結著一段纏綿不盡之意。恰近日這神瑛侍者凡心偶熾，乘此昌明太平朝世，意欲下凡造歷幻緣，已在警幻仙子案前掛了號。警幻亦曾問及，灌溉之情未償，趁此倒可了結的。那絳珠仙子道：「他是甘露之惠，我並無此水可還。他既下世為人，我也去下世為人，但把我一生所有的眼淚還他，也償還得過他了。」

絳珠草「終日游於離恨天外，飢則食蜜青果為膳，渴則飲灌愁海水為湯」，我認為這個神話其實並非在歌頌黛玉乃至情的情種，而是為了解釋她明明是一位處境優渥的貴族少女，但卻多愁好哭的原因，用以提供她特殊人格形態的先天因素。事實上，有的人即使在荊棘叢中也依然樂觀開朗，如史湘雲的天生性格是「幸生來，英豪闊大寬宏量」，與黛玉截然有別，那都是小說家為每個人量身設計的不同的先天個性。其次，黛玉整天多愁好哭，一直處於愛恨情愁的感性層次上，同樣反映了佛教對女性的看法，將「終日游於離恨天外，飢則食蜜青果為膳，渴則飲灌愁海水為湯」與「僅修成個女體」綜合來看，其中更隱含一種佛教的性別觀。佛教認為女性之所以會成為女性，是因為她們在生命的輪迴上修練不足，所以必須到人間受苦、償罪和修練，以至於這一輩子才會變成女人。

佛教經典中提到，女性是不完善的生命類型，有所謂的「五漏」，因此要受生兒育女以及各種陷溺糾纏之情的折磨，不得解脫。例如唐傳奇小說《紅線傳》中，武功高強的女俠客便解釋自己上輩子是個醫生，結果不小心把人醫死了，只好下輩子投胎當女人來贖罪。這些觀念無形中都在闡述一種性別歧視思想，把女性因為不平等的現實處境而受苦受罪視為應得的業報，最重要的是，因此她們的心靈素質比較低下，沒有資格到達超越的道德彼岸，注定要終身沉淪，包括她們的心靈也不可能得到解脫。解脫成為男性的專利，因為男性的生命階段比較高，超越輪迴也就比較容易，而女性則是要陷溺在欲望與情緒的盲昧層次中不得超脫。

關於這一點，最明顯的例子是：《紅樓夢》中真正出家解脫悟道的都是男性，如甄士隱、柳湘蓮等，而女性如黛玉，雖然小時候有和尚要來化她出家，但是並沒有落實，唯一真正出家的女性妙玉，卻也沒有真正地悟道，她的生活甚至比一般貴族更為講究，那是沉淪在一種優越感中，以各種姿態來墊高她的身分，所以她只是有出家的形式，但心靈則完全沒有超脫，她的內在根本還是個高高在上的千金小姐。至於從小便嚮往出家的惜春，本質上其實也不是開悟，而是一種很特殊的精神潔癖所致，這兩位少女的情況請參看人物專論的說明。再看黛玉與寶釵，雖然在第二十二回「悟禪機」時比寶玉更勝一籌，黛玉的機鋒提問、寶釵比出的惠能語錄令寶玉頓時為之語塞，但她們始終停留於人間的層次，並沒有以宗教的角度和境界而得到所謂的開脫，因此寶玉心想：黛玉之所問、寶釵之所比，「此皆素不見他們能者。自己想了一想：『原來他們比我的知覺在先，尚未解悟，我如今何必自尋苦惱。』」尤其黛玉更是終身溺於愛河的絳珠草，直到淚盡而逝，可見與解脫完全無緣。

基於絳珠草與神瑛侍者在神界的因緣，既然絳珠草入世後成為林黛玉，則神瑛侍者必然是賈寶玉，也即黛玉要還淚的對象。可見寶玉的前身有兩個：一是玉石，一是神瑛侍者，於是我們合理地推測：玉石因為受過女媧的精心鍛煉，有了靈通之後，幻化成人形到處遊玩，這是比較常見且合理的神話想像。而且玉石與神瑛侍者的活動場域都與太虛幻境有關，假若我們用神話思維來加以看待，二者毋庸置疑都是賈寶玉的前身。神話不是物理科學，它是由象徵、隱喻等詩性邏輯所構成的，我們不應落入物理科學一一對應的機械方式去理解小說中的神話寓意，一旦以科學的邏輯去思考，便會成為脂硯齋所憤慨的對象。在第一回裡，當玉石聽到一僧一道談論紅塵中的榮華富貴時，「不覺打動凡心，也想要到人間去享一享這榮華富貴；但自恨粗蠢，不得已，便口吐人言」，脂硯齋在此側批云：「竟有人問口生於何處，其無心肝，可笑可恨之極。」

顯然當時已經有人質疑：既然玉石口吐人言了，那麼它的嘴巴長在哪裡呢？這種情況就很類似於我們現代人追問玉石到底是賈寶玉，還是他口中的通靈寶玉？可見我們都在用科學的邏輯去閱讀小說，但提出此等的問題卻是對創作者的羞辱，因為不尊重創作者的想像力與特殊安排，對於每一個細節都要按照現實邏輯科學化地思考，而這種做法是不是等於在質疑創作者想像幻設的權利？單用物理的科學邏輯去看待並質疑那些描述，便會掌握不到小說家所要表達的重點。因此我們還是先得承認小說家是在寫神話，神話本身即不是依據現實的邏輯去運作的，神話有自己的意義與價值，不能用科學化的方式一一去拆解，也不應認定它有一套合乎現實邏輯的整體系統，這是我們必須要先有的一個認知立場。

那麼在此一神話的範疇中，能否對神瑛侍者、玉石和賈寶玉三者的關係給予一個比較細緻的解釋呢？我認為如此一來可能會偏離神話所要表達的意義，因為即使在枝微末節上照顧得再細緻合理，找到誰對應誰的理路，但對於我們更深入地認識這個神話其實也沒有太大的幫助。當我們回到神話本身的內容，尤其是結構來看，便會發現他們彼此之間是可以畫上等號的，玉石、神瑛侍者、賈寶玉三者是隨著小說家的需要而展現的一種連動關係。有些人一直認為玉石不一定是賈寶玉，因為玉石是被寶玉含在嘴裡入世的，但那為什麼不可以是一而二的組合呢？也就是說，通靈寶玉代表玉石的性靈，賈寶玉則代表玉石的人形，尤其在神話的邏輯下，玉石之所以一定是賈寶玉，是因為神瑛侍者與絳珠草來到人間之後成為賈寶玉與林黛玉的對應關係。在第五回《紅樓夢曲．終身誤》中提到：「都道是金玉良姻，俺只念木石前盟。」木石前盟說的便是神瑛侍者與絳珠草，「木」是指絳珠草，「石」則相應於神瑛侍者。既然用石來指稱神瑛侍者，而玉石又是賈寶玉，所以神瑛侍者當然也就是賈寶玉。

另一個證據是在第三十六回，寶玉於夢中喊罵說：「和尚道士的話如何信得？什麼是金玉姻緣，我偏說是木石姻緣！」在這裡，木石姻緣所對應的還是絳珠草與神瑛侍者，很明顯又是以石來指代神瑛侍者，而二者也都是此刻正在做夢的賈寶玉。此外，第二十五回當寶玉受到馬道婆作祟而處於生死交關之際，一僧一道及時趕來救助，他們的救助方法是拿著通靈寶玉持頌一番，和尚感嘆道：

「青埂峯一別，展眼已過十三載矣！人世光陰，如此迅速，塵緣滿日，若似彈指！可羡你當時的那段好處：

天不拘兮地不羈，心頭無喜亦無悲；却因鍛煉通靈後，便向人間覓是非。

可嘆你今日這番經歷：

粉漬脂痕汙寶光，綺櫳晝夜困鴛鴦。沉酣一夢終須醒，冤孽償清好散場！」

念畢，又摩弄一回，說了些瘋話，遞與賈政道：「此物已靈，不可褻瀆，懸於臥室上檻，將他二人安在一室之內，除親身妻母外，不可使陰人沖犯。三十三日之後，包管身安病退，復舊如初。」

而後寶玉果然便痊癒了。讓我們再特別注意一下和尚對通靈寶玉所說的偈句：「天不拘兮地不羈，心頭無喜亦無悲；却因鍛煉通靈後，便向人間覓是非。」意指玉石在神界還沒有幻化成通靈寶玉之前，它是無拘無束的，沒有悲喜情緒，可是來到人間的溫柔鄉中受享以後，日積月累地被蒙蔽了性靈，於是「粉漬脂痕汙寶光」，導致靈性的淪喪。那就像赫曼．赫塞（Hermann Hesse, 1877-1962）的小說《悉達多》裡的主人公，在求道過程中沉淪於世俗內，玩弄金錢遊戲，變得精明市儈，又尋求名妓，在溫柔鄉中渴慕慰藉，當他在充滿財貨聲色的世界裡快要窒息的時候毅然走脫出來，拋棄世俗的一切，最後終於獲得解脫，成為河邊充滿智慧的擺渡人，正所謂的「沉酣一夢終須醒，冤孽償清好散場」。這是一場夢幻之旅，也是一段悟道之旅，而只有冤孽償清之後才能復歸原質，那豈不正是寶玉的人生模式嗎？

如果賈寶玉不等於通靈寶玉，則一僧一道拿取通靈寶玉來持頌一番，又有什麼用呢？所以通靈寶玉一定就是賈寶玉，二者是同步的關係，於是當那被聲色所迷惑的通靈寶玉恢復靈明的狀態時，寶玉也便起死回生了。由此看來，通靈寶玉可以算是寶玉的靈性或靈魂，甚至正是他生命的本源。

除木石前盟和木石姻緣證明了神瑛侍者等於玉石之外，還可以參考兩段同時出現於第一回中彼此相應的情節，最初啟動玉石幻形入世的動機，乃是「打動凡心，也想要到人間去享一享這榮華富貴」、「這石凡心已熾」，同樣地，「近日這神瑛侍者凡心偶熾，乘此昌明太平朝世，意欲下凡造歷幻緣」，顯然指的是同一件事，都是凡心熾熱，渴望入世受享富貴，足以說明玉石和神瑛侍者的等同關係。另一個證據則體現於脂硯齋對神瑛侍者的批語：「單點玉字二（也）。」也就是說，神瑛侍者是單單特別點出「玉」字，因為「瑛」本身即玉光的意思，可見神瑛侍者便是玉石。其次，神瑛侍者住的是「赤瑕宮」，對此，脂硯齋眉批云：

□「瑕」字本注：「玉小赤也，又玉有病也。」以此命名恰極。

由這一段脂評，我們更可以明白何以玉石會成為女媧補天時唯一留下未用的廢棄物，原因即這塊玉石具有瑕疵，帶著一種病態質地，由此也剛好符合正邪兩賦所論述的病態人格，顯然寶玉的天賦性格可以直接與赤瑕宮的命名寓意相互參證，而等同於神瑛侍者。所以說，《紅樓夢》並非在歌頌寶玉是一名反封建、反禮教的革命英雄，而是在悲嘆他根本是正統精英文化中的一個瑕疵品。

那麼，該如何理解「玉小赤也」呢？原來「赤瑕」一詞源於原始神話中的「赤瑕」，這個「瑕」便是女媧補天的五色石，在宋代羅泌論述遠古傳說和史事的著作《路史》裡，有一段相關的記載：「煉石成瑕，地勢北高南下。」「瑕」不正是指煉石補天的石頭嗎？而石頭中唯獨只有五色石才能對應於「瑕」字，因為「瑕」是用來形容雨過天晴後的彩虹或是彩雲，此時的彩虹或彩雲即為五色石的顏色展現。所以，含有彩虹、彩雲含義的瑕字轉化成帶有負面意義的瑕疵的瑕字，就變成神瑛侍者所屬的赤瑕宮了。曹雪芹在此微妙地運用諧音的雙關，本來是補天的「赤瑕」（五色石），但是因為有了瑕疵而「無材」去補天，於是成為「赤瑕」，由此也說明了寶玉的先天性格是有問題的，所以脂硯齋稱之為「玉有病也」。而神瑛侍者隸屬於赤瑕宮，此處即五色石的誕生地，所以留下來的神瑛侍者也是一塊瑕疵的玉石，該玉石爾後又成了賈寶玉的前身，因此神瑛侍者與玉石根本上乃是同一的關係。

幻形入世為何

曹雪芹藉由玉石的神話來告訴我們幾個重點：第一，這塊玉石來到人間，並不是為了接受磨練、參透人生的艱苦的，它是要來安富尊榮的；第二，玉石來到人間也不單單是為了受享，而是要來見證和體驗真正的高度文明及文化美感，所欲品嘗的不只是富貴繁華，還更有對高度文明的性靈追求。關於這一點的證明，在《紅樓夢》第一回中清楚可見：

一日，正當嗟悼之際，俄見一僧一道遠遠而來，生得骨格不凡，丰神迥異，說說笑笑來至峯下，坐於石邊高談快論。先是說些雲山霧海神仙玄幻之事，後便說到紅塵中榮華富貴。此石聽了，不覺打動凡心，也想要到人間去享一享這榮華富貴；但自恨粗蠢，不得已，便口吐人言，向那僧道說道：「大師，弟子蠢物，不能見禮了。適聞二位談那人世間榮耀繁華，心切慕之。弟子質雖粗蠢，性却稍通；況見二師仙形道體，定非凡品，必有補天濟世之材，利物濟人之德。如蒙發一點慈心，携帶弟子得入紅塵，在那富貴場中、溫柔鄉裏受享幾年，自當永佩洪恩，萬劫不忘也。」二仙師聽畢，齊憨笑道：「善哉，善哉！那紅塵中有却有些樂事，但不能永遠依恃；況又有『美中不足，好事多磨』八個字緊相連屬，瞬息間則又樂極悲生，人非物換，究竟是到頭一夢，萬境歸空，倒不如不去的好。」這石凡心已熾，那裏聽得進這話去，乃復苦求再四。二仙知不可強制，乃嘆道：「此亦靜極思動，無中生有之數也。既如此，我們便携你去受享受享，只是到不得意時，切莫後悔。」

整段描述中的字字句句都在告訴我們：玉石渴望幻形入世去滿足它的欲望，並且只選擇到賈府這等的國勳門第中，因為普通的、暴發戶的人家都沒有文化，欠缺深厚的人文根底，玉石根本不會看得上眼。到了第二回，賈雨村也說賈府是：「如今生齒日繁，事務日盛，主僕上下，安富尊榮者盡多，運籌謀畫者無一；其日用排場費用，又不能將就省儉，如今外面的架子雖未甚倒，內囊却也盡上來了。這還是小事。更有一件大事：誰知這樣鐘鳴鼎食之家，翰墨詩書之族，如今的兒孫，竟一代不如一代了！」由此顯然可見，對鐘鳴鼎食、翰墨詩書的人家而言，他們最關心的問題是兒孫竟然一代不如一代，因為這麼一來，整個家族便會飛速淪落。為了家族的存續，該等世家非常重視教育，而且他們的教育是非常嚴格的，如果子弟們不愛讀書，沒有禮教的提升，那就叫作一代不如一代，這種心性的敗壞是他們最痛心疾首的地方，也是此類家族最難以起死回生的關鍵所在。對他們來說，經濟上的入不敷出其實算是小事，他們真正關心的，是有沒有子弟能承擔起貴族的精神，進而去雕琢、去提升自身，將家族的命脈延續下去。

那麼，在賈府已經是「主僕上下，安富尊榮者盡多，運籌謀畫者無一」的情況下，寶玉的表現又是如何呢？他竟然是完全漠不關心、只願享樂的，且看第七十一回寶玉對探春說道：「誰都像三妹妹好多心。事事我常勸你，總別聽那些俗語，想那俗事，只管安富尊榮才是。比不得我們沒這清福，該應濁鬧的。」可見寶玉真的也是不肖子孫之一。只是我們受到寶玉「女兒是水作的骨肉」論的影響，常覺得女兒們就應該聰明靈秀、清新脫俗，不被經濟事務所汙染，因而認為但凡是苦心經營現實俗務的女性，都是被世俗所汙染了，於是鳳姐、探春便受到了無妄之災。但是試想：倘若沒有那些苦心謀畫持家的女性們的庇蔭，寶玉還能夠安富尊榮嗎？一個只管安富尊榮的寶玉絕對不是什麼反抗封建的時代英雄，就這一點來說，我們應該要好好地仔細思考、認真地精密分辨。

事實上，《紅樓夢》中所展演的賈府的榮華富貴，都是為了要滿足玉石的心願，而且玉石也確實在故事的推進中不斷表現出他的心滿意足。脂硯齋便透過與玉石對話的生動方式，呈現玉石來到人間之後多彩多姿的人生，例如第三回寫到寶玉初見黛玉而摔玉的情節，脂硯齋批云：「試問石兄：此一摔，比在青峯（埂）峯下蕭然坦臥何如？」又第八回，當寶釵托住通靈寶玉細細賞鑑時，脂硯齋評道：「試問石兄此一托，比在青埂峯下猿啼虎嘯之聲何如？余代答曰，遂心如意。」同在這一情節中還有一條批語寫道：「試問石兄此一渥，比青埂峯下松風明月如何。」單單這三段評語便不斷地透過對比來告訴我們，玉石之所以苦求來到人間，就是為了如此一種心滿意足的追求。而第十八回的一大篇省親文字，更可說是賈府富貴到極致的寫照，以致在元妃省親的過程中，玉石居然忍不住現身出來感慨道：「此時自己回想當初在大荒山中，青埂峯下，那等淒涼寂寞；若不虧癩僧、跛道二人携來到此，又安能得見這般世面。」玉石十分明確地訴說著，它是何等慶幸能夠來到人間的富貴場受享，而皇妃的排場正是巔峰！很顯然，《紅樓夢》的字裡行間都在告訴我們：貴族世家的生活是如何的優美高雅，有著何等的精緻文化與高度文明，只可惜終究也會敗落喪失，那才是曹雪芹最深感悲憤惋惜的地方。

什麼是貴族：高鶚續書之敗筆

現在，我們再來探討什麼是貴族？貴族的涵養在於眼界、胸襟和精神、道德各方面的高度，尤其是貴族小姐們的言行舉止與儀度風範，絕對不會是小家碧玉式的。關於這一點，可以補充一下關於高鶚續書的敗筆，雖說高鶚的續書功過難定，甚至功大於過，然而就後四十回描寫中涉及貴族世家的教養和涵養而言，確實是一大敗筆。高鶚沒有把握到貴族們的大家風範，而那些風範乃是構成其人格不可或缺的一部分，也因為他掌握不到此一深入骨髓的氣度，以至於把大家閨秀的黛玉寫成了小門小戶的蹩腳姑娘。

試看第八十五回描繪黛玉過生日的場面，在此所展現出不同等級的文化格調與教養品味的落差極為明顯，其中說黛玉「略換了幾件新鮮衣服，打扮得宛如嫦娥下界，含羞帶笑的出來見了眾人」。對比前八十回中閨秀們的生日，我們可以發現此處續書者的每一句話都有問題：首先，過生日時，她們都必須穿戴一定的禮服，那就是所謂的繁文縟節，什麼場合該穿怎樣的衣服都是規定好的。比如說，在第三回黛玉剛到賈府的時候，賈氏三春為了迎接貴客，全部穿搭配備相同的衣飾妝扮，所謂「其釵環裙襖，三人皆是一樣的妝飾」，便體現出貴族們在不同節慶、不同場合中的裝束是各自有別的，也都一定有相應配套的禮服。又如第七十回探春過生日，當時是「飯後，探春換了禮服，各處行禮」，這才是他們該等公子小姐們過生日的樣子！無論是過生日還是迎賓見客、祭祀上靈等，都各有相對應的穿著，不能亂套。既然大家閨秀們的生日禮服都是固定的，則黛玉生日時，怎麼可能會如續書者所說的「略換了幾件新鮮衣服」呢？這番敘述便暴露了高鶚是個窮酸文人，才以為過生日會換上新鮮衣裳，而寫得有如小戶人家要過年。

其次，那一段文句中形容黛玉的外貌時用了「宛如嫦娥下界」的比喻，這種俗濫的用語也是沒有多大創作才華的表現，更暴露了窮酸與平庸，第二十回脂硯齋便曾針對這種現象批評道：「可笑近之埜史中，滿紙羞花閉月，鶯啼燕語。」在《紅樓夢》前八十回中，會用仙女下凡來形容美人的，唯獨劉姥姥一個，而其身分教養和此一用語可謂完全一致，第四十回她在讚美惜春的時候說道：「我的姑娘，你這麼大年紀兒，又這麼個好模樣，還有這個能幹，別是神仙托生的罷。」這種說法便很像一個沒有受過真正教育的鄉下人口吻。

第三，續書者又描述黛玉是「含羞帶笑的出來見了眾人」，但想想看，黛玉乃是欽差大臣的女兒，也有十足的貴族小姐該有的風範，早在第三回，王熙鳳第一眼見到她的時候便大大稱賞道：「天下真有這樣標緻的人物，我今兒才算見了！況且這通身的氣派，竟不像老祖宗的外孫女兒，竟是個嫡親的孫女。」所以說，黛玉不止是美麗有氣質，還有通身的氣派，那種雍容華貴不是綾羅綢緞能夠包裝出來的，簡直猶如賈家孕育出來的正根正苗。而初入賈府的黛玉不過才六、七歲，當時即已經有了通身的氣派，一旦她成長到十五、六歲時，可說是見過各種大場面的大家閨秀，則過生日的時候，何以見了眾人還會含羞帶笑呢？這一類大戶人家培養出來的小孩，在言談舉止之間便有一種與生俱來的舒坦沉穩，動靜之際自有一種優雅自在，很自然地散發出大方合度及大家閨秀應有的風範，絕對不是那種「羞口羞腳，不慣見人」（語參第十四回）的小家碧玉形象！

所以，上述續書者的三句話清楚暴露出他的視野限制，所以沒有辦法捕捉到貴族世家的那一種優雅氣度。這也再度證明，如果不用貴族的等級去思考書中人物的言談舉止、眼光胸襟、思想感受，便注定會錯誤解讀。事實上，以賈府此等的國勳門第而言，連丫鬟們都因為每天耳濡目染而受到良好的薰陶，一如第五十五回王熙鳳所說：「便是我們的丫頭，比人家的小姐還強呢。」則來自列侯世家的黛玉又豈能連賈家的丫頭還不如！所以閱讀《紅樓夢》的時候，必須翻轉、調整我們的心態和視野，才足以去探索我們這個時代所反對的、完全陌生的貴族階層的文化內涵，也才能真正地瞭解《紅樓夢》。

見一見世面

出身內務府世家貴族的曹雪芹，他在《紅樓夢》中再三提到所謂的「世面」，指的是一種視野、眼光和胸襟，「世面」包含了知識、品味還有格調，帶有一種無以名之的對宏大世界的瞭解與掌握。試看第十六回中，當趙嬤嬤獲悉元妃要省親之後，便對鳳姐說道：

> 「阿彌陀佛！原來如此。這樣說，咱們家也要預備接咱們大小姐了？」賈璉道：「這何用說呢！不然，這會子忙的是什麼？」鳳姐笑道：「若果如此，我可也見個大世面了。」

可見元妃省親的排場可比康熙南巡，就連早已見多識廣的王熙鳳也想藉這個機會來見識一下大世面！則可想而知，對這等的貴族來說，真正重要的並非物質權力的享受，他們最想要的是打開視野，見識一下那千載難逢的罕見盛況。所以王熙鳳感慨道：「可恨我小幾歲年紀，若早生二三十年，如今這些老人家也不薄我沒見世面了。說起當年太祖皇帝仿舜巡的故事，比一部書還熱鬧，我偏沒造化趕上。」以王熙鳳年紀輕輕才二十出頭，單單紗羅便已經見過幾百樣，而被稱為「人人都說你沒有不經過不見過」（見第四十回），還被老人家鄙薄為沒見過世面，則可想而知，那些包括了賈母在內的「老人家」該是何等地見識豐富！由此再度證明如果我們一直用現代人的平民視野，以今律古地去讀《紅樓夢》，那是萬萬不可的，因為這是一個非比尋常的階層，有著非比尋常的經歷，他們可以展演出我們一般人想像不到的世面。

然而世面也有等級之分，對賈家來說，太祖皇帝仿舜南巡是個大世面；可是對劉姥姥這等平民百姓而言，賈府所展現出來的文化格調、各方面精緻優雅的禮儀，已經足以讓她大開眼界。當劉姥姥第二次進榮國府之時，看到賈府的日常排場便讚歎道：「別的罷了，我只愛你們家這行事。怪道說『禮出大家』。」大家族展演出的優雅華貴、沉穩大方的風範讓劉姥姥覺得不枉此生，深感得以到賈家走一趟，這一生也就沒有什麼缺憾了。

且看劉姥姥最初找賈府接濟的來龍去脈。在第六回中，劉姥姥的女兒女婿一家日子日益艱難，這年的冬事都沒有銀子承辦，正感到一籌莫展，劉姥姥便建議去賈府「打秋風」，因為女婿王狗兒家的祖上曾經與金陵王家連過宗，如今王家二小姐是榮國府二老爺賈政的夫人，而且「聽得說，如今上了年紀，越發憐貧恤老，最愛齋僧敬道，捨米捨錢的」，於是劉姥姥衡量一番之後，即由她出面帶著孫子前去碰運氣。試看當劉家在商量誰去賈府時，劉姥姥對女婿說道：

> 你又是個男人，又這樣個嘴臉，自然去不得；我們姑娘年輕媳婦子，也難賣頭賣腳的，倒還是捨著我這付老臉去碰一碰。果然有些好處，大家都有益；便是沒銀子來，我也到那公府侯門見一見世面，也不枉我一生。

王狗兒身為一家之主，一個男人又加上寒酸的嘴臉，更顯得毫無尊嚴，自然去不得；而劉姥姥的女兒是年輕女性，不宜在公共場合拋頭露面，傳統時代年輕女子孤身一人在外走動，一方面違背了禮教，另一方面也確實容易有現實上的風險，因為過去在公共空間的設計中，並沒有保障女性的安全機制。排除那兩項考慮因素以後，就只剩下劉姥姥了，這位「去性化」的老年人，不但可以避免年輕女性可能會遭遇到的侵害與危險，並且在超越性別之餘反倒更能夠游刃有餘，投向外在的廣大世界，而劉姥姥走出大門之後所開拓的出路，也真的為他們家掙到一個起死回生的轉機。

果然，當王夫人獲悉劉姥姥來看望她們時，便交代王熙鳳說：「今兒既來了瞧瞧我們，是他的好意思，也不可簡慢了他。」此一形象與劉姥姥過去親眼所見、現在耳聞所聽說的王夫人「著實響快，會待人，倒不拿大」都是一致的。王夫人的這一為人表現很少被讀者們所注意，作為貴族出身的她還能夠給予劉姥姥溫厚的憐惜、體貼與幫助，實在是十分難得。

此外，最難得的是劉姥姥事前想得很清楚、很深入，真的是一位有著大智慧的女性，她認為一旦去了賈府，「果然有些好處，大家都有益」，但即使沒有銀子來，她能夠到那公府侯門見一見世面，也不枉這一生了。對劉姥姥而言，她不計較現實的得失，反倒認為見一見世面可以打開視野，所得到的價值比金錢還要更高！相比之下，現在的人都太短視近利，以至於我們可能是現實中的富翁，可是整個人生卻非常貧瘠，不懂人與人之間無私體貼的溫情，不懂奉獻付出的喜樂，也不懂見一見世面的心胸大開，甚至更不懂當一個人被鍛煉到頂天立地的時候，所體會到的喜悅有多麼浩大，而那種喜悅便是儒家所說的「聖賢氣象」。沒有看過這等氣象，就不會知道原來人可以活成如此地宏大而美好。而劉姥姥作為一個鄉下老嫗，竟然清楚地認識到人生還有更高於現實得失的心靈價值，因此認為就算沒有得到現實上的好處，能夠到那公府侯門見一見世面便是莫大的收穫。劉姥姥後來在賈府的插科打諢、扮小丑耍寶也都是為了答謝幫助她的人，所以她才願意把自己變成讓對方歡笑的禮物，這豈非一個品格與智慧兼具的奇人！

回到玉石的故事來看，我們同樣可以發現原來玉石到富貴場中受享，最大的目的就是要打開見識，如同劉姥姥所說的那般，去賈府走一遭便不枉這一生。玉石在富貴場與溫柔鄉歷經十九年的人生，復歸青埂峰以後，也覺得他這一生再無缺憾。由此再度證明曹雪芹真的並不反封建、反禮教，相反地，他告訴我們，在封建等級制中有著一些非常珍貴的東西，那是他無論如何都忘不掉的，他如此眷戀並渴望能夠再一次重溫那般的經歷，也因此在寫小說的時候，後設地包裝了玉石入世的故事，以這個機會來告訴我們見世面的重要性。

同樣地，第二十七回透過紅玉的口中，我們也得知「有見識」的重要價值。紅玉原是怡紅院內默默無名的三等小丫頭，雖然十分有才幹但卻飽受晴雯等大丫頭的排擠而被埋沒，之後偶然被王熙鳳相中並得到賞識。當王熙鳳詢問紅玉，是否願意跟在她身邊辦事時，紅玉回答道：「願意不願意，我們也不敢說。只是跟著奶奶，我們也學些眉眼高低，出入上下，大小的事也得見識見識。」脂硯齋對此評道：「鳳姐用小紅，可知晴雯等理（埋）沒其人久矣，無怪有私心私情。且紅玉後有寶玉大得力處，此於千里外伏線也。」可見就連身為三等丫頭的紅玉都想要「學些眉眼高低，出入上下，大小的事也得見識見識」，由此便證明無論處於任何的環境中，不管是哪一種身分，每個人永遠都可以更積極向上，保有自己的主體能動性，我們千萬不要放棄這一點，也毋須歸咎於環境，事實上我們永遠有很大的空間去實踐自己想做的事。

而脂硯齋認為紅玉投奔於王熙鳳是一條好出路，因為紅玉在怡紅院已經被埋沒很久了。那麼是誰埋沒了紅玉呢？脂硯齋具體點名指出是晴雯等人所為，實況也確是如此，可見晴雯的性格並非一般所歌頌的那般高潔。總而言之，無論是紅玉這個被埋沒了很久的三等小丫頭，或是劉姥姥這種非常窮困的平民，甚至是王熙鳳這等見多識廣的貴族小姐，我們可以發現她們每一個人永遠都想要更進一步提升自己，而見一見世面恰恰是一個可以提升生命內涵的很重要的面向，那也是玉石之所以想要幻形入世的最大關鍵。如果忽略了這一點，便很容易會誤解何以玉石如此地渴望去到賈府之類的人家，王國維的「生活之欲」說便是常見的誤解之一。

現代人的愛情崇拜

作者既然將寶、黛之戀作為《紅樓夢》的重要主軸之一，確實便表示了那是可以呈現出整部小說真正所主張、所肯定的愛情形態。然而，我們對於《紅樓夢》的愛情主軸，即神瑛侍者與絳珠仙草的關係，以及寶、黛之戀的詮釋角度，是否存在著以今律古的傾向，投射了我們現代人的愛情觀呢？

根據《紅樓夢》的全部文本來看，曹雪芹其實是不鼓勵一見鍾情的。首先，因為在兩人之間彼此瞭解的基礎和情感都太淺薄的狀況下，一見鍾情的確很容易發生問題。其次，一見鍾情的情又很容易會與情欲的情相混淆，那恐怕更會斲傷、損害對於愛情的真正體認。第三，更重要的是，即使寶、黛的感情並沒有上述的兩個問題，但又有另一個問題，然而卻因為現代讀者已經將寶、黛的感情神聖化，到了一種極端的地步，以至於大家對愛情的本質出現很多認識上的誤失，構成光怪陸離的亂象，甚至耽誤了我們對於真正的愛的追求。真正的愛應該是讓我們的人生更豐富、更美好，而不是讓我們誤入歧途，扭曲了生命的真諦，可嘆卻有太多的錯愛與亂愛，導致我們進入一種荒謬的疏失和徬徨，甚至是罪惡的情境中。如此怪誕的結果真是令人出乎意料之外，究竟何以致之？原因何在？接下來便一一加以說明。

首先應該注意到，木石前盟的本質決定了寶、黛兩人在來到今世之後的愛情形態，小說家不僅透過神話為寶玉先天的人格特質作出解釋，也同時藉此為人生中十分重要的愛情給予定義。必須說，曹雪芹很明確地將他們的愛情規範在某一種倫理範疇中，而該類範疇和我們今天所以為的愛情其實是大相徑庭。今日一般意義上的愛情，主要關乎男女之間很強烈的吸引力，並且那吸引力具有高度的排他性，在我們現代人的眼光裡，往往得要排除所有其他的人際關係，包含父母、親友，甚至其他的人生價值，彷彿若非如此便不足以彰顯愛情的偉大。這是現代人在愛情崇拜的社會思潮下，所不自覺產生的一種很獨斷的愛情霸權思維。

從五四以來，一方面，在現代本能主義的思潮引領之下，愛情成為一種非常強大的原始動力，大多數的人認為愛情是來自於本能，人類與生俱來便有對於情愛的渴望，而這份渴望是如此根深柢固，因此愛情帶有一種不可被人為根除的巨大原力，也基於此故，這般的愛情力量被視為具有改造社會和推動革命之輪的潛質。另一方面，在五四時期的文學創作中，作家所描繪的愛情常常與肉欲相混淆，他們認為情欲是來自與生俱來的生物本能，不可能被後天的禮教、倫理、道德所根除，因此由情、欲兩者結合起來所形成的強大能量，也被歌頌為一種偉大的、具有革命的力量，是對人性的解放，這大概就是中國人百年來對於愛情的粗略認知。

然而，人們往往過度高估愛情的偉大性，並且在本能主義的思維下，又把愛情的本質等同於一種非理性的力量，彷彿愛情不是可以透過學習、透過人格的修養去深化、去豐富的一種心靈形態，但那其實反而是對愛情的傷害，恐怕會喪失愛情真正的價值。因此，回顧曹雪芹如何塑造寶、黛之間的愛情，誠然是很有意義的，儘管《紅樓夢》中所顯示的愛情觀，可能會與在現代意識下培養起來的愛情崇拜有著很大的出入，但卻很值得我們借鑑。

寶、黛之戀

首先必須指出，寶、黛之戀不論是哪一個階段，從神瑛侍者與絳珠仙草的木石前盟，一直延續到今世青梅竹馬的親密互動，事實上始終都與愛情無關。後來會變成所謂的愛情，是寶玉成長到一定階段時才出現的質變，尤其在此之前的神話時期，更可以看出兩者之間的關係一直都處於恩義的範疇。恩情來自神瑛侍者最初憐憫不捨的慈悲之心，當他看到奄奄一息即將面臨死亡的弱勢者，便用甘露加以灌溉，讓對方起死回生，這種無私的灌溉之舉正出於孔孟所說的惻隱之心，作為人本性中所固有的善端，那是與生俱來的優良品德。神瑛侍者擁有如此慈悲的胸懷，被灌溉的絳珠仙草也謹記這一份恩情，只因沒有甘露之水可以酬報，於是想用自己一生的眼淚去償還，可見雙方之間的關係事實上一直都處於儒家的道德範疇中，而木石前盟完全是在恩德、恩惠、恩義的倫理前提下建立起來的。

讓我們仔細考察絳珠仙草的來歷。它生長於西方靈河岸上三生石畔，而「三生石」是來自於佛教的典故，唐人袁郊將此一典故編寫成傳奇故事，收錄在傳奇小說集《甘澤謠》中，內容描述唐朝中葉時期，文士李源與僧人圓觀十分友善，日夜談講相得，培養出三十年的交情，圓觀死前與李源約定十二年之後相見。十二年之後，李源果然信守約定來到杭州天竺寺，遠遠地聽聞一牧童唱著一首山歌：

三生石上舊精魂，賞月吟風不要論。慚愧情人遠相訪，此身雖異性長存。

可見這個牧童就是圓觀的轉世，也很顯然詩中的「情人」固然是指有情之人，但那份情是深厚的友情，並不是一般所以為的男女之情。從整段故事中我們可以看到，人與人之間真摯的情感是可以超越時間、超越生命形態的，而且人與人之間美好的情分絕對不限於愛情。愛情只不過是人類眾多情感類型的一種，將愛情單獨割裂出來並給予一種超越性的價值，其實是我們現代人的愛情崇拜所導致的，事實上任何的情意都可以如此地真摯而深刻，無論是與人的關係，還是與大自然、與動物的關係，我們都可以懷抱這等真摯的感情去對待、去建構。真正的知己同心可以存在於男女之間，也可以存在於人與人之間的任何關係中，更可以存在於人對其他物種的關懷，例如曹雪芹在神話世界中為寶、黛所設定的木石前盟即屬之，而那一份知己同心的真摯情誼，更從木石前身一直延續到寶、黛成長的初期階段。

至於現世中寶、黛兩人的關係究竟如何呢？第五回說雙方的互動是「日則同行同坐，夜則同息同止」、「寶玉和黛玉二人之親密友愛處，亦自較別個不同」，其中明確指出彼此的情誼是「友愛」，與神界的典故設定相一貫。值得注意的是，在男女有別的禮教之防下，曹雪芹採取了一種完全合乎禮法的安排，使得寶、黛依然能夠在今生延續並逐漸累積深厚的情感，而成為超越生死離別以及時間鴻溝的知己，那就是動用賈府倫理結構上位居金字塔尖的賈母來突破男女之隔，使得寶、黛可以青梅竹馬地一起長大。因為一同受寵於賈母，於是二人有了可以共同生活的基礎，在如此合情、合理、合法的情況下，他們培養出來的情感本質便是「親密友愛」。隨著時間慢慢地流逝，逐漸成長的雙方對於人事有了知曉和開拓，親密友愛之情才開始轉化成男女之愛，而那已經是到了第二十幾回以後，當時的寶玉大約十三歲，開始進入青春期的階段。

但是必須瞭解到，生理年齡的增長並不意味著一定就會懂得愛情，因為愛情不只是強大的感覺觸動而已，更包含在心中對於對方的憐惜、關心、尊重與呵護，那其實是一種後天習得的能力，人並不是自然而然便能夠懂得愛。所以第二十九回敘述道：

寶玉自幼生成有一種下流痴病，況從幼時和黛玉耳鬢廝磨，心情相對；及如今稍明時事，又看了那些邪書僻傳，凡遠親近友之家所見的那些閨英闈秀，皆未有稍及林黛玉者，所以早存了一段心事，只不好說出來，故每每或喜或怒，變盡法子暗中試探。

其中表達得很清楚，由於十三歲的寶玉心智開始成熟，有了認知的能力，並且透過閱讀才子佳人浪漫的愛情故事，而學習到男女之間可以有一種強烈感受的愛情形態，爾後才對黛玉產生不同於友愛的新情愫。據此，曹雪芹已經明白地告訴我們：沒有一個與生俱來的「我」及所謂的本能可以不受社會的影響而不被磨滅與改造，天下沒有那樣的東西。因此，寶玉也是在看了「邪書僻傳」之後，才認識到男女之間存在著一種叫作「愛情」的關係形態，並且再將此一認知運用到他的生活周遭去練習、去比較，直到第二十九回，寶、黛二人在日常生活同行同止的過程中慢慢累積起來的深厚友誼才轉變成愛情。

由此可見，寶玉對黛玉的情感是與時俱變的，鑑於寶玉有著漸進學習的歷程，在充分的瞭解與認識、比較與取捨之後才做出選擇，顯然他的愛情絕對不是建立於感性直覺、不知所起的一見鍾情上。就這一點來說，寶、黛的情感之所以會一生一世如此持久，我們必須瞭解到其前提是從神話世界來到今生現世，並且在共同生活、一起成長的環境下才建立起來的深遠、厚實的友誼。第五十七回中，紫鵑極力想要促成寶、黛之間的婚姻時，便展現了她對愛情的成熟認知，她說道：「別的都容易，最難得的是從小兒一處長大，脾氣情性都彼此知道的了。」「豈不聞俗語說：『萬兩黃金容易得，知心一個也難求。』」而一個丫鬟能有這般的看法，也實在非常難得。

回到神話的前生階段來看，神瑛侍者之所以會灌溉靈河岸邊的絳珠仙草，其實並不是針對特定對象的情有獨鍾，他只是博愛普施，善心地對待所有的弱勢者。而幻形入世之後的寶玉也保有同樣的特質，他願意運用自己所擁有的男性特權和身為貴族子弟所享有的各種優勢，將之轉化成為對那些受苦女性的一種補償，比如第四十四回中他為平兒理妝時，便慶幸自己終於有機會可以為平兒盡心了，因此內心覺得怡然自得。寶玉那番博愛、慈悲、對於弱者的同情之心，一直從前生延續到今世，對於受苦、受委屈的女孩子們都願意去付出，甘願作小服低，他的個性就是如此，與男女之愛沒有絲毫關聯。因此第五回提及：「那寶玉亦在孩提之間，況自天性所稟來的一片愚拙偏僻，視姊妹弟兄皆出一意，並無親疏遠近之別。其中因與黛玉同隨賈母一處坐臥，故略比別個姊妹熟慣些。既熟慣，則更覺親密。」這便清楚說明了他與黛玉的青梅竹馬本質上和對其他的兄弟姊妹一樣，只是彼此更熟悉、更習慣一點而已。

黛玉的報恩

至於在黛玉這一方，她對寶玉從上一世到這一世的感情也不是所謂的愛情，她對寶玉的愛情是後來慢慢轉化而成的，只是她的情感轉化痕跡並沒有專門在書中明確涉及。

首先看神瑛侍者與絳珠仙草的神話故事。第一回說只因神瑛侍者施予甘露之惠，造成絳珠仙草「尚未酬報灌溉之德」的負欠心理，在警幻仙子的提醒下，絳珠仙草也隨同神瑛侍者一起入世，以償還他的灌溉之情，所以這根本上是一個報恩償債的關係。另外，有學者主張，寶、黛的前生今世摻雜佛教所謂業報輪迴的因緣觀，即前世締造的「業」透過輪迴到下一世去消解，倘若將寶、黛之間的關係置於佛教因緣觀中來解釋，那也未嘗不可。何況寶玉常說要化灰化煙，清代評點家話石主人《紅樓夢精義》曾就他這般的宣言說道：「化灰不是癡語，是道家玄機；還淚不是奇文，是佛門因果。」所以，如果將還淚的情節置於佛家觀念中來看待，其實便是因果報應，只是這個報應是好的那一面，而且用男女愛情的浪漫來包裝其果報，因此非常感人。也有學者運用另一不同的觀點來解釋寶、黛關係，即道教文學中的謫凡神話，其主題是描寫仙人因犯了過錯以至於被貶謫到人間受苦，或受命入世執行任務，而寶、黛二人確實是從仙界來到人間，則這種說法似乎也有合理之處。

不過我認為，要探討絳珠仙草對神瑛侍者的情感，如果只用佛教思想或是道教文學的模式來理解，可能會喪失了曹雪芹真正想要傳達的意旨。事實上，曹雪芹是將佛教思想與道教文學的概念和模式融會貫通，匯進一個更大的儒家體系，也就是說，寶、黛在俗世的情愛其實是神界恩義的延續與完成，而恩義便建立在報恩與德惠的倫理基礎上，其本質更接近於儒家的思想。如果用道教文學的謫凡神話來解釋，不免會有一點出入的地方，亦即寶、黛的前生根本沒有犯罪，缺乏貶謫的理由，也顯然不是有任務要執行，雖然表面上符合謫凡的模式。而佛教的因緣觀又太過寬泛，在各式各樣的人際關係中都能找到對應之處，因此如果要更精確地界定寶、黛之間的關係，在儒家施惠報恩的範疇中進行解釋是更為合理的，並且最重要的是文本中清楚給予充分的證據。

仔細閱讀絳珠仙草和警幻仙子的對話，可以注意到其中所涉及的都是「灌溉之德」、「施恩之惠」之類的道德性語詞，而絳珠仙草為了想要報恩，即隨著神瑛侍者前去凡間，以眼淚來償還那份恩情，完全符合儒家在指導人與人之間的社會關係時，最本質、最普遍也最常用的原則，那就是「報」的概念。根據美國的華裔漢學家楊聯陞的研究，其〈「報」──中國社會關係的一個基礎〉一文中指出，報恩的基本精神便是《禮記．曲禮上》中所記載：「太上貴德，其次務施報。禮尚往來，往而不來，非禮也；來而不往，亦非禮也。」《禮記》作為規範中國所有倫理關係最重要的一部經典，在此所傳達的就是當我們受了他人的恩惠時，應該要懂得回報，如此才能讓彼此的關係長期維繫，因為人與人之間唯有互相交流、互相尊重、互相付出，才能夠讓人際關係和諧融洽而持久。楊聯陞說中國人相信行動的交互性，而其實在每一個社會中，這種交互報償的原則都是被接受的，只是在中國的社會裡被特別意識到並受到強調，因此人與人之間的互惠關係歷史悠久，報恩、禮尚往來的交互性廣泛地應用在社會制度上而產生深遠的影響。而這也深刻地參與了《紅樓夢》中的神話設計。

另外，學者文崇一在〈報恩與復仇：交換行為的分析〉一文中進一步提到：「恩」是一種泛稱，史書中所說的德、惠、贈與、招待、救濟等，都可以算是一種恩惠，而施恩行為集中於生活救濟、挽救生命和照顧事業，至於報恩方式則集中於生命、升官、贈與諸方面，並且報償行為多由本人執行，其內容則以轉換的報償居多，以同樣方式回報的較少。至晚從戰國以來，知恩報恩便是一種很正常的交換行為，不回報才叫作反常。這就清楚解釋了木石前盟的本質，試看在第一回中，絳珠仙草說道：「他是甘露之惠，我並無此水可還。他既下世為人，我也去下世為人，但把我一生所有的眼淚還他，也償還得過他了。」可見神瑛侍者的施恩行為屬於挽救生命的這一類，而絳珠仙草的報恩方式則是轉換的報償，也帶有贈與生命的意味，所以神瑛侍者與絳珠仙草的關係完全吻合報恩和德惠的定義，二人的恩惠、報償行為與佛家的因果關係並不是那般密切，與道教文學也比較疏離，反而十分符合儒家的人際關係認知。

縱觀寶、黛愛情發展的各個階段，其實都深具倫理性質，而與所謂的浪漫情感乃至於情欲混淆完全無關。如前所述，寶、黛的前生是建立於德惠報償的恩義基礎上，而來到今世之後，他們的互動方式基本上也體現了倫理化的感情，寶玉對黛玉的關心經常是在日常生活上的體貼，其實那才是愛的真正本質，符合佛洛姆在《愛的藝術》中對愛的四項定義，即愛必須包括瞭解、尊重、責任和照顧。因此，與其說黛玉的生命結構是為情而生、為情而死，還不如說是受惠而生、報恩而死，只是在彼此的恩惠道義關係中，還裹挾著他們自幼逐漸累積的青梅竹馬的真情，因此才會比單純的男女之愛更加深厚，又比純粹的償債關係更為感人。

更重要的是，寶、黛二人先天都具有善良美好的品德，神瑛侍者擁有惻隱之心，願意去幫助蒙難的弱勢者，而絳珠仙草在受惠之後懂得知恩、感恩、報恩，因此他們所建立的是一種禮尚往來的社會互動模式，而這個模式也延續到了今生。到了今生之後，寶、黛之間更是形成一種長期持久、親近密切的互動關係，所以也是一種知己之情，既有深入的瞭解，又有長期所累積的深厚情感，那便叫作「親密友愛」。之後兩人再經過慢慢的成長，透過學習而將知己之情轉化成為愛情，這才是曹雪芹創作寶、黛親密情感的基礎。足見曹雪芹其實並不贊同一見鍾情，因為一見鍾情是非理性的，在強烈的浪漫觸動中隱含著很大的風險性，其次，曹雪芹更反對情欲混淆，那其實是對愛情最大的傷害。猶如第一回石頭的自述所言：

歷來野史，或訕謗君相，或貶人妻女，姦淫凶惡，不可勝數。更有一種風月筆墨，其淫穢污臭，屠毒筆墨，壞人子弟，又不可勝數。至若佳人才子等書，則又千部共出一套，且其中終不能不涉於淫濫，以致滿紙潘安、子建、西子、文君，不過作者要寫出自己的那兩首情詩艷賦來，故假擬出男女二人名姓，又必旁出一小人其間撥亂，亦如劇中之小丑然。

由此可知，曹雪芹所反對的不僅是才子佳人小說千篇一律的陳套窠臼，他更加反對才子佳人小說中的價值觀與意識形態，那就是「終不能不涉於淫濫」。

才子佳人小說「終不能不涉於淫濫」

從明代以來，才子佳人小說經歷兩三百年的發展，也具有階段性的差異。在明末清初的早期階段，才子佳人小說基本上很純情，沒有涉及淫濫；而到了乾嘉時期之後，才逐漸走向色情化。但曹雪芹卻一概而論，聲稱才子佳人小說「終不能不涉於淫濫」，並沒有選擇性地批評，可見對他來說，才子佳人小說無論是純情類的還是色情化的，都可被定義為「淫濫」。則很明顯地，曹雪芹界定「淫濫」的含義與現代漢語中該詞的語義大相徑庭，經過仔細研究之後可以得知，對於此等貴族世家來說，男女之間不是只有涉及肉慾才叫作淫濫，而是只要違背父母之命、媒妁之言，在婚前即發生了男女的私情祕戀，如第一回所批判的「私訂偷盟」，那便屬於心靈的不貞，而不貞就是淫濫。簡單地說，才子佳人之所以「終不能不涉於淫濫」，正是因為他們的私訂終身違背了父母之命、媒妁之言，縱然沒有實質性的出軌，可是心靈已經落入不貞的境地。

以第三十四回薛蟠與寶釵、薛姨媽的爭論為例，薛蟠情急之下為了拿話堵住寶釵，於是口沒遮攔，不知輕重地說道：「好妹妹，你不用和我鬧，我早知道你的心了。從先媽和我說，你這金要揀有玉的才可正配，你留了心，見寶玉有那勞什骨子，你自然如今行動護著他。」短短的一番話氣得寶釵哭了一晚上，薛姨媽也氣得亂顫，生怕寶釵有個好歹，薛蟠第二天回過神來，更百般給寶釵道歉賠禮，說自己是酒醉之後路上撞了鬼才會信口胡說，讓母親、妹妹如此操心又傷心，簡直對不起死去的父親，其嚴重性可想而知。很值得注意的是，只因薛蟠幾句不知輕重的話就可以引起家庭紛爭，甚至攸關性命，我們從這個現象可知，對於此等的世家大族而言，聲稱一個女性在未婚之前對某個男性產生私情，其實就是在指控對方有了淫濫的行為，而堅守節操的少女如寶釵者，又哪裡承受得起？

至於清代後期才子佳人小說的走向，更是完全迎合市場性的消費趨勢，連稍晚的文學批評家劉熙載《藝概》也感慨道：「流俗誤以欲為情，欲長情消，患在世道。」因為當時的社會風氣是情欲混淆，欲望滋長高張，而真正的純情反而被消弭無存，那是世道的大患！難怪曹雪芹會痛心疾首，一開篇便藉由石頭之口來推崇真正的情。

無材可去補蒼天

寶玉這個重要的人物究竟代表了作者怎樣的想法呢？還有，以寶玉為主軸的玉石故事又到底呈現了何等的宗旨？我們現在回到神話階段，細究作者如何透過女媧補天之舉設定了寶玉此人的先天性格，並深入分析所謂正邪二氣的先天稟賦，那些都是有關寶玉之人性論的重大問題。

簡單來說，透過神話以及超驗的先天範疇，曹雪芹將寶玉的人格特質定位在四個字上，即「無材補天」，這四個字是歸結寶玉人生幻滅、家族敗落的關鍵，也是整部《紅樓夢》真正的創作宗旨，更是構成人物與小說的全部核心。以下便從四個方向來提出問題並加以說明：第一，作為一塊補天的石頭，卻又無材補天，無用而被拋棄，這到底隱含了什麼意義？第二，關於寶玉的畸零人格，作者對之到底是讚頌還是批判？第三，小說家為什麼又賦予寶玉正邪二氣的特殊稟性，那是何等與眾不同、非比尋常的人格特質？第四，該如何理解所謂的「情痴情種」，難道就是一般的痴情嗎？其實不然，「情痴情種」是曹雪芹打造出來的專有名詞，絕不可以用一般的痴情來理解，而其正確的意義都與前面三個問題的答案直接相關。

由此可見，我們研究學問不能只滿足於個人的意見，否則就會淪為對知識的摒絕，誠如伊戈爾．科恩（Igor Kon, 1928-2011）所說：

一知半解者讀古代希臘悲劇，天真地以為古代希臘人的思想感受方式和我們完全一樣，放心大膽地議論著俄狄浦斯王的良心折磨和「悲劇過失」等。可是專家們知道，這樣做是不行的，古人回答的不是我們的問題，而是自己的問題。專家通過精密分析原文、詞源學和語義學來尋找理解這些問題的鑰匙。這確實很重要。

這番真知灼見與正確建議，確實指出了理解《紅樓夢》的不二法門。確立應有的態度之後，讓我們回到前述四個方向依序來看，玉石之所以會被棄而不用，從神瑛侍者所住的赤瑕宮便可以推斷出理由，即因為這塊玉石是瑕疵品。至於瑕疵品的概念是如何產生的？那又有一番來龍去脈。補天神話自先秦時代就已經有了相關的文獻紀錄，然而關於補天遺石的說法至晚要直到中晚唐才出現。必須注意的是，補天棄石與補天遺石的觀念並不一樣，補天棄石是說石頭有了瑕疵，因此將其丟棄，帶有負面的貶義；而補天遺石是指石頭不知出於什麼原因流落到人間，形同謫仙一般，因此往往作為稱讚的比喻，那是兩個完全不同的概念。例如晚唐詩人李祕在〈禁中送任山人〉一詩裡寫道：「補天留彩石，縮地入青山。」詩中很明顯提到女媧補天時遺留下來的五色石，其後掉落下來變成人間大地上的青山，這是為了要歌頌詩中所描述的鍾靈毓秀的地方，於是採用女媧補天遺留的彩石意象。中唐姚合的〈天竺寺殿前立石〉詩也寫道：「補天殘片女媧拋，撲落禪門壓地坳。」同樣地，詩人是在讚美寺廟禪門前的立石有如女媧補天時拋落的殘石，同時也有意無意地為天竺寺增添了神聖性。

整體來看，唐代基本上還是以補天遺石歌頌那一類神聖的石頭，可是到了宋代，遺石已經開始產生無用、廢物的意味，文人採取棄石藉以抒發自己人生落空無成的悲憤，例如蘇軾在〈儋耳山〉中寫道：「君看道傍石，盡是補天餘。」辛棄疾的〈歸朝歡．題趙晉臣敷文積翠岩〉一詞也說道：「補天又笑女媧忙，卻將此石投閒處。」這一類的詩句不少。到了清朝初年，曹雪芹的祖父曹寅於〈巫峽石歌〉繼續加以發揮，寫道：「巫峽石，黝且斕，周老囊中攜一片，狀如猛士剖余肝。……媧皇採煉古所遺，廉角磨礱用不得。……嗟哉石，頑而礦，礪刃不發硎，繫舂不舉踵。砑光何堪日一番，抱山泣亦徒湩湩。」詩中感嘆此一補天遺石連磨刀和舂米這點小事都派不上用場，於是石頭十分慚愧而內疚，便抱著山哭泣起來！此等描述與《紅樓夢》開宗明義第一回的第一段中，石頭通靈之後感慨唯獨自己無材補天而日夜悲號慚愧的形象更為接近。

第一回寫女媧氏煉石共總三萬六千五百零一塊，但用上了幾乎是全部的三萬六千五百塊，單單只剩了一塊未用，便棄之於青埂峰下，脂硯齋就此批注道：「數足，偏遺我。」以被棄不用的畸零石影射寶玉，唯有他一個需要背負如此沉重的慚愧內疚甚至罪孽，獨獨讓他一人去承擔家族淪亡的無以復加的壓力，所謂的「於國於家無望」，那才是一種最徹底的價值落空。脂硯齋接著又說：「『不堪入選』句中透出心眼。」所謂的「不堪入選」便是無材補天，這是小說家對寶玉之人生所設定的一個重大的價值批判，也是整部小說的創作宗旨。一般人很容易因為「青埂」諧音「情根」，而從個人主義的角度將之理解為作者的另類讚美，認為一旦擔任廟堂的支柱即容易丟失自我，但在青埂峰下「以情為根」則可以去開發、追求、沉浸於情的溫柔、情的浪漫與情的美好，那更加有意義得多；然而這種解釋不僅脫離了當時的文化體系，也脫離了他們自己的意識形態。

其實，被遺棄於青埂峰下真正的含義，是如同脂硯齋所指出的「落墮情根，故無補天之用」，這和無用是互為因果的。原本石頭便是因為無材補天而被拋棄於青埂峰下，當石頭被棄置於青埂峰後又以情為根，於是更無補天之用，因為陷溺在情中，一心一意追求個人私情私愛的滿足，結果必然會更荒失家國的責任，如此一來，作為一名男性的真正價值也隨之喪失了，其人生注定越發沉淪無用。換句話說，一個無用的人只好以情為根，進入溫柔鄉中安頓，可越是待在青埂峰下就越無用，於是形成惡性循環。寶玉之所以沉浸在溫柔鄉裡，是來自於對補天事業的無用，所以被捨棄的他只好尋找另一條出路，然而他所覓得的出路又讓他更加背離補天的事業，導致他的人生徹底進入價值歸零的荒蕪中。

寶玉的雙性氣質

那麼，此一落墮情根的無用之徒會養成怎樣的性格呢？首先，寶玉具有一種「雙性」特質，由於他沉浸在溫柔鄉中，以至於也染上女孩子的脂粉氣，誠如第六十六回尤三姐所說：寶玉的「行事言談吃喝，原有些女兒氣，那是只在裏頭慣了的。」而這與玉石又有什麼關係呢？關係在於恰好呼應了玉石被女媧煉造出來以後，因為帶有瑕疵而被拋棄的神話描述，正是因為煉造過程沒有完成既定的程序，因而保留了一些陰柔的氣性，才使得寶玉具備一種很特殊的雙性氣質。西方學者約翰．拉雅（John Layard, 1891-1974）曾經提出一個類似的傳統比喻，他說：「每個附著在山腳或石床上的石塊，都還是女性，要等它離開採石場，獨立存在時才算是一塊男性石頭。」換言之，附著在山腳或石床上的原始石頭仍然處於自然的狀態，所以它們都還是女性，唯有當石頭經過揀選、鍛造與打磨之後離開了採石場，可以獨立面對整體世界的時候，才算是一塊男性的石頭。

這一段隱喻的說法完全可以用來闡釋寶玉之玉石前身的意義，因為作為唯一沒有派上用場的石頭，寶玉前身的那塊玉石仍然還是留在採石場，也即赤瑕宮，如此一來，寶玉便具有女性化的特質，傾向於留在自然的環境裡，不願意進入男性所建構的父權秩序中。就象徵意義來說，女媧煉石補天的故事同樣隱喻了把原始的女性轉化成為獨立的男性，所以當補天石一一離開女媧的採石場，進入廣大無垠的天空獨立存在時，也就完成了從女性到男性的蛻變。然而，作為寶玉前身的那一塊畸零玉石卻中斷了性別轉換的過程，在中間階段便無法繼續前進，因為它出現瑕疵，可是經過鍛煉以後又不能再回到原始混沌的自然狀態，於是只好介乎其中，形成半男半女的雙性同體。這也合理地說明了寶玉何以會想要遠離男性世界，更願意去親近女性世界的溫柔鄉，因為他自己本身也充滿女兒氣。

我們可以透過《紅樓夢》中的一些段落來看看寶玉的女性氣質。首先在寶玉周歲時，作者藉由第二回冷子興之口，給予一段精彩的抓周描述：

> 那年周歲時，政老爹便要試他將來的志向，便將那世上所有之物擺了無數，與他抓取。誰知他一概不取，伸手只把些脂粉釵環抓來。政老爹便大怒了，說：「將來酒色之徒耳！」因此便大不喜悅。獨那史老太君還是命根一樣。

抓周又稱為「試兒」、「試晬」，根據民間習俗，當嬰兒周歲時，家長會在其面前陳列各色象徵意義的物品，以測試嬰兒將來的興趣、志向和前途。早在北朝顏之推的《顏氏家訓》中便有記載：「江南風俗，兒生一期，為製新衣，盥浴裝飾，男則用弓矢紙筆，女則刀尺鍼縷，並加飲食之物，及珍寶服玩，置之兒前，觀其發意所取，以驗貪廉愚智，名之為試兒。」宋代孟元老於《東京夢華錄》

中也提到：「至來歲生日謂之『周晬』，羅列盤琖於地，盛菓木、飲食、官誥、筆研、算秤等，經卷、針線，應用之物，觀其所先拈者，以為徵兆，謂之『試晬』。此小兒之盛禮也。」而寶玉抓周時只抓了脂粉釵環，很顯然地，他想要做女生！

關於寶玉的女性氣質，還從其他許多地方得到強調，例如第九回提到寶玉不但「生的花朵兒一般的模樣」，且「又是天生成慣能作小服低，賠身下氣，情性體貼，話語綿纏」。又第十五回裡，王熙鳳笑著對寶玉說道：「好兄弟，你是個尊貴人，女孩兒一樣的人品，別學他們猴在馬上。下來，咱們姐兒兩個坐車，豈不好？」而第三十回中，花叢中露臉的寶玉也被齡官誤認為是哪位姐姐；再看第五十回，賈母錯以為寶琴背後轉出一個披著大紅猩猩氈的人是個女孩兒，其實那人正是寶玉。還有上文提到第六十六回，尤三姐也說寶玉「行事言談吃喝，原有些女兒氣，那是只在裏頭慣了的」，這段話說得最為精闢，指出寶玉成天珠環翠繞，日夜薰陶，慢慢同化而養成一些脂粉氣，也點出寶玉的女性化氣質其實是互為因果，即一方面他的性情本就偏向陰柔，願意去親近女性，而在親近女性的過程中又反過來受到她們的影響。他的這一特殊性，連賈母也察覺到了，第七十八回賈母說：「我也解不過來，也從未見過這樣的孩子。別的淘氣都是應該的，只他這種和丫頭們好卻是難懂。我為此也躭心，每每的冷眼查看他。只和丫頭們鬧，必是人大心大，知道男女的事了，所以愛親近他們。既細細查試，究竟不是為此。豈不奇怪。想必原是個丫頭錯投了胎不成。」說著，大家都笑了。

總歸而言，這一塊無法前去補天的玉石，沒有能力獨立面對人生的負荷、家國的重擔，還半帶著女性原始的、自然的那一面，以至於他在現實生活中也具有女性化的層次，因此藉由玉石的故事來理解寶玉的人格特質會更為妥當。曹雪芹真的是博學多聞、用心良苦，倘若我們對於補天、玉石的含義缺乏足夠的文化知識來加以把握，便會錯失其中深刻隱喻的象徵意義。文化無所不在，也普遍涉及性別、階級、自然與文明等一切範疇，寶玉即是因為脫母入父的蛻變過程中途失敗，導致他對自己身分認同的嚴重混淆，而身分認同的混淆其實也是他心中最煩難、最難以克服的重大危機之所在。

「脫母入父」失敗

寶玉的前身是女媧用以補天的三萬六千五百零一塊五色石之一，而前面提到過，五色石是古人對於彩雲或者彩霞之類天文現象的想像比喻，所以也稱為「煉石成霞」。

為什麼雲彩可以被想像成五色石呢？我舉一個例子：據最近的新聞報導，在臺東大武山區有一位買姓的警員，他拍攝到一團一團如漩渦狀的雲朵，這種雲的專有名詞叫作「莢狀雲」，俗稱「飛碟雲」，十分美麗而奇特。在古人看來，整片天空點綴著雲霞的自然景觀就好比女媧在補天，而補天的石頭便類同於那些團狀的彩雲與彩霞，並且無論是從造型還是空間位置上，都可以與所謂「天傾西北，日月辰星就焉」的現象相互對應，在古人觀察想像的內在邏輯中，將二者連接起來也是很合理的結果。生活於現代科技世界中的我們，與大自然接觸得太少，不比古人是直接生活在自然環境裡，能夠親身認識到大自然的豐富面貌，並由之產生靈活的想像力。

從神話學的隱喻來看，補天石鍛造的目的除了性別轉換之外，還意味著「脫母入父」也即由自然到文明的過程。母親子宮內的狀態是混沌的、自然的，沒有任何法律的約束與壓制，在其中可以得到完全的包容和絕對的自由，然而人不可能永遠停留在母性的懷抱（chora）裡。法國學者茱麗亞．克莉斯蒂娃（Julia Kristeva, 1941-）於其研究中，便利用chora此一希臘字來指涉一種心理狀態，即「母性空間」，胎兒在母性空間中可以受到最多的愛顧，甚至是寵溺，因為裡面有羊水的包覆，代表的是一種徹底的守護。但人不可能永遠活在母性的世界裡，我們終究要離開母親的懷抱進入父親的世界中，而父親的世界是由法律、秩序、道德所建構出來的一種文明。在文明的世界裡，男性要以獨立的身分來承擔自己的人生並面對整個世界，這也呼應了石頭從採石場離開，而以獨立的姿態去補天、去面對世界時，就變成一塊男性石頭的神話隱喻。

德國學者埃利希．諾伊曼（Erich Neumann, 1905-1960）在對大母神的研究分析中也提到，所謂從自然到文明的意義即是逐漸放棄母性原型世界，而與父親原型相妥協、相認同。法國哲學家雅克．拉康（Jacques Lacan, 1901-1981）曾說：「所謂的象徵秩序就是指父權制的性別和社會文化的秩序。」以父權為中心所建立起來的文明，便要受到父性法律的支配，這在男權社會中是一個很常見的普遍現象。一旦進入父性文明的象徵秩序內，自然而然便會成為父權社會中的一員，也可以說是擔任一個現存秩序的維護者，與在母親懷抱裡那種沒有責任、無憂無慮，甚至還保存許多動物時代朦朧記憶的母性空間相脫離。事實上，我們不能夠也不應該永遠停留在母性空間內，終得經過啟蒙儀式、成年禮等，讓我們可以順利地過渡與轉變，從而進入一個象徵著文明和責任的秩序中去承擔種種一切，那是唯有在超越動物本性之後才能開始建立的文明世界。

作為寶玉前身的那一塊畸零玉石，由於沒有順利地從母性的空間進入父親的象徵秩序裡，也因此使得寶玉在成長過程中形成一種病態人格。反觀其他的三萬六千五百塊玉石，因為很順利地進入補天的事業，而成為文明秩序的維護者，唯獨寶玉在中途被拋棄，沒有得到完善的鍛煉，以至於淪入一個非母非父的狀態中，徬徨失據：他既不能再重返母親那一種完全自然的懷抱裡，因為他已經受過嚴格的鍛煉；然而他並沒有經過徹底完整的轉換，於是又成為父親之象徵秩序的被排斥者。所以寶玉在身分認同上遇到了很嚴重的障礙，他沒有辦法定位自己，一方面無法再像天真無邪的小孩般任性地過著動物般的生活，可是另一方面又不能真正地完成作為社會的一分子，尤其是身為貴族世家的繼承人所應該負擔的責任。如此一來，寶玉到底該如何安頓自己？這也是《紅樓夢》中一大關鍵的問題。

身分認同困境

寶玉的一生如此之獨特，那絕對不是作者對一種特異人格的歌頌，他也完全不是一位叛逆的革命分子；相反地，他是找不到出路，無以確立自我人生的真正定位，因而很徬徨的一個畸零人。至於寶玉的前身——畸零的玉石，其實也同時影射或隱喻他在人間的處境，一種無法確認自己身分所在的曖昧狀態：寶玉一方面抗拒家族的責任，一心一意想要待在溫柔鄉內逍遙度日，然而這個溫柔鄉也是人為創造出來的，唯有富貴場才能夠提供；再者，溫柔鄉裡眾多的美麗少女，終究也會在時間的延續中完成屬於女性的成年禮，進入婚姻，走向人生另一個成熟的階段。就此而言，溫柔鄉也注定沒有多久便要消失，屆時寶玉又該何去何從？

於是他用一種非常奇怪的方式來冀求樂園的永恆化，那就是渴盼女兒們永遠都不要出嫁，或者即使要出嫁，他也希望是在女兒們出嫁之前，自己先一步死去，那麼他便等於終身活在溫柔鄉裡，擁有永恆的樂園。原來寶玉的內心是無比苦澀的，他表面上非常任性、率真，追求個人主義式的自由浪漫，可同時他的內心也潛藏著一種根深柢固而堅不可摧的徬徨與恐懼，唯有在很少的地方才會透露出來。寶玉並不是蒙昧無知之輩，他充分瞭解所面對的是一個自己沒有辦法解決的問題。於是，當他無法定位身分認同之際，處於此一曖昧不清又左右失據的狀況下，他只好用一種非常任性與不負責任的態度，以此來面對他在塵世間十九年的人生，最後更以出家的方式來了結這般的困惑。

而什麼是「身分認同」呢？那是每一個人都應該要意識到的大哉問，不僅寶玉，因為所有的人都一定要成長，不可能永遠停留在只受到保護而不被要求的母性空間中，關於人如何從少年進入成年，又該如何轉換身分，更是每個社會都必須處理的重大議題。以寶玉來說，他也同樣在這個問題上遇到難關，因為他沒有辦法順利完成身分認同的轉化。

所謂的「身分認同」與「身分」並不相同，身分指的是在現實社會的交互主體中所建立出來的人際關係，只要在人際關係裡，我們必然會至少得到一個身分，例如對於父母親而言，我們的身分是一個孩子；對於老師來說，我們的身分則是一個學生。身分是一個人在體系中所占據的結構性位置，而在結構上所處的位置決定了相應的身分，讓我們與各個社會體系產生關聯，也提供給我們在經歷、參與那些體系時一條阻力最小的路。比如我們六歲時要入學，如果不上學便無法在社會裡有所發展，因為沒有文憑即很難進入社會結構中，找到一個位置繼續發展自我。一旦拒絕社會對個人的要求之後，將來整個的身分認同便會發生「多米諾骨牌效應」，產生一連串的落空與失敗，如此一來，人生就會遇到很多障礙。

確實，個人唯有融入社會才能夠真正有所發展，而不是隨意地用一種與社會敵對的方式去規避問題，那往往會遭遇到更大的人生困境。寶玉的身分其實一直停留在母性空間內，他總是以人子、人孫的身分去抗拒責任，享受特權。雖然他將這些特權轉化成對弱勢女性的照顧和幫助，那也是他所想要的另外一條出路，即脂批所說的「落墮情根」。但是溫柔鄉勢必會在數年之間便崩潰消失，而他這樣的身分也必然隨之很快地瓦解，護花使者不可能成為他一生的身分，所以此一身分在寶玉身上可以說是非常單薄，幾乎沒有可以支撐的客觀條件，以至於他的這個身分搖搖欲墜，而融入社會的過程更是障礙重重。

進一步來說，所謂的「身分認同」則是關乎個人如何去認同並接受身分的問題，此時所謂的身分便不是前文所述可以標定的一種社會位置，而是如加拿大哲學家查爾斯·泰勒（Charles Taylor, 1931-）所言：「『認同』不是『自己是誰』的描述性問題，而是『自己是什麼樣的人』之敘事。這樣的敘事是關於個人如何陳述自己的『道德領域』的問題，藉此傳達出個人的意義和價值。」所以，身分認同並不是一般社會身分的問題，也不是階級、職業、倫理角色等外在的歸屬，而是一個更根本的個人之價值追求的問題。泰勒認為，真正的身分認同不是「自己是誰」的描述性問題，而是「自己是什麼樣的人」的敘事，簡單地說，真正的身分認同不是關乎我是誰？我叫作什麼名字？我在這個世界中處於什麼樣的位置？而是在談我是什麼樣的人以及想做什麼樣的人，此時我們就會動員自己內在的能量去塑造、去追求我們心中理想的狀態，這便是身分認同的奧義。

舉例而言，當我們在論及探春的人格問題時，提到一般讀者和研究者常常認為，探春與其生母趙姨娘的衝突是所謂的階級身分與倫理角色的衝突，也就是說，這類的論調總是主張探春之所以會背離趙姨娘，是因為她想要認同王夫人，而理由是王夫人為其正統的嫡母，擁有賈家世代的傳承大權，所以探春才會選擇去認同她，由此便把探春詮釋為一個趨炎附勢者。但我認為此說謬以千里，趙姨娘與探春之間的母女不和根本無關乎外在的倫理身分，也未曾涉及親情層面，真正的重點其實在於君子與小人之間的鬥爭，探春想要成為並且也已經是一位君子，可是卻被趙姨娘不斷以血緣關係強迫她一起做小人，進行陰暗的徇私牟利，而原本在血緣崇拜的觀念下無計可施的探春，卻剛好可以借用宗法此種合法合理的制度來擺脫趙姨娘的血緣勒索，這才是探春之身分認同的要義，詳參人物專論的探討。

回到寶玉來看，他雖然性靈已通，也有相應的心智能力去面對身分認同的問題，然而不幸的是，他的先天特殊稟賦影響了他在現世的處境，以至於產生身分認同的重大困境。於煉石補天的過程中，因為他自身出現了瑕疵，無法擔任補天的職能，最終被丟棄報廢，以至於停留在一個非母非父的中間地帶，既不能夠返歸於鍛煉之前，回到自然母親的世界受到全然的庇護，所以失去了「天不拘兮地不羈，心頭無喜亦無悲」的渾沌狀態，但在父親的事業裡，他又是一個局外人。寶玉對於如何肯定自己也是非常的茫然與恐慌，一方面他已經鍛煉通靈，懂得是非的差異、價值的高低、成與毀的不同，在這般的狀況之下，一方面他又抗拒成長，徘徊於父親的文明世界之外，依舊很任性地、自由地生活在母性空間內，安於一個自欺欺人的個人天地裡。在以父權為中心的社會中，他沒有一個明確的身分，沒有一個倫理的角色，沒有職業或階級的歸屬，因此便陷入一種進退失據的狀態。寶玉事實上活得非常辛苦，因為他在身分認同上出了重大的問題，他的成長過程銜接得很不順利，缺乏一個成熟的成年禮幫助他過渡到父親的世界中。試看脂硯齋對於第一回赤瑕宮的「瑕」字批云：

> □「瑕」字本注：「玉小赤也，又玉有病也。」以此命名恰極。

確實，本應承擔補天大任的玉石，因為自身的瑕疵而被丟棄在青埂峰下，也暗示了這個瑕疵品是有病的，其病態導致身分認同的失敗，以至於寶玉沒有辦法給自己的人生定位，建立一個明確的而且可以順利與社會銜接的結構性位置。

再看第十九回，當襲人拿著通靈寶玉展示給自己姊妹觀覽見識的時候，笑道：「再瞧什麼希罕物兒，也不過是這麼個東西。」對此，脂硯齋批注道：

> 然余今窺其用意之旨，則是作者借此正為貶玉原非大觀者也。

脂硯齋認為，作者安排此一情節的用意其實是要貶低這塊通靈玉，也就是寶玉、神瑛侍者，源自無材補天的畸零玉石。此處的「大觀」指的即是補天，而通靈的畸零玉石因為不能參與補天的事業，以至於「原非大觀」。足見無論從神話學還是脂批來看，都指向寶玉是一個非大觀、有病的瑕疵品，而體現於敘事中，寶玉便是一個身分認同失敗、於國於家無望的人，這絕對是一個負面的表述，並非「貶中褒」或「正言若反」，不存在所謂透過否定形式以表現肯定的書寫方式。

慚愧之言，嗚咽如聞

太多的讀者一味地認定寶玉與黛玉代表曹雪芹所肯定的正面人格，從而看到小說中出現對二人的負面貶詞，便一概將它解釋為「貶中褒」，視為一種反向的說法，那其實是對小說原意的誤讀。《紅樓夢》第一回開宗明義即表示，玉石因為「靈性已通，因見眾石俱得補天，獨自己無材不堪入選，遂自怨自嘆，日夜悲號慚愧」，脂硯齋對此批注云：「數足，偏遺我，『不堪入選』句中透出心眼。」試想：三萬六千五百零一塊石頭中只單棄一塊不用，那對於個體來說是多麼嚴重的否定！這種否定感對一個人之存在意義的抹殺是非常徹底的，所以脂硯齋在此提醒「『不堪入選』句中透出心眼」。後來，這塊石頭歷劫復歸以後，藉由空空道人述說石頭下世歷劫的過程：

因有個空空道人訪道求仙，忽從這大荒山無稽崖青埂峯下經過，忽見一大塊石上字跡分明，編述歷歷。空空道人乃從頭一看，原來就是無材補天，幻形入世，蒙茫茫大士、渺渺真人攜入紅塵，歷盡離合悲歡炎涼世態的一段故事。後面又有一首偈云：

無材可去補蒼天，枉入紅塵若許年。
此係身前身後事，倩誰記去作奇傳？

當玉石演歷一番紅塵故事之後，對自己一生的總結是「無材可去補蒼天，枉入紅塵若許年」，可見無論是後設的神話安排還是人間故事的發展，乃至最終的蓋棺定論，小說家始終都環繞著「無材補天」四個字，不斷地重筆濃彩將此四字透入骨髓，告訴我們寶玉的人生是多麼慘烈，是一齣人生事業徹底落空的悲劇。脂硯齋也指出第一回「無材補天，幻形入世」這八個字「便是作者一生慚恨」，而「無材可去補蒼天」一句乃是「書之本旨」，因此「慚愧之言，嗚咽如聞」。所以，《紅樓夢》最大的創作宗旨並不在於褒揚女性，順道歌詠青春與愛情，更不是反封建、反禮教，而是對自己的人生無盡地悔恨，這是一部人子無限愧疚的懺悔錄！然而，讀者竟然完全對種種懺悔的哭聲聽而不聞，一味地往寶玉身上貼上所謂反封建、反禮教的革命標籤，那豈不是現代人的一大荒謬嗎？

還有，第五回寶玉在神遊太虛幻境之前，榮寧二公之靈也託付警幻道：

> 吾家自國朝定鼎以來，功名奕世，富貴傳流，雖歷百年，奈運終數盡，不可挽回者。故遺之子孫雖多，竟無可以繼業。其中惟嫡孫寶玉一人，稟性乖張，生情怪譎，雖聰明靈慧，略可望成，無奈吾家運數合終，恐無人規引入正。幸仙姑偶來，萬望先以情欲聲色等事警其痴頑，或能使彼跳出迷人圈子，然後入於正路，亦吾兄弟之幸矣。

榮寧二公希望警幻帶領寶玉體驗飲饌聲色之虛幻，以便使其最後能夠跳出迷人圈子，回歸正道。脂硯齋在「故遺之子孫雖多，竟無可以繼業」二句旁批注道：「這是作者真正一把眼淚。」可見寶玉身上確確實實帶有曹雪芹自身的投射，然而兩者的相對應之處並不是以寶玉作為表達真理的代言人，必須說，作者與他筆下的賈寶玉唯一有所關聯的地方，其實在於貴族子弟無材補天的「慚恨」與「一把眼淚」上。

至於第三回王夫人向黛玉說「我有一個孽根禍胎」，用來指稱寶玉，雖然其中含有慈母對自己愛子那種「若有憾焉」的疼惜，但是脂硯齋提示道：孽根禍胎「四字是血淚盈面，不得已、無奈何而下。四字是作者痛哭。」曹雪芹其實是藉由王夫人之口來表現他對自己的憾恨，他自己已經是血淚滿面，那是包裝在慈母愛憐之下的一種自我譴責，藉以傳達他的嗚咽痛哭。又如第十二回，徹夜未歸的賈瑞向祖父賈代儒撒謊說：「往舅舅家去了，天黑了，留我住了一夜。」代儒道：「自來出門，非稟我不敢擅出，如何昨日私自去了？據此亦該打，何況是撒謊。」針對這段情節，脂硯齋批注道：「處處點父母癡心，子孫不肖——此書係自愧而成。」由此可以明顯看出，作者的創作宗旨是愧為人子，終身懷抱著「於國於家無望」的無限憾恨。

相關證據又見於第四十二回「蘅蕪君蘭言解疑癖」，針對寶釵所說的「男人們讀書明理，輔國治民，這便好了」，脂硯齋批注道：「作者一片苦心，代佛說法，代聖講道，看書者不可輕忽。」曹雪芹藉由寶釵之口將自己的一片苦心表達出來，脂硯齋認為此乃「代佛說法，代聖講道」，而佛與聖豈不正是傳統文化中至高無上的價值代表嗎？顯示寶釵之論確屬回目上所揭示的「蘭言」。同樣在第三回中，作者藉由〈西江月〉來傳達他對於寶玉的價值判斷，其中寫道：

> 富貴不知樂業，貧窮難耐淒涼。可憐辜負好韶光，於國於家無望。
> 天下無能第一，古今不肖無雙。寄言紈袴與膏粱：莫效此兒形狀！

所謂的「可憐辜負好韶光」，不正是「枉入紅塵若許年」麼？而「於國於家無望」不正是「原非大觀」麼？由此看來，從《紅樓夢》的內文以及脂硯齋的批語都一致地告訴我們，《紅樓夢》是一部描述子孫不肖的懺悔錄，寶玉絕對不是反封建、反禮教、反貴族的革命新人，一般慣見的反封建、反禮教之說，不過是我們現代人不自覺投射到《紅樓夢》中的面具，而那副面具完全遮蔽了《紅樓夢》的真相。

此外，在庚辰本的開篇，作者自云：

因曾歷過一番夢幻之後，故將真事隱去，而借「通靈」之說，撰此「石頭記」一書也。故曰「甄士隱」云云。但書中所記何事何人？自又云：「今風塵碌碌，一事無成，忽念及當日所有之女子，一一細考較去，覺其行止見識，皆出於我之上。何我堂堂鬚眉，誠不若彼裙釵哉？實愧則有餘，悔又無益之大無可如何之日也！當此，則自欲將已往所賴天恩祖德，錦衣紈袴之時，飫甘饜肥之日，背父兄教育之恩，負師友規談之德，以至今日一技無成、半生潦倒之罪，編述一集，以告天下人：我之罪固不免，然閨閣中本自歷歷有人，萬不可因我之不肖，自護己短，一併使其泯滅也。雖今日之茅椽蓬牖，瓦灶繩床，其晨夕風露，階柳庭花，亦未有妨我之襟懷筆墨者。雖我未學，下筆無文，又何妨用假語村言，敷演出一段故事來，亦可使閨閣昭傳，復可悅世之目，破人愁悶，不亦宜乎？」故曰「賈雨村」云云。

由此可見，《紅樓夢》確實是一部不肖子孫的懺悔錄，對作者來說，他沒有承擔起貴族世家傳承綿延的責任，那是他愧對祖宗的罪孽所在。但閨閣中有形形色色出類拔萃的女性，萬不可因他的不肖、自護己短，而跟著自己一併泯滅，所以小說家透過這部書一方面表達自己的缺失與懺悔，一方面將她們美好的風姿給展現出來。

言說至此，接下來可以進一步探討關於曹雪芹字「夢阮」的問題。很多人望文生義，將曹雪芹字「夢阮」理解為曹雪芹是在嚮往阮籍之為人，又因為阮籍有句名言宣稱「禮豈為我輩設耶」，而將阮籍理解為反禮教、放曠任誕的代表人物，然後又將那種反封建、反禮教的價值觀當作《紅樓夢》的創作宗旨。然而，這種跳躍式的邏輯聯結、以偏概全的簡化推論必然是大錯特錯的。首先，「夢阮」的「阮」指的是阮籍並沒有問題，但是在研究阮籍的傳記及他所有的作品以後，便會發現阮籍事實上深具禮教的精神。原來其實禮教有兩個層次：一是禮教的精神，一是禮教的行為。在一個最完善的狀況中，禮教的行為是由禮教的精神所驅動的，也就是說，「禮」是一種內在的道德精神，然後外顯於行為，即成為禮教規範。如果內在的道德與精神的高度不夠，不足以真正地與禮儀相合，那麼禮教就會只剩一套外在的行為規範而已，即所謂的虛禮。

阮籍其實是充滿了禮教精神，他所反對的僅是虛有其表的禮教規範，以及統治者將禮教作為一種權力的工具。這與寶玉本質上其實很相似，只要讀者不以成見進行選擇性的閱讀，便會發現寶玉處處充滿對禮教精神的服膺與嚮往，例如第五十八回他說過：「這紙錢原是後人異端，不是孔子的遺訓。」又第三回他認為：「除《四書》外，杜撰的太多。」甚至在第三十六回中，「除四書外，竟將別的書焚了」。透過他的諸多言行可以清楚看出，他對孔孟絕對沒有褻瀆，反倒多所崇敬，一再稱揚孔子的教誨，可見寶玉所反對的是當內在精神不足以支撐時，禮教行為即會淪為虛有其表，所以我們不能囫圇吞棗地說他是反對禮教的。再看阮籍在聽聞母親病逝之際便吐血數升，顯示禮教精神在他的內心與踐行上都是徹骨入髓的。由此可證，我們實在不應以偏概全、斷章取義，只憑空抓出幾句話、一兩個行為便斷言阮籍或寶玉是放誕不羈的，不將禮教看在眼裡，那都是我們現代人非常粗糙而且想當然耳的一種成見。

再舉一個例子，東晉詩人劉琨慘遭永嘉之亂，人生徹底斷裂成兩半，一旦早期的放任瀟灑事過境遷之後，痛定思痛，他在〈答盧諶詩〉中寫道：「昔在少壯，未嘗檢括，遠慕老、莊之齊物，近嘉阮生之放曠，怪厚薄何從而生，哀樂何繇而至。」當時是何等地自以為是啊！自認達到了老莊、阮籍的超脫境界，可如今面臨「自頃輈張，困於逆亂，國破家亡，親友凋殘。負杖行吟，則百憂俱至；塊然獨立，則哀憤兩集」，經歷了真實的血淚交織，才知道對老莊、阮籍的浪漫想像真是少壯無知的表現，「然後知聃、周之為虛誕，嗣宗之為妄作也」，終於明白老莊、阮籍的虛妄。而曹雪芹同樣體會了家破人亡的椎心刺骨，在窮困潦倒的生活裡還取「夢阮」作為字號，那是否可以理解為與劉琨一般的心理？即當初把戰爭、放曠當成是浪漫快意的想像，等到親身經歷過人生的瀝血掬淚之後，才明白年少的無知，則此時所夢的「阮」應該是痛心禮教精神不彰以致佯狂的悲憤。由此可見，文化傳統中所建立的意義都是值得重新察考的問題，而那並不是單憑現代人的想當然耳便可以找到真相的。

「大有慧根之輩」賈雨村

除了女媧補天的神話之外，曹雪芹還利用了中國傳統文化中的「氣論」來說明寶玉的先天性格特質。早在先秦時期，氣的概念便已經形成，用氣來解釋空間裡看不見的元素，而這些元素又構成了生命的質料，於是生命與氣的特質、才性相連接。到了魏晉時期出現的「才性論」或是道教的氣論，還有中醫「氣」的概念，甚至是宋明理學中的氣論等，皆用氣來解釋人與萬物的存在以及整體世界的基本概念，因此蘊含著非常複雜、豐厚的文化淵源與哲理內涵。曹雪芹為了塑造寶玉的先天稟賦，動用龐大豐沛又精微深刻的思想概念，我們絕對不能只將眼光聚焦在「邪」之一字上，然後又用現在的價值觀去理解，認為寶玉就是所謂的反封建、反禮教，因為他具有邪氣，所以不被儒家的正統所收編，這般的結論實在太過單薄且大謬不然。

回到傳統的文化脈絡中，透過瑕疵有病的玉石以及正邪兩賦等設計，可知小說家給予寶玉的種種人格解釋，都是在闡述這個人物具有病態的性格，正邪二氣便說明了他是個矛盾的統一體，也用來描述他的特異性格。例如第二回透過冷子興的口中，提及寶玉抓周時只抓些脂粉釵環，「長了七八歲，雖然淘氣異常，但其聰明乖覺處，百個不及他一個。說起孩子話來也奇怪，他說：『女兒是水作的骨肉，男人是泥作的骨肉。我見了女兒，我便清爽；見了男子，便覺濁臭逼人。』」冷子興認為寶玉將來必定是色鬼無疑，但是賈雨村卻罕然厲色忙止道：「非也！可惜你們不知道這人來歷。大約政老前輩也錯以淫魔色鬼看待了。若非多讀書識事，加以致知格物之功，悟道參玄之力，不能知也。」在此，賈雨村斷言「若非多讀書識事，加以致知格物之功、悟道參玄之力」，是不足以理解寶玉這個人的，此話千真萬確，所以我們對於寶玉的認識很有可能都是霧裡看花，甚至都在削足適履，拿我們自己的簡單標準去衡量他、解釋他，他被迫成為我們心目中的一個理想形象，然而卻失之原貌。

那麼，賈雨村便真正認識、理解寶玉這個人嗎？答案是肯定的，雖然客觀來說，相比於賈家中的紈袴子弟如賈珍、賈璉、賈赦等，賈雨村算是《紅樓夢》裡人品最差的一個，因為他貪婪不端，而且做了傷天害理的壞事。但是孔子早就說過了，「不以人廢言」（《論語．衛靈公》），猶如第六十七回中，當薛蟠從江南販貨回來，並給大家帶了地方特產時，趙姨娘也收到寶釵送給賈環的東西，她心想：「怨不得別人都說那寶丫頭好，會做人，很大方，如今看起來果然不錯。他哥哥能帶了多少東西來，他挨門兒送到，並不遺漏一處，也不露出誰薄誰厚，連我們這樣沒時運的，他都想到了。」這番描敘確實道中寶釵的人格特質，可見就算趙姨娘那般人品低下的人，也有客觀論述的時候。

何況賈雨村雖然人品不端，然而他確實是一個擁有性靈又讀書識事的人，堪稱具備致知格物之功、悟道參玄之力。第二回賈雨村在遇到冷子興之前，他偶至城郭之外，意欲賞鑑那村野風光，試想：如果他是一個只對功名富貴非常熾熱用心的凡夫俗子，就根本不會有餘暇閒心去賞鑑毫無繁華點染的村野風光，可見此人內心中還是帶有超越功名富貴的素質。小說家對賈雨村的這一段鄉野遊歷描寫道：

> 忽信步至一山環水旋、茂林深竹之處，隱隱的有座廟宇，門巷傾頹，牆垣朽敗，門前有額，題著「智通寺」三字，門旁又有一副舊破的對聯，曰：
>
> 身後有餘忘縮手，眼前無路想回頭。
>
> 雨村看了，因想到：「這兩句話，文雖淺近，其意則深。我也曾遊過些名山大剎，倒不曾見過這話頭，其中想必有個翻過筋斗來的亦未可知，何不進去試試。」想著走入，只有一個龍鍾

老僧在那裏煮粥。雨村見了，便不在意。及至問他兩句話，那老僧既聾且昏，齒落舌鈍，所答非所問。雨村不耐煩，便仍出來。

其中的「茂林深竹」四字讓人想起王羲之〈蘭亭集序〉的「茂林修竹」，可見曹雪芹確實是有意為賈雨村塑造脫俗風雅的一面，何況茂林深竹之內隱隱有座廟宇，並非富麗堂皇、香火鼎盛的名山大寺，而是「門巷傾頹，牆垣朽敗」，如果是一個被功利心蒙蔽了頭眼的人，應該也不會在意那般破爛如同廢墟的小廟吧！再看智通寺門前「身後有餘忘縮手，眼前無路想回頭」的對聯，更完全是對處於迷津中人的當頭棒喝，而賈雨村竟然意識到這兩句話文字雖淺近，但其含義則甚深，因此興起一探究竟的意念，足見他確實非比一般俗儒。只是此時畢竟尚未完全通透超脫，進去廟裡以後，只發現一位既聾且昏、齒落舌鈍的老僧，於是失望之餘便出了廟來，失去了悟道的機會。

其實，從這一段關於老僧的描述可以聯想到《莊子》中的一個著名典故，是為七孔鑿而渾沌死，「渾沌」即對於「道」具象的比喻，且看《莊子・應帝王》的描述：

> 南海之帝為儵，北海之帝為忽，中央之帝為渾沌。儵與忽時相與遇於渾沌之地，渾沌待之甚善。儵與忽謀報渾沌之德，曰：「人皆有七竅以視聽食息，此獨無有，嘗試鑿之。」日鑿一竅，七日而渾沌死。

這個深刻的比喻告訴我們，當人們只透過眼耳鼻舌來把握這個世界時，就必然會產生一定的誤失，流於狹隘與偏頗。因此用聽、用看去追求「道」，則道體便注定死亡，幻化為鏡花水月，因為真正的道是完美無缺並包容一切，無法用任何個別的方式去完整認識的，何況由感官所獲得的往往是表面的、錯誤的。而賈雨村所見到的那位既聾且昏、齒落舌鈍的老僧不正是渾沌，不就是一個活生生的道體嗎？當一個人在人世間歷練一切之後返璞歸真，終於昇華到契合道的最高境界時，便會是這般模樣，而具有慧根的人也可以意識到此處必有玄機，如賈雨村一開始所推測的「其中想必有個翻過筋斗來的」。只可惜賈雨村這時候仍然泥足深陷，還心繫著官場浮沉、名利得失，尚不足以洞察到眼前老僧所代表的渾沌意義。

在這一段描述中，各個地方都顯露出了賈雨村的另一面，即風雅脫俗、見識深刻的一面，作者是想告訴我們，賈雨村是真的大有慧根之輩，這也使得他成為整部小說裡最後壓軸的悟道者。關於「悟」，有的人是漸悟型，有的人是頓悟型，可無論是漸悟還是頓悟都必須要有慧根、要有內在精神的根底，不被世俗整個徹底地汙染，如此最終才有可能走向超脫世俗之途，所以不能因為賈雨村當下的人品表現，便以偏概全，否定他對寶玉之類特殊人格的洞察力。參考高鶚續書第一百二十回的描寫，賈雨村在急流津覺迷渡口的草庵中睡著，被叫醒之後，指點抄錄《石頭記》的空空道人去尋找曹雪芹的明路，雖然沒有寫到他豁然開朗大步向世俗之外走去的情節，但所謂「急流津覺迷渡口」的悟道隱喻是十分符合曹雪芹的原意的。賈雨村在最後一回幡然醒悟，渡過人生的急流到達彼岸，他也是《紅樓夢》中所描述的最後一個出世者，加上甄士隱在第一回出家，兩人構成了前與後的對照、真與假的辯證，又並肩承攬了最初之揭幕者與最後之謝幕者的任務，種種情節的安排都告訴我們不能否定這個角色的重要性，他確實有資格擔當起為正邪兩賦提出說明的重要角色。

正邪兩賦

正邪兩賦的前提是先有正氣與邪氣，關於正、邪兩氣的意義與其相關的對應人物，賈雨村說道：

天地生人，除大仁大惡兩種，餘者皆無大異。若大仁者，則應運而生，大惡者，則應劫而生。運生世治，劫生世危。堯、舜、禹、湯、文、武、周、召、孔、孟、董、韓、周、程、張、朱，皆應運而生者。蚩尤、共工、桀、紂、始皇、王莽、曹操、桓溫、安祿山、秦檜等，皆應劫而生者。大仁者，修治天下；大惡者，撓亂天下。清明靈秀，天地之正氣，仁者之所秉也；殘忍乖僻，天地之邪氣，惡者之所秉也。

也就是說，純正氣形成了大仁者，純邪氣則塑造出大惡者，大仁者、大惡者的降生都與世界現行的狀態有關，運生世治，劫生世危，「堯、舜、禹、湯、文、武、周、召、孔、孟」等都是「應運而生者」。在中國正統的價值觀中，他們皆是歷史上大家耳熟能詳的偉大人物，其中還包括宋朝的理學家周敦頤、程顥與程頤、張載、朱熹，他們「為天地立心，為生民立命，為往聖繼絕學，為萬世開太平」，而曹雪芹把他們定位為大仁者系列的壓軸者，也表示宋朝以後便不再有大仁者了，而一般現代人所喜歡的晚明時期的陽明心學，及其所衍生的泰州學派，根本就不被認為是最高價值，因此，現代讀者往往認定《紅樓夢》接受那一類放任自我的個人主義價值觀，實際上是完全顛倒的誤解。曹雪芹所在的乾隆時期則是：

今當運隆祚永之朝，太平無為之世，清明靈秀之氣所秉者，上至朝廷，下及草野，比比皆是。所餘之秀氣，漫無所歸，遂為甘露、為和風，洽然溉及四海。彼殘忍乖僻之邪氣，不能蕩溢於光天化日之中，遂凝結充塞於深溝大壑之內，偶因風蕩，或被雲摧，略有搖動感發之意，一絲半縷誤而泄出者，偶值靈秀之氣適過，正不容邪，邪復妒正，兩不相下，亦如風水雷電，地中既遇，既不能消，又不能讓，必至搏擊掀發後始盡。故其氣亦必賦人，發泄一盡始散。使男女偶秉此氣而生者，在上則不能成仁人君子，下亦不能為大凶大惡。置之於萬萬人中，其聰俊靈秀之氣，則在萬萬人之上；其乖僻邪謬不近人情之態，又在萬萬人之下。

顯然曹雪芹並沒有反對他的時代，相反地，對於乾隆盛世充滿頌讚之情。邪氣在如此光明的盛世裡是被壓抑的，只能躲在黑暗的深溝大壑裡，當它偶然躥出一點，又恰巧與正氣齊遇一起的時刻，彼此便交爭糾纏，兩不相下，而這二氣「必賦人，發泄一盡始散」，也就是要透過轉化到某一個體身上，才能將那糾纏為一的正邪兩氣消解殆盡。而擁有此種正邪二氣的人，「在上則不能成仁人君子，下亦不能為大凶大惡。置之於萬萬人中，其聰俊靈秀之氣，則在萬萬人之上；其乖僻邪謬不近人情之態，又在萬萬人之下」，於是矛盾聚結在其人格特質中，這般的人物也就成為怪異的另類。由於他們很駁雜、很矛盾，例如寶玉雖然外貌秀色奪人，但是行為卻十分乖僻，所以無法歸類，而成為「大仁大惡兩種，餘者皆無大異」所反映的傳統「性三品」之外的第四種人。

此外，應該注意的是，正邪二氣雖說是這一類特殊異端者的人格來源，然而人格的塑造還與後天的環境密切相關，單單只有先天的正邪兩賦，並不足以決定一個人究竟會成為何種樣態，還必得依照後天環境的引導與分化，才能夠明確成形並進一步歸類。於是，便如賈雨村接著所說的：

若生於公侯富貴之家，則為情痴情種；若生於詩書清貧之族，則為逸士高人；縱再偶生於薄祚寒門，斷不能為走卒健僕，甘遭庸人驅制駕馭，必為奇優名倡。

由此可見，影響正邪兩賦者的要素還可以分為三種不同的後天環境，即公侯富貴之家、詩書清貧之族、薄祚寒門，顯示出影響人格最重要的因素仍在於家庭的成長環境，透過家庭所給予的意識形態、文化修養、格調與教育各方面的潛移默化，最終才決定了到底會成為哪一種人。這也清楚表明固然正邪二氣屬於先天稟賦，但那只是形成情痴情種的必要條件，而不是充分條件，唯有出生於公侯富貴之家，正邪二氣者才會變成情痴情種。

一般讀者單單只用正邪兩賦來理解寶玉，如此便注定會歧路亡羊，不能把握到寶玉其實根本無法脫離公侯富貴之家的家庭環境，反而將他理解成反封建、反禮教、反貴族階層的叛逆者，那真的是謬以千里。因為事實是只有出生於公侯富貴之家，寶玉才會成為情痴情種，如果是生長於詩書清貧之族、薄祚寒門，那麼他只能成為逸士高人、奇優名倡，絕不是情痴情種。而對於情痴情種也不能單單用一般的痴情來理解，必須說「情痴情種」是曹雪芹所創立的一個非常獨特的概念。具有正邪二氣之先天稟賦的人，其本身便已經不同於所謂「餘者皆無大異」的庸眾，曹雪芹所關心的是純正氣所形塑而成的大仁者、純邪氣所造就產生的大惡者，更緊要的是正邪兩賦者，即清明靈秀之正氣與殘忍乖僻之邪氣相遇結合所共構出來的人物。

不僅如此，天地正氣除了有其相對應的人物之外，也可以對應於自然物上，第七十七回中寶玉便說道：

> 若用大題目比，就有孔子廟前之檜、坟前之蓍，諸葛祠前之柏，岳武穆坟前之松。這都是堂堂正大隨人之正氣，千古不磨之物。世亂則萎，世治則榮，幾千百年了，枯而復生者幾次。這豈不是兆應？

也就是說，植物也能天人感應，草木和與它聯結的人彼此攸關、命運一體，例如孔子廟前之檜、墳前之蓍，諸葛祠前之柏，岳武穆墳前之松，幾千年來都沒有凋零死亡，那些草木能夠碧綠長青，挺立於天地之間，不受生死輪迴的摧殘，便是因為它們受到孔子、諸葛亮、岳飛等偉大人格的感化，反映出正氣的共感。將這一段與第二回結合來看，我們可以發現大仁者的行列中還再加上諸葛亮、岳飛等，並且同樣止步於明朝之前，停留在宋代。可想而知，在曹雪芹的心目中，明朝真的是一個好的時代嗎？尤其晚明時期感官欲望擴張，儒家內部潰散，在那情欲橫流之際所誕生的思想觀念及相關作品，可能是曹雪芹會去讚賞甚至模仿的嗎？曹雪芹其實非常肯定儒家所建構出來的偉大人格，而我們也必須透過如此的價值觀來瞭解寶玉的正邪兩賦，寶玉一定有正氣的一面，否則他絕對不足以成為曹雪芹所關心的對象。

在閱讀的過程中，只有回到儒家的價值體系裡去看待寶玉的正氣，才能掌握到他的正氣正是來自於貴族階層的禮教精神，而他之所以有那麼多的言行表現令我們感到可愛又可敬，沒有淪為貴族沒落前夕紈袴子弟、不肖子孫的樣態，原因也是根源於此。雖說寶玉也有不肖之處，然而他的不肖是在正氣主導之下的另一種類型，再一方面又因為有邪氣的入侵，所以他的正氣變得駁雜不純正，也就使得他不能成為頂天立地、於國於家有望的補天石！

正如第十三回回末詩所說的「金紫萬千誰治國，裙釵一二可齊家」，對整個家族貢獻卓著，努力斡旋乾坤、使賈氏家族還能夠維持現況的，不是寶玉，而是王熙鳳、探春等人。正邪兩賦構成寶玉的病態人格，使得他以非常特異的形態度過一生，不同於一般放蕩淫邪的紈袴子弟，而是以「情痴情種」展現出一種美學風姿。北歐哲學家索倫·齊克果（Søren Aabye Kierkegaard, 1813-1855）便曾說，特異的人格大致可以分為三種類型：一是宗教性的人格，二是倫理性的人格，三是審美性的人格。審美性格的人既不是為了追求世界正面的倫理價值，也不想要在宗教出世的範疇中塑造聖徒形象，更不是要追求一種超越現世的價值，而是就活著本來的樣態去呈現美感。很明顯，寶玉正是屬於審美性格的那一種。

必須說，我們對於寶玉此一情痴情種的認識，不應脫離曹雪芹自己所鋪展出來的理論框架，亦即要成為情痴情種必須具備兩個條件：首先要有正邪二氣的先天稟賦，其次得誕生於公侯富貴之家，因為唯有公侯富貴之家才能提供高度的文化品味、格調和美感，所以公侯富貴之家是構成寶玉這一類人格不可或缺的條件。但這當然並不表示凡是誕生於公侯富貴之家的子弟都是情痴情種，因為另外還必備的前提是要擁有正邪兩賦此一獨特的先天特質。若問何以公侯富貴之家對於形成情痴情種是那般重要？答案是：貴族階層提供了禮教因子，又賦予他高度的審美能力，這些力量使他的人性得到提升，雖然他還是不肖，因為先天稟賦的駁雜、病態以至於不能規引入正，但是在禮教文化的作用下也不會淪落到「皮膚淫濫」，從而形成一種對女性之美的欣賞與品鑑，此之謂情痴情種。

出身背景的影響

近一百多年以來，一般人探討人性問題時常常不自覺地採取一種論述模式，即認為禮教是對人性的壓抑與戕害，並形成了所謂的「禮教吃人」之說，然而此一論述模式是非常粗疏甚至錯誤的，因為人性的構成非常複雜，絕不僅只是天賦本能而已，其實後天成長的家庭背景也同時在深層地建構內在自我。必須說，人格的形成並不是與生俱來的，那是在後天成長的最初幾年去確立、引導和分化，然後才能夠明確地塑造出來所謂的自我，而這個自我便一定包含著後天成長過程中的人際互動模式和種種的教育因素。根據社會學家希內．班米爾（Gene Bammel）與李．雷恩．勃拉斯—班米爾（Lei Lane Burrus-Bammel）的研究成果，可知對十七歲的人來說，其百分之八十的學習在八歲時即已經完成，而百分之五十的學習則是在四歲時便已經完成。社會學家和教育理論家都透過複雜深奧的論證與多方的實驗深刻地發現到，後天的家庭和周圍環境才是對一個人的人格內涵真正的形成與奠定，就這一點來說，我們在確立自我和養成自我的過程中，其實有一大半是受到童年時期外在環境，也即家庭的影響。

因此，將自我等同於與生俱來的本能，那真是對人性非常無知而荒謬的認識，事實上也是對人性以及人格的貶低，因為人類擁有遠比本能高超得多的精神層次，那才是文明的真正價值所在。將自我的主體性建立在生物性的本能上，然後對那些本能不加壓抑甚至給予放縱與鼓勵，在這種情況下，主體所建立起的自我將會變得連動物都不如，因為完全忽略了人性的內涵有一大半是在後天環境中所塑造的，並且是應該提升的。而孟母之所以要三遷，人之所以要受教育，都是因為這個原因。

更深入地說，法國思想家皮耶・布爾迪厄（Pierre Bourdieu, 1930-2002）指出，一個人的「慣習」（habitus）即是整套人格稟賦的系統，其中的格調美學反映了對世界的一種認知，還包含言語行為模式，而這些早在幼兒階段的教育中就已經大部分確立，並且根深柢固，是一輩子都擺脫不掉的。慣習與幼年成長的經驗息息相關，絕不是單單天賦所能夠涵蓋，比天賦更大的影響力量來自於後天的養成，文化格調、審美品味與思想感受、意識形態都是在這個階段中形成的，因此所謂慣習的特質便與個人所屬的社會階層有關，甚至與生長環境的風土地理狀況也有直接而密切的關係。換句話說，在我們還沒有認知能力也沒有選擇權的時候，便已經被拋擲到所在的成長環境而受其決定，據此難免有一點宿命論的意味，不過我們至少要認識到這一點，才能夠明白人性原來有那般複雜奧妙的層次，並進而爭取一定程度的自主性改變。

英國小說家喬治・奧威爾（George Orwell, 1903-1950）也曾注意到，一個人的出身背景所養成的品味、格調、審美的文化傾向，其實是一輩子都難以擺脫的。他認為：

> 從經濟上說，毫無疑問只有兩種等級，富人和窮人。但從社會角度看，有一整個由各種階層組成的等級制度。每一個等級的成員從各自的童年時代習得的風範和傳統不但大相徑庭——這一點非常重要——而且，他們終其一生都很難改變這些東西。要從自己出身的等級逃離，從文化意義上講，非常困難。

關於類似的看法，卡爾・馬克思（Karl Marx, 1818-1883）與弗里德里希・恩格斯（Friedrich Engels, 1820-1895）也有一個非常經典的表述，那就是：「在等級中，……貴族總是貴族，roturier〔平民〕總是 roturier，不管他們其他的生活條件如何；這是一種與他們的個性不可分割的品質。」我認為這個表述和曹雪芹的認知其實是一致的，那些西方思想家跨時代、跨地域與曹雪芹的人格塑造論形成了中西呼應。從他們的闡釋可見，對於貴族等級中的成員來說，禮教與行為規範已經內化成為他們個性的一部分，同樣也是他們的自我，自從他們誕生的第一刻起，一直到整個少年時代，生活中的時時刻刻都充斥著風範與傳統的學習，這構成了他們性格上不可分割的素質。例如寶玉之所以能夠成為情痴情種，一部分原因就是有賴於貴族禮教精神的維繫與昇華，才使得他的邪氣被引導到審美的方向，而不是趨於「皮膚淫濫」，相較之下，薛蟠、賈珍、賈璉之所以流入「皮膚淫濫」，便是因為他們的先天稟賦中較缺乏正氣。

不學禮，無以立

現代人因為已經習慣於把自由當放任，又把任性當個性，以至於我們往往不能明白，原來倫理道德對於人格的塑造與提升具有非常正面的力量，從五四以來，人們把禮教當成是一種吃人的罪惡，這種認知一直到今天還在耽誤和誤導著我們。其實從先秦周公制禮作樂以後，在大傳統的雅文化中提升人性的重要力量，根本上就是禮與樂，如漢代《白虎通・情性》中提到：「禮者，履也。履道成文也。」「履」象徵著一種行動，在實踐中去施行合乎「道」的作為，於是便可以成「文」，即一種高度的文化，而那才是人類的價值所在。根據學者的記載，在清光緒三十年（一九〇四年）做過一次全國識字率的普查，即使此前已經大力推動教育普及以求提高國民素質，普查的標準也採取低門檻的識字程度，但當時普查所得出的期望值是只有百分之一的人口能夠斷文識字，可見教育文化的珍貴稀有。所以此處所說的「履道成文也」，乃是指千分之一乃至萬分之一的少數人，他們因為擁有這般的資質和等級條件，從而可以繼承中華民族的大傳統。沒有那些人，文化是傳承不下去的。

相應地，對於這些少數的正統精英分子的道德標準也是非常之高，因為他們擁有文化，同時是國家社會的領導者，必須為民表率，而那也成為他們整體成長過程中深刻內化的一種自我期許，所以「禮」簡單來說其實就是一種道德實踐。「禮」根本上便是一種道、一種理想、一種美德，並非只是外在的形式，因而「禮」與「體」又有相同的語言關係，一個是內在，一個是外顯，既然主體是外顯的前提，主體是內在的核心，所以「體」與「禮」是二而一的關係。正如漢學家卜弼德（Peter A. Boodberg, 1903-1972）所說，在常用的中國字裡，只有兩個字發「豊」——一種禮器——的音，也就是體與禮，並指出：「把這兩個字聯繫在一起的是有機的形式而不是幾何的形式。中國古代學者在他們的評注中，一再用『體』來定義『禮』，即是明證。」

從先秦以來，「禮」本身就是體，屬於內在的本質，可以使一個人在正統的精英文化中受到高度的文化薰陶，因此能夠懂得更精深的人性、更奧妙的世界，以及擁有更高的思想能力與自我期許，即追求大傳統的文明傳承。所以對於這一類人來說，「禮」根本是他們內在的一部分，是構成文化傳統的意義和存在價值的體現，而那更與當時的貴族階層密切相關。學者周何在〈何以「不學禮無以立」〉一文中，曾就禮的完整意義扼要地說道：

禮義即其含蘊著倫理道德的內在價值，而禮器、禮數、禮文即其表現實踐精神的外在價值。

換句話說，禮義便是禮的內在層面，是倫理道德的追求，而禮器、禮數、禮文則是內蘊的倫理道德向外去實踐之後，所展現出來的外在價值。禮器、禮數、禮文也是一種價值，因為它們可以將內在的價值體現出來，黛玉採取避諱的禮數來表達對母親的愛敬之心，便是一個絕佳例證。對出生於公侯富貴之家的寶玉來說，倫理道德即是他的內在價值，加上從小很自然地就學會禮數去應對龐大複雜的人際關係，其內在的倫理道德也是透過禮數向外實踐出來的，因此禮數根本不可或缺。其實，寶玉平時那些驚世駭俗的言論，只不過是私底下無傷大雅的放縱，算不得真正的價值觀，試看第五十六回中提及，甄府的四個管家娘子上門前來問安，當見到寶玉時，一面說，一面都上來拉著寶玉的手問長問短，寶玉連忙也笑問好，賈母便問她們比起甄寶玉如何？四人笑道：

「如今看來，模樣是一樣。據老太太說，淘氣也一樣。我們看來，這位哥兒性情卻比我們的好些。」賈母忙問：「怎見得？」四人笑道：「方才我們拉哥兒的手說話便知。我們那一個只說我們糊塗，慢說拉手，他的東西我們略動一動也不依。所使喚的人都是女孩子們。」四人未說完，李紈姊妹等禁不住都失聲笑出來。賈母也笑道：「我們這會子也打發人去見了你們寶玉，若拉他的手，他也自然勉強忍耐一時。可知你我這樣人家的孩子們，憑他們有什麼刁鑽古怪的毛病兒，見了外人，必是要還出正經禮數來的。若他不還正經禮數，也斷不容他刁鑽去了。就是大人溺愛的，是他一則生的得人意，二則見人禮數竟比大人行出來的不錯，使人見了可愛可憐，背地裏所以才縱他一點子。若一味他只管沒裏沒外，不與大人爭光，憑他生的怎樣，也是該打死的。」四人聽了，都笑說：「老太太這話正是。雖然我們寶玉淘氣古怪，有時見了人客，規矩禮數更比大人有禮。……」

可見對於貴族人家的子弟來說，禮數是一種最基本的行為規範與內心的準則，是他們自我的一部分，禮就是他們的體，只要見了外人禮數周全，背地裡便可以享有刁鑽古怪一點的空間。同樣地，禮教根本就是構成寶玉內在的一部分，故而他嚴守大家規格、禮數規矩，那並非他在還正經禮數時所裝出來的敷衍與應付，而是內在倫理道德價值外顯出來的實踐表達。

恪守正統的寶玉

實際上，《紅樓夢》全書中很多地方都展現了寶玉的正統價值觀，他表面上反儒家的小小言論，其實就和李白、杜甫一樣，人總有不如意、很憤懣的時候，在一時憤激的情緒下發出反面的言論也是常見的，但那只能算是特例。例如，杜甫雖然曾經在〈醉時歌〉一詩中說：「儒術於我何有哉，孔丘盜跖俱塵埃！」他居然覺得儒家對他而言又算得了什麼，孔丘還不是和盜跖一樣都化為塵埃，那又何必要努力做聖人呢？這顯示當下的杜甫悲憤莫名，但如果根據這一聯詩句就以為杜甫反儒家，那其實大謬不然，杜甫始終都是一個百分之百的儒家信徒，這一點毫無疑問。李白也是如此，李白固然寫出了「我本楚狂人，鳳歌笑孔丘」的狂放詩句，但他分明在《古風》第一首中以孔子自許，把孔子當成人生的最高標準，甚至是事業的最大價值。同樣地，寶玉也在很多地方衷心服膺儒家正統的文化根源——孔孟，孔孟不僅在書中被置於純正氣的大仁者行列，寶玉即使在私底下也都還是以孔孟為其外在言行與內在心性的最高依循。

舉例來看，第三回寶玉便提到：「除《四書》外，杜撰的太多，偏只我是杜撰不成？」在此寶玉只肯定《四書》，當然完全沒有否定孔孟之道，這是標準正統精英分子最根底的文化意識。又第十九回從襲人的口中可以得知，寶玉還曾說：「只除『明明德』外無書，都是前人自己不能解聖人之書，便另出己意，混編纂出來的。」此一說法延續了第三回的宣稱，寶玉同樣承認《四書》是聖人的言論，而主張其他世俗化、媚俗的文章都是「混編纂出來的」。接著，第二十回提到寶玉的內心想法是：

> 只是父親叔伯兄弟中，因孔子是亙古第一人說下的，不可忤慢，只得要聽他這句話。所以，弟兄之間不過盡其大概的情理就罷了，並不想自己是丈夫，須要為子弟之表率。

正因為孔子說過，家庭倫理中的父親叔伯兄弟不可忤慢，所以寶玉對父親、對家裡的兄長都是畢恭畢敬，這才是寶玉真正的心理主軸，也因此第三十六回中，寶玉再荒誕也只是「除四書外，竟將別的書焚了」，四書依然是屹立不搖的聖典。再看第五十一回寶玉自比為白楊樹時，麝月等笑道：

「野坟裏只有楊樹不成？難道就沒有松柏？我最嫌的是楊樹，那麼大笨樹，葉子只一點子，沒一絲風，他也是亂響。你偏比他，也太下流了。」寶玉笑道：「松柏不敢比。連孔子都說：『歲寒然後知松柏之後凋也。』可知這兩件東西高雅，不怕羞臊的才拿他混比呢。」

在此，寶玉對孔子讚美過的東西都敬而尊之，不敢將松柏這兩種高雅的植物降格來比喻自己，那算是「敬」屋及烏的至高尊崇吧！因此，第五十八回寶玉要芳官轉告藕官，以後祭奠死去的人時斷不可燒紙錢，因為「這紙錢原是後人異端，不是孔子的遺訓」。

透過以上的六個段落可以看出，寶玉私底下的所言所行彰顯出他真正的價值觀，即以孔子為至上的聖人，以四書為千古的圭臬。寶玉僅僅針對後人庸俗化以後所產生的流弊、欺世盜名的贗品表示強烈不滿，而始終如一地遵循孔子的訓誨，只要是孔子讚美過的，也都把它當作最高的標準來看待。

除此之外，小說中還有很多地方都呈現了寶玉恪守正統的行為，而且他有時比大人們還更有禮數、更遵照禮教的精神，難怪第五十六回賈母笑道：「可知你我這樣人家的孩子們，憑他們有什麼刁鑽古怪的毛病兒，……見人禮數竟比大人行出來的不錯，使人見了可愛可憐。」例如第十七回當大觀園剛剛落成之後，賈政、寶玉和眾清客等人進園先行題撰，就在遊園的起點，賈政與諸人登上了亭子，倚欄坐了，因問：

「諸公以何題此？」諸人都道：「當日歐陽公《醉翁亭記》有云：『有亭翼然』，就名『翼然』。」賈政笑道：「『翼然』雖佳，但此亭壓水而成，還須偏於水題方稱。依我拙裁，歐陽公之『瀉出於兩峯之間』，竟用他這一個『瀉』字。」有一客道：「是極，是極。竟是『瀉玉』二字妙。」賈政拈髯尋思，因抬頭見寶玉侍側，便笑命他也擬一個來。寶玉聽說，連忙回道：「老爺方才所議已是。但是如今追究了去，似乎當日歐陽公題釀泉用一『瀉』字則妥，今日此泉若亦用『瀉』字，則覺不妥。況此處雖云省親駐蹕別墅，亦當入於應制之例，用此等字眼，亦覺粗陋不雅。求再擬較此蘊藉含蓄者。」賈政笑道：「諸公聽此論若何？方才眾人編新，你又說不如述古；如今我們述古，你又說粗陋不妥。你且說你的來我聽。」寶玉道：「有用『瀉玉』二字，則莫若『沁芳』二字，豈不新雅？」賈政拈髯點頭不語。

寶玉主張切不可用「瀉」字，因為今日題撰的場合，與歐陽修當時寫〈醉翁亭記〉的鄉野背景不可同日而語，此處乃是皇妃省親的駐蹕別墅，形同皇家行宮，故「亦當入於應制之例，用此等字眼，亦覺粗陋不妥」，因此「求再擬較此蘊藉含蓄者」。所謂的「應制之例」，意指應皇帝之詔命而作文賦詩的規例，那就應該要展現皇室的雍容華貴，善頌善禱，不可出現「瀉」這種粗陋的字眼，然而在此居然連賈政都沒有意識到這個問題，可見寶玉的禮教精神是十分透徹的，比父親還有過之，先天稟賦中的正氣支撐著他對禮教根源的本質性把握。果然在寶玉說完之後，賈政的反應是「拈髯點頭不語」，正是表示極大的讚許。

隨後眾人來到瀟湘館，寶玉認為此處非比尋常，因為「這是第一處行幸之處，必須頌聖方可」，可見瀟湘館絕對不是一個偏僻、清幽、不問世俗的隱居所在地，它是皇妃進園後駐留賞覽的第一站，一定是巧奪天工、優雅精緻，而黛玉能夠擁有屋舍的優先選擇權並居住在此，也證明了她的寵兒地位。寶玉為館舍的匾額題上的「有鳳來儀」四個字，乃是出自《詩經》的一個典故，「鳳」在此雙關皇妃，本是自古以來便非常明確的政治圖騰，也是應制頌聖時常用的字眼，足見寶玉的做法完全合乎禮度。

而在第五十二回，更顯示出寶玉內心禮教精神的徹底化，其中說道，寶玉因要去舅舅王子騰家拜壽，家僕錢啓、周瑞在前引導馬匹行進，即將經過賈政的書房前，寶玉在馬上笑道：

「周哥，錢哥，咱們打這角門走罷，省得到了老爺的書房門口又下來。」周瑞側身笑道：「老爺不在家，書房天天鎖著的，爺可以不用下來罷了。」寶玉笑道：「雖鎖著，也要下來的。」

原來依據傳統古禮，身分比較卑下的人如果路過尊長的門前，就要下馬以表示禮敬，那是一種很基本的禮儀，因此各地官府還有下馬碑之類的標示。有趣的是，因為此刻寶玉年紀尚小，出門要有資深的僕人照顧，但這時管家周瑞竟然以權宜的心態，認為老爺已經很久不在家了，此處只是空屋，而建議路過門前的時候可以不用下馬，圖個省事，但寶玉卻堅持「雖鎖著，也要下來的」。寶玉這般的做法遙遙呼應了古代的一位賢者，即衛國大夫蘧伯玉的風範，《列女傳》記載：

（衛）靈公與夫人夜坐，聞車聲轔轔，至闕而止，過闕復有聲。公問夫人曰：「知此謂誰？」夫人曰：「此必蘧伯玉也。」公曰：「何以知之？」夫人曰：「妾聞：禮下公門式路馬，所以廣敬也。夫忠臣與孝子，不為昭昭信節，不為冥冥墮行。蘧伯玉，衛之賢大夫也。仁而有智，敬以事上。此其人必不以闇昧廢禮，是以知之。」公使視之，果伯玉也。

蘧伯玉「不為冥冥墮行」、「不以闇昧廢禮」，因此不會在沒有人看到之時便墮落自己的言行，而荒廢應有的禮節，真是一位心性崇高的君子！寶玉在此正表現出「不以闇昧廢禮」的作風，也完全吻合君子的標準。

「第四個就是妹妹了」

最值得注意的是，連寶玉給予黛玉的情感保證都完全符合倫理原則，那就是家族親屬關係的親疏等差，他並不是以愛情的強度與優先性來提供保證，而是做出完全合乎倫理原則的情感表述。在第二十回中，寶玉對黛玉說道：

你這麼個明白人，難道連「親不間疏，先不僭後」也不知道？我雖糊塗，却明白這兩句話。頭一件，咱們是姑舅姊妹，寶姐姐是兩姨姊妹，論親戚，他比你疏。第二件，你先來，咱們兩個一桌吃，一床睡，長的這麼大了，他是才來的，豈有個為他疏你的？

「親不間疏，先不僭後」應該寫作「疏不間親，後不僭先」，意思是指：關係比較疏遠者不要介入關係親近的人之間，後來晚到者不可以去僭越先來的人已經累積形成的深厚情感。而在中國傳統的親屬關係中，姨表姊妹要疏遠於姑舅姊妹，那是非常普遍的家族觀念，因此寶玉所持的理由，第一便是寶釵在血緣上較黛玉為疏遠，這一點與感情的好壞並沒有關聯。第二，黛玉與寶玉有著青梅竹馬的深厚情感基礎，寶釵是後來的人，新來的人不要去介入或干擾、混淆與舊人的關係。寶玉引用的「親不間疏，先不僭後」原出自《管子．五輔》：「夫然，則下不倍上，臣不殺君，賤不踰貴，少不陵長，遠不閒親，新不閒舊，小不加大，淫不破義。凡此八者，禮之經也。」雖然顛倒了語序，不過從它的意義來看，確確實實與《管子》所說的意義完全一致，而那兩個原則都屬於「禮之經也」，即禮的精神原理與基本綱領。

就這一點而言，連我們一般人認為至高無上、至關重大的愛情，寶玉也是用倫理的範疇來證明他對黛玉的愛是不可替代的，據此便可想而知，那是一種多麼深厚的倫理化的愛情！「遠不閒親，新不閒舊」的具體原則，首先即體現在血緣差序，姑表親要比姨表親更親近，這是親疏遠近的倫理性。至於「新不閒舊」則是一種時間先後的順序，故交更有一種優先性，那並不是來自於利益的計算，也不見得是來自於情感的強弱差別，只因為念舊的感懷在心中，因此舊人就不可能被後來者所取代。兩項都屬於人際關係中恩和義的範疇，是一種感恩和感謝的心理。對於公侯富貴之家的子弟來說，愛情根本不可能凌駕於一切之上，正如同第五十四回「史太君破陳腐舊套」一段中，賈母對才子佳人故事所批判的：

這些書都是一個套子，左不過是些佳人才子，最沒趣兒。把人家女兒說的那樣壞，還說是佳人，編的連影兒也沒有了。開口都是書香門第，父親不是尚書就是宰相，生一個小姐必是愛如珍寶。這小姐必是通文知禮，無所不曉，竟是個絕代佳人。只一見了一個清俊的男人，不管是親是友，便想起終身大事來，父母也忘了，書禮也忘了，鬼不成鬼，賊不成賊，那一點兒是佳人？便是滿腹文章，做出這些事來，也算不得是佳人了。

父母、書禮至上，都比個人的愛情重要，這完全代表了《紅樓夢》的禮教精神，反映出貴族成員基本內在人格的心性表現，倘若一位未婚少女「只一見了一個清俊的男人，不管是親是友，便想起終身大事來，父母也忘了，書禮也忘了」，即完全違反了他們的價值觀，那便是非常敗壞德性的行為。同樣地，事實上寶玉與黛玉始終謹守如此的倫理規範，試看第二十八回中，寶玉直接對黛玉剖白心跡，挑明說道：

我心裏的事也難對你說，日後自然明白。除了老太太、老爺、太太這三個人，第四個就是妹妹了。要有第五個人，我也說個誓。

其中，寶玉表示在倫常親情的排序下，第四個就是黛玉，於此更加清楚證明了愛情必須放在親子關係、父子之倫的後面，這已經是對黛玉之重要性的最大肯定，而黛玉聽了，也得到定心丸而完全接受，足證出身於公侯富貴之家的人，在他們的意識形態中並沒有所謂的婚姻戀愛自主，那是他們不能逾越的分際。由此可見，我們確實需要調整現代的價值觀和信念，再去銜接古代經典，否則讀書都變成了「六經皆我注腳」（語出陸九淵《語錄》），只是用來鞏固自己的成見而已。

接下來繼續看寶玉的「本來面目」。於第十五回中，北靜王第一次見到寶玉時，「見他語言清楚，談吐有致」，便向賈政誇讚道：「令郎真乃龍駒鳳雛，非小王在世翁前唐突，將來『雛鳳清於老鳳聲』，未可量也。」脂硯齋對此批注云：

寶玉謁北靜王辭對神色，方露出本來面目，迥非在閨閣中之形景。

由此可見，寶玉私底下那些有點驚世駭俗的言行，完全不能和他的正經禮數相提並論，反倒是正經禮數才顯露出他的本來面目。脂硯齋更對「語言清楚，談吐有致」八字眉批道：「八字道盡玉兄。如此等方是玉兄正文寫照。」其實，一旦結合《紅樓夢》的文本以及脂硯齋的批語來看，我們便會發現寶玉確實是由衷謹守禮教之精神的，畢竟自幼生活在那般龐大複雜的人際關係裡，寶玉根本不可能成長為僅有赤子之心的一張白紙。

人情乖覺取和

清末評點家野鶴在《讀紅樓夢箚記》中引述梨雲館所云：「寶玉乃第一至情人，謂為淫人，便是皮相。」接著，野鶴則進一步評論道：

> 此人有極精細處，有極醇厚處，有極刁滑處。最有作用，最宜細看。

此說堪稱最為周延的真知灼見，其中寶玉所展現的極精細處、極醇厚處很多，例如在秦可卿病逝時，整個寧國府亂成一團，無人主持管理，正是他向賈珍推薦王熙鳳始解了燃眉之急，這是一般讀者所忽略的極精細處。至於寶玉的極刁滑之處，則可對應於《紅樓夢》中常用的「人情乖覺取和」一語來說明。事實上，只須從常理來推敲，寶玉一定有「人情乖覺取和」的地方，因為他一出生周圍便有上千的人，生活中時時刻刻都需要他拿捏分寸，仔細斟酌人情世故，所以那也變成了他的基本性格，一如馬克思、恩格斯所說的：「貴族總是貴族，……這是一種與他們的個性不可分割的品質。」以下便歸納《紅樓夢》中「人情乖覺取和」的用法，藉此來認識這個詞彙的大意。

簡單來說，「人情乖覺取和」指的是在人際關係裡能夠嫻熟人情世故，然後取得和諧運作的心性能力。在賈府這般複雜龐大的人群中，處理是非爭端時一定要息事寧人，以「取和」作為最高標準，否則必然會治絲益棼、永無寧日，如同第六十二回平兒吩咐林之孝家的所言：「大事化為小事，小事化為沒事，方是興旺之家。若得不了一點子小事，便揚鈴打鼓的亂折騰起來，不成道理。」首先，在第一回即出現了「乖覺」這個詞彙，書中寫到：「士隱見女兒越發生得粉妝玉琢，乖覺可喜，便伸手接來，抱在懷內。」接著第二回中，冷子興說寶玉「如今長了七八歲，雖然淘氣異常，但其聰明乖覺處，百個不及他一個」，這一段中將「乖覺」與「聰明」結合在一起，可見其語義必有關聯。

再看第二十四回的描述：

原來這賈芸最伶俐乖覺，聽寶玉這樣說，便笑道：「俗語說的，『搖車裏的爺爺，拄拐的孫孫』。雖然歲數大，山高高不過太陽。只從我父親沒了，這幾年也無人照管教導。如若寶叔不嫌侄兒蠢笨，認作兒子，就是我的造化了。」

賈芸把握住機會積極主動地認寶玉做父親，藉此便可以增加沾光的機會，此處的「乖覺」也與「伶俐」相連用。到了第五十六回，寶玉在夢中去到甄寶玉家的花園，被甄家的丫鬟們誇讚「他生的倒也還乾淨，嘴兒也倒乖覺」。統觀這四處的相關段落可知，「乖覺」一詞總是與聰明伶俐、可愛可喜結合在一起，意味著一種機警靈敏、很懂得把握現況的機智，能夠很聰明地採取最好的應對之道，而一個人待人處事時可以表現出機警聰明的伶俐反應，自然會容易討人喜愛。寶玉既然也有「人情乖覺取和」的性格，並確實取得別人對他的喜愛，他便以此來消弭人與人之間可能或已經產生的是非。寶玉這一方面的能力絕對不遑多讓於王熙鳳。

寶玉用「乖覺」以消弭是非的情況，表現於第五十二回，寶玉因記掛晴雯臥病在床，特地趕回怡紅院之後，竟發現屋中空無一人，只有晴雯獨自臥在炕上，於是責怪其他人怎麼如此無情，丟下晴雯一人纏綿病榻，晴雯即解釋道：

「秋紋是我攆了他去吃飯的，麝月是方才平兒來找他出去了。兩人鬼鬼祟祟的，不知說什麼。必是說我病了不出去。」寶玉道：「平兒不是那樣人。況且他並不知你病特來瞧你，想來一定是找麝月來說話，偶然見你病了，隨口說特瞧你的病，這也是人情乖覺取和的常事。便不出去，有不是，與他何干？你們素日又好，斷不肯為這無干的事傷和氣。」

原來那只是偶然出現的短暫空窗期，其實大家都對晴雯很好、很照顧，秋紋還是晴雯攆了她才去吃飯的，而麝月也是突然被平兒找出去的，可見她們原本都是一直守在病人身邊，並非無情。晴雯此時懷疑平兒在私底下說她的不是，而寶玉為了打消晴雯的疑慮，面面俱到地用了五個理由來證明，平兒絕對不會因為晴雯生病卻不出去隔離，而在背後嚼舌根。第一，依據他平時對平兒性格的瞭解，她不會在背後說別人的壞話。第二，寶玉對於兩方之間訊息流通的狀況也有精確的把握，平兒不可能知道晴雯生病，所以特別來看望，而是到了此處以後偶然發現晴雯生病，才順口說是來探望，那是一種常見的人情世故。第三，由此可見寶玉洞悉一般人應對現實狀況時會隨機取用好聽的藉口，此處便表現為平兒就地取材而說是探病。第四，平兒與晴雯素日又有好交情，平兒斷不可能為了這事傷了兩人的和氣。第五，晴雯生病根本與平兒不相干，平兒沒有必要為此在背後嚼舌根，而惹是非上身，那是很常見的避禍心理。在此，寶玉同時也證明他自己是一個人情乖覺取和、伶俐機警而洞察人心的聰明人，以此來維護四方的周全，這也是他們在大家族中生存所必須掌握的能力。

另一個證據也是在第五十二回，當時寶玉來到瀟湘館，便坐在黛玉常坐的一張椅子上：

因見暖閣之中有一玉石條盆，裏面攢三聚五栽著一盆單瓣水仙，點著宣石，便極口贊：「好花！這屋子越發暖，這花香的越清香。昨日未見。」黛玉因說道：「這是你家的大總管賴大嬸子送薛二姑娘的，兩盆臘梅，兩盆水仙。他送了我一盆水仙，他送了蕉丫頭一盆臘梅。我原不要的，又恐辜負了他的心。你若要，我轉送你如何？」寶玉道：「我屋裏卻有兩盆，只是不及這個。琴妹妹送你的，如何又轉送人，這個斷使不得。」

黛玉要將別人贈與的禮物轉送出去，其實是一種很傷人情的做法。在《紅樓夢》中凡是有家教的人，一定會把送禮者的心意放在最高位置，而他們要如何表達對送禮者的感謝呢？絕對不是趕快去買一個價值相當的東西回贈對方，這般的做法對送禮者來說，會有一種收受者不想要接受饋贈，以至於立刻奉還的意味，所以說，買一個等價的物品回贈其實是很失禮的行為。要表達對送禮者的感謝，最好的方式就是讓對方知道自己很喜歡這個禮物，而在《紅樓夢》中，也唯獨寶釵對於元妃端午節的賜禮有所回應，即將太太、姑娘們都受賞的紅麝香珠串戴在手腕上。珍惜送禮者的心意並給予回應，讓對方知道自己很喜歡這個禮物，那是對送禮者表示感謝的最高方式，所以寶釵的做法才是最適宜的、合乎教養的。比較起來，黛玉想要將寶琴贈予她的水仙再轉送給寶玉，這也確確實實證明了黛玉作為一個孤獨長大又一直備受寵愛的姑娘，在人情世故上是有所欠缺的，而寶玉則十分明通人情世故，所以阻止了黛玉。

尤其值得注意的是，除「極精細」與「人情乖覺」之外，在第三十三回中更加展現了寶玉的極刁滑之處，當時忠順王府的長史官奉命專程到賈家來探詢蔣玉菡的下落，因為知道兩人交情親密，必能提供線索，而寶玉聽了唬了一跳，忙回道：

「實在不知此事。究竟連『琪官』兩個字不知為何物，豈更又加『引逗』二字！」說著便哭了。

賈政未及開言，只見那長史官冷笑道：「公子也不必掩飾。或隱藏在家，或知其下落，早說了出來，我們也少受些辛苦，豈不念公子之德？」寶玉連說不知，「恐是訛傳，也未見得。」那長史官冷笑道：「現有據證，何必還賴？必定當著老大人說了出來，公子豈不吃虧？既云不知此人，那紅汗巾子怎麼到了公子腰裏？」寶玉聽了這話，不覺轟去魂魄，目瞪口呆，心下自思：「這話他如何得知！他既連這樣機密事都知道了，大約別的瞞他不過，不如打發他去了，免的再說出別的事來。」因說道：「大人既知他的底細，如何連他置買房舍這樣大事倒不曉得了？聽得說他如今在東郊離城二十里有個什麼紫檀堡，他在那裏置了幾畝田地幾間房舍。想是在那裏也未可知。」

請認真仔細地看：最初寶玉不僅沒有說實話，一再對事實矢口否認，還假哭裝無辜，直到長史官拿出證據，他才嚇得「轟去魂魄，目瞪口呆」，說出了蔣玉菡的下落。而他之所以選擇立刻說出真相的原因，一是事蹟敗露，無可抵賴，二是鎖口防堵之計，不如趕快打發長史官去了，免得他再說出別的事來，算是一種風險管理上的停損設定。寶玉此番隨機應變的伶俐、裝模作樣的逼真、策略操作的靈活，種種務實能力實在堪比王熙鳳，客觀相較之下明顯毫不遜色！然而我們卻因為對寶玉的偏愛，而經常選擇性地忽略寶玉的這一面，但如果想要確實瞭解此一人物的話，那些情節是不可以被選擇性忽略的，而野鶴說寶玉有極刁滑之處，堪稱是完全有憑有據的客觀論斷。

再看第六十六回，柳湘蓮回京以後特地來找寶玉，提及路上遇到賈璉說媒訂親之事，寶玉一聽便笑道：

「大喜，大喜！難得這個標緻人，果然是個古今絕色，堪配你之為人。」湘蓮道：「既是這樣，他那裏少了人物，如何只想到我。況且我又素日不甚和他厚，也關切不至此。路上工夫忙忙的就那樣再三要來定，難道女家反趕著男家不成。我自己疑惑起來，後悔不該留下這劍作定。所以後來想起你來，可以細細問個底裏才好。」寶玉道：「你原是個精細人，如何既許了定禮又疑惑起來？你原說只要一個絕色的，如今既得了個絕色便罷了，何必再疑？」湘蓮道：「你既不知他娶，如何又知是絕色？」寶玉道：「他是珍大嫂子的繼母帶來的兩位小姨。我在那裏和他們混了一個月，怎麼不知？真真一對尤物，他又姓尤。」湘蓮聽了，跌足道：「這事不好，斷乎做不得了。你們東府裏除了那兩個石頭獅子乾淨，只怕連猫兒狗兒都不乾淨。我不做這剩王八。」寶玉聽說，紅了臉。湘蓮自慚失言，連忙作揖說：「我該死胡說。你好歹告訴我，他品行如何？」寶玉笑道：「你既深知，又來問我作甚麼？連我也未必乾淨了。」湘蓮笑道：「原是我自己一時忘情，好歹別多心。」

試看在整段對話中，寶玉一再強調尤三姐的優點唯有相貌美麗一項，並且還說：「我在那裏和他們混了一個月，怎麼不知？真真一對尤物，他又姓尤。」然而，對於很講究禮教之防的大家族來說，他們非常注重男女之別，例如第三回小黛玉剛到賈府時，王夫人叮囑她不要理睬寶玉，黛玉即說道：「況我來了，自然只和姊妹同處，兄弟們自是別院另室的，豈得去沾惹之理！」何況尤二姐、尤三姐又是另府另房的女眷，一個男性與兩位未婚的少女混了一個月，那已經很啟人疑竇，而寶玉又用了「混」字，其實更洩露出內心對二尤的輕視。這才是寶玉真正的潛意識，他心裡面其實看不起那兩位不守婦道的女性，屬於禮教內化到他骨髓深處的一個自然反應。表面上他對兩位少女都很尊重，然而一旦向他人提及尤二姐、尤三姐之際，所用到的卻是「混」這個字，並且還用到「尤物」這般的貶義語詞，從頭到尾都未曾涉及尤三姐的德性品行，實在不得不令人想入非非，而相關的輕慢語彙根本上便透露出他對二尤的評價。

果真，柳湘蓮聽了以後十分後悔自己倉促之間所做的莽撞決定，可見歸根究柢，即使是柳湘蓮如此自由自在的浪蕩子，所在乎的還是女子的品行。他雖然沒有家族長輩的束縛，完全可以依照自己的需要去娶妻，一開始確實也宣稱「只要一個絕色的」，表現出一種開通豁達的脫俗姿態，然而在講究「娶妻娶賢」的男權社會中，一旦涉及正式的婚娶，他最終關心的還是女子的品行！因此，柳湘蓮最後索性挑明了問三姐的品行到底如何，而寶玉竟回答說：「你既深知，又來問我作甚麼？連我也未必乾淨了。」這豈不等於承認尤三姐是「不乾淨」的嗎？也因此才讓柳湘蓮下定了要退聘的決心。雖然之後尤三姐拔劍自刎，證明了自己的真心，讓柳湘蓮恍然大悟她其實是一位貞烈的女性，而以夫妻之禮加以殯殮，但如果尤三姐不死，又該如何證明自己內在的貞潔？誰會相信她真正的自我是如此純情？這就是人間很複雜、很弔詭的地方。

化灰化煙的死法

歸根究柢，寶玉其實是一個把禮教精神貫徹得十分徹底的少年，然而因為先天有了邪氣的混雜，以至於他背離了補天正道，而以一種意淫的方式去維護公侯富貴場中的溫柔鄉，以護花使者的心性去憐惜、去欣賞、去保護那些比較弱勢的女性，尤其在大觀園內度過了非常溫柔平和的歲月之後，更強烈表達出一種對於樂園永恆化的追求。因此，他寄望於一種化灰化煙的特殊死法，如第十九回中寶玉對襲人說道：

> 只求你們同看著我，守著我，等我有一日化成了飛灰，——飛灰還不好，灰還有形有跡，還有知識。——等我化成一股輕烟，風一吹便散了的時候，你們也管不得我，我也顧不得你們了。那時憑我去，我也憑你們愛那裏去就去了。

這是書中第一次出現化灰化煙的死法，其中所隱含的邏輯是：只要在他化灰化煙之前，少女們都還守著他，直到他咽下最後一口氣，如此一來，對於死者而言，他的人生便等於永遠活在幸福快樂裡！到了第三十六回，寶玉再度對襲人說道：

> 比如我此時若果有造化，該死於此時的，趁你們在，我就死了，再能夠你們哭我的眼淚流成大河，把我的尸首漂起來，送到那鴉雀不到的幽僻之處，隨風化了，自此再不要托生為人，就是我死的得時了。

還有第五十七回中，他對紫鵑發願說：

我只願這會子立刻我死了，把心迸出來你們瞧見了，然後連皮帶骨一概都化成一股灰，——灰還有形跡，不如再化一股烟，——烟還可凝聚，人還看見，須得一陣大亂風吹的四面八方都登時散了，這才好！

最後是第七十一回，寶玉向大家笑道：

人事莫定，知道誰死誰活。倘或我在今日明日、今年明年死了，也算是遂心一輩子了。

以上四段話中都有一個重要的關鍵限定，就是寶玉期盼當他死去的時刻，姊妹們都還在一起，圍繞在他身邊，這便是人生最完美的狀態，而於此刻離世也意味著完美狀態的永恆化。值得注意的是，續書者居然發現並繼承了這個微小的設計，而加以延續運用，在第一百回中，當寶玉得知探春也要出嫁時，不禁哭倒在炕上，他說：「為什麼散的這麼早呢？等我化了灰的時候再散也不遲。」必須說，這般的死法非常特別，表面上，常常談到死亡似乎顯得喪氣絕望，但其實恰恰相反，正如余英時所說的，這是一種樂園的永恆化，因為只要死前都活在樂園裡，樂園就變成了永恆。

如此的死法，證明了寶玉雖然總是看起來一副不負責任的樣子，但事實上他的內心存有一種世界即將幻滅的極度恐慌，自己根本不知何去何從，不知如何突破那種茫然虛空，以至於他以「彼得．潘症候群」的方式去拒絕長大。換句話說，他的不負責任並非出於幼稚或愚蠢，而是一種自覺的天真！他的拒絕長大是由於內心的無奈和茫然，沒有辦法解決這般的兩難，以至於要用化灰化煙的死法讓命運決定他的前途。而那個前途是非常殘酷的，所以寶玉在歷經十九年的悟道歷程之後，最終選擇了出家。

逃大造，出塵網

關於寶玉的出家，《紅樓夢》裡有一些很迷人的巧妙安排，其中的兩點很值得留意：首先是在整座大觀園內，唯獨怡紅院有一面穿衣大鏡子，那當然隱含著非常重要的象徵意義，而怡紅院本身的內外設計又彷彿迷宮一般，種種一切都帶有深刻的隱喻，與寶玉的悟道過程密切相關。其次，寶玉於歷經十九年的人生之後，最終選擇走向一片白茫茫的大地，就在這個趨向開悟解脫的過程中，聰慧穎悟的寶玉並不是不知道世事無常，事實上他早已隱隱然感到如此的富貴生活是有期限的，也洞察到一種悲涼之霧的瀰漫與浸潤，而更值得注意的是，在此一幻滅的過程中，家族是最重要的、關鍵性的一環，他並不是為了愛情的失落而出家。

試看第二十八回中，寶玉透過黛玉的〈葬花吟〉舉一反三，由個人生命的終結擴及家族集體的滅絕，最終才走向了白茫茫的大地，在整個反覆推求的過程中，作為最終驅動力的乃是整個家族的滅絕。小說家描述其心思道：

試想林黛玉的花顏月貌，將來亦到無可尋覓之時，寧不心碎腸斷！既黛玉終歸無可尋覓之時，推之於他人，如寶釵、香菱、襲人等，亦可到無可尋覓之時矣。寶釵等終歸無可尋覓之時，則

> 自己又安在哉？且自身尚不知何在何往，則斯處、斯園、斯花、斯柳，又不知當屬誰姓矣！——因此一而二，二而三，反復推求了去，真不知此時此際欲為何等蠢物，杳無所知，逃大造，出塵網，使可解釋這段悲傷。

其中，寶玉先是想到黛玉、寶釵、香菱、襲人等個人的消殞，再推及自己的喪亡，然後由自己的喪亡更擴大到家族的幻滅，以至於大觀園的一切將來不知會屬於哪一個姓氏的別戶人家，這豈不就是所謂的「舊時王謝堂前燕，飛入尋常百姓家」嗎？也正是想到此處，寶玉心中才湧現出一股巨大的悲傷，而沈慟到無法承擔，渴望可以獲得「杳無所知，逃大造，出塵網」的解脫。可見寶玉是從個人生命的終結而意識到整個家族的集體幻滅，他的幻滅感並不是來自世間皆空，而是對他所熟悉、所熱愛的個人與家族之命運的空幻體認，由此才希望可以逃出天地造化，離開塵世的羅網，以解除、釋放那無比沉重之悲傷。據此也清楚證明了真正讓寶玉痛徹心扉，從而最終大徹大悟的，根本不是婚姻愛情的不如意，而是家族命運的無以永續！

仔細體察那一整段的描寫，關鍵點在於寶玉洞識到個人與家族必然的終結和毀滅，這才是他的心靈黑洞之所在。而在此一趨向幻滅的過程中，終究有可能會遇到倉皇流離之日，當此之際，對於所愛的、所堅持的，又該以什麼樣的方式來表達呢？正如第五十八回中，他在勸慰藕官不要燒紙錢時所說的：「殊不知只一『誠心』二字為主。即值倉皇流離之日，雖連香亦無，隨便有土有草，只以潔淨，便可為祭。」寶玉此刻還在富貴場中安富尊榮，但卻已經設想到一旦面臨倉皇流離之日，要如何對死者表達自己的記掛懷念之心，則可想而知，這個人其實已經隱隱然感覺到厄運的逼近，所以寶玉是自覺的天真，並不是無知和愚蠢，更不是無謂的叛逆，他完全知道拒絕長大所要付出的代價是什麼。透過第十九回的脂批，我們獲悉寶玉日後窮困潦倒的狀況，脂硯齋說道：

寶玉自幼何等嬌貴。以此一句，留與下部後數十回「寒冬噎酸虀，雪夜圍破毡」等處對看，可為後生過分之戒。嘆嘆！

寶玉當下的優渥處境與未來的窮困潦倒實在落差太大，對比之下，讓批書人忍不住發出感慨，從而提示一旦賈家敗落以後，寶玉所過的生活是寒冬時節只能吃隔夜酸臭的剩菜，噎在喉嚨裡難以下嚥，並且冷到沒有一床完好的棉被來取暖。甚至還有一個說法，指出寶玉最終淪落到以提燈巡夜的幫更為生。這般巨大的落差衝擊著寶玉，使他對於人生產生了截然不同的看法，當回首前塵往事時，那真是一場如真似幻的紅樓大夢啊！此時的失落感、幻滅感確實會讓人渴望逃大造、出塵網，以此解脫這一段悲傷。

小說家一開始便不斷預告全書的幻滅宗旨，首先安排了甄士隱在愛女丟失、家宅被火燒盡，又遇人不淑，被岳丈騙取所剩無多的資產之後，最終選擇了出家。他在被剝奪到一無所有之際，才終於聽得懂跛足道人所唱念的〈好了歌〉，於是做了一番演繹注解：

陋室空堂，當年笏滿床；衰草枯楊，曾為歌舞場。蛛絲兒結滿雕梁，綠紗今又糊在蓬窗上。說什麼脂正濃、粉正香，如何兩鬢又成霜？昨日黃土隴頭送白骨，今宵紅燈帳底臥鴛鴦。金滿箱，銀滿箱，展眼乞丐人皆謗。正嘆他人命不長，那知自己歸來喪！訓有方，保不定日後作強梁。擇膏粱，誰承望流落在烟花巷！因嫌紗帽小，致使鎖枷扛；昨憐破襖寒，今嫌紫蟒長：亂烘烘你方唱罷我登場，反認他鄉是故鄉。甚荒唐，到頭來都是為他人作嫁衣裳！

〈好了歌注〉是全書不斷敲響的一記警鐘，最後就在寶玉的身上收結，寶玉終究以人子的身分告別了人間，而那是他作為出身於公侯富貴之家、具有禮教精神的世族子弟必然而然的結果。愛情並不是他最重要的人生關懷，他也不是因為愛情的失落而離開人間，在歷經盛衰貴賤的炎涼滄桑之後，十九歲的寶玉踏上了甄士隱遙遙在第一回所引領的道路，對於這一點，續書者於最終一回的描述很是精彩感人。

第一百二十回中，寶玉在出家之前專程去拜別父親，他最後留在人間的肖像畫是一位懺悔、不捨的人子！作者描寫道：

> 抬頭忽見船頭上微微的雪影裏面一個人，光著頭，赤著腳，身上披著一領大紅猩猩氈的斗篷，向賈政倒身下拜。賈政尚未認清，急忙出船，欲待扶住問他是誰。那人已拜了四拜，站起來打了個問訊。賈政才要還揖，迎面一看，不是別人，卻是寶玉。賈政吃一大驚，忙問道：「可是寶玉麼？」那人只不言語，似喜似悲。賈政又問道：「你若是寶玉，如何這樣打扮，跑到這裏？」寶玉未及回言，只見舡頭上來了兩人，一僧一道，夾住寶玉說道：「俗緣已畢，還不快走。」說著，三個人飄然登岸而去。

緘默無語的寶玉，臉上「似喜似悲」的表情正呼應了弘一大師臨終前所留下的「悲欣交集」四個字，那是得道圓善者離開人間之際最複雜深沉的感受。事實上寶玉出家的種子，早在幼年時因為〈寄生草〉的那一段機緣便已經種下生根，到如今終於開花結果，這般一言不發、似喜似悲的寶玉，恰似圓寂之前「問余何適，廓爾忘言。華枝春滿，天心月圓」的弘一大師。可以說，寶玉的出家並不是對社會的逃避或抗議，而是超離一切的圓善的了結，所以他並不是「反成長」；相反地，這是他在成長步驟中最後性靈層次的成熟。到了此時，寶玉的悲劇就不只是悲劇，而其實煥發著飽經滄桑之後的豁達與慈悲，所以才會似喜似悲。在如此的心境之下，最動人的是他那依依難捨的遙遙一拜，於蒼茫冰雪中留下不滅的蹤影，其中的情緣隱約如斯——不是兒女情長，而是父子緣深，是拜倒在父親面前的人子，而不是痛失愛侶的情人。這位人子，留給父親的其實是感恩、是懺悔，也是眷戀，他以這般告別的姿態為玉石的故事畫下了句點，留下一幅蒼茫無盡的畫面。

這是我覺得續書者非常好的一段手筆。所以說，當我們看《紅樓夢》的時候，不要再膠著於個人主義，固執於愛情、欲望或對於自由、平等的追求，我想那樣讀《紅樓夢》實際上是適得其反。最後拜倒在父親面前告別人間的寶玉，他真的呈現出在傳統文化中非常重要的禮教精神，以及禮教所開展出來的美好心性！

第四章

林黛玉

雖然賈寶玉才是《紅樓夢》的敘事主軸，整部小說都環繞他而開展，但林黛玉堪稱為《紅樓夢》中前後變化浮動最大的人物，關於她所可以討論的議題也最為深刻。因此以黛玉作為切入點，可以讓我們釐清人物評論的一些基本觀念，同時明白人格養成的原因到底有哪些，對於其他人物便可以有更深入的探索。

「絳珠」究竟為何物

與寶玉前生今世都密切相關的黛玉，她的前身是一株絳珠仙草。此一超現實的設計，重點不在於給她一個神聖的地位，如一般讀者以直覺所感受的，而是要提供一種關於性格之天賦來源的解釋，以下將討論一下絳珠仙草中的「絳珠」究竟為何物？

顧名思義，「絳」是紅色，「珠」是圓點狀的東西，「絳珠」可能是比喻紅色的斑點，又或是紅色的果實，但在第一回中提到絳珠的時候，小說家完全沒有提供任何指涉。只有第一百一十六回裡提到「葉頭上略有紅色」，但那是續書者所寫，無法作為嚴格的證據，所以我們還是得回到當時的語言系統及文化背景去認識它。

已經有學者留意到「絳珠」這個語詞的傳統依據，而指出中醫裡有「絳珠膏」，據清代太醫吳謙等奉敕編撰的《御纂醫宗金鑑》所言：「此膏治潰瘍，諸毒用之，去腐、定痛、生肌甚效。」可見在中醫系統內，絳珠膏能夠去除腐肉即敗壞的肌肉部分並且止痛，重新恢復生機而長出新肉等；而在詩詞系統中，「絳珠」則是作為一個形象來比喻紅色圓點狀的小物件，例如紅色的水珠、紅色的枸杞子、紅色的櫻桃、紅色的西瓜籽、紅色的珠子、紅色的枇杷果子、紅色的珍珠、紅色的罌粟花、紅色的薏苡果實、紅色的石榴果實等。爬梳文獻之後，可以發現「絳珠」是一個運用很廣的語彙，凡是符合紅色圓點狀的東西，都可以用絳珠去比喻。但是《紅樓夢》中的絳珠到底指的是什麼呢？

有一些學者認為絳珠仙草就是䔄草，而䔄草是炎帝的女兒之一瑤姬死後的化身，所依據的是《山海經·中山經·中次七經》記載：「又東二百里，曰姑媱之山。帝女死焉，其名曰女尸，化為䔄草，其葉胥成，其華黃，其實如菟丘，服之媚于人。」郭璞注：「為人所愛也；一名荒夫草。」這位死在姑媱之山的帝女便是瑤姬，她死後化為䔄草，䔄草的葉子非常繁茂，花朵是黃色的，果實很小，且䔄草的功效是服用後會變得很可愛、很討人喜歡。而李祁於〈林黛玉神話的背景〉一文中進一步論證時，再配合唐代李善注《文選·別賦》引宋玉〈高唐賦〉所說：「我帝之季女，名曰瑤姬，未行而亡，封於巫山之臺，精魂為草，寔為靈芝。」其中「未行而亡」的「行」，古時意指女子出嫁，如《詩經》中的「女子有行，遠兄弟父母」，恰巧「未行而亡」又符合黛玉未嫁而逝的生命悲劇，於是大家都接受了此種說法。表面上，那兩段引證的資料之間確實有一定程度的一致性，都是在描述帝女瑤姬這位神女，而神女瑤姬死後封於巫山之臺，她的精魂化為䔄草，其果實則為靈芝，因此也有人說絳珠仙草就是靈芝。

但整體來看，無論是䔄草的外形還是功效，其實都與絳珠仙草無關，更與黛玉無關，甚至完全顛倒扞格。黛玉的性格是孤僻、高傲、目無下塵，喜散不喜聚，完全與「媚于人」的藥效相反，而且䔄草的形貌也都欠缺「絳珠」的特點。

至於巫山之臺的神女在宋玉〈高唐賦〉中的形象又是如何呢？巫山神女是「旦為行雲，暮為行雨，朝朝暮暮，陽臺之下」，更是大膽進入楚王的夢中自薦枕席，完全是一位性愛女神，由此也形成了「巫山雲雨」此一性愛語詞。如果把這位封於巫山之臺的瑤姬解釋成絳珠仙草的來歷，就會與黛玉冰清玉潔的形象嚴重對立而發生矛盾，所以黛玉與此一帶有愛欲性質的女神根本毫無關聯。因而該說法主張瑤姬即是黛玉，瑤姬化為䔄草，果實叫作靈芝，便是絳珠仙草的前身，在在屬於一種跳躍式的聯結、極不嚴謹的推論。

經過仔細的考察之後，我們可以發現那兩則文獻最大的問題即在於，無論是《山海經》內提到的帝女，還是〈高唐賦〉裡寫到的瑤姬，都與《紅樓夢》中的黛玉沒有任何關聯。首先，䔄草「服之媚于人」的功效與黛玉的性格大相逕庭，如前所述。其次，更大的問題是，瑤姬到底是一位怎樣的女神呢？民國初年的學者陳夢家在〈高禖郊社祖廟通考：釋〈高唐賦〉〉一文中提到，瑤姬根本是一個私奔的神女，所謂：「瑤姬者，佚女也，……瑤女亦即佻女遙女遊女也。是巫山神女，乃私奔之遙女。」也即輕佻的、淫蕩的、在外面遊蕩的女人，「佚」有脫軌的意思，而「遙女」等於「淫女」。在古代男女內外分隔的情況下，一個女子經常在外面遊蕩，那顯然不是良家婦女，再加上瑤姬未行而亡、封於巫山之臺，而巫山神女又自薦枕席，因此在神話中顯然屬於一位愛欲女神，巫山神女甚至帶有上古時期「處女祭司」的神妓色彩。有學者考證〈高唐賦〉中的巫山神女之所以會對楚王自薦枕席，其實反映了上古社會的某一種真實面貌，即「聖婚儀式」。所謂的聖婚儀式，是指國王在祭祀的過程中舉行婚禮，與祭司女神交合，以達到天人交感，於是可以促使土地得到豐產，國泰民安，可見此一愛欲女神與黛玉完全是毫不相關的兩個人物。

再者，於〈高唐賦〉中，瑤姬的「未行而亡」看似與黛玉有些相符，但是在上古時代，「亡」

字並非只有死亡的意思，也可以解釋成逃亡、逃走，例如《史記》裡便說卓文君對司馬相如一見鍾情，於是「夜亡奔相如」，即是此意。這麼一來，沒有出嫁便逃亡私奔的神女，之後又化為「服之媚于人」的䔄草，具有討好於人的媚術，其中呼之欲出的即私奔淫女的形象，更與聖婚儀式上扮演國王配偶的神格相一致。難怪郭璞注《山海經》時稱䔄草為「荒夫草」，「荒夫」意謂沒有丈夫或是拋棄了丈夫，那又與私奔的神女形象完全吻合。所以，無論是䔄草、瑤姬還是封於巫山之臺的神女，全部的形象都指向愛欲女神，以之作為絳珠仙草的來歷及黛玉的前身都實在大有問題。

此外，晚清的趙之謙則懷疑絳珠仙草是珊瑚草，他在《章安雜說》中提及：

> 雲西示余珍珠蓮，類天竹而細，紅豔嬌娜。葉一莖七片，邊有刺；幹綠色，而有碧絲如劃，插瓶亦耐久。常州人呼珊瑚草，偏考不知其名。疑《紅樓夢》中絳珠仙草即是此。野田所有，得亦可奇，却與通靈寶玉的對，家中是寶，外間即廢物也。

但是這種植物在田野間隨處可見，甚至有如廢物，那就違背了絳珠草嬌弱矜貴的仙界形象，何況「紅豔嬌娜」只與「絳」有關，卻看不出所謂的「珠」狀，即圓點的造型。所以絳珠草乃珊瑚草的說法恐怕必須存而不論。

還有現代學者主張絳珠仙草便是人參草，因為人參長在頂端的群集果實即為一顆顆紅色的圓珠子，單單從形象上來說，與絳珠的特徵是可以吻合的。而且黛玉一直在服用的丸藥便叫作「人參養榮丸」，人參有助於養氣，培養對人有益的衛氣、營氣，所以從人參養榮丸的藥效來看，人參也與黛玉有所關聯。而且在清朝，市場上已經形成專門經營人參的買賣，人參非常昂貴，只有富貴家庭才能夠天天用來滋補身體。在這樣的背景下，比起蓍草，我倒覺得人參草更接近絳珠草一些。

娥皇、女英神話

那麼，除了以上那些可供參考的論點之外，小說文本中到底有沒有提供絳珠仙草是何種植物的訊息呢？從《紅樓夢》裡已有的明確資料來加以推敲，其實絳珠草與娥皇、女英灑淚成斑的湘妃竹是一體的兩個分化。換句話說，絳珠仙草即為人間的湘妃竹在天上的投影，而天上的絳珠仙草來到人間則變成了湘妃竹，屬於二而一的等同關係。就這一點而言，「絳珠」指的是果實、種子還是葉片上的斑點都並不重要，因為小說中完全沒有涉及，最值得注意的是脂硯齋提醒我們，絳珠的真正重點其實在於它所引發的形象聯想，他在「絳珠草」旁批注道：「點紅字。細思『絳珠』二字豈非血淚乎。」原來珠子般圓形的斑點，正是淚水的痕跡，而眼淚哭到了極致或終結便是泣血，成了血淚，所以絳珠真正的意思就是紅色的淚斑。再參照第七回脂硯齋還提到「一淚化一血珠」，可見絳珠根本是取義於血淚，而這又剛好對應了小說為黛玉所量身取用的神話來歷——娥皇、女英淚灑斑竹的故事。

且看第三十七回大家組建海棠詩社，在分別取別號時，探春對黛玉說道：

「你別忙中使巧話來罵人，我已替你想了個極當的美號了。」又向眾人道：「當日娥皇女英洒泪在竹上成斑，故今斑竹又名湘妃竹。如今他住的是瀟湘館，他又愛哭，將來他想林姐夫，那些竹子也是要變成斑竹的。以後都叫他作『瀟湘妃子』就完了。」

其中所提到的典故，最完整的描述可參南朝梁任昉《述異記》卷上所載：「湘水去岸三十里許有相思宮、望帝臺。昔舜南巡而葬於蒼梧之野。堯之二女娥皇、女英追之不及，相與慟哭，淚下沾竹，竹文上為之斑斑然。」足證黛玉的神話前身便是娥皇、女英，而娥皇、女英最感人的形象特徵即為染著斑斑淚點的湘妃竹，這麼一來，娥皇、女英更十分吻合黛玉的深情形象，而湘妃竹也與絳珠草平行對應，都具備了血淚斑痕的印記。

試看唐詩中對兩位湘水女神的描寫比比皆是，凌波微步於煙波浩渺中的形象屢見於文學作品裡，如劉禹錫的〈瀟湘神詞二首〉云：

> 湘水流，湘水流，九疑雲物至今愁。若問二妃何處所？零陵芳草露中秋。（其一）
>
> 斑竹枝，斑竹枝，淚痕點點寄相思。楚客欲聽瑤瑟怨，瀟湘深夜月明時。（其二）

娥皇、女英灑淚成斑並殉情而死，此一眼淚與死亡的結合也注定了黛玉要淚盡而逝，而死亡與眼淚的結合進一步在李白的〈遠別離〉中獲得建構，此詩云：

> 遠別離，古有皇英之二女，乃在洞庭之南，瀟湘之浦。海水直下萬里深，誰人不言此離苦？

日慘慘兮雲冥冥，猩猩啼煙兮鬼嘯雨。我縱言之將何補？皇穹竊恐不照余之忠誠，雷憑憑兮欲吼怒。堯舜當之亦禪禹。君失臣兮龍為魚，權歸臣兮鼠變虎。或云：堯幽囚，舜野死。九疑聯綿皆相似，重瞳孤墳竟何是？帝子泣兮綠雲間，隨風波兮去無還。慟哭兮遠望，見蒼梧之深山。

蒼梧山崩湘水絕，竹上之淚乃可滅！

娥皇、女英在「綠雲」，即綠色雲霧般的竹林間哭泣，此處是用綠雲來比喻茂密的綠竹，她們的淚水晝夜不息，「隨風波兮去無還」，她們所愛戀執著的夫君已經死在蒼梧深山中，無跡可尋，而她們的淚水何時才能夠終結？李白說「蒼梧山崩湘水絕，竹上之淚乃可滅」，也就是說，如此的悲劇、如此的眷戀、如此的缺憾，只有到世界末日的那一天才會畫下句點。在李白的筆下，我們看到了眼淚與死亡的結合，那才是黛玉真正的神話來源，她的眼淚要至死方休，而這也符合她的還淚預言。李白的〈遠別離〉與黛玉淚盡而逝的命運最為貼合，「蒼梧山崩湘水絕」意味著形體的消滅，就個人來說即是死亡，對應於黛玉身上，也雙關了眼淚是黛玉之生命線的存在根基，暗示她一旦淚水枯竭，便代表生命也將終結。果然第四十九回黛玉對寶玉說道：「近來我只覺心酸，眼淚卻像比舊年少了些的。心裏只管酸痛，眼淚卻不多。」此時來到了故事的中場，黛玉的淚水已經逐漸在減少，那麼等到沒有眼淚的時候，也就是她生命告終的時刻。

至於娥皇、女英灑淚成斑的竹子又與絳珠草有何關聯呢？根據脂批，我們知道絳珠就是血淚，而斑竹上是點點血淚的說法亦見於唐代諸篇詩作中，如劉言史的〈瀟湘遊〉寫道：「欸乃知從何處生，當時泣舜腸斷聲。翠華寂寞嬋娟沒，野筱空餘紅淚情。」「野筱」指的是水邊野生的竹子，其表皮上徒留紅淚的遺跡，便見證了那一份生死不渝的萬古真情。賈島〈贈梁浦秀才斑竹拄杖〉一詩亦云：「揀得林中最細枝，結根石上長身遲。莫嫌滴瀝紅斑少，恰似湘妃淚盡時。」意思是人已經年老體衰了，用斑竹製成拄杖，斑竹上的紅斑便是湘妃的血淚。還有汪遵的〈斑竹祠〉也寫道：「九處煙霞九處昏，一回延首一銷魂。因憑直節流紅淚，圖得千秋見血痕。」其中又出現了紅淚的意象，足證娥皇、女英的眼淚即是血淚，清清楚楚表示了絳珠的含義。在這個由唐詩所賦予的豐沛文學資源之下，到了清代，曹雪芹採取紅淚此一意象搭配瀟湘妃子，那是再合適不過了，於是沾上了血淚的仙草變成絳珠仙草，與娥皇、女英淚灑於竹皮上所形成的斑竹完全一致。

簡單來說，絳珠仙草正是帶著紅色淚斑的湘妃竹的平行轉化，是同一個概念的形象分化。換言之，絳珠仙草乃是湘妃竹在天上仙境的投影，而湘妃竹則是絳珠仙草移植到人間的化身，兩者之間共同的意象便是血淚斑痕。

王昆侖先生說得對嗎？

長久以來，對黛玉的形象建構有一個特定的熟悉樣貌，以王昆侖（又名松菁、太愚）的論著《紅樓夢人物論》為代表論述，書中認為：

寶釵在做人，黛玉在做詩；寶釵在解決婚姻，黛玉在進行戀愛；寶釵把握著現實，黛玉沉酣於意境；寶釵有計畫地適應社會法則，黛玉任自然地表現自己的性靈；寶釵代表當時一般家庭婦女的理智，黛玉代表當時閨閣中知識分子的感情。

由於王昆侖的文筆痛快淋漓，簡單而生動，對比鮮明，文氣充沛，讀起來非常感人，一些簡化的觀念就隨之擴大了影響力。一般讀者對上述所說的各種對照多少會有所認同，因為他似乎把握到林黛玉和薛寶釵的某些特點。

但是作為一名研究者、作為一個積極的讀者，我們不能只停留在感覺上，王昆侖的這段話其實只是把握到一兩個表面上的現象，卻擴大為對人物整體的蓋棺定論，那實際上是非常嚴重的化約，無形中也削減了人物的豐富性，甚至給予錯誤的定義，更模糊了寶釵和黛玉雙方之間其實也有相通的地方，而如此一刀兩斷地分割了兩位金釵，使她們形成截然不同的對立，更不合乎小說的文本事實。讓我們再回顧昆德拉的提醒：請不要做白蟻大軍中的一員，用「簡化」啃噬了小說所要告訴我們的豐富複雜的道理。優秀小說家的任務就是要告訴讀者，人世間的人性事理有多麼複雜，因此我們不應該再用簡化的方式去把小說啃噬一空，以簡單的對立、浮淺的語詞將釵、黛兩位少女蓋棺定論。

王昆侖那段話中的每一句，單獨來看有的時候勉強可以成立，但是整體而言都是對黛玉和寶釵的以偏概全，事實上薛寶釵並不只是在做人或把握著現實，她是在做一位君子、一個完善的人該做的事；而黛玉也沒有一直都在作詩，她有的時候也在做人，尤其在第四十二回至第四十五回的這個重要轉捩點之後的後半階段。而說寶釵在解決婚姻，更實在是大謬不然，寶釵從來不去考慮自己的婚姻，因為在傳統的婦德女教中，閨閣女子是不能夠爭取自己的婚姻的，其婚姻價值觀就是遵從父母之命、媒妁之言，連戀愛私情都不被允許，那是被視為娼妓般的「淫濫」。此一意識形態於前八十回中處處可見，難得續書者也有所把握，因此第九十五回薛姨媽面對賈府的求親時，直接詢問寶釵的意見，此刻寶釵反而正色地對母親說道：

媽媽這話說錯了。女孩兒家的事情是父母做主的。如今我父親沒了，媽媽應該做主的，再不然問哥哥。怎麼問起我來？

這一段雖然是續書者所寫，但確實很符合世家大族的意識形態。在乾隆時期的上層貴族階級中，婚姻安排是閨閣女性絕對不能逾越的分際，《紅樓夢》裡所有的金釵，都不願被貼上一個爭取婚姻的標籤，只要涉及婚姻的相關話題，她們全會深深地感到臉紅甚且羞恥，更不用談爭取婚姻，就連黛玉都非常瞭解此一界限而必然迴避，何況寶釵。這一點和現代婚姻愛情自主的價值觀完全不同，所以千萬不要用我們這個時代的價值觀衡量過去的傳統世界。

再說，聲稱黛玉在進行戀愛其實也未必真確，其實黛玉的戀愛是非常隱祕的，而且戒慎恐懼，因為只要被發現，黛玉和寶玉兩個人都會身敗名裂，因此第三十二回「訴肺腑心迷活寶玉」一段情節中，襲人錯聽到寶玉傾吐對黛玉的情意，當場竟嚇得魄消魂散，心想「將來難免不才之事，令人可驚可畏」，還「不覺怔怔的滴下淚來」。又第三十四回寶玉遣人送了兩塊舊手帕來給黛玉，此舉帶有定情的意味，然而這時黛玉的內心卻是五味雜陳，其中即包括「再想令人私相傳遞與我，又可懼」的擔憂，顯示出貴族上層對於婚姻戀愛有非常嚴格的禁忌，所以黛玉的戀愛事實上是以青梅竹馬的親密作為兩人互動關係的障眼法，並且帶有濃厚的倫理性，融入於日常生活中，她並不真正是以現代意義上的戀愛去戀愛。

而稱黛玉代表當時閨閣中知識分子的感情，此言更屬過度的拔高，一個沉酣於意境、只關心個人感受的人，只能算是文藝少女，完全談不上是知識分子，也因為褒貶之成見已定，所以原本更應該歸類於知識分子的寶釵便被貶低，只能代表所謂當時一般家庭婦女的理智。這些說法猶如工整漂亮的駢文，同時又用很鮮明的二分法來表達，所以讓人印象深刻，但也因此更容易造成誤導。

自小是寵兒

且以全部的小說文本作為依據，仔細看看黛玉真的是一直在作詩或者在戀愛嗎？黛玉真的可以代表知識分子的感情嗎？她真的沒有一般家庭婦女的理智嗎？種種疑問其實都得打上問號。

據我的觀察，黛玉的性格特質及其表現狀況可以分為三個階段，她並非始終如一地只會吟詠作詩、葬花灑淚，沉溺在性靈的感傷意境裡，或是在瀟湘館內調弄鸚鵡，那些其實都只是黛玉的性格表現中的一個階段或一個面向而已，只是因為它太優美、太動人、太鮮明，讀者牢牢印在腦海裡之後，便很自然地忽略黛玉的其他面向和中途轉變。當我們把成見拋開，空出視野，其實就會發現黛玉在書中最早出現的時候，並不是我們所以為的那般又直率、又性靈、又自我、又可憐。

首先來看第二回提到黛玉的家世背景時，作者寫道：「今如海年已四十，只有一個三歲之子，偏又於去歲死了。雖有幾房姬妾，奈他命中無子，亦無可如何之事。今只有嫡妻賈氏，生得一女，乳名黛玉，年方五歲。夫妻無子，故愛如珍寶，且又見他聰明清秀，便也欲使他讀書識得幾個字，不過假充養子之意，聊解膝下荒涼之嘆。」黛玉的家庭情況使得她集三千寵愛於一身，家裡人對她愛如珍寶，而被寵愛的人往往會有幾個特點，負面的可能是比較自我、比較驕縱，正面的則是比較有安全感，因為他們所擁有的愛非常豐沛。可很不幸的是，黛玉的母親在她六歲時就去世了，導致黛玉在六歲之後的人格成長期中，母親的角色嚴重缺席，其結果正如第四十五回黛玉對寶釵所說的：

> 細細算來，我母親去世的早，又無姊妹兄弟，我長了今年十五歲，竟沒一個人像你前日的話教導我。

我們必須知道在那個時代，尤其是此等的大家族，母教對於孩子的成長非常重要，這也是為什麼林如海會同意把幼小的、多病的女兒送到賈家的原因。在第三回中，林如海勸黛玉去賈府時說道：「汝父年將半百，再無續室之意；且汝多病，年又極小，上無親母教養，下無姊妹兄弟扶持，今依傍外祖母及舅氏姊妹去，正好減我顧盼之憂，何反云不往？」這幾句話可圈可點，值得特別注意。既然黛玉到賈府之前是「上無親母教養，下無姊妹兄弟扶持」，而到了賈家生活直到十五歲，她還在說「我母親去世的早，又無姊妹兄弟」，可見她一直都處在一個人的狀態中，這確實是很不幸的一面。但幸運的是，她在本家受到父母的寵愛，到賈府之後又獲得賈母和寶玉的疼惜，以至於周圍的人大多數都是迎合她、縱容她，沒有人敢對她說重話。於是黛玉成長為一個自我中心的單邊主義者，只許她對別人口出諷刺之言，可以打趣別人，專挑別人的不好來開玩笑；而一旦別人對她開一點點無傷大雅的玩笑，她都會生氣不高興，所以逐漸地沒人敢講她，使她一直處在一種很不均衡的單邊處境之中。

目前我所談到的這一問題已經涉及幾個重點，首先便是黛玉從小即處在一個人的狀態之中，雖然是孤女，可是很受寵愛，沒有其他兄弟姊妹可以分享經驗，彼此忍讓、學習合作，這種情況一直持續到她十五歲為止。則可想而知，黛玉的個人主義事實上是由環境的因素所促成，她並非天生就是個人主義者，也不是因為要反抗封建禮教才如此這般，她始終是一個活在特定經驗中的人，種種因素導致她變成這等模樣。

黛玉初入賈府

但黛玉真的是一個驕縱任性的人嗎？未必皆然！事實上黛玉剛到賈府的時候，很懂得入境問俗，察言觀色，做什麼事都故意慢半拍，以便爭取時間觀察再加以模仿，顯然很懂得去順應周圍的環境。脂硯齋便曾多次提醒黛玉初到榮國府時處處表現出自幼的心機，首先是第三回寫黛玉「不肯輕易多說一句話，多行一步路，惟恐被人恥笑了他去」，此處脂硯齋批云：「寫黛玉自幼之心機。」接著小說寫道：「黛玉度其房屋院宇，必是榮府中花園隔斷過來的。」對此脂硯齋又批云：「黛玉之心機眼力。」後來小說中再說：「今黛玉見了這裏許多事情不合家中之式，不得不隨的，少不得一一改過來。」脂硯齋則批云：「行權達變。」可見小小年紀的黛玉很有心機，很有眼力，很懂得權宜之計、隨機應變，知道如何調整自己去配合環境，這是第一階段的林黛玉，而此一最初階段的林黛玉嚴重地抵觸了我們所熟悉的林黛玉形象。

確實，剛剛來到賈府的黛玉，表現出來的人格樣態和我們所熟悉的大不相同，再看王熙鳳一出場時，「黛玉連忙起身接見」，這個動作完全合乎禮數的要求，表現出唯恐失禮的殷勤。當黛玉見到眼前那位聲勢非凡的麗人，眾姊妹都忙告訴她道：「這是璉嫂子。」黛玉的反應也是「忙陪笑見禮」。而王夫人提醒她有個孽根禍胎的表哥時，黛玉再一次「陪笑」，這些表現應該與大家所熟悉的黛玉大有差距，可是作者全場多次用到「忙」、「陪笑」等字眼，可想而知絕非偶然。

我們再看黛玉是如何回答王夫人的，黛玉說：「舅母說的，可是銜玉所生的這位哥哥？在家時亦曾聽見母親常說，這位哥哥比我大一歲，小名就喚寶玉，雖極憨頑，說在姊妹情中極好的。況我來了，自然只和姊妹同處，兄弟們自是別院另室的，豈得去沾惹之理？」事實上，黛玉的構想是合乎現實的，因為在王府世家中，非常講究男女有別的禮教。所以說，曹雪芹超越時代性的地方，倒不是體現在主張婚姻自主、戀愛自由等，而在於他採用一種非常合乎現實邏輯的策略，卻讓寶、黛可以不受當時男女之別的限制，能夠像我們現代人一樣，在日常生活中相處而培養出一種知己式的愛情，至於曹雪芹所利用的絕佳策略，便是賈母這位府內身分最高的老祖宗的寵愛。在當時注重儒家倫理孝道的情況下，賈母的口令有如「聖旨」，正是賈母為這對兒女打破界限，讓還是小孩的寶、黛二人住在同一個屋子裡，使他們在日常生活中逐漸累積感情，成為相濡以沫的知己。

於黛玉初來賈府的一段情節中，作者所設計的第一件大事便是讓黛玉參與到用餐這個群體聚會之中，那是家族成員匯集在一起的重要場合，必定繁文縟節，而年幼的黛玉事實上很懂得察言觀色，知道如何自處才能夠和眾人協調，這與我們所熟悉的孤高自許、目無下塵的黛玉形象真是背道而馳。

脂硯齋在此引用了六朝時期非常有名的王敦的故事，來凸顯黛玉擁有心計眼力而懂得行權達變。

六朝是一個非常講究門第的時代，世家大族在政治經濟文化上形成壟斷，造成「上品無寒門，下品無勢族」的現象。連出身於琅琊王氏的王敦，即使在良好的家世背景下，經過重重的努力當上了大將軍，後來與公主聯姻，然而對於皇族的生活規矩並不是很瞭解，因此便鬧了一個很大的笑話，《世說新語》中說，王敦上廁所時，不知道廁所裡的棗子是用來塞住鼻子以阻隔臭氣的，於是把棗子全部吃掉，在旁邊侍候的婢女們看了都忍不住偷笑，這個事件從此變成歷史上的笑談。

當第三回黛玉初到賈府時，第一次跟著大家一起用餐，面臨生活規矩的差異，脂硯齋即引述了這則故事：「王敦初尚公主，登廁時不知塞鼻用棗，敦輒取而啖之，早為宮人鄙誚多矣。」相較於黛玉飯後漱茶的那一段情節，脂硯齋提醒道：「今黛玉若不漱此茶，或飲一口，不無榮婢所誚乎。」可見黛玉比王敦聰明多了，因此並沒有留下笑柄，這都是在強調「黛玉平生之心思過人」。足見黛玉的心思不只用來作詩，她也很懂得人群之間某些隱祕的、巧妙的竅門。

貴族精神：以禮的支撐來振拔生命

黛玉之所以擁有如此過人的心思，還有另一個重要的原因，就是她的貴族出身，禮教其實是她內在的一部分。試看第二回在她進賈府之前，賈雨村被聘入林家擔任塾師，當時黛玉有一個行為讓賈雨村非常詫異：「這女學生讀至凡書中有『敏』字，皆念作『密』字，每每如是；寫字遇著『敏』字，又減一二筆。」屢錯不改。後來聽了冷子興的解說，才恍然大悟她原來是榮府賈母之愛女賈敏的女兒，這個「敏」字正是黛玉母親的名諱，而在傳統禮教中為了維持尊卑上下的倫理規範，便透過語言文字的讀法和寫法發展出避諱的方式，並嚴格執行，那不是黛玉個人的偏執行為，而是貴族血統所導致的一種應有的堅持。

傳統的避諱方式有好幾種，黛玉使用了其中的兩種：第一種是「更讀」，即雖然念出聲，但是故意換別的讀音；第二種叫作「缺筆」，即遇到犯諱的文字時，都故意少寫一二筆。黛玉因為對母親懷有深深的敬愛之情，所以她只要念到或寫到母親的名字時，必定會採用更讀和缺筆的做法。事實上，黛玉一開始的形象真不是我們所熟悉的模樣，原來的黛玉是一個非常標準的禮教少女，即使在私下無人、個人獨處的狀況下，此種倫理性也仍然深刻地內化於她的心中並形之於外，透過禮教，她可以把對母親的敬愛之情如實地、具體地表達出來，這時的禮教反而是洩導人情的一種絕佳形式，是和人情合而為一的。我覺得此一現象實在是發人省思，證明了禮教並不必然吃人，相反地，它在很多時候讓人活得更優美。

實際上，黛玉對於避諱的講究和她的貴族少女身分是息息相關的。貴族與富豪本質上完全不同，關鍵在於貴族擁有家族文化長久累積薰陶的深厚教養，就此，很可以引用牟宗三對於貴族的闡釋，他說：「貴族有貴族的教養，當然他不是聖人，但是有相當的教養，即使他的私生活也不見得好」，「貴族在道德、智慧都有他所以為貴的地方，……貴是屬於精神的（spiritual），富是屬於物質的（material），……貴是就精神而言，我們必須由此才能了解並說明貴族社會之所以能創造出大的文化傳統。周公制禮作樂，禮就是 form（形式），人必須有極大的精神力量才能把這個 form 頂起來而守禮、實踐禮」，如此才能夠透過禮的支撐來振拔生命，使生命不流於平庸，不流於市俗。實際上從人類文化發展的歷史來看，正如偉大的歷史學家奧斯瓦爾德·斯賓格勒（Oswald Spengler, 1880-1936）所認為的，一切能形成「大傳統」（great tradition）的文化都是貴族社會的文化。

「大傳統」構成了一個民族最重要的精神基底，是可以源源不斷地產生文化生命創發力的根源，包括古希臘文化、春秋戰國時代的華夏文化、六朝的文化等，其實很多都是來自於貴族文化，這是我們後人在讀文學作品的時候，很容易忽略的一個至關緊要的社會背景。倘若不從「貴」的角度來理解賈府，便很容易把賈府當成暴發戶，誤以為他們只是很有權力、很有財富，那便注定會謬以千里。牟宗三的話很清楚地表明，「貴」與「富」有著絕大的不同，而且最重要的是，「貴」的精神內涵與禮法、禮教息息相關，所以他引用周公制禮作樂來詮釋「貴」，沒有禮教、禮法根本就不可能有貴族，這是我們絕對不能夠忽略的一點。

再者，錢穆也簡要地說明「門第」即是來自士族，而血緣又本於儒家，一個家族可以綿延好幾代，甚至幾百年，凝聚那麼多人，這等龐大又持久的家族不靠血緣是不可能成立的，儒家文化最聚焦的核心就是血緣。錢穆說：「苟儒家精神一旦消失，則門第亦將不復存在。」一旦沒有儒家精神去維繫家族中的倫理，門第大概也差不多便到了末世，到了自我終結毀滅的地步，所以世家大族能持續百年以上，歸根究柢是「禮法實與門第相終始，惟有禮法乃始有門第，若禮法破敗，則門第亦終難保。」在史籍中，我們處處可以見到魏晉南北朝的門第真的都是以禮法作為家學的核心，家族要從祖宗一路傳承下去，最核心的精神、最重要的原則便是禮法，因此他們在行為舉止上必定都恪守禮教。哪怕通常被我們視為最反禮教的魏晉名士之一的阮籍，當母親過世時，他表面上仍然飲酒吃肉，嘻笑自如，似乎不把孝道當一回事，可是在下完棋以後，則吐血數升，那已經遠遠超過了禮法的要求，如果缺乏禮法為根底，又哪裡能夠解釋？還不止如此，阮籍所謂的反禮教其實背後都是以禮教作為前提。換句話說，即使是阮籍這等人物，他事實上還是有非常堅守禮教的那一面，因為此乃六朝時期不可能違背的基本精神內核。

總而言之，正因為過去是一個階級社會，當時的上層階級一定是非常講究禮法的，畢竟當禮法一旦消失，家族就可能會面臨毀滅，所以同樣是出身於世襲列侯之家的林黛玉，本身便受到貴族文化的教養，雖與榮國府的有些差別，但並不是階級的差異。換句話說，要瞭解這些人的個性，絕不能忽略他們貴族出身的背景，因為那已經構成了他們性格中的一部分。

必須注意到，黛玉本質上就是一名貴族女性，因此，縱然後來她的生活軌道切換到一個比她家人口更多、對繁文縟節要求更高的家族時，她立刻也有心機、眼力去順利適應，顯然那已經屬於她個性的一部分，絕對不是不得已而勉強為之，不是壓抑自己、委屈自己去加以配合，黛玉是由衷地實行的。而我們總是把禮教與個性看成對立、互相排擠的兩極，這其實是一個錯誤的看法。

再看第十九回中，寶玉為了討黛玉開心，胡謅了一個耗子精偷香芋的故事，他用年小身弱，但卻「法術無邊，口齒伶俐，機謀深遠」的小耗子來影射黛玉，脂硯齋在旁邊便批注云：「凡三句暗為黛玉作評，諷的妙。」可見脂硯齋不斷地告訴讀者，無論是黛玉來到賈府之前，還是來到賈府之後，她事實上是一個很有機謀、能力高強、通權達變、具有心機和眼力的人，絕對不是我們一般所以為的，成天只懂得作詩、不問世事、不懂得經營現實（包括婚姻等）的單純女孩。

我們還必須牢記錢穆所說的：「若禮法破敗，則門第亦終難保。」賈府注定要破滅，即所謂的「落了片白茫茫大地真乾淨」，實際上最重要的原因，即在於他們已經沒有極大的精神去頂起「禮」

的框架。賈璉、賈珍、賈蓉等人雖然私底下做了很多不堪的事情，可是只要在正式場合、長輩所在的場合，他們絕對都是恪遵孝道，合乎形式禮儀，只因當他們失去支撐禮法的內在精神時，所表現的禮法井井才流於虛有其表。正如第七十五回尤氏針對此時的賈家現狀所言：「我們家下大小的人只會講外面假禮假體面，究竟作出來的事都夠使的了。」因此第五回中，寧、榮二公在囑咐警幻為他們家族留下一線命脈時，便說道：「故遺之子孫雖多，竟無可以繼業。其中惟嫡孫寶玉一人。」這其實便意味著，還有強大的貴族精神去把「禮」頂起來的繼承者已經只剩下寶玉一人，真是何其淒涼！

以上，我藉由解讀黛玉初進賈府一段情節的機會，把讀者所不熟悉的貴族精神做一個很簡單的交代，對於正確理解《紅樓夢》這部貴族小說應該會很有幫助。

讀者所熟悉的黛玉形象

特別的是，黛玉在賈府安頓下來以後，接著所呈現的卻是與她初到之時很不一樣的性格狀態，而那也構成了絕大多數讀者所熟悉的林黛玉，是關於林黛玉的主流人物論所聚焦的形象來源。實際上，這個形象只是黛玉人生階段中的一部分而已，但此一部分卻往往被極度放大，成為她專屬的唯一形象。老實說，當我們回頭看第三回黛玉剛至賈府的種種表現時，應該會感到非常詫異，為什麼接下來黛玉反而往另外一個極端去發展？最初是那般地小心翼翼、入境問俗、察言觀色，但是後來的黛玉卻如此地以自我為中心，率性而為，變成一般人所熟悉的模樣，和她之前的言行表現完全不同，原因究竟何在？

先前黛玉初到賈府時，年紀雖然幼小，然而在賈府中的表現卻是「步步留心，時時在意，不肯輕易多說一句話，多行一步路，惟恐被人恥笑了他去」，可見黛玉事實上很懂得如何去順應環境，從現實的道理來說，如果在正式場合上不能夠達到賈家的禮法要求，那麼黛玉早就不能在賈家立足了。另外，黛玉確實有一點自卑情結，她的自卑情結主要來自於兩個原因：其一是她身為一個來自外姓的孤女，當面臨賈家上千的人口時便突出自身形單影隻的處境，因而感到自卑，那可以說是人性之常；其二，對比賈府的龐大人丁，林家顯得十分單薄與衰微，她完全沒有後退的靠山，因此難免產生很大的不安全感。而這種自卑心理其實參與了黛玉第二個階段的形象建構。

讓我們仔細想一想：黛玉具有察言觀色、行權達變的能力，也帶有自卑的心理，深怕被人嘲笑，所以處處小心翼翼，可是為什麼接下來她卻不是學會壓抑自我來盡量合群，以這樣的一條路去贏得立足之地，結果反倒是變得放縱情緒而非常率直、任性，對人說話像刀子一般？在做了一些考察之後，我發現原來一個人的自卑心理也會使之表現出一種驕縱的姿態，其中有一種相反相成的心理機制在發揮作用，即因為自卑心理而反激出一種優越感，那也是很常見的情況，毋須多言；但當這種情況發生的時候，卻未必可以一直順勢發展，因為那得需要有特定的環境來孕育與接收。也就是說，如果某個人一天到晚都是一副凌駕別人之上、比別人優越的姿態，但身邊卻沒有環境接受這種表現，那麼其驕縱也不能夠維持，他一定得做一些調整，加以收斂甚至改變。

換句話說，黛玉之所以會變成讀者現在所熟悉的樣子，具有內、外兩個因素：其一即是自卑心理和補償機制；其二，補償機制之所以能夠落實，便在於具備一定的環境條件，否則她根本維持不了，很快地必然得改弦更張。而該環境條件就來自於身居金字塔尖的賈母對黛玉的嬌寵溺愛，那使得黛玉個性中比較自我的部分得以充分地發展，不假修飾地凸顯出來，以至於變成她最主要的一個人格表徵，也是造成黛玉後來非常任性、非常自我的關鍵所在。此一環境因素與黛玉的自卑心理互相配合，造就了我們最為熟悉的黛玉性格發展的第二階段。

賈母與眾不同的寵愛

正如第五回所提及：「如今且說林黛玉自在榮府以來，賈母萬般憐愛，寢食起居，一如寶玉，迎春、探春、惜春三個親孫女倒且靠後」，足見黛玉一來到賈府就顯得出類拔萃，那真是一種非凡的榮寵，是連賈府自己的血脈都難以望其項背的。而在賈府這等的家族之中，得到了賈母的寵愛便如同獲得皇帝的寵愛一般，在書中處處可見賈母這位大家長以各式各樣的行動展示出對此一外孫女與眾不同的照顧，以下舉一些例子來看。

第二十九回裡，闔府女眷在清虛觀打醮祈福時，黛玉與寶玉因金麒麟鬧了矛盾，回到家後兩人繼續拌嘴慪氣，鬧得寶玉又摔玉又砸玉，黛玉又是哭又是吐，情勢不比尋常，賈母一聽聞喧鬧便連忙趕過來，自己操心得也哭了起來。足見賈母多麼疼愛這兩個小孩子，他們任何一丁點的情緒波動都會干擾到她的心緒，可想而知，賈母真是把他倆放在心裡疼愛，否則怎麼會心煩意亂到這等地步！此外，第三十二回史湘雲道：「越發奇了。林姑娘他也犯不上生氣，他既會剪，就叫他做。」襲人道：「他可不作呢。饒這麼著，老太太還怕他勞碌著了。大夫又說好生靜養才好，誰還煩他做？舊年好一年的工夫，做了個香袋兒；今年半年，還沒見拿針線呢。」顯見因為賈母的疼愛，身體虛弱的黛玉可以免於針黹女紅，既然賈母深怕黛玉勞碌著，那麼誰還敢再拿針線活去煩她？

這些事例足證賈母的寵愛就像一道屏障，幫黛玉摒除許許多多現實的各種壓力，為她提供一個純屬個人的空間，使她可以在自己的王國中盡力地伸展自我。還有第四十三回，眾人為王熙鳳湊份子過生日，賈母除了自己出的二十兩之外，又包下了林妹妹、寶兄弟的兩份子錢，從兩人每每在賈母跟前都是相提並論的狀況，也證明黛玉和寶玉一樣深受賈母的寵愛。賈母對二玉一體連同守護的情形還出現在第五十四回，當時元宵夜宴後要放炮仗，「林黛玉稟氣柔弱，不禁畢駁之聲，賈母便摟他在懷中」，這般與賈母同坐一個炕上，更在賈母懷中受到保護照顧，都是無比嬌寵者才會有的待遇。

此外，賈母還把看顧黛玉的責任擴大到其他人身上，例如在第三十八回螃蟹宴中，當賈母要先走一步回房休息時，還特意又回頭囑咐湘雲道：「別讓你寶哥哥林姐姐多吃了。」因為黛玉身體弱，只不過吃一點兒夾子肉，心口就微微疼了。再者，第六十七回紫鵑私底下勸黛玉寬慰些心，別時常哭哭啼啼，糟蹋了自己身子，此時也道出了一個事實，即「老太太們為姑娘的病體，千方百計請好大夫配藥診治，也為是姑娘的病好」，而且賈母常常親自去探視，可見她十分將黛玉的疾病放在心上。

寶二奶奶的人選

如果我們認真仔細地檢視小說的文本，便會發現賈家有一個公開而常常落於言筌的一致共識，那就是黛玉才是寶二奶奶的人選。首先，最明顯的第一個例子見諸第二十五回，當時王熙鳳覺得暹羅進貢的茶口味淡些，不合她的脾胃，但黛玉卻覺得好喝，於是鳳姐笑道：

「你要愛吃，我那裏還有呢。」林黛玉道：「果真的，我就打發丫頭取去了。」鳳姐道：「不用取去，我打發人送來就是了。我明兒還有一件事求你，一同打發人送來。」林黛玉聽了笑道：「你們聽聽，這是吃了他們家一點子茶葉，就來使喚人了。」鳳姐笑道：「倒求你，你倒說這些閑話，吃茶吃水的。你既吃了我們家的茶，怎麼還不給我們家作媳婦？」眾人聽了一齊都笑起來，林黛玉紅了臉，一聲兒不言語，便回過頭去了。

這一段對話可以表明幾個重點。第一，黛玉別具一副心腸，「心較比干多一竅」，想的比別人多，有時候便容易鑽牛角尖，甚至無中生有，比如此刻王熙鳳所說的話本是很客氣地表達有事要求黛玉幫忙，所以派人專程一併送茶葉過去，但多心的黛玉卻加以歪曲，說是因為多吃了她的一些茶葉就要被使喚了，那等於是故意製造雙方之間的距離，分化彼此的關係，而且還顛倒事實，冤枉對方居心不良。其實這真的沒有必要，因為事實上黛玉已經被賈家當作自家人看待，例如第二十二回賈府內眷為寶釵慶生辰，「至二十一日，就賈母內院中搭了家常小巧戲臺，定了一班新出小戲，昆弋兩腔皆有。就在賈母上房排了幾席家宴酒席，並無一個外客，只有薛姨媽、史湘雲、寶釵是客，餘者皆是自己人。」脂硯齋在此雙行夾批道：「將黛玉亦算為自己人，奇甚！」

第二，被冤枉的王熙鳳不甘示弱，所以立刻靈巧地利用婚俗中吃茶的禮儀環節，雙關地調侃黛玉「既吃了我們家的茶，怎麼還不給我們家作媳婦」，其實這個反擊是在投黛玉之所好，她絕對不會去撩撥黛玉，使之不悅，那是起碼的基本原則。再加上王熙鳳是一個很善於揣摩上意，極懂得分寸的聰明人，她會開如此的玩笑必然是因為講這些話不會出問題，因為那是賈家上上下下的共識，也是賈母的心意所趨，果不其然，眾人聽了一齊都笑起來，而此時黛玉的反應是紅了臉，一聲兒不言語，便回過頭去了。單單這樣的反應就足以證明她並沒有不高興，而且說不定還偷偷地喜歡，只是不好意思表現，黛玉如果真的生氣起來可不是如此而已。

此時，李紈笑向寶釵道：「真真我們二嬸子的詼諧是好的。」當下黛玉得到了一個回攻的話頭，於是趁機說道：「什麼詼諧，不過是貧嘴賤舌討人厭惡罷了。」這話實在難聽，很顯示出林黛玉的風格，但鳳姐也沒生氣，反而笑道：「你別作夢！你給我們家作了媳婦，少什麼？」然後指寶玉道：「你瞧瞧，人物兒、門第配不上，根基配不上，家私配不上？那一點還玷辱了誰呢？」鳳姐居然這般挑明地指稱黛玉和寶玉的姻緣，在當時父母之命、媒妁之言的價值觀下，其實是觸犯了禁忌，所以當事人當然羞於面對，於是：

林黛玉抬身就走。寶釵便叫：「顰兒急了，還不回來坐著。走了倒沒意思。」說著便站起來拉住。剛至房門前，只見趙姨娘和周姨娘兩個人進來瞧寶玉。李宮裁、寶釵、寶玉等都讓他兩個坐。獨鳳姐只和林黛玉說笑，正眼也不看他們。

這段話中又有好幾個訊息：第一個訊息是王熙鳳真的很瞧不起趙姨娘，所以懶得理她；第二個訊息是才剛剛反唇相譏，雙方互不相讓，但隨即黛玉又在與王熙鳳說笑，顯然王熙鳳所說的那些話只是讓她害羞而已，黛玉根本沒有生氣，而她不生氣也是很罕見的。從這一點來看，足見王熙鳳不但沒有違命上意，更沒有去激怒或者貶低、嘲諷黛玉的意思，恰恰相反，她是投其所好，並且果然也皆大歡喜。從他們宗族運作的禮法規範而言，王熙鳳敢這樣說一定是有憑有據，而關於此一吃茶的片段，脂硯齋也批示道：

> 二玉事在賈府上下諸人，即看書人、批書人，皆信定一段好夫妻，書中常常每每道及，豈其不然，嘆嘆。

小說中多處提到林黛玉才是寶二奶奶的人選，而且是賈府上上下下甚至連看書人、批注人都已經有的共識，這才是事情的真相。

因此必須說，「金玉良姻」只是一個玄虛的、來自於命定的宿命論，實際上在賈府具體的運行軌道裡，黛玉才是寶二奶奶的人選，上下各方人等都有此一共識。再看第六十六回中，當尤二姐、尤三姐談論起寶玉的性格作風時，尤二姐調笑尤三姐說：

> 「依你說，你兩個已是情投意合了。竟把你許了他，豈不好？」三姐見有興兒，不便說話，只低頭磕瓜子。興兒笑道：「若論模樣兒行事為人，倒是一對好的。只是他已有了，只未露形。將來準是林姑娘定了的。因林姑娘多病，二則都還小，故尚未及此。再過三二年，老太太便一

開言，那是再無不准的了。」

這番話難道不正是印證了脂硯齋所給予的提示嗎？如果好好地閱讀文本，把相關的所有細節加以整合而全面來看，則我們勢必要重新思考，金玉良姻其實並不是賈府的主流意見，在賈府上上下下的共識中，黛玉才是寶玉的潛在新娘，那是大家的心意所趨。連作為黛玉重像的晴雯都自覺地認為自己是寶玉的準姨娘，本以為能夠和寶玉橫豎都在一起，所以她在很多的地方就不大留心、不大去經營，呈現出一種有恃無恐的放任樣態。而黛玉是作為寶玉之準新娘的人選，再加上賈母的嬌寵溺愛，如此一來，便在其個性成長中留下了很強烈的影響，烙下或隱或顯的優越感或特權意識，這是非常合理而且必然的結果。

在如此的背景之下，黛玉的性格才會竟然一反她來到賈府之初的戒慎恐懼、小心翼翼，反而變得非常自我放縱，那種完全順著自己的心意過日子的個性，實際上不如說是任性。我所理解的「個性」是要在自覺的情況下主動鑄造出來的，屬於一種價值追求，並且要付出很大的努力，甚至有時候得咬緊牙根違背自己的某一種天生氣質，例如為了環保而克服自己的潔癖，這就是想要追求更好的個性而做出改變的一種表現。

概而言之，在那般受寵的環境之中，黛玉所表現的行為作風只能算是任性，是一種以自我為中心的單邊主義，唯獨她可以直率，別人則不可以對她隨意，賈府上上下下只有豪爽的史湘雲敢當面表示出對她的不滿，其他的姊妹要麼「不肯說」，要麼「不敢說」，個個都是對她百般寬容。這便是第四十五回所說，黛玉在自己的房中養病，「有時悶了，又盼個姊妹來說些閑話排遣；及至寶釵等來望候他，說不得三五句話又厭煩了。眾人都體諒他病中，且素日形體嬌弱，禁不得一些委屈，所以他接待不周，禮數粗忽，也都不苛責。」

事實上，曹雪芹盡量不去宣揚誰具備最佳的人格特質，他只是在小說中演示出某個人物有如此這般的個人特質，而且解釋了造成此一人格特質的原因，是許許多多與眾不同的環境條件，只要欠缺了其中的某個因素，可能都產生不了這等的人格特質。一位小說家最重要的任務就在這裡，他其實不是在褒貶自己所認定的價值，而是充分展現出有的人是這樣活著，又為什麼這樣活著，還有他在努力什麼、在痛苦什麼、在失落什麼，以及在渴望什麼。

賈母的寵愛使得黛玉變成炙手可熱的寵兒，無人敢攖其鋒的特權分子，因為賈府運作的一個根本原則便是：凡受到賈母的寵愛或者是和賈母有關的人與物，都分沾了賈母的威勢，因而也擁有很大的特權。

我們且看例證之一，即第六十三回「壽怡紅群芳開夜宴」一段。在慶生活動開始之前，林之孝家的帶領一行人來到怡紅院查上夜，當聽聞寶玉直呼襲人的名字時，林之孝家的發表了一番議論：

> 這些時我聽見二爺嘴裏都換了字眼，趕著這幾位大姑娘們竟叫起名字來。雖然在這屋裏，到底是老太太、太太的人，還該嘴裏尊重些才是。若一時半刻偶然叫一聲使得，若只管叫起來，怕以後兄弟侄兒照樣，便惹人笑話，說這家子的人眼裏沒有長輩。……越自己謙越尊重，別說是三五代的陳人，現從老太太、太太屋裏撥過來的，便是老太太、太太屋裏的猫兒狗兒，輕易也傷他不的。這才是受過調教的公子行事。

換句話說，襲人雖然是丫頭，然而她是從賈母那邊調過來的，所以不可以直呼其名，否則便是對長輩不敬，即使寶玉是人中龍鳳，但他稱呼襲人的時候也必須加上「姐姐」兩個字，如果只單叫「襲人」，即屬失禮犯忌。這個原則遍行於他們生活中的各個層面，只要是老太太、太太屋裡的，就算是貓狗也不可輕易傷害，可以說是一項非常根本的規範。

再者，還有一個例子可供參考。一般來說，做粗活的丫頭地位都非常低，當主子還在睡夢間，她們就開始了一天的工作，待主子醒來以後即由大丫頭侍候，所以很可能一輩子都見不著主子。例如寶玉根本不認識怡紅院本房的二、三等丫頭林紅玉，第二十四回中，寶玉偶然看到屋裡出現一個陌生的丫鬟，便問道：

「既是這屋裏的，我怎麼不認得？」那丫頭聽說，便冷笑了一聲道：「認不得的也多，豈只我一個。從來我又不遞茶遞水，拿東拿西，眼見的事一點兒不作，那裏認得呢。」

可見即使都是婢女，上下等級的差別依然很大。但有一個專門做粗活的大腳丫頭傻大姐，卻在賈母的保護傘之下擁有無人可以企及的特權，且看七十三回敘述道：

原來這傻大姐年方十四五歲，是新挑上來的與賈母這邊提水桶掃院子專作粗活的一個丫頭。只因他生得體肥面闊，兩隻大腳作粗活簡捷爽利，且心性愚頑，一無知識，行事出言，常在規矩之外。賈母因喜歡他爽利便捷，又喜他出言可以發笑，便起名為「呆大姐」，常悶來便引他取笑一回，毫無避忌，因此又叫他作「痴丫頭」。他縱有失禮之處，見賈母喜歡他，眾人也就不去苛責。這丫頭也得了這個力，若賈母不喚他時，便入園內來頑耍。

傻大姐無厘頭地說話、做事，常常出人意料之外，反倒能夠製造出一些笑料，那與劉姥姥第二次來榮國府時的作用很類似，於是傻大姐便可以為這群高雅正統文化出身的人解悶，而受到賈母的喜愛。傻大姐因為蒙受賈母的庇蔭，不但得到眾人包容她的失禮，也獲取了進大觀園玩耍的特權，那麼可想而知，就連三等丫頭都不如的傻大姐也可以因賈母的寵愛而享有一些優待與特權，更別說是林黛玉這位「秉絕代姿容，具希世俊美」的外孫女了。

所以，我們非常需要在每一段情節面前都停下來好好揣摩，如此才能對人物的真正性格有比較精確的掌握，而不是被成見所引導；仔細去體認、認真去推敲，到底那些人物是在怎樣的具體情境裡呈現他們多面向的性格內涵，這才是在閱讀與研究《紅樓夢》的過程中比較正確可靠的一條道路。

優越感與自卑情結

接下來讓我們思考一下，黛玉的寵兒身分到底對她的性格造成了何等的影響？根據個體心理學家阿爾弗雷德·阿德勒（Alfred Adler, 1870-1937）的理論，人格塑造最重要的階段是兒童成長期，其中孩子與母親的關係尤為關鍵，家庭內母子之間的互動是造就兒童性格的最重要因素，母子關係的樣態便決定著孩子將來與社會中其他人交往的成功與否。根據阿德勒的說法：幼兒的任性、驕橫霸道、以自我為中心，多半是因為他們在家庭中處於特殊地位，再加上家長過分的溺愛和遷就，被嬌寵的兒童多半會期待別人把他的希望當作法律來看待——他代表世界、代表真理，並且通常這樣的兒童還會認為，他們之所以與眾不同是因他們擁有天賦的權力。所以，當某個人總是覺得自己與眾不同時，他依舊是活在一種幼兒的自我中心狀態裡，但事實上他和別人並沒有什麼太大的差別。孟子早已說過：「人之所以異於禽獸者，幾希。庶民去之，君子存之。」（《孟子・離婁下》）連人和禽獸的差異都沒有太大，人與人之間的差異就更小了，因此雖然我們每一個人都有獨特性，然而卻不要因此便以為和別人會有天壤之別。

據此，當黛玉「目無下塵」，覺得自己高人一等的時候，即已經進入期待眾人都以她為注意中心的狀態裡，一旦別人不以體貼她的感覺為主要目的時，她就會感到若有所失，認為世界虧待了她。這很貼切地表現出了黛玉的某些特質，黛玉真的時時刻刻都要別人以她為中心，略有不如她意，她便開始產生自覺是個孤兒之類的感傷，而陷入自憐的情緒裡，因此從某個意義來說，她經常歪派寶玉的行為，便是一種不安全感的表現，從而反激出一種無止境的、對於安全感的需索，促使旁人必須以她作為中心，滿足、體貼她的感受。例如第七回中，周瑞家的受命送宮花給姑娘們，當來到黛玉這裡，黛玉一看到花便問道：

「還是單送我一人的，還是別的姑娘們都有呢？」周瑞家的道：「各位都有了，這兩枝是姑娘的了。」黛玉冷笑道：「我就知道，別人不挑剩下的也不給我。」周瑞家的聽了，一聲兒不言語。

這番心態清楚表明了黛玉想要獨占所有的注意力，獨占所有人的關心和重視而成為唯一，那真的是心態很不成熟的情況下才會有的表現。事實上，「愛」是越分越多而不會越分越少，也不是只有第一名才會受到重視，但作為一個被嬌寵的孩子，當別人的注意力與焦點不是以體貼她作為目的，並以此種方式和她互動的時候，黛玉就會覺得自己被冷落、被輕視，那內在的「孤兒」往往會自覺或不自覺地跳將出來，用來解釋她若有所失之處境的肇因。這確實很貼切地勾勒出了林黛玉早期的人格表現，而且也可以解釋她在全書前半部許多言行的內在原因，顯示出一個不夠成熟的少女在成長過程中很容易出現的情況。

除此之外，黛玉還有高度的「優越情結」。在個體心理學看來，「優越情結」本來就是出於對「自卑情結」的補償作用，當一個人自卑起來，又很難去承認自己不如別人的時候，即會用各種方式來合理化自己的自卑感，以便把自卑感消除。其中的一種方法乃是不承認自己不如對方，而把對方的成功、成就和優秀解釋為並不是透過真才實學所獲得的，那只是因為運氣好之類的。因此心理學家也提到，我們常常會對別人的成功以一種「外歸因」的方式來解釋，亦即全部歸諸外在因素，例如相貌、家世背景、運氣等；而在解釋自己的成就和成功的時候，則往往會以「內歸因」的方式來看待，即自己是真的很努力、很有才華等。

具有「自卑情結」的人也一樣，他不會於意識層次上接受自己不如人的客觀事實，反倒在心裡主動發展出一種防禦機制，就是要爭取優越感。一個自卑的人，很自然地會發動某一種心理補償機制，用來平衡心理上的不足，所以自卑感與優越感是相反相成、矛盾統一的微妙心態，並存於同一個人的心理之中。反觀林黛玉性格的前期階段正是如此，她雖然常常流露出自卑感，天天灑淚感傷，覺得自己孤弱無依，但是在很多場合卻又往往表現出爭強好勝、希望壓倒眾人的那一面，這其實一點都不矛盾，而是出自於同一種心理的一體兩面的反應。

黛玉從小體弱多病，上無親母教養，下無姊妹兄弟扶持，自幼離家，依附親戚度日，自然會心生自卑感。但是透過研究之後，我們可以發現，歷史上包括明清時期在內，兒童事實上都很可憐，中國古代的兒童夭折率極高，皇族也沒有例外，而且就算那些孩子長大一點，他們也很容易遭遇到喪親之痛，常常沒有父親或沒有母親，或者更糟的是父母雙亡。相較之下，黛玉的遭遇其實並沒有特別的悲慘之處，單單在賈府之中，襲人、晴雯、平兒之類的婢女是不用說了，同輩中與她遭遇類似的還有香菱、湘雲、迎春、惜春等，只不過黛玉的處境較為極端，因為她沒有自己的家族可依靠，借住於親戚家，又沒有兄弟姊妹扶持，卻還是比香菱好得多。

第三回說，黛玉在進入賈府之前，「常聽得母親說過，他外祖母家與別家不同。他近日所見的這幾個三等僕婦，吃穿用度，已是不凡了，何況今至其家」，黛玉自離家以後便切換了生活的軌道，進入一個人口眾多，因此更繁文縟節、禮法更嚴謹的世家大族，她的內心已經根植了一種自卑情結，所以她「步步留心，時時在意，不肯輕易多說一句話，多行一步路，惟恐被人恥笑了他去」。根據阿德勒的說法，自卑情結總是會造成緊張感，唯恐被別人恥笑，所以會常常處在一種防禦的狀態中；但人類的心理其實很脆弱，時時刻刻一直承受著緊張感是撐不了多久的，所以潛意識裡的自我防衛機制一定會想辦法加以轉化或紓解，故而爭取優越感的補償動作必然會同時出現。

自卑情結的一些相關特點在黛玉身上也都可以得到印證。阿德勒的心理學研究指出，具自卑情結者的特點之一，在於他們不會把對世界和對人的興趣擴展到自己最熟悉的少數人之外，自卑情結會讓一個人很封閉，只願意接觸幾個自己比較信賴、比較親近的人，對他們敞開心胸，而對於其他的人可能便完全沒有興趣。就這一點來說，黛玉確實只和寶玉、紫鵑比較好一點，整體上則是「孤高自許，目無下塵」（第五回）、「本性懶與人共」（第二十二回）。另外，帶有自卑情結的人也會以眼淚與抱怨的變形方式來爭取優越感，這些做法被阿德勒稱為「水性的力量」（water power）。眼淚和抱怨雖然屬於比較柔性的形態，與一般人施展權力時所使用的具有壓迫性、傷害性的方式不同，但是該類行為的動機或目的事實上就是在控訴周遭環境、貶低外在世界，阿德勒繼續說，這種水性的力量是破壞合作並把他人貶至奴僕地位的有效武器。

確實我們可以看到，當黛玉哭泣的時候，賈母、寶玉還有周圍的其他人都努力地安慰她，盡量地體貼她，對於這種情況，假如從個體心理學的角度來看的話，黛玉之所以好哭會不會主要是出於這種心理需求的表現，只不過經由藝術的美化而採取了還淚神話的包裝？還淚之說當然很美、很特別，但是如果回到複雜糾結的個體心理狀態來分析黛玉愛哭的原因，則必須說黛玉的眼淚應該有一部分是基於自身的自卑感，以爭取優越感的方式把別人貶為奴僕，同時也贏得別人的體貼和關心，那確實是一種「水性的力量」。

當我們借助個體心理學的這個切入點，再來看第四十九回寶玉安慰黛玉的情節，可能就會有不一樣的認識，且看原文敘述道：

> 黛玉因又說起寶琴來，想起自己沒有姊妹，不免又哭了。寶玉忙勸道：「你又自尋煩惱了。你瞧瞧，今年比舊年越發瘦了，你還不保養。每天好好的，你必是自尋煩惱，哭一會子，才算

完了這一天的事。」黛玉拭淚道：「近來我只覺心酸，眼淚卻像比舊年少了些的。心裏只管酸痛，眼淚卻不多。」寶玉道：「這是你哭慣了心裏疑的，豈有眼淚會少的！」

倘若從還淚神話來說，黛玉的眼淚便代表著她的生命線，當她的眼淚越來越少之際，其實也就暗示著她的病勢越來越沉重，生命所剩不多。根據某些紅學家的考證，黛玉應該是在第八十回之後沒多久即會病逝，而到了第四十九回故事已經過半，眼淚越來越少的情況便非常符合還淚神話的預設。

但是，如果把黛玉看成一個活生生的個體，並用心理學來理解的話，黛玉的眼淚越來越少是否同時也證明黛玉在成長呢？因為成長所帶來的心理成熟，讓她不必再用眼淚來貶低別人、控訴世界。我們可以看到，從第四十二回到第四十五回的這個重要關卡之後，黛玉有了很大的改變，她懂得如何與別人和諧相處，還認了薛姨媽做乾娘，與寶釵以姊妹相稱，顯示出開始把她的興趣擴展到少數幾個親近的人以外，如此一來，她的自卑感已經逐漸地消失，連帶地也不必流太多的眼淚，因為不再有那個需要。從此以後，黛玉也很少有所謂的爭取優越感之舉動，而與我們所熟悉的黛玉前半期形象有很大的落差；如果從她成長變化的背景以觀之，黛玉的「眼淚卻不多」應該可以證明她越來越成熟，不再像以前一樣沒有能力去面對自己的處境，以至於要用一種心理上的優越感來抵消自卑感。

阿德勒又告訴我們：當一個人的優越感是來自於自卑情結所造成的緊張時，優越感的補償目的就不是在解決問題，而是用來解消心裡的緊張，以至於「他們賦予生活的意義是一種屬於個人的意義」，意思是說，他們在這種狀況下所肯定的生活意義並非別人都會認可的主流價值，所追求的純粹是自己的主觀成就，只對個人有意義。阿德勒說這一類的人，他們爭取的目標是一種虛假的個人優越感，亦即別人並不承認他們的成功，但他們自己卻認為很有意義並藉此來貶低別人，如此的心態確實是到處可見的。從心理學的角度而言，假如一個人不夠健全、不夠壯大、不夠成熟，那麼他的那一種個人意義便會淪為虛假的個人優越感，並不是真正地在追求真理，事實上只是在自欺。

試看黛玉的前半期非常爭強好勝，具體最常表現於寫詩上，她安心要把眾人壓倒，有意識地要爭第一名，然而在當時的文化背景之下，女子寫詩是不被社會主流所認可的價值所在；反觀寶釵，她雖然也很會作詩，但是卻從不在詩歌創作上做太多的投入，遑論爭取，因為她認為詩歌才能並不重要。就此一狀況來看，剛好印證了黛玉所爭取的成功是一種虛假的個人優越感，因為那只對她個人有意義，而對其他人來說，這個第一名是可有可無的，根本不需要在意。

進一步說，黛玉的自卑情結固然是根植於孤兒的心態所產生，但是從小說的描寫來看，黛玉過度地感傷自己的身世，實際上也與自我中心是直接相關的。有一位心理學家C．Z．斯特恩斯（C. Z. Stearns）曾提到，「悲傷是一種把注意力集中在自我的情緒。它是個人（自我）需要協助的一種指標」，其實當我們悲傷太過的時候，即表示已經把自己看得太「該死的」重要，一直聚焦在自己的失落、自己的不平上，以至於出現太多的眼淚；而且將悲傷情緒宣洩出來時，無形之中也是在尋求協助的一種暗示，即發出訊息讓別人知道自己需要幫助、需要被肯定。一個備受嬌寵、嬌縱的人，再加上自卑情結和心理孤立，又缺乏正面的社群價值，在這種情況下便會造成過度以自我為中心的個人主義。

總而言之，無論是優越感的爭取，或是僅對個人有意義的價值追求，還是過分的悲傷，我們可以發現其背後都和自我中心密切相關。

詩人林黛玉

讓我們再回顧一下王昆侖所說的：「寶釵在做人，黛玉在做詩；寶釵在解決婚姻，黛玉在進行戀愛；寶釵把握著現實，黛玉沉酣於意境。」在簡化的二分法之下，黛玉確實是在作詩，可是黛玉如何作詩？她又是一個怎樣的詩人？種種問題都是必須再進一步瞭解的。切莫認為一個人會作詩就一定很優美脫俗，我們不應該有如此跳躍式的聯想，而是要更具體地檢視，以免差之千里。當提到「詩人」的時候，我腦海裡立刻浮現出來的絕對不是葬花或者是「春花秋月何時了」的那一種寫作，而是王維、李白、杜甫之類的詩篇，這些盛唐詩人當然都十分優美脫俗，但完全不是纖細感傷的風花雪月；也就是說，「詩人」有很多種，黛玉只不過表現出「詩人」的某一種類型，而且是很單一、狹窄的類型。

當然，黛玉本身如花似玉，又寫下〈葬花吟〉、〈桃花行〉那些抒情詩歌，所以紅學家呂啟祥便曾說黛玉是「花的精魂，詩的化身」，我再「狗尾續貂」加上一個「淚的結晶」，因為她整個人就如眼淚打造的一般，這三句話很能夠整體傳達出讀者腦海中所浮現的黛玉形象，那是極其優美、纖細又脆弱的。不過，當我們被黛玉的詩詞所表現出來的優美辭藻和感傷情緒所感染、所觸動的時候，也許可以先跳脫出來看看她到底寫了什麼，以及那些詩句背後呈現出怎樣的心理狀態。

在深入探索黛玉的詩句特質之前，我要先引述葉嘉瑩的看法，她認為《紅樓夢》是一部偉大的傑作確切無疑，可是不要以《紅樓夢》的光彩去掩蓋其中詩歌客觀上並沒有很好的事實。她的意思是說，《紅樓夢》裡的詩事實上算不得佳作，那當然有很多原因，原因之一是小說家並不是為了要偷渡自己的詩作使之傳世，書中的詩都是作者為其筆下的人物所量身打造的，而寶玉和眾姊妹都不過才十幾歲，又一直生活在深宅大院的閨閣內，這些人不可能也沒必要去寫出如同李白、杜甫那般的傑作，如果把杜甫、李白的筆墨放在寶玉、黛玉、寶釵等人的名下，反倒會因此失真，而顯得很不自然。讀者應該要注意的是：《紅樓夢》確實偉大，但小說中的詩只是作為其整體有機的一部分，詩歌本身的價值並不因此而提高，那是必須專業才能正確判斷的，因此不僅脂硯齋提示過這一點，對熟悉古典詩的學者而言也都一目瞭然。

此所以固然黛玉的詩篇有其美感及動人之處，但是倘若純粹只用詩歌藝術的標準來看，卻並不是最好的，它們的共同特點就是太過纖巧，猶如第三十八回林黛玉所自覺的：「我那首也不好，到底傷於纖巧些。」「纖」即纖細，「巧」即流於雕琢，以某個意義來說，這已經是趨向於中晚唐式的審美趣味，當然無法和盛唐的那種大家氣度相比。

至於黛玉的詩篇中所反映出來的人格特質，便如傅孝先在〈漫談紅樓夢及其詩詞〉一文裡提過的：

由於她是一個極端的個人主義者；她從不能忘我，一切以自我為中心；在心底她愈想否定外界，便愈感到外界壓力之大，病態地覺得自己憔悴可憐。感傷的個人主義者在發現自己纖弱或敏感地覺得自己孤立時，很自然地會向抽象的藝術世界中去尋求靈魂之寧靜與人格之穩定。黛玉創作之主要目的即在以哀怨動人的傾訴來增加自己人格的重量，以求和外界維持一平衡關係。這便是她為何一生都在傾訴、在做詩。

一般讀者常常忘記或不知道，林黛玉這種類型的詩人只是一千種詩人中的一種而已，她並不代表詩人的典範，傅孝先提醒我們，「她寫來寫去都只有一個題目，這題目並不是她客觀存在的自己，而僅是她所認識的自己」，因而，「她的缺點，無疑在於太感傷、太主觀，比浪漫派詩人還要自憐，簡直令人頭痛」。

另一位旅居美國的華裔學者裔錦聲也認為：「黛玉做的所有的詩，反覆詠誦的沒有什麼其他內容，只有悲痛和不幸。她像希臘神話中的那喀索斯（Narcissus）一樣，看不見自己以外的世界。」從黛玉的詩歌內容及其所展現出來的特質來看，她歸根究柢還是陷溺於所謂的「個人主義」，而她的「個人主義」和我們今天說的「個人主義」不完全一樣，我在此引述一位法國的學者瑪特·羅拜（Marthe Robert）於《小說的起源》裡的說法，她認為：西方在浪漫主義運動中全是棄兒的聲音，一種被拋棄的人的聲音，那聲音充滿著矛盾、偏激、執著等。在西方家庭傳奇中的第一階段，幼兒的天地就是自己的家，父母是自己唯一的權威與信賴的對象，而父母是有求必應、全善全能的人，自己則是父母唯一的生活中心，如此一來，即會種下「自戀情結」的種子，孩子會將父母和自己的關係加以誇大與理想化，並在心中根深柢固，結果竟由此產生了「棄兒情結」與「出世觀」。

為什麼幼兒在這般的情況下，反而會產生「棄兒情結」呢？那是因為孩子總要長大，當他離開原生家庭的時候，便會覺得自己是個棄兒，再也不能像之前那樣受到父母全心全意的寵愛，這個世界不再像原先所認知的那麼理想，因此他深深地感到被拋棄，一心一意只覺得這個世界太骯髒、不完美，而想要離開這個世界，那便是所謂「出世觀」的來源。簡單地說，「棄兒情結」的特點就是失去往日唯我獨尊的樂園之後，對現實存有反抗心理，但卻又對真實世界的認識不夠，也因此找不到著力點來改變現實，但問題是他的「自戀情結」已經根深柢固於自我陶醉的心態中，於是唯一的辦法只有逃避現實，另闢樂園！

這種情況與林黛玉的心理狀態有點接近，她覺得自己根本沒有辦法改變孤兒處境，過去父母健在的圓滿家庭如今再也不能夠重返，唯一的辦法便是在詩歌中、在一個不被現實主流所肯定的環境裡去另闢樂園，由此也解釋了為什麼黛玉這個人看起來比較脫俗，那是因為她要另闢樂園，將自己投射到另外一個藝術的世界中，寄託於一個和現實世界有點不能接軌的自我世界裡。當然，此處對黛玉的心理分析只是提供不同的角度以供參考，我們不應過於執實以求，否則也可能會穿鑿附會。

「社會興趣」與親子關係

再回到個體心理學家阿德勒的說法，他認為對一個人的人格塑造而言，最重要的階段是幼兒階段，而和父母的關係（以母子關係為主）也具有決定性的影響。阿德勒關心的是個人要如何才能夠成為一個正常的人，可以和社會中的其他人好好共處，不偏執失衡，不把自卑心理變成破壞個人健全成長的根源，而是要將它轉化為成熟的、健康的動力。他指出，優越感的補償動作必須用一種比較健全的方式去進行，否則優越感也不過只是自卑感的另外一種虛假的投射。換句話說，一個人要成為正常而健康的人，便必須透過合作和建設性的姿態把自己融於社會之中。很多精神失常的人，其實就是因為沒有辦法和社會建立真正的合作和溝通，於是只好被關到精神療養院，如果一個人可以透過合作和建設性的姿態融入社會之中，便可以獲得一種「社會意識」，也即對他人懷有一種「社會興趣」。

所謂的「社會興趣」是一種與他人和諧生活、友好相處的內在需要，不僅包括對所愛者和朋友的直接感情，還包括對現在和未來的全部感情，具體的表現形式有三種：第一，是平時或困難時處於與他人合作、幫助他人的準備狀況；第二，是在與他人交往時保持著「給多於取」的傾向，如果能夠做到和他人互動時有充分的餘裕，便說明這個人的心態是很有安全感的，於此時刻也是處在「社會興趣」比較完善、充分的狀態；第三種比起前兩種更為重要，即對他人的思想、情感、經驗給予理解的能力，也就是說，個體能夠超越自我，是因為能設身處地站在別人的處境，進入別人的生命史中去瞭解別人，而不會一味地用自己的好惡、自己的認知去進行判斷，以至於對別人往往充滿誤解。

如果以「社會興趣」來衡量《紅樓夢》中的人物，我們會發現達到上述三點的有薛寶釵、賈寶玉、平兒、史湘雲等，而值得注意的是，其實史湘雲和平兒都有著比林黛玉更悲慘的處境，但她們同樣可以成為光風霽月的人物。相形之下，黛玉平常在自己或他人有困難的時候，她不願意和別人合作，也從來不處在幫助他人的準備狀態中，相反地，她只將注意力集中於自己身上，不斷發出抱怨的訊息和落下悲傷的眼淚，而把別人貶為奴僕等；她沒有「給多於取」，反倒不斷地進行需索，尤其是尋求情感上的慰藉。另外，前期的黛玉對別人的思想、情感、經驗也不能夠給予理解，經常歪派寶玉、扭曲別人的心意，那當然有她另外的心理需求。

總之，我們所熟悉的林黛玉在這三點上幾乎都有所欠缺，考察其原因，主要即源自於所謂的自卑情結。探究黛玉的身世，她沒有父母和兄弟姊妹，我們切莫忘記在那個時代，兄弟姊妹也是安全感的來源之一，隻身一人的時候，便真的覺得天地之間一片蒼茫，如同杜甫所說的「此身飲罷無歸處，獨立蒼茫自詠詩」，於是黛玉只好另闢樂園，到詩歌的抽象藝術中去建構自己的存在歸宿。

母子關係是個人一切人際關係的雛形

接著我還要做一個補充。阿德勒指出「社會興趣」雖然人人都有，而且是與生俱來的，但它在每一個體身上通常只是一種潛能，即每個人都有將「社會興趣」發展為「社會意識」的潛能，但卻不一定保證固有的潛能會在後天的生活中被認識到，並使這份潛能得到充分的發展。因為在此一發展過程中，有一個非常重要的外力因素，即兒童時期的母親，發揮了關鍵性的作用。阿德勒說，母子關係是個人的一切人際關係的雛形，母子關係如何便決定了將來的人際關係如何，母親是兒童最初也是最主要的社會環境因素，因為她是兒童在自我之外所接觸到的最親近的第一個人，也是最主要的一個人，所以母子關係是日後幼兒與他人之社會關係的雛形。母子之間早期的交往性質，在根本上就已經決定了兒童今後能否以一種健康坦誠的態度來對待他人；母親的心理、人格成熟與否，也會對孩子的性格產生關鍵性的影響。

據此而言，我們可以檢證一下《紅樓夢》中達到「社會興趣」表現形式的那幾個人，推敲他們的母子關係，看看是否都很健全。

首先看寶釵。她長至十七、八歲，依然會為了讓媽媽開心，而鑽到薛姨媽的懷裡撒嬌，可是當家裡發生重大事情的時候，她又是可以和母親好好商量討論、幫母親分憂解勞的大人。第五十七回中，薛姨媽即用手摩弄著寶釵，嘆向黛玉道：「你這姐姐就和鳳哥兒在老太太跟前一樣，有了正經事就和他商量，沒了事幸虧他開開我的心。我見了他這樣，有多少愁不散的。」真是一個非常完美的女兒！

同樣地，寶玉也展現了與王夫人之間良好的母子關係，第二十五回描寫寶玉在放學回家之後：

進門見了王夫人，不過規規矩矩說了幾句，便命人除去抹額，脫了袍服，拉了靴子，便一頭滾在王夫人懷裏。王夫人便用手滿身滿臉摩挲撫弄他，寶玉也搬著王夫人的脖子說長道短的。王夫人道：「我的兒，你又吃多了酒，臉上滾熱。你還只是揉搓，一會鬧上酒來。還不在那裏靜靜的倒一會子呢。」說著，便叫人拿個枕頭來。寶玉聽說便下來，在王夫人身後倒下，又叫彩霞來替他拍著。

這真是一幅其樂融融的母子溫情圖啊！顯示寶玉與王夫人的母子關係不但非常親密也很健全，寶玉得到了豐沛的母愛，從小到大在心態上極為充盈也相當有安全感，難怪他能夠對人那麼慷慨大方、那麼不計較得失，正如寶釵的情況一般。果然，原來影響一個孩子的性格以及他未來整個人生觀的，主要取決於他的母親，如果一個孩子在不被疼愛的情況下長大，他當然無法做到「給多於取」，也不能理解別人的情感經驗。以黛玉來說，她沒有辦法好好地將「社會興趣」發展出來，以至於她的「社會意識」並不健全，其實算是非戰之罪，因為她自幼母親病逝，又沒有兄弟姊妹可以互動互助。

以上所做的分析，目的並不是在批評誰對誰錯，而是要試圖理解何以致此的原因，因為只有理解之後，才能夠在我們的人生中主動地甚至積極地進行一些自我改造，不把悲劇一代一代地複製下去，更不把上一代的不安全感放入自己的心裡之餘，還傳給下一代。

早期黛玉的主要面貌

第四十二回至第四十五回是個很獨特的轉捩點，在此之前的林黛玉，是她最為大家所熟悉的面貌，那時的黛玉「孤高自許，目無下塵」，而展現出如此的樣態，得要有非常特定的環境條件才能夠促成，那一切都是不能複製，也不可以架空來談的。

我先簡單地做一個總結：首先，黛玉在原生家庭中已是一個備受寵愛的獨生女，但很不幸的是，在她大約六歲的時候母親過世，而喪失了成長中所必要的母教；不久她又孤身來到賈府，受到最高權威者賈母的寵愛，除寶玉之外，黛玉獲得了沒有人可以與她平起平坐的優越待遇，但也因此失去在競爭合作之間或是彼此刺激之下生發自我省思的機會，所以一直到十五歲為止，沒有一個人像薛寶釵那般教導過她。而這一點黛玉自己是瞭然於胸的，第四十五回中她對寶釵說道：

從前日你說看雜書不好，又勸我那些好話，竟大感激你。往日竟是我錯了，實在誤到如今。細細算來，我母親去世的早，又無姊妹兄弟，我長了今年十五歲，竟沒一個人像你前日的話教導我。

黛玉的這段自省顯示出她難能可貴的地方，從素日當寶釵「心裏藏奸」，看到小丫頭子們多喜歡與寶釵頑，「心中便有些悒鬱不忿之意」（第五回），到現在對寶釵一變而為「大感激」，可見她的心靈開始成長的跡象。

由此，我們可以把黛玉生命中的前十五年分為兩個階段：第一個階段是處於原生家庭的時期，黛玉作為父母唯一的掌上明珠，因此備受關愛；第二個階段是失去母親之後，她又得到了賈母的疼惜，成為賈府的寵兒。可想而知，林黛玉真的是在一種很獨特、沒有人可以加以抑制的環境下成長起來的，因此我才會說她是一個以自我為中心的天之驕子，這可能非常不同於一般讀者對她的認識，但在全面參酌文本之後，黛玉的真實處境確實值得重新深思。

以下我根據情節敘述來掃描幾個面向，以考察一般所熟悉的林黛玉的面貌。

「孤高自許，目無下塵」

首先，第三回黛玉來到賈府以後即受到賈母的萬般寵溺，第五回中清楚表示：「如今且說林黛玉自在榮府以來，賈母萬般憐愛，寢食起居，一如寶玉，迎春、探春、惜春三個親孫女倒且靠後。」

由此可見，黛玉在賈府是過著公主般的生活，賈母將她留在身邊貼身照顧，並讓她與寶玉一同寢食起居，此後她「目無下塵」的個性便開始顯露出來，和之前剛剛來到賈府時陪笑小心、順應他人、入境問俗的行事表現完全不同。第五回提到林黛玉「孤高自許，目無下塵」，在她自視甚高的眼裡沒有別人的存在，只因與寶玉青梅竹馬，「日則同行同坐，夜則同息同止」，兩人之間培養出深厚的情誼而互相瞭解，所以才會「言和意順，略無參商」，彼此的關係本質上屬於一種知己的形態，作者也用「友愛」來形容這兩個人的情分。

到了第七回送宮花的一段情節，則非常突出地顯現了林黛玉「目無下塵」的性格，她只關心花是不是單送給她的，因為那樣才能表示唯我獨尊的地位，而當別人的答案並非她所喜歡或期望的時候，她便毫不領情了，當下冷笑說：「我就知道，別人不挑剩下的也不給我。」周瑞家的聽了，一聲兒也不言語。從人情來說，當別人送禮物給我們時，就算再怎麼不喜歡，現場也不應該當面嫌棄而踐踏別人的心意，而黛玉這般的做法不但踐踏他人的好意，也對長者非常不敬。

在賈府此等非常講究尊卑的家族中，基於人情的調節原則，周瑞家的事實上擁有很高的威勢，以至於劉姥姥第一次進榮國府的時候，就是找周瑞家的幫忙引薦，而周瑞家的本身也想「要顯弄自己的體面」，因此並不推辭，表示「不過用我說一句話罷了」，而說一句話便能夠發揮作用，突破重圍直達天聽，見到王熙鳳當面求助，則其地位不言可喻。讀者須知，在賈家這等的地方，那些年資較深、服侍過長輩的下人們，他們的地位比年輕的主子地位還要高，此一家庭風俗是不成文的規矩。

簡而言之，周瑞家的身為王夫人的陪房，其地位是很高的，但是林黛玉卻不把她放在眼裡，不僅對她冷笑，講出口的話還相當尖銳，帶有指責她的不滿意味，而周瑞家的也只能逆來順受，不敢有任何的反應。把這些點點滴滴的現象加起來統整並觀，都顯示出林黛玉根本不是一般人所以為的寄人籬下的灰姑娘，這實在是讀者應該要調整的認知。

「專挑人的不好」

第八回中，寶玉前往薛姨媽處看望寶釵，而隨後黛玉也到了，薛姨媽留兩人下來吃東西。寶玉飲酒三杯過後，奶娘李嬤嬤怕寶玉喝多了傷身體，大家都要遭罪，忙上來攔阻，黛玉便推寶玉，悄悄地咕噥說：「別理那老貨，咱們只管樂咱們的。」「老貨」的說法其實是很難聽的，何況古時奶媽的地位與陪房不相上下，因為在傳統文化的觀念中，奶水是由血變成的，用奶水去哺育一個嬰兒，形同用生命去滋養他，所以功勞很大，不僅是旗人家庭這般看待，在整個中國傳統社會裡也是如此，從六朝開始，乳母即很明確地被視為「婢之貴者」，她個人連同其子女都會受到很多優待。

必須說，寶玉的乳母李嬤嬤確實有點倚老賣老，自恃有恩於寶玉和賈家，便拿腔作勢，濫用很多的特權，她也曾說過：「別說我吃了一碗牛奶，就是再比這個值錢的，也是應該的。難道待襲人比我還重？難道他不想想怎麼長大了？我的血變的奶，吃的長這麼大，如今我吃他一碗牛奶，他就生氣了？我偏吃了，看怎麼樣！」（第十九回）當然，一個人是否可以居功要挾，這個問題得要另當別論，但是李嬤嬤因為乳母的身分，連王熙鳳都對她十分禮遇，尊重相待，因此在李嬤嬤鬧事的時候，王熙鳳也不敢對她不敬，而只是客氣地把她哄走。就此而言，反觀林黛玉的作為，確實是有失教養，她不應該用那般尖刻的語言來表達對「婢之貴者」的不滿。而後當李嬤嬤請黛玉勸誡寶玉時，黛玉的反應更是冷笑道：

> 我為什麼助他？我也不犯著勸他。你這媽媽太小心了，往常老太太又給他酒吃，如今在姨媽這裏多吃一口，料也不妨事。必定姨媽這裏是外人，不當在這裏的也未可定。

不可諱言，這種尖銳的話語其實已經有些挑撥離間的意味，於是李嬤嬤聽了，又是急，又是笑，說道：「真真這林姐兒，說出一句話來，比刀子還尖。」就連坐在旁邊的寶釵也忍不住笑著，把黛玉腮上一擰，說道：「真真這個顰丫頭的一張嘴，叫人恨又不是，喜歡又不是。」顯然林黛玉講起話來往往讓身邊的人感受到很大的壓力，旁人會十分尷尬以至於不知如何是好，雖說那或許可以算是她口才伶俐的一種表現，然而這一段情節中林黛玉是真的表現得太過度，到了出口傷人的地步，已經不能用純真、率直來加以解釋。

再看第十六回，寶玉將北靜王水溶所贈的鶺鴒香串珍重取出，誠心誠意地轉贈給黛玉，沒想到黛玉卻說：「什麼臭男人拿過的！我不要他。」北靜王作為郡王，為人尤其謙和，書中的描寫事實上是給予他很多讚美的，寶玉也非常珍視這個禮物，特意等黛玉從江南奔喪回來後轉贈予她，可是黛玉卻不屑於此，還「擲而不取」，丟還給寶玉。

又第十七回，寶玉因為和黛玉發生了一些爭執，黛玉沒弄清楚狀況便任性賭氣剪了香袋子，寶玉只好陪笑央求黛玉改天再做一個香袋給他，黛玉的回答則是「那也只瞧我高興罷了」。而第十八回元妃回府省親時，黛玉本來是想藉此機會大展奇才將眾人壓倒，可沒想到元妃讓大家「各題一匾一詩，隨才之長短」，每個人只作一首詩，她便覺得未能展其抱負而心中不快。由這幾回的情節，我們可以很清楚地看到，此一階段中的林黛玉總是把她的情緒直接流露在外，而明眼人一目瞭然，當下大概就知曉她的個性了。

到了第二十回，史湘雲終於忍受不了林黛玉那比刀子還尖的流彈四射，於是禁不住反擊道：

他再不放人一點兒，專挑人的不好。你自己便比世人好，也不犯著見一個打趣一個。

誠然，此一「專挑人的不好」的「打趣」行為，便等於是在人家的傷口上灑鹽，根本一點也不有趣。從心理學的角度來說，佛洛伊德即指出這種做法絕對不是出於單純的幽默感，事實上常常開人家玩笑的人，其內在具有一種他自己都不自覺的心理需求，那就是從中獲得一種宰制性的快感，因為開玩笑是最好的心理防衛機制，不但可以在刺到別人的同時，讓對方不好當真發作，更可以掩護自己潛意識裡其實想要宰制別人的欲望。既然只是開玩笑而已嘛！沒什麼大不了，於是自己就不以為意，而被傷到的人也只好勉強忍耐。

正因為如此，我們常常可以看到好朋友之間因為過度玩笑而翻臉。事實上，即使是至親好友都不可以任意逾越界限，切勿以為逾越界限才代表關係親密，親密關係中絕不包括逾越界限所帶來的侵犯，可嘆那卻是很常見的嚴重誤解。脂硯齋便曾指出寶、黛之間其實是「近中遠」，以為彼此十分親近，便覺得自己可以對對方為所欲為，這根本是一種很要不得的心態。真正的愛是要懂得彼此尊重，設身處地去體會對方的感受，而不是任意逾越界限進而傷害到對方，必須說，凡是逾越界限的愛便不是真正的愛，那只不過是任性地想要索取一種心理上的滿足，並且此一心理需求往往會透過侵犯的方式來表達，真是一個非常顛倒的、被自己的潛意識所包裝的不良心態。

回到第二十回，面對黛玉這般的「打趣」，湘雲終於反擊了，此時黛玉還不甘示弱，要去追打湘雲，緊接著來到第二十一回，寶玉便趕緊介入這兩個人的茶壺裡的風暴，勸慰黛玉道：「誰敢戲弄你！你不打趣他，他焉敢說你。」這段話可以證明平時只有林黛玉打趣別人的份，而大家都是默默忍受或是大方包容，由此顯示了黛玉自我中心的性格養成與周圍給予的縱容環境密不可分，尤其寶玉用到「誰敢」、「焉敢」二詞，清楚表明黛玉在賈府中確實是一位天之驕子，旁邊沒有人敢指責她。嚴格來說，這種「自我中心」和「個人主義」一點都不是人格價值，並不值得讚美，而黛玉之後靠著自己的靈慧意識到寶釵是在由衷地教導她，因而幡然改悟，這也可以證明黛玉不是一個令人討厭的人，因為她懂得自我反省，也懂得感謝他人的善意。

「打趣」薛寶釵

只不過，前期的黛玉確實存在著自我中心的性格特質，尤其是第三十四回中，當她看到無精打采、臉上帶淚的寶釵時，再度呈現出嘴裡刻薄的缺點。我們先看寶釵唯一一次痛哭不止的原因，即被她的哥哥大大地冤枉。寶釵的哭泣不僅很罕見，而且她還哭了一整夜，第二天更繼續哭將起來，可想而知此一情況非比尋常，其中的緣故，是只以我們當今的時代價值觀乃至整個意識形態所完全不能夠體會的，因此我們要仔細分析寶釵這一次絕無僅有的痛哭的因由，藉此也可以和黛玉後期的轉變做一個很好的參照架構。

整件事的肇端是寶玉挨打，大家紛紛猜測到底是誰在賈政面前說了寶玉不堪的閑話，也都懷疑是薛蟠洩露的口風。然而世間的道理就是如此玄妙，平素薛蟠確實口沒遮攔，但這一次卻偏偏真的不是他之所為，因此當寶釵以此勸誡哥哥的時候，被冤枉的薛蟠急得眼似銅鈴一般，嚷道：

「真真的氣死人了！賴我說的我不惱，我只為一個寶玉鬧的這樣天翻地覆的。」寶釵道：「誰鬧了？你先持刀動杖的鬧起來，倒說別人鬧。」薛蟠見寶釵說的話句句有理，難以駁正，比母親的話反難回答，因此便要設法拿話堵回他去，就無人敢攔自己的話了；也因正在氣頭上，未曾想話之輕重，便說道：「好妹妹，你不用和我鬧，我早知道你的心了。從先媽和我說，你這金要揀有玉的才可正配，你留了心，見寶玉有那勞什骨子，你自然如今行動護著他。」話未說了，把個寶釵氣怔了，拉著薛姨媽哭道：「媽媽你聽，哥哥說的是什麼話！」薛蟠見妹妹哭了，便知自己冒撞了，便賭氣走到自己房裏安歇不提。

在爭辯的過程中，薛蟠見寶釵說的話句句有理，根本無法反駁，因而更是心急，又因他正在氣頭上，以他本來顧前不顧後的個性，一心只想設法拿話堵寶釵，於是未曾考慮話之輕重，便開始訴諸一種非理性的野蠻方式，信口指控寶釵是留心於有玉的寶玉，才會這樣護著他。歪派寶釵對寶玉有私情，那是非常嚴重的道德控訴，我們得要回到《紅樓夢》中的價值觀才能夠理解，而理解之後才會知道為什麼寶釵會那般傷心，以及薛姨媽會氣得渾身亂戰，都是出於同一個原因。且看第三十四回描述道：

這裏薛姨媽氣的亂戰，一面又勸寶釵道：「你素日知那孽障說話沒道理，明兒我叫他給你陪不是。」寶釵滿心委屈氣忿，待要怎樣，又怕他母親不安，少不得含淚別了母親，各自回來，到房裏整哭了一夜。次日早起來，也無心梳洗，胡亂整理整理，便出來瞧母親。可巧遇見林黛玉獨立在花陰之下，問他那裏去。薛寶釵因說「家去」，口裏說著，便只管走。黛玉見他無精打彩的去了，又見眼上有哭泣之狀，大非往日可比，便在後面笑道：「姐姐也自保重些兒。就是哭出兩缸眼淚來，也醫不好棒瘡！」

緊接著故事來到了第三十五回，作者繼續往下寫道：

話說寶釵分明聽見林黛玉刻薄他，因記掛著母親哥哥，並不回頭，一徑去了。……且說薛寶釵來至家中，只見母親正自梳頭呢。一見他來了，便說道：「你大清早起跑來作什麼？」寶釵道：「我瞧瞧媽身上好不好。昨兒我去了，不知他可又過來鬧了沒有？」一面說，一面在他母親身旁坐了，由不得哭將起來。薛姨媽見他一哭，自己撐不住，也就哭了一場，一面又勸他：「我的兒，你別委曲了，你等我處分他。你要有個好歹，我指望那一個來！」薛蟠在外邊聽見，連忙跑了過來，對著寶釵，左一個揖，右一個揖，只說：「好妹妹，恕我這一次罷！原是我昨兒吃了酒，回來的晚了，路上撞客著了，來家未醒，不知胡說了什麼，連自己也不知道，怨不得你生氣。」寶釵原是掩面哭的，聽如此說，由不得又好笑了，遂抬頭向地下啐了一口，說道：「你不用做這些像生兒。我知道你的心裏多嫌我們娘兒兩個，是要變著法兒叫我們離了你，你就心淨了。」薛蟠聽說，連忙笑道：「妹妹這話從那裏說起來的，這樣我連立足之地都沒了。妹妹從來不是這樣多心說歪話的人。」薛姨媽忙又接著道：「你只會聽見你妹妹的歪話，難道昨兒晚上你說的那話就應該的不成？當真是你發昏了！」薛蟠道：「媽也不必生氣，妹妹也不用煩惱，從今以後我再不同他們一處吃酒閑逛如何？」寶釵笑道：「這不明白過來了！」薛姨媽道：「你要有這個橫勁，那龍也下蛋了。」薛蟠道：「我若再和他們一處逛，妹妹聽見了只管啐我，再叫我畜生，不是人，如何？何苦來，為我一個人，娘兒兩個天天操心！媽為我生氣還有可恕，若只管叫妹妹為我操心，我更不是人了。如今父親沒了，我不能多孝順媽多疼妹妹，反教娘生氣妹妹煩惱，真連個畜生也不如了。」口裏說著，眼睛裏禁不起也滾下淚來。薛姨媽本不哭了，聽他一說又勾起傷心來。寶釵勉強笑道：「你鬧夠了，這會子又招著媽哭起來了。」薛蟠聽說，忙收了淚，笑道：「我何曾招媽哭來！罷，罷，罷，丟下這個別提了。叫香菱來倒茶妹妹吃。」寶釵道：「我也不吃茶，等媽洗了手，我們就過去了。」薛蟠道：「妹妹的項圈我瞧瞧，只怕該炸一炸去了。」寶釵道：「黃澄澄的又炸他作什麼？」薛蟠又道：「妹妹如今也該添補些衣裳了。要什麼顏色花樣，告訴我。」寶釵道：「連那些衣服我還沒穿遍了，又做什麼？」一時薛姨媽換了衣裳，拉著寶釵進去，薛蟠方出去了。

由寶釵和薛姨媽的嚴重反應，以及薛蟠在事後氣消了，恢復理智以後，也察覺到自己實在是說了太過分的話，因而百般追悔地想要努力彌補妹妹，把這些相關人物於當場和事後的所有反應加起來，我們只能得出一個認識，即當薛蟠胡說寶釵心裡對寶玉有私情的時候，便足以造成全家大亂。而這到底有什麼嚴重性呢？歸根究柢只有一個原因，即對於他們這種人家而言，未婚女性只要心中有私情，那其實就形同失去了貞潔，縱使沒有流於任何行為上的不檢，但結婚之前對任何一個親近的男子產生關於婚姻、戀愛的私情，對她們來說都是罪不可赦的，形同失貞！因此第二回脂硯齋也夾批道：「女兒原不應私顧外人之謂。」這種情況與民歌傳唱中直率宣稱「阿婆不嫁女，那得孫兒抱」的平民少女完全不同。

所以，曹雪芹在第一回便開宗明義，藉由石頭之口嚴正聲明：《紅樓夢》此書「雖其中大旨談情，亦不過實錄其事，又非假擬妄稱，一味淫邀艷約、私訂偷盟之可比」，完全不同於「佳人才子等書，則又千部共出一套，且其中終不能不涉於淫濫」，顯然「私訂偷盟」即為「淫濫」，也因此薛蟠講出口的那幾句話所產生的後果是非常嚴重的，包括寶釵和薛姨媽會那等悲痛，事後薛蟠也深自愧悔，原因都在於此。然而黛玉在刻薄寶釵時，不也是以同樣的方式嗎？黛玉的言外之音，很顯然就是在指控或歪派寶釵因為擔心、憂慮寶玉的傷勢，所以才會哭泣，而那和薛蟠的攻擊力道是一樣的，甚至更加強大。

其實這般的做法實屬非常不應該，尤其是當對方已經處於一種困苦、傷痛的狀況下，還用極為尖酸刻薄的言論加以數落，給予道德汙蔑，那絕對不是一位君子該有的作風。從一般的道理而言，黛玉看到寶釵臉上帶著淚痕時，還以如此嘲諷、尖刻的言語落井下石，就這個行為來說，其中所隱含的心態並不比薛蟠高尚，甚至更為過分，畢竟薛蟠是情急之下未經思索的魯莽，而黛玉卻是存心的故意為之，實在很不足取，所以小說的敘事者在第三十六回的開頭也用「刻薄」二字來形容黛玉，足見「刻薄」確實是早期黛玉的一個性格缺陷。據此必須說，黛玉事實上是有缺點的，理性的讀者不應該護短，更不應該加以美化。

此外，關於黛玉的言語尖銳，第三十七回也有提到，當時探春對黛玉說「你別忙中使巧話來罵人」，起因在於起詩社之際大家要各取別號，以為雅稱，探春自稱「最喜芭蕉，就稱『蕉下客』罷」，而黛玉聽了便揶揄探春是一隻鹿，因為「古人曾云『蕉葉覆鹿』。他自稱『蕉下客』，可不是一隻鹿了？快做了鹿脯來」。透過林黛玉「忙中使巧話來罵人」的習慣行為，顯示出黛玉確實常常使用很尖銳的侵略性話語，但是語言修辭上又很巧妙，這是黛玉在前期階段很常見的一種言說特色。

「本性懶與人共」

接著，再看其他情節所涉及的黛玉的相關個性。第二十二回提到黛玉「本性懶與人共，原不肯多語」，她懶得理會別人，也不想多和人家說話，常將自己關在個人的世界中流連品味。在同一回中，史湘雲因為率直指出臺上唱戲的小旦裝扮上像林妹妹的模樣，而導致兩人彼此的不和，寶玉費勁地在其間調停時，竟又弄巧成拙，落入兩邊不是人的困窘，於是對湘雲發誓表白自己的誠心誠意，湘雲便不滿地說道：「大正月裏，少信嘴胡說。這些沒要緊的惡誓、散話、歪話，說給那些小性兒、行動愛惱的人、會轄治你的人聽去！別叫我啐你。」所謂的「行動愛惱」意指動不動就愛生別人的氣，無論對方怎麼做，都會不如她的意，所以周邊人和黛玉相處的時候都戰戰兢兢，生恐一不小心便得罪了她。

黛玉還有一個癖性，那便是潔癖。且看第二十五回，寶玉被黑心的賈環潑了熱燙的燈油，左邊臉上燙出了一溜燎泡，於是黛玉去看望他：

寶玉見他來了，忙把臉遮著，搖手叫他出去，不肯叫他看。——知道他的癖性喜潔，見不得這些東西。林黛玉自己也知道自己也有這件癖性，知道寶玉的心內怕他嫌髒，因笑道：「我瞧瞧燙了那裏了，有什麼遮著藏著的。」一面說，一面就湊上來，強搬著脖子瞧了一瞧，問他疼的怎麼樣。

黛玉確實是癖性喜潔，但因為對方是寶玉，當然也就形同自己了，於是不以為髒。除此之外，黛玉的潔癖是人盡皆知，連第四十回賈母帶著劉姥姥逛大觀園，中途和眾人蒞臨秋爽齋參觀的時候，都說：「咱們走罷。他們姊妹們都不大喜歡人來坐著，怕髒了屋子。……我的這三丫頭卻好，只有兩個玉兒可惡。回來吃醉了，咱們偏往他們屋裏鬧去。」三丫頭探春確實比較能夠平衡自我的私領域與群體的公共場合，不比那些矜持的上等人家子女們很容易畫地自限，二玉尤為其最，所以賈母才會愛憐地說「只有兩個玉兒可惡」。

除了潔癖之外，黛玉還懶於女紅針黹。同樣在第二十五回中還提到，黛玉因為閨中生活乏味，百無聊賴之下便和紫鵑、雪雁做了一回針線，針線乃是閨中女性日常必須分擔的活計，但黛玉做後更覺煩悶，便丟開不管了。第三十二回透過襲人的口中可以得知：「他可不作呢。饒這麼著，老太太還怕他勞碌著了。大夫又說好生靜養才好，誰還煩他做？舊年好一年的工夫，做了個香袋兒；今年半年，還沒見拿針線呢。」可見黛玉基本上是不碰女紅的，以至於一年只做一個香袋兒，有時過了大半年，連針線都不曾動過，顯然她對針線的態度是越做越覺得煩悶，一點都沒有讓她開心起來。既然賈母都怕她勞碌著了，那就更是完全不用碰針線了。

言語舉止上的失禮

至於第二十五回的後半部分，則表現出黛玉不類大家閨秀的脫軌舉止。當時寶玉因為法術消退，而慢慢醒過來，林黛玉放了心，便念了一聲「阿彌陀佛」：

> 薛寶釵便回頭看了他半日，嗤的一聲笑。眾人都不會意，賈惜春道：「寶姐姐，好好的笑什麼？」寶釵笑道：「我笑如來佛比人還忙：又要講經說法，又要普渡眾生；這如今寶玉、鳳姐姐病了，又燒香還願，賜福消災；今才好些，又管林姑娘的姻緣了。你說忙的可笑不可笑。」林黛玉不覺的紅了臉，啐了一口道：「你們這起人不是好人，不知怎麼死！再不跟著好人學，只跟著鳳姐貧嘴爛舌的學。」一面說，一面摔簾子出去了。

此時黛玉在聽了寶釵的話以後，不覺地紅了臉啐了一口，大家要注意，只要黛玉是紅了臉即表示她並沒有生氣，甚至心裡是高興的，否則她不會只是簡單地「啐了一口」；而當提到「姻緣」此一閨中未婚女兒們的雷區或是禁忌時，她罵道：「你們這起人不是好人，不知怎麼死！再不跟著好人學，只跟著鳳姐貧嘴爛舌的學。」然後便摔簾子出去了。我們都知道，摔簾子、摔門、摔東西等動作真的是一種很沒教養、很粗野的舉止，從我們自己的經驗中想一想，縱然是現代平等寬容的親子關係，也不能忍受這類沒有教養的行為，何況是注重優雅舉止的書香世家！所以，黛玉摔簾子看上去雖然很平常，但回到小說中賈府注重禮法的家庭背景來看，其實一點都不平常，其他的閨秀少女如賈家的嫡系四春都沒有類似作風，更顯示出黛玉在言行舉止上頗為小家子氣，沒有大家閨秀端莊合宜的舉止風範，當然那也是她被縱容的一個後果。

在此我做一個補充，黛玉很多言語舉止上的失禮甚至粗野的表現，都集中於所謂的前半期，即第四十二回至第四十五回之前，在第二十回、第二十五回、第二十八回、第三十回、第五十七回裡，黛玉都有「啐了一口」的行為，除了第五十七回算是後半期的表現之外，我們可以發現其餘都出現於前半期。而且值得注意的是，黛玉也是小說中除了王熙鳳之外最常「啐了一口」的人。可王熙鳳沒有讀過書，也不大接受過閨秀的教養，所以才會如此潑辣，而林黛玉竟然在這一點上和王熙鳳很接近，實在是值得我們去比較和思考的。

另外，不僅第二十五回有「摔簾子」的動作，第二十八回和第三十回裡黛玉還出現了「甩手帕」，其中第二十八回的「甩手帕」更是直接甩到寶玉的臉上：

> 只見林黛玉蹬著門檻子，嘴裏咬著手帕子笑呢。寶釵道：「你又禁不得風吹，怎麼又站在那

風口裏？」林黛玉笑道：「何曾不是在屋裏的。只因聽見天上一聲叫喚，出來瞧了瞧，原來是個呆雁。」薛寶釵道：「呆雁在那裏呢？我也瞧一瞧。」林黛玉道：「我才出來，他就『忒兒』一聲飛了。」口裏說著，將手裏的帕子一甩，向寶玉臉上甩來。寶玉不防，正打在眼上，「噯喲」了一聲。

整體而言，「啐了一口」、「撂剪子」、「擲香串」、「蹬著門檻」、「甩手帕」及「摔簾子」等動作，都不是世家大族的千金該有的舉止，那完全不符合她們該等家族的禮法教養；特別是「蹬著門檻」的姿勢，堪稱為一個不雅的舉動，賈府上上下下的眾女兒中，也唯有王熙鳳和林黛玉兩個人出現過這般的行為體態。不只如此，林黛玉與王熙鳳的相像之處還在於口說粗話上，王熙鳳常罵人「放你娘的屁」（見第七回、第十六回、第六十七回），而除鳳姐之外，賈府中還有三個人出現過類似的用語，即第十九回林黛玉對寶玉直言「放屁」，第三十一回史湘雲笑罵翠縷說「放屁」，以及第七十三回晴雯對上夜的人說「別放謅屁」。對此，我要特別提醒大家，試想這三個人有沒有共同的家世背景或成長環境？答案是有的，一則她們都是沒有父母的孤兒，二則晴雯和黛玉一樣又是賈府中被嬌慣的寵兒，再度證明性格與環境密不可分的關係。

接著再看有關黛玉心胸狹窄、愛鬧脾氣的描述。第二十七回裡，寶釵內心的思考是「林黛玉素習猜忌，好弄小性兒的」，紅玉心中也想著「林姑娘嘴裏又愛刻薄人，心裏又細」，這其實都是林黛玉為讀者所熟悉的特點，尤其與寶玉之間的關係就更是如此，她常常拈酸歪派，掀起許許多多的事端，甚至引起砸玉、鉸穗等重大事件。確實必須說，種種事故都出於黛玉的心理不安全感，以及她小性兒、鑽牛角尖、常常歪派別人的個性。黛玉的貼身侍女，即與她情同姊妹，對她一心一意、赤膽忠心的紫鵑也曾中肯地勸說過：「好好的，為什麼又剪了那穗子？豈不是寶玉只有三分不是，姑娘倒有七分不是。我看他素日在姑娘身上就好，皆因姑娘小性兒，常要歪派他，才這麼樣。」（第三十回）足見黛玉的小性兒不但是賈府中各色人等一致的共識，也是一個客觀的事實。

天性喜散不喜聚

至於黛玉的「孤僻」，可以說是源自她喜散不喜聚的感傷性格，在第三十一回中，黛玉與寶玉兩人便展現了完全不同的聚散觀。當時王夫人於端午佳節治辦了酒席，席間卻因寶玉「沒精打彩」而引發眾人一連串「懶懶的」、「不自在」、「淡淡的」之意興闌珊，最後「也都無意思了」，於是很快地散席。這對黛玉來說並沒有造成什麼影響，因為：

> 林黛玉天性喜散不喜聚。他想的也有個道理，他說，「人有聚就有散，聚時歡喜，到散時豈不清冷？既清冷則生傷感，所以不如倒是不聚的好。比如那花開時令人愛慕，謝時則增惆悵，所以倒是不開的好。」故此人以為喜之時，他反以為悲。那寶玉的情性只願常聚，生怕一時散了添悲；那花只願常開，生怕一時謝了沒趣；只到筵散花謝，雖有萬種悲傷，也就無可如何了。因此，今日之筵，大家無興散了，林黛玉倒不覺得，倒是寶玉心中悶悶不樂，回至自己房中長吁短嘆。

顯然寶玉這個人是很樂觀主義的，所以追求及時行樂，和黛玉的悲觀灰暗截然不同，這便不禁啟人設想：一旦他們結婚的話，倘若黛玉性格不改，則兩人成親之後是否能夠琴瑟和諧？因為雙方的價值觀、生命情調都非常不同，除非是以一種互補的方式相處，否則彼此之間必然會產生一些距離，隨著時間的推移越來越擴大，而漸行漸遠，終究無法彌補。那當然都已經無從推究，因為歷史是不能假設的。到了第三十二回裡，作者則說明黛玉心思放不開的缺點，寶玉寬慰黛玉道：

> 「你皆因總是不放心的原故，才弄了一身病。但凡寬慰些，這病也不得一日重似一日。」林黛玉聽了這話，如轟雷掣電，細細思之，竟比自己肺腑中掏出來的還覺懇切，竟有萬句言語，滿心要說，只是半個字也不能吐，卻怔怔的望著他。

從這一段情節可以看出兩人從小青梅竹馬，「言和意順，略無參商」，彼此心照不宣，相互之間已經深刻瞭解，到達不必落於言筌的程度，宛如靈魂知己。只不過，小說家對寶、黛之戀的描寫並沒有停留在如此單純或單一的層次，讀者卻因為昧於小說內容的複雜性，往往把這兩人的關係單一化。同樣在第三十六回中有一段情節，便是眾多讀者共有的盲點之一，曹雪芹說寶玉因為「獨有林黛玉自幼不曾勸他去立身揚名等語，所以深敬黛玉」，一如第三十二回裡寶玉也說道：「林姑娘從來說過這些混帳話不曾？若他也說過這些混帳話，我早和他生分了。」顯然那也是兩人可以長久維持知己之情的一個原因。

但是，黛玉「不曾勸」寶玉去立身揚名，是否即等於「反對」寶玉去立身揚名呢？必須說，兩者在本質上其實是不同的，原因也可能天差地別。黛玉之所以不曾說「這些混帳話」，「不曾勸」寶玉去立身揚名，很可能只是為了迎合寶玉，以免影響兩人的關係而導致雙方「生分」，如同先前第八回中，寶玉想要放任飲酒為樂而被李奶娘勸阻時，黛玉眼看寶玉掃興不悅便加以鼓動道：「別理那老貨，咱們只管樂咱們的。」可見黛玉的「不曾勸」以迎合寶玉的可能性最大。此外，黛玉的「不曾勸」至多也僅能算是默認寶玉的價值觀，畢竟她從未明確表示過類似的主張，不具備同等的積極性。然而不經思考的話，讀者就會很容易將二者混淆為一，或者想當然耳地做跳躍式的推論，那都是我們要努力避免的。在進行人文分析的時候，對各種地方真的都要非常講究，因為只要有一些細微的差異，便會「失之毫釐，謬以千里」。

第四十五回：黛玉的轉捩點

綜觀林黛玉的多心、喜歡歪派別人、好鑽牛角尖等自我束縛的風格，大部分都集中於第四十二回至第四十五回之前，所以曹雪芹早早便稱黛玉是「心較比干多一竅」，書中眾人也一致公認，在第三回、第八回、第二十二回、第二十八回、第三十回，至少五回以上都提到黛玉是多心的人，於第二十二回、第二十七回、第三十回、第四十九回則多次說她是小性兒。而到第四十五回的時候，黛玉自己更向寶釵親口坦承：「然我最是個多心的人，只當你心裏藏奸。」但值得注意的是，從第四十五回之後，小說中再也沒有任何一個地方提到黛玉多心，雖然她還是常常哭，但是眼淚已經逐漸變少，而且哭泣的原因和方式也都有了變化。

同時，我們再也沒有看到黛玉「啐了一口」、「摺剪子」、「擲香串」、「甩手帕」以及「摔簾子」等強烈的肢體行為、語言表現。除了第五十七回是個例外，推究其原因又與寶釵會對她的哥哥啐了一口的情況很類似，屬於至親的表現，因此整體而言，黛玉為人所熟悉的樣貌其實主要集中在第四十五回之前。至於第四十五回之後的林黛玉，則進入了性格非常不一樣的階段，也不再有刻薄多心等言行舉止，話語、肢體動作上都臻於優雅沉穩，所以第四十五回堪稱是林黛玉人格成長變化的一個轉捩點。

說明至此，我要再補充一點，林黛玉的形象在前半期還有一個非常有意思的地方，即關於頭髮的描述，那同樣都集中於前期階段。第十九回黛玉與寶玉玩笑時有「理鬢」的動作，第四十二回也有類似的情節，當時寶玉對黛玉遞個眼色：

> 黛玉會意，便走至裏間將鏡袱揭起，照了一照，只見兩鬢略鬆了些，忙開了李紈的妝奩，拿出抿子來，對鏡抿了兩抿，仍舊收拾好了，方出來。……寶釵笑指他道：「怪不得老太太疼你，眾人愛你伶俐，今兒我也怪疼你的了。過來，我替你把頭髮攏一攏。」黛玉果然轉過身來，寶釵用手攏上去。

值得注意的是，黛玉「理鬢」、「攏髮」的動作從來沒有在別人身上出現過，此一描寫絕非偶然所導致，而關於其中的象徵意義，可藉由《鐵約翰：一本關於男性啟蒙的書》的分析加以說明。該書聚焦於經典童話〈鐵約翰〉這篇故事，作者羅勃．布萊（Robert Bly, 1926-2021）論述主人公的成長啟蒙經驗，分析各個情節所隱藏的種種意涵，其中便對「毛髮」進行了心理分析，他指出，毛髮代表所有溫血動物的特性，因為爬蟲類等變溫動物是沒有毛髮的，所以毛髮代表哺乳動物特有的熱烈天性，例如暴怒、衝動、情緒化、凶猛、善妒等。在此，應該可以藉由此一觀察角度和面向，幫助大家認識早期林黛玉「理鬢」或「攏頭髮」這些動作所反映的性格特徵。

當然我們不應穿鑿附會，在運用上也不要太過死於句下，但兩相比較，還是可以發現曹雪芹的描寫和《鐵約翰》中所涉及的心理分析有著異曲同工之妙，來自於古今中外人心中的共同體認，那就是毛髮接近哺乳動物的溫暖，略為強化一點便會變成凶猛、善妒、暴怒、衝動等性格特徵。林黛玉前期的性格，也確實比較符合衝動、情緒化、愛生氣和善妒等，這些剛好吻合的地方都可以作為一個參照，也可以說明為什麼作者只在書中的前半部分描述了黛玉攏頭髮、理鬢等舉止，因為黛玉確實在早期階段中比較情緒化，更多地具有一種所謂熱烈的天性，較少受到文明和禮教的約制，這般的解釋可以幫助我們更多一些豐富的認識。

不過此處一定要補充的是，黛玉還算可愛，雖然有一些未達君子境界的行為表現，但她畢竟屬於正派人物，原因在於她懂得自我反省，也知道懺悔，只是嘴巴很硬，不願意口頭承認錯誤。例如第十八回，當黛玉誤以為她所贈予寶玉的香袋也給小廝們搶走時，便向寶玉道：

「我給的那個荷包也給他們了？你明兒再想我的東西，可不能夠了！」說畢，賭氣回房，將前日寶玉所煩他作的那個香袋兒——才做了一半——賭氣拿過來就鉸。寶玉見他生氣，便知不妥，忙趕過來，早剪破了。寶玉已見過這香囊，雖尚未完，却十分精巧，費了許多工夫。今見無故剪了，却也可氣。因忙把衣領解了，從裏面紅襖襟上將黛玉所給的那荷包解了下來，遞與黛玉瞧道：「你瞧瞧，這是什麼！我那一回把你的東西給人了？」林黛玉見他如此珍重，帶在裏面，可知是怕人拿去之意，因此又自悔莽撞，未見皂白，就剪了香袋。因此又愧又氣，低頭一言不發。

在此，我們看到黛玉不分青紅皂白便冤枉了寶玉，但是卻不妨礙她是一個正派的人，原因在於她懂得反省自己，所以自悔莽撞剪破了香袋。對於黛玉的這一行為，脂硯齋從旁批注道：「情癡之至。若無此悔，便是一庸俗小性之女子矣。」也就是說，如果林黛玉此時還是一副自以為「千錯萬錯都是別人的錯」的樣態，那麼她便真的淪為「庸俗小性之女子」了。幸好她懂得反省，如同她的重像晴雯，兩人的缺點真的很多，也談不上什麼偉大的人格，但是她們確實從不在背後暗箭傷人、說別人的壞話，這一點已經非常難得，也是她們兩個人之所以還是很可愛的原因。

換句話說，在前八十回中，黛玉和其他的金釵一樣，從來沒有任何一次在私底下排擠別人，或者「暗箭傷人」，背地裡說別人的是非，這一點誠然十分難得，因為那是一般人很難做到的，恐怕連很多喜愛黛玉的讀者也都沒有做到——例如在網絡上匿名攻擊別人，就不是黛玉會做的事。以這一點來看，林黛玉確實不失為一個正派的人物，而她的一些缺點也因此很容易被讀者所包容，並且她的感傷自憐更常常會引發出讀者更多的同情，從而忽略她的缺點。

成年禮

可是人一定要成長，必須讓自己學會做一個心態成熟的成人，那是每個人一定要面對的命運。千萬不要總是想著做一個任性的小孩，即使你的內在心裡確實有一個驕縱的、受傷的小孩，你也要懂得讓她（他）在你的身體裡沉睡。你可以在自我的世界裡為那個可憐的、不願意長大的，抑或是由於受傷太深，導致幾十年過去了，還仍然常常感到痛苦的小孩留一點空間，但即便如此，你都要懂得不要讓這個「小孩」躥出來，影響到正常的生活與健全的心靈。我想這在許多成年人的人生課題裡，真是非常重要的一環。

雖然人活著總會感到人生很艱苦、很沉重，但那就是我們的人生功課，是每個人都必須面對也無法逃避的生命課題。我們無法像彼得．潘一般永不長大，因為彼得．潘是存在於童話故事中，所以他可以在永無島（Neverland）上逍遙自在，但現實人間並非如此，尤其我們都知道《紅樓夢》所描寫的，是非常實際、符合現實邏輯和人情事理的上層社會，以及生活於其中各種形形色色的人，即使是黛玉、晴雯，也都無可避免地要面臨成長的考驗。因此，大觀園注定必然失落，時間總是往前走，不會因為誰而停留，生命也必然要向前進展，中途會看到豐富的人生景觀，但是最終的盡頭必然是死亡。

《紅樓夢》的作者來不及，或是不願意讓我們看到他所鍾愛的這些人物最終面臨死亡的那一幕，何況在那之前還有比死亡更可怕的衰老在等著她們。曾經有人感嘆道：「老比死更可怕。」確實，「美人遲暮」、「英雄白頭」、「朱顏辭鏡」是人生中很悲哀的一件事，就連李白也因此選擇活在永恆的春天裡，他的詩作從來不涉及任何作為現實存在物的生命必然會面臨的衰老退化；而與他不同的是，同樣身為偉大的詩人——「詩聖」杜甫，卻逼迫自己一定要去直視生命存在的所有真相。杜甫的詩中便經常寫到肉體在衰退毀損等令人不忍卒睹的可怕面向，譬如說腳底長繭或者半身不遂，眼睛昏花或是走不動等。我想這很可能正是杜甫比李白更偉大的地方，因為對杜甫來說，人生的分分秒秒，以及所有無論是令人愉悅的美好事物或是教人不悅的醜陋本質，都可以成為生命與詩歌的一部分，因為那本來就是世界的一部分。在面臨人生課題的層次上，李白確實比不上杜甫來得寬廣，卻無礙於二人各有千秋，畢竟不同的詩人在性格上也有所不同，可以為世界做出不同的貢獻。

對曹雪芹來說，無憂無慮、美麗鮮豔的青春年少一旦失落，便相當於人生的重大悲劇，因為成人即得承擔艱巨的責任和各種難題，所以他哀輓青春的必然失落，痛惜青春的一去不復返，他的《紅樓夢》也就寫到這些青春少男少女們所必定要面臨的所謂「成年禮」。在「成年禮」之前，大部分的人都是無憂無慮的，是可以放縱自我的，尤其在大觀園那般別有天地的獨特環境下，加上賈母對於孫輩特殊的寵愛，使得他們可以享受一般人難以望其項背的富貴場、溫柔鄉。但是，這一切終究會失落，因為時間一直在催促你成長，社會也逼迫你在一定的年紀就必須跨出自我的門檻，與整個世界接軌；而一旦跨出自我的門檻後便要負起責任，不再是無憂無慮的少男少女，可以去充分享受與現實人生沒有多少直接關係的春花秋月。

如何看待成年禮，如何看待一個人終究要告別青春年少，而去承擔成年世界的苦難和沉重的負擔，這些都是偉大的作家會面臨到，並且需要處理好的重大議題，而此一題材在《紅樓夢》中尤其令人心酸。既然幾乎所有偉大的作家、偉大的作品都需要處理「成長」的議題，就一定會涉及所謂的「失落純真」（fall from innocence）。對於「失落純真」，許許多多具有「童年懷鄉症」的人自是感慨萬千、唏噓不已，因為我們總是希望可以回到無憂無慮的母胎懷抱，在那裡有永恆的幻想，有美麗的泡泡，有五彩繽紛的樂園。一般說來，我們總是在社會適應不良的時候發作起「童年懷鄉症」來，從而渴望回到那段純真的年齡，酣睡在那無憂的搖籃裡。

於是「失落純真」成為非常多的作家與重要作品都會觸及的一個議題：少女們不再美麗無憂，她們終會成為成熟婦人，被生兒育女和家務所折磨，直到最後「雞皮鶴髮」，進入到所謂的「魚眼睛」階段，這也是《紅樓夢》中反覆出現的一個重大主題。如此的生命程序當然令人感慨，因為那意味著人生有很多珍貴的東西注定要失去，而人越成熟、越成長，便越得承擔這樣的必然性，直到接受它、坦然面對它，然後去迎向一個不再被這般的執念所糾纏的更寬廣世界，至此才是一個成熟的人應該發展出來的心胸。

所以，我們其實毋須為逝去的青春哀悼，也不需要再感嘆人們是否可以從「失落純真」的角度尋找到它所具有的積極意義，如果只是一味地回頭看，我們當然就會一直處在失落中，因為不想也不曾從失去的東西裡掙脫出來，便必然會永遠處在失落的境地，也即會自尋煩惱、作繭自縛；唯有向前看，意識到我們現在終究走到了這一步，才能體會到它所帶給我們的積極意義。

「通過儀式」三階段

從這個角度來說，黛玉必然是會成長的，事實也正是如此。而她成長的關鍵就發生在十五歲這一年，她和寶釵產生了「破冰之旅」，此一「破冰」並非簡單地只是兩個少女從敵對的關係中和解，實際上更意味著黛玉的整個人格從結構到內容都發生了變化，即從少女蛻變成為女性，黛玉也因此面臨著「失落純真」的問題——她不再像以前那般表裡如一。雖然我一直提醒大家「表裡如一」並不是一種「價值」，而是一種「特質」，但畢竟在「失落純真」之後，人總要學會如何應對周圍的複雜世界，很多人因此極不適應；只是我們其實不必為此而無奈感慨，反而應該要注意它對我們的人生有哪些積極意義。

在我看來，黛玉十五歲時與寶釵的「破冰之旅」其實牽動到她內在根本人格的整體改變，就此來說，黛玉於第四十二回至第四十五回的關鍵階段裡所表現出來的，正是一種成長的「通過儀式」。

「通過儀式」（rite of passage）是人類學的專有術語，幾十年以來已經成為人類學領域的一個常識（common sense），並且被普遍地運用於社會學、文學批評等專業領域。這個詞語的發明者是人類學家阿諾德．范．熱內普（Arnold van Gennep, 1873-1957），他在觀察原始部落之後發現：任何一個人類社會，無論是在初級的階段還是文明化的階段，其中的每個個體都必須面臨成長的要求，因為人一定要社會化，一定要進入周遭的社群裡。而整個成長過程的關鍵在於個體如何和周遭社會融為一體，如何被這個群體所接納，本質上必然都攸關個人人生的重大改變，因此而有所謂的「成年禮」，以社會的力量來幫助個體順利完成他的成長。對此，宗教學、民俗學等其他人文學科也都有所涉及，並提出許多非常精彩的相關研究。

很多學者告訴我們，原來傳統社會對於一個生命的成長是非常關注的，將之視為整個社會的任務，在所謂的「成年禮」這個儀式上，之所以會有諸多的安排和設計，其實就是要讓個體可以順利地和所屬的社會接軌。如果接軌不順利，該個體便會經歷非常慘烈的後果，他不單是會被其所屬的社會所排擠，甚至還更關係到他的生存問題，而一個人如果無法在他所存活的世界裡得到接納並獲取適當的定位，這個人的人格狀態及內在心理結構可能都會發生非常嚴重的扭曲和錯置，從而無法健全地發展，最後甚至會陷入所謂的「精神失常」。因此總的來看，成長的整個過程雖然極富奧妙，但其實也隱藏著許多風險。

事實上，成年的問題只有到了現代這個為時甚短，卻又很自以為是的時代才不被重視，譬如我們現在沒有「女兒節」，沒有男士的「加冠禮」等，那是在個體成熟時所要進行的一種正式表態以及對社會期許的承載。因為我們當今時代的人比較晚熟，布萊之所以要寫《鐵約翰：一本關於男性啟蒙的書》這一部有關男性啟蒙的童話解讀，就是發現到美國社會實在太奇怪了，近幾十年來把小孩子當成寵兒一樣在照顧、在放任，完全不要求他將來必須成為一個成年人。這種社會現象導致很多男孩子根本長不大，即使到了四、五十歲，心理上卻還是個小男孩，沒有辦法扮演父親的角色，不瞭解與妻子應該建立什麼樣的關係，不知道該如何負起家庭與社會的責任，以至於造成許多社會問題，包括酗酒、吸毒、性泛濫等，因此這本書當時在美國社會非常轟動。

平心而論，在如此奇特又自以為是的現代，我們常常認為當下人類的文明是最進步的，自由、民主又平等，是所有人類的歷史發展最終要達到的最高境界，但事實上這是一個非常荒謬的觀念。從某種程度上來說，現代人真的非常無知、狹隘，自以為代表唯一的真理，因此常常唾棄過去的傳統，瞧不起那些往身上抹灰，然後關在小茅屋裡的奇奇怪怪的成年禮儀式，認為那是落後民族才會出現的迷信。當抱持這種心態的時候，恰恰透露出我們具有現代人傲慢無知如同鄉巴佬的特徵。人類學家透過田野考察與分析已經告訴我們，其實那是人類始終要面臨的永恆不變的課題，所以熱內普指出所有孩子都必須成長為成年人，無論在人類歷史發展中的哪個階段，是初階還是現代，社會中都有所謂的「通過儀式」，只是表面上的具體形態有所不同。這個概念一經提出，便迅速受到人類學、社會學、宗教學、民族學等各方面的接納，並且很有效地解釋了很多的社會現象。

「通過儀式」，也有人翻譯成「過渡禮儀」，是指青少年要透過一個過渡性的儀式才能正式加入成人社會，而整個儀式的過程可能是象徵性的，也可能是實質性的。簡單來說，在青少年轉變為成人的轉捩點上的所謂「過渡禮儀」，基本上包括三個階段，這三個階段在不同的部落、不同的社會往往會表現出不同的具體內容，涉及人類紛繁複雜卻隱含著諸多共同意義的各種作為，譬如有的男孩會受到鞭打，據此證明能夠承受痛苦，然後才能期望他將來成為一個有擔當的成年人；有的是被關在茅屋裡挨餓幾天，以鍛煉出忍受孤獨、飢餓的能力；有的則是被驅逐到森林中，透過狩獵野獸去證明他擁有成年人的謀生條件，諸般形式無一例外都承受著生命成長的風險，但也唯有如此才能顯示該青少年確實已經具備成年的資格。

當然，種種的考驗與鍛煉都只發生在男性身上，因為女性不被當作文明的承擔者與推動者，女性的生命也不比男性有那麼多重要的階段性標記，例如「加冠」或是登科中舉等非常儀式性的里程碑，都是用來標示著男性進入不同人生階段的重大變化。相比之下，女性生命歷程的變化很簡單，她們的人生中大概只有兩件大事：第一件是結婚，那似乎就是最重要的「過渡儀式」；另外一件便是生產，所以對女性來說，所謂「通過儀式」的問題相對淡薄。

依據熱內普的分析，通常「通過儀式」的第一個階段是「分離」，即個體要從原來的生活脈絡中分離出來，只有剪斷那條「臍帶」才能繼續後面的過渡歷程；第二個階段是「過渡期」，此時個體開始從內在到外在都發生了許多變化，比如髮型、裝扮等，甚至身上還會帶著很多傷口，這個階段其實是一個人發生本質性變化的關鍵時刻，並且此一過渡通常會發生在封閉的空間中，唯此一特點在黛玉身上體現得並不明顯。在過渡階段，個體開始發生內在的轉變，同時個人的身分地位也可能會發生最戲劇性的變化，隨後進入一個新團體，那個新的團體可能還是由原來的成員所組構，但人與人的相對關係、所扮演的角色和原來的形態都會有所不同。因此，「通過儀式」的第三個階段便是「統合」，也就是「併入」，即個人以新的身分加入新的團體，成為其成員。

對女性而言，「結婚」完全可以印證「通過儀式」的三個階段：首先，在婚禮舉行之前，她是父母所嬌寵的小女孩，而婚禮使她脫離了原來的生活脈絡，發生最戲劇性的身分地位變化，從父母疼愛的掌上明珠突然之間變成別人的妻子、他家的兒媳，成為另一個家族裡的成員，以新身分統合併入一個新的群體，也就是她的婆家。這個「通過儀式」可以用來解釋婚禮在女性生命中的重大意義，對古人來說，婚禮對女性尤其關鍵，是攸關整個人生的自我定位的轉捩點，其重要性是我們今天所不能想像的。

如果以「通過儀式」來檢驗林黛玉的人生成長，我們會發現她還來不及活到結婚便死了，因為她要履行還淚的宿命，於是青春早夭，似乎缺乏結婚這個「通過儀式」。然而，在黛玉的少女生涯中，她其實是在成長的，甚至是飛躍性的成長，雖然表面上不著痕跡，可是如果仔細推敲、重新爬梳她的整個成長歷程中許許多多的生活細節，可以說她和寶釵之間的「破冰」正是黛玉的「通過儀式」。此一「破冰」實際上牽動到的是黛玉的整個人生和她的價值觀，甚至人格結構、性情特質也都有了很大的變化。

但曹雪芹實在太厲害了，他寫得不著痕跡，所以讀者才會對前期的林黛玉留下那麼深刻的印象，以至於她後來身上所發生的變化便很容易被視而不見，我也不是只讀十遍《紅樓夢》就發現了這樣的情況。可見研究一部大書真的要非常用心，而且要極其努力，尤其要開放自己的心胸和眼光，不被既有的成見所蒙蔽。

現在，我們便將「通過儀式」的概念擴大化、象徵性地運用在黛玉身上，看看她的「成年禮」究竟有哪三個階段。

新黛玉萌芽，取舊黛玉而代之

整體來說，人不可能在一瞬之間完全脫胎換骨，因此黛玉成長的種種變化也帶有漸進的痕跡，以至於舊有的面貌仍然會在轉換的過程中偶爾表露，而新舊並陳。比如第四十二回中，仍清晰可見熟悉的、舊有性格樣貌的林黛玉，她不但譏諷劉姥姥是「母蝗蟲」：「他是那一門子的姥姥，直叫他是個『母蝗蟲』就是了。」又嘲笑惜春畫才遲鈍：「這園子蓋才蓋了一年，如今要畫自然得二年工夫呢。又要研墨，又要蘸筆，又要鋪紙，又要著顏色，……」這些話聽起來非常尖刻，但因為讀者特別嬌寵黛玉，所以感覺上更像是閨中少女彼此間的笑鬧，無傷大雅，甚至會覺得頗有天真活潑的可愛之處，然而還是不宜把它們解釋為應有的良好行為。

隨後黛玉又嗔賴李紈，其話語生動有趣，實在精彩，不得不感嘆曹雪芹真是一個說故事的能手，他把很多細微的小情節敘寫得非常傳神，令人讀來津津有味。且先看黛玉嘲笑劉姥姥祖孫的那一段：

黛玉一面笑的兩手捧著胸口，一面說道：「你快畫罷，我連題跋都有了，起個名字，就叫作《攜蝗大嚼圖》。」

黛玉於此嘲笑劉姥姥和板兒，因為之前在兩宴大觀園時，桌上的各種食物都做得精緻小巧，祖孫兩人各吃一點就去了大半盤，那場面確實很像蝗蟲過境。黛玉稱之為〈攜蝗大嚼圖〉，這個比喻形容得逼真傳神，但也真的很刻薄，實在充滿鄙視而不留餘地，卻也把眾人心照不宣的共同感受表達得入木三分，因此：

眾人聽了，越發哄然大笑，前仰後合。只聽「咕咚」一聲響，不知什麼倒了，急忙看時，原來是湘雲伏在椅子背兒上，那椅子原不曾放穩，被他全身伏著背子大笑，他又不提防，兩下裏錯了勁，向東一歪，連人帶椅都歪倒了，幸有板壁擋住，不曾落地。

在這一段文字描繪中，湘雲乃「伏在椅子背兒上」，顯然她的姿勢是跨坐，整個人反坐在椅子上，兩手橫放在椅背上，所以大笑起來時才會重心不穩。於此要注意，這般的現象也唯有在史湘雲身上才能看到，因為如此豪放的坐法並不是閨秀淑女所應有的，我們不曾在其他金釵身上看到伏著椅背跨坐的姿勢。接下來的畫面是：

眾人一見，越發笑個不住。寶玉忙趕上去扶了起來，方漸漸止了笑。寶玉和黛玉作個眼色兒。黛玉會意，便走至裏間將鏡袱揭起，照了一照，只見兩鬢略鬆了些，忙開了李紈的妝奩，拿出抿子來，對鏡抿了兩抿，仍舊收拾好了，方出來，指著李紈道：「這是叫你帶著我們作針線教道理呢，你反招我們來大頑大笑的。」

其中寫到黛玉的頭髮有些鬆散了，那意味著什麼呢？深層一點來說，我之前引述《鐵約翰：一本關於男性啟蒙的書》時解釋過，在文學作品中人物形象的刻畫常常會提到毛髮，或是凸顯與毛髮相關的動作，從而去體現人物的情緒，例如熱情、衝動、任性等面向。如此說來，小說中唯獨黛玉被寫到幾次和頭髮有關的情節，豈不正暗示了黛玉的性格確實很有熱情、衝動、任性的部分？

這時「寶玉和黛玉作個眼色兒」，也說明二人相互之間已經到了非常瞭解、心照不宣的境界，黛玉收拾完頭髮，出來以後竟然又編派起無辜的李紈，聲稱都是她不務正業，帶著大家玩鬧，李紈自然不服，笑道：

「你們聽他這刁話。他領著頭兒鬧，引著人笑了，倒賴我的不是。真真恨的我只保佑明兒你得一個利害婆婆，再得幾個千刁萬惡的大姑子小姑子，試試你那會子還這麼刁不刁了。」林黛玉早紅了臉，拉著寶釵說：「咱們放他一年的假罷。」

在此，李紈所講的實際上是一個很可愛的玩笑話，可黛玉卻紅了臉，因為李紈的話語中涉及了婚姻，那是她們這種階級的閨中小姐不可以碰觸的話題，也正因為如此，黛玉才收斂下來，不再放刁。

從以上的各段情節來看，顯然林黛玉並不是一天到晚只會多愁善感、掉眼淚而已，她其實也很有起鬨搞笑的本事，所以黛玉的形象是立體多面的，我們絕不能把她的形象削足適履地單一化。

而當場的故事還沒完呢！嘲笑了劉姥姥、惜春，又歪派了李紈之後，黛玉接著開始打趣寶釵。由於寶釵在繪畫方面有非常專業的知識，便主動告訴惜春需要準備哪些器材，又需要如何操作，洋洋灑灑列出一大篇的物件清單。當寶釵提到需要「生薑二兩，醬半斤」時，黛玉立刻插話道：「鐵鍋一口，鍋鏟一個。」並說：「你要生薑和醬這些作料，我替你要鐵鍋來，好炒顏色吃的。」顏色竟然可以炒來吃！如此帶有詩人跳躍性思維的一句話，也只有黛玉才能說得出來，這種創造性的聯想別有一番非日常趣味的美感，化俗為雅，自然而然地讓讀者覺得黛玉很可愛、很優美。

但黛玉嘲笑了寶釵一次還不夠，接著她又去看單子，然後拉著探春悄悄地說：「你瞧瞧，畫個畫兒又要這些水缸箱子來了。想必他糊塗了，把他的嫁妝單子也寫上了。」這又是個關於婚姻的玩笑，可以說是加倍奉還之前自己被李紈調侃的事，只是轉嫁給了寶釵。我們接著看釵、黛二人之間的互動：

> 探春「噯」了一聲，笑個不住，說道：「寶姐姐，你還不擰他的嘴？你問問他編排你的話。」寶釵笑道：「不用問，狗嘴裏還有象牙不成！」一面說，一面走上來，把黛玉按在炕上，便要擰他的臉。黛玉笑著忙央告：「好姐姐，饒了我罷！顰兒年紀小，只知說，不知道輕重，作姐

姐的教導我。姐姐不饒我，還求誰去？」

請注意此時黛玉的反應，那絕不是讀者所熟悉的林黛玉，她竟然是「笑著央告」寶釵原諒她。為什麼黛玉會說出如此可憐見的軟語，這般苦苦地求饒呢？原來是因為之前才剛剛發生「蘅蕪君蘭言解疑癖」，寶釵教導她「女子無才便是德」，勸誡她不要去讀那些閒書和邪說雜話，這便是所謂的「蘭言」，指如同蘭花蘭草般芬芳的賢德話語。可見曹雪芹是贊同寶釵的訓誨的，所以才會把她所說的有關傳統婦德女教的言論稱為「蘭言」，在此我們絕不能用「反諷」來理解，因為那些話真正符合那個時代的價值觀，也因此黛玉才會心悅誠服，非常感激寶釵對她的好意。從黛玉自身的角度來看，她也清楚知道有些話自己根本不該說，可她卻常常容易在語言上「脫韁」失控，如今她幡然悔悟，於是請求寶釵的原諒。

而上述兩人互動的那些話語中所隱藏的「因」都是眾人所不知情的，大家「不知話內有因，都笑道：『說的好可憐見的，連我們也軟了，饒了他罷。』」接著小說描寫道：

寶釵原是和他頑，忽聽他又拉扯前番說他胡看雜書的話，便不好再和他廝鬧，放起他來。黛玉笑道：「到底是姐姐，要是我，再不饒人的。」寶釵笑指他道：「怪不得老太太疼你，眾人愛你伶俐，今兒我也怪疼你的了。過來，我替你把頭髮攏一攏。」黛玉果然轉過身來，寶釵用手攏上去。

既然寶釵原本只是和黛玉玩笑而不是故意找麻煩，所以也就立刻放過她，不再窮追猛打，可見她們已然成為一個和諧的整體了，因此相互之間可以這般親密又帶有肢體動作地嘲戲作謔，溫馨互動。看到寶釵放過了自己，黛玉又笑說：「到底是姐姐，要是我，再不饒人的。」由這句話清楚顯示出黛玉確實很有自知之明，也願意承認自己果真有缺點，總是一抓到別人的弱點或把柄便不會放過，而充分加以嘲笑，誠如第二十回湘雲所批評的：「他再不放人一點兒，專挑人的不好。」因此，黛玉雖然有缺點，但為人正派這一點絕對是可以成立的。再者，從寶釵的回應中也可以看到，黛玉之所以能夠討人喜歡並非沒有原因，只是我們不能因為她有那些優點便忽略她的缺點。

總括來看，這一回中的譏諷、嘲笑、嗔賴、打趣都是非常標準的「口角」，因此基本上可以判定一直到第四十二回，林黛玉仍處於轉變期，並且新舊並存，所以讀者依然能夠看到舊林黛玉的慣性表現。但是就在這同一回中，新的林黛玉也已經在悄悄地萌芽，並且逐漸要取舊黛玉而代之。

「蘅蕪君蘭言解疑癖」

對於「蘅蕪君蘭言解疑癖」而釵、黛破冰的一段情節，讀者和研究者常常有一個想當然耳的推論，聲稱是寶釵「收伏」了黛玉，因為寶釵擁有「意欲成為寶二奶奶的心機」！此處的「收伏」有點類似如來佛祖收伏了孫悟空的意思，那實在是一個不恰當的比喻，也是不正確的推論。首先，薛寶釵根本沒有必要去「收伏」林黛玉，以如此精明聰慧的寶釵來說，她絕不會使用如此拙劣又無效的手段，理由很簡單，在該等的大家族之中，婚姻大事向來都是父母之命，如果真有那般的心機，寶釵應當去「收伏」長輩們，完全不必在乎黛玉——真正有謀略有算計的人都不會去做這種沒用的蠢事。其次，說「收伏」就顯得太小看黛玉了，因為她心思過人，「心較比干多一竅」，絕對不是單純如同白紙，用三言兩語、幾分溫情便很容易收伏的人，何況對方又是她最猜忌的情敵，處處設防都唯恐不及，猶似滴水不漏的銅牆鐵壁，又哪裡會輕易潰堤？

回到文本重新看這一段描寫，便會發現寶釵所規訓的「女子無才便是德」的蘭言是完完全全切合那個時代的，尤其切合上層階級的價值觀，在這一點上，黛玉絕對不是不知道，更未有反對的心理，而只是沒那麼明確地加以遵守而已。身處於大觀園的寬鬆環境中、在賈母的寵愛下，黛玉有時候確實比較放縱自我，但是當她一旦被提醒，即觸動了內在的信念，而深深產生一種來自於內心的敬服，並對寶釵撤下心防。我們仔細來看這一段情節：

且說寶釵等吃過早飯，又往賈母處問過安，回園至分路之處，寶釵便叫黛玉道：「顰兒跟我來，有一句話問你。」黛玉便同了寶釵，來至蘅蕪苑中。進了房，寶釵便坐了笑道：「你跪下，我要審你。」黛玉不解何故，因笑道：「你瞧寶丫頭瘋了！審問我什麼？」寶釵冷笑道：「好個千金小姐！好個不出閨門的女孩兒！滿嘴說的是什麼？你只實說便罷。」

寶釵對裙釵們所處的階級定位十分清楚，她們是閨門不出、大門不邁的侯府千金，有些事是不應該知道的，這也是《紅樓夢》中所有階層的女孩子們都一致的共識。當寶釵聽到黛玉說了不該引述的話，而當面審問她時：

黛玉不解，只管發笑，心裏也不免疑惑起來，口裏只說：「我何曾說什麼？你不過要捏我的錯兒罷了。你倒說出來我聽聽。」寶釵笑道：「你還裝憨兒。昨兒行酒令你說的是什麼？我竟不知那裏來的。」黛玉一想，方想起來昨兒失於檢點，那《牡丹亭》《西廂記》說了兩句，不覺紅了臉，便上來摟著寶釵，笑道：「好姐姐，原是我不知道隨口說的。你教給我，再不說了。」寶釵笑道：「我也不知道，聽你說的怪生的，所以請教你。」黛玉道：「好姐姐，你別說與別人，我以後再不說了。」

於此，我要請大家特別注意，在寶釵還沒有具體指出昨日黛玉行酒令時到底說了什麼之前，黛玉已經先一步想起而發現昨兒「失於檢點」，顯然她自己根本早有這類的認知，因為此等人家的女孩子本來就不該碰那些雜書，誰會不知道？所以她一想到昨日引述了《牡丹亭》和《西廂記》的詞句便馬上紅了臉，顯示出由衷的心虛和理虧，由此可見，黛玉擺明從頭到尾、從內到外都知道這樣的行為是不對的。於是她當下便上來摟著寶釵，坦誠認錯、百般求饒，可想而知，那確實是一個非常嚴重的敗德行為，以至於別人才稍微點一下，黛玉立刻就出現如此羞愧求饒的強烈反應。這一點必須從人性中來理解：如果黛玉內心中缺乏同樣的認知，則縱使她錯了一百遍，也還是不願意承認的！但是，黛玉卻立刻做了這麼多的懺悔，顯然此種反應絕對不可能是受了寶釵的影響，因之才產生重大價值觀的改變，毋寧說，黛玉在價值觀上本來即有非常清楚的認知，始終和寶釵相一致。

現在，且來看看寶釵對黛玉說了哪些「蘭言」，讓黛玉知錯、認錯而改錯：

寶釵見他羞得滿臉飛紅，滿口央告，便不肯再往下追問，因拉他坐下吃茶，款款的告訴他道：「你當我是誰，我也是個淘氣的。從小七八歲上也夠個人纏的。我們家也算是個讀書人家，祖父手裏也愛藏書。先時人口多，姊妹弟兄都在一處，都怕看正經書。弟兄們也有愛詩的，也有愛詞的，諸如這些『西廂』『琵琶』以及『元人百種』，無所不有。他們是偷背著我們看，我們却也偷背著他們看。後來大人知道了，打的打，罵的罵，燒的燒，才丟開了。所以咱們女孩兒家不認得字的倒好。男人們讀書不明理，尚且不如不讀書的好，何況你我。就連作詩寫字等事，原不是你我分內之事，究竟也不是男人分內之事。男人們讀書明理，輔國治民，這便好了。只是如今並不聽見有這樣的人，讀了書倒更壞了。這是書誤了他，可惜他也把書遭塌了，所以竟不如耕種買賣，倒沒有什麼大害處。你我只該做些針黹紡織的事才是，偏又認得了字，既認得了字，不過揀那正經的看也罷了，最怕見了些雜書，移了性情，就不可救了。」

從寶釵的這一大段話中，我們可以看到傳統知識分子深入骨髓的濟世觀，雖然《紅樓夢》裡的詩詞那麼重要，但實際上，只有在閨閣內、在非正式的場合上、在有閒暇餘裕的空間中，詩詞才會變成他們消遣遊藝或是抒情言志的一種方式；一個讀書人是被國家或家族所期待的士人，儒家的那一套價值觀簡直可以說是他們細胞內的DNA，單單只有「詩」並不能構成士人完成生命之價值實踐的因子。如果不理解這一點，便很難以體會出他們「無材補天」的痛苦在哪裡，或者他們所追求的人生目標究竟在哪裡。李白一定是受到某種程度的政治挫折才寫了狂放的〈將進酒〉，他根本不認為創作〈將進酒〉是人生最高的意義；同樣地，要不是因為杜甫兩次科舉落第，沒辦法做官，他大概也不會把所有的精力放在寫詩上，也就不會有「詩聖」的產生。

再來看黛玉微妙的心理反應：黛玉在聽了這一席話之後，是「心下暗伏」。試想：如果有一個平常被自己視為敵人的人，心中一直在對此人百般防範猜忌，有可能會因為她的幾句話便徹底卸下防備之心嗎？顯然這種情況非常罕見，以林黛玉的多心多疑更是絕無可能。因此，除非自己本身便有一樣的價值觀，或很願意去接受這個觀念，否則沒那麼容易就立刻大幅度轉變，這才是人性的常態。所以，我們不應該脫離人性的框架之外去任意詮釋文本現象。毋寧說，林黛玉只是因為沒有受到那麼多的束縛，在行酒令的當時則是一時緊張之下的失察，才會稍微有一點失控的行為表現而已，那並不能用來證明她支持《西廂記》或《牡丹亭》的價值觀，更完全談不上反對禮教。

接下來，很快我們便看到林黛玉有了非常不同的改變，那也是黛玉乃一個正派人的原因——她後悔自己說了不應該說的話，出現不應該做的行為，並且很快地做出改善。其實，一個懂得反省自己的人不見得就會立刻知道自己的問題所在，這是我們常常遇到的情況，即雖然明明意識到有些地方不大對勁，卻找不出癥結在哪裡，因為很多道理不是單靠反省就能夠理解的，往往還需要別人的指點才能看到關鍵。根據我自己的經驗，那些會指出你缺點的人才是你真正的貴人，因為大多數的人是不願意自找麻煩的，君不見，我們好意地加以勸導，對方卻根本不領情，不但不感謝還反過來討厭你，那又何必吃力不討好？何況誰知道你今天固然是虛心求教，但十年後會不會誤解對方的好意，豈非無端貽害而惹禍上身！

於是在大多數的情況下，很多人便不願意直接提醒別人他的問題在哪裡，以至於每個人都需要非常辛苦地不斷反省，甚至糾結在很多的困擾裡不斷抽絲剝繭，才終於出現一點點的智慧之光，照亮自己的問題所在，而有了改進的可能。這真是一條非常漫長又辛苦、效率又極為低下的成長之路。所以，倘若有人願意把你的問題直接告訴你，讓你立刻撥雲見日，減少了摸索的時間和犯錯的機會，那真的是你的恩人、貴人！

如同我們之前提到的，在第二十二回寶釵的生日宴上，大家都看出來那位小旦長得像黛玉，然而所有人的反應都是「不肯說」或者「不敢說」，仔細分別一下，在現實世界裡「不肯說」的人占百分之九十九．九九九，剩下百分之零．零零一的人則是「不敢說」，而這百分之零．零零一的人正是我們要好好珍惜的，因為唯有當對方是真正地愛你，怕你傷心、怕你生氣才會不敢說，此即寶玉對黛玉的那一種態度。可是這種「不敢說」和「不肯說」結果一樣，恐怕某個程度上也是在姑息你，導致你不知道自己的問題，也因此不可能有所成長。

黛玉在「蘭言解疑癖」一段情節中的表現，讓人覺得她是一個懂得反省、希望自己能夠變得更好的可造之材，當她領略到有個人願意冒著得罪她的風險來教導她時，其實是感恩戴德的，因為她在那一刻感受到終於有人是真心地關愛她，而非不想惹麻煩地敷衍她、不理她。如果從這個角度來理解黛玉的話，應該能更合情合理地解釋以下的問題：為什麼寶釵單憑一番話便讓黛玉對她的看法有了徹底的改觀，而且黛玉自己在此後的階段中也出現巨大的改變？答案即在於：黛玉的改觀是因為她真切感受到寶釵對她無私的關心，而不是她之前所認為的「藏奸」，同時黛玉自己事實上也是願意受教的，以至於在相關條件配合的一個契合點上，剛好就冰釋了她之前的心防，而她本來便已心知肚明的價值觀也從此開始徹底地運用在日常生活中，因為她已不必像以前那般用某一種放逸的方式來武裝自己。

總歸來說，唯有真心對我們好的人才會告訴我們錯在哪裡，不惜忠言逆耳讓我們不愉快，因為只有出於真正的愛，才會擔心我們將來重蹈覆轍，繼續跌倒受傷，所以不惜有所得罪也要告訴我們不應該這麼做或應該怎麼做。猶如西方有句諺語說：「愛的相反不是恨，而是漠不關心。」人世間的真相，是大多數人根本不會關心你的情況如何，更不會提醒你的錯誤，畢竟你和那些人之間並沒有多少的關聯。但我們也毋須怪罪或為此怨懟，畢竟每個人都很有限，往往自顧不暇，也未承擔教導他人的義務，所以當別人花了時間、力氣，而且冒著得罪你的風險來告訴你有哪些問題，那真的是出自於由衷的關心，我們必須懂得並記得這一點！

回到成長的課題來看，透過薛寶釵的「蘭言」，林黛玉在這一瞬間所達到的心理改變，實在足以稱為一種「通過儀式」，經此「通過儀式」之後，黛玉事實上已然從原先的生活脈絡中分離出來，她不再是一個人關在瀟湘館中「孤高自許」、「懶與人共」，不再只和鸚鵡對話，而是開始走出瀟湘館，在人際之間建立起溫暖的情誼，擴大了她所關心的對象，可以說真的是發生戲劇性的身分變化，到後來甚至還有了「母親」薛姨媽，再度作為人家的「女兒」。黛玉確實在很多地方都象徵性地發生了變化，也加了一個「新」的地位團體，成為大觀園女性整體中的一員。

接下來，可以分幾個方面來探討黛玉遍布於其日常生活中的各種改變。

由「孤絕的個體」融入「和睦的群體」

首先一個主要的面向，便是由「孤絕的個體」融入到「和睦的群體」之中。前者最為讀者所熟悉，明確描述的地方包括：第五回的「孤高自許，目無下塵」，第二十二回提到林黛玉「本性懶與人共，原不肯多語」，第三十一回說「林黛玉天性喜散不喜聚。……既清冷則生傷感，所以不如倒是不聚的好。比如那花開時令人愛慕，謝時則增惆悵，所以倒是不開的好」，清楚呈現出這個時期的黛玉是一個很孤獨的人，但那也是她自己選擇的一種生活形態。第四十回賈母聲稱「只有兩個玉兒可惡」，不大喜歡人到他們的屋子裡坐著，怕髒了地方，由此當然也體現了黛玉的孤僻，天生有一種對人的嫌惡，所以此時的林黛玉還是一個孤絕的個體。

但是，當黛玉經歷了所謂的「通過儀式」之後，我們發現她融入了一個和睦的群體之中。在第四十八回裡，黛玉「見香菱也進園來住，自是歡喜」，而黛玉本是「懶與人共」，為什麼聽到和她並不怎麼相熟的香菱進園子來住，她心中會「自是歡喜」呢？這個與先前不同的心理反應，體現了她現在開始喜歡和人相處，大家在一起相濡以沫，比起孤單一人在瀟湘館內臨風灑淚要溫情得多。由此很明顯地可以看出，別人對她而言不再是需要排斥的敵對體，對改變以後的黛玉來說，他人是可以歡迎、接納而成為自己的延伸部分。

另外，第四十九回寫到大觀園中多了寶琴、李紋、李綺等新姊妹，「黛玉見了，先是歡喜」，這與她對香菱進園來住的反應是很一致的；加上有個「先」字，顯示黛玉的第一反應是替人高興、歡迎新朋友，接著才又「想起眾人皆有親眷，獨自己孤單，無個親眷，不免又去垂淚」，可知她自己感傷的脾性已經被放到其次。顯而易見，這個時期的林黛玉既不嫉妒，又以非常正面的心態來歡迎那些她並不認識的少女們，之後很快地又與新來乍到的薛寶琴親密非常，對她的得寵也心中毫無芥蒂，直接以姊妹相稱。之所以如此這般，其中一個原因是她認了薛姨媽為乾娘，填補了之前所失去的母愛，於是與寶釵、寶琴有如同胞共出，藉由「擬親緣關係」的建立而擴大為一個不限於自我的親密群體。所謂的「擬親緣關係」是由人為建構出來的親屬身分，而不是透過先天的血緣所造成，也因為「擬親緣關係」的建立，黛玉有了新的身分和地位，即薛家的女兒和姊妹。

關於黛玉和金釵們之間的姊妹情誼，第五十二回再度提到，當時寶釵姊妹與邢岫烟齊聚瀟湘館，和黛玉一共「四人圍坐在熏籠上敘家常」，彼此之間坐在一起沒有距離，大家非常友愛親近。此刻的黛玉真的不一樣了，她竟然有耐性去和別人閒聊瑣碎平凡的家常，與讀者先前所看到的只會關起門來獨自作詩的林黛玉，何其不同！

更有甚者，讓黛玉直接感受到重溫失去已久的母愛，是在第五十八回薛姨媽搬到瀟湘館與她同住的時候：

> 薛姨媽素習也最憐愛他的，今既巧遇這事，便挪至瀟湘館來和黛玉同房，一應藥餌飲食十分經心。黛玉感戴不盡，以後便亦如寶釵之呼，連寶釵前亦直以姐姐呼之，寶琴前直以妹妹呼之，儼似同胞共出，較諸人更似親切。

再看第五十九回中，黛玉主動去和寶釵一同吃飯的場景：

> 黛玉又道：「我好了，今日要出去逛逛。你回去說與姐姐，不用過來問候媽了，也不敢勞他來瞧我，梳了頭同媽都往你那裏去，連飯也端了那裏去吃，大家熱鬧些。」

黛玉原本是「懶與人共」、「喜散不喜聚」，甚至覺得「不如倒是不聚的好」，如今竟然為了大家能夠熱鬧些，提議和薛姨媽一起將飯端去寶釵那裡同吃，可見大家一起吃飯，會讓她的心裡感到有一股溫暖和慰藉。

黛玉真心將寶釵視為家人又表現在第六十七回，當時薛蟠經商從江南帶回很多東西，寶釵便將禮物分贈賈府上上下下的一干眾人，這時寶玉擔憂黛玉離鄉背井太久，見到這些來自家鄉的土物會觸景傷情，於是特地到瀟湘館找黛玉說話，以便轉移她的注意力，而寶玉是這麼做的：

> 一味的將些沒要緊的話來廝混。黛玉見寶玉如此，自己心裏倒過不去，便說：「你不用在這裏混攪了。咱們到寶姐姐那邊去罷。」寶玉巴不得黛玉出去散散悶，解了悲痛，便道：「寶姐姐送咱們東西，咱們原該謝謝去。」黛玉道：「自家姊妹，這倒不必。只是到他那邊，薛大哥回來了，必然告訴他些南邊的古蹟兒，我去聽聽，只當回了家鄉一趟的。」

當時黛玉收到很多禮物，寶玉提議去向寶釵致謝，但黛玉認為寶釵是自家姊妹，所以不用專程去道謝，那種毋須拘禮的情況真的很不常見。通常我們接受到贈禮時多少會覺得有壓力，不免產生虧欠人家的心理負擔，更何況黛玉的禮物又比眾人多上一倍，然而黛玉卻沒有此一反應，就這個情況來說，黛玉一定是與寶釵已經非常親密而不見外，如同她所說的「自家姊妹」，才能如此地超越禮數。

還有第七十回，黛玉寫了一篇既優美又悲哀的〈桃花行〉，大家眾口交譽，寶玉看得都掉下眼淚，他知道林妹妹曾經離喪，所以更能感同身受。這時海棠詩社荒廢已久，於是大家因為黛玉的〈桃花行〉而決定改「海棠詩社」為「桃花詩社」，便一致推選林黛玉為社主，且眾人「明日飯後，齊集瀟湘館」。到了此刻，瀟湘館變成諸釵群聚的社址，一來便是十多人需要接待，而黛玉也要負責招呼嘉賓，讓人賓至如歸，這豈是過去「懶與人共」、「喜散不喜聚」、「不大喜歡人來坐著，怕髒了屋子」的舊林黛玉所能想像的！

由這些點點滴滴的細節，我們可以看到黛玉確實變得非常不一樣，迥異於之前大家所熟悉的孤僻、太過於潔淨到了有點病態的狀況，那是黛玉一個重大的改變，即由「孤絕的個體」融入「和睦的群體」。在如此的基本改變之下，黛玉接下來的變化事實上都是萬流歸宗，因為只有當她開始願意打破對別人的心理防線，願意與他人融合為一，才能夠接下來產生一些具體的做法。

由「潔癖守淨」到「容汙從眾」

第二個面向即林黛玉開始由「潔癖守淨」到「容汙從眾」。前期她的潔癖具體地表現在第十六回、第二十五回、第二十七回、第四十回，而第二十七回〈葬花吟〉中有兩句說：「質本潔來還潔去，強於污淖陷渠溝。」這可以說是黛玉之潔癖的總括。第十六回提到，寶玉珍而重之地將北靜王水溶贈與他的鶺鴒香串轉贈給黛玉，黛玉卻說：「什麼臭男人拿過的！我不要他。」遂擲而不取。對她來說，男人就是臭的，所碰過的東西亦然，即便是遠距離沒有直接接觸到，都會有輻射的汙染，所以避之唯恐不及。再看第二十五回，寶玉臉上被滾熱的燈油燙出一溜燎泡，黛玉前去看望他時，寶玉知道黛玉的癖性喜潔，見不得那些髒東西，所以連忙把臉遮著，搖手不肯叫她看，而黛玉也知道自己有這件癖性，但既然對方是自己所珍愛的寶玉，當然便屬於例外。到了第四十回，賈母提到：「我的這三丫頭卻好，只有兩個玉兒可惡。回來吃醉了，咱們偏往他們屋裏鬧去。」以上三個證據很清楚地展示出黛玉前期的潔癖性格，而黛玉的極端化版本就是妙玉。

據此，書中後期描寫黛玉與他人的身體接觸情況，則明確體現了她性格上的轉變，如第六十二回描述道：

寶玉正欲走時，只見襲人走來，手內捧著一個小連環洋漆茶盤，裏面可式放著兩鍾新茶，因問：「他往那去了？我見你兩個半日沒吃茶，巴巴的倒了兩鍾來，他又走了。」寶玉道：「那不是他，你給他送去。」說著自拿了一鍾。襲人便送了那鍾去，偏和寶釵在一處，只得一鍾茶，便說：「那位渴了那位先接了，我再倒去。」寶釵笑道：「我却不渴，只要一口漱一漱就夠了。」說著先拿起來喝了一口，剩下半杯遞在黛玉手內。襲人笑說：「我再倒去。」黛玉笑道：「你知道我這病，大夫不許我多吃茶，這半鍾盡夠了，難為你想的到。」說畢，飲乾，將杯放下。

其中，「可式」此一用法在《紅樓夢》裡出現過幾次，依照上下文的文義脈絡，「可式放著兩鍾新茶」是指按照茶盤的樣式剛好放兩個茶杯。「可」字還出現於第七十五回，當時賈府已是大廈將傾，書中寫道：

尤氏早捧過一碗來，說是紅稻米粥。賈母接來吃了半碗，便吩咐：「將這粥送給鳳哥兒吃去，」又指著「這一碗和這一盤風醃果子狸給顰兒寶玉兩個吃去，那一碗肉給蘭小子吃去。」又向尤氏道：「我吃了，你就來吃了罷。」尤氏答應，待賈母漱口洗手畢，賈母便下地和王夫人說閑話行食。尤氏告坐。探春寶琴二人也起來了，笑道：「失陪，失陪。」尤氏笑道：「剩我一個人，大排桌的吃不慣。」賈母笑道：「鴛鴦琥珀來趁勢也吃些，又作了陪客。」尤氏笑道：「好，好，好，我正要說呢。」賈母笑道：「看著多多的人吃飯，最有趣的。」又指銀蝶道：「這孩子也好，也來同你主子一塊來吃，等你們離了我，再立規矩去。」尤氏道：「快過來，不必裝假。」賈母負手看著取樂。因見伺候添飯的人手內捧著一碗下人的米飯，尤氏吃的仍是白粳米飯，賈母問道：「你怎麼昏了，盛這個飯來給你奶奶。」那人道：「老太太的飯吃完了。今日添了一位姑娘，所以短了些。」鴛鴦道：「如今都是可著頭做帽子了，要一點兒富餘也不能的。」王夫人忙回道：「這一二年旱澇不定，田上的米都不能按數交的。這幾樣細米更艱難了，所以都可著吃的多少關去，生恐一時短了，買的不順口。」賈母笑道：「這正是『巧媳婦做不出沒米的粥』來。」眾人都笑起來。

所謂「可著頭做帽子」是指按照頭圍的大小製作帽子，避免做得太大而浪費材料，所以下面也說「都可著吃的多少關去」，這表明賈府的資源已非常有限，只能夠剛剛好滿足生活所需，再多要一點就會出現短缺。賈母一聽便明白了，眼前那些珍貴的食物只能勉強用來孝敬她而已，證明賈家已經到了十分窘迫的地步。

回到黛玉的性格來看，從襲人與黛玉的互動中，我們也能看出黛玉性格的變化。襲人問寶玉「他往那去了」，這個「他」字指的是黛玉。必須注意的是，在《紅樓夢》中，下人稱呼主子輩絕不可以使用第三人稱，那是以下犯上的不敬做法。但是，在某些情況下這樣的稱呼是被允許的，因為賈府固然禮教森嚴，可在生活中人情還是會產生調節的作用，當主僕二人十分親近並處於非正式的場合上，稍稍逾越禮制是不成問題的。此時襲人以「他」來指稱黛玉，這表明襲人與黛玉彼此並不見外，甚至可以看出二人的感情親近到了相當的程度，所以謹守分寸的襲人才會不拘禮數。可惜讀者們往往忽略這些細節所隱含的重要信息，而根據自己的成見誤解書中人物的互動方式，僅僅按照主觀的想像去解讀作品，錯以為黛玉和襲人是對立的關係，但事實上恰恰相反，襲人是非常有分寸的人，正因為她與黛玉非常要好，所以才敢在背後用一個「他」字來稱呼黛玉。

接著，後續的描寫還同時顯示出寶釵與黛玉十分親近，寶釵居然把喝過的剩茶直接遞給黛玉，若以黛玉早期的個性，她一定又會多疑生氣，引發風波，但此時卻毫不遲疑地接過杯子一飲而盡，毫無芥蒂。這個做法暗示了寶釵十分瞭解黛玉，她知道黛玉不會介意，也表明寶釵與黛玉二人已經情同姊妹，黛玉打破了自我的孤絕界限而能夠周圍的人和諧相處，與寶釵尤其親密無間，不分彼此。就此而言，黛玉的性格確實非常不同於早期了，她與周圍的人可以一體行動，並且具有高度的默契，這一點可以參考第五十回的一段小情節為例。當時大家集體作〈蘆雪庵聯句〉，寶玉又落了第，社長李紈便罰他到櫳翠庵取一枝紅梅花回來，寶玉也很樂意為之，答應著就要走。此時湘雲、黛玉一齊說道：

「外頭冷得很，你且吃杯熱酒再去。」湘雲早執起壺來，黛玉遞了一個大杯，滿斟了一杯。……寶玉忙吃一杯，冒雪而去。

請看，黛玉不但和湘雲異口同聲，動作上也彼此配合，湘雲一執起酒壺，黛玉便立刻遞過去一個大酒杯，讓湘雲倒酒，整個過程一氣呵成，黛玉主動自發的參與是最大的原因。

這些例證都顯示，黛玉早已從「孤高自許」、「懶與人共」的性格轉變為與眾人行動一致，甚至互相搭配到了天衣無縫的程度。按常理來說，能夠與他人產生默契的基礎在於具有共識，則可想而知，黛玉對眼前人事情況的見解和判斷開始與他人協調，並且學會如何與旁人有更好的合作與相處。

經過整體的考察與研究，我注意到林黛玉的性格變化有一個漸變的過程。第四十二回到第四十五回是黛玉性情轉變的過渡階段，在這一段短時間之內，黛玉偶爾會與他人行動一致，但到了第四十五回以後的後期階段時，黛玉與眾人協調的情況便顯得集中，例如第四十八回、第五十回、第五十七回與第七十六回，大家可以自行查閱。

由「尊傲自持」到「明白體下」

接下來看黛玉的第三個面向：由「尊傲自持」到「明白體下」。黛玉早期的尊傲自持特別表現在她與下人之間的關係上，然而到了後半期，黛玉收斂了前期的口角鋒芒而變成一位「明白體下」

的姑娘。

客觀地說，前期的黛玉確實有口角鋒芒的缺點，第二十二回提到黛玉「小性兒」、「行動愛惱人」，表明她易於對別人不滿，不僅如此，她還把不滿直接表現於尖銳的語言上，常常語帶尖刻地嘲諷他人，甚至用「老貨」這般輕鄙的詞彙來稱呼地位很高的奶娘。這些都是黛玉前期性格中「口角鋒芒」的鮮明特徵，也是黛玉高傲的表現。

後期的黛玉卻迥然不同，她性格的轉變也體現於對下人的態度上，小說中把這一類寬柔的作風稱為「明白體下」，此語出自第六十一回廚娘柳家的對寶釵和探春的讚美，其中「明白」意謂對下人處境的瞭解，「體下」則是指體貼下人的辛勞。前期的黛玉很少理會下人們的生活狀態與生命軌跡，她生活在自己的小世界裡，專注於感傷個人生命的殘缺，但是後期的她卻表現出非常不同的面貌，例如在第四十五回中，黛玉得知寶釵不能前來瀟湘館陪伴自己，百無聊賴之下便隨意吟詠了〈秋窗風雨夕〉一詩，剛好寶玉來看她，等寶玉回去之後，便有蘅蕪苑的一個婆子也打著傘提著燈，送來了一大包上等燕窩，還有一包子潔粉梅片雪花洋糖，對黛玉說：

「這比買的強。姑娘說了：姑娘先吃著，完了再送來。」黛玉道：「回去說『費心』。」

這位婆子轉述寶釵的交代時提到了兩次「姑娘」，前一個「姑娘」指的是寶釵，後一個「姑娘」指的是黛玉，由此可見，下人提到主子輩之際必須使用尊稱，如「姑娘」、「太太」或「奶奶」、「老爺」等，因此有時候會混淆不清。例如第二十七回中，王熙鳳派遣偶然見到的紅玉去辦事，紅玉回來報告時用了許多次「奶奶」的稱謂，以至於一旁的李紈完全聽不懂，道：「噯喲喲！這些話我就不懂了。什麼『奶奶』『爺爺』的一大堆。」王熙鳳便笑說：「怨不得你不懂，這是四五門子的話呢。」而我們前面也看到襲人在背後稱林黛玉為「他」，該案例反證了二人關係之親密。

回到上文的描寫中，黛玉對婆子道「回去說『費心』」，是要婆子幫忙轉達自己對其主子寶釵贈禮的感謝，而通常我們所熟悉的黛玉最多只會到此為止，但接下來她的表現的確令人耳目一新。黛玉請婆子在外頭坐了吃茶，並對婆子說：「我也知道你們忙。如今天又涼，夜又長，越發該會個夜局，痛賭兩場了。」可見在賈府中，婆子們夜晚坐更時用以打發時間的娛樂項目是賭博，但其實賭博是干犯禁忌、為賈母所不容的劣行，因為賭博極易引發嚴重的後果，猶如第七十三回賈母對賭博一事大加斥責時所說的：

> 你姑娘家，如何知道這裏頭的利害。你自為要錢常事，不過怕起爭端。殊不知夜間既要錢，就保不住不吃酒；既吃酒，就免不得門戶任意開鎖。或買東西，尋張覓李，其中夜靜人稀，趨便藏賊引姦引盜，何等事作不出來。況且園內的姊妹們起居所伴者皆係丫頭媳婦們，賢愚混雜，賊盜事小，再有別事，倘略沾帶些，關係不小。這事豈可輕恕。

可見賭博不單只是涉及金錢而已，它的活動性質還會導致門戶寬鬆，進出混雜，既很容易引賊入室發生偷盜之事，隨之也可能會連帶敗壞姑娘們的名節，事關風化，因此賈母防微杜漸，絕不輕饒。然而，黛玉對此一違禁行為卻表現出令人意外的體貼與包容，與我們一般所熟悉的黛玉非常不同，試看小說中接著描寫那婆子笑道：

「不瞞姑娘說，今年我大沾光兒了。橫豎每夜各處有幾個上夜的人，誤了更也不好，不如會個夜局，又坐了更，又解悶兒。今兒又是我的頭家，如今園門關了，就該上場了。」黛玉聽說笑道：「難為你。誤了你發財，冒雨送來。」命人給他幾百錢，打些酒吃，避避雨氣。那婆子笑道：「又破費姑娘賞酒吃。」

這一段黛玉與婆子的對話內容，表明她已經成為懂得如何與人應酬交接的貴族小姐，其中黛玉不再是我們所熟悉的關在瀟湘館裡陪著鸚鵡念詩、感傷自己身世的林黛玉，而是一位禮數周到、談吐大方的大家閨秀。在此一時期，黛玉的人際關係有了根本性的重大調整，她不再任性率意，而是表現出自身應有的教養與作風。她不再是只會念詩流淚的林黛玉，而是懂得人情世故、應酬往來的閨秀千金。

黛玉在此處的言語舉止是可圈可點的，她的每一個用語都反映了標準的大家閨秀對下人應有的體貼和照顧。鑑於《紅樓夢》是唯一一部真正如實描寫貴族世家生活的小說，我們只能從《紅樓夢》裡找證據來揭示「明白體下」的內涵，而在該段描述中，黛玉對婆子的「明白體下」便表現得十分具體，除了為婆子提供茶水招待和金錢賞賜。此外，黛玉給予婆子金錢賞賜時所使用的說辭也很值得注意，那是一種言語上的體恤，表現出對婆子生活方式的體貼與尊重。

並且，金錢賞賜是具有實用意義的，因為人性如此，而額外賞賜的金錢也有定額，一般都是幾百錢。例如第二十九回賈母到清虛觀去打醮祈福的時候，有位小道士來不及躲出去而被王熙鳳打了一巴掌，引起了一陣喧騰，賈母聽了忙問：

> 「是怎麼了？」賈珍忙出來問。鳳姐上去攙住賈母，就回說：「一個小道士兒，剪燈花的，沒躲出去，這會子混鑽呢。」賈母聽說，忙道：「快帶了那孩子來，別唬著他。小門小戶的孩子，都是嬌生慣養的，那裏見的這個勢派。倘或唬著他，倒怪可憐見的，他老子娘豈不疼的慌？」說著，便叫賈珍去好生帶了來，賈珍只得去拉了那孩子來。那孩子還一手拿著蠟剪，跪在地下亂戰。賈母命賈珍拉起來，叫他別怕。問他幾歲了。那孩子通說不出話來。賈母還說「可憐見的」，又向賈珍道：「珍哥兒，帶他去罷。給他些錢買果子吃，別叫人難為了他。」賈珍答應，領他去了。這裏賈母帶著眾人，一層一層的瞻拜觀玩。外面小廝們見賈母等進入二層山門，忽見賈珍領了一個小道士出來，叫人來帶去，給他幾百錢，不要難為了他。家人聽說，忙上來領了下去。

這段話表明，僅僅給錢而沒有一番說辭會過於直接而流於俗氣，因此古代貴族打賞下人之際通常會有一番說法，那套說辭就是貴族階級與下人交涉時的標準程序之一。在整部小說中，處處顯示賈母是一位慈愛溫厚的長者，至於後人把賈母看作一位殘酷的女家長，那全然是現代人的偏見，試看在賈母所說的一番話中，她提到那位小道士的「老子娘豈不疼得慌」，意指小道士也是人家的孩子和心頭肉，小道士受到傷害會連帶讓其父母傷心不捨，所以賈母十分心疼他，這就是「此亦人子也，可善遇之」的慈悲表現。「此亦人子也，可善遇之」兩句出自陶淵明的家書，當時陶淵明離開九江到彭澤去當縣令，期間他從彭澤派回一名男僕，幫助留在老家的兒子料理砍柴、挑水之類的雜務，同時給兒子寫了一封簡短的家書，信中說：「汝旦夕之費，自給為難。今遣此力，助汝薪水之勞。此亦人子也，可善遇之。」那是中國的優良文化所培養出來的替人設想的善意，賈母也受到這種優秀文化的薰陶，而表現出對下層民眾的體恤與憐憫，所以對小道士是既撫慰他，又給他幾百錢的補貼。同樣地，第四十五回黛玉的做法如出一轍。

另一個例證出現於第三十七回，賈芸為了奉承寶玉，給怡紅院送來兩盆珍貴的白海棠花，襲人瞭解植物的來源以後，命搬花的小廝在下房休息，自己則走到房內秤了六錢銀子封好，又拿了三百錢遞與兩個婆子，並告訴婆子說：「這銀子賞那抬花來的小子們，這錢你們打酒吃罷。」其中的六錢銀子是白銀，價值較高，而三百錢是銅錢，襲人用六錢銀子打賞抬花的小廝，乃因小廝們搬花盆頗費體力，而婆子僅僅只是奔走通報而已，所以取三百錢來賞賜她們，體現了襲人顧全各方的圓融。

再者，第六十一回也提到相關的賞錢額數，當時司棋要吃一碗燉蛋，大觀園專屬的廚娘柳家的不願意做給她，連帶讚美了探春和寶釵的作風：

> 連前兒三姑娘和寶姑娘偶然商議了要吃個油鹽炒枸杞芽兒來，現打發個姐兒拿著五百錢來給我，我倒笑起來了，說：「二位姑娘就是大肚子彌勒佛，也吃不了五百錢的去。這三二十個錢的事，還預備的起。」趕著我送回錢去，到底不收，說賞我打酒吃，又說「如今廚房在裏頭，保不住屋裏的人不去叨登，一鹽一醬，那不是錢買的。你不給又不好，給了你又沒的賠。你拿

著這個錢，全當還了他們素日叨登的東西窩兒。」這就是明白體下的姑娘，我們心裏只替他念佛。

廚房的食材儲備是用來供應園中的日常所需，數量固定，當姑娘們偶爾想吃零食、用宵夜、打牙祭時，都需要自己額外拿錢補貼下人，以免造成廚娘的負擔。在這一段描述中，探春和寶釵要求的「油鹽炒枸杞芽兒」並非昂貴的食材，或許因為簡單樸實而有特別的風味，自成一道價廉物美的菜餚，她們打發人拿五百錢給廚娘作為材料費，廚娘則指出二位姑娘就算是大肚子彌勒佛也吃不了五百錢的油鹽枸杞芽，以她們的胃口充其量只需要二、三十錢就夠了。換句話說，油鹽枸杞芽都很廉價，二、三十錢的小事廚房還預備得起，所以不需要兩位姑娘另外付錢，何況探春和寶釵現在是當家的主管，廚娘也很樂意提供服務。但探春與寶釵則表現出對下人的體恤，並從下人的立場出發，從言語和實際行動上照顧廚娘的心理感受與實質利益，使柳家的感受到二位姑娘的「明白體下」。

在下人看來，寶釵與探春的言行舉止完全符合富有教養的貴族少女的標準。而趙姨娘便與兩位姑娘截然有別，廚娘接著說道：「沒的趙姨奶奶聽了又氣不忿，又說太便宜了我，隔不了十天，也打發個小丫頭子來尋這樣尋那樣，我倒好笑起來。你們竟成了例，不是這個，就是那個，我那裏有這些賠的。」可見趙姨娘與正經的主子姑娘大大不同，她總是眼紅妒忌他人、喜歡打聽消息、只想占人便宜，是一個人品低下、行為惡劣的小人。

雖然黛玉在前期階段也有一次給下人賞錢的類似舉止，但本質上與寶釵、探春二人的做法是完全不同的，可謂「失之毫釐，差以千里」。第二十六回中，出現了以下的描述：

紅玉聞聽，在窗眼內望外一看，原來是本院的個小丫頭名叫佳蕙的，因答說：「在家裏，你進來罷。」佳蕙聽了跑進來，就坐在床上：「我好造化！才剛在院子裏洗東西，寶玉叫往林姑娘那裏送茶葉，花大姐姐交給我送去。可巧老太太那裏給林姑娘送錢來，正分給他們的丫頭們呢。見我去了，林姑娘就抓了兩把給我，也不知多少。你替我收著。」便把手帕子打開，把錢倒了出來，紅玉替他一五一十的數了收起。

從表面上看，黛玉對下人似乎有時還不錯，但仔細推敲便不難發現，黛玉早期的此一做法與探春、寶釵和襲人其實有著本質上的區別。對於黛玉的舉動，佳蕙是喜出望外的，以至於她生出「我好造化」這樣的感嘆，據之表明黛玉的此一做法十分罕見，一旦碰上了簡直有如中獎，倘若黛玉對待下人向來都是體貼和大方，那麼習慣成自然，佳蕙應該也不會有如此意外的反應了。從人性之常來推敲，小丫頭的反應恰恰表明早期的黛玉對下人都漠不關心，這次的見者有份只是偶然之舉，所以被視為天上掉下來的禮物。

有關黛玉「明白體下」更具體的細節，我們還可以繼續斟酌和推究。黛玉早期對待下人的態度和方式談不上體貼和大方，那主要是因為她活在自己的世界裡，對外界的一切漠不關心。其道理乃如西方一位哲學家所言：「愛的相反不是恨，而是漠不關心。」前期的林黛玉對待下人並無所謂的溫厚寬柔，因為她根本不在意外人，對外界的一切都不放在心上。雖然她的個人世界具有獨特的意境和一種殘缺的美感，但她本質上並不關心外面的世界，因此人來人往、絡繹不絕的日常生活不會引起她的關注。如果不是這次湊巧正在分錢，我們也無法看到黛玉作為大家閨秀與低階下人們之間的互動。

至於黛玉分給丫頭們的錢，是賈母特地為她送來的。在賈府，從公子、小姐到奴僕輩，甚至連那些設賭局的婆子，每個月都有零用錢，稱為「月銀」或「月錢」、「月例」，賈母是月錢最多的一位，其餘人物按照等級依次遞減。賈母自掏腰包單獨給黛玉送銀子，乃是出於對她的寵愛和疼惜，由此更證明了黛玉在賈府是非常受寵的。作為賈府的貴族少女和大家閨秀，黛玉是衣來伸手、飯來張口，自己用不到錢的千金，而除固定的月銀之外，賈母又額外給她津貼，所以她把那些錢分給瀟湘館中的丫頭們，湊巧其他人見者有份，這和「明白體下」並不完全相同。

再者，黛玉從「尊傲自持」轉變為「明白體下」，既體現於她與下人的關係中，也表現在她從口角鋒芒、言詞銳利到「自悔失言」的改變上。遍觀《紅樓夢》全書，黛玉「自悔失言」的情況少之又少，前期中一無所見，但到了後期，她對自己的出言不遜開始展示出後悔之意，實屬十分珍貴和難得。

很明顯，「口角鋒芒」是黛玉最鮮明的性格特徵之一，第七回、第八回、第二十回、第二十一回、第二十五回、第二十七回、第二十九回、第三十回、第三十四回、第三十六回和第三十七回等都涉及林黛玉的此一特徵，全都出現於所謂的前期階段。尤其是第三十四回，黛玉打趣寶釵道：「姐姐也自保重些兒。就是哭出兩缸眼淚來，也醫不好棒瘡！」在此已經超越了普通意義上的打趣，甚至帶有惡嘲的意味，西方心理學家對於「惡嘲」這一行為早有探討，其研究成果指出，它並不是純粹意義上的開玩笑，而是對清白無辜者的人身攻擊。黛玉的歪派相當於栽贓，因為說寶釵的眼淚是為寶玉而流，等於是說寶釵對寶玉有私情，以當時的禮教規範來說即形同淫濫不貞，可謂極端的羞辱，然而黛玉卻毫無自省的跡象。

到了後期，黛玉則開始「自悔失言」了，那是第六十二回寶玉過生日時，大家在慶生過程中行酒令，黛玉舊態復萌，意圖開他人的玩笑，一不小心竟打趣到了丫鬟彩雲。當時，湘雲舉著筷子說道：

> 「這鴨頭不是那丫頭，頭上那討桂花油。」眾人越發笑起來，引的晴雯、小螺、鶯兒等一干人都走過來說：「雲姑娘會開心兒，拿著我們取笑兒，快罰一杯才罷。怎見得我們就該擦桂花油的？倒得每人給一瓶子桂花油擦擦。」黛玉笑道：「他倒有心給你們一瓶子油，又怕掛誤著打盜竊的官司。」眾人不理論，寶玉卻明白，忙低了頭。彩雲有心病，不覺的紅了臉。寶釵忙暗暗的瞅了黛玉一眼。黛玉自悔失言，原是趣寶玉的，就忘了趣著彩雲。自悔不及，忙一頓行令划拳岔開了。

在這段描寫中，黛玉被寶釵暗暗地瞅了一眼以後，立刻明白自己的不當失言，她領悟到如此的玩笑碰觸到彩雲的心病，實非君子之所為。需要注意的是，黛玉這一次並非出於故意，她的本心是為了打趣寶玉而非針對彩雲，因此她十分後悔，急忙一頓行令划拳掩飾過去。黛玉原來的意圖是打趣寶玉，由於他們的地位身分相當，二人之間的感情也足夠親密，所以那樣的玩笑還無傷大雅，只是沒想到卻意外牽連到了彩雲，所以黛玉後悔不迭。相比於早期黛玉還用「老貨」這般的詞彙來羞辱奶娘，在此便顯示出她個性的變化與進展。對於無意間傷害到彩雲，黛玉十分慚愧與後悔，這般的表現與她初入榮國府時的入鄉隨俗、與人陪笑周旋是一致的，只是在賈母的寵愛之下，黛玉一度變得常常率性而為，形成大家所熟悉的模樣，而此時已經到了後期，她反倒能夠保持大家閨秀的修養和禮節，堪稱是十分難得的。

從「率性而為」到「虛禮周旋」

接著來看林黛玉性格轉變的第五個面向：從「率性而為」到「虛禮周旋」，這尤其體現在黛玉對趙姨娘的態度轉變上。第五十二回寫道：

> 寶玉因讓諸姊妹先行，自己落後。黛玉便又叫住他問道：「襲人到底多早晚回來。」寶玉道：「自然等送了殯才來呢。」黛玉還有話說，又不曾出口，出了一回神，便說道：「你去罷。」寶玉也覺心裏有許多話，只是口裏不知要說什麼，想了一想，也笑道：「明兒再說罷。」一面下了階磯，低頭正欲邁步，復又忙回身問道：「如今的夜越發長了，你一夜咳嗽幾遍？醒幾次？」黛玉道：「昨兒夜裏好了，只嗽了兩遍，卻只睡了四更一個更次，就再不能睡了。」寶玉又笑道：「正是有句要緊的話，這會子才想起來。」一面說，一面便挨過身來，悄悄道：「我想寶姐姐送你的燕窩——」一語未了，只見趙姨娘走了進來瞧黛玉，問：「姑娘這兩天好？」黛玉便知他是從探春處來，從門前過，順路的人情。黛玉忙陪笑讓坐，說：「難得姨娘想著，怪冷的，親身走來。」又忙命倒茶，一面又使眼色與寶玉。寶玉會意，便走了出來。

寶玉對黛玉一直是那般體貼入微，因為真正的情感絕對不是一種浪漫的激情，而是細水長流、融入日常生活之中的，這段描述也表明，寶玉對黛玉的關心達到十分細緻的程度。從黛玉一晚咳嗽兩遍、只睡了一個更次，可見她的睡眠品質很差，那必定會影響到身體狀況。傳統的女性審美觀喜歡「飛燕型」的纖細，古代的藝術家在創作文藝作品時也會純粹投射該種抽象的審美觀，而不顧是否合情合理，相比之下，曹雪芹塑造出黛玉如此一個病態美的形象便完全合乎現實邏輯，因為黛玉吃得很少，睡眠時間十分有限，因此她的弱柳扶風和清瘦柔弱絕不是架空敘述、毫無道理可言，而是必然而然、順理成章的結果。

至於黛玉面對趙姨娘的反應，更足以說明她性情的轉折。一般讀者都認為黛玉是一位無視權威、孤高自許的性情中人，但出人意料的是，在這一回裡，黛玉居然對順路來訪的趙姨娘「陪笑讓坐」並「忙命倒茶」，表現出殷勤甚至略微有些過度的禮節。作為不速之客的趙姨娘，突然走了進來瞧黛玉並問候姑娘好，黛玉分明知道趙姨娘是從探春處回來，經過她門前而送一個順路的人情。倘若是以往高傲的黛玉，面對這種廉價的人情就會表現得十分苛刻和挑剔不滿，例如早前周瑞家的送宮花時，黛玉只因為自己是最後一個被送達者，便歪派周瑞家的有意輕視，然而此刻黛玉面對的更只是趙姨娘的順路人情，她卻連忙「陪笑讓坐」，如此的反應豈不是明顯大不相同嗎？

眾所周知，趙姨娘在賈府中不受待見，連王熙鳳都對她十分厭棄，因為趙姨娘行跡惡劣、不倫不類，沒有正經體統，很難讓人敬重。但是，面對這般的趙姨娘，黛玉竟然還「陪笑讓坐」，可見她已經不是早期「懶與人共」的性格了。通常而言，人們只會對較為尊敬的長輩或擁有權力的人陪笑，黛玉卻對萬人嫌惡的趙姨娘陪笑讓座，此等的禮數堪稱過度周全。不僅如此，黛玉還使眼色給寶玉，提醒他、催促他離開現場，那也表明黛玉對趙姨娘和寶玉之間心結的顧慮。趙姨娘總認為鳳姐和寶玉是阻止賈環繼承家產地位的障礙，還曾經聯合馬道婆作法暗中陷害寶玉和王熙鳳，這件事雖無從追根究柢，但她陰微鄙賤的念想在眾人那裡卻是心照不宣的。所以，為了避免不必要的麻煩和糾紛，黛玉便讓寶玉盡快離開瀟湘館。由此可見，黛玉確實深諳與人相處之道和人情世故，而非早期的「孤高自許，目無下塵」。

中秋夜大觀園聯句

再看第七十六回大觀園歡度中秋夜時，妙玉替黛玉與湘雲續接中秋聯句詩，在整個過程裡，黛玉也充分表現出「虛禮周旋」的姿態。

聯句詩類似於詩歌遊戲，是文人群體在聚會時藉由創作所進行的文字競技，大約萌芽於六朝，但當時形式尚未固定，如果把掛名在漢武帝君臣名下的〈柏梁臺詩〉也歸為聯句，則此一詩歌類型還可以追溯到漢代。到了唐朝，聯句詩發展出一套可以明確操作的規則，宋代詩人開始大加應用，非常流行，此後便成為文人雅集的一種活動形態。而《紅樓夢》中出現了兩次回應這一文學創作傳統的情節，其中一次是第五十回的〈蘆雪庵即景聯句〉，另一次則是第七十六回的〈中秋夜大觀園即景聯句三十五韻〉。由此可見，曹雪芹是一位非常典型的傳統文人，而大觀園內的人物在集體進行詩歌創作時，所採用的便是帶有競技意味的聯句方式，顯示此一做法背後有非常深厚的傳統內涵。

於第七十六回中，當湘雲與黛玉正在聯詩作對句之際，從湖中的黑影裡突然嘎然一聲飛起一隻白鶴，湘雲笑道：

> 「這個鶴有趣，倒助了我了。」因聯道：「窗燈焰已昏。寒塘渡鶴影，」林黛玉聽了，又叫好，又跺足，說：「了不得，這鶴真是助他的了！這一句更比『秋湍』不同，叫我對什麼才好？『影』字只有一個『魂』字可對，況且『寒塘渡鶴』何等自然，何等現成，何等有景且又新鮮，我竟要擱筆了。」湘雲笑道：「大家細想就有了，不然就放著明日再聯也可。」黛玉只看天，不理他，半日，猛然笑道：「你不必說嘴，我也有了，你聽聽。」因對道：「冷月葬花魂。」湘雲拍手贊道：「果然好極！非此不能對。好個『葬花魂』！」因又嘆道：「詩固新奇，只是太頹喪了些。你現病著，不該作此過於清奇詭譎之語。」黛玉笑道：「不如此如何壓倒你。下句竟還未得，只為用工在這一句了。」

在這段情節中，黛玉所對的「冷月葬花魂」很值得注意。由於《紅樓夢》一書版本複雜，此句於「程高本」系統作「冷月葬詩魂」，但根據古典詩歌創作的對偶法則，所謂「魚對鳥，鵲對鳩，翠館對紅樓」、「天對地，雨對風，上下對西東」，有著明確的對仗範圍，而「詩」是抽象的文字組合，與「鶴」的大自然具體形象並不在同一範疇內；相對地，「鶴」和「花」一屬動物、一屬植物，則十分工整，故而黛玉所對的詩句應是「冷月葬花魂」，如此才能形成精緻的工對。何況，「花魂」是一個非常冷豔、聳動同時又極具魅力的詞彙，從文獻中可見最早發源於宋朝，於明末到清代更被文人頻繁地使用，曹雪芹的祖父曹寅便曾用過這個語詞，據此也證明脂評本才是瞭解曹雪芹之創作原貌的最佳版本。

黛玉這一句的對仗十分工整，詩句本身也非常奇警、豔媚，因此湘雲拍手讚歎不已。值得注意的是，「冷月葬花魂」正是李賀的詩鬼風格，「死亡」、「魂魄」之類通向幽冥世界的用語體現了李賀詩歌的典型特徵，也是曹雪芹最欣賞、喜愛的美學風格，此外，李賀才二十七歲便不幸夭亡，而李賀的早逝也被運用在寶玉為悼念晴雯所創作的〈芙蓉女兒誄〉中。關於《紅樓夢》的詩學問題，以後有機會再加以解說，此處不再詳述。

可以說，整部《紅樓夢》所體現的是一種末世情懷，在充滿死亡陰影之下表現出獨特的濃香與奇豔，〈中秋夜大觀園即景聯句〉全詩也瀰漫著同樣的美感韻致，而黛玉無疑是書中表現此一風格之翹楚。在文學史上，這等風格以中晚唐時期的李賀與李商隱最為典型，由宋代到清代，關於李賀的許多詩評中往往表達出一種觀點，即認為李賀的早逝與其作品中頻繁的鬼魅、魂魄、死亡等負面意象有關，在當今崇尚科學的社會氛圍中，此類的觀點很容易被認為是迷信思想。不過，那般的推論可能也有其道理，畢竟現代醫學早已證明，人的思想情緒與身體健康狀況之間存在千絲萬縷的密切聯繫，心理對生理具有直接的影響，而用字遣詞又往往體現出詩人的思想情緒，因此那些詞彙無形中傳達出李賀內心的生命趨向，而這一趨向更加速了李賀的死亡步伐。湘雲同樣認為黛玉的詩句太過頹喪，在命如懸絲的狀況下還創作如此過於「清奇詭譎」之語，會使病情雪上加霜，其實應該避免，而黛玉則坦言非如此不可的理由，笑道：「不如此如何壓倒你。下句竟還未得，只為用工在這一句了。」

這番回答表明，即便是十分靈活飽滿的頭腦也無法無限度地錘擊而不虞匱乏，當靈感的運作到了搜索枯腸的境地，也就是創作才華山窮水盡的時刻。在累積式不斷擷取的狀態下，黛玉的創作能量已經接近枯竭，無以為繼，而這個缺口必須依靠情節來補足，因此作者在此一空檔安排妙玉現身，代黛玉繼續創作下去，以完成詩篇。當時湘雲、黛玉二人一語未了，只見欄外山石後轉出一個人來，笑道：

「好詩，好詩，果然太悲涼了。不必再往下聯，若底下只這樣去，反不顯這兩句了，倒覺得堆砌牽強。」二人不防，倒唬了一跳。細看時，不是別人，卻是妙玉。二人皆詫異，因問：「你如何到了這裏？」妙玉笑道：「我聽見你們大家賞月，又吹的好笛，我也出來玩賞這清池皓月。順腳走到這裏，忽聽見你兩個聯詩，更覺清雅異常，故此聽住了。只是方才我聽見這一首中，有幾句雖好，只是過於頹敗淒楚。此亦關人之氣數而有，所以我出來止住。如今老太太都已早散了，滿園的人想俱已睡熟了，你兩個的丫頭還不知在那裏找你們呢。你們也不怕冷了？快同我來，到我那裏去吃杯茶，只怕就天亮了。」黛玉笑道：「誰知道就這個時候了。」

妙玉的現身攔阻再度反映了《紅樓夢》的詩讖觀，她對黛玉所作詩句的判斷延續了湘雲的看法，所謂「此亦關人之氣數而有」表明詩歌與詩人的命運直接相關，即詩歌作為命運的載體，所承載的是詩人的命運，這便是詩讖觀的體現。而我們也要特別注意，《紅樓夢》中詩讖的解讀方式並不同於「讖謠」的解讀方式，因為詩歌所呈現的是詩人的生命特質與心靈狀態，反映了人物之內在精神的走向，而不是具體的命運遭遇，所以不應該從文字拆解的角度進行穿鑿附會。根據《紅樓夢》中的詩歌，我們可以大致推測人物的命運走向是悲劇的抑或是喜劇的（當然都屬於不幸的結局），但至於人物命運的具體細節就無從得知了。因此，有人截取「冷月葬花魂」一句而聲稱黛玉將會投水而死的說法，便是不能成立的。

作者安排妙玉出來止住「頹敗淒楚」的聯句，又邀請黛玉和湘雲到櫳翠庵吃茶，接著又進一步以續詩加以翻轉：

> 三人遂一同來至櫳翠庵中。只見龕焰猶青，爐香未燼。幾個老嬤嬤也都睡了，只有小丫鬟在蒲團上垂頭打盹。妙玉喚他起來，現去烹茶。忽聽叩門之聲，小丫鬟忙去開門看時，卻是紫鵑翠縷與幾個老嬤嬤來找他姊妹兩個。進來見他們正吃茶，因都笑道：「要我們好找，一個園裏走遍了，連姨太太那裏都找到了。才到了那山坡底下小亭裏找時，可巧那裏上夜的正睡醒了。我們問他們，他們說，方才亭外頭棚下兩個人說話，後來又添了一個，聽見說大家往庵裏去。我們就知是這裏了。」妙玉忙命小丫鬟引他們到那邊去坐著歇息吃茶。自取了筆硯紙墨出來，將方才的詩命他二人念著，遂從頭寫出來。黛玉見他今日十分高興，便笑道：「從來沒見你這樣高興。我也不敢唐突請教，這還可以見教否？若不堪時，便就燒了；若或可改，即請改正改正。」妙玉笑道：「也不敢妄加評贊。只是這才有了二十二韵。我意思想著你二位警句已出，再若續時，恐後力不加。我竟要續貂，又恐有玷。」黛玉從沒見妙玉作過詩，今見他高興如此，忙說：「果然如此，我們的雖不好，亦可以帶好了。」妙玉道：「如今收結，到底還該歸到本來面目上去。若只管丟了真情真事且去搜奇撿怪，一則失了咱們的閨閣面目，二則也與題目無

涉了。」二人皆道極是。妙玉遂提筆一揮而就，遞與他二人道：「休要見笑。依我必須如此，方翻轉過來，雖前頭有淒楚之句，亦無甚礙了。」

妙玉是一位孤高自許、萬人不入其目的女尼，這裡說妙玉「命」黛玉與湘雲把方才的詩句念給她聽，此一「命」字微妙地表現了妙玉的高傲姿態，帶有一點居高臨下的意味，但黛玉卻不以為意而十分隨和，實在與她早期目無下塵、過度敏感的個性大不相同。回顧先前第十八回在元妃省親的過程中，黛玉曾表現出意圖大展奇才壓倒眾人的高傲姿態，沒想到元妃僅命眾人各自作詩一首，為此她還感到心中不快，以至於草草了事，但到了此刻卻十分謙虛有禮，確實判若二人，試看黛玉對妙玉說：「從來沒見你這樣高興。我也不敢唐突請教，這還可以見教否？若不堪時，便就燒了；若或可改，即請改正改正。」這般極度謙遜的自貶說辭完全不是以前的黛玉所可能講出口的，當時的黛玉只想當第一名，哪裡會認為自己的作品不好，請人家幫忙改正，甚至還讓對方可以直接燒掉！

妙玉聽了黛玉的這番謙辭，便笑道：「也不敢妄加評贊。只是這才有了二十二韻。我意思想著你二位警句已出，再若續時，恐後力不加。我竟要續貂，又恐有玷。」「續貂」即「狗尾續貂」，用以謙稱自己的續作不比前面的品質，和後文所說的「又恐有玷」是一致的客套話。不過縱然如此客氣，妙玉的言下之意，還是表明湘雲、黛玉二人所創作的詩句帶有淒楚之音，是悲涼之句，那會對她們的幸福造成阻礙，甚至暗示著壽命不長，因此妙玉有意翻轉整首詩的意境，希望幫助二人轉運。只不過嚴格說來，她所續之詩也並沒有完全翻轉整首詩的淒楚意味，可見悲劇乃是命中注定，無可挽回。最值得注意的是，黛玉其實未曾見過妙玉作詩，因此她無從得知妙玉的詩才高下與學問能力如何，然而卻十分謙虛地說：「果然如此，我們的雖不好，亦可以帶好了。」可見自始至終，黛玉所說的每句話一直都是對妙玉的奉承與讚美，而一般來說，社會上人與人之間的相處，最為安全保險的方法就是奉承迎合，黛玉在此也表現出了同樣的「虛禮周旋」。

換句話說，妙玉與黛玉之間的對話，是建立於黛玉完全不知妙玉之詩學造詣的前提下，但黛玉卻對妙玉說了許多沒有事實依據的頌美之辭，顯示黛玉在這一情節中所呈現出來的，就是人際關係裡的應酬性對話，而那其實是必要的，因為人類太複雜，為了避免不必要的麻煩和誤解，我們對於不知底細的人確實不宜過於率真。由此也清楚可見，此際的黛玉不再是早期十分直率任性的性格了。

後來，妙玉的續詩讓黛玉和湘雲深感折服，二人異口同聲地讚美妙玉為「詩仙」，而這時因為已經看到了妙玉的續詩，所以她們的讚賞便不是應酬性的空話。值得注意的是，第四十九回寶釵曾對湘雲說：「說你沒心，卻又有心；雖然有心，到底嘴太直了。」湘雲這樣一個「嘴太直」的人，於先前對妙玉的詩才一無所知時便一言不發，她在看到妙玉的詩作之前一直是沉默的，讚美妙玉的角色都由黛玉一個人單獨承擔，顯示出湘雲表現了一貫的誠懇坦率。對照之下，黛玉的表現更加特殊，呈現出極端反差的現象，也就是說，以心直口快著稱的湘雲尚未改變，但黛玉則已經學會了「虛禮周旋」，口說漂亮好聽的空話，而大大推翻讀者對黛玉的一般認識。這類的細節對於理解黛玉前後期的變化十分重要，也足以證明此時的黛玉與前期截然不同的人際互動模式。

〈芙蓉女兒誄〉一幕

再則，第七十九回寶玉與黛玉二人就〈芙蓉女兒誄〉的創作問題所產生的討論和爭辯，也清楚表現出黛玉性格的轉變，那同時來到了寶、黛雙方於價值觀上嚴重分歧的時刻。當寶玉念完祭文以後，黛玉道：

「原稿在那裏？倒要細細一讀。長篇大論，不知說的是什麼，只聽見中間兩句，什麼『紅綃帳裏，公子多情；黃土壟中，女兒薄命。』這一聯意思卻好，只是『紅綃帳裏』未免熟濫些。放著現成真事，為什麼不用？」寶玉忙問：「什麼現成的真事？」黛玉笑道：「咱們如今都係霞影紗糊的窗槅，何不說『茜紗窗下，公子多情』呢？」寶玉聽了，不禁跌足笑道：「好極，是極！到底是你想的出，說的出。可知天下古今現成的好景妙事盡多，只是愚人蠢子說不出想不出罷了。但只一件：雖然這一改新妙之極，但你居此則可，在我實不敢當。」說著，又接連說了一二十句「不敢」。黛玉笑道：「何妨。我的窗即可為你之窗，何必分晰得如此生疏。古人異姓陌路，尚然同肥馬，衣輕裘，敝之而無憾，何況咱們。」寶玉笑道：「論交之道，不在肥馬輕裘，即黃金白璧，亦不當錙銖較量。倒是這唐突閨閣，萬萬使不得的。如今我越性將『公子』『女兒』改去，竟算是你誄他的倒妙。況且素日你又待他甚厚，故今寧可棄此一篇大文，萬不可棄此『茜紗』新句。竟莫若改作『茜紗窗下，小姐多情；黃土壟中，丫鬟薄命。』如此一改，雖於我無涉，我也是愜懷的。」黛玉笑道：「他又不是我的丫頭，何用作此語。況且小姐丫鬟亦不典雅，等我的紫鵑死了，我再如此說，還不算遲。」寶玉聽了，忙笑道：「這是何苦又咒他。」黛玉笑道：「是你要咒的，並不是我說的。」寶玉道：「我又有了，這一改可妥當了。莫若說『茜紗窗下，我本無緣；黃土壟中，卿何薄命。』」黛玉聽了，忡然變色，心中雖有無限的狐疑亂擬，外面卻不肯露出，反連忙含笑點頭稱妙，說：「果然改的好。再不必亂改了，快去幹正經事罷。才剛太太打發人叫你明兒一早快過大舅母那邊去。」

試看黛玉聽了之所以會「忡然變色」，是因為寶玉最終修訂的兩句誄文「茜紗窗下，我本無緣；黃土壟中，卿何薄命」帶有不祥的雙關之意，使黛玉不自覺地進入彼此乖離的處境中，對她的命運似乎是一個不祥的預告。「茜紗窗」最早正是出現在瀟湘館，由於瀟湘館周邊多綠竹叢繞，再用綠色的窗紗便無法襯托色彩，而顯得太過單調，因此第四十回在賈母的建議下而改糊銀紅色的霞影紗。寶玉第一次所改的誄文「黃土壟中，丫鬟薄命」，還在晴雯的脈絡之下，不容易產生雙關，但一旦修改為「黃土壟中，卿何薄命」，「卿」字的涵蓋範圍更加擴大，這篇誄文就不再只能完全對應於晴雯了，加上「茜紗窗」的指引，直接導向瀟湘館，很容易讓黛玉感覺到其中不祥的雙關性。黛玉如此珍惜的愛情竟然有這般不祥的預告，因此身心受到巨大的衝擊，但在「忡然變色，心中雖有無限的狐疑亂擬」的情況下，她卻能夠克制自己的情緒，反而連忙含笑點頭稱妙，可見黛玉已經「心口不一」、「表裡不一」，不再是「率真任性」的那位林黛玉了。

更何況黛玉接著對寶玉說：「果然改的好。再不必亂改了，快去幹正經事罷。」其中，黛玉不僅又是先給予肯定與讚美，和之前對妙玉的應酬話如出一轍，尤其所謂的「正經事」一詞最值得注意，因為與「正經事」相對的即「非正經事」，據此推敲黛玉的言外之意，乃暗指寶玉反覆修改〈芙蓉女兒誄〉以悼念晴雯的私祭之舉，是屬於不正經的事情！如此一來，寶玉所看重的已經不被黛玉認可，寶、黛二人之間的價值判斷已經出現裂痕。相對地，黛玉所說的「正經事」則是指迎春的婚姻大事，她說道：「才剛太太打發人叫你明兒一早快過大舅母那邊去。」大舅母指邢夫人，而何以要特別叫寶玉過去一趟呢？黛玉接著說明原因：「你二姐姐已有人家求準了，想是明兒那家人來拜允，所以叫你們過去呢。」二姐姐指迎春，迎春要嫁給「中山狼」孫紹祖，賈府已經開始進行正式的婚禮籌辦活動，寶玉聽了拍手道：「何必如此忙？我身上也不大好，明兒還未必能去呢。」可想而知，寶玉對於那一類虛禮應酬之事是十分厭煩的，所以又要稱病推託。

早在第三十六回便有寶玉厭煩虛禮應酬之事的描寫，作者敘述道：

> 話說賈母自王夫人處回來，見寶玉一日好似一日，心中自是歡喜。因怕將來賈政又叫他，遂命人將賈政的親隨小廝頭兒喚來，吩咐他：「以後倘有會人待客諸樣的事，你老爺要叫寶玉，你不用上來傳話，就回他說我說了：一則打重了，得著實將養幾個月才走得；二則他的星宿不利，祭了星不見外人，過了八月才許出二門。」那小廝頭兒聽了，領命而去。賈母又命李嬤嬤襲人等來，將此話說與寶玉，使他放心。那寶玉本就懶與士大夫諸男人接談，又最厭峨冠禮服賀弔往還等事，今日得了這句話，越發得了意，不但將親戚朋友一概杜絕了，而且連家庭中晨昏定省亦發都隨他的便了，日日只在園中遊臥，不過每日一清早到賈母王夫人處走走就回來了，卻每每甘心為諸丫鬟充役，竟也得十分閑消日月。或如寶釵輩有時見機導勸，反生起氣來，只

說「好好的一個清淨潔白女兒，也學的釣名沽譽，入了國賊祿鬼之流。這總是前人無故生事，立言豎辭，原為導後世的鬚眉濁物。不想我生不幸，亦且瓊閨綉閣中亦染此風，真真有負天地鍾靈毓秀之德！」因此禍延古人，除四書外，竟將別的書焚了。眾人見他如此瘋癲，也都不向他說這些正經話了。獨有林黛玉自幼不曾勸他去立身揚名等語，所以深敬黛玉。

這段陳述表明：寶玉所厭棄的不僅是人與人之間所必需的種種形式的交際應酬，還包括家族中的婚喪禮儀大事，對於那些要戴著高帽子、穿著正式禮服的場合，寶玉更是抵觸排斥。而賈母出於對寶玉的寵愛，給了他不需參加那類活動的特權，甚至連日常生活中問候父母長輩的基本禮數也都可以免除省去，那誠然是一種法外的失序狀態，因為傳統文化對於家庭倫理是極度崇尚和遵守的，特別是這等的貴族世家，就連日常吃飯的過程都有一套非常繁瑣的禮儀要求，屬於每個成員非得要適應的規矩，否則便不可能融入家族之中。

我近幾年來逐漸產生一些非常不同的體認，即寶、黛等人只是偶爾於某一些私下的空間中比較自由地舒展自我，但那並不等於曹雪芹是在反對禮教。《紅樓夢》表面上很少描寫關於禮教的這一面，敘述的大多數是比較自由、平等、逍遙、性靈的那一面，主要是因為該內容情節屬於他們的私人空間，本來就有比較多能夠自我掌控的場景，因此可寫性較強，不同於每天行禮如儀、照表操課之類，由於固定化而容易重複，導致呆板乏味，減損了閱讀情趣，所以可省則省，但這完全不等於是在反禮教、反封建。

元妃省親的重大契機，提供寶玉與眾女兒們一處可以脫離榮、寧二府的私密空間——大觀園，以至於《紅樓夢》的敘事焦點較多地放在此等小兒女身上，但這個情況與反不反封建禮教其實沒有任何關係。無論如何，寶玉在大多數的時候，絕對是一個文質彬彬、行禮如儀的侯門少爺，那是他從小到大一定要接受的一套規訓，這套規訓久而久之已經內化成為他內在自我的一部分。當然人總有比較自由放鬆的時候，寶玉私下時常會脫序一下，尤其在大觀園怡紅院這個幾乎是顛覆了常態的環境中，更可以表現他淘氣可愛又比較屬於自然的一部分，可是這樣的行為並不一定會和禮教構成衝突。

回到第七十九回，當黛玉勸寶玉不必再亂改誄文，快去幹正經事時，即意指凌駕於個人空間的公眾事務，諸如峨冠禮服、賀弔往還之類是更為重要的。只不過寶玉聽了拍手道：「何必如此忙？我身上也不大好，明兒還未必能去呢。」可見寶玉此時又開始裝病了，以往只要他裝病，大家便會給他豁免權，然而此時黛玉的反應已經遠非昔比，她說：「又來了，我勸你把脾氣改改罷。一年大二年小，……」黛玉口中的「又來了」這一句，背後所隱含的意味是：裝病是個不正當、不能鼓勵的幼稚做法，而寶玉卻一再如此，實在太過任性，於是就勸寶玉把脾氣改改吧，原因是「一年大二年小」，人生已經到了不同的階段，不可以再那麼孩子氣。所謂「一年大二年小」這種詞彙都屬於偏義複詞，其重點在於「大」字，表示寶玉已經逐年長大了，不可以再像小孩子般不負責任，一味地想要逃避成人世界的壓力和束縛。

再看黛玉說完這三句話之後，語意未完，所以現代標點用了省略號，接著寫黛玉「一面說話，一面咳嗽起來」，這顯然是作者的刻意設計，有其非常順乎情理的邏輯性，也有美學上的必要性。第一，用一陣咳嗽來說明黛玉的病症越來越沉重，在風地裡站得有點久了，加上黛玉的身體本就十分柔弱，經受不起風吹，於是便咳嗽起來。第二，非要用咳嗽的方式來打斷兩人之間的談話，原因更在於這話再說下去，便會如同襲人、寶釵、湘雲曾經對寶玉提過的勸說，而顯得露骨、明確，失去了含蓄蘊藉的美學原則，也會讓寶、黛的分裂乃至衝突過於尖銳，所以讓黛玉的意思表達不形諸言語，以餘音的方式讓人自行領略。

其實，我們只要稍微咀嚼玩味，即會感覺到黛玉與寶玉之間已經「道不同，不相為謀」了，人終究要被時間推著往前走、推著往園外走，當所有的女孩子都意識到大觀園不再是永恆的樂園時，唯獨寶玉還一心一意地想要抗拒，他當然也知道抗拒是徒勞的，然而只要還有一線希望，他便表現出抓住不放的心思意願。相對地，黛玉也在成長，她已經深刻地意識到時間之流不會停止，每個人終究要面對成人的世界，所以她勸寶玉改改脾氣。但是如果她再繼續說下去，話語便會變得太露骨，會更大地加深兩人的裂痕，那將會讓寶玉情何以堪？他總不能像當初第三十二回中對待寶釵那般，「不管人臉上過的去過不去，他就咳了一聲，拿起腳來走了」，或者對湘雲當場下逐客令：「姑娘請別的姊妹屋裏坐坐，我這裏仔細污了你知經濟學問的。」所以作者刻意安排一陣咳嗽把兩人的對話打斷，以避免後續的難堪，這是非常含蓄的一種表述方式。

至於寶玉是否感覺到黛玉和他之間已經產生了「道不同」的分歧呢？事實上是有的，書中寫道，當黛玉一面說話，一面咳嗽起來時，寶玉忙道：

「這裏風冷，咱們只顧呆站在這裏，快回去罷。」黛玉道：「我也家去歇息了，明兒再見罷。」說著，便自取路去了。寶玉只得悶悶的轉步，又忽想起來黛玉無人隨伴，忙命小丫頭子跟了送回去。

請特別注意，寶玉此時的反應是「悶悶的轉步」，這種舉止表現了心中悶悶不樂，存有某一些壓力和焦慮，不知如何排遣，於是在原地不斷地來回轉步；加上「悶悶」二字，很明顯地，寶玉心中其實隱約感覺到他與黛玉之間的分歧，那般的分歧造成他情緒上的一種不堪，所以才會「悶悶的轉步」。之後寶玉「又忽想起來黛玉無人隨伴，忙命小丫頭子跟了送回去」，由此看來，二人間的分歧所造成的「悶悶」的感覺，已經阻礙了寶玉對黛玉的關心，使得他對黛玉的體貼竟然落後了一步。可想而知，寶玉在情感心念上確然受到一種挫折，即他意識到與黛玉之間的分歧，而構成了二玉之間在價值觀上比較嚴重的第二度裂變。

不只如此，第七十九回同時告訴大家，黛玉連對寶玉也開始懂得「虛禮周旋」了，於寶玉的面前都能夠完全控制情緒，展現出「連忙含笑點頭稱妙」的一面，類似這般的反應都不是寶、黛先前的相處常態，可見黛玉的轉變就像一個軸心，逐漸輻射、遍及於她周遭包括寶玉在內的所有人等。至於寶、黛之間的關係，因為彼此不同的成長速度而造成了落差與分歧，這是我們必須面對的客觀事實，那也反映了人世間一種重大的可能性，發生在許許多多的夫妻、戀侶之間。一般讀者堅持寶、黛就是靈魂知己，他們應該密不可分、水乳交融、天長地久，這其實都是讀者自己主觀感性上的期望。《紅樓夢》明白地告訴我們：人必須成長，在成長的過程中，苦悶與挫折並進，但我們在此一過程中也認識到另外的真理，原來世界很複雜、很奧妙，絕對不是只有天真、純潔才有價值。

「寶玉雖素習和睦，終有嫌疑」

前面說第七十九回的情節是寶、黛之間的第二度分歧，那麼他們的第一度分歧出現於哪裡呢？就在第四十五回及第六十二回。第四十五回中，蘅蕪苑的一個婆子送來燕窩和洋糖之後，「黛玉自在枕上感念寶釵，一時又羨他有母兄；一面又想寶玉雖素習和睦，終有嫌疑。又聽見窗外竹梢焦葉之上，雨聲淅瀝，清寒透幕，不覺又滴下淚來」。雖然作者為黛玉包裝了還淚的神話，使她的眼淚變得淒美動人，但是黛玉的淚水並不全是為愛情而滴落，事實上幾乎有一半的次數是因為倫理親情而流下，為了思念她的母親、父親，為了她家族親屬的欠缺而湧出。所以，愛情到底是不是《紅樓夢》所主張的唯一絕對的價值，而凌駕於其他的人倫價值之上，這是一個必須好好檢驗的問題，而答案其實與愛情至上的現代價值觀恰恰相反。

黛玉是孤獨的一個人，所以她羨慕寶釵有母兄，但當她想起賈府中最好的朋友和知己——寶玉時，心中所想的竟然是「終有嫌疑」，彼此之間終究存在著「嫌疑」。這個情況是否有些奇怪呢？兩人之前的感情不是「言和意順，略無參商」，一切都不落言筌，可以心照不宣麼？而黛玉此時感受到的「終有嫌疑」也顛覆了我們過去對寶、黛關係的認識。

面對這個問題，我提出了一個解釋，即賈府作為所謂的簪纓詩禮之家，禮教是非常森嚴的，而構成禮教最重要的一個主軸就是「男女之防」，包括男主外、女主內，居處的安排、職務的分派，其實都是以性別來規畫的，例如第三回，當王夫人對黛玉說：「我有一個孽根禍胎，是家裏的『混世魔王』，今日因廟裏還願去了，尚未回來，晚間你看見便知了。你只以後不要睬他，你這些姊妹都不敢沾惹他的。」黛玉的回答是：「況我來了，自然只和姊妹同處，兄弟們自是別院另室的，豈得去沾惹之理？」黛玉的反應很符合此等簪纓詩禮之家的禮教規定，男女是不可以有接觸的，一旦有接觸的機會便有沾惹的可能，所以黛玉才會覺得「終有嫌疑」。寶玉只是在賈母的寵愛之下打破常規，得到一個法外的、可以滿足個人的、超越禮教規範的私下空間，但男女之別對他們來說仍然是不可抹滅的，即便他們日常生活在一起，也必須注意很多小地方不可落於形跡，以免授人話柄；再加上由於有更多的接觸機會，也容易會啟人疑竇，造成很多是非，所以「終有嫌疑」說的是兩人之間無法真正渾然到彼此無間的地步。

除此之外，到了第四十五回這個階段，黛玉已是「及笄之年」，即十五歲，那是一個成長的標誌，參照第二十二回賈母曾特別為寶釵過十五歲生日，便能夠顯示其意義。對黛玉來說，十五歲正意味著成長到了另一個階段，她應該相應地對人際關係進行調整，對於她和寶玉之間的關係也慢慢地有了不同的認知。我們可以從這兩個角度來理解黛玉所感慨的「終有嫌疑」。

而如此的「終有嫌疑」一旦落實之後，果真寶、黛兩者之間即開始出現價值觀的分歧。考察第六十二回的故事內容，可見寶玉和黛玉對探春理家的表現已經有了不同的看法，探春所具有的政治家氣度，不僅受到王熙鳳的讚美，也得到黛玉的稱譽，黛玉對寶玉說：「你家三丫頭倒是個乖人。雖然叫他管些事，倒也一步兒不肯多走。差不多的人就早作起威福來了。」這也證明探春確實是一位有為有守的君子，不會被權力所腐化，不願意濫用權力，黛玉用「乖人」來形容探春，即是這個意思。

但寶玉並不以為然，他說：「你不知道呢。你病著時，他幹了好幾件事。這園子也分了人管，如今多掐一草也不能了。又蠲了幾件事，單拿我和鳳姐姐作筏子禁別人。最是心裏有算計的人，豈只乖而已。」顯然寶玉認為探春雖然樹立了一個規範，但是他的自由卻受到限制，不能再任情縱性了，所以便有些不滿，於是認為探春也是個「心裏有算計的人」，豈止是乖而已！沒想到接著黛玉道：

> 要這樣才好，咱們家裏也太花費了。我雖不管事，心裏每常閑了，替你們一算計，出的多進的少，如今若不省儉，必致後手不接。

可見黛玉並不是完全不食人間煙火的凌雲仙子，她就活在現實人間，對於賈府運作中的經濟危機其實也是深有體察的，因此她完全讚賞探春的做法。可是寶玉依舊很天真，他笑道：「憑他怎麼後手不接，也短不了咱們兩個人的。」他總覺得世界永遠不會崩潰，至少他自己一定可以毫髮無傷，永遠幸福快樂。然而覆巢之下無完卵，他和黛玉兩人怎麼可能不受影響？這番話足證寶玉有的時候確實是一個抗拒長大的闊少爺。

就以上的情節來說，寶玉可能還沒有意識到他與黛玉之間的分歧，只當是一般的隨口閒聊，可是在我們讀者看來，這兩人的差異是非常明顯的，尤其黛玉所說的那段話完全是理家掌權之人王熙鳳的言論翻版。第五十五回中，當王熙鳳得知探春的理家作為後，便對平兒說道：「你知道，我這幾年生了多少省儉的法子，一家子大約也沒個不背地裏恨我的。我如今也是騎上老虎了。雖然看破些，無奈一時也難寬放；二則家裏出去的多，進來的少。凡百大小事仍是照著老祖宗手裏的規矩，卻一年進的產業又不及先時。多省儉了，外人又笑話，老太太、太太也受委屈，家下人也抱怨刻薄；

若不趁早兒料理省儉之計，再幾年就都賠盡了。」其中的重點與黛玉所說的「出的多進的少，如今若不省儉，必致後手不接」簡直是如出一轍。由此看來，黛玉和王熙鳳一樣，都具有敏銳的洞察力，對整個家族的經濟處境也是心知肚明，關於探春的做法，她會深表贊同，正與王熙鳳把探春當作臂膀的延伸，道理相通。

那麼，黛玉這樣的反應到底算不算是違背曹雪芹既有的設計呢？當然不算，黛玉本來就不是一個無知之輩，她其實機謀深遠，脂硯齋對此已經再三提點。再看第五十五回，當王熙鳳細數「這裏頭的貨」中有哪些人具有理家才能之際，便說「林丫頭和寶姑娘他兩個倒好」，可見黛玉事實上和寶釵一樣都具有理家的才能，只是她平常沒有表現出來而已，但王熙鳳還是很精確地掌握到了。第五十五回已經是黛玉性格發展的後半期，而其實人的性格不會突然之間一夜改變，據此可以推論在黛玉性格發展的前期，也已經透露出她的算計，以及對於人情世道非常高明的洞察力。事實正是如此，試看第三十五回中，寶玉挨打後，眾人都來看視，絡繹不絕，接著書中寫道：

林黛玉還自立於花陰之下，遠遠的却向怡紅院內望著，只見李宮裁、迎春、探春、惜春並各項人等都向怡紅院內去過之後，一起一起的散盡了，只不見鳳姐兒來，心裏自己盤算道：「如何他不來瞧寶玉？便是有事纏住了，他必定也是要來打個花胡哨，討老太太和太太的好兒才是。今兒這早晚不來，必有原故。」一面猜疑，一面抬頭再看時，只見花花簇簇一群人又向怡紅院內來了。定睛看時，只見賈母搭著鳳姐兒的手，後頭邢夫人王夫人跟著周姨娘並丫鬟媳婦等人都進院去了。黛玉看了不覺點頭，想起有父母的人的好處來，早又淚珠滿面。

先時不見王熙鳳的蹤影，黛玉還心中盤算各種狀況，一面猜疑，果然就見到賈母搭著王熙鳳的手走向怡紅院來，於是「不覺點頭」，此處的「點頭」其實有很複雜的意涵，顯示她的判斷正確，鳳姐果然如她所料。由此可見，前期的黛玉並不是只關心作詩，沉浸在精神意境之中，也不是只會與鸚鵡念詩對話，她其實對人情世故掌握得頗為精當，這也反過來證明黛玉後期的發展並不是忽然之間的人格突變，她對人情心機的掌握能力其實於前期階段中都一直存在，只是沒有被充分發展，也未曾被大幅顯露而已。

人的性格終究是處在不斷發展的狀態中，過去比較強勢而凸顯的面向，慢慢地因為受到碰撞打磨，會變得成熟而收斂，而昔日隱微不顯的部分也可能逐漸發展出來，變成主要的特徵，這就是性格中各個成分的消長調節，構成了改變。我們在人生經驗中常常有一種情況，在長時間未見的情況下，發現到某個認識的親友變得和以前不同，而感嘆他脫胎換骨成了陌生人，其實那算是一種誤解，因為沒有人可以脫胎換骨，真正的緣故是他內在各種性格成分的消長，對方仍然是同一個人，只是被凸顯出來的主要面向有所不同而已。

黛玉正是在如此的消長狀態中成長起來的，她逐漸掌握人際互動關係的要領，更關鍵的是她願意開始實踐，如此一來，與不想長大的寶玉必然產生價值分歧的狀況！所以第七十九回中，兩人的對話雖然被一陣咳嗽打斷，但是黛玉所引發的分歧感，仍然在寶玉心中激盪而形諸肢體行動，使得寶玉只得「悶悶的轉步」，這是非常引人深思的現象。畢竟人必須長大，兩個情感再要好、關係再深厚的知交或伴侶，如果成長的速度不一樣，也勢必會傷害到彼此間的關係。愛情與婚姻是人生中非常重要的事情，必須時時刻刻用心經營，主要是維繫彼此心智成長的速度以及成長方向的一致性，倘若做不到這一點，兩人一定會漸行漸遠，最終只能在日常生活中互相配合，照習慣過日子，但在心靈上卻是陌生人，此種如空殼般的處境當然也不能夠持久，對於婚戀關係必然造成很大的損害。事實上要維繫彼此間的關係，必得好好努力地瞭解對方，兩人共同參與生命中的某一個事業，在此一事業中包含著雙方終極的關懷，也包含著對未來的希望。

寶、黛的愛情走到第七十九回的這一步，可想而知，再繼續發展下去就會是一個本質性的悲劇，根本不需要人謀不臧之類外來的戕害，作者為了避免兩人以如此不堪的方式陷入瓦解的狀態，便必須讓黛玉早夭。如果從這個角度來看，黛玉的早逝也是維繫他們愛情之美的一種必要方式，讓愛情在沒有變質到徹底異化之前，就讓它結束，至少還能夠凍結住很美好的狀態，讓「寶黛之戀」以一種永恆的形貌，留存於當事人、作者與讀者的心中。

《紅樓夢》絕對不是一個「彼得．潘式的童話」，一旦接受這一點，或許我們也就更能夠坦然地忍受、接受這個世間許許多多的不完美，甚至可以更積極地看待很多的不完美，發現到事實上換一個角度來看，不完美也是完美！這便是我一再重複說的：「真理的相反也同樣還是真理。」

黛玉與寶玉之間的價值觀裂變，誠然是黛玉性格轉變的另一個面向。而造成此一裂變的原因，主要是黛玉不斷地成長，以致與寶玉產生了成長的速度差，這個速度差即導致兩人關係上的根本性裂變。

寶、黛之價值觀裂變

我們先回溯寶、黛之間價值觀裂變的過程。最初寶、黛的早期關係是第五回所說的「言和意順，略無參商」，可以說非常符合「知己伴侶」此一定義的標準。例如第三十二回，當寶玉指出黛玉總是因為不放心的緣故才弄了一身的病，「林黛玉聽了這話，如轟雷掣電，細細思之，竟比自己肺腑中掏出來的還覺懇切」；還有第三十六回提到，寶玉因為「林黛玉自幼不曾勸他去立身揚名等語，所以深敬黛玉」。將前期寶、黛之間種種相處的狀況統合來看，可以很清楚地看到他們的想法確實是非常一致的。

然而到了後期就不是這麼單純了，首先是上文提過的，第四十五回黛玉自己一個人躺在床上感傷時，她思前想後之際，竟然感到「寶玉雖素習和睦，終有嫌疑」；到了第四十九回便非常明顯了，當薛寶琴因受到賈母的非凡寵愛而獲得鳧靨裘時，眾人便玩鬧著起鬨，猜想誰會心裡過不去而生出嫉妒？當猜到黛玉的時候，湘雲就不說話了，其意思很清楚，即默認黛玉便是那個多心的人，尤其她平常總是愛計較、獨占心很強，因此合理推測此時黛玉的心中應該會有一點不平。但是當下寶釵卻立刻站出來為黛玉洗刷了這個誤解，寶釵忙笑道：「更不是了。我的妹妹和他的妹妹一樣。他喜歡的比我還疼呢，那裏還惱？你信口兒混說。他的那嘴有什麼實據。」而面對這樣一個反常的情況，寶玉的反應則是：「素習深知黛玉有些小性兒，且尚不知近日黛玉和寶釵之事，正恐賈母疼寶琴他心中不自在，今見湘雲如此說了，寶釵又如此答，再審度黛玉聲色亦不似往時，果然與寶釵之說相符，心中悶悶不樂。」顯然他的看法和湘雲一致，這更證明黛玉的小性兒是眾所周知的客觀事實。最值得注意的是，此際寶玉還不知道釵、黛二人已經冰釋前嫌，當他看到黛玉與別人，特別是與寶釵和睦相處時，竟然感到「心中悶悶不樂」，這與第七十九回當黛玉勸寶玉把脾氣改一改時，「寶玉只得悶悶的轉步」，其實都是出於同樣的心理反應，隱含了意外，甚至彼此不合的失落感。

回到第四十九回，寶玉一方面「悶悶不樂」，一方面又想：「他兩個素日不是這樣的好，今看來竟更比他人好十倍。」再加上寶琴「又見諸姊妹都不是那輕薄脂粉，且又和姐姐皆和契，故也不肯怠慢，其中又見林黛玉是個出類拔萃的，便更與黛玉親敬異常」，形成姊妹情深的圖景。對眼前這般其樂融融的場面，難怪寶玉的反應是「看著只是暗暗的納罕」，因為此時的黛玉與他平常所認識的迥然不同，寶、黛彼此之間的距離事實上很明顯地浮顯出來，於是過後寶玉就去黛玉房中找她問明原因，寶玉笑道：

> 「我雖看了《西廂記》，也曾有明白的幾句，說了取笑，你曾惱過。如今想來，竟有一句不解，我念出來你講講我聽。」黛玉聽了，便知有文章，因笑道：「你念出來我聽聽。」寶玉笑道：「那《鬧簡》上有一句說得最好，『是幾時孟光接了梁鴻案？』這句最妙。『孟光接了梁鴻案』這五個字，不過是現成的典，難為他這『是幾時』三個虛字問的有趣。是幾時接了？你說說我聽聽。」黛玉聽了，禁不住也笑起來，因笑道：「這原問的好。他也問的好，你也問的好。」寶玉道：「先時你只疑我，如今你也沒的說，我反落了單。」黛玉笑道：「誰知他竟真是個好人，我素日只當他藏奸。」因把說錯了酒令起，連送燕窩病中所談之事，細細告訴了寶玉。寶玉方知緣故，因笑道：「我說呢，正納悶『是幾時孟光接了梁鴻案』，原來是從『小孩兒口沒遮攔』就接了案了。」

我們可以看到，當寶玉發現釵、黛之間其樂融融的時候，竟然覺得自己落了單，有點遭到盟友撇下的被背叛感。很顯然地，寶玉在黛玉的轉變過程中依然停頓在原地，一旦意識到兩人之間的差距時，他就感覺彼此產生了斷裂，從兩人知己同伴變成他被拋棄落單，因此造成心理上的悶悶不樂。

此外，在第五十七回「慧紫鵑情辭試忙玉」的情節中，如果將紫鵑試探寶玉的說法與第七十九回黛玉勸誡寶玉的言辭加以比對，也會發現如出一轍。第七十九回裡，黛玉勸誡寶玉改改脾性的理由是「一年大二年小」，正可以驗證紫鵑用來試探寶玉的論調是有根有據，不是她自己杜撰的虛詞。且看文本的描述，當時紫鵑正在迴廊上手裡做針黹，寶玉一眼看見她穿著彈墨綾薄綿襖，外面只穿著青緞夾背心，便伸手向她身上摸了一摸，怕她太冷，沒想到紫鵑卻立刻說道：

從此咱們只可說話，別動手動腳的。一年大二年小的，叫人看著不尊重。打緊的那起混賬行子們背地裏說你，你總不留心，還只管和小時一般行為，如何使得。姑娘常常吩咐我們，不叫和你說笑。你近來瞧他遠著你還恐遠不及呢。

倘若將第五十七回所發生的這一段情節放到黛玉後期成長的整體背景中來看，紫鵑所說的一番話應該是有黛玉的實際交代作為根據，也就是開始認真落實男女有別的規範，兩性之間必須避嫌，保持距離。由此可見，一段情節到底該怎麼去解釋它的真假，以及真的有幾分、假的又有幾分，都必須看它前後的整體脈絡是如何安排的，有的時候情節中明顯有虛構的成分，有的時候確實有七分根據，有的時候又是百分之百確鑿，不能單看一個獨立的情節便斷章取義。據此，這段情節很值得我們重新定位它的真實性，應該不是紫鵑編造出來用以測試寶玉的謊言而已。

因此，到了第七十九回中，黛玉會出現一個很明確地勸改寶玉的做法，實在是有跡可尋，而且正是在這樣的脈絡下，黛玉很徹底、很清楚地逐步達到她成長的最終境地。其實，有關寶、黛之間的價值觀裂變，於很多讀者非常不贊同的後四十回續書中也有十分精準的把握，但是續書者表現得有一點問題，以至於熟悉《紅樓夢》的讀者通常都很不以為然，覺得他寫得實在太不優美、太刻露了，沒有前八十回的那種含蓄蘊藉，單單只是如此的直覺，續書中寶、黛二人關係的變化即導致我們感性層面上很強烈的反感。但是，如果先把這般的感覺剔除，便可以發現在黛玉與寶玉之間的價值分歧上，其實後四十回的續書者真正掌握了前八十回的神髓。

回歸傳統女性價值觀

就此，讓我們來到黛玉成長變化的另一個重點，即「對傳統女性價值觀的回歸」，這是我們現代人常常都不以為然的。但我要再度提醒，切莫用現代人的價值觀去看過去的時代，因為「我們都是歷史中的人」，必定會受到歷史時空中各種意識形態的影響，因此今天視為理所當然的價值觀不一定適用於過去，也不一定適用於別的民族，這是我們必須有的胸襟。其實，黛玉的回歸是必然的結果，我們如果活在兩百多年前也一定會如此，因為如果不遵守當代的價值觀，那是會幾乎活不下去的，這是一個很簡單的道理，何況一旦從小就受到那樣的價值觀影響，我們當然也會認可那樣的價值觀，現代人對此實在不應該大加批評。

特別應該說明的是，此處我用「回歸」二字，便是要說明前期的黛玉雖然比較率性，但大前提是她並未反對傳統的女性價值觀，只是因為她很受寵愛縱容，所以對一些閨閣女性的相關要求便可以不予理會，僅此而已。換句話說，只是因為深受寵愛，她當然就比較任性一點、比較自由一點，不想多做那些瑣碎的手工，只在乎自己喜歡的事物，這也類似小孩子的個性，所以完全談不上具有什麼反對傳統的意識，何況在經過第四十二回和第四十五回的過渡儀式之後，黛玉確實很不一樣了。

黛玉前期的性格特徵極為鮮明，具體表現於許多地方，所以讓讀者留下了深刻印象。以第十八回來說，當時她存心在作詩上大展奇才，將眾人壓倒，但因為元妃只讓一人吟詠一篇，讓她覺得不足以好好地展其抱負，從而心中感到不快，此刻的黛玉將作詩視為體現個人價值的一種活動，當作是自我肯定的一件很重要的事務，而那其實並不符合傳統的女性價值觀。

又第二十五回中，黛玉與紫鵑、雪雁做了一回針線後，更覺煩悶；以及第三十二回透過襲人的口中，我們得知黛玉無意於針線女紅，襲人道：

> 他可不作呢。饒這麼著，老太太還怕他勞碌著了。大夫又說好生靜養才好，誰還煩他做？舊年好一年的工夫，做了個香袋兒；今年半年，還沒見拿針線呢。

面對針黹女紅這等事，湘雲是必須做到三更半夜，而寶釵甚至自動承攬，因為那本是她們應該要努力從事的分內工作，但是此時的黛玉就與她們有很大的不同，雖說不見得是價值觀層次上的差異，可確實黛玉一年的工夫才做了一個香袋，而且那個香袋還很可能是在寶玉的勞煩央求之下才做的，足證前期的黛玉比較不耐煩去執行這類的分內之事。

相較之下，黛玉後期的變化確實讓人感覺到有些吃驚。例如在第四十八回，黛玉竟然自認作詩並不是認真的事，只是可有可無的閨中遊戲，既非正道，也不嚴肅，完全不算是一種價值，還認定自己的詩作並不成詩，而與探春異口同聲地說：「誰不是頑？難道我們是認真作詩呢！若說我們認真成了詩，出了這園子，把人的牙還笑倒了呢。」這與黛玉之前將詩歌當作是自我實踐中最重要的一個核心，堪稱截然不同。以前面對作詩的時候，她絲毫不肯退讓，覺得唯有詩作得成功才是個人生命價值的體現，因此想要大展奇才、爭奪第一，但是現在的黛玉竟然秉持非常典型的傳統女性價值觀，簡直是改頭換面。

再看第五十一回，當寶釵指出寶琴所作的〈梅花觀懷古〉和〈蒲東寺懷古〉這兩首詩無考，而建議另外再作時，黛玉說：「這寶姐姐也忒『膠柱鼓瑟』，矯揉造作了。」很多讀者看到這裡，就直覺地斷定黛玉之所以抨擊寶釵，是因為立場不同，顯示她反對寶釵的保守性，而趨向於支持才子佳人的婚戀觀，但其實完全不是如此，恰恰相反，黛玉的立場和寶釵完全一致，差別只在於她認為寶釵忽略了這一類題材在社會傳播上的普及性，以及因此所產生的合法性，所以才會過度撇清，而流於「矯揉造作」。不過對於閨閣小姐來說，她們確實不可以看《西廂記》和《牡丹亭》那些外傳，寶釵的宣稱完全合乎當時、尤其是上層階級的千金小姐的家訓規範，最重要的是，黛玉其實也認同寶釵「我們也不大懂得」的立場，所以她後面接著說「咱們雖不曾看這些外傳，不知底裏」，根本與寶釵之說合拍，在在都顯示出從傳統女性的價值觀出發，她們對這些禁書極力迴避的態度。

接著是第六十四回，黛玉作了一組歌詠古代優秀女性的〈五美吟〉，但她竟然不願意給寶玉看，原因是她怕寶玉將自己的詩作抄給外面的人看去，這就完全符合《禮記．內則》中所提到的「內言不出，外言不入」思想，原來男女之別還包括內外之別——男主外、女主內，外與內是不可以混淆的。這是傳統儒家經典中非常講究的要求，所謂「內言不出」，指的是閨閣女性的言語不可以外傳，如果外傳出去，便等於是將女性暴露在外，那與女子在外拋頭露面是同等嚴重的過失。當時的價值觀認為，女性是一種非常隱祕、不可以暴露的存在，所以才有「大門不出，二門不邁」之說，也因此女眷外出是一件大事，甚至被比喻為如同搬家，《紅樓夢》第二十九回中，絕無僅有地描寫整個賈府女眷們傾巢而出，一起去清虛觀打醮看戲，當小姐們下轎子之際，家下人趕緊拿起布帳和屏障圍得密不透風，絕對不能讓旁觀的路人瞥見她們的容顏，整個防護措施十分嚴密，堪稱滴水不漏，正是因為這個原因。

也是出於同樣的道理，女性的詩作一方面在根本上不被視為大雅，另一方面也不可以流傳在外，在外流傳便等於將女性公諸於世，形同拋頭露面，而有失體統。雖然明清時期，確實有一些才女的詩詞集被整理出來刊刻面世，但那是有特殊緣故的，必須另當別論，即當時有些做丈夫的或做兒子的觀念比較開明，基於懷念或凝聚家族集體情感的一種心理，想要將妻子或母親的詩詞整理出版，但那些創作的當事人事實上是抗拒的，甚至當她們知道自己的作品要被整理出版時，有時候竟然會斷然焚毀了自己的詩稿，從這個現象也可以看到傳統女性價值觀的深刻影響。同樣地，黛玉在此正是站在「內言不出」的立場，而這些觀念其實與探春和寶釵是完全一致的，那絕對是傳統女性價值觀的一個明確的反映。

還有，第七十回中湘雲因見暮春時節柳花飄舞，有感而發寫了一闋〈如夢令〉，很得意地拿來給黛玉、寶釵欣賞，黛玉看畢，笑道：「好，也新鮮有趣。我卻不能。」但黛玉真的寫不來嗎？自然不是，黛玉後來所填的〈唐多令〉也寫得纏綿悲戚，哪裡不能？尤其黛玉在貶抑自己的詩才時，一點都沒有勉強或客套的意味，可見此時的黛玉顯然與寶釵十分類似，寶釵的詩明明也寫得很好，然而她並不在意，從沒有非得爭第一的念頭，對於是否被大家評為佼佼者，寶釵從未曾放在心上。

何況第七十六回中，在與妙玉那一番關於續詩的對話裡，黛玉也表達出要向妙玉請教的低姿態，甚至還自貶地說「若不堪時，便就燒了；若或可改，即請改正改正」等語。這固然也是一種人際周旋的應酬話，可是若非價值觀有所改變，大概也難以如此自然地說出口。讀者可以慢慢發覺後半期的黛玉實際上越來越像寶釵，也難怪她們的感情變得很好、很親密，那都是有道理、有原因的。

從童貞之愛到婚姻之想

接下來有關黛玉在另一方面的改變，我不想太強調或者太落實，以免過分解讀。我只是期望讀者稍微注意一下這個差異，即「從形上的童貞之愛到實質的婚姻之想」，「實質」意指落實到現實生活中，愛情要能夠修成正果，當然是要進入婚姻，所謂的「有情人終成眷屬」，那就不僅止於純粹的心靈契合而已。黛玉其實已經開始有婚姻的意念，然而婚姻這樣一個特殊的、女性生命中的重大課題，實際上是出身大家族的青春未婚女性必須迴避的，無論是口頭上的話題還是心裡的念頭，都屬於禁忌，即使婚姻不比私情那般會受到非常嚴厲的指控，但世家少女都還是要盡量加以迴避。

如果仔細觀察、比較前後期的黛玉，便會發現她真的變得很不一樣，前期階段如第二十三回和第二十六回，寶玉兩度用《西廂記》中的臺詞對黛玉作出情色的試探，其中帶有男女關係的隱喻，都被黛玉用非常嚴厲的態度來加以回擊，幾乎引起很嚴重的風波。她的這種反應很明顯是完全割裂形上、形下的關係，對此時的黛玉來說，感情並不可以涉及任何一種形而下的欲望層次，否則就是褻瀆和羞辱。但在第四十五回中，有一段情節卻觸及黛玉開始隱祕地透露出她心中對婚姻有了意念，雖然並不是那麼明顯，我們也不要過度強調，但確實依稀存在著這一種臆想。

第四十五回寫到，在雨夜蕭瑟、秋雨霖霖的夜晚，黛玉作了一首〈秋窗風雨夕〉後，方要安寢，丫鬟回報說：

「寶二爺來了。」一語未完，只見寶玉頭上帶著大箬笠，身上披著蓑衣。黛玉不覺笑了：「那裏來的漁翁！」寶玉忙問：「今兒好些？吃了藥沒有？今兒一日吃了多少飯？」一面說，一面摘了笠，脫了蓑衣，忙一手舉起燈來，一手遮住燈光，向黛玉臉上照了一照，覷著眼細瞧了一瞧，笑道：「今兒氣色好了些。」黛玉看脫了蓑衣，裏面只穿半舊紅綾短襖，繫著綠汗巾子，膝下露出油綠綢撒花褲子，底下是掐金滿綉的綿紗襪子，靸著蝴蝶落花鞋。黛玉問道：「上頭怕雨，底下這鞋襪子是不怕雨的？也倒乾淨。」寶玉笑道：「我這一套是全的。有一雙棠木屐，才穿了來，脫在廊檐上了。」黛玉又看那蓑衣斗笠不是尋常市賣的，十分細緻輕巧，因說道：「是什麼草編的？怪道穿上不像那刺蝟似的。」寶玉道：「這三樣都是北靜王送的。他閑了下雨時在家裏也是這樣。你喜歡這個，我也弄一套來送你。別的都罷了，惟有這斗笠有趣，竟是活的。上頭的這頂兒是活的，冬天下雪，帶上帽子，就把竹信子抽了，去下頂子來，只剩了這圈子。下雪時男女都戴得，我送你一頂，冬天下雪戴。」黛玉笑道：「我不要他。戴上那個，成個畫兒上畫的和戲上扮的漁婆了。」及說了出來，方想起話未忖奪，與方才說寶玉的話相連，後悔不及，羞的臉飛紅，便伏在桌上嗽個不住。

首先，我們可以看到，寶、黛兩人的愛情是融入日常生活中的體貼，他們能夠禁得起那般瑣碎的日常生活的耗損，兩人之情依然可以持恆十數年之久，這才是真正的愛情，所以愛情絕對不是燦爛的煙火，讓人炫目卻禁不起現實生活的考驗，很多人自認為的浪漫，其實往往只是浮誇的感覺而已。其次，當黛玉意識到自己說出漁翁、漁婆等具有夫妻聯想的詞彙時，她立刻害羞臉紅，趕快用咳嗽的方式加以掩飾，然而我們看寶玉的反應是「卻不留心」，寶玉根本沒有放在心上。顯然他早就打了退堂鼓，不再對黛玉有任何非分之想，要不是黛玉本身有了某一種隱微的思想脈絡，其實也不會把漁翁和漁婆聯結在一起，並且意識到這個聯結具有指涉夫妻的意涵，而導致她內心的羞怯。必須說，她的反應未免有一點無中生有，我記得自己第一次意識到這一點時，忍不住失聲笑出來，因為黛玉的反應實在太好玩了。

值得注意的是，另一方的當事人寶玉卻完全沒留意到黛玉的用詞和反應，顯示出夫妻的聯想並不是必然的。對照之下，此一現象多少反映出黛玉自己的內心對於婚姻是有了一點憧憬，然而該憧憬事實上是違背婦德女教的，是她應該要迴避的，所以她一出現這個念頭，即立刻有所警覺，而且自己也覺得非常害臊。就此來說，黛玉確實有一小小的改變，當然對於這一點不宜太過強調，否則一旦過度解釋便會對人物的塑造內涵造成一些破壞和負面成分。

高鶚續書並非一無是處

至於前面提到的有關寶、黛之間勢必面臨分裂的情感變化，高鶚續書則對此絕妙地加以繼承。雖說續書常常受到批評，那些批評也都很有道理，但是後四十回確實仍有優點，畢竟它完成了《紅樓夢》這部未完成的悲劇交響曲，使得《紅樓夢》具備一個整體的架構，這是續書的巨大貢獻，從傳播意義上來說，更給予《紅樓夢》很大的幫助，因為喜歡看有結局的全本，乃是一般讀者的心理趨向。我們一直說後四十回的文字表達往往味如嚼蠟，其中的人物雖然也在說話，也在舉止動作，可是如同木雕泥塑，彷彿照本宣科一般，毫無氣韻神采，但是將具體人物的具體情節加以比對之後，我赫然發現續書者的言語用詞，包括語法結構都與前八十回很接近，然而為什麼讀起來的感覺，後四十回會與前八十回差異如此之大呢？不是在文字、語法、修辭上有所不同，而是整體的情味明顯很不一樣，只能說創作原來是一種很難言筌和分析的能量，那種說不出的能量散發出類似於華特·班雅明（Walter Benjamin, 1892-1940）所謂的靈光（aura），就是有辦法把前八十回寫得那麼動人，讓後四十回讀起來令人感到索然乏味。

據我目前所整理的，前八十回和後四十回有差距的地方超過十項以上，比如說某個意象，包括主屋的附屬建築物抱廈，在前八十回出現的情況即與後四十回截然不同；還有前八十回常常提及的西洋舶來品，如自鳴鐘、手錶、鼻煙壺、洋糖等當時代表奢華的高級用品，到了後四十回便大多消失無蹤。有人把西洋貨物罕見於後四十回的現象解釋為賈家已經在敗落，所以那些昂貴的奢侈品自然會越來越少見，可是這個推論並不合理，因為就算賈府落入窘況之中，必須用拍賣貨品的方式來度日，那類物件還是可以出現的，鳳姐的典當情況便證明了這一點，可見主要是關乎作家如何安排運用的功力。連植物也是如此，學者潘富俊專門研究古典文學中的植物，著有《紅樓夢植物圖鑑》一書，他對比前八十回與後四十回的植栽情況之後，即主張後四十回的作者另有其人，因為後四十回中的植物意象少得多，豐富度、優美度也大為降低。

總而言之，不管是從建築、物品、植物、人物的思想價值觀等各方面來比對，我們都無法同意前八十回與後四十回是出自同一個人的手筆，然而這並不意謂後四十回中沒有曹雪芹的痕跡，因為縱然後四十回有這麼多的不足之處，但是能夠把那般繁複的情節駕馭得如此圓融，並且很大程度地對前面的情節給予合理延續，卻也不是一般的作家做得到的。是故有人推測，八十回以後的內容應該是有曹雪芹之部分草稿的，那些底稿由於各式各樣的原因而失蹤或被隱匿，剛好落到一位叫作高鶚的人手中，他只是根據底稿再作修潤，其文字表現的情味當然會大大走樣，畢竟就算他具有加以合理收尾的整體能力，可是他所駕馭的那些材料、種種人物情節是如此龐雜，還是得要有曹雪芹底稿的基礎才能夠做到。我想這也不失為一個合理的猜測，倘若依照黛玉成長變化的課題來看，此種推測恐怕更是可以增加其可能性。

高鶚續書中有關黛玉的兩三段重要情節，歷來都被人大為詬病，讀者據以斷定續書者完全脫離曹雪芹的原意，將這位作者無比寶愛的女子寫得如此難堪；不過我想獨排眾議，因為我發現相關的描述雖然確實有很多缺點，例如太過刻露，把黛玉的性格變化表現得實在有點張牙舞爪，但那是美學判斷的問題，不代表續書者對於黛玉之思想價值觀的掌握是錯誤的。一般讀者往往沒有意識到黛玉是在成長變化的，大多數人腦海中黛玉的形象，永遠是前期那一種弱不禁風、楚楚可憐、天上的仙子、多心善妒卻率真可愛等樣貌，當然對於續書的描寫便完全不能接受。然而，假設我們將黛玉後期的成長變化這一階段重構出來，將之視為黛玉整體形象不可或缺的一部分來加以考慮，就會對續書那幾段鋪陳的內容產生不同的評價。重新觀照後四十回中關於黛玉的言行表現、價值觀等情節敘述的合理性，我們可以發現續書確實是依照曹雪芹所留下來的發展線索進一步展開的。

首先是第八十二回，當寶玉下學回來以後，與黛玉有了一番關於讀書的交談，寶玉接著說道：

「還提什麼念書，我最厭這些道學話。更可笑的是八股文章，拿他誆功名混飯吃也罷了，還要說代聖賢立言。好些的，不過拿些經書湊搭湊搭還罷；更有一種可笑的，肚子裏原沒有什麼，東拉西扯，弄的牛鬼蛇神，還自以為博奧。這那裏是闡發聖賢的道理。目下老爺口口聲聲叫我學這個，我又不敢違拗，你這會子還提念書呢。」黛玉道：「我們女孩兒家雖然不要這個，但小時跟著你們雨村先生念書，也曾看過。內中也有近情近理的，也有清微淡遠的。那時候雖不大懂，也覺得好，不可一概抹倒。況且你要取功名，這個也清貴些。」寶玉聽到這裏，覺得不甚入耳，因想黛玉從來不是這樣人，怎麼也這樣勢欲熏心起來？又不敢在他跟前駁回，只在鼻子眼裏笑了一聲。

必須指出，在續書的這一段描述中，處處都是問題，證明它絕非曹雪芹的手筆。第一，寶玉說「目下老爺口口聲聲叫我學這個，我又不敢違拗」，雖然乍看之下還挺像寶玉的口吻，但其實寶玉是絕對不會說這種話的，因為真正的貴族世家子弟根本不可能有違抗自己父親的念頭，更不會說出那般的抱怨，由此便暴露出續書者絕非該等出身，所以才會寫錯，而流於小家氣。請大家注意，即使是賈蓉、賈璉、賈珍等紈袴子弟，只要一涉及父親，他們絕對是百分之百的順從，當父親看不到或者家教管不到的時候，賈蓉、賈珍等人雖然會偷偷做一些道德敗壞的事，可是只要與家族中的長輩有關，他們是根本不敢造次的，並且是由內而外地遵循服從，那是他們從小即培養出來的習性。所以在電影《金玉良緣紅樓夢》（一九七七年）中，就有很多地方不符合這個文化背景的情節，其中一段是：當林青霞反串扮演的寶玉在喝茶時，忽然聽見老爺在他背後出聲提醒，寶玉的反應是嚇了一大跳，差一點被茶嗆到，然後做出撇嘴、翻白眼、不耐煩的表情，那絕對不是一個世家大族的公子會有的反應，也顯示出現代影視改編的局限之處。

回到文本敘述來看，當寶玉說完他的抱怨，接著黛玉道「我們女孩兒家雖然不要這個」，而這豈不正是「女子無才便是德」的反映嗎？前八十回中確實已經可以看到，黛玉在很多地方都表現出對女性傳統價值觀的回歸，所以她現在說這樣的話，從邏輯上來說是很合理的。之後黛玉又勸寶玉讀書，寶玉聽了的反應是：「覺得不甚入耳，因想黛玉從來不是這樣人，怎麼也這樣勢欲熏心起來？又不敢在他跟前駁回，只在鼻子眼裏笑了一聲。」此乃續書絕非出於曹雪芹手筆的第二個證明。

讓我們想像一下寶玉嗤之以鼻的面部表情，那其實是很扭曲、很難看的，在前八十回中，絕無僅有地唯獨趙姨娘一個人出現過這樣的動作，第二十五回說她「鼻子裏笑了一聲」，極為符合她的低下身分與粗鄙教養，參照來看，寶玉「只在鼻子眼裏笑了一聲」的反應實在是不倫不類，簡直荒天下之大唐。再試想：寶玉會對心愛的黛玉嗤之以鼻嗎？那簡直是令人匪夷所思！所以我認為這段描述真的不是曹雪芹的手筆，也難怪《紅樓夢》的許多愛好者看到此處時，都覺得異常反感。但續書的這段情節固然寫得不好，卻未必等於違背曹雪芹的小說發展脈絡，單以黛玉規勸寶玉要改變，以及二人之間清楚呈現出價值上的分歧來看，這兩點實際上是前有所承的，而且是曹雪芹早就已經埋下來的線索，只不過續書者加以發展時，敘寫的筆法不夠得當。

同樣在第八十二回，我們看到黛玉心中對於婚姻的那一種意念、臆想更加地明朗化，書中寫她「深恨父母在時，何不早定了這頭婚姻」，也就是說，她對婚姻之現實結合的想法更加明確，而這一點也同樣是前有所承。早在第三十二回，黛玉暗地裡所感傷自悲者，即「父母早逝，雖有銘心刻骨之言，無人為我主張」，已經隱隱約約產生了婚姻的想望，而我們前面談到關於黛玉的改變時，提及第四十五回中她從「漁翁、漁婆」聯想到夫妻關係而感到很害羞，雖然此一念頭非常淡薄隱微，一閃而逝，卻是明確存在的，而到了第八十二回，黛玉更表現出想要與寶玉結成夫妻的強烈渴望，可惜父母不在，沒有人為她說定，於是心中深恨。就此來說，顯然續書者是一脈相承，掌握到前八十回曹雪芹對黛玉立體化塑造的進展，只不過問題又出現了，這一段寫法還是與上層婦女的心態有所違背，因為該等階級的少女們對婚姻話題是絕對要迴避的，連有一絲念頭都得立刻閃避，所以黛玉根本不會用如此露骨的方式去想像欲求，那實在有違貴宦階級的教養，這也再度證明該段情節並不是曹雪芹的手筆。

此外，這一回還寫到，當襲人聽聞香菱被夏金桂折磨的悲慘命運時，不禁物傷其類，「忽又想到自己終身本不是寶玉的正配，原是偏房。寶玉的為人，卻還拿得住，只怕娶了一個利害的，自己便是尤二姐香菱的後身。素來看著賈母王夫人光景及鳳姐兒往往露出話來，自然是黛玉無疑了」，於是打算去「黛玉處去探探他的口氣」。很明確地，襲人對症下藥的對象是黛玉，懷著對將來妻妾關係的憂慮，她想去試探黛玉對香菱和夏金桂事件的判斷和反應，因為有了瞭解以後才便於多做預防之計。於是襲人來到瀟湘館聊天，待紫鵑提到香菱時，襲人趁機道：

「你還提香菱呢，這才苦呢，撞著這位太歲奶奶，難為他怎麼過！」把手伸著兩個指頭道：「說起來，比他還利害，連外頭的臉面都不顧了。」黛玉接著道：「他也夠受了，尤二姑娘怎麼死了！」襲人道：「可不是。想來都是一個人，不過名分裏頭差些，何苦這樣毒？外面名聲也不好聽。」黛玉從不聞襲人背地裏說人，今聽此話有因，便說道：「這也難說。但凡家庭之事，不是東風壓了西風，就是西風壓了東風。」襲人道：「做了旁邊人，心裏先怯了，那裏倒敢去欺負人呢。」

整段話透露出一個很重要的訊息，即賈家上上下下眾望所歸的寶二奶奶確實是黛玉無疑，這是續書者也把握到的線索。而緊接著後續的情節更可作為另一個證據，正當她們說著話，只見一個婆子在院子裡問道：

「這裏是林姑娘的屋子麼？那位姐姐在這裏呢？」雪雁出來一看，模模糊糊認得是薛姨媽那邊的人，便問道：「作什麼？」婆子道：「我們姑娘打發來給這裏林姑娘送東西的。」雪雁道：「略等等兒。」雪雁進來回了黛玉，黛玉便叫領他進來。那婆子進來請了安，且不說送什麼，只是覷著眼瞧黛玉，看的黛玉臉上倒不好意思起來，因問道：「寶姑娘叫你來送什麼？」婆子方笑著回道：「我們姑娘叫給姑娘送了一瓶兒蜜餞荔枝來。」回頭又瞧見襲人，便問道：「這位姑娘不是寶二爺屋裏的花姑娘麼？」襲人笑道：「媽媽怎麼認得我？」婆子笑道：「我們只在太太屋裏看屋子，不大跟太太姑娘出門，所以姑娘們都不大認得。姑娘們碰著到我們那邊去，我們都模糊記得。」說著，將一個瓶兒遞給雪雁，又回頭看看黛玉，因笑著向襲人道：「怨不得我們太太說這林姑娘和你們寶二爺是一對兒，原來真是天仙似的。」襲人見他說話造次，連忙岔道：「媽媽，你乏了，坐坐吃茶罷。」那婆子笑嘻嘻的道：「我們那裏忙呢，都張羅琴姑娘的事呢。姑娘還有兩瓶荔枝，叫給寶二爺送去。」說著，顫顫巍巍告辭出去。黛玉雖惱這婆子方才冒撞，但因是寶釵使來的，也不好怎麼樣他。等他出了屋門，才說一聲道：「給你們姑娘道費心。」那老婆子還只管嘴裏咕咕噥噥的說：「這樣好模樣兒，除了寶玉，什麼人擎受的起。」黛玉只裝沒聽見。

其中，很明顯地透露出薛姨媽同樣認為黛玉和寶玉是一對，因為私下所說的話最為真實，而這一點在前八十回中也確實有跡可循，第五十七回裡，薛姨媽便曾說道：「你寶兄弟老太太那樣疼他，他又生的那樣，若要外頭說去，斷不中意。不如竟把你林妹妹定與他，豈不四角俱全？」其意在幫黛玉與寶玉說親，而且薛姨媽又接著說「我一出這主意，老太太必喜歡的」，如此種種的相關情節都在告訴讀者：黛玉就是寶二奶奶的第一人選，且乃上意所定。

回到黛玉對香菱之妻妾糾紛所回應的「不是東風壓了西風，就是西風壓了東風」，這兩句話將人際關係完全用現實的力量較勁來思考，著眼點確實過度勢利，可見後四十回的問題都在於過分的刻露，即太暴露、太過火，人物的形象因此失去了含蓄蘊藉的美感。但是續書者在很多地方也確實掌握到前八十回的思想價值觀，我們可能會覺得這種「不是東風壓了西風，就是西風壓了東風」的適者生存的現實主義態度，與我們所瞭解的黛玉有很大的差距，然而一旦對照黛玉後期的變化來看，便會發現這個差距或許不再那麼巨大了。

接著到第九十四回，那也是續書者把握到黛玉立體變化的再一個證據。這一段常常備受批評，被指責是嚴重違背了曹雪芹對黛玉的塑造原則，然而我認為該處並沒有超出曹雪芹的原意；相反地，續書者確實掌握到曹雪芹所留下來的線索，只是發展得太過露骨，描寫的手法不夠細膩優美而已。在那一回裡，怡紅院中的海棠本來枯萎了幾棵，今日又重新開得極好，但此刻已是入冬的十一月時節，錯時而開，違背自然原理，在老太太賈母的眼中看來覺得可能不是件好事，猶如第七十七回中，寶玉認為階下好好的一株海棠花竟無故死了半邊的異事，那災難就應在晴雯身上。但畢竟這是十分奇特的現象，於是眾多人都哄動了來瞧花，黛玉也聽見了，知道老太太要來，便更了衣，叫雪雁去打聽，她說：

> 「若是老太太來了，即來告訴我。」雪雁去不多時，便跑來說：「老太太、太太好些人都來了，請姑娘就去罷。」黛玉略自照了一照鏡子，掠了一掠鬢髮，便扶著紫鵑到怡紅院來。

黛玉此刻又有掠鬢髮的動作，根據我之前所闡述的，黛玉掠鬢髮的描寫都出現在第四十二回至第四十五回之前，此後則開始逐漸回歸傳統女性價值觀，因此這時候還有如此的舉止，其實並不合乎後期的性格發展。不過可以留意的是，此時黛玉對眼前的情況進行重點式的取捨，以賈母有沒有蒞臨駕到，作為衡量自己要不要出門的決定性條件，顯然也是很現實主義的，就這一點來說，續書者對於黛玉的後期性格給予一個還算合理的呈現。後來當大家群聚於怡紅院內，說笑了一陣，接著談到這花開得古怪的話題，為了不讓賈母擔心，王夫人便說道：

「老太太見的多，說得是。也不為奇。」邢夫人道：「我聽見這花已經萎了一年，怎麼這回不應時候兒開了，必有個原故。」李紈笑道：「老太太與太太說得都是。據我的糊塗想頭，必是寶玉有喜事來了，此花先來報信。」探春雖不言語，心內想：「此花必非好兆。大凡順者昌，逆者亡。草木知運，不時而發，必是妖孽。」只不好說出來。獨有黛玉聽說是喜事，心裏觸動，便高興說道：「當初田家有荊樹一棵，三個弟兄因分了家，那荊樹便枯了。後來感動了他弟兄們仍舊歸在一處，那荊樹也就榮了。可知草木也隨人的。如今二哥哥認真念書，舅舅喜歡，那棵樹也就發了。」賈母王夫人聽了喜歡，便說：「林姑娘比方得有理，很有意思。」

很顯然地，此時的黛玉開始會投長輩之所好，說好聽的話讓長輩開心；她還把所謂的喜事定義在寶玉認真讀書上，這與第八十二回黛玉勸寶玉多讀書其實是一致的，也延續了第七十九回黛玉勸寶玉要改改脾氣的線索。可很多的讀者就是不能接受，覺得黛玉是寶玉的靈魂知己，怎麼會逼寶玉去做他不喜歡的事情，還把寶玉不喜歡的事務認為是好事、喜事？所以一直以來，第八十二回與第九十四回都飽受批評。但是，如果把黛玉的後期變化加進來一併考慮，實際上她認為讀書是對的、是正經事，以及勸寶玉要改改脾性，都是前有所承的。而她能夠投長輩之所好，也有合情合理的地方，因為我們前面在眾多的情節中，確實看得到後期的黛玉也會虛應周旋，面對寶玉也很懂得控制自己的情緒，壓抑自我。因此，重新評價這兩回的相關情節時，當然可以批評續書者的展現手法過於刻露，人物的描寫得太過尖銳，幾乎毫無美感，但卻不能說那些情節所反映的價值觀是違背曹雪芹之設定原則的，它們反而恐怕很符合曹雪芹的原意。

不僅如此，後四十回的續書者確實掌握到一般讀者都忽略的一些很小的細節，包括在前八十回中，寶玉一共提到四次他要化成灰、化成煙的死法，而且是趁眾女兒都在身邊時他先行離世，如此對於他個人來說，樂園即變成了永恆，就這樣，死亡非但不是一種悲觀絕望的放棄，不是一種灰心喪志的了斷，反而那是維護他個人樂園之永恆化的獨特方式。巧妙的是，續書者在第一百回中也繼承了此一用法，當時寶玉聽到探春要出嫁之際，便一聲哭倒在床上，嚇得寶釵、襲人趕過來察看，問其緣由，寶玉便說：「為什麼散的這麼早呢？等我化了灰的時候再散也不遲。」這麼微小的細節，若非後來的續書者真的對前八十回浸淫甚深，實難掌握得到，否則便是應該有曹雪芹的若干底稿作為依據，然後再添枝加葉，擴展成全璧。

總而言之，雖然很多情節描寫得有些走樣，但是續書裡確實讓我們看到黛玉後期變化的延續發展，所以顯然不是續書者對曹雪芹原意的違背。另外，續書的功過本來就是一個無法蓋棺定論的問題，如果我們透過黛玉的專題可以注意到續書中細緻的把握，那麼或許可以同意：續書並非如通常所以為的那般一無是處。

附・林黛玉立體變化表

回數	相關內容
第五回	「孤高自許，目無下塵」；與寶玉之間「言和意順，略無參商」
第七回	周瑞家的送來宮花，黛玉表現出唯我獨尊的專寵態勢，冷笑道：「我就知道，別人不挑剩下的也不給我。」周瑞家的聽了，一聲兒不言語
第八回	鼓動寶玉賭氣抗拒奶母的規勸，叫他「別理那老貨，咱們只管樂咱們的」；而「說出一句話來，比刀子還尖」
第十六回	以「臭男人拿過」之故，擲回寶玉珍重轉贈的鶺鴒香串
第十七回	行事往往「也只瞧我高興罷了」
第十八回	「將剪子一摔」
第十八回	大觀園作詩時，存心「大展奇才，將眾人壓倒」；又因「未得展其抱負，自是不快」
第十九回	有「理鬢」的動作
第二十回	湘雲說：「再不放人一點兒，專挑人的不好，見一個打趣一個」
第二十一回	寶玉勸說道：「誰敢戲弄你！你不打趣他，他焉敢說你。」

第二十二回	「本性懶與人共，原不肯多語」
第二十二回	湘雲批評黛玉「小性兒、行動愛惱人的人」
第二十三回	對寶玉以《西廂記》比喻兩人關係大為嗔怒
第二十五回	寶玉臉上被燈油燙出一溜燎泡，因黛玉癖性喜潔，怕她嫌髒而不叫她瞧；黛玉亦知自己有此癖性
第二十五回	同紫鵑雪雁做了一回針線，便「更覺煩悶」
第二十五回	王熙鳳開了黛玉「你既吃了我們家的茶，怎麼還不給我們家作媳婦」的玩笑，被李紈笑贊「詼諧」，林黛玉立刻反駁道：「什麼詼諧，不過是貧嘴賤舌討人厭惡罷了。」說著還啐了一口
第二十五回	林黛玉被寶釵嘲笑，乃紅了臉啐了一口，道：「你們這起人不是好人，不知怎麼死！再不跟著好人學，只跟著鳳姐貧嘴爛舌的學。」一面說，一面摔簾子出去
第二十六回	分錢時順便抓兩把給湊巧送茶葉來的丫頭佳蕙，被視為意外的「好造化」
第二十六回	對寶玉引用《西廂記》的情色試探悲憤交加
第二十七回	寶釵認為：「林黛玉素習猜忌，好弄小性兒」
第二十七回	紅玉謂：「嘴裏又愛刻薄人，心裏又細」

第二十八回	「把剪子一撂」
第二十八回	「將手裏的帕子一甩，向寶玉臉上甩來」
第二十八回	「蹬著門檻子」
第二十九回	拈酸歪派寶玉，掀起砸玉、鉸穗的重大事件
第三十回	紫鵑道：「因小性兒，常要歪派寶玉，才有這麼多爭執」
第三十一回	林黛玉天性喜散不喜聚，認為人不如不聚、花不如不開
第三十二回	無意於針線女紅，「舊年好一年的工夫，作了個香袋兒；今年半年，還沒見拿針線」，且因賈母怕她勞碌著了，「誰還煩他做」
第三十二回	因寶玉指出「總是不放心的原故，才弄了一身病」，而感到此話「竟比自己肺腑中掏出來的還覺懇切」，是故接下來還對有話要說的寶玉表示：「有什麼可說的，你的話我早知道了」
第三十四回	刻薄無精打采、眼上帶淚的寶釵
第三十六回	寶玉因黛玉「自幼不曾勸他去立身揚名等語，所以深敬黛玉」
第三十六回	湘雲「知道林黛玉不讓人，怕他言語之中取笑」寶釵
第三十七回	被探春挑明「忙中使巧話來罵人」的做法
第三十七回	「提筆一揮而就，擲與眾人」

第四十回	賈母笑道：「他們姊妹們都不大喜歡人來坐著，怕髒了屋子。……我的這三丫頭卻好，只有兩個玉兒可惡。回來吃醉了，咱們偏往他們屋裏鬧去」
第四十二回	自認「昨兒失於檢點，那《牡丹亭》、《西廂記》說了兩句，不覺紅了臉」，並央告寶釵道：「好姐姐，你別說與別人，我以後再不說了」
第四十二回	對寶釵所規勸「女子無才為德」之「蘭言」感到心悅誠服
第四十二回	譏諷劉姥姥、嘲笑惜春、嗔賴李紈、打趣寶釵
第四十二回	李紈稱黛玉的惡賴指控為「刁話」
第四十二回	因兩鬢略鬆了些，忙開了妝奩，拿出李紈的抿子來對鏡抿了兩抿
第四十二回	向寶釵告饒求情，軟語自認「年紀小，不知輕重」
第四十二回	寶釵又為她「攏髮」
第四十五回	「眾人都體諒他病中，且素日形體嬌弱，禁不得一些委屈，所以他接待不周，禮數粗忽，也都不苛責」
第四十五回	自己因「漁翁、漁婆」的聯想而臉紅，透露與寶玉結偶的祕密心理
第四十五回	寶玉見案上所作之詩，看後不禁叫好；黛玉聽了，忙起來奪在手內，向燈上燒了

第四十五回	刻意招待送燕窩來的婆子，並理解其聚賭之夜局活動而打賞幾百錢，為「誤了你發財」作補償，成為「明白體下的姑娘」
第四十五回	於雨夜獨處時，想到「寶玉雖素習和睦，終有嫌疑」
第四十八回	見香菱也進園來住，自是歡喜
第四十八回	聲言自己對作詩「不通」，又與探春異口同聲地表示：自己作詩是「頑」而不是「認真」，且那些作品「並不成詩」，批評寶玉不該把詩傳出去
第四十九回	寶釵與寶琴、李紈與李紋、李綺等各家親戚團圓於賈府，而「黛玉見了，先是歡喜」，次則與新來乍到的薛寶琴親密非常，以姊妹相稱
第四十九回	寶玉對釵、黛二人「今看來竟更比他人好十倍」的情狀感到「悶悶不樂」，併發出「我反落了單」的孤棄之言
第五十一回	作出「咱們雖不曾看這些外傳（指《西廂記》、《牡丹亭》等禁書），不知底裡」的不實宣稱，等同於薛寶釵「我們也不大懂得」的立場
第五十二回	寶釵姊妹與邢岫烟都在瀟湘館，四人圍坐在熏籠上敘家常
第五十二回	明知趙姨娘至瀟湘館探望乃是順路人情，仍以「陪笑讓坐」、「忙命倒茶」之虛禮相周旋，並使眼色支開立場尷尬的寶玉
第五十七回	紫鵑以防嫌之理對寶玉說：「一年大二年小的，……姑娘常常吩咐我們，不叫和你說笑。你近來瞧他遠著你還恐遠不及呢。」

第五十七回	薛姨媽生日，「早備了兩色針線送去」賀壽，並欲認薛姨媽做娘
第五十八回	薛姨媽挪至瀟湘館和黛玉同住，黛玉便與寶釵、寶琴姊妹相稱，儼似同胞共出
第五十九回	為了「大家熱鬧些」，因此與同住的薛姨媽都往寶釵那裡去，連飯也端了那裡去吃
第六十二回	黛玉自悔失言，忘了趣著彩雲。自悔不及，忙一頓行令划拳岔開
第六十二回	「算計」家計之入不敷出，認同探春治理大觀園時興利除弊的務實做法，造成與寶玉初步而隱微的觀念分歧
第六十二回	直接就寶釵飲過的杯子喝剩茶，不以為意
第六十四回	嫌寶玉將自己的詩作寫給人看去
第六十七回	認為寶釵是「自家姊妹」，因此不必特意道謝
第七十回	視「讀書功課」之外的詩社諸事為「外事」
第七十回	讚美湘雲的〈如夢令・詠柳絮〉新鮮有趣，卻自謙「我卻不能」
第七十回	當「海棠社」沒落而重建「桃花社」時，大家議定「林黛玉就為社主，明日飯後，齊集瀟湘館」
第七十三回	與寶釵、探春一起出面，共同為迎春之乳母討情

第七十六回	在未明妙玉的究裡前，即過度謙抑自己的詩作，而請教妙玉「或燒或改」，並對意欲續詩的妙玉奉承道：「我們的雖不好，亦可以帶好了」；最後又與湘雲同時出言讚美妙玉是「詩仙」
第七十九回	雖然對「茜紗窗下，我本無緣」之讖語而「忡然變色」、「心中無限的狐疑亂擬」，竟一反過去率直無諱的性格，而「外面卻不肯露出，反連忙含笑點頭稱妙」，呈現昔時罕見的表裡不一；接著還以「一年大二年小」的理由勸寶玉改掉脾氣，作些「峨冠禮服賀弔往還」的「正經事」，使寶玉「悶悶的轉步」，形成二玉之間價值判斷上較嚴重的第二度分歧
續書的繼承發展	
第八十二回	明揭「女孩兒無須讀書」的傳統觀念，並以「讀書清貴」之言論令寶玉覺得「勢欲熏心」而不甚入耳
第八十二回	深恨父母在時何不早定這頭婚姻，對婚姻之現實結合明朗化
第八十二回	對薛家妻妾之間爭寵較勁的家庭紛爭，表示「但凡家庭之事，不是東風壓了西風，便是西風壓了東風」，顯示出成王敗寇、適者生存的現實主義態度
第九十四回	以「二哥哥讀書，舅舅喜歡」比喻海棠花開，討賈母等歡心

第五章

薛寶釵

我們都是歷史中的人

關於寶釵，我要以一個導言做先行性的交代。寶釵這位人物完完全全誕生在傳統文化之下，她徹底地符合傳統的標準——無論是就女性的傳統還是君子的傳統而言，皆然，簡單來說，她就是體現儒家文化最高理想的一位人物。我們不能用今天的價值觀去認識她，或是抱著成見，將很多情節給予斷章取義的、投射式的解釋。為了解決這類常見的問題，我認為需要先對小說家應該做什麼，或者已經做了什麼等，有一個基本的、正確的把握。

請注意這一節的標題：「我們都是歷史中的人」，意思是指從本質上來看，一個人——他不必是小說家，也不必從事特定的文化工作或任何一種職業，就是一個人，他在生存的過程中究竟會面臨怎樣的根本問題？不要分男人或女人，也毋須區分是小說的創作者還是讀者，首先回歸到作為一個人的本質性困境，或者他所受到的限制，以及他面對困境和限制時可能會有甚至必定會有的態度，我們先從此等最根本的問題來思考。而這便必然涉及「歷史中的人」的本質，意指任何人都必然是在特定的時空環境中面對他的生命課題，無法未卜先知，不能預測未來。

「我們都是歷史中的人」這句話，是法國哲學家尚—保羅．薩特（Jean-Paul Sartre, 1905-1980）的名言，單單一句話當然有其前後的論述脈絡，於此我把它特別標示出來，是希望大家先認識到：這是一個哲學家從本質上來思考人類存在的問題而提出的論斷。那麼，薩特所謂的「我們都是歷史中的人」，到底是什麼意思？簡單來說，歷史是在時間變動之中涉及當代各式各樣的因素所形成的產物，而個人是活在某一特定時空背景下的有限存在。作為一個歷史中的人，我們必然會面臨許多問題，而在自身的時空環境之下，每個人對自己的處境會如何進行思考、取捨和反省？且看薩特提出的解釋：

我們有義務滿足於不時從目前看來對我們一切最好的選項中盲目選擇，從而鍛鑄的我們自己的歷史。……因為，我們都是歷史中的人。

正因我們都是歷史中的人，因此不要期望一個人成為歷史的先知、前瞻性地超越他的時代，然後才承認他具有「人的價值」，那是一個大錯特錯的判斷標準，因為誰也無法做到。於是薩特指出，「我們有義務滿足於不時從目前看來對我們一切最好的選項中盲目選擇」。換句話說，我們只能就眼前所知的各式各樣的選項中進行選擇，而那些被挑中的選項看起來對我們最好，這是人性必然的傾向，絕對沒有人會在壞的選項中進行挑選。另外，還必須特別注意，薩特在此說的是「盲目選擇」，其中的「盲目」一詞是最重要的，因為進行取捨的當事人其實也不知道，眼前那幾個看起來最好的選項是否真的最好，所謂的「最好」只是在當下的判斷而已。

所以，此處所說的「盲目選擇」便是哲學家的洞察所在，也深刻地揭示出人類的局限！確實，我們只能夠在目前看來對自己最好的選項中盲目地選擇，然後藉由這樣的方式逐漸地鍛鑄我們自己的歷史，而歷史也就是如此發展下去的，永遠是在摸索中嘗試，很多的時候失敗，讓人後悔莫及；而有的時候成功，歷史便往前進了一步。但是，沒有人會故意選擇錯誤，那些錯誤都是當時認為最佳選項中的一個，你選擇了它，就同時選擇了承受它背後所帶來的其他可能性以及未來可能發生的變化，即便最後突然發現當時做錯了，那也沒有辦法，因為歷史已經又鑄造完成了一個階段。所以，請不要對小說中的人物投射太多自以為是的現代觀念，兩百多年前的《紅樓夢》沒有必要符合我們的價值觀，畢竟這期間有兩個半世紀的時間差，乃至文化、歷史、價值觀的徹底翻動。

既然我們都是歷史中的人，所以有義務滿足於不時從目前看來最好的選項中進行盲目的選擇，從而鍛鑄出我們自己的歷史。但是就歷史而言，我們永遠也不能堅守先前的成功經驗，這一點更加悲哀，因為即便是過去成功的例子，後來的人也未必能夠複製——未必可以再把成功的經驗重新複製到現代。

這就是人類存在的本質，也是人類文明的本質，如果我們認識不到這一點，卻要拿現在成功的例子去批評過去失敗的情況，實在未免太妄自尊大了。研究法律的學者蘇力，便對於祝英臺的父母到底應不應該把她嫁給馬文才提出不一樣的見解，認為那是很合情合理的做法，可想而知，他給出的判斷很容易受到批評和詬病。但是，如果換你去做父母，在當時的歷史條件之下，你真的會認為自己的女兒嫁給馬文才就是最不好的選擇，一定要嫁給梁山伯才會幸福快樂嗎？大家要考慮到，梁山伯很貧窮，而祝英臺是位千金小姐，兩人之間的落差會導致很多問題，不是單憑愛情就能夠解決的。婚姻是生活，是非常漫長的人生，並且充滿瑣碎與繁雜，結成婚姻的兩個人並不單是需要有共同的價值觀、有共同的信仰，其實還要有共同的生活習慣，否則每天必定摩擦不斷，滴水足以穿石，難保不會漸行漸遠，那麼門當戶對便不是一個可笑的原則，而是比較有效的保障。所以蘇力說：「如果我們是作為歷史進程中的行動者而不是作為回顧歷史構建制度合理性的思考者時，我們——就如同梁祝二人一樣——就不知道在某個具體問題上是應當堅持制度，還是創造一個特例。」

創造特例的結果很有可能便是悲劇，因為你不知道這般背棄主流、違反正統、脫離制度的獨特選擇是不是會真的成功，而沒有人能夠給你保證！那麼是要乾脆堅守制度，還是要創造特例？說實話，對這個問題根本無法給出答案。大多數人走向堅持制度的道路，卻把內心想做又實際上做不到的，或是所希望的很多價值判斷投射到過去，只要是不符合自己所期待的，就全部加以批評，殊不知事情絕對不是那麼簡單。譬如戲曲改編的梁祝故事裡，舞臺上的馬文才永遠長得猥瑣粗鄙，一副配不上祝英臺的模樣，但是難道馬文才不可以又英俊瀟灑，又斯文有禮，又滿腹學問嗎？他也是員外的兒子，是大家公子啊！倘若如此，大家的選擇是否會不一樣呢？歷史中存在著各種的可能，為什麼我們非得堅持要某一種，為的是藉此抨擊父母之命、媒妁之言，以反對所謂的封建禮教？我們應該在那個時代背景下，結合具體的時空條件和各種情況去正確地、深刻地理解，而不是一味地用偏見加以簡化，以致錯失了寶貴的人文意義。

所以，不要總是站在後來的角度去思考先行者的問題，因為先行者只是歷史進程中的一個行動者，他不可能作為回顧歷史的人去深思制度的合理性，那不是他的任務。小說也是如此，小說是在歷史進程中，作者對於自己所經歷、觀察、思考等活動的主觀反映，作者並不能夠也沒有必要以批判者的身分脫離他當時所在的時空，去站在兩三百年以後的高度回看並反思其所處的時代存在著哪些問題，這一點是我們一定要認識到的。

某一天我們自己也需要的那種寬容

在此，我想引述人類學家詹姆斯・弗雷澤（James George Frazer, 1854-1941）的一段感言進一步加以說明。弗雷澤有一部很知名的巨作，書名題為《金枝》（*The Golden Bough*），影響非常深遠，這本書雖然研究的是原始人的巫術和宗教，但也為人文學科提供了不少新的認識。弗雷澤此書中有很多洞見，我很喜歡他所採取的一種態度，尤其現在要閱讀的《紅樓夢》是與我們距離如此久遠、存在那麼巨大的時空阻隔的古典文獻，他所建議的心態同樣發人深省。他說：

蔑視和嘲笑或者憎惡和汙蔑是給予野蠻人及其方式的唯一的承認，這是十分常見的。然而我們應該感謝紀念的恩人，許多都是野蠻人，也許大部分都是野蠻人。因為說來說去，我們和野蠻人相似的地方比我們和他們不同的地方要多得多：我們和他們共有的東西，我們認為真實有用故意保存的東西，都應歸之於我們野蠻的祖先，他們從經驗裏逐漸獲得那些看來是基本的觀念，並把這些觀念傳給我們，我們倒容易把它們看成新創的和本能的。我們像是一筆財產的繼承人，這筆財產已經傳了許多世代，對那些積累這筆財產的人我們連記都記不得了。這筆財產的所有者現在似乎認為這筆財產自開天闢地以來就是他們種族的原本的不可變易的占有物。但是回憶和探索會使我們信服，原來我們以為是我們自己的東西，有許多都應該歸之於我們的祖先，他們的錯誤並不是有意的誇張或瘋狂的囈語，而是一些假說，在提出它們的時候確實是假說，只是後來更充足的〔檢〕驗證明那些不足以構成假說罷了！只有不斷地檢驗假說，剔除錯誤，真理才最後明白了，歸根究底，我們叫作真理的也不過是最有成效的假說而已。

所謂「他們的錯誤並不是有意的誇張或瘋狂的囈語，而是一些假說」，意思是指古老的初民之所以曾經存在一些錯誤，那並不是因為他們瘋了，或他們太笨，或故意做不好，而是他們當時也是在自身所處的時空條件下提出一些假說，作為生活的指導和社會發展的原則。那些假說被提出的時候確實是被當作真理，只是隨著時間的發展，後來有了更充足的驗證，證明它們並不足以構成真理，而只是一些錯誤的假說。再舉一個當下的例子，我們現在也提出一些自認為很好的信念，並且主張值得所有的人都去實踐之，然而當我們實踐了一百年、兩百年以後，卻也可能赫然發現這些信念根本就是錯誤的。

基於同樣的道理，過去的人也是如此，他們在當時同樣很認真地提出一些想法，例如帝制的階級概念與相關制度，只是過了幾百年甚至幾千年，歷史證明那些假說已經不能成立。所以說，每一代人都會提出自己的假說，然而隨著時間進展，之前的假說後來被證明是錯誤的，但卻不能因此即斷言當時的那些想法本身是錯誤的，是故弗雷澤才會說「只有不斷地檢驗假說，剔除錯誤，真理才最後明白了」，可是「歸根究底，我們叫作真理的也不過是最有成效的假說而已」。站在我們如今的時空立足點上，當然是現在的假說比較有效，所以某些不合時宜的儒家文化才會被我們拋棄，但卻不能說它當時就是錯的；而我們自以為的真理，也不過是在今天顯得比較有效的假說而已，對於未來卻未必適用，屆時也可能被視為「有意的誇張或瘋狂的囈語」。因此，弗雷澤又說：

> 檢查遠古時代人類的觀念和做法時，我們最好是寬容一些，把他們的錯誤看成尋求真理過程中不可避免的失誤，把將來某一天我們自己也需要的那種寬容給予他們。

確實，我們將來也會需要未來的人的寬容，因為數百年之後，今天所相信的真理可能會被推翻，到了那時，你會願意接受未來的人批評我們是愚蠢的、錯誤的嗎？所以我們需要這種寬容，將來總有一天會用到自己身上，因此也請你把你將來會需要的寬容用在過去的人身上。不只是對原始人，對於我們一百多年來一直反對的封建禮教，也應該持類似的寬容態度，不能因為我們現在是歷史現場的發言者，現在的歷史解釋權掌握在我們的手上，又因為我們覺得唯獨當下是最好的時代，就自以為有資格任意指摘古人的錯誤。因而，對過去的觀念和做法給予寬容，這是從人類存在的本質，即作為「歷史中的人」的角度出發，所必須抱持的態度。

小說家身為一個人，當然也應該要符合這樣的要求，他只是從事著反映人性百態、社會萬象的文字藝術工作而已，並不具備上帝的高度，事實上，我認為一個小說家面對自己的環境時也必須有那般的心態，否則一定會被後世的讀者淘汰。假若小說家一味贊同他所處時代的價值觀，一味強調並信仰他那個時代的真理，而反對過去、唾棄過去，這種小說家也同樣會被未來的歷史所拋棄。所以，小說家務必要做的一件事，就是努力去超越當代的盲目自信，而用以超越傲慢自大的一個很重要的心態，便是要有這種對古往今來一切的寬容，因為作家所要探索的是人類存在的本質問題，即使他所處的是一個特定的時空，該特定時空也還是會有其永恆的範疇、永恆的意義，而那才是作家應該要追求的重點。

曹公沒有必要媚俗

接著再來看看昆德拉的說法。昆德拉不但有很好的創作，而且作為一個創作者，同時還能夠以理論推演的方式去面對小說在歷史中的價值與意義，而提出關於小說之本質的思考，創作者與思辨家這兩種身分的雙重結合讓他對於小說給予很可貴的反省。昆德拉作為一位小說家，究竟如何看待時間距離的問題，譬如要不要去顧慮未來的人會怎麼看待我？是否需要未來的人來寬容我？是否希望未來的人來肯定、讚美我具有超越時代的前瞻性？小說家需不需要去討好未來？

就此，昆德拉在《小說的藝術》中提出他的答案：

> 從前，我也一樣，我把未來當作唯一有能力評價我們作品和行動的審判者。後來我才明白，與未來調情是最低劣的因循隨俗，是對最強者做出的懦弱奉承。因為未來總是強過現在。畢竟，將來審判我們的，正是未來。

這般的思考很值得我們咀嚼玩味。對曹雪芹而言，我們便是「未來」，相比於過去，總會在某些方面有點點滴滴的歷史進步。那麼，過去的小說家就得為了讓我們讚美他而迎合我們的價值觀，從而在作品裡反對他所處的時代和階級，以便證明他具有所謂超越時代的前瞻性、革命性嗎？如果真有一個小說家是抱著如此的心態在寫作，則他其實是很懦弱的奉承者，那也注定偉大不了。昆德拉繼續說：

> 如果未來在我眼裏不具任何價值，那麼我依戀的是誰：是上帝？是祖國？是人民？還是個人？我的回答既可笑又真誠：我什麼也不依戀，除了塞萬提斯被貶低的傳承。

他認為小說家倘若去迎合未來，向「未來」證明自己的價值，那實在是很媚俗的行為，表現出「最低劣的因循隨俗」，而他根本不想做這般懦弱奉承的事，因此說「未來在我眼裡不具任何價值」。那麼他依戀的是什麼？好比上帝、祖國和人民，還有個人，這些都是歐洲在文化發展歷程中所信仰過的終極價值，所謂的「個人」不正是歐洲近兩三百年發展出來的個人主義嗎？昆德拉卻說「我的回答既可笑又真誠」，此處的「可笑」頗有些自我調侃、自我解嘲的意味，但並不妨礙他大無畏地宣稱「我什麼也不依戀，除了塞萬提斯被貶低的傳承」。西班牙文學家米格爾・塞萬提斯（Miguel Saavedra, 1547-1616）是《堂吉訶德》的作者，前文中我介紹過塞萬提斯所展示的「落後的真理」，即「複雜的精神」，那正出自昆德拉於同書中所提及：

> 小說的精神是複雜的精神。每一部小說都對讀者說：「事情比你想像的複雜。」這是小說的永恆真理。

昆德拉的這番話完全呼應了我對曹雪芹的認知。我不認為曹雪芹有多少反封建禮教的主張，縱然《紅樓夢》裡偶爾有一點點類似的跡象，也只是在告訴讀者，在他們的時代中即使有封建禮教，可還是能因為各式各樣的具體條件而存在那麼多的可能性，包括我們現代比較偏向的寶、黛之間知己式的愛情，而封建禮教本身實在有其珍貴甚至永恆的地方。我認為昆德拉的態度很可以幫助我們正確認識曹雪芹創作《紅樓夢》的基本心態，曹雪芹沒有必要媚俗，更沒有必要去取悅後來的我們，他大可以好好地充分用一個小說家的身分，很努力地認真告訴讀者：原來人性、世態是如此複雜、深刻，複雜、深刻到超乎想像，然後透過他的作品將之加以呈現，這就是小說家終極的永恆真理。

因此，希望讀者在進入薛寶釵專題，以及分析與寶釵具有類似價值觀的人物時，切莫用當今的價值觀去理解和認知他們。因為我們都是歷史中的人，每一個時代的個體都有義務滿足於不時從目前看來對他們最好的一切選項中進行盲目的選擇，從而去鍛鑄自己的歷史，屈原如此、杜甫如此，曹雪芹亦是如此。當杜甫看起來好像有一點迂腐、封建的時候，我們沒有道理去批評他，因為他是一個歷史進程中的行動者，他沒有義務去充當回顧社會建構合理與否的思考者，卻仍然可以做最偉大的詩聖。同樣地，當曹雪芹並沒有去反對禮教化的階級制度時，後人也沒有理由據以批評他是封建保守的；當他在作品裡堅持制度而沒有創造特例的時候，我們也不應該因此而指責他，更不應該因此就認為他不夠偉大。

《紅樓夢》到底有沒有想要透過塑造賈寶玉或林黛玉等人物形象，去違反所處時代的主流價值，或是去創造所謂歷史上的特例呢？我認為答案是否定的。曹雪芹只是在盡他作為一個小說家的責任，把複雜的人情事理予以傳神、細膩、豐富地呈現，那才是他的工作，讀者沒有理由要求他去進行所謂歷史回顧者的思考。我想這也是為什麼黛玉終究要回歸傳統的原因：她本來就是那個時代的產物，常見所謂的創造特例的革命性、貴族身分的虛假性、階級制度的必然衰亡等說法，都是我們這個時代的人，在相隔兩百多年的歷史距離、具備回顧歷史的能力之後所賦予的概念投射，但我們實在不能要求傳統時代的人去擔負那些對他們而言並不存在的東西。

更何況，兩百多年前的中國人已經累積了幾千年豐富的文化內涵，卻僅僅因為與我們的觀念不同就被今人加以汙蔑，殊不知，事實上他們所開展的文化內涵可能遠比現代還更豐富、更高深。我再度引用昆德拉的《小說的藝術》，也是希望讓大家知道，小說家的任務不是作為一個社會學家來思考時代的弊病，更不是作為一個革命家去批判他身處時代的問題，否則何不乾脆都去做亞歷山大．索忍尼辛（Aleksandr Solzhenitsyn, 1918-2008），他是曾經透過文學去批判蘇聯政治的知名人物，但事過境遷，他的作品便難免降低了共鳴度，比較少人接觸。因此，切勿把小說家狹隘地限定於與他無關的其他特定歷史之下，要求他去做不需要負責，也不感興趣的工作，何況哪怕他做到了，也很可能會被歷史淘汰，畢竟每一個時代都有自己的問題要解決。

必須說，文學的永恆性和普世價值並不建立在作者對所處時代之特殊狀況的反應，而在於如何把他所感受到的豐富而複雜的經歷與沉思呈現出來，正如《小說的藝術》所說：「與未來調情是最低劣的因循隨俗，是對最強者做出的懦弱奉承。」其道理即因為未來握有話語權，故而討好未來便等於是討好權力者。如果一個小說家是為了怕被後世批評，或為了證明他具備對當代政治、主流思潮的批判力而寫作，那麼這位小說家恐怕就是一個懦弱奉承、低劣隨俗的弱者，也注定難以創作出偉大的作品。

面對《紅樓夢》，固然大部分的現代人都會比較欣賞所謂反傳統的人物，但那些人物其實並沒有反傳統，林黛玉便是一個例證。從本質上來看，她的一些「脫軌」行為不過只是在那個時代的某些環境條件下所獲得的一點任性的特權，僅此而已，根本談不上反傳統，她也從未曾反思禮教對個性的束縛、個體應該如何反抗社會制度等課題，而且最後她也還是回歸了傳統。寶玉亦然，只不過他的表現模式更為複雜，放任自己的方式也與黛玉不同，那些情況在寶玉的專題中都已經談到。

作為讀者，我們應該努力認識書中的每一個人物，仔細看待他們作為獨特的個體，在當時的歷史脈絡下所散發出的不同色彩，進而認真理解那些不同的色彩是如何產生、在怎樣的情況下產生的，他們究竟經歷了何等獨特的人生遭遇，從而形成如此的生命特質，這也是讀者在面對《紅樓夢》中非常傳統的部分時應有的態度。

我常常推薦一部很有代表性的小說，那部小說不算是一流的作品，但還是很值得參考，其中採用一種架空歷史的方式來鋪陳敘事，即田中芳樹的《銀河英雄傳說》，內容講述的是在將來的某一天，地球毀滅，人類不得不往太空移民，最後宇宙中形成兩個國家，即實行民主制度的同盟國及腐朽封建的帝國。帝國的集權形式很容易發生腐化，但優點在於英明的帝王對於國家的發展有著決定性的正面意義，缺點則是代代相傳的制度無法保證每一代都是英明的帝王；而在民主制度下，百姓真的很笨、很容易被操縱，但是將歷史交給他們來決定，最後也還是會不斷進步，正如陸贄〈奉天請數對群臣兼許令論事狀〉中所說的「所謂眾庶者，至愚而神」，廣大庶民極度愚笨卻又無比神妙。此即這部小說既奇特又微妙的宗旨所在，顯示出無論是民主還是集權，都不能簡單地判定為好或壞。

在這部作品中，作者把民主的弊病分析得鞭辟入裡，完完全全洞察到民主制度在本質上的若干問題，那些都是需要我們加以認識和思考的，但有趣的是，即便如此，作者還是反覆闡明：即使民主制度存在著諸多缺點，還是應該要堅持民主。由此可見，並不是批評它就代表反對它，之所以會提出批評其實有很多原因，例如可能是愛之深、責之切，也有可能是因為彼此非常相像，以致批評對方即等於是在批評自己，這種情況屬於一種自省；還有第三種、第四種、第五種等情況，此之謂「複雜」。因此，我們又怎麼能簡單地斷定，作品中反映了社會現狀就是在批判制度呢？更何況，傳統禮教固然有其束縛，但現代文明同樣問題重重，我們該做的是反省自己，而不是批評過去，那實在太過輕率，太不負責任。事實是：猶如田中芳樹以《銀河英雄傳說》充分揭露民主制度的弊病，卻還是堅持民主制度；類似地，曹雪芹也是呈現了傳統上層社會裡形形色色的悲喜歡苦，卻並不曾反對貴族階級、儒家文化。

在這個世界上，真理並不是只有一種，真理的反面可能還是真理，它們有無數種甚至是相互矛盾卻不彼此排斥的存在方式，我們的內心必須壯大到足以容納這些情況，才能真正理解曹雪芹的創作。同理，對於中國傳統文化下婦德教養最高、人格形象最完美的薛寶釵，根本不應該用現在的價值觀作為評量標準，因為曹雪芹沒有必要迎合今人，沒有必要很懦弱地來奉承未來，討好現代的我們。

一個正常而健康的人

關於薛寶釵這位人物，還有一些基本概念和認識值得做一整體的交代。

寶釵有一個很獨特的地方，即在於她是個正常而健康的人，那也是她與林黛玉、賈迎春、賈惜春等人很不同的地方。以其所處的時代來說，她的為人處世不叫「虛偽」，其實用我們現代的標準也一樣。人們通常會用「表裡不一」來定義所謂的「虛偽」，但「表裡不一」根本就是任何人都不可避免的現象，連小說中最率直的林黛玉、晴雯都是如此。何況一般人恐怕從來都沒有想過，有時候「表裡不一」甚至可以是一種很好的教養、一種文明的表現，所以真正的關鍵在於表裡不一是否傷害了別人。居心不良卻又巧言令色，這樣的表裡不一才能夠叫作虛偽，但更正確的描述應該是「陰險」。

而寶釵很明白地瞭解到一個事實，即這個世界不是以自己為中心的，因此必須適時地體恤別人、配合別人、幫助別人，自己的好惡情緒並不那麼重要，於是她把個人感受放在第二位。這是因為寶釵從小受到很好的母教，擁有很充盈的親情，黛玉則缺少這一點，雖說是非戰之罪，但卻使黛玉後來即使在賈家獲得深厚的愛寵，卻依然執著於那些永遠欠缺的東西，由此構成了她不快樂的主要根源。

個體心理學家阿德勒認為：人的心理問題都是來自人際關係，這也剛好是安托萬．迪．聖—修伯里（Antoine de Saint-Exupéry, 1900-1944）在《風沙星辰》中的一個重要體悟。人際關係包含著親子關係、手足關係、朋友關係、夫妻關係、同僚關係、同業關係，以及各式各樣人與人之間的互動，一旦人際關係處理得不好，便會產生很多的心理障礙。不同於他的老師佛洛伊德將人的心理問題訴諸戀父情結、戀母情結、力比多滿足之類的生理本能，阿德勒的學說主要是回到童年人格塑造的關鍵時期，以此來探究哪些因素會導致一個人的人格成長發生異化，並幫助人更好地解決這些問題，恢復正常而健康的生活。

阿德勒發現到，母子關係是個體建立與他人之社會關係的雛形，母子之間早期互動的性質，從根本上決定了兒童日後能否以一種健康坦誠的態度來對待他人。《紅樓夢》中，寶釵和寶玉都因為擁有健全的母子關係，從而具有充分的溫暖和高度的安全感，不過其他人幾乎都缺乏如此良好的母子關係，因為那個時代的衛生和醫療條件不如現在，喪父失母的情況很普遍，例如黛玉、湘雲、迎春、惜春等都是如此，而迎春雖說有嫡母，但是關係疏離，只剩下壓力；探春雖然有親生母親，但是困擾更大，也沒有健全的母子關係。所以，不是有母子關係就能保證擁有健全的人際關係，事情複雜到不能一概而論。

結合文本的所有例證，寶釵毋庸置疑不是虛偽的人，她一路走來始終如一，人前人後明暗如一，這是一位非常標準的君子。但君子絕對不是順其自然便能夠產生的，因為個人非常有限，瑞士心理學家尚・皮亞傑（Jean Piaget, 1896-1980）即發現到，兒童要成長為一個成熟的人，他一定得「去中心化」，因為兒童的性格受限於認知能力的不足，本質上就是以自我為中心，所以每個人都應該在成長過程中學習如何「去中心化」，透過後天的教育引導而將自我從中抽離出來，這是前往君子境界的起點。寶釵當然不是與生俱來便是這般模樣，她也是經過「去中心化」的歷程以及後天的人文陶冶，然後塑造自我成為一個正常而健康的人。

寶釵是沒有父親的，第四回中交代了寶釵的家庭背景：幼年喪父，只剩寡母王氏與哥哥陪伴，幸而對一個女性來說，喪父不比喪母那般打擊沉重。因為在古代這種教養深厚的家族之中，男女有別，性別分工所涵攝的範圍也不同，男主外、女主內，而孩子的教育主要是由母親所負責的，傳統社會之所以強調母教的重要性，原因便在於此。更何況，女性不僅是在孩童時期與母親有著從羊水一路延伸出來的親密之情，在成長之後也要步入婚姻，走上為人母的同一道路，所以她始終都是在母親的教育或影響之下成長。

事實上，從六朝的《世說新語》中，即可以看到母親對於子女的未來包括事業都發揮了很大的作用，如陶侃年少時便有大志，家境卻非常貧寒。同郡人范逵有一次到陶侃家做客，范逵的車馬僕從很多，可是陶侃家卻一無所有，如何善加招待？於是陶侃的母親湛氏為了幫兒子結交俊傑之士，有助於發展未來的事業，便賣了自己的長髮換來銀錢，不僅為客人備上了精美的食物，隨從的人也都飽餐一頓，也把馬匹餵得飽足有力。陶母的行為實屬難得，因為在古人的價值觀念中，身體髮膚受之父母，從而不敢毀傷，導致連洗頭髮也是很辛苦的，所以才有周公「一沐三握髮，一飯三吐哺」之軼事。剪毀頭髮可以看作不孝的罪行，更是野蠻無文的象徵，所謂的「斷髮紋身」即是此意，而且對於女性來說，剪掉頭髮其罪猶甚，那幾乎等同於賣身。但是在古代，倘若一個女性是為了家庭中的父親、丈夫、兒子等男性而犧牲，那麼她的犧牲就會受到頌揚，所以湛氏的做法為自己與兒子贏得了許多的讚譽，她堪稱為一位賢母，被歸到值得歌頌的女性類型中，而列入《世說新語．賢媛篇》。

「母親」這一角色對古人的成長教育起著至關緊要的作用，特別對女性來說更為重要，因為男子到六歲便要上私塾，會受到正規教育，從此以後的教育開始主要是由父親來施行，讓那些男孩子將來有能力到社會中承擔責任，所以便出現了男女教育的分化。可是女孩子則不同，一直到十幾歲出嫁之前，她們都是待在母親的身邊，學習女性的職能，故而對於女子來說，母親角色的缺失所產生的剝奪感和空洞感是終身的，而且幾乎會帶來本質性的傷害。由此看來，黛玉的父母先後亡故，她又沒有兄弟姊妹可以互相扶持，真的是非常可憐，這也是大觀園中的人都盡量包容她的重要原因。換句話說，大觀園內的人之所以充分包容黛玉，不僅在於黛玉受到賈母的疼愛，更主要是因為她的處境在某種意義上確實十分悲慘。

回到寶釵的家世背景來看，寶釵雖然喪父，但是她還有母親和哥哥可以依靠，對古人來說，長兄如父，至少對當事人而言，她是有家的，是有依靠的，相較於無父無母又沒有兄弟姊妹的黛玉，寶釵的存在感受是完全不同的，是故第四十五回中，釵、黛二人談起客居的處境，寶釵對黛玉道：「這樣說，我也是和你一樣。」黛玉便糾正說：「你如何比我？你又有母親，又有哥哥。」再看寶釵的母親，第四回說明道，「寡母王氏乃現任京營節度使王子騰之妹，與榮國府賈政的夫人王氏，是一母所生的姊妹，今年方四十上下年紀，只有薛蟠一子。還有一女，比薛蟠小兩歲，乳名寶釵，生得肌骨瑩潤，舉止嫻雅」。寶釵本就出身於貴族世家，處在青雲之上，她「肌骨瑩潤」的相貌也與寶玉比較接近，而「當日有他父親在日，酷愛此女，令其讀書識字，較之乃兄竟高過十倍」，可見因為有父教的介入，才使得寶釵可以受到「女子無才便是德」之外的正統而正規的教育。其實黛玉也是如此，第二回說，林如海「今只有嫡妻賈氏，生得一女，乳名黛玉，年方五歲。夫妻無子，故愛如珍寶，且又見他聰明清秀，便也欲使他讀書識得幾個字，不過假充養子之意，聊解膝下荒涼之嘆。」所以黛玉雖有一點點脫離婦道的軌跡，但卻談不上是反封建、反禮教，那只不過是因為她從小的教育中即包括一部分的男性成分，又十分受寵而可以放任所致。

寶釵的哥哥薛蟠老大無成，不學無術，而寶釵「自父親死後，見哥哥不能依貼母懷，他便不以書字為事，只留心針黹家計等事，好為母親分憂解勞」，這真是一個體貼孝順的好女兒。而寶釵年紀尚小就懂得什麼叫孝順，那其實一點也不奇怪，因為黛玉也是如此，在她四、五歲讀書寫字時，只要遇到母親的名字，便堅持採取更讀、缺筆的方式避諱，用以表達由衷的敬愛，顯示出身世族大家者應該有的教養。

母女深情圖

寶釵具有這般很自然的孝順心態，再加上母親非常疼愛她，所以彼此之間建立起十分親密的母女關係，從而使得她發展出很健全的社會意識。第五十七回中描繪了這對母女極為溫馨的畫面，當時黛玉提到邢岫烟與薛蝌聯姻定親之事，真是令人料想不到的發展，薛姨媽便說道：

我的兒，你們女孩家那裏知道，自古道：「千里姻緣一線牽。」管姻緣的有一位月下老人，預先注定，暗裏只用一根紅絲把這兩個人的腳絆住，憑你兩家隔著海，隔著國，有世仇的，也終久有機會作了夫婦。這一件事都是出人意料之外，憑父母本人都願意了，或是年年在一處的，以為是定了的親事，若月下老人不用紅線拴的，再不能到一處。比如你姊妹兩個的婚姻，此刻也不知在眼前，也不知在山南海北呢。

早在唐朝小說家李復言的小說集《續玄怪錄》所收的〈定婚店〉一篇中，就已出現「月老」形象，這其實也是中國歷來的傳統觀念，薛姨媽在此所說的話，完全不是如很多讀者所認為的那樣，意在諷刺寶玉和黛玉，而只不過是反映了所有傳統中國人的共通想法與普遍實況。所以接下來她便舉例「比如你姊妹兩個的婚姻」，把話題帶到了眼前的寶釵和黛玉身上，一併說明這個道理。然而，當時未出嫁的女孩遇到此一不能碰觸的話題，當然會害羞不好意思，於是寶釵道：「惟有媽，說動話就拉上我們。」一面說，一面伏在母親的懷裡笑說：「咱們走罷。」

此時寶釵差不多是十七、八歲的年紀，已經是一個很成熟的、可以出嫁持家的少女，然而在母親面前，她還是像小女孩一樣地撒嬌，可見寶釵是很靈動的一個人。而她伏在母親懷裡這一很親密溫馨的母女情深圖，引起了黛玉的羨慕與感傷，黛玉笑道：

「你瞧，這麼大了，離了姨媽他就是個最老道的，見了姨媽他就撒嬌兒。」薛姨媽用手摩弄著寶釵，嘆向黛玉道：「你這姐姐就和鳳哥兒在老太太跟前一樣，有了正經事就和他商量，沒了事幸虧他開開我的心。我見了他這樣，有多少愁不散的。」

其實，此一親子之間溫馨親密的肢體互動，還體現於王夫人與寶玉身上，前文也引述過，第二十五回說：寶玉「一頭滾在王夫人懷裡。王夫人便用手滿身滿臉摩挲撫弄他，寶玉也搬著王夫人的脖子說長道短的。」可見健全的母子關係都包含這一面。而寶釵沒了事時會在母親面前撒撒嬌，討母親開心，減輕母親的重擔，那是真正的孝順。

寶釵成長的分水嶺

寶釵之所以會成長為這樣一位健康而正常的、完美的大家閨秀，一方面是天賦使然，另一方面則是後天環境的影響，二者共同造就而成。於第四十二回「蘅蕪君蘭言解疑癖」一段中，作者便很清楚地告訴讀者，後天教育對寶釵性格的重要影響，有人據以認為寶釵勸黛玉不要讀禁書，此舉乃是虛偽的行為，因為寶釵自己肯定也讀過禁書，否則怎麼會聽得出來？但那真是很粗糙的邏輯推論，忽略了一個人在前後時間上的不同變化，寶釵並沒有自相矛盾或表裡不一，她是在人生成長的新階段中反省以往不懂事時的行為失當，因而也由衷地勸告黛玉：你已經不處於一個小孩子的階段了，不能再做此等違禁的事，這其實都是非常合情合理，而且是真心為黛玉好的做法。

換個角度思考，倘若寶釵真的有心要與黛玉敵對，甚至存有暗地陷害黛玉的用意，則照理來說，對於那類在當時看來違背婦德的禁書，她應該是鼓勵黛玉多看、多公然引用才對吧？對手失分越多，自己就得分越多，這才是兵家的算計。但寶釵是在規勸黛玉做一件符合當時價值觀的事情，能讓她更受長輩的喜愛，而且還是冒著得罪黛玉的風險來給予勸告，此舉顯然也只有真心為對方好才能解釋。寶釵糾正黛玉閱讀邪書、禁書的行為堪稱合情合理，並且當黛玉一再地認錯時，寶釵也就住口不說了，不再窮追猛打，可見此人之溫柔敦厚。

接著，寶釵向黛玉解釋道「你當我是誰，我也是個淘氣的」，所謂的「淘氣」通常是指無傷大雅，但是具有破壞性的行為。據一位外國傳教士的手記提及，中國人對於小孩的看法，其中之一就是「淘氣」，也對一些可以稱為「淘氣」的舉止加以舉例，透過傳教士的眼光，我們知道中國的小孩確實常常被稱為「淘氣」，那是華人社會文化中的普遍現象。而《紅樓夢》裡也常常出現「淘氣」這個詞彙，都在形容一些具有小小破壞性的行為，以及不怎麼中規中矩的表現，例如芳官，第五十八回麝月即笑道：「提起淘氣，芳官也該打幾下。昨兒是他擺弄了那墜子，半日就壞了。」所以寶釵說自己小時候「淘氣」，其實反映了很常見的童年情況。

因此，寶釵在「七八歲上也夠個人纏的」，是個淘氣的小女孩，只不過後來發生了一些改變，她說：「我們家也算是個讀書人家，祖父手裏也愛藏書。先時人口多，姊妹弟兄都在一處，都怕看正經書。弟兄們也有愛詩的，也有愛詞的，諸如這些『西廂』『琵琶』以及『元人百種』，無所不有。他們是偷背著我們看，我們卻也偷背著他們看。」在傳統大家族裡，小時候姊妹兄弟都在一處，因為男女之間尚未有性別之防，可是到了七、八歲以後，男孩就必須去上私塾，女孩也得要回到婦德女教中，開始針黹女紅的基本訓練，所以讀禁書是七、八歲以前小孩淘氣時期才會有的現象。

而哪些文類被歸於不是正經書呢？除了《西廂記》、《琵琶記》以及《元人百種曲》之外，其實就連詩詞也不算正經書。因為詩詞並非男人的分內之事，他們分內的首要之務是經世濟民，與治理家國有關，詩詞只能算是正經之餘的一種抒情言志的表達，而所言的「志」還是要能夠與家國、與整個世界的良好運作有關，否則還是不會被接受為上層境界的。

一旦到了七、八歲，兒童開始正式進入正規的教育階段，大人如果知道這些小孩子依然淘氣不守規矩，一定是會嚴加管束，所以當時「大人知道了，打的打，罵的罵，燒的燒，才丟開了」。據此可知，寶釵是在七、八歲時從一個淘氣的、沒有性別的小孩，正式進入到閨閣女性的教育體系內。可以說，黛玉在人生成長過程中的過渡儀式發生於十五歲，而寶釵人生成長變化的分水嶺則是在七、八歲，此一分水嶺十分重要。

值得注意的是，寶釵說「所以咱們女孩兒家不認得字的倒好」，「所以」這個表示因果關係的連接詞真的是發人深省，它解釋了是何種原因導致「咱們女孩兒家不認得字的倒好」這般的結論出現，那就是前面所說的「大人知道了，打的打，罵的罵，燒的燒」，據此也隱微地闡釋一個道理，即原來教育是導致成長而改變認知的關鍵。同樣地，在第四回中，曹雪芹也針對李紈的家世背景非常巧妙且不著痕跡地告訴我們：教育對塑造一個人的價值觀、思想認知發揮十分重要的關鍵作用，甚至可以說是主要力量。

透過最近的研究，我發現作者對於賈寶玉、林黛玉、薛寶釵這些形形色色的重要人物的塑造真的是合情合理，曹雪芹完全認識到，人在成長過程中會受到父母、教育、人際互動等各方面的環境影響，而那些都直接關係到一個人的人格內涵。每個人都有與生俱來的某一種天賦，可是這種天賦只是有待發展的潛能，必須受到後天的引導和發展，才會形成現有的人格樣態。因此透過「蘅蕪君蘭言解疑癖」這一段情節，可以很清楚地看出寶釵也有成長的變化，而該變化主要發生於她七、八歲的轉捩點上，此後的寶釵也就是我們所熟悉的樣子，但在此之前的寶釵其實與黛玉相差不多，她也會偷看《西廂記》等「邪書」，所以這兩個人的差異並沒有一般讀者所以為的那般巨大。她們各有各的生命軌道，受到形形色色不同因素的影響，因此好像有了一些差異，但從實際來說並沒有本質上的差別。

不慕浮華愛樸素

寶釵的天性再加上後天的教育，使得她認為婦德女教是女性的終極價值，那麼寶釵為我們所熟悉的形象還有哪些呢？在此，我們把書中相關的重要訊息做一個整合。首先是第七回，由薛姨媽的口中，我們知道，「寶丫頭古怪著呢，他從來不愛這些花兒粉兒的」。寶釵從小天性本是如此，再加上七、八歲之後所受到的教育，她覺得外在的裝飾都只不過是浮華虛榮，那就更加不用重視了。體現寶釵不愛浮華裝飾的另一證據在第五十七回，在這一回中，寶釵看到邢岫烟裙子上多了一塊碧玉珮，便問道：

「這是誰給你的？」岫烟道：「這是三姐姐給的。」寶釵點頭笑道：「他見人人皆有，獨你一個沒有，怕人笑話，故此送你一個。這是他聰明細緻之處。但還有一句話你也要知道，這些妝飾原出於大官富貴之家的小姐，你看我從頭至腳可有這些富麗閑妝？然七八年之先，我也是這樣來的，如今一時比不得一時了，所以我都自己該省的就省了。將來你這一到了我們家，這些沒有用的東西，只怕還有一箱子。咱們如今比不得他們了，總要一色從實守分為主，不比他們才是。」

所謂的「七八年之先」，換算一下，當時大約十歲的寶釵就已經放棄那些富麗閑妝，不愛花兒粉兒，除了受到婦德教養之外，寶釵也意識到家族正在沒落，可見其中也有出於現實原因的考慮。既然父親早已去世，當家的哥哥又不成材，只懂得揮霍享樂，為了預防家族未來的敗落，於是自己能省則省，她並沒有去要求別人，而是自己能做的就盡量努力，這難道不是一種很好的人格表現嗎？

寶釵一路下來始終裡外如一，從實守分，反對浮誇與純粹虛榮的矯飾，而除了衣飾簡樸之外，她的生活環境也是如此。第四十回賈母等眾人帶著劉姥姥逛大觀園時，行至蘅蕪苑中，只見屋內有如「雪洞一般，一色玩器全無，案上只有一個土定瓶中供著數枝菊花，並兩部書，茶奩茶杯而已。床上只吊著青紗帳幔，衾褥也十分樸素。」寶釵的屋內沒有那些不切實際的點綴性裝飾以及單做怡情養性的物品，透過不速之客突如其來的見證，顯示出這是寶釵的生活常態，也是她的真實樣貌。

再從書中描述器物名稱的語感上，更烘托塑造出寶釵的性格：案上只有一個土定瓶，「土定」一詞反映著樸實無華，卻又具有非常真實而穩定的力量；瓶中插著菊花，而自從陶淵明以來，菊花便象徵著道德自持，如同蓮花一樣，在中國傳統文化中都具有高度的人文意涵。寶釵的桌案上雖只有兩部書，但是她讀過的書其實比黛玉等人都來得多，自賈政、湘雲連同寶玉，諸多人物都指出了寶釵的飽學多聞，並且她都消化吸收成為自己的心靈素質和人格內涵，證明了知識的養分不必靠書籍的囤積。寶釵的床上吊掛著青紗帳幔，衾褥也十分樸素，實際上不只蘅蕪苑是這般質樸，在她搬進大觀園之前，住在梨香院的時候便是如此。第八回中寶玉去探望寶釵，透過寶玉的眼睛，我們看到寶釵的衣飾是「蜜合色棉襖，玫瑰紫二色金銀鼠比肩褂，葱黃綾棉裙，一色半新不舊，看去不覺奢華」，這與蘅蕪苑中簡素的布置完全一致，足證寶釵一路走來始終如一，是一位真正的君子。

事事周詳全備，處處雅俗共賞

很明顯地，寶釵在人際關係中的基本原則就是「雅俗共賞」，面面俱到，不在乎自我的主觀好惡。例如賈母為她慶生時，考慮到老人家比較喜歡甜爛的食物和熱鬧的戲目，於是寶釵無論是點戲或在食物的選擇上，主要都是訴諸賈母的喜好，她基本上將自己的好惡放在後面，這樣的做法事實上非常合宜，而且本來也應該如此。再看第三十七回出手幫湘雲邀社作東時，她對湘雲說：「既開社，便要作東。雖然是頑意兒，也要瞻前顧後，又要自己便宜，又要不得罪了人，然後方大家有趣。」湘雲父母雙亡，叔父、嬸母對她相當苛刻，一個月通共的銀錢根本不夠拿來作東，於是寶釵為她籌畫、料理，無不顯示寶釵的處事風格就是瞻前顧後，在自己方便適宜的情況下去幫助別人，或不得罪別人。

又如第五十回賈母讓眾釵製作燈謎，以便元宵節取樂之用，大家一開始所做的燈謎都是引經據典，如果不回到歷史語境下的傳統文化中是難以理解的，例如李綺編的謎面是「螢」字，謎底打一個字，即寶琴所猜中的「花」字，其典故出自《禮記．月令》所記載：「季夏之月，……腐草為螢。」古人觀察到螢火蟲的幼蟲在水邊腐草中孵化成長，所以認為螢火蟲乃是草化出來的，而草字頭加上「化」便得出「花」字。雖然製作得很巧妙，但寶釵認為這類的燈謎太難，不能讓大家都熱絡盡興地參與其中，那便失去了節慶的意義，於是建議道：「這些雖好，不合老太太的意思，不如作些淺近的物兒，大家雅俗共賞才好。」

再看第六十二回，眾人一起為寶玉慶生，當場抓鬮抽樣看要玩什麼遊戲，當平兒抽到「射覆」時，因為此際參加遊戲的還有晴雯、襲人等不識字的丫頭，所以寶釵又建議另選雅俗共賞的，她說道：「把個酒令的祖宗拈出來。『射覆』從古有的，如今失了傳，這是後人纂的，比一切的令都難。這裏頭倒有一半是不會的，不如毀了，另拈一個雅俗共賞的。」

還有第六十七回，當薛蟠從江南販貨回來，寶釵便把兄長帶回來的江南土產分贈給賈家眾人，透過趙姨娘的敘述，可見寶釵待人處事的面面俱到：

且說趙姨娘因見寶釵送了賈環些東西，心中甚是喜歡，想道：「怨不得別人都說那寶丫頭好，會做人，很大方，如今看起來果然不錯。他哥哥能帶了多少東西來，他挨門兒送到，並不遺漏一處，也不露出誰薄誰厚，連我們這樣沒時運的，他都想到了。」

所以說，寶釵的個性是事事周詳全備，處處雅俗共賞，希望所有的人都可以感受到友善的對待。

在第四十五回中，當黛玉對寶釵所送的燕窩表示感激時，寶釵道：「這有什麼放在口裏的！只愁我人人跟前失於應候罷了。」對此，有些人覺得寶釵面對黛玉的真心感謝，竟只是用應酬的語言來回應，因此批評此人虛偽敷衍。但是，猶如法國文學家安德烈・紀德（André Gide, 1869-1951）在小說《窄門》中所說的：「我們切勿用一個人的一瞬間來判斷他的一生。」將一個人的一瞬間孤立地來看，其實便是斷章取義，因為人生是很豐富、很複雜的整體面向，所以切莫以偏概全，用一個人的一瞬間來判斷他的一生，也不應該只用一句話來蓋棺論定。何況從整體來看，寶釵這時給予黛玉如此的回應也是合情合理的，畢竟她的處事原則本就是人人跟前不要失於應候，既然在所有地方都遵循著同一個原則，當然對黛玉也一樣，因此她做出了如實的表態，並沒有虛偽敷衍，更沒有不一致，反倒處處體現出她的始終如一。從整體來看，寶釵的為人處世確實非常一貫，而且她是真心地信仰並且實踐她所相信的道理，這個人其實很值得受到尊敬。

世俗人文主義

關於寶釵這位人物的評價，從清末到現在一直存在著一個主流化的傾向，即「貶釵褒黛」或曰「抑釵揚黛」，但用以貶低寶釵的很多論證，其邏輯本身都沒有經過嚴格的要求，而且也不加以深思，不追求公平客觀，這類的評論事實上是沒有價值的。夏志清《中國古典小說史論》曾說：

> 除了少數有眼力的人之外，無論是傳統的評論家或是當代的評論家都將寶釵與黛玉放在一起進行不利於前者的比較。……這種稀奇古怪的主觀反應如前面所指出的那樣，部分是由於一種

本能的對於感覺而非對於理智的偏愛。……如果人們仔細檢查一下所有被引用來證明寶釵虛偽狡猾的章節，便會發現其中任何一段都有意地被加以錯誤的解釋。

確實，只要我們仔細檢驗有關釵、黛人物論述的內容，便會發現大部分都是有意的歪曲，而其中只有少數有眼力的人才能給予寶釵比較中肯的評析。夏志清認為，在有關寶釵的典型分析此一問題上，千雲是少見的、以比較客觀正面的觀點來看待寶釵的一位，他指出：相較而言，寶玉認為凡是女人都是天地靈氣之所鍾，因而用自己的心靈去關心她們、溫暖她們，為她們的命運或喜或悲，據此，寶玉對於人的同情具有更高的浪漫氣息，而寶釵卻是從人的實際處境上去瞭解人、關懷人，這種善良的同情則是世俗的、質樸的。

然而，此一說法固然從正面切入而看似有所平反，實則還是停留在一般層次。我認為，寶釵並不單是從人的實際處境上去瞭解他人而已，只不過作為一個閨閣女性，在當時所受到的環境條件的限制下，她對於別人的關懷只能夠在現實處境中去施發、去表現，而無法與身為男性的寶玉一般，去做具有浪漫氣息的表達。因此，雖然千雲已經算是從比較正面、中肯的角度來看待寶釵，但是他仍然忽略了性別在當時是一個非常重要的影響因素。更何況，寶釵不僅僅只從人的實際處境上去瞭解人、關懷人，她對於人的瞭解與關懷實際上一點都不世俗、質樸，我們不能只看到她的關懷停留在日常生活的層次上，便認為那是世俗的、質樸的，因為天理即存在於日常之中，能夠把握到這一點的便叫作「極高明而道中庸」，那是儒家的最高境界。

也就是說，此處所談的問題在於：寶釵的這一種善良和同情真的是「世俗」的嗎？「世俗」到底具有什麼樣的含義？我們難道只能夠簡單而素樸地去理解「世俗」這個詞彙嗎？關於「世俗」，其實存在著不同層次的意義。嚴格地說，寶釵的善良與同情雖然是「世俗」的，但是並不質樸，而且與其說她「世俗」，不如說是「世俗人文主義者」。所謂「世俗人文主義者」並不同於一般所以為的「世俗」，例如與經濟利益掛鉤，例如屈從於主流，例如很會算計、懂得現實的利害等，在此，我參照的是美國著名學者小雨果·恩格爾哈特（Hugo Tristram Engelhardt Jr, 1941-2018）所界定的關於「世俗人文主義」的解釋。雖說恩格爾哈特的「世俗人文主義」是從西方文化脈絡下發展而來的，但在一定程度上還是可以適當地解釋儒家的理想與價值，以及其根深柢固的人文主義精神，而且又恰好可以描述寶釵這位由非常深厚、幽微、細膩的儒家思想所孕育出來的閨秀典型。

首先，恩格爾哈特認為「世俗」的意義之一是現世化，不訴諸一個超現實、形而上的神，而回歸到日常生活的現實中，努力地呼吸、生活、掙扎並追求。人們要回歸到日常生活，也就是存在於活生生的社會裡，共同分享這個塵世結構，包括各式各樣的倫理、人際關係；在塵世結構中，我們所關心的是屬於人生範疇的世俗之事，即生老病死、喜怒哀樂等，那是我們每一個人都會面臨的人生課題，這就叫作「世俗」。「世俗」絕對不僅僅是只懂得利害關係、只會算計得失、只追求功利的價值，儒家的「世俗」是現世化的，是回歸到日常生活中的人生安頓。

但是如果只有「世俗」，往往很容易便流於平淺，所以還要再加上「人文主義」，這才構成儒家兩千多年來能夠吸引中國最優秀的精英，並且生生不息的原因，儒家思想一定是有非常吸引人的內涵，才會讓眾多傑出人才所折服。徐復觀認為，中國思想文化的一大變遷發生於周秦時期，在那期間人本精神得到了發揚；而恩格爾哈特指出，人文主義包括良好的行為、優雅的風範、經典的知識，以及一種特定的哲學。我認為「世俗人文主義」的內涵，恰好可以通向傳統儒家的生命倫理價值體系，也非常符合寶釵的閨秀形象。寶釵真的是一個「流動的海洋」，蘅蕪苑雖然只放了兩部書，可是她所涉獵的知識其實比所有的金釵還要多，而且範圍很廣，不同於黛玉的有所偏嗜，不夠全面。寶釵不但將所讀的知識內化成為她精神靈魂的養分，又能活潑地加以運用，所以曹雪芹對她的一字定評是「時」字，也就是當任則任、當清則清、當和則和，那是必得有非常靈動的思想力量才有辦法做到的，因此寶釵絕對不是封建僵化的人。

用「世俗人文主義」的定義來衡量寶釵，確實可以發現絲絲入扣，原因如下：一方面，寶釵表現出對人的善良、同情與關懷都是處於塵世結構之中，雖然受限於女性的身分，但是她窮其所能地去實踐；另一方面，就人文主義來說，寶釵是《紅樓夢》中達到此一最高標準的女性，她有良好的行為、優雅的風範，堪稱典型的侯府千金，絕對沒有像黛玉用腳蹬著門檻子的動作，也沒有粗野不文的「擲」、「摔」、「甩」等舉止；優雅的風範是這類上層階級的千金小姐從小內化到日常行言舉止中的，種種要求已經變成她們自身的一部分。另外，寶釵還習得經典的知識，以及保有特定的哲學，她的特定哲學其實便是儒家所說的「老者安之，朋友信之，少者懷之」。她面面俱到地讓每一個人都受到照顧、獲得安頓，把人倫發展到了極致：在親子關係中，她既孝順母親，充滿孺慕之情，又能形同益友般一起商討問題，分憂解勞；對待朋友時，她竭盡所能地理解對方的思想、情感和經驗，然後給予真正的幫助與同情，給予他人真正需要的甘霖，這些都是非常不容易的境界；對於長輩以及周圍遇到的狀況，她能夠恰如其分地反應，達到圓融得體；同時她奉行雅俗共賞的原則，不遺漏任何一處，從未有所厚薄，不讓任何人受到冷落或被輕視，為每一個人都能夠獲取尊重而努力；她能瞻前顧後、盱衡全局，又要自己便宜，又要不得罪人。以上是對寶釵特定的人生哲學的一個明確總結。

簡單地說，寶釵確實符合恩格爾哈特在西方文化脈絡下所定義的「世俗人文主義」，可那當然不是人生的唯一形態，如同先秦諸子百家中有道家莊子的逍遙，也有墨子一心無我地為國為民而刻苦，更有法家一視同仁的客觀冷肅，乃至名家精微深細的抽象思辨毫不遜色於現代的科學邏輯。形形色色的每一種人格，只要是很真誠、很努力地在實踐最好的自我，而且一路走來始終如一，便都是非常珍貴的人性風景。世界本是一部多元並存、眾聲喧嘩的複調交響曲，這是我們應該要有的本質認識！

回到兩百多年前盛清的乾隆時期，寶釵作為一位侯府千金，在那個時代下表現出特定的哲學、優雅的風範、經典的知識、良好的行為，便是當時完美的女性典範，也是真正的「佳人」！真正的「佳人」與傳統才子佳人故事中的「佳人」形象完全不同，才子佳人中的「佳人」所表現的自主舉止，在《紅樓夢》的文化脈絡下其實是負面的教材，因為少女一見到清俊男子就不顧父母、拋棄禮教，共同去待月西廂，完全是褻瀆了「佳人」這個語詞。第五十四回「史太君破陳腐舊套」一段裡，賈母明確地指出：「只一見了一個清俊的男人，不管是親是友，便想起終身大事來，父母也忘了，書禮也忘了，鬼不成鬼，賊不成賊，那一點兒是佳人？便是滿腹文章，做出這些事來，也算不得是佳人了。」整段話並非現代讀者所以為的反諷，而是如實的、詳盡的表述，一如脂硯齋於該回的回前總批所言：「首回楔子內云：古今小說『千部共成（出）一套』云云，猶未洩真，今借老太君一寫，是勸後來胸中無機軸之諸君子不可動筆作書。」而曹雪芹的胸中機軸，即是為真正才德兼備的女性留下永恆的寫真。

「佳人」典範如何產生

那麼，一位完美的、真正的「佳人」典範到底是如何產生的？藉由脂硯齋的評論，我們可以發現脂硯齋對於人的認識也非常深刻而周延，他認為寶釵這種性情的成因應該歸諸自然的天性與後天的教養，若非從這兩個範疇出發，便不足以充分地瞭解一個人的性格內涵。人是活生生地存在於塵世結構之中的，無論心靈再如何脫俗，沒有任何一種人格形態是純粹靠著天賦即可以造就出來，一定還要有後天的教養，因而不同的家庭環境對人格之形成便發揮了不同的影響力。

《紅樓夢》裡處處可見曹雪芹非常重視後天環境對一個人的影響，讓讀者真正瞭解到人性的塑造與培養的複雜性。例如第二十二回中，賈政也參與了元宵節猜燈謎的「家常取樂」活動，而大家見賈政在場，各自的表現即很不相同，且看文本敘述道：

> 往常間只有寶玉長談闊論，今日賈政在這裏，便惟有唯唯而已。餘者湘雲雖係閨閣弱女，卻素喜談論，今日賈政在席，也自緘口禁言。黛玉本性懶與人共，原不肯多語。寶釵原不妄言輕動，便此時亦是坦然自若。故此一席雖是家常取樂，反見拘束不樂。

脂硯齋在此批注云：

> 瞧他寫寶釵，真是又曾經嚴父慈母之明訓，又是世府千金，自己又天性從禮合節，前三人之

長並歸於一身。前三人向有揑作之態，故惟寶釵一人作坦然自若，亦不見踰規踏矩也。

脂硯齋認為，寶玉、黛玉、湘雲三人的長處都匯總於寶釵身上，她一個人便兼具了所有人的優點，因此在那般充滿壓力和束縛的狀況下，唯有寶釵依舊能夠做到坦然自若，又不踰規踏矩，這已經接近於《論語．為政》所稱孔子的「從心所欲，不逾矩」了。由此看來，脂硯齋也認為寶釵是最完美的女性典範，其人格與心靈的境界都是無比深邃而豐富，但又非常靈動與高明。

透過脂批，我們知道寶釵集眾人之長的完美性格實際上有三個成因，即「又曾經嚴父慈母之明訓，又是世府千金，自己又天性從禮合節」，可見單有天性是不夠的，還必須後天成長環境的陶冶，再加上父母的指導教育，才能夠造就而成。沒有受過教育的孩童，只能停留在天然的狀態之中，也比較會以自我為中心，看待世界時容易採用一種個人主義觀，其心靈和視野都非常有限，絕不會是人格的最高典範。

就此而言，有一個問題很值得加以澄清。我們常常讚揚某個人有著赤子之心，《孟子．離婁》也曾說：「大人者，不失其赤子之心者也。」到了晚明，李贄的「童心說」更是推崇此種人格樣態，於是人們便非常素樸地、跳躍式地認為反禮教、反束縛、反社會便是真實自我的性靈表現。但是，重新仔細考慮孟子所說的「大人者，不失其赤子之心者也」，這句話其實是表示大人者仍然保有兒童般純真活潑的一面，讓他可以用一種很清明、很本真的眼光來看待世界，可不是說只要抱著童心，人格就會很偉大，孟子更不是認為人們只應該保有赤子之心才對，否則每一個小孩都可以當大人者了，又何必那麼辛苦地成長？儒家提醒的是不要損害赤子童心，這個部分可以提供看待世界、體會人生、認識社會的一種很清明、很純淨的角度，但它並不妨礙一個人同時從天性到後天都從禮合節。再者，一個完善的品格也得要經過「嚴父慈母之明訓」，因此，那些會明訓子女的雙親才是真正的好父母，一味寵溺孩子的長輩，事實上並不懂得什麼是真愛的表現。父母對子女的愛當然是孩子們成長過程中不可或缺的重要因素，然而其中還必須包括教育和管束，唯有在寵愛與管束兩者皆備的情況下，孩子才會健全、可愛，才會逐漸成熟。

更有甚者，我們切莫忘記《紅樓夢》是描寫貴族世家的故事，貴族環境對人格塑造提供了另一層次的重要外力，正如馬克思、恩格斯所說的，貴族永遠是貴族，因為那已經變成他們品性中不可或缺的內在部分。因此，寶釵除了受到嚴父慈母之明訓的影響外，身為世府千金，階級所帶給她的影響也是極強大的，所以寶釵才能夠面面俱到，不同於小家碧玉那般比較順任自己的喜怒哀樂而行事。她的處世境界是「極高明而道中庸」，可以「從心所欲，不逾矩」，也因此才能夠在別人都忸怩作態之際，還一派坦然自若而不見出格，真的是了不起的境界。只不過，這些隱含在敘事背後的有關人物塑造的價值觀和哲理層次，是我們透過脂批才更加清楚地發現到的。

總而言之，我們必須好好地重新認識寶釵這位人物，而如果不回到中華文化的傳統脈絡中，是不能夠真切地瞭解她的。

假作真時真亦假

回到《紅樓夢》中有關「真」與「偽」的討論，那也是目前無法窮盡的議題，而我想拋出一些問題供大家一起思考，結論是開放的，但是推論時則必須是嚴謹的、客觀的，從而在開放的、動態的、不斷反覆辯證的過程中，我們將可以更加體悟到「真」與「假」是一種很微妙的關係，而屆時所抵達的認識也會更加深刻。

在第一回中，當甄士隱做白日夢時抵達太虛幻境之大石牌坊前，看到牌坊兩側的對聯寫道：「假作真時真亦假，無為有處有還無。」對聯內所包含的複雜辯證的道理並不是《紅樓夢》所首創，其實早在老莊甚至唐詩中便有類似的修辭方式及辯證內容，曹雪芹只是在一個非常豐富深刻的文化傳統下加以吸收，並運用到他所認識的複雜世界裡。「假作真時真亦假」絕對不是感慨人寰世間只有假、少有真，又或「真」很脆弱地容易變成「假」，一旦我們純粹地只用如此簡單、片面的方式去理解，實在太限縮了《紅樓夢》的複雜與精微，我認為倘若要深刻理解「假作真時真亦假」之義，可以參照嚴父慈母之明訓與自己天性之從禮合節，從而統合成寶釵此一奧妙獨特之個體的道理。說實在的，這是一個最複雜的問題，對此，就連今天的人格心理學以及各門現代學科都還無法真正做出完善的解釋，其中機制之複雜也可想而知了！

但是，雖然沒有明確的、唯一的答案，卻並不妨礙可以不斷地逼近真相，在理解「假作真時真亦假」時，我們不應該抱持著一般成見，以為曹雪芹是在批判世間的「真」很少，而且「真」也會變成「假」，於是感慨人性的虛偽，如果採取這樣的角度來看，雖然確實也合乎現實社會中很常見的一部分，但由這個角度所看到的部分實在是太單薄、太片面也太簡化。浦安迪曾經提出所謂的「二元補襯」觀，他認為是非、榮枯、真假等種種看起來二元對立的概念，實際上真正在複雜的現實人間與人生中運作時，乃是處於辯證統一的關係中，即二元之間不一定是對立的，也可以是互補的、是彼此襯托的，甚至根本就是一體兩面；真與假之間確實有界限的劃分，但那道界限是滑移不定的，沒有一個穩定不變、涇渭分明的界限可以用來判斷絕對的真與假。浦安迪用二元補襯的觀念來理解「假作真時真亦假」，我覺得很有道理，因為實際的情況也正是如此，天下並沒有所謂純粹而固定不變的東西。

關於「假作真時真亦假」，我試圖提出另一種認識。首先，參照晚明所推崇的「唯情觀」、「崇真觀」，湯顯祖透過對杜麗娘的塑造，宣揚「為情而生，為情而死，為情而復活」的「至情」說。但必須指出，這個定義其實充滿了法西斯式的獨裁心態，因為它十分絕對而極端，並且很明顯地，古往今來所有的人包括湯顯祖自己在內都做不到為情而復活，又怎麼可以用一種沒有人做得到的情況來定義「至情」呢？在此必須鄭重提醒，千萬不要因為加上生死的浪漫概念，我們就心嚮往之，那一類出於本能而非理性的感覺式反應並不能幫助我們更清楚地認識到真相。固然如周汝昌等都用這般的觀念來理解《紅樓夢》，覺得小說家是崇尚至死不渝的痴情，所以設計出從前生的木石前盟到今世的還淚而亡，而一般讀者似乎也同樣很習慣地運用、接受那一套高度評價「情痴」的思維。

然而值得思考的是，關於晚明將「情痴」、「至情」、「情病」提升到如此崇高的地位，康正果便對該現象提出了一大警示，於〈邊緣文人的才女情結及其所傳達的詩意〉這一篇文章中，他提醒我們一個很重要的關鍵，即「情痴」的問題不在於是否有真情、至情，因為每個人都有痴情與至情的時候，但是任何人都不可能一直處在痴情、至情的狀態中，因此如果一個人要時時至情、處處痴情，反倒會導致誇張不實的虛偽！並且，晚明的「情痴觀」把痴情當成一種絕對的價值，將此一才子氣十足的概念提升為至高無上並加以絕對化，那其實更不只是一種心靈狀態，而是一種帶有高下判斷的價值觀，如此一來，真情也就會變成了假意。

其中的道理即在於：當把至情的狀態變成一種價值的時候，大家便會爭相模仿與追求，因為只要是有價值的事物，人們都會想要去攫取、去得到，於是那些展現出情痴的人很容易被大家投以羨慕的眼光，而一旦摻入了虛榮的成分，人們更會做出至情的姿態以取得羨慕甚至追捧。可是當我們在模仿的當下，便已經不處於自然的狀態中，所以事實上「真」已經變成了「假」。例如求婚時為什麼一定要下跪，還要送上一枚鑽戒？因為在廣告以及各種媒體的耳濡目染之下，我們學習到鑽石是久遠甚至永恆的，應該與愛情聯結在一起。但那其實只是商業化操作的結果，我們透過模仿來表達的愛，其中的真和假如何能夠區隔？其中又有多少假的成分，恐怕連當事人自己都不知道！就此，「假作真時真亦假」便可以意謂著：當我們在崇真、崇情、推崇不虛偽的時候，其實已經將「真」與「情」當作目標去努力追求，而此刻的我們已經是在假的狀態中了。

一般普遍可見的情況是，人們通常不假思索地強調「真」，無論如何「真誠」都被視為一種好的人格狀態，並且以為黛玉就代表真誠，因為她表裡如一，忠於自我；而寶釵經過後天的教養，所以比較無我地努力去實踐面面俱到的人生哲學，便以為她是「化性起偽」的那一類。但是，一定要如此素樸地區分這兩個人的差異嗎？並且即使用「真誠」作為標準，我們又該如何定義「真誠」呢？簡單來說，「真誠」一般都定義為忠於自我。但什麼叫「自我」？我們所要忠實的「自我」究竟是什麼呢？對於大部分的人而言，這個問題同樣是連他們自己恐怕都無法明確回答的！在此，可以引述美國哲學家萊昂內爾．特里林（Lionel Trilling, 1905-1975）代表作《誠與真》的中譯者劉佳林的一段綜述，其中提供很好的思考方向。他說，作為與「自我」密切相關的概念，一般而言，「真誠」

主要是指公開表示的情感和實際的感情之間具有一致性，那就叫作對自我真誠；換句話說，讓「社會中的我」和「內在的自我」一致，便是一般所以為的真誠。但這樣的定義會帶來一系列的問題，而且其中有些問題始終處於開放狀態，永遠沒有定論，此即人性以及人世間的複雜性所在。

首先，我們所要忠實的自我究竟是什麼？假如有那個「我」，則那個「我」存在於哪裡？另外，要忠實的「自我」是否會隨著社會的變化、文化的薰陶、制度的規訓、自身的努力等的影響而不斷改變？還是它具備了某一種生命體的堅硬性，即擁有固定不變的內容？其次，事實上我們自己所宣稱的真誠是有待檢驗的，由此出現了真實性的問題，也就是說，不僅所宣稱的「真誠」面臨著是否真實的問題，個人的自我也面臨著真實性的問題。因為宣稱自己真誠並不等於自己就確實完全可靠，不是只要宣稱自己此刻的感覺便等於真誠，而完全能夠直接與那些相關的正面字眼畫上等號。換句話說，「真實」與「自我」是一個纏繞不定的問題，又與社會文化及無意識的層面互相交織，所以在根本上都不是可以簡單認定的。

舉例而言，根據佛洛伊德的精神分析理論，一個人的內在還可以分為「本我」（Id）、「自我」（Ego）、「超我」（Superego）三個層面，都屬於真實的自我，而我們所要忠實的究竟是哪一個？這是必須很仔細檢查並思考的首要問題。所以，不是只有表裡如一才叫作真誠，而表裡如一所表達出來的情感與認知判斷更不是所謂的真理，因為真誠所表達出來的言語舉止仍然可以粗俗魯莽，甚至可能帶有嫉妒和隱含著偏私，那當然完全不等於真理。因而當我們討論人格價值的時候，千萬不要把原本很複雜的概念加以簡單化，更不可將原本關係很複雜的推論又進行跳躍式的連接，以至於犯下人文研究中常常出現的弊病。

從佛洛伊德的理論來說，黛玉的真誠是因為她比較忠於「自我」的那一層面，是當下情緒的喜怒哀樂；而寶釵也一樣真誠，她忠於的是「超我」的層面，這也是英國式「真誠」的含義。特里林在其《誠與真》中指出：「英國人要求一個真誠的人在交流時不要欺騙或誤導；此外，就是要求**對手頭承擔的不管什麼工作專心致志。……是在行為、舉止，即馬修．阿諾德所謂的『差事』方面與自身保持一致**——這就是英國的真誠。」也即是說，在行為舉止上與自身承擔的工作保持一致。而這豈不是很符合寶釵為人處事的描述嗎？她盡到作為兒女的義務，向母親撒嬌，為母親分憂解勞，又對其他的各色人等恰如其分地面面俱到，那就是「英國式的真誠」。

實際上《紅樓夢》告訴我們，很多人都是真誠的，只是他們所忠實的自我層次並不相同，例如薛蟠，他很真誠地表現出人格結構中「本我」層次上的性欲望和各種原始衝動，本能地受快樂原則所支配，以滿足生物性的食色之欲來作為他人生的追求，他的想法公開而暴露，根本不覺得羞恥，這也是一種真誠。只不過如此的真誠在特里林看來是「法國文學式的真誠」，即認識自己，並且公開自己，即使是處於一種很低的人性層次；反觀寶釵的真誠則是忠於道德良知的超我，遵循的是完美原則。總而言之，真誠的形態或層次各異，因此真與假永遠是一組無法釐清，也不可能絕對化的複雜概念。

此外，特里林也提醒我們：「如果真誠是透過忠實於一個人的自我來避免對人狡詐，我們就會發現，不經過最艱苦的努力，人是無法到達這種存在狀態的。」其中所說的道理，事實上與莊子的逍遙有著異曲同工之處，莊子筆下的「真人」境界也要經過最艱苦的努力才能達到；不是任性且依照情緒行事就叫作真誠，真正的真誠必須要經過最艱苦的努力才能夠實現。所以不要誤以為黛玉與寶玉便是代表真人，那其實是對莊子思想的錯誤運用，例如清末評點家陳其泰曾說：「《紅樓夢》中所傳寶玉、黛玉、晴雯、妙玉諸人，雖非中道，而率其天真，皭然泥而不滓。所謂不屑不潔之士者非耶。」

但是，果真如此嗎？僅以晴雯為例，透過第七十四回抄檢大觀園前的一段情節，即可見晴雯十分懂得說謊撇清的伶俐，當時她被叫到王夫人跟前，見王夫人詢問寶玉可好些，「他便不肯以實話對，只說：『我不大到寶玉房裏去，又不常和寶玉在一處，好歹我不能知道，只問襲人麝月兩個。』」其中所言完全顛倒事實，堪稱謊話連篇，何嘗有一丁點的真誠？

再看王善保家的媳婦對王夫人所說的一段話，更可以顯示晴雯的「真誠」其實也算不上是一種人格優點，她說道：「別的都還罷了。太太不知道，一個寶玉屋裏的晴雯，那丫頭仗著他生的模樣兒比別人標緻些，又生了一張巧嘴，天天打扮的像個西施的樣子，在人跟前能說慣道，掐尖要強。一句話不投機，他就立起兩個騷眼睛來罵人，妖妖趫趫，大不成個體統。」這些話所描述的都是有源有本的客觀事實，其中晴雯生得漂亮卻不自恃，那算是一種優點，但逾越分際的過度裝扮確實也有可議之處，至於「一句話不投機，他就立起兩個騷眼睛來罵人」更是大有問題，難道只要「真誠」就可以為所欲為，對人如此之暴躁無禮嗎？換言之，我們往往混淆了許多層次而不自知，以至於把亂發脾氣當作有個性，以真誠、率直合理化粗魯傲慢的不當。必須說，可以稱之為人格價值的，都需要經過艱苦的努力才能夠達到，人性中高貴迷人的內涵使得艱苦的努力得到報償，讓我們覺得這般的艱苦努力是很值得的。

在此要補充的是，寶釵雖然是一個非常正統的儒家信徒，但她絕對不是一般所以為的那般封建保守又僵化，儒家也可以是非常靈動與豐富的，甚至「極高明而道中庸」。何況寶釵的思想觀念並不只限於儒家，她同樣可以欣賞完全不同於儒家而屬於佛道的「赤條條來去無牽掛」的幻滅意趣，這也是她能夠博大與靈動的力量來源。第二十二回寶釵過生日時，她在慶生宴上點的戲是「魯智深醉鬧五臺山」，表面上聽起來很熱鬧，其實卻是在熱鬧中體驗虛幻，那豈不正是一種悟道者的稟賦嗎？當大家只看到表面上的熱鬧的時候，唯獨她一人領略到其中一支〈寄生草〉於美妙辭藻背後所蘊含的幻滅美學，卻又能夠「人不知而不慍」，面對寶玉的誤會與質疑毫不介意，顯示出這是一位具有真正智慧的君子！她可以兼容並蓄，絕對不僵化死板，所以才能夠成為寶玉出世哲學的思想啟蒙者。寶釵在「衛道」與「悟道」之間出入自如，以她最後成為一名寡婦的結局來看，她可以說是殉道者；然而事實上她還有「悟道」的層面，可以在「實」與「虛」這兩種不同的世界裡自在舒卷，從而表現出一種通脫的性格。總括來說，寶釵既可以在所謂的塵世結構中安頓，也可以欣賞那超越現實世界之外的另一種人生意趣，由此便使得她的「衛道」不至於流於過度僵化，而能夠在任何情況下都「坦然自若」。

整體來說，寶釵不斷地在超越自我，並不局限於某一種特定的價值觀，她的人格層次和思想內涵深不可測，但這一點卻是一般人在探究寶釵的時候都沒有注意到的。〈寄生草〉中所蘊蓄的幻滅美學，是黛玉終其一生都沒有觸及者，而正是在這個範疇上，二寶之間建立起思想的聯結，寶釵與寶玉突然有了精神交會而擦出閃耀的火花，照亮了寶玉內心深層的一面，也使得寶玉瞬間得到另外一種頓悟，對他的未來乃至終極選擇發揮關鍵性的影響，堪稱始料未及。這些都是我們在理解寶釵的性格時，不應該忽略的重要情節。

「給多於取」

心理學家阿德勒曾指出，社會興趣與社會意識很健全的人往往是處於「給多於取」的狀態，在與人相處時，也大多隨時可以配合別人進行合作，而最重要的是能夠對他人的經驗、思想和情感給予真正的理解，寶釵便完全達到這般的境界。世事之難就在於每個人都活在自我中心裡，然而一個人唯有去中心化，即超越自我中心之後才能夠真正成熟，也才足以理解寶釵的人格形態。

在小說中，寶釵處處表現出「給多於取」的態度，由於性格健全再加上身家雄厚，故而她總是在幫助各式各樣的人，比如對黛玉的照顧，第四十五回裡，寶釵認為黛玉身體虛弱必須滋補，而在傳統認知中，滋陰補氣的最好補品就是燕窩，因此寶釵送了一大包上等燕窩給黛玉以滋養病體。談到這一點，我們可以補充說明一下時代的差異：西方學者指出，工業革命以後社會發展進入現代化的進程，人類生活的物質水準與生活形態都產生了很大的變動，以前只有少數上層階級的人才能夠享有的精品，在工業革命之後則普及到所有人都可以消費的程度。對於此一觀察，真是「於我心有戚戚焉」，例如以前唯獨賈府這等人家才吃得起的燕窩之類，到了現代也「飛入尋常百姓家」。再舉一個例子：《紅樓夢》裡寶玉所享用的一種飲品叫「酥酪」，在當時非常珍貴，後來被寶玉的乳母李嬤嬤擅自喝掉了，由此鬧出了一場風波。「酥酪」就是牛奶，於兩百多年前只有上等人家才能品嘗，而現在每個人都可以大量消費，從社會公平的角度來說，工業化也促進了物質享受的平等。

但以超越個人的全局立場來看，若考慮到人類的科技發展與整個生態環境，賈寶玉的時代更容易維持自然界的平衡，因為消費普及的結果是資源被以千萬倍的速度加快消耗，比如以前只有少數人才能取用紙巾，而現在每個人都可以隨手耗用紙製品，那麼森林便會遭到大規模砍伐，加速自然環境的破壞與物種的滅絕，那是很恐怖的一種消耗方式。從這個角度而言，現代文明是否其實更野蠻呢？因此話說回來，我們實在不應該用絕對又單一的思維去判斷一方文明、一種文化形式和一個歷史階段的成敗得失，而人文的魅力和難處也正在於此，人文學科中很難只有一個絕對真理，這就是我們不能把「現代文明」當作唯一評判指標的原因。

回到文本的故事內容繼續看，寶釵考慮到黛玉客居的顧慮，因此主動為黛玉供應燕窩。但值得注意的是，寶釵的供應必然是有一定限度的，不可能長年累月都源源不斷，畢竟「救急不救窮」是顛撲不破的道理。到了第五十二回，寶玉便針對此一問題提了個頭，卻立刻被突如其來的不速之客趙姨娘打斷，直至第五十七回，在紫鵑的追問下，寶玉才指出寶釵本身也是客人，讓這位做客在外的少女為黛玉供應如此昂貴的滋補品，顯然並非長久之計，因此寶玉已偷偷到賈母面前露了口風，並揣測現在應該是由賈家為黛玉供應燕窩了。

雖然寶玉說明了狀況，但值得我們進一步推敲的是，為黛玉提供每日一兩燕窩的，到底是賈府的哪一個單位呢？賈府很龐大，種種規矩和制度也相對複雜，因此在賈府中取用公共資源有著一整套的標準程序，並不能隨意支領，而在第五十七回中提及，黛玉的丫鬟雪雁是從王夫人房中拿取了黛玉所需的人參，由此可知，為黛玉提供燕窩的人也應該是王夫人，即使她是受賈母之託，但人參確實是從她那裡供應給黛玉的。換句話說，黛玉由於個人體質虛弱而需要燕窩補身，但並不能動用公共資源，而私人的給予只能由王夫人來提供。

寶釵除了贈予黛玉燕窩之外，還幫助過史湘雲。第三十七回中，受邀參加詩社的湘雲得要設宴還東道，但是她沒有足夠的錢財，而寶釵也知道她的困境，為了不使湘雲失禮，寶釵自掏腰包為湘雲置辦了螃蟹、酒菜做面子，這也是寶釵體貼入微的表現。此外，第五十七回邢岫烟典當了衣服，也是寶釵偷偷地幫她贖回來，以免她冬天犯冷，可見寶釵時刻都在幫助弱勢者。其實，對弱者施以援手，並不是所有的富豪都可以做到的，對於大部分的有錢人而言，別人的苦難永遠只屬於「他人之血」，他們是看不進眼裡的，更別提會對提供幫助和體貼。對比之下，寶釵確實是一位十分有教養和深富同情心的貴族，她能夠體貼下位者的苦處並給予理解，同時樂於善用她所擁有的雄厚身家資產為那些人提供幫助。紅學研究中欣賞寶釵的人歷來總是占少數，反對和批評她的人則很多，有人指責寶釵這樣做是為了收攬人心和交際應酬，但在我看來，這是一位大家閨秀本身應該具備的教養，做不到寶釵此等風範的才是沒見過世面的小門小戶，而那些會斤斤計較、不懂得與他人分享的人，更是無法理解寶釵的教養和處世之道，至於對寶釵所謂的人事應酬交際之類的批評，恐怕也都是言之過甚。

寶釵是真正的大家閨秀而非一般的小家碧玉，因此很容易受到誤解，這引發了我的思考：現代的中國人已經沒有人具有貴族身分，也沒有人真正生長在一個綿延百年的世家大族中或赫赫顯耀的階級裡，毋庸置疑，我們很容易從平民的角度來曲解寶釵的所作所為。從某種角度來看，那也是無可厚非的，畢竟人實在太有限，然而一旦認識到這一點之後，我們便必須從心理上有所警覺，而不是素樸甚至無知地把寶釵當作我們身邊的同學或上班族女郎來理解，實際上寶釵完全不是這類的普通人，若總是不自覺地將寶釵投射在我們所認識的女性身上，就注定會產生誤解。

滴翠亭事件

寶釵飽受爭議的事件當屬第二十七回的「滴翠亭楊妃戲彩蝶」，此一事件幾乎成為寶釵身上揮之不去的烙印，甚至成為她的人格疤痕。許多紅學研究者對此進行了負面的解讀，他們之所以如此看待和詮釋該事件，將寶釵釘在沉重的道德十字架上，首要原因是當今時代的社會價值觀使然，故而不自覺地把現代的人際關係套用在《紅樓夢》上，從而忽略了寶釵處於上下階級非常嚴明的時代這一特點。其次，囿於對寶釵的成見，讀者們更加理所當然地從負面角度去解讀寶釵的所做所為。鑑於滴翠亭事件是寶釵最受爭議的事件，也即所謂的「嫁禍說」，我們不妨由此入手，探討事情的原委和根本，還原真實的薛寶釵。

在第二十七回中，曹雪芹對寶釵的塑造是十分合乎情理而符合生活狀況的，彷彿實有其人，甚至體現出這名少女十足的活力和生命力，可見寶釵這位人物是一個有著心理變化的有機體，並於具體情境中產生相應的情緒和思考，而且寶釵的言語行動牽動著各種人際因素，由此也連帶形成了後續相應的言語舉止。這一回首先寫道：

且說寶釵、迎春、探春、惜春、李紈、鳳姐等並巧姐、大姐、香菱與眾丫鬟們在園內玩耍，獨不見林黛玉。迎春因說道：「林妹妹怎麼不見？好個懶丫頭！這會子還睡覺不成？」寶釵道：「你們等著，我去鬧了他來。」說著便丟下了眾人，一直往瀟湘館來。正走著，只見文官等十二個女孩子也來了，上來問了好，說了一回閑話。寶釵回身指道：「他們都在那裏呢，你們找他們去罷。我叫林姑娘去就來。」說著便逶迤往瀟湘館來。忽然抬頭見寶玉進去了，寶釵便站住低頭想了想：寶玉和林黛玉是從小兒一處長大，他兄妹間多有不避嫌疑之處，嘲笑喜怒無常；況且林黛玉素習猜忌，好弄小性兒的。此刻自己也跟了進去，一則寶玉不便，二則黛玉嫌疑。罷了，倒是回來的妙。想畢抽身回來。

從上述的描寫可知，此時寶釵心中原本要找的人是黛玉，但出於對黛玉之情緒的顧忌和照顧，寶釵便中途抽身離開了瀟湘館。而人的念頭往往會殘留在潛意識裡，既然寶釵此前心心念念的是要去尋黛玉，因此她返身回來後心內的遺緒仍然是黛玉，黛玉有如殘影一般潛伏於寶釵心中。接著，小說家描述了寶釵的後續經歷：

> 剛要尋別的姊妹去，忽見前面一雙玉色蝴蝶，大如團扇，一上一下迎風翩躚，十分有趣。寶釵意欲撲了來玩耍，遂向袖中取出扇子來，向草地下來撲。只見那一雙蝴蝶忽起忽落，來來往往，穿花度柳，將欲過河去了。倒引的寶釵躡手躡腳的，一直跟到池中滴翠亭上，香汗淋漓，嬌喘細細。寶釵也無心撲了，剛欲回來，只聽滴翠亭裏邊嘁嘁喳喳有人說話。

這一段描繪其實大有含義，寶釵此時「香汗淋漓，嬌喘細細」與她所服用的冷香丸有所關聯，而關於冷香丸會在後文具體分析，此處暫且不表。寶釵無意中聽到紅玉與墜兒之間的對話，那也是寶釵為人爭議的根本所在：

寶釵在外面聽見這話，心中吃驚，想道：「怪道從古至今那些奸淫狗盜的人，心機都不錯。這一開了，見我在這裏，他們豈不臊了。況才說話的語音，大似寶玉房裏的紅兒的言語。他素昔眼空心大，是個頭等刁鑽古怪東西。今兒我聽了他的短兒，一時人急造反，狗急跳牆，不但生事，而且我還沒趣。如今便趕著躲了，料也躲不及，少不得要使個『金蟬脫殼』的法子。」猶未想完，只聽「咯吱」一聲，寶釵便故意放重了腳步，笑著叫道：「顰兒，我看你往那裏藏！」一面說，一面故意往前趕。那亭內的紅玉墜兒剛一推窗，只聽寶釵如此說著往前趕，兩個人都唬怔了。寶釵反向他二人笑道：「你們把林姑娘藏在那裏了？」墜兒道：「何曾見林姑娘了。」寶釵道：「我才在河那邊看著林姑娘在這裏蹲著弄水兒的。我要悄悄的唬他一跳，還沒有走到跟前，他倒看見我了，朝東一繞就不見了。別是藏在這裏頭了。」一面說，一面故意進去尋了一尋，抽身就走，口內說道：「一定是又鑽在山子洞裏去了。遇見蛇，咬一口也罷了。」一面說一面走，心中又好笑：這件事算遮過去了，不知他二人是怎樣。

這一段描述需要我們注意的是，按照當時的禮教標準來看，紅玉與墜兒間的對話涉及了男女私情，紅玉的手帕無意中丟失，到了賈芸手中，賈芸透過墜兒交換了自己的手帕，意味著男女雙方私底下對婚戀的追求，作為中間人的墜兒還索討謝禮，這才是一般所謂「才子佳人」的套式，而關鍵在於整個過程中的人謀心機，紅玉的作為在當時是干犯禮教的重大禁忌。如同寶玉挨打之後怕黛玉擔心，於是遣派晴雯專程送了一塊舊手帕去瀟湘館給黛玉，根據交感巫術的思維來理解，一個人使用過的東西即帶有本人的印記，而寶玉將用過的舊手帕贈予黛玉，便意味著這塊帕子是他個人的延伸或分身，因此隱含了定情的意味。當黛玉體貼出寶玉送帕子的意涵時，她的內心是百感交集的，其中有幾種感受正與畏懼有關，因為寶玉不避嫌疑私相傳帕，那是當時的禮教制度所不容的。雖說「禮不下庶人」，紅玉作為一個比庶人還低下的賤籍婢女，禮教制度對她的要求並不嚴格，但既然對象是個爺，事情就沒那麼簡單了，在賈府此種等級的封建家族中，私相贈帕傳情無論如何都是涉及個人隱私且為倫理道德所不允許的行為。換句話說，紅玉因此種做法輕則或被攆出去，重則性命攸關，這一切都取決於上位者的決定。

紅玉與墜兒的對話涉及的正是這一類見不得人的醜事，一旦東窗事發，紅玉會付出非常慘烈的代價。賈芸是賈府的支脈，儘管賈芸這一支較為寒微，但他畢竟屬於賈府的家族成員，紅玉則不然，她是丫鬟，在傳統的社會背景下，紅玉是在法律上沒有地位可言、可被任意買賣的賤民，她之所以「眼空心大」、鑽營圖謀也是出於此故。處於當時的環境條件中，丫鬟最好的出路就是當上姨娘，紅玉最初鎖定的目標便是寶玉，但後來發現寶玉的身邊被大丫鬟們圍得密不透風，別人根本插不下手，晴雯、秋紋一干人等伶牙俐齒，充滿刀光劍影，她還曾被晴雯搶白了一頓，因此內心灰了大半。既然此路不通，她又是一個非常有心機和手腕的人，十分懂得為自己把握機會甚至創造機會，並且一心一意向上攀爬，於是轉向賈芸所提供的機會，這才產生了滴翠亭事件。

從人性的角度來看，一個人的隱私被他人無意間聽到，通常會惱羞成怒甚至狗急跳牆，何況紅玉的性格在大觀園中是與眾不同的，她「素昔眼空心大，是個頭等刁鑽古怪東西」，而寶釵深諳人性，對紅玉的觀察也十分到位，她事先知曉紅玉的個性，面對這樣一個心機深重、目空一切、野心十足和爭強好勝的人，寶釵因此在「料也躲不及」的情況下，為了避免紅玉惱羞成怒而引發衝突，只能不得已採取特殊的方式，使出所謂「金蟬脫殼」之計。

寶釵備受爭議的一點還在於她口中所說的「遇見蛇，咬一口也罷了」，這句話歷來被看作釵、黛互為情敵、彼此對立的例證，但那是對文本的過度詮釋。事實上，寶釵的一番話恰恰能夠證明二人的親密，她倆作為同輩小姐，當面開這些玩笑是無傷大雅的，例如第八回寶釵忍不住笑著，把黛玉腮上一擰，說道：「真真這個顰丫頭的一張嘴，叫人恨又不是，喜歡又不是。」遑論第四十二回黛玉編排了寶釵，探春聽了笑著告狀，寶釵也笑道：「不用問，狗嘴裏還有象牙不成！」一面說，一面走上來，把黛玉按在炕上，便要擰她的臉。而這兩次黛玉都全不以為忤，由此可見彼此的親近無間，何況寶釵也僅僅是在此處做戲給紅玉看，因此證明不了釵、黛之間存在著敵意。

此外，就紅玉與墜兒的反應而言，顯然也不足以構成寶釵「嫁禍」的證據。書中寫道：

> 誰知紅玉聽了寶釵的話，便信以為真，讓寶釵去遠，便拉墜兒道：「了不得了！林姑娘蹲在這裏，一定聽了話去了！」墜兒聽說，也半日不言語。紅玉又道：「這可怎麼樣呢？」墜兒道：「便是聽了，管誰筋疼，各人幹各人的就完了。」紅玉道：「若是寶姑娘聽見，還倒罷了。林姑娘嘴裏又愛刻薄人，心裏又細，他一聽見了，倘或走露了風聲，怎麼樣呢？」二人正說著，只見文官、香菱、司棋、待書等上亭子來了。二人只得掩住這話，且和他們頑笑。

值得我們注意的是，紅玉聽完寶釵的話之後，錯以為自己的隱私是被黛玉聽去了，但她當下想到的是黛玉嘴裡愛刻薄人、個性又十分直率，很可能會暴露出她的祕密，因此感到驚慌失措，而不是挾怨仇恨，這是許多囫圇吞棗的讀者所忽略的重大差異，以至於失之千里。從階級立場來看，作為丫鬟的紅玉被黛玉這位賈府寶二奶奶的未來人選聽到了隱私，是根本不可能懷有恨意的，她主要的、更多的是擔心和恐懼，因為被權力者握到了致命的把柄，那才是她唯一煩惱的地方。而曹雪芹對此一事件的描寫也到此為止，其後續發展乃至最終結局都是不了了之，直到全書結束，無論是八十回的《紅樓夢》，抑或一百二十回的《紅樓夢》，這個事件都沒有任何的延續，那麼所謂的「嫁禍」說更是無從談起了，因為「禍」根本不存在，又何來「嫁禍」？

其實，黛玉在賈府中地位十分崇高，她是賈母眼前的紅人，是能夠與寶玉相提並論的寵兒，甚至是寶二奶奶的預定人選，一個身分低賤的小丫頭又怎麼可能奈何得了她？第六十回探春便指出：「那些小丫頭子們原是些頑意兒，喜歡呢，和他說說笑笑；不喜歡便可以不理他。便他不好了，也如同猫兒狗兒抓咬了一下子，可恕就恕，不恕時也只該叫了管家媳婦們去說給他去責罰。」可見她們無足輕重，形同貓兒狗兒，何況紅玉還是一個連本房主子寶玉都不認識的低等丫頭，連對同級的高等丫鬟如晴雯等都只能忍氣吞聲、逆來順受，如何可能有機會去陷害黛玉？再何況從事件本身的屬性而言，紅玉給出的把柄是生死攸關的大事，她面對這般困境只會驚恐擔憂，從此更討好巴結而非憎恨黛玉，以這個角度來說，寶釵甚至是送給黛玉一個小禮物！因此這一事件根本談不上嫁禍，果然小說裡也並未涉及任何關於此事後續引發「災禍」的描寫。

選黛玉上演虛擬雙簧

從事件的整個過程來看，前文中曾提到的千雲是被視為少數有眼力的學者，與一般人的看法有別，他從不同的角度指出，當寶釵看到寶玉進入瀟湘館的時候，除了避嫌之外，她並無絲毫嫉妒之心，寶釵之所以選擇離開，僅僅是出於對黛玉多心猜疑的考慮和擔心，因此她走出瀟湘館以後被蝴蝶吸引住，便自然而然地撲蝶去了。若說寶釵有意識地要嫁禍於人，這在整個作品裡是沒有任何思想和情感線索可循的，而從作者的寫作心情上來說也是難以理解的，在整部《紅樓夢》中，作家並未給出任何思想和情感上的線索以製造寶釵與黛玉之間的不和，而不少讀者卻對此抱有偏見。所謂「嫁禍說」從創作者的角度也是難以理解的，曹雪芹用十分美好的文字描繪了寶釵戲彩蝶的場面，倘若寶釵是一個卑劣奸詐之徒，作者又為何要如此大費周章，先描繪寶釵的美好可愛，繼而揭示她的陰險歹毒？曹雪芹並非人格分裂的作家或瘋子，因此我們理解這一事件時也不能過於主觀或想當然耳。

此外，我認為當寶釵要使出金蟬脫殼之計時，會虛擬出黛玉與她上演虛構的雙簧，其原因首先是出於心理慣性的作用。她本來就是要去瀟湘館尋找黛玉的，因此那個對象會在潛意識內留存下來，而在撲蝶的過程中黛玉便成為她腦海裡的殘影和殘像，當在緊急情況下產生迫切需要之際，即不自覺地從腦海中調取訊息進行運用，這是一般人性之常的自然反應。

其次，更重要的是，要在緊急的瞬間找到一個很合適的人選，並且可以配合寶釵上演金蟬脫殼之計是很不容易的，因為唯有聰明睿智又有權力地位的對象才能對丫鬟產生震懾作用，從而使之有所忌憚，才能完善化解此一局面。假若寶釵虛擬出來的雙簧對象是她的貼身丫鬟鶯兒，乍看之下似乎順當而可行，畢竟主僕同行同止又感情親密，一起玩耍再合理不過，但其實這不僅無法對紅玉產生任何壓力，反倒還會陷害了鶯兒！對紅玉來說，被人聽到那般不可告人的隱私，恐怕會讓自己身敗名裂甚至被攆出大觀園、離開榮國府，而作為丫鬟的鶯兒與紅玉處於同一個等級，紅玉難保不會對鶯兒進行刁難、報復甚至加害以求封口。因此，寶釵不可能選擇鶯兒作為雙簧戲的對象，那個人選必須擁有一定的地位與能力，才能夠免除下位者因出於猜忌而做出暗箭傷人的行為，如此一來，也唯獨主子輩才擁有這樣的資格。

在封建時代的背景下，主子與下人之間的貴賤之別是十分顯著的，下人無法撼動主子的地位，而主子的身分可以使下人們有所敬畏和忌憚，並因此免於不必要的麻煩，是故寶釵只能選擇主子身分的人來上演這出雙簧。點數大觀園內，主子小姐輩還包括迎春、惜春、探春和湘雲等人，但迎春是一個很軟弱的姑娘，她是大觀園裡唯一會被下人們欺負的主子，因此寶釵絕不肯給迎春增添麻煩；惜春是一名性格孤僻的小女孩，她認為世間的一切都很骯髒，一心只想要出家，根本不可能在河邊玩水；而探春堪稱一位女英雄和女宰相，在河邊玩水並不符合探春剛強大氣的個性與形象。至於公子寶玉，他貴為人中龍鳳，本來也很適合，但寶釵不能選擇寶玉作為這場雙簧的對象，因為在當時的禮教制度下，公子小姐單獨相處又一起玩樂乃是違背婦德的行為，寶釵當然會盡量不使自己陷入那般的曖昧關係中。此外，適合作為備選名單的人還有史湘雲，湘雲性格爽朗又是小姐身分，尤其她並不住在賈府，就算無意間聽到了祕密，她也不會引發後續的是非風波，可以說是最完美的絕佳人選了，只可惜問題在於當時湘雲並沒有來賈府，因此寶釵無法將虛擬對象說成史湘雲。退而求其次，備受賈母寵愛的黛玉便是不二人選。

此外，寶釵之所以選擇黛玉還有一個很重要的原因，即黛玉的客人身分。黛玉客居在此，作為賈府的貴客，她與賈府的主要人物之間有著親戚關係，但就賈府中盤根錯節的主奴關係以及各種人際關係而言，事實上黛玉又是屬於邊緣的局外人，如第五十五回鳳姐所說：「林丫頭和寶姑娘他兩個倒好，偏又都是親戚，又不好管咱家務事。」因此，賈府內部的許多人際糾葛也不大容易牽扯到黛玉身上。從某種意義來說，黛玉在賈府猶如孤兒的處境，使她的人際脈絡十分簡單，以至於在她身上產生一種離心力，而脫離賈府複雜的人際糾葛也讓黛玉產生了一種特殊功能，即一旦任何事情牽連到黛玉身上，都會由於離心力的關係而無法擴散，遂產生中斷；換句話說，任何是非到了黛玉這裡都會不了了之。正是由於黛玉客居的孤立性和身為寵兒的特權性，所有的麻煩事到了黛玉身上便如同遇上一道透明的屏障，而不再擴大甚至消解於無形，因此滴翠亭事件到最後也必定無疾而終。

應該說，滴翠亭事件充分表現出寶釵不願意損害任何人，也不使自己陷入尷尬局面的處世哲學，體現了第三十七回所謂「又要自己便宜，又要不得罪了人」的原則。就這一事件而言，寶釵也並未殃及黛玉，小說中明明白白的客觀事實是黛玉根本沒有「禍」可言，所謂的「嫁禍說」當然是不能成立的。對此，我們一定要釐清真相，黛玉在賈府中具有獨特的特權地位，因為受到賈母的寵愛，所以黛玉與寶玉一樣都是賈府的權力中心，以至於對他人而言，黛玉有一種很特定的護身符效果。在這個護身符之下，黛玉擁有不可侵犯的豁免權，好幾次發揮了消弭爭端、保護遭罪者的功能，其中還有一次是得到寶玉的首肯，詳見下一節的說明。總而言之，以紅玉三流丫頭的身分，根本無從對黛玉進行任何打擊報復的行為；換句話說，作為不受待見的丫鬟，紅玉要去對抗賈母心中最疼愛的孫女，那簡直是以卵擊石的做法。

寶、黛作為擋箭牌

黛玉在滴翠亭事件中被寶釵拿來當擋箭牌以紓解眼前困局的潤滑角色，其關鍵就在於黛玉是賈府的寵兒，因此一般而言，當賈府的人們陷入兩難的困局裡時，常常會把黛玉或寶玉拿出來作擋箭牌以化解困境。

我們先以寶玉為例，寶玉作為寵兒承攬了很多煩難的燙手山芋，每當發生可能會殃及眾人的、難以解決的事況，往往都是寶玉挺身而出，最終息事寧人。譬如第二十五回，賈環推倒熱滾滾的燈油想要燙瞎寶玉的眼睛，但失了手沒有燙準，把寶玉的臉燙出一溜燎泡。這一惡性事件讓寶玉受到了傷害，賈母是一定會追究的，此時寶玉擔心老太太、太太會因為生氣而遷怒大家，便站出來說是自己失手燙的。

再看第六十一回發生了玫瑰露與茯苓霜的失竊案，情況十分複雜，牽連甚廣，寶玉便立刻站出來說：「也罷，這件事我也應起來，就說是我唬他們頑的，悄悄的偷了太太的來了。兩件事都完了。」其中一件是王夫人的貼身大丫頭彩雲在趙姨娘的央求之下，近水樓臺地偷了王夫人的玫瑰露，如今事蹟敗露，彩雲覺得自己做的事得自己來承擔，於是決定要主動認罪，可大家勸她說就算認錯，也還是會有一大群人無辜遭殃，尤其會讓探春非常難堪，因為趙姨娘是探春的生母，而探春當時正在大觀園內理家管事，此事一出，她必然有損臉面，並無端增添氣惱，所以大家都希望在保全探春且不讓她難堪的前提下解決這件事。當下寶玉便對彩雲勸說道：「如今也不用你應，我只說是我悄悄的偷的唬你們頑，如今鬧出事來，我原該承認。只求姐姐們以後省些事，大家就好了。」而這個事件發展的最終結果，也預先藉平兒之口做了交代：「竟不如寶二爺應了，大家無事，且除這幾個人皆不得知道這事，何等的乾淨。」如此一來，整件事情突然之間完全煙消雲散，不會再有人追究，果然彩雲也即依允。

請注意彩雲和彩霞在小說裡似乎是二而一的人物，這個問題已經有學術界的人討論過，於此便不多做辨析，總之，我們可以把她們兩個當作同一個人來看待。由此可見，所有的人都一致說明後果嚴重，最好是由寶玉來化解，因為寶玉是賈母的寵兒，賈母頂多責備他幾句，也不會對他有怎樣的嚴懲，這就是寶玉所發揮的功能，畢竟大家族人多口雜，是非糾葛剪不斷、理還亂，因此大事化小、小事化無永遠是最佳的處事原則。

黛玉事實上也發揮著同樣的作用，唯一和寶玉不同的是，寶玉總是主動承攬，因為他覺得都是自家的事情，自己有這個能力便應該出一點力；而黛玉往往是在背後被別人拿來當擋箭牌，更正確地說，是她常常被利用來製造不在場證明，進而非常完美地化解紛爭。第二十七回「滴翠亭楊妃戲彩蝶」一段中，寶釵利用黛玉讓自己不得罪人，但從整部作品來看，黛玉被「利用」的類似情況絕不是孤例，利用者中還包括寶玉。

例如在第四十六回，邢夫人想替賈赦討娶鴛鴦，她想到了既是當家人又是賈母眼前當紅寵兒的王熙鳳，認為如果能夠先得到王熙鳳的協助，那麼這件親事便十拿九穩，於是就叫王熙鳳過來商議。但是王熙鳳心知肚明，以鴛鴦的個性她根本不可能同意，說了也是白說，只會讓自己難堪、自取其辱，所以鳳姐提出一番勸解的話，但此刻邢夫人卻擺出了婆婆的姿態，責怪她不孝。王熙鳳洞悉婆婆的脾氣反正很難溝通又不講道理，於是乾脆順著她的話說，但也深知一旦面對鴛鴦時一定會製造很大的難堪，以邢夫人的個性，場面預計會無法收拾。她想到在那樣的狀況下有一個人需要盡量迴避，那就是平兒，因為平兒是下人，很容易被主子遷怒，被充作出氣的替罪羊，於是便回到住處吩咐平兒先行離開，以免捲入而遭到無妄之災。

偏偏很湊巧的是，平兒離開以後，走往大觀園裡閒逛，剛好遇到鴛鴦，鴛鴦很不高興，她坦率地表示自己一點都不想做姨娘。這時鴛鴦的嫂嫂即金文翔媳婦又趕來了，這位金嫂一味想著奉承當權者，極力要把鴛鴦送上所謂「姨娘」的位置，自己也趁機撈一些好處，卻被鴛鴦當著眾人的面狠狠一頓搶白，只好掃興地向邢夫人回話。在鴛鴦嫂嫂複述事件的過程中，不知不覺又牽扯到彼時也在現場的平兒，王熙鳳為了保護平兒去嫌避禍，當下立刻做出一件很有意思的事，即與婢女豐兒合演了一場對口雙簧，在完全沒有預演的情況下配合得天衣無縫，足見她們主僕三人之間的默契程度，據此也可以推測出這種事一定不是第一次發生。我們來仔細回顧這段情節：

> 鳳姐兒忙道：「你不該拿嘴巴子打他回來？我一出了門，他就逛去了，回家來連一個影兒也摸不著他！他必定也幫著說什麼呢！」金家的道：「平姑娘沒在跟前，遠遠的看著倒像是他，可也不真切，不過是我白忖度。」鳳姐便命人去：「快打了他來，告訴他我來家了，太太也在這裏，請他來幫個忙兒。」豐兒忙上來回道：「林姑娘打發了人下請字請了三四次，他才去了。奶奶一進門我就叫他去的。林姑娘說：『告訴你奶奶，我煩他有事呢。』」鳳姐兒聽了方罷，

故意的還說「天天煩他，有些什麼事！」

王熙鳳所說的「快打了他來」並不是要真的這樣做，而只是演給邢夫人看的，潛臺詞便是責怪平兒不懂事，目睹了那般的場景，也沒有做出什麼好的反應，例如幫著規勸鴛鴦之類的，是自己這個主子有失調教，現在要懲罰她給大家看。豐兒立刻會意，忙上來回覆說因為林姑娘「打發了人下請字請了三四次」找平兒，所以平兒目前在黛玉那裡，找不回來，鳳姐還故意又說「天天煩他，有些什麼事」，以加強豐兒所言的真實性，但此事根本沒有發生，全屬子虛烏有。這段情節傳遞出一則訊息：為什麼說是林姑娘找平兒去了，事情便可以結束？王熙鳳「快打了他來」這句話說得很重，豐兒回覆得也鄭重其事，其實都是做給邢夫人看的，所以不但要逼真，而且要合情合理，更重要的是可以讓平兒不用立刻來到現場擔罪。由此可見，關鍵正在於林姑娘具有絕大的榮寵地位，所以被叫去她房裡的人才不會被催促回來或繼續追究，換成是別人請去的，恐怕就不會有同樣的效果。

再來看第五十八回，相關情節中類似的安排乃是寶玉同意的，更是毋庸置疑。當時由於國喪，朝廷禁止筵宴音樂，梨香院的十二個女戲子都要被遣散，其中的細節也證明王夫人是非常仁慈的人，這部分等以後談到王夫人的專論時再仔細講解。沒想到在那十二個女伶中，不想離開的反而比願意走的還要多，大家寧可永遠留在賈府做沒有身分地位的戲子，也不願回自己的家裡與父母兄弟團聚，這種情況實在有違一般常情。很明顯，在賈府此等的人家中，所謂的「常情」是不同於一般的，《紅樓夢》在很多地方都力證了這一點。於是那些不願意離開的女孩子們便被分撥到大觀園各處做丫鬟，又因為她們是學戲的，不比平常人，所以享有比較獨特的待遇。

接著事故發生了，被撥到黛玉房中使喚的藕官於大觀園中燒紙錢，以奠祭死去的菂官，因為她們在平常練習時，戲文上都是情侶間十分溫存體貼之事，所以兩個人假戲真做，尋常飲食起坐也如同恩愛夫妻，正所謂的「假作真時真亦假」；反之，則「真作假時假亦真」，可見真與假並不能一刀兩斷，劃分為完全不同的對立。雖然藕官與替補上來的蕊官又是一樣的恩愛，但她從來沒有忘記過菂官，仍然那般地深情緬懷思念，對此，《紅樓夢》創造了一個很獨特的詞彙，叫作「痴理」，並堂而皇之地出現在回目上，即「茜紗窗真情揆痴理」，顯示作者認為真正的「至情」是要情理兼備的，所以稱之為「痴理」，與真情可以並存。藕官是「痴理」的體現者，也是用「痴理」來引導、啟發寶玉智慧的一個啟蒙者，讓寶玉領略到原來生命、人生、世界是那麼豐富而複雜，存在著各式各樣同等高度或更高的可能性。

藕官的「痴理」在實踐上便體現於沒有淡忘死去的菂官，所以每節燒紙以示不忘，卻不小心剛好被素日不和的婆子撞見，於是婆子就得意洋洋，自以為抓到了把柄而趁機告狀。燒紙錢這種與鬼神、死亡有關的行為，在大觀園中是絕對的忌諱，而婆子們平時常被那些副小姐嫌棄、責罵，包括寶玉總是嫌她們髒臭，心裡自然已經累積了不少的不滿，一如第七十七回中便說周瑞家的等人「深恨他們素日大樣」，因此一旦看到藕官犯忌，當然覺得一定要治她的違禁之罪，所以立刻去狀告層峰，也奉命把藕官帶過去。此時寶玉剛好來到附近，他「拔刀相助」，又是同樣地挺身而出把事情攬下，說是自己託藕官祭杏花神，才會燒紙錢的，想要以此讓婆子不再追究此事，從而保護藕官。

這個婆子其實也挺倒霉的，好不容易抓到一個把柄，結果不但沒有得逞，反而還被迫不得不承認說是自己看錯了。寶玉不許婆子去回稟，可婆子已經奉命在身，倘若不把藕官帶回，實在無法交代，上位者可能會治自己的失職之責，在百般的為難中，她想到了一個化解之道，黛玉這個角色又派上用場：

那婆子聽了這話，忙丟下紙錢，陪笑央告寶玉道：「我原不知道，二爺若回了老太太，我這老婆子豈不完了？我如今回奶奶們去，就說是爺祭神，我看錯了。」寶玉道：「你也不許再回去了，我便不說。」婆子道：「我已經回了，叫我來帶他，我怎好不回去的。也罷，就說我已經叫到了他，林姑娘叫了去了。」寶玉想一想，方點頭應允。那婆子只得去了。

這種做法與前面提到的王熙鳳的回圜之計如出一轍，現場必須被拿去問罪的人全部都被「林姑娘叫了去了」！在此請特別注意寶玉的反應：「寶玉想一想，方點頭應允。」這個細節和王熙鳳的那一段一模一樣，事情的後續發展都是不了了之：上位者不再追究，沒有再打了平兒來，也沒有再捉藕官回去。把兩段情節放在一起，我們便可以清楚地發現，即使黛玉不在場，但只要說相關人等是被她叫去的，那些人便能夠因此脫身，消解現場為難尷尬的處境。那麼同理可推，如果林姑娘在場的話，將事情追究到她身上更是絕無可能。

換句話說，正當婆子處於進退維谷的兩難之地，黛玉又發揮了潤滑功能，被用來充任一種能夠兩全其美的緩頰力量。請再注意一點，在此婆子所使用的藉口，一方面可以使藕官脫身得乾乾淨淨，另一方面等著問罪的上位者也不會再追究，甚至就此把事情擱置，顯然這是一個非常根本的解脫之道。事實上後續也果然沒有出現任何餘波，可見林姑娘的影響力非常徹底，很多事情不但眼前可以立刻解決，連事後的追究也可以完全化解。從婆子的角度出發，當處在如此兩難的境地，她所想到的解決方法一定是使她自身能夠脫罪、能夠被保全的，而最終她所編造的藕官被林姑娘叫去的藉口也確實發揮了這般的有效力量。

將王熙鳳保平兒以及寶玉護藕官這兩組事件放在一起來看，就能夠清楚地發現，黛玉真的擁有一種很奇特的寵兒地位，特別是在她不知情的狀況下，發揮著有如寶釵般周全四方的功能。尤其在這一回中寶玉也接受了婆子的計策，點頭應允，而他絕對不可能讓他心愛的黛玉去招惹罪責，所以寶玉的認可正表明這確實是一個各方不損、圓滿化解的辦法。

以此作為參照，再來回顧「滴翠亭楊妃戲彩蝶」一段便可以發現，寶釵毫無嫁禍的心思，更沒有所謂嫁禍的結果，毋寧說，寶釵正是如同王熙鳳或者婆子和寶玉一樣，都是在利用黛玉，這確實是利用，但寶釵的出發點、目的與事件結果都是良善的，就是讓所有無辜的人都可以免除難堪。

果然，脂硯齋也深知賈府這種世家大族內部獨特又複雜的關係，他完全用正面和無盡的讚美態度來看待寶釵在滴翠亭旁的「金蟬脫殼」之舉，也根本不認為寶釵是一個刻板、僵化、迂腐的女夫子，她反而非常靈動機智，懂得臨機應變。脂硯齋就此總評道：

> 池邊戲蝶，偶而適興；亭外（金蟬），急智脫殼。明寫寶釵非拘拘然一迂女夫子。

我們不要忘記，作者給寶釵的一字定評是「時」，其中即有隨機應變的意義在，並且寶釵的應變也不是像牆頭草，而是能夠恰如其分、完善地扮演她的角色，使所有事情都能得到圓滿解決。所以脂硯齋說：「閨中弱女機變如此之便，如此之急。」又道：「像極，好煞，妙煞，焉得不拍案叫絕。」參照「滴翠亭楊妃戲彩蝶」的相關情節可以更清楚地顯示，脂硯齋絕對是深明《紅樓夢》創作底蘊的知音，對於幫助我們認識一個完全不瞭解的世界，他是絕佳的引路人。

金釧兒之死

與嫁禍論一樣，通常被視為表現寶釵人格上的冷酷、工於心計，在同情的表面下隱藏著無情的相關情節之一，就是「金釧兒之死」，所以我把它放在嫁禍論之後來談。

對此，我們同樣應該採取前面所運用的細讀（close reading）做法，即對文章中的每一字句都要仔細推敲，推敲作者是在怎樣的脈絡下進行如此的描述，又是在何等的情況下對這個描述做進一步的演繹說明，我們面對各種的環節都不應囫圇吞棗，更不可斷章取義。但是，讀者在解讀寶釵這位人物時卻很常見斷章取義的現象，就連張愛玲也認為「滴翠亭楊妃戲彩蝶」一段是寶釵有心要嫁禍黛玉。張愛玲無疑是一位非常優秀的文學創作者，但她並不算是一個訓練有素的文學批評者；文學批評活動所需要具備的心智訓練與創作是完全不同的，優秀的創作者不一定是精細、公正的文學批評者。很多讀者也常常在不夠嚴謹也不夠客觀的情況下進行文學詮釋，因此容易囿於局外人的立場，而帶著類似說風涼話的意味去評論書中人物。這種現象很常見，希望大家可以盡量超越出來，不要僅僅做一個很平凡的讀者。

回到金釧兒事件，大多數學者都認為「金釧兒之死」可以用來證明寶釵的負面人格，有一種說法常見於各種論壇和紅學研究中，即認為：對於金釧兒之死，寶釵是完全清楚的。請注意！這是一個斷言，一個似乎是事實的陳述句。可事實真的是如此嗎？真相是：對於金釧兒之死，寶釵其實是不知道原因的。稍後我們會一起細讀文本，再一一地仔細推敲。

不幸的是，「寶釵知道金釧兒為什麼死，還說了那樣的話」這種認知變成對該段情節的一切論證的起點，很多人由此認定：最能讓人感受到冷美人透心徹骨的森然冷氣的，莫過於寶釵在金釧兒投井、三姐飲劍、湘蓮出家這一連串事件中的態度。於此其實涉及的是兩個事件，即金釧兒之死和尤、柳事件——尤三姐及柳湘蓮一個自刎而死、一個出家的事件，兩件事都被視為寶釵個性冷漠無情，甚至可以說是徹心透骨般冷酷的證據，並且似乎已經被當成了不證自明的定論，然而這種奠基於非常粗疏的閱讀和理解上的斷言，就好比建立在沙灘上的城堡般不堪一擊。只要結合第三十二回和第六十七回的相關情節和整個敘事過程，便會發現該等結論以及它們最初的前提事實上都不成立。

為了讓大家體會什麼是「close reading」，我們先來看第三十二回，其中的相關情節很清楚地告訴我們：寶釵究竟知不知道金釧兒何以投井，而此一問題的答案攸關她接下來所說的話到底是不是「冷酷」。在金釧兒投井之後，以下是寶釵與襲人得知消息時的情節描述：

一句話未了，忽見一個老婆子忙忙走來，說道：「這是那裏說起！金釧兒姑娘好好的投井死了！」襲人唬了一跳，忙問：「那個金釧兒？」那老婆子道：「那裏還有兩個金釧兒呢？就是太太屋裏的。前兒不知為什麼攆他出去，在家裏哭天哭地的，也都不理會他，誰知找他不見了。剛才打水的人在那東南角上井裏打水，見一個屍首，趕著叫人打撈起來，誰知是他。他們家裏還只管亂著要救活，那裏中用了！」寶釵道：「這也奇了。」襲人聽說，點頭贊嘆，想素日同氣之情，不覺流下淚來。寶釵聽見這話，忙向王夫人處來道安慰。這裏襲人回去不提。

首先請注意，為什麼金釧兒的名字後面會加個「姑娘」？原來因為金釧兒是王夫人的貼身大丫頭，屬於二層主子、副小姐，何況金釧兒與王夫人的關係還不止於此，對王夫人來說，金釧兒相當於她的女兒，她們日夜相處，甚至比其他的至親還密切，平常有著母女般的關係和情感。回到上一段的引文，在婆子對金釧兒尊稱「姑娘」的情況下，事情顯得越發奇怪：一個地位在所有的奴僕輩中幾乎屬於最高層級的人，為什麼要去投井？那顯然是非常特異而出乎意料的重大事件，所以婆子才會這般忙忙走來稟告。果然，襲人「唬了一跳」，要注意，如果是一個名不見經傳的小丫頭，絕對不會引起如此大的騷動，而現在連襲人這等重要的人物都給予該事件極大的關注，並且寶釵在此之外還要特別做一番作為，可見金釧兒的身分非比尋常。

果不其然，襲人「唬了一跳」，問說：「那個金釧兒？」婆子答道：「那裏還有兩個金釧兒？」可見大家都不願也不敢相信是太太屋裡的金釧兒投井了。接著婆子又說：「前兒不知為什麼攆他出去，在家裏哭天哭地的，也都不理會他。」以常人的心理來說，大家都有各自的委屈，因此覺得金釧兒哭一哭過一陣子就好了，所以也沒有特別去理會。「誰知找他不見了。剛才打水的人在那東南角上井裏打水，見一個屍首，趕著叫人打撈起來，誰知是他。他們家裏還只管亂著要救活，那裡中用了！」根據人之常情，親人最不捨、也最不能接受金釧兒已經死亡的事實，所以還一直拜託醫生盡量急救，一定要搶救回來。人同此心，包含金釧兒親人在內的所有人都為這個狀況感到無比震撼，婆子連用了兩個「誰知」，便充分顯示出這一點。

除了下人們之外，就連寶釵也說「這也奇了」。一個可以算作半個千金小姐的少女，好好的為什麼要自殺？婆子在此並沒有提到金釧兒被攆出去的原因，大家也不認為她被攆出以後會去尋死。這段描述便體現出非常重要的兩點訊息：第一，大家都知道金釧兒被攆出去，但不知道原因；第二，大家看到金釧兒被攆出去之後在家裡哭，但並沒有特別在意。後面的這一點尤其重要，因為假如被攆出去是一種很嚴重的情況，而非大家習以為常、共同認知的普通事件，那麼在金釧兒被攆出去之後，必定會有一大堆人包圍著她、安慰她，提防她發生意外，絕對不會看到她哭還坐視不理。所以很明顯地，對大家來說，被攆出去並不算什麼大事，也因此老婆子一開始才會說「這是那裏說起！金釧兒姑娘好好的投井死了」。

對於這個判斷還有很多的證據，在此我只簡單地說明一點，那就是在很多的例子中，「攆出去」事實上是一種開恩，讓下人回到自己的原生家庭，從此便相當於自由、自主了，再也不用為奴為僕。既然如此，金釧兒為什麼要那般哭天哭地呢？這又是一種很獨特的案例，類似的情況可以參照晴雯。在第三十一回「撕扇子作千金一笑」中，晴雯的刁蠻激怒了寶玉，寶玉大發雷霆，氣得要攆晴雯出去，而晴雯的反應是什麼？她堅決地說「我一頭碰死了也不出這門兒」，我曾提醒過大家注意這段奇怪的情節，一個人竟然寧願做人家的奴婢也不願出去，為什麼？道理很簡單，因為賈家的待遇太優厚，尤其是這類的貼身大丫頭，屬於所謂的二層主子、副小姐，比起回到自己的原生家庭，她們在賈府中能夠享受更多的榮寵，吃穿用度也與主子不相上下，書中多次提到這一點，賈家的世交甄府亦然，而在第十九回裡與襲人相關的情節也有同樣的體現。對她們來說，無論是物質享受、榮譽地位還是賈府為她們打開的世面眼界，都不是平民出身的小小人家所能夠提供的，因此她們願意永遠留在賈家，尤其是怡紅院、王夫人屋裡之類在賈府中地位又更高一層的地方。對她們來說，能夠待在這些地方已經是升天級的待遇，而離開這種最高等級的屋子便相當於貶謫淪落。事實上，倘若不眷戀那些權力地位與物質享受，她們就能夠得到自由，獲得由自家決定命運的權利，然而結果卻是寧願加以放棄，並且將被攆逐視為莫大的災禍，取捨之間，可見是一個既複雜又微妙的情況。

回到之前的討論，金釧兒之所以在被攆出去以後會哭天哭地，正是因為脫離了那樣一個優渥的待遇和環境，她在突然之間失去了原本擁有的權勢和地位，難免失落感傷，覺得自己很不幸，也感到一種被降級的羞愧，等於對外宣告自己的不適任，此即她向王夫人懇求時所說的：「我跟了太太十來年，這會子攆出去，我還見人不見人呢！」以及第三十二回回目「含恥辱情烈死金釧」中的「恥辱」。然而即使如此，大家看到她被攆出以後也沒有特別理會，從這個反應顯然可以證明：被賈府中的主子攆出去其實不算什麼大事，只是當事人會在物質、地位、名譽上產生損失，但也不至於嚴重到攸關生命的地步。

注意到這兩點之後，再看寶釵的反應是：她覺得很奇怪，金釧兒是被攆出去沒錯，但為什麼會去投井呢？二者之間顯然沒有必然的聯結，完全呼應了老婆子所疑惑的「這是那裏說起！金釧兒姑娘好好的投井死了」。可想而知，對於一個副小姐般的丫鬟被攆出去一事，賈府從上到下完全沒有人想到會讓事主去自殺，也不認為那足以導致死亡，所以這類遭遇的後果根本上就取決於當事人如何去看待，而其中並無一個必然導致死亡的邏輯。

因此，當婆子通報了金釧兒投井的消息，襲人聽說後便「點頭贊嘆」，此處的「贊嘆」可不是我們平常的「讚美」的意思，其實就是感嘆，在心裡有很強烈的衝擊，那種強烈衝擊使得她情不自禁地做出身體上的反應，「想素日同氣之情，不覺流下淚來」。再看寶釵又做何反應呢？她先是表示意外，說「這也奇了」，接著書中說：

寶釵聽見這話，忙向王夫人處來道安慰。

請注意，這句話傳遞了多個訊息。第一個訊息，為什麼是「忙」？「忙」字表示很匆忙，顯然那是一件很急切的行動。而為什麼金釧兒的死，會讓寶釵要這般急切地做反應？原因就是前面剛剛提到的，因為金釧兒的地位非比尋常，她是副小姐、二層主子等級的大丫頭，更重要的是，她和王夫人情同母女。試想：一個人失去女兒的時候該有多麼傷心！那絕對是很重大的打擊。寶釵瞭解王夫人現在的感受，所以要到王夫人處去「道安慰」。第二個訊息，也是我最要提醒大家注意的重點之一，即寶釵去找王夫人的目的和動機。她是去興師問罪的嗎？是要像偵探一樣去調查案件的嗎？還是要像檢察官一樣去審訊犯人？都不是，文本中說得很清楚，她是要去「道安慰」。不要忘記，王夫人是她的長輩、是她的姨媽，長輩現在因為乍然痛失女兒，心情非常傷痛，寶釵作為晚輩，理當主動去給予安慰。

綜上所述，可以得到幾點結論：第一，寶釵並不知道金釧兒為什麼被攆出去；第二，寶釵和其他人一樣，不認為被攆出去會和自殺有直接的關聯，因此聽到那不幸的消息時也很詫異；第三，寶釵知道金釧兒的死，對王夫人而言是相當於痛失女兒的莫大悲劇，所以才會如此匆忙，一得到消息便立刻趕到王夫人那裡去安慰她。

釐清以上幾點之後，我們再來思考，作為一個勸慰者，寶釵當然不會興師問罪，何況她根本不知道事情的真相，就算感覺到其間有一點點長輩的難言之隱，也絕對不會去揭發，否則一是有違身分和輩分，再者也違反寶釵現在的動機。且看書中如何描述寶釵的做法：

卻說寶釵來至王夫人處，只見鴉雀無聞，獨有王夫人在裏間房內坐著垂淚。寶釵便不好提這事，只得一旁坐了。王夫人便問：「你從那裏來？」寶釵道：「從園裏來。」王夫人道：「你從園裏來，可見你寶兄弟？」寶釵道：「才倒看見了。他穿了衣服出去了，不知那裏去。」

因金釧兒的投井事件，大家都知道王夫人非常傷心，所以不敢造次，一干丫鬟都保持緘默，「獨有王夫人在裏間房內坐著垂淚」。寶釵「便不好提這事」，面對傷心的人千萬不要主動去提他的傷心事，因為那會踩到人家的痛腳，懂得設身處地替人著想的人絕對不會在對方的傷口上再挑起痛楚。在寶釵安慰王夫人的過程中，我們認真看王夫人如何述說這樁跳井事件的因由：

王夫人點頭哭道：「你可知道一樁奇事？金釧兒忽然投井死了！」寶釵見說，道：「怎麼好好的投井？這也奇了。」王夫人道：「原是前兒他把我一件東西弄壞了，我一時生氣，打了他幾下，攆了他下去。我只說氣他兩天，還叫他上來，誰知他這麼氣性大，就投井死了。豈不是我的罪過。」

聽到王夫人主動提起這件事，寶釵才順著話題來談，這是很懂事的人應有的做法。接下來要請大家注意的是，既然寶釵不知道金釧兒被攆的真正原因，則她所得到的所有訊息便是都來自王夫人，所以她也只能根據王夫人提供的一面之辭，來推論金釧兒為什麼會突然投井。既然連王夫人都說金釧兒是忽然投井死的，足見這件悲劇對王夫人而言也是意料之外，於是寶釵才會繼續問：「怎麼好好的投井？這也奇了。」在這一回的相關描述中，「奇」是反覆出現的一個表現情緒和心理狀態的用字，顯然大家都覺得這件事情實在是太突兀，也不合一般的人情邏輯。

接著，王夫人為金釧兒之被攆提供了一個說法，該說法有一大半是真的，但唯獨一個很重要的因素是假的。哪些是真的？就是金釧兒做錯了一件事，王夫人很生氣地打了她幾下，攆了她下去。至於下面所說的話，我認為也都是真的，即王夫人確實是只想著氣她兩天，還叫她上來，因為王夫人的個性正是如此，在氣頭上的時候常常很衝動，所做的事情會過火，但事過境遷之後便會恢復平靜及慈善作風，她事實上還是一個很好說話的人。我舉一個例子作為佐證，書中於第七十四回進行了抄檢大觀園，到第七十七回的時候，晴雯等人被王夫人攆出了園子，試看晴雯被攆以後，襲人是如何勸慰寶玉的，她說：

> 你果然捨不得他，等太太氣消了，你再求老太太，慢慢的叫進來也不難。不過太太偶然信了人的誹言，一時氣頭上如此罷了。

此中所言，並不全然是安慰寶玉的空話，事實上是襲人掌握到王夫人的個性，也因此才安慰得了寶玉。除此之外，還有其他的證據，現在我們暫且先接受這個說法，即「只說氣他兩天，還叫他上來」乃是事實，只不過在當時的盛怒之下不會有這般的提前預告，按常理來說，人總不可能在生氣的當下還向對方說「過幾天還叫你上來」，那會成為笑話！所以，切莫用一個人正在生氣的非常狀態來否定他後面的所做所為，而是要根據這個人整體的人格特質來進行推論，才不會失了公道。

回到金釧兒投井事件的真相來看，其中有一個關鍵，也就是金釧兒被攆的原因被王夫人模糊帶過了，而且給出一套「金釧兒把她的一件東西弄壞了」的假說辭，那麼真正的原因是什麼呢？請往回看前面第三十回的描述：

王夫人在裏間涼榻上睡著，金釧兒坐在旁邊捶腿，也乜斜著眼亂恍。寶玉輕輕的走到跟前，把他耳上帶的墜子一摘，金釧兒睜開眼，見是寶玉。寶玉悄悄的笑道：「就困的這麼著？」金釧抿嘴一笑，擺手令他出去，仍合上眼。寶玉見了他，就有些戀戀不捨的，悄悄的探頭瞧瞧王夫人合著眼，便自己向身邊荷包裏帶的香雪潤津丹掏了出來，便向金釧兒口裏一送。金釧兒並不睜眼，只管噙了。

從文本敘述來看，一開始金釧兒的舉止還算頗有分寸，整個過程中都是寶玉在一味地挑逗，所以這個悲劇寶玉要負一半的責任。當寶玉「悄悄的探頭瞧瞧王夫人合著眼」，就傻傻地以為王夫人睡著了，於是「自己向身邊荷包裏帶的香雪潤津丹掏了出來，便向金釧兒口裏一送」，而金釧兒連眼睛都沒睜開即張口噙了，這代表什麼意義？請大家設想，別人隨便拿一個東西塞到你嘴裡時，你會連看都不看，就直接吃下去嗎？絕對不會吧！可金釧兒卻這樣做了，顯然我們可以合理推測這種情況應該不是第一次發生，反正寶玉會塞到女孩子口中的東西應該都是又香又甜又美味，因此大家都習以為常，也對寶玉充滿信任，不會懷疑。很明顯，寶玉與金釧兒的關係相當親近，親近到可以完全不必設防。隨後，寶玉又「上來便拉著手」，在男女授受不親的古代，那不免已經過分了，由此可見，寶玉一直在逾越性別的界線和主僕之間貴賤等級的界線，何況他接下來又說了很不應該的話：

寶玉上來便拉著手，悄悄的笑道：「我明日和太太討你，咱們在一處罷。」金釧兒不答。

金釧兒當然不回答，因為奴僕的出入進退都不是個人可以決定的，那是主子的權力，如果回答的話則屬逾越分際。但因為寶玉繼續挑逗，金釧兒也便逾越分寸地回應了，從而把自己帶向毀滅之路。且看書中敘述道：

寶玉又道：「不然，等太太醒了我就討。」金釧兒睜開眼，將寶玉一推，笑道：「你忙什麼！『金簪子掉在井裏頭，有你的只是有你的』，連這句話語難道也不明白？我倒告訴你個巧宗兒，你往東小院子裏拿環哥兒同彩雲去。」

金釧兒的這一番話為她招來了災難，但歸根究柢，她自己也要為被攆負上很大的責任，並不能怪王夫人生氣。請大家注意，在此金釧兒引用了一個很不恰當的歇後語：「金簪子掉在井裏頭，有你的只是有你的。」關於歇後語的製作方式，通常前一句是對於客觀狀態的描述，同時它隱含了某一種抽象的喻意，由後一句揭露出來，例如「肉包子打狗——有去無回」、「吊死鬼抹粉——死要面子」、「棺材裡伸手——死要錢」等，想必大家應該都聽說過。《紅樓夢》中引述了不少歇後語，這也是它的語言趣味之所在。但是，金釧兒在此處所引用的歇後語是很有問題的，所謂「金簪子掉在井裏頭，有你的只是有你的」，意思是說，該你的跑不掉，一切都是命中注定，即使是很難得的機緣湊巧，那支金簪就是該屬於你。請注意其中還運用到了雙關，意指「我這個『金簪』終究會屬於你」，所以叫寶玉不要急。可是，此舉很明顯逾越了她應守的規矩，在賈家的家世背景下，一個丫鬟只有當上姨娘才會永遠屬於寶玉，而那是主子的權力，金釧兒的話說得實在僭越太過，這一點她自己真的難辭其咎。偏偏王夫人事實上也沒睡著，聽到這樣的話，自然是覺得這個丫頭太不像話，簡直不成體統。

金釧兒接著又犯了一個很嚴重的錯誤，她竟然告訴寶玉說有個「巧宗兒」。「巧宗兒」是什麼？那是指投資報酬率很高的好事，輕輕鬆鬆便能夠獲得很高報酬的差使。而這個「巧宗兒」具體是指什麼呢？那就是「往東小院子裏拿環哥兒同彩雲去」。究竟環哥兒和彩雲在東小院做什麼？是在那邊用功讀書，討論功課，然後看到寶玉去了，會拉他一起研究學問嗎？當然絕對不是。事實上，賈環和彩雲是在幽會，也因為正在偷情，只要拿住他們即等於捉住一個絕佳的把柄，將來可以不斷地勒索。書中的人物之一賈瑞便是做了賈環那般的事情，結果給自己惹來天大的麻煩，被迫簽了借據又被人家追討，到最後一命嗚呼。足見類似的情況很多，只要這種時刻一出現，即有了大把銀子進帳的大好機會，所以該類事情才會被叫作「巧宗兒」。

在王夫人這等的長輩眼中，教寶玉去做趁機勒索的事情當然是「把好好的爺們教壞了」！請看以下的敘述：

> 寶玉笑道：「憑他怎麼去罷，我只守著你。」只見王夫人翻身起來，照金釧兒臉上就打了個嘴巴子，指著罵道：「下作小娼婦，好好的爺們，都叫你教壞了。」寶玉見王夫人起來，早一溜烟去了。

顯然寶玉並不知道事情的嚴重性，所以笑嘻嘻地對金釧兒說：「憑他們怎麼去罷，我只守著你。」這時王夫人終於忍不住了，翻身起來打了金釧兒一巴掌，還罵她是「下作小娼婦」，因為她教寶玉去做的，的確是很不應該涉及的非禮教、不正當的情色事件，即後文所說的「無恥之事」，那是一個丫鬟不應該知道也不應該涉及的，就算知道也要假裝不知道，必須極力避免沾染，結果她竟然不但積極主動地涉入，還教寶玉去加以利用，難怪王夫人會大為震怒。

在狀況一發生時，寶玉的反應是：一看到王夫人醒了之後「早一溜烟去了」，只留下可憐的金釧兒獨自承擔王夫人的盛怒。由此我們可以看到，寶玉其實也很軟弱、不負責任，自己「點了火」之後就跑掉了，卻害得金釧兒幾乎被「燒死」！所以說，寶玉的性格中其實也存在一些負面的地方，包括那種紈袴子弟的習性，曹雪芹並沒有掩蓋這一點。

因為寶玉「點火」與金釧兒「引火」，以至於王夫人冒火，而在盛怒下立刻攆逐金釧兒，請看金釧兒苦求王夫人不要把她攆出去的情節：

這裏金釧兒半邊臉火熱，一聲不敢言語。登時眾丫頭聽見王夫人醒了，都忙進來。王夫人便叫玉釧兒：「把你媽叫來，帶出你姐姐去。」金釧兒聽說，忙跪下哭道：「我再不敢了。太太要打罵，只管發落，別叫我出去就是天恩了。我跟了太太十來年，這會子攆出去，我還見人不見人呢！」王夫人固然是個寬仁慈厚的人，從來不曾打過丫頭們一下，今忽見金釧兒行此無恥之事，此乃平生最恨者，故氣忿不過，打了一下，罵了幾句。雖金釧兒苦求，亦不肯收留，到底喚了金釧兒之母白老媳婦來領了下去。那金釧兒含羞忍辱的出去，不在話下。

在這一段情節中，最重要的是金釧兒自己的尊嚴問題。金釧兒一聽王夫人要把她媽媽叫來，就知道是要把她攆出去，所以立刻跪下來哭求。金釧兒提到「跟了太太十來年」，那是一段很長的時間，倘若金釧兒真的被攆，別人自然會合理推測她一定做了很不堪或者罪大惡極的醜事，否則以賈府如此寬柔待下的貴族大家，以王夫人這般仁厚慈愛的女主人，怎麼會平白無故將一個大丫頭給攆出去？所以被攆這件事真的會給金釧兒帶來面子上的嚴重受損。書中接著敘述王夫人的反應：

王夫人固然是個寬仁慈厚的人，從來不曾打過丫頭們一下，今忽見金釧兒行此無恥之事，此乃平生最恨者。

王夫人最討厭情色之類的事情，這就是她的「地雷」。事實上，每一個人都有最忌諱的問題點，譬如有的人極為潔癖，有的人特別討厭情色，那是每個人的個性，我們都必須給予瞭解和尊重。很不幸的是，金釧兒剛好踩到王夫人最忌諱的一個「地雷」，以至於遭到被攆出去的命運，但是前面提醒過，這是王夫人在盛怒下的激烈反應，說不定過了幾天以後，事情還有轉圜的餘地。而當我們釐清事情的真相之後，就可以發現金釧兒實在不應該說那些話、做那些事，她並不是清白無辜的弱者和不幸者，自己要對這個後果負一半以上的責任。

但值得注意的是，為什麼王夫人無論如何都不肯說出事情的真相，而只說是金釧兒弄壞了她的東西這種有點無關緊要的小事？難道她是為了卸責嗎？當然不是，以當時的社會法理而言，攆出一個不稱心的丫鬟完全屬於主子的權力，何況金釧兒並非被虐殺而死，王夫人對此根本談不上責任，則王夫人的謊言勢必另有原因。回到當時的生活脈絡中去看，在賈府此等的詩書簪纓之家，尤其是那些少爺、小姐們，他們被森嚴的上流階級禮教規範所約束，其中一個最大的禁忌便是不合禮教的情色關係，只要稍一觸碰便很容易身敗名裂，《紅樓夢》中處處都在提醒這一點。因此，王夫人不願說出事情的真相，並不止是要維護寶玉，同時還要維護死去的金釧兒！一方面，古人非常注重逝者的名聲，何況又是情同女兒的親近侍女，如果提這樣的事情，那麼連死去的金釧兒都會受辱蒙羞，為了維護逝者的體面，不去涉及那些不堪的往事，這其實是非常合理且厚道的反應；另一方面，王夫人當然也不願意讓她的寶貝兒子沾染此等醜聞，所以要找一個與寶玉不相干的原因，顯然那和她是否要推卸自己的責任完全沒有關係，何況在當時的環境下，王夫人並沒有任何責任或罪過可言。

其實，讀者只要代入書中人物的立場，回歸他們各自的身分角色和當時的思想價值觀，便不會特別去針對某些人做出過分的批評，這一點是我深切體會並多次重申的。

「姨娘是慈善人」

必須說，除了事件的真正原因之外，王夫人其餘的闡述都是事實。王夫人是真的沒想到金釧兒會做出如此偏激的行為，所以她說「誰知他這麼氣性大，就投井死了」，那也不是避重就輕的好聽說法，同時更照應了我之前所提醒的：所有人對於金釧兒的死都深感意外，沒有人想得到金釧兒竟然會為了這般的小事去自殺。我一再強調這一點，是希望引起大家的注意，因為接下來寶釵的反應也完全是依照這個邏輯，她一點兒都沒有到「冷酷無情」的地步。且看小說家的描述：

> 寶釵嘆道：「姨娘是慈善人，固然這麼想。據我看來，他並不是賭氣投井。多半他下去住著，或是在井跟前憨頑，失了腳掉下去的。他在上頭拘束慣了，這一出去，自然要到各處去頑頑逛逛，豈有這樣大氣的理！縱然有這樣大氣，也不過是個糊塗人，也不為可惜。」王夫人點頭嘆道：「這話雖然如此說，到底我心不安。」寶釵嘆道：「姨娘也不必念念於茲，十分過不去，不過多賞他幾兩銀子發送他，也就盡主僕之情了。」

很顯然，王夫人始終沒有把錯誤完全歸咎到金釧兒身上，她覺得無論如何，其中多少有自己的責任，所以她還是非常內疚的，並且一心想要彌補，由此足證她的厚道。寶釵說「姨娘是慈善人」

實際上正是認證了這一點，也讓王夫人感受到她非常良善的用心，而王夫人的「慈善」也完完全全是客觀的事實。在《紅樓夢》前八十回中，有很多證據都能夠證明她的慈善，但我們現在不宜歧路亡羊，所以只舉一個例子來看。大家都知道，賈府為了元妃省親，到蘇州採買了十二個女伶，並且找來教習指導她們唱戲，以便應付各種節慶儀典的需要。後來因為老太妃薨逝，有戲班的人家都得要遣散那些伶人，賈府也不例外，第五十八回寫道：

又見各官宦家，凡養優伶男女者，一概蠲免遣發，尤氏等便議定，待王夫人回家回明，也欲遣發十二個女孩子，又說：「這些人原是買的，如今雖不學唱，盡可留著使喚，令其教習們自去也罷了。」王夫人因說：「這學戲的倒比不得使喚的，他們也是好人家的兒女，因無能賣了做這事，裝醜弄鬼的幾年。如今有這機會，不如給他們幾兩銀子盤費，各自去罷。當日祖宗手裏都是有這例的。咱們如今損陰壞德，而且還小器。如今雖有幾個老的還在，那是他們各有原故，不肯回去的，所以才留下使喚，大了配了咱們家的小廝們了。」尤氏道：「如今我們也去問他十二個，有願意回去的，就帶了信兒，叫上父母來親自來領回去，給他們幾兩銀子盤纏方妥當。若不叫上他父母親人來，只怕有混賬人頂名冒領出去又轉賣了，豈不辜負了這恩典。若有不願意回去的，就留下。」王夫人笑道：「這話妥當。」

這一段情節中有個細節很值得注意，即當賈府準備遣散那十二個女孩子時，王夫人竟然提出要尊重當事人的個人意願，有想回家的便發給盤纏讓她們返鄉。天下有這樣的好事情嗎？那十二個女孩子本是花錢買來的，本質上屬於賈家的財產，賈家可以完全按照自己的需要隨意處置，但王夫人並沒有這麼做，不但免費解約，還另外奉送路費！相較之下，尤氏提出的建議則很不相同，她提議把她們留下來分到各處，作為奴僕使喚，而這般的想法在那個時代是天經地義的，客觀上也很合理。兩相對照，王夫人的想法確實堪稱十分慈善。

於此還有一個細節必須留意，即因為王夫人已經表態要寬厚處置，尤氏也就改弦更張，還特別進一步建議，送那些要回家的女孩子離開時一定要親自交給父母，這真的更是體貼入微，細膩周到地為那些戲子們設想。為什麼要叮囑到這等層次？因為擔心如果女孩子被其他的親人領去，說不定又會被偷偷轉賣，而辜負了賈家的恩典，所以一定要交給親生父母，雖然親生父母也還是有可能會害自己的子女，但機率總會相對低些，於是對女孩子的保護便更周延了。尤氏會進一步注意到這個細節，完全是順著王夫人設定的處理原則而來，果然也獲得了王夫人的肯定，可見她內心的慈善。

接著，繼續看小說家對相關情節的描寫：

尤氏等又遣人告訴了鳳姐兒。一面說與總理房中，每教習給銀八兩，令其自便，凡梨香院一應物件，查清註冊收明，派人上夜。將十二個女孩子叫來面問，倒有一多半不願意回家的：也有說父母雖有，他只以賣我們為事，這一去還被他賣了；也有父母已亡，或被叔伯兄弟所賣的；也有說無人可投的；也有說戀恩不捨的。所願去者止四五人。王夫人聽了，只得留下。將去者四五人皆令其乾娘領回家去，單等他親父母來領；將不願去者分散在園中使喚。

從這一段引文可以看到，經過一一詢問以後，發現那十二個女孩子之中竟然有大半的人不想回家，這與晴雯、襲人死都不肯回家去是相同的心態。因為賈家的待遇實在是太好了，比起回去之後的命運仍是一樣貧困，甚至繼續被父母轉賣，家裡的親情反倒不如賈府給她們的益處，因此她們都寧願在賈家為奴為僕，也不想以自由之身回家，而王夫人尊重她們的意願，所以就都留下來了。至於留下來的女孩子被如何安排呢？她們被「分散在園中使喚」，也即被發放到大觀園的各個房內，例如藕官被分到黛玉處、芳官被分到怡紅院等。但由於她們實際上是不會工作的，所以根本只是在大觀園裡享樂，彷彿出了籠的小鳥，整天在大觀園裡玩耍，然而賈家卻得要繼續負擔她們的生活費，那還不夠慈善嗎？可見如何仔細地把《紅樓夢》讀熟、讀透，真的是我們一般讀者很欠缺的部分。

回到前面所引述寶釵與王夫人的對話，寶釵說王夫人是「慈善人」，這般的讚譽一點都不過分，也沒有違背現實，上文只是一個例子，相關的例證還有很多，在此先不贅述。

推斷金釧兒死因

對於金釧兒的死，寶釵接下來做了一些推斷，雖說出發點是為了安慰王夫人，但整個推斷過程都未曾違反客觀的情理邏輯，而且井井有條、層次分明。她是一層層去設想：一個好好的人怎麼會因為一件小事就投井自殺，那實在太違背常情，也違反人性。但斯人已逝，無法再去詢問當事人，只能努力想辦法，用常理推敲。下面便是寶釵推敲出來的幾種可能性：

首先，是「他並不是賭氣投井。多半他下去住著，或是在井跟前憨頑，失了腳掉下去的」，「多半」意指最有可能的一種邏輯，亦即她設想最有可能的原因是金釧兒「在井前憨頑」，一不小心失了腳掉下去。顯然寶釵將墜井的最大可能解釋成意外，而為什麼會出現這種意外？寶釵又推測說：「他在上頭拘束慣了，這一出去，自然要到各處去頑頑逛逛，豈有這樣大氣的理！」以奴僕的身分來說，尤其是那等的貼身大丫頭，日日夜夜伺候位高權重的女家長，確實時時刻刻都處在一種待命的緊張狀態，縱然已經工作得很熟練，很瞭解王夫人的脾性，可仍是日日夜夜都要應候主子的差遣所需，真的是很拘束。因此得了閒會去玩耍放鬆，這就提供了意外的可能性。

接著寶釵說「豈有這樣大氣的理！」意指單單因為被攆而自殺，那樣的行為是無法用一般常情去理解的，畢竟一個丫頭自幼以服侍別人為任務，注定會有受委屈的狀況，何況其實又有誰沒受過委屈呢？連呼風喚雨的王熙鳳都難免為此而暗自飲泣，下位者通常更應該是習以為常，怎麼會連一點委屈都無法忍受？倘若金釧兒真是因此自殺的，那麼這個人的脾氣已經大到超越常理的地步，連一點小小的挫折都不能夠承擔，實在是違背常情、常理、常性，所以寶釵才會說「豈有這樣大氣的理」。

再看寶釵又繼續說了幾句話，那幾句話常常被很多討厭寶釵的人拿來斷章取義。她說的是：「縱然有這樣大氣，也不過是個糊塗人，也不為可惜。」必須注意到，「縱然」這個詞後接的是一個虛擬式的讓步句，意思是說：姑且退後一步承認情況是這樣，但其實不是。寶釵在前面的一段話中已經表明，她認為這件事的發生多半是出於意外，所以基本上不認為金釧兒是因為脾氣太大而過分地放大自我，只要一點不如意便很剛烈決絕，不惜用生命去表示抗議。而在此一姑且讓步的前提下，寶釵才提到如果還有別的可能，則是因為「這樣大氣」，那其實也在呼應王夫人說過的一句話，即金釧兒「氣性大」，再從回目上的「含恥辱情烈死金釧」來看，「情烈」確實是她之所以會自殺的真正原因，王夫人果然很瞭解這個情同女兒的貼身丫鬟。而寶釵非常細膩和聰明，她並沒有去否定王夫人的判斷，因為如果只說前半段的意外論，就等於是在反對王夫人的說法，身為晚輩，那樣是不禮貌的。所以她先用常理、常情來推測最大的可能性是意外，再來則尊重王夫人的想法，說王夫人的解釋也可能是對的，而如果真是如此，才有了下面的補充說明，即「也不過是個糊塗人，也不為可惜」。

「縱然」只是一個虛擬式的讓步，是在一定的前提下才推論後面的「是個糊塗人」。說實話，我覺得這等判斷其實很客觀也很真切，一個人怎麼可以那般不知輕重，受不得一點委屈，竟然會因為一件微不足道的小事，就將自己寶貴的生命如此輕率處置，那確實糊塗！換句話說，寶釵是想表達此人不知輕重、不知主從之別，才會如此任性地把最珍貴的生命葬送在沒有意義的賭氣上。大家在閱讀時要注意人物對話的層次和邏輯，而且得考慮到其中還有現場的各種人際互動的微妙關係，實在不能斷章取義。

因此我要再提醒一點，即寶釵說這番話還有一個更根本的目的，就是為了安慰王夫人，寶釵的這一趟「探望」根本上是要向姨媽「道安慰」，是為了減輕生者的自疚自責之情，而不是來加重姨母的心理負擔，區分了這一點，我們才能夠正確理解寶釵所說的話及其意義。在聽完寶釵的勸解之後，王夫人點頭嘆道：

「這話雖然如此說，到底我心不安。」寶釵嘆道：「姨娘也不必念念於茲，十分過不去，不過多賞他幾兩銀子發送他，也就盡主僕之情了。」

很多評論者也同樣把這幾句話孤立地挑出來，用以指責寶釵是一個冷漠無情的人，因為那些話說得似乎是要用錢把一條生命給打發了，該是多麼冷酷、多麼輕賤人命。可這一類的評判並不公道。首先，我必須再度強調，如果此時的談話對象不是王夫人，那麼這番話確實可以用來證明寶釵冷漠無情，但寶釵此時是為了要來「道安慰」，是希望替王夫人減輕心靈的負擔，本來便不是以釐清事情真相或以興師問罪為目的，因此她所提供的建議是確切可行的，是真的可以藉由那般的做法而減輕王夫人的心理負擔。因此，我們必須在限定場域和特殊語境中來理解寶釵所說的言論，要先仔細把握其專屬的個案狀況，再來看她的話是否輕重得宜。其次，人都已經去世了，王夫人還能夠做什麼事呢？實際上她所能做的也確實只有發送銀子了，不是嗎？讓金釧兒的家人盡可能地把後事籌辦好，讓死者的親屬得到安慰，也照料她的遺族，讓逝者不要有更多的遺憾。換句話說，生者真正能做的除了在心裡「盡心」之外，便是在物質層面「盡力」，這確實是唯一可以實踐的。

至於寶釵的話到底有沒有過火？我還在第三十三回發現一個頗有意思的證據。那段情節很有趣，作者描寫一般的下人，也就是與金釧兒同等級的其他奴僕，她們是如何看待金釧兒投井一事的，而這幕場景正可以用來印證寶釵之所言並無不妥：

那寶玉聽見賈政吩咐他「不許動」，早知多凶少吉，那裏承望賈環又添了許多的話。正在廳上乾轉，怎得個人來往裏頭去捎信，偏生沒個人，連焙茗也不知在那裏。正盼望時，只見一個老姆姆出來。寶玉如得了珍寶，便趕上來拉他，說道：「快進去告訴：老爺要打我呢！快去，快去！要緊，要緊！」寶玉一則急了，說話不明白；二則老婆子偏生又聾，竟不曾聽見是什麼話，把「要緊」二字只聽作「跳井」二字，便笑道：「跳井讓他跳去，二爺怕什麼？」寶玉見是個聾子，便著急道：「你出去叫我的小廝來罷。」那婆子道：「有什麼不了的事？老早的完了。太太又賞了衣服，又賞了銀子，怎麼不了事的！」

耳聾的婆子把「要緊」聽成了「跳井」，從而引發了她對金釧兒跳井一事的看法和議論。她說：「有什麼不了的事？老早的完了。太太又賞了衣服，又賞了銀子，怎麼不了事的！」由此看來，對下人們來說，主子這般的做法已經是完全妥善地安頓夠了，又是衣服，又是銀子，非常仁至義盡，所以婆子認為那還有什麼「不了事的」。大家必須切記，婆子和金釧兒同屬一個階級，她們的立場和思維判斷是最接近的，所以站在她們的角度來說，自已這樣的階級能夠受到如此的照顧已經很感滿足。我們可能真的很難接受尊卑有別的差異，這是時代的進步使然，但是我一再強調，想要瞭解過去的人，千萬不要忽略他們所關心的問題。他們遭遇到的難題不是今天所面對和關心的，因此不能總是拿我們在意的價值觀去衡量以往的人們。

寶釵的「不忌諱」

再回到第三十二回，生者一味自責固然有心，可並不能把整件事妥善安頓，所以寶釵便提出了很切實的建議，也就是提供物質幫助，讓逝者風光入殮，彌補遺憾。在籌辦金釧兒的後事時，王夫人對寶釵道：

「剛才我賞了他娘五十兩銀子，原要還把你妹妹們的新衣服拿兩套給他妝裹。誰知鳳丫頭說可巧都沒什麼新做的衣服，只有你林妹妹作生日的兩套。我想你林妹妹那個孩子素日是個有心的，況且他也三災八難的，既說了給他過生日，這會子又給人妝裹去，豈不忌諱。因為這麼樣，我現叫裁縫趕兩套給他。要是別的丫頭，賞他幾兩銀子也就完了，只是金釧兒雖然是個丫頭，素日在我跟前比我的女兒也差不多。」口裏說著，不覺淚下。寶釵忙道：「姨娘這會子又何用叫裁縫趕去，我前兒倒做了兩套，拿來給他豈不省事。況且他活著的時候也穿過我的舊衣服，身量又相對。」王夫人道：「雖然這樣，難道你不忌諱？」寶釵笑道：「姨娘放心，我從來不計較這些。」一面說，一面起身就走。王夫人忙叫了兩個人來跟寶姑娘去。

大家知道五十兩銀子價值幾何嗎？《紅樓夢》裡的金錢數字非常重要，人們言行的反應，甚至價值觀的呈現往往與金錢密切相關。書中第三十九回提供了一個參照系，便是寶釵在大觀園裡為湘雲籌辦了螃蟹宴，正在做客的劉姥姥看到賈府僕人談起這頓宴席，便結合市價粗略計算了價錢，說道：

這樣螃蟹，今年就值五分一斤。十斤五錢，五五二兩五，三五一十五，再搭上酒菜，一共倒有二十多兩銀子。阿彌陀佛！這一頓的錢夠我們莊家人過一年了。

二十兩銀子可以供劉姥姥一家人過一年，參照劉姥姥的這一番話，再看第五十五回提到「襲人的媽死了，聽見說賞銀四十兩」，可見此處的五十兩銀子是一筆非常豐厚的賞賜。

因為情同母女的關係，王夫人還想讓金釧兒在入殮時更為風光，能夠順利地到達另一個世界，所以說：「原要還把你妹妹們的新衣服拿兩套給他妝裹。誰知鳳丫頭說可巧都沒什麼新做的衣服，只有你林妹妹作生日的兩套。」顯然王夫人一開始是想用春字輩姊妹們的衣裳，沒想到恰好逢缺，只能退一步想別的來路，所以考慮到林妹妹的衣服可不是欺負黛玉，何況她是賈府中最尊貴的女孩子之一，所以拿她的衣服來給女兒般的金釧兒妝裹，無形中既肯定了黛玉，又肯定了金釧兒。對王夫人來說，取最尊貴的人的衣服給自己最心愛的婢女，這是對雙方地位的肯定。當然，我們都知道黛玉很多心，然而換做任何人，誰不多心呢？加上黛玉也是多病之軀，對古人來說確實會認為有一種連動關係。試想李賀為什麼會被稱為「詩鬼」？一方面，當然是因為他的詩風，另一方面，宋代以後開始有詩評家認為：李賀早逝的原因是因為太過逾越了陰陽界限，以至於深入幽冥世界所致，這是古人的思維，我覺得並非沒有道理。因為當一個人的心境總保持在如此陰沉絕望的狀態，從某個意義來說便相當於在慢性自殺，那並不是「迷信」二字即可全然反駁的。

回到小說來看，因為黛玉自身也三災八難的，則「豈不忌諱」，故此王夫人又提出讓裁縫趕製兩套給金釧兒，說：「要是別的丫頭，賞他幾兩銀子也就完了，只是金釧兒雖然是個丫頭，素日在我跟前比我的女兒也差不多。」一邊說，一邊又流下淚來，可見王夫人的真性情。寶釵看到王夫人落淚，作為晚輩又得趕緊減輕她的心理負擔，所以立刻承攬了這樣一件為難的任務，主動提出可以拿出自己的衣服來為金釧兒妝裹。其中還有兩句話很重要，她說「況且他活著的時候也穿過我的舊衣服，身量又相對」，這又印證了金釧兒確實擁有二層主子、副小姐般的地位，才有資格領受那些額外的賞賜。看到寶釵出面接手這件犯忌諱的事，王夫人忍不住擔心道：

「雖然這樣，難道你不忌諱？」寶釵笑道：「姨娘放心，我從來不計較這些。」一面說，一面起身就走。王夫人忙叫了兩個人來跟寶姑娘去。

必須說，寶釵的「不忌諱」一點也不是虛偽。上文提過，想要瞭解寶釵的思想行為，一開始就必須從她的人生哲學切入，她的人生哲學便是「未知生，焉知死」、「未能事人，焉能事鬼」。對她來說，活著的人永遠是最重要的，雖說對死者要盡心，然而盡心的主要目的其實還是在安頓生者，這便是儒家精神。對儒家而言，死者已經從現世除籍，所以我們對他們的所作所為固然是對生命本身的尊重，更重要的是，以此來抒解生者心中不捨難遣的那份哀情。對寶釵來說，她並不計較這些，因為在她看來，死者和另一個世界根本沒有忌諱可言，更何況儒家不也是「敬鬼神而遠之」嗎？這就是很典型的世俗人文主義精神的體現，寶釵的待人處世都是以此為主軸來輻射和實踐的。寶釵作為一位非常傳統而深刻的儒家世俗人文主義者，她所有的關切都在仍然活著、仍然受苦的人們身上。

關於這一段情節，脂硯齋的批語也需要大家格外注意，他說：

善勸人，大見解。惜乎不知其情，雖精金美玉之言，不中奈何！

在脂硯齋看來，寶釵是一個很懂得勸慰別人的人，她思慮細膩、體貼入微，既能夠照顧到各方之間的身分和互動關係，又瞭解對方現在的心理感受，那實在是非常成熟、有智慧的人才做得到的。現代人的普遍看法都與脂硯齋的評論不同，我則寧願選擇相信脂硯齋，畢竟他最接近曹雪芹的時代，甚至和曹雪芹有著相同的出身，因此他的價值觀、對於事情的是非判斷更能貼近《紅樓夢》的語境，而我的研究成果也都支持他的看法。

此外，讀者還必須注意到，我們作為旁觀者，能夠站在作者的全知角度看到整件事情的來龍去脈，然而寶釵作為劇中人卻不知道，當時的她只能根據王夫人所給的一面之辭來進行推理和判斷，脂硯齋說「惜乎不知其情」，「情」是事實的意思，但寶釵不知道事實並不是她的錯，她沒有被賦予上帝的視角，又怎麼會知道事情的真實情況到底是什麼？即便她確實沒有切中問題的核心，但也請不要忘記：這根本不是她的錯，也不是她「虛偽」，純粹只因為她本來就是一個局外人！

那麼，寶釵何時才得知事情的真相呢？小說中繼續寫道：

> 一時寶釵取了衣服回來，只見寶玉在王夫人旁邊坐著垂淚。王夫人正才說他，因寶釵來了，卻掩了口不說了。寶釵見此光景，察言觀色，早知覺了八分，於是將衣服交割明白。

原來是寶釵安慰過王夫人，並返家取衣服再回來之後，看到寶玉和王夫人互動的情景，才自行猜著的，並且以她的聰明也只猜到了八分，即金釧兒的死和寶玉有關，而原因應與男女之間的行為不檢有關；至於寶釵猜不到的那二分，則是事情發生的具體狀況，那確實是再聰明的人都猜不到的。

由此可見，寶釵知道金釧兒的死因是在事後，這更證明了「寶釵知道金釧兒為什麼死，還說了那樣的話」之類的論斷，完全是主觀成見之下的栽贓誣陷。

對於「金釧兒之死」一段情節，很多讀者都認為寶釵「冷酷無情」，然而脂硯齋卻是用「大見解」和「精金美玉之言」來稱讚她，可見讀者心中已經積放太多太久的成見，想要一時半刻加以扭轉確實不容易。但我仍然希望大家能夠懂得調整自己，積極做出嘗試，因為擁有一個開放的心靈才能夠更快、更好、更準確地掌握住作品的真正內涵，也不會辜負藉由經典來提升自己的機會。

尤、柳事件的起因

寶釵所抱持的倫理價值觀與生命哲學觀，在金釧兒事件中已經呼之欲出，即所謂的「世俗人文主義」。換言之，便是以生者為優先，如儒家所說的「未知生，焉知死」、「未能事人，焉能事鬼」。這套價值觀、哲學觀也同樣體現於尤、柳事件上。

首先來看尤、柳事件的起因。第六十六回中，因尤三姐情牽柳湘蓮，賈璉便居中說媒，想要訂下這門親事。在往平安州的路上，賈璉剛好遇到了柳湘蓮，考慮到對方平時萍蹤浪跡，行遊不定，賈璉連忙趁機提出三姐的聘嫁一事：

因又聽道尋親，又忙說道：「我正有一門好親事堪配二弟。」說著，便將自己娶尤氏，如今又要發嫁小姨一節說了出來，只不說尤三姐自擇之語。

此處必須提醒一下：其實不僅是讀者，就連賈璉都知道柳湘蓮是被尤三姐看中的，但賈璉在和對方說親時絕不能道出實情，不可表現出女方的主動，因為那違反了「貞靜」二字，此二字也是當時社會對女性婦德要求的最高標準。一個貞靜的女孩子不應該私自動心、有了私情，更不可以由自己做出婚姻的選擇，即所謂的私訂終身，寶釵便是符合這個標準的範例。請大家在閱讀中要注意這些小細節，因為細節處往往是作者之價值觀最真實的反映。

由於賈璉的媒合，柳湘蓮當下同意了婚事，並拿出祖傳的鴛鴦劍作為定禮。但是，事後柳湘蓮很快就產生了疑惑，即使賈璉沒有將尤三姐「自擇」這種女方的主動性表現出來，柳湘蓮還是不大敢直接認定這門親事。他覺得太奇怪了，只是偶然在路上匆忙遇到，賈璉便急急忙忙幫自己說親，而且立刻要一個定禮，那未免顯得女方有一點太過主動，而且操之過急，其中很可能存在著問題。這樣的想法當然不是柳湘蓮自己的個人反應，而是那個時代所給予他的必然反應。在古代，整個婚禮的議婚過程很長，從三媒六聘到納采、問名等，還需要兩方家族上告祖宗等，才顯得隆重其事，如今卻是在匆忙間於路途中就訂下親事，並立刻索取定禮，這對任何人來說都會覺得實在太不尋常，失於草率，因此柳湘蓮開始感到疑惑。隨後，他找到寶玉詢問對方的人品底細，以便弄清楚為什麼有如此違背常理的情況，當二人碰面後，寶玉先是表示恭喜，並誇言稱讚二姐的絕色美貌，於是湘蓮道：

既是這樣，他那裏少了人物，如何只想到我。況且我又素日不甚和他厚，也關切不至此。路上工夫忙忙的就那樣再三要來定，難道女家反趕著男家不成。我自己疑惑起來，後悔不該留下這劍作定。所以後來想起你來，可以細細問個底裏才好。

大家得要知道，傳統社會對於婚戀的看法真是和今日大相徑庭，所謂「女家反趕著男家」實際上是顛覆當時的倫理觀的，那個時代應該是男方來提親，而不是女方如此積極主動。聽完柳湘蓮的疑問後，寶玉道：

你原是個精細人，如何既許了定禮又疑惑起來？你原說只要一個絕色的，如今既得了個絕色便罷了，何必再疑？

在此需要留意一個問題：「定禮」到底是「定情之禮」還是「訂婚之禮」？從情節的鋪陳來看，當然是訂婚之禮。於此之前，柳湘蓮根本不認識尤三姐，如何「定情」，又何來定情之禮？但是，常有文章直接斷定鴛鴦劍就是「定情禮」，並以此來批判柳湘蓮反覆輕浮，那是十分不合理的曲解。

在這段故事情節的末尾，尤三姐婚姻夢碎，最終以自刎來了結心中的絕望。對於如此的悲劇結局，寶玉其實要負一半的責任，因為他對柳湘蓮所說的話，事實上等於間接肯定了尤三姐是一個「淫奔無恥」之人。仔細回顧寶玉所說的語句，就會發現其中有許多用詞不但存在著很深的性別歧視，也暗含著強烈的女性貞節觀，那其實也是作者的價值觀呈現。但此處無暇多說，請大家參考相關之處的說明。

總而言之，柳湘蓮最後因尤三姐自刎而發現她如此貞烈的一面，頓時感到非常後悔，並以「賢妻」來稱呼她。但換個角度來想，倘若尤三姐不自殺，柳湘蓮根本不會認可尤三姐的品格。這就是人性及世事的複雜面，然而，需要用死才能證明自己的品性也實在是一個太悲慘的要求，我們作為旁觀者及局外人，不能要求一個人用這般極端的方式來證明自己，但當事人一旦真的選擇以此來自證時，便可想而知她有著何等的可貴情操。

「寶釵聽了，並不在意」

最終，尤三姐因情困而自刎，香消玉殞；柳湘蓮因情誤而揮劍斬情絲，削髮出家。當這個消息傳來之後，寶釵的反應也被很多的讀者、學者認為是證明她冷酷無情的一個重要證據，且看第六十七回敘述道：

> 寶釵聽了，並不在意，便說道：「俗語說的好，『天有不測風雲，人有旦夕禍福』。這也是他們前生命定。」

一般人只看到這裡，都會覺得寶釵對於別人的死竟然毫不在意，此人實在很無情，那是我們在一般情況下很容易生發的初級反應，但此種反應是憑感覺而不是憑理智所產生的。而我們又該如何憑理智去看待這一段情節呢？首先要把相關的描寫完整地看完，寶釵接著說道：

前日媽媽為他救了哥哥，商量著替他料理，如今已經死的死了，走的走了，依我說，也只好由他罷了。媽媽也不必為他們傷感了。倒是自從哥哥打江南回來了一二十日，販了來的貨物，想來也該發完了。那同伴去的伙計們辛辛苦苦的，回來幾個月了，媽媽和哥哥商議商議，也該請一請，酬謝酬謝才是。別叫人家看著無理似的。

當寶釵說完這番話以後，請注意其他人的各種後續反應：

母女正說話間，見薛蟠自外而入，眼中尚有淚痕。一進門來，便向他母親拍手說道：「媽媽可知道柳二哥尤三姐的事麼？」薛姨媽說：「我才聽見說，正在這裏和你妹妹說這件公案呢。」薛蟠道：「媽媽可聽見說柳湘蓮跟著一個道士出了家了麼？」薛姨媽道：「這越發奇了。怎麼柳相公那樣一個年輕的聰明人，一時糊塗，就跟著道士去了呢。我想你們好了一場，他又無父母兄弟，只身一人在此，你該各處找找他才是。靠那道士能往那裏遠去，左不過是在這方近左右的廟裏寺裏罷了。」薛蟠說：「何嘗不是呢。我一聽見這個信兒，就連忙帶了小廝們在各處尋找，連一個影兒也沒有。又去問人，都說沒看見。」

在《紅樓夢》的眾多人物中，薛蟠是特別真性情的一位，我以前表達這個看法時有人不以為然，但其實只要不帶成見，從純粹客觀的角度來看，並且仔細揣摩每一段相關的情節，便會發現薛蟠真的是《紅樓夢》中唯一徹徹底底裡外如一的人，他也確實是很熱血和真性情的，因此當他一聽見柳湘蓮出家的消息，便連忙帶著小廝各處去詢問尋找，發現杳無蹤跡之後，還為此傷心落淚，精神委頓，打不起精神，可見他真是很愛護這位朋友。我們不能因他很莽撞又沒文化就對他抱有成見，也不應該刻意忽略他的優點。下面繼續看文本對寶釵的性格描述：

薛姨媽說：「你既找尋過沒有，也算把你作朋友的心盡了。焉知他這一出家不是得了好處去呢。只是你如今也該張羅張羅買賣，二則把你自己娶媳婦應辦的事情，倒早些料理料理。咱們家沒人，俗語說的『夯雀兒先飛』，省得臨時丟三落四的不齊全，令人笑話。再者你妹妹才說，你也回家半個多月了，想貨物也該發完了，同你去的伙計們，也該擺桌酒給他們道道乏才是。人家陪著你走了二三千里的路程，受了四五個月的辛苦，而且在路上又替你擔了多少的驚怕沉重。」薛蟠聽說，便道：「媽媽說的很是。倒是妹妹想的周到。我也這樣想著，只因這些日子為各處發貨鬧的腦袋都大了。又為柳二哥的事忙了這幾日，反倒落了一個空，白張羅了一會子，倒把正經事都誤了。要不然定了明兒後兒下帖兒請罷。」薛姨媽道：「由你辦去罷。」

從中可見，薛姨媽和薛蟠都肯定寶釵具有「想的周到」的特質，並沒有人認為她「無情」。但對於這一段描寫，一般論者都批評寶釵是一個冷靜到冷酷的人，甚至連薛蟠都比寶釵有人情味，更因此認為這一段情節體現出作者對寶釵入骨剔髓的貶斥，而我並不贊同這樣的觀點。畢竟寶釵和柳湘蓮根本沒有任何往來與關聯，在那個「男女授受不親」的時代，薛、柳二人一個在深宅大院，一個在外面如飄蓬一般流浪大江南北，二人從未見過面，也沒有任何交集，要她出現強烈反應，不但是強人所難，簡直更是陷人於罪！薛蟠則不同，他對柳湘蓮的感情是完全不一樣的，薛蟠之所以苦苦追尋柳湘蓮的下落並為之感傷落淚，是因為他們的生命在此之前有非常密切的交關互涉。

試看最早他們的關係是什麼？是薛蟠對柳湘蓮有毒打之恨。第四十七回「呆霸王調情遭苦打」一段描寫柳湘蓮眼見薛蟠想要調戲沾染他，而深感羞辱憤怒，於是決定惡整他一番，最後把薛蟠打得遍體鱗傷。不過，最終柳湘蓮還是手下留情，並沒有傷到薛蟠的筋骨，只是打得他鼻青臉腫、又痛又難看，一個月出不了門。柳湘蓮這個人其實也很有意思，他雖然生氣暴怒，手段也太激烈，可並沒有真正傷害到對方。事後，挨打的薛蟠在家休養、不敢見人，氣到「睡在炕上痛罵柳湘蓮，又命小廝們去拆他的房子，打死他，和他打官司」，可見薛蟠此時對柳湘蓮是恨之入骨，已經到了殺之才能洩憤的地步。

妙的是，明明有如此的深仇大恨，二人之間的情分卻又在後來的情節中突然走向另外一個極端。蟠、柳二人化敵為友的轉折出現於第六十六回，當時薛蟠在帶夥計去販售貨物的途中遭遇盜匪劫掠，正當危急之際剛好碰到柳湘蓮，柳湘蓮便以一位義俠的姿態出手救了他們。而救命之恩深刻入骨，於是二人盡釋前嫌，結為兄弟。從仇家到兄弟，這兩個人的關係自始至終是兩個極端，每一個極端都可以讓自己與對方產生一種終身無法分割的牽連，從極仇恨到極親近，其關係程度恐怕比夫妻還要更來得深刻。夫妻畢竟是聽從父母之命、媒妁之言，或自由戀愛而生活在一起，在情緒的反應上並沒有達到那麼極端。

綜上所述，薛蟠對於尤、柳事件有如此強烈的反應堪稱是天經地義、理所當然，這並不能證明薛蟠還比寶釵更有人情味。由此再度顯示了人文學科很容易產生的一個問題，就是在沒有把各種差異、各種不同層次區分清楚之前便一概而論。毒打之恨與救命之恩的兩極化交纏，使薛蟠、柳湘蓮二人構成幾近於生死之交的深刻聯結，相比之下，寶釵根本不認識柳湘蓮，怎能要求她產生強烈的反應？何況對方又是個少女必須迴避的異性男子，那實在太強人所難！更何況，請大家結合自己的經歷來反思，南亞大海嘯讓幾十萬人失去生命，大家又有怎樣強烈的反應呢？大部分的人可能只是看著電視新聞感慨一下，頂多捐一點款，然後很快繼續過自己的生活，忘掉了那個還在進行中的悲劇。然而這是合理的，對於我們完全不認識的人，其存在與否只是一個抽象的符號，即使數量如此眾多，也只是空洞的數字，因此我們不能要求別人一定要產生非常強烈的反應。同樣地，寶釵與事件的兩位主角，也就是尤三姐、柳湘蓮素昧平生，沒有任何交往的情分，因此旁人實在很不應該強寶釵之所難，這是必須特別提醒讀者的。

寶釵沒有產生如薛蟠那般強烈的反應是理所當然的，除了上面的分析之外，書中還有一段很有意思的情節，我們一併來對照比較。當我們特別對寶釵求全責備的時候，也請大家參考一下書中其他人對於類似情況的反應。以寶玉為例，第三十四回他挨打以後重傷躺在床上，人在疼痛至極時很容易心思渙散、昏昏沉沉，寶玉也是：

> 這裏寶玉昏昏默默，只見蔣玉菡走了進來，訴說忠順府拿他之事；又見金釧兒進來哭說為他投井之情。寶玉半夢半醒，都不在意。忽又覺有人推他，恍恍忽忽聽得有人悲戚之聲。寶玉從夢中驚醒，睜眼一看，不是別人，卻是林黛玉。

作者此處的描寫很是發人省思，他竟然說寶玉在這般的情況下是「半夢半醒，都不在意」。大家不要忘記，蔣玉菡與寶玉之間是怎樣的情分？他二人最初才剛一見面即互換貼身汗巾，後來蔣玉菡逃離忠順王府之後躲在哪裡、幹什麼營生，寶玉全都知情，他們是這等的摯交好友，金釧兒更不用說了，她是因為寶玉的關係而自殺的，但面對這兩個人，寶玉的反應竟然是「都不在意」。或許有人會說，那是因為當時他處在昏昏沉沉的狀態，不能作準；可是他畢竟還有意識，何況夢境往往是潛意識的流露，所以這樣的反應仍然可以作為參照，而難道我們可以因此就認定寶玉是一個冷酷到極點的人嗎？當然不能。我舉這個例子是想要說明，不要只擇取一句話便過度詮釋，那樣往往會很容易斷章取義。當你想要主張寶釵對於尤、柳事件的不在意是表現出她的冷酷無情時，請回過頭來看第三十四回寶玉的這段情節，將二者放在一起思考，便會發現我們對於寶釵往往是過分苛責，而對寶玉則過分寬容。

總而言之，一般讀者對寶釵給予太多雙重標準之下的不公正判斷，原因當然是心裡預先有了成見，所謂的寶釵冷酷之說實際上並不能成立。既然不能成立，便需要我們對她的表現給出一個良好的解釋，也就是更合情合理、更契合寶釵性格，而不是讀者自身想法的解釋。而要回答寶釵何以對尤、柳之事並不在意的這個問題，則需要再次回到儒家的生命哲學觀和倫理價值觀，才能給予公正的論斷。

出家之於中國人

首先，請注意尤、柳事件的主角之一——尤三姐此時已經自刎，逝者已經從世俗的塵世結構中脫離出去，不再屬於這個世界，就某種意義而言，確實不是儒家信徒比較關切的對象。其次，柳湘蓮的出家又是代表什麼意義呢？對於現代的我們來說，出家的情況實在太習以為常了，我們身邊即有一些人做出這樣的人生選擇。譬如我從前中學時代的一個同班同學，她從中文系畢業一年後便出家了，住在山上的鐵皮屋裡，自己種菜，潛心修佛，據說非常快樂；此外，同是那一班的另一位同學現在則是一名傳教士，專心侍奉上帝。大體上，這般的宗教修煉道路已經是現在能夠被認可的一種智慧之路，所以可以讚美它、欣賞它，甚至嚮往它。但大多數的人可能不知道，單單「出家」此一詞語，背後其實具有非常深厚的儒家思想脈絡，是特定的文化產物。很多事物在我們這個時代看來並沒什麼特別，然而那些事物的背後都存在著攸關我們正確理解書中人物的鑰匙，尤其是寶釵這類儒家信徒對出家的反應，她的「不在意」事實上具有特定的背景為其原因。

有一位美籍華人王乃驥，他或許並不是非常專業的學者，但我常常從他的文章中受到啟發，在此便先藉他的說法讓大家瞭解什麼是「出家」，「出家」又何以與儒家文化息息相關。王乃驥於〈漫說出家——從家化社會特有的名詞談到金紅結局〉一文中指出：

> 出家的名詞，早就出現於北宋真宗天禧三年（一〇一九年）道誠所輯《釋氏要覽》之中，但佛教起源於印度，印度的僧侶卻並不稱為出家人；唯獨中國有「出家」這個代用詞，越南亦然，這就產生了為什麼皈依佛道為出家？家與佛道宗教之間有何必然關聯的問題。
>
> 其答案是因為儒家文化的核心在家，隨之而來的即為政治、經濟、法律、宗教、思想的泛家化，家化程度之深，往往會浮現於常用的口語中而不自覺，「出家」就是一個很好的例子。這個名

詞（兼作動詞或動名詞）非常普遍，卻是儒家社會特有的術（俗）語，因此，以出家與在家之分野，作為佛道代用詞的指標，實與儒家人倫文化息息相關。「在家」的最高準則是以儒家倫常思想為依歸，個人要想單獨行動，遁入空門，就必須先要走出綱常的軌道，斬斷與家人的一切關係，有如出軌另走新路，因此出家與在家必然衝突對立。為僧為道之所以有「出家」此一別稱，這是儒家社會特有的現象。

於此先補充一點：「出家」一詞出現的時間，其實比北宋的《釋氏要覽》還更早，至少在一千年多前，魏晉南北朝的佛教經典中便已經大量出現，而佛教傳入後確實與儒家的孝道產生了衝突，因為一旦出家就無法再奉養父母盡孝道，這在中國文化中自然是大逆不道。對於此一歷史中常見的衝突和重大議題，佛家有另外一套方式加以消弭，只是歷史非常複雜，我們暫時不再多說。從原理的層面來看，「在家」與「出家」是必然產生衝突對立的，所以「出家就有如出軌」，是要另走一條新的路，那是為僧為道的必要條件。因此，所謂的「修道」、「遁入空門」會有「出家」的別稱，都是儒家社會所特有的現象。

就此，我們可以再參照一段情節，雖然目前無法看到第八十回之後的內容，但作者早在前面已經預告了十二金釵中惜春最後出家的結局。小說的前八十回裡當然還沒有出現關於惜春出家時的具體描述，但參照後四十回可知，惜春在打算出家時受到賈家上上下下極盡全力的攔阻，如此的景況誠屬於合情合理的描寫。說到這一點，我又想起多年前有一批包含臺大學生在內的青年男女，匯聚到臺中某座寺廟準備要集體出家，據新聞報導，當時的場面非常火爆，因為這些青年的家長都急切地趕赴現場，哭天喊地、拚命阻止他們的孩子出家，還爆發了很嚴重的衝突。我那時心中便出現一個疑惑，覺得很奇怪：我們的社會明明已經非常多元化，那些人只是選擇了另外一條完全不同的道路，為什麼他們的家長竟會產生如此強烈的反應？彷彿與自己的孩子即將面臨死別，因此做家長的必須要拚命拉住他，否則便會永遠失去這個孩子似的。透過上述一段有關出家的闡釋，我才徹底地明白，原來對這些家長而言，出家就是從正常的塵世除籍，徹徹底底與親人斷絕任何人倫的關係，出家的孩子在見到生身父母時也只能以一聲「施主」相稱，這讓為人父母者情何以堪！他們自己可能並沒有自覺到心中存在著那般堅固的儒家立場，可事實上他們的確深受其影響。

可見雖然現在的儒家觀念很淡薄，但是我們對倫理的認識、對人倫之情的看重，實際上都還深受儒家的影響，仍然處於「在家」的觀念輻射之下。所以，無論是後四十回裡賈家對於惜春出家的反應，或是我們在現實世界中偶爾會看到的對於出家的觀感，都必須在如此的思想背景下去理解和認識。交代這一點是想提醒大家，對寶釵而言，柳湘蓮的出家和尤三姐的死亡在本質上並無不同，都是脫離了正常的塵世結構，不再屬於人倫世界，生者對此也已經無所著力，以至於寶釵才會說：「如今已經死的死了，走的走了，依我說，也只好由他罷了。」既然死者不能復生，出家又等同於死亡，那確實都是前生命定，再也沒有人為轉圜的餘地，則作為生者，當然是把自己有限的力量放在還可以盡心盡力的對象上。而寶釵想到的是那些夥計們，他們還活著並辛苦地工作，應該要好好地安頓他們，這純粹是世俗人文主義者所應有且很合理的反應。

誠所謂的「死者已矣，生者何堪」，活著的人是最苦的，因此儒家主張我們要盡力去善待那些還活著、還在受苦、還在承擔許多煎熬的人，盡全力對他們溫厚一點、寬大一點、付出一點，這是儒家最重要的情感核心之一。

「極高明而道中庸」

談了這麼多寶釵的人生哲學及價值觀，我建議大家不要用什麼「現實世界的高手」、「嫻熟於人情世故」，甚至「圓滑」之類的言語來描述寶釵，因為我們所使用的語言會反映出自己對種種現象認識的深度，而顯示出只是關注表面，沒有讓自己看到另外的景深，也缺乏更大的學問，以至於將寶釵的那些人生哲學與價值觀，即其心靈精華與深妙高遠的部分加以世俗化地解釋，因而恐怕無法體會到儒家的「極高明而道中庸」，因為只看到所謂的「中庸」而沒有發現「極高明」的層次。

寶釵並未以學理解說的方式來告訴人們，她的心靈有多麼崇高深邃，而只是在日常生活中加以體現，倘若欠缺她的學問背景，就會看不出她的極高明之處。關於這一點，我想藉朱子來做一些補充。一聽到朱子，或許很多人當下便開始反感，稱他為「朱夫子」。其實不然，諸如朱熹這類很有學問的人，其價值觀縱然與現代人不同，若干想法也確實不合乎現在的時宜，可我們不能說他是錯的，更不能說他比我們淺薄。朱子熟知儒家各種經典，參透了其中的奧妙，學問非常深邃廣博，在此引述他的〈中庸〉一詩，看看他是如何地理解「中庸」：

> 過兼不及總非中，離卻尋常不是庸。二字莫將容易看，只斯為道用無窮。

原來，非但「過」或者「不及」都不是中道，而偏離了尋常也不是「庸」。「庸」顯然不是平庸、平凡之義，而是意指處在人人可以理解、人人可以領略的層次，便可以接觸或是領受到非常玄妙且高明的道，同時在這個道的感化中寂然合道而行。再者，儒家觀點認為，凡人之事都是「可親乃可久，可久乃可大」，即那個道理要可親近才能夠持久，才能夠延續下去，也才能夠愈來愈宏大。倘若一開始就談論很玄妙深奧的部分，那只會造成陽春白雪、曲高和寡，把所有的人都趕走，只留下幾個人孤芳自賞；唯有讓人可以持續學一個道理才能夠不斷地豐富、擴大，而其中的「道」也才會更為恢弘廣博。簡單來說，「可親」便是不離卻「尋常」，讓人能夠親近這個「道」，共領共賞且易於執行，那是道德實踐的一個很重要的前提。隨後，朱子又提醒「二字莫將容易看」，即不要以為「中庸」二字是很容易的，「只斯為道用無窮」，只要將這兩個字來回參透，則其妙用是無窮的。「道」並不是口頭上說一說，它需要實踐，所謂「用無窮」便意指唯有「中」和「庸」才能夠讓「道」得以實現，並且「可久又可大」。

至於寶釵是如何的「極高明」，這當然不是我們現在所能談論的，小說的任務也不是向讀者分析那些高深的哲學，它只是以生動傳神的故事情節來告訴讀者：在不同的哲理背景下，受到影響的人是怎樣的狀態，而種種影響在生活中又是如何體現出來的。倘若想要瞭解其中奧妙不可測的部分，恐怕得要先建設自己，讓自己的學問更高深，然後才能夠更瞭解它背後不容易被看到的、很深刻且很值得玩味的地方。

就我而言，早已脫離了「喜不喜歡書中某一個人物」的感性層次，身為一個研究者，希望的是能夠好好地、深刻地理解寶釵這位人物，那是我完全樂意從事的任務。當然，本書中的相關理解不一定是唯一的詮釋，但我們實在不應該只因為不喜歡寶釵便任意給予批評，只因為喜歡她就一直說她的好話。所以，讀者也不需要擔心自己有任何不同的看法，每個人的看法都值得尊重，其實我更關心的是能不能看得很深入，如果看得很深刻、很有道理，那便是有價值的，至於這樣的看法到底與誰相同、與誰不同，那都是很表層的、不需要在意的事情。

「任是無情也動人」

《紅樓夢》內蘊含了許多哲理深刻的言論，於是曾經有人選出《紅樓夢》裡的一百句來加以重點發揮，但如果要我從書中選一段真正富有智慧與啟發性的話語，我的首選絕對不是大家所喜歡的那些愛情名言，例如「任憑弱水三千，我只取一瓢飲」，這兩句出現在高鶚的續書裡，未必出於曹雪芹的手筆。在當今這個時代，我們往往會認為愛情是人生中，尤其是年輕人生命中最重要的價值，因此世人喜愛這句話的緣由是可以理解的。但對我而言，人生遠遠不止如此，所以我所選擇的名言與一般所喜好的不同，我最欣賞的是第五十六回整頓大觀園時，寶釵與探春有一番引經據典的對談，寶釵最後的總結所說：

> 學問中便是正事。此刻於小事上用學問一提，那小事越發作高一層了。不拿學問提著，便都流入市俗去了。

確實，日常生活中的小事即便十分平凡而瑣碎，但一旦小事的背後有學問作為支撐，那麼小事便會被提高一層，因為我們能在小事中看到更大的方向與更深的意義，甚至在微小中參透一個世界，領略「一沙一世界，一花一天堂」的奧祕。因此，從小事就可以顯示一個人的眼光，而眼光是要從學問中獲得的；學問並不等於知識，知識是人類認知的結果，而唯有將自身各種認知的結果融會貫通，並應用於生命裡的實踐和思考，才足以稱之為「學問」。在《紅樓夢》中，能夠這樣知行合一的人大概僅有薛寶釵，因此寶釵的話是非常發人深省的。

一般來說，日常在與他人溝通的過程中，許多看似嘔心瀝血的交談卻大都處於市俗的層次，各說各話、跳躍鬆散，在旁觀的他人看來，這樣的交談是非常淺薄的，是流於「市俗」的交流，但當事人往往身在其中而不自知。教育最大的困難就在於此，我們的教育可以傳授學生很多專業知識、方程式或技術方法，但那般的教育層次是非常有限的，因此所謂的「陽春白雪」往往乏人問津，這也是為什麼莊子會對那些「大言炎炎」的人多持嗤之以鼻的態度。經過反覆斟酌寶釵的這一段話，我認為寶釵是一個真正有學問的人，她不僅僅是博學多聞，而且往往把學問融入個人的生命與靈魂裡，並體現於生活中，更將學問轉化為內在的一股力量。

前面提到過，第六十三回寶釵抽到了「任是無情也動人」的花籤，而這句籤詩歷來都被讀者斷章取義，其中的「無情」往往被當作寶釵在情榜上的惡評。脂批裡幾度提到了「情榜」，榜單中排名第一的是賈寶玉，其次為林黛玉，再次應該是薛寶釵。脂批所提到的情榜在將每一個人物進行排序後，還給予相應的描述或評語，以接近「蓋棺定論」的方式總結了人物的人格特質或生命內核。寶玉的情榜評語是「情不情」，其中的第一個「情」字是動詞，表示以情相待，而「不情」指的是草木鳥獸之類的無情之物，因為人類自認為萬物之靈，而草木蟲魚鳥獸之類的生物則被貶為無情物，反映出人類的傲慢與偏見。在如此的等差系統中，寶玉的「情」超越了人際乃至物種之間各種人我、物我的界限，他對於「不情」之物也都能夠平等地深情相待，難怪會去灌溉一株路邊偶然看到的小草。第二名是林黛玉，情榜的批語是「情情」。相對於寶玉而言，黛玉之「情」的範圍是狹窄的，她只能夠對「有情」的對象抱有深情，尤其是對她個人有情的對象，其範圍相較於寶玉無疑是狹隘多了。

第三名是薛寶釵。寶釵這個人物在小說敘事中舉足輕重，不單是篇幅和質性上的重要，實際上寶釵與黛玉、寶玉是鼎足而立的，此三人是支撐整部《紅樓夢》敘事架構的主軸。既然寶、黛、釵是鼎立的三足，假如其中一足太弱或厚度不夠，那麼整部小說的敘事主軸就會有所傾斜，而作品的整個架構也會遭受破壞，落入曹雪芹自己所批判的才子佳人套式的陳腐庸俗中。因此，關於寶釵「無情說」的觀點引發了我們的思考，如果寶釵真的是一個無情的人，她如何擔當得起小說敘事的支柱，又如何能夠成為與寶玉、黛玉一體的角色呢？

更進一步來看，在寶、黛、釵三人鼎立合一的關係中，據脂硯齋的指點，寶釵與寶玉之間的關係是「遠中近」，而寶玉與黛玉二人則是「近中遠」。乍看之下，這實在有點聳人聽聞，不過其中的道理卻是十分發人深省。就「遠」與「近」的概念而言，寶、黛二人表面上很親近，因此黛玉對寶玉毫不設防，也毫無保留，在寶玉面前非但無所顧忌，直接表達感受或任意宣洩情緒，甚至不惜給對方造成壓迫和傷害。

從某種意義上來說，寶、黛之間的密切關係也誤導了讀者，使我們的愛情觀念產生偏差，以至於我們往往認為在親密關係中，可以任意對親近的人宣洩一切。然而，當我們在親密關係中為所欲為，甚至作踐、冤枉、欺侮和傷害對方，還以對方的容忍來證明其感情，那是十分令人質疑的做法。如此流入市俗的感情觀是否包含人與人之間應有的尊重與珍惜呢？實在很值得我們反覆思考。

一個人透過為所欲為來證明彼此之間情感的親密程度，誠然是一個十分流行的謬論，在我看來，關於愛情的許多定義裡，「我愛你，因為世上有你」是最為言簡意賅卻也是意義深遠的說法。這句話對愛情的理解顯示：愛一個人並不是因為對方擁有的條件，而是單純因為對方本身，「因為世上有你」表明愛情是使彼此生命更加完整的存在，因之你會尊重對方、珍惜對方、感謝對方，而不願恣意妄為以致傷害對方。其實不僅限於愛情，包括親子之情、朋友之情也都應該如此。

從更深層的角度而言，寶、黛、釵這三個人之間的關係都是十分親近的，寶、黛雙方是沒有界限的濃烈愛情，但二寶彼此的情感卻是在相互尊重和珍惜之下能夠帶來心靈啟發的關係。也因此脂硯齋才會認為，寶玉與寶釵的關係是「遠中近」，而寶玉與黛玉的關係則是「近中遠」，故而「金玉良姻」的問題恐怕沒有那麼簡單。確切來說，以三人鼎立與三人一體的兩種角度來看，寶釵確實是非常重要的人物，但她不只是在敘事結構上有著不可或缺的必要性，於寶玉的生命中尤其是在心靈層面上，她同時也具有另一層次的重要性，而能夠擔任寶玉之出世思想的啟蒙者。

對於寶釵「任是無情也動人」的籤詩，我起初也十分困惑，認為「無情」此一詞彙難以理解。這是因為初讀《紅樓夢》時，我們都十分年輕，欠缺相關知識，因此並不能夠讀懂那一句詩，而只是對詩中的「無情」兩個字印象深刻，但是我們不應該停留在初讀《紅樓夢》的年齡，我們的文化知識也不能止步於連皮毛都談不上的粗淺階段。曹雪芹處在深厚淵博的文學與文化傳統背景中，他所掌握的古典知識遠遠超過我們，因此唯有回到《紅樓夢》自身的歷史脈絡裡才能理解這部巨作，寶釵的花籤「任是無情也動人」也必須回到整首詩的來龍去脈中才能正確理解。

回到文本來看，第六十三回裡寶釵抽到的花籤是牡丹花，書中描寫道：

說著，晴雯拿了一個竹雕的籤筒來。裏面裝著象牙花名籤子，搖了一搖，放在當中。又取過骰子來，盛在盒內，搖了一搖，揭開一看，裏面是五點，數至寶釵。寶釵便笑道：「我先抓，不知抓出個什麼來。」說著，將筒搖了一搖，伸手掣出一根，大家一看，只見籤上畫著一支牡丹，題著「艷冠群芳」四字，下面又有鐫的小字一句唐詩，道是：

任是無情也動人。

又注著：「在席共賀一杯，此為羣芳之冠，隨意命人，不拘詩詞雅謔，道一則以侑酒。」眾人看了，都笑說：「巧的很，你也原配牡丹花。」說著，大家共賀了一杯。

曹雪芹有著深厚淵博的古典文學知識修養，我們當然不能從一個完全無知於古典詩詞的角度來認識這句詩。意識到這一點之後，我終於領會，不該從一個對中國傳統詩詞一竅不通，純粹只喜歡《唐詩三百首》的小女孩的視角來理解「任是無情也動人」的意義，因此花了一番功夫將之放回原詩裡、放回敘事的現場中，以中古時代的語言表達及當場的情境脈絡（situational context）來理解，並藉由此一詩句來嘗試重新認識文化的豐富性乃至複雜性。

寶釵抽到的籤詩為「任是無情也動人」，「無情」便被視為《紅樓夢》情榜上對寶釵的評語，而這也成為後人斷定寶釵「無情」的鐵證。但是，書中在場的人物看到這句籤詩時的反應卻很值得我們深思：「眾人看了，都笑說：『巧的很，你也原配牡丹花。』說著，大家共賀了一杯。」試想，如果寶釵是無情的，何以在場眾人皆持讚美之辭，以花王牡丹來盛譽寶釵？他們對古典詩詞的造詣可是比我們高出太多，怎麼可能反倒會看不出來？何況在祝壽的吉慶場合，作者所安排的花籤也必須符合吉祥佳話的標準，以配合當時的歡樂氛圍。據此都足以證明該詩句並沒有負面的意義。

在《紅樓夢》裡，籤詞具有豐富的隱含意義，我曾在讖語專題中指出，為了要達到襯托的作用，曹雪芹在第六十三回這一回內都使用「引詩」策略來設計眾人的花籤詞，因此籤詩僅僅是人物命運的冰山一角。按照《紅樓夢》的安排邏輯，為了暗示人物的悲劇命運，作者會用其餘剩下的隱藏詩句預示籤主的人生走向，這是曹雪芹創作《紅樓夢》的特殊手法。但需要特別留意的是，無論是被引用的那一句詩，還是其他隱藏的部分，都只是用來暗示命運，而不涉及人格評論的範疇。

比如探春，她抽到的花籤詩是「日邊紅杏倚雲栽」，暗示探春會踏上她姊姊元春的後塵，成為王妃；李紈抽到的籤詞是「竹籬茅舍自甘心」，李紈是一位丈夫早逝的寡婦，但她對命運並無不滿，反而處之泰然，該句詩正道中她的心聲；湘雲抽到的花籤是「只恐夜深花睡去」，那是既優美又浪漫的畫面。而香菱這位命運悲慘的女孩子，她抽到的籤詩是「連理枝頭花正開」，喻指夫妻恩愛的美好。至於襲人抽到的籤句「桃紅又是一年春」也都是正面的內涵，並且桃花是春天的象徵，因此這一籤詩洋溢著鮮麗幸福的光彩圖像。

綜觀眾人的籤詞本身，寓意皆是幸福美好的光景，當然這些人的籤詩僅僅只是浮露在陽光之下的冰山頂層，她們的幸福也僅僅是冰山的一角。再看黛玉的籤詞「莫怨東風當自嗟」則是相對帶有一點負面的語感，書中描寫黛玉抽籤的場景道：

黛玉默默的想道：「不知還有什麼好的被我掣著方好。」一面伸手取了一根，只見上面畫著一枝芙蓉，題著「風露清愁」四字，那面一句舊詩，道是：

莫怨東風當自嗟。

注云：「自飲一杯，牡丹陪飲一杯。」眾人笑說：「這個好極。除了他，別人不配作芙蓉。」黛玉也自笑了。

從黛玉的想法可知，她對抽籤此一活動也抱有一定的迷信想法，希望自己抽得上上籤，反映了人之常情。而掣得芙蓉花籤之後，眾人都認為黛玉堪比芙蓉，並且籤上還將芙蓉、牡丹相提並論，可見那是極高的讚美，而黛玉本人對這一籤詞的解讀也頗為滿意。另外，麝月抽到的花籤是「開到荼蘼花事了」，荼蘼花開之後即代表繁華的春天即將消逝，因此這句籤詩也就隱喻了大觀園終將人去樓空，並且此一安排還暗示著曹雪芹把麝月作為最後一個留在寶玉身邊的少女。寶玉看了該句花籤後感到不祥的意味，連忙把籤給藏了，但即使如此，這句籤詩仍然具有含蓄蘊藉的美感，也並未涉及任何意義層面的人格批判。

換句話說，曹雪芹所設計的那些花籤儘管或明或暗、或多或少地帶有些許的悲劇意義，但整體來看，其本身基本上都是自然界植物之生命規律或存在樣態的客觀反映，眾人抽到的也多是寓意美好的詩句，未曾涉及對籤主的人格批判，則同理可推，寶釵「任是無情也動人」的籤詩當然也一無負面意義了。足見作為一個偉大作家的曹雪芹，他不曾透過籤詩去批評寶釵無情，更不會用這般刻露的方式刻意去詆毀小說人物，因此讀者們更不應以此籤為憑據去指責寶釵的人格。在解讀寶釵「任是無情也動人」的籤詞時，我們理應以曹雪芹含蓄美好的設計原則為出發點，更必須回到小說文本與詩歌出處的原始脈絡中，結合古典文學及傳統文化的知識背景，掌握全詩的語序和意脈，而不宜簡單地斷章取義。

羅隱〈牡丹花〉原詩

寶釵的這句籤詩出自晚唐詩人羅隱的〈牡丹花〉，那是一首非常標準的「詠物詩」，詠物詩自六朝以降便發展出一套法則，即全首詩都要環繞著所歌詠的對象進行不同角度的描述，從而表現出精密貼切的觀察能力與寫作技巧，並傳達詩人自身的情志寄託。〈牡丹花〉此篇便全面性地展現牡丹花的風華絕代，但也涉及它所可能面對的悲劇命運，而這也正是整首詩的主旨所在。詩人寫道：

> 似共東風別有因，絳羅高卷不勝春。若教解語應傾國，任是無情也動人。芍藥與君為近侍，芙蓉何處避芳塵。可憐韓令功成後，辜負穠華過此身。

籤詩的「任是無情也動人」出現在第二聯，而我們該知道，律詩的法則要求頷聯與頸聯的上下句都要對仗，包括在語法上平行，「若教解語應傾國，任是無情也動人」即是對仗句，接續的「芍藥與君為近侍，芙蓉何處避芳塵」也是寫牡丹的名句。先說「芍藥與君為近侍」這一句，我曾認為它的含義在於：芍藥與牡丹都是貼近主流價值的尊貴花卉，二者的美也是一般人所能夠欣賞和認同的。不過有學者指出，「芍藥與君為近侍」意指芍藥只能夠作為牡丹花的貼身丫鬟，詩人藉此以凸顯牡丹的崇高。翻閱《全唐詩》之後，我發現唐詩中確實有類似的用法，因而這不失為對此篇詩作的一種理解。例如「與君」一詞在元稹的〈遣悲懷三首〉之一中出現過：「今日俸錢過十萬，與君營奠復營齋。」詩人悼念亡妻，希望用最豐富的祭品、最隆重的儀式來彌補對妻子生前的虧欠，表達他對亡妻的愧疚與追憶，「與君」在這裡可以理解為為對方做事，即「營奠復營齋」。由此可見，古典文化的學問是深刻而淵博的，我們每一個人都十分有限，更難以窮盡那般艱深複雜的學問，故而於此，我將以上的兩種解讀並存。

不過還是必須說，宋代以後流行諸多的「花譜」中，芍藥往往名列前茅，甚至有「花相」之稱，確實可以和牡丹相提並論。而牡丹更是豔冠群芳，使得其他花卉都黯然失色、退避三舍，因此有「芙蓉何處避芳塵」的感嘆。整部《紅樓夢》在「金玉良姻」預言的籠罩下，黛玉為情受苦而最終不得修成正果，但其實作為群芳之首的牡丹花也不能所向無敵，即便牡丹花如此崇高得以傲視群芳，同樣無法免於悲慘的待遇，最後只落得「可憐韓令功成後，辜負穠華過此身」的下場。牡丹豔冠群芳，卻終究遭到拋棄，這也是寶釵最後孤寡終身之結局的寫照。

回到「若教解語應傾國，任是無情也動人」兩句，其中的「若」字是明顯具有假設性的詞語，「任」字其實也是，兩句詩分別再透過連接詞「應」字、「也」字而各自構成了假設複句。所謂的假設複句，是將前後兩個分句結合在一起，形成「若……應……，任……也……」的句型，而構成一個完整的表述，此一語法形態在修辭學裡是非常重要的類型。人活在世上，會對世事萬物做出各式各樣的思考與推演，因此假設複句在一般生活裡即經常出現，而於文學中，假設複句更是作家表達思考的一種形式。假設複句不同於一般的敘述句和判斷句，此種句型比較複雜，在構句形式上並不是單純地敘述一個行為或者事件，假設複句的語義內涵也不是對一個現象、狀況或事物屬性的描寫，更不具備判斷所指事物的屬性與類型的功能。因此，把「任是無情也動人」簡單地理解為陳述句或判斷句，據以斷定為「無情」，完全是違背詩歌語法結構的做法。

接下來，我們要藉由語法修辭學對此聯詩句進行重點分析。在語法學上，這類的複句所包含的兩個句子，分別叫作前分句和後分句，於假設複句中，前分句所指涉的意涵可以包括非事實性的存在。回到這句籤詩來看，「任是無情也動人」的「任是」乃表示假設，再進一步細分，整個詩句又屬於假設複句中的讓步句，讓步句是指退一步著想，意謂著即使在姑且承認前分句之假設狀況的前提下，後分句的結論也能夠成立；但事實上前分句的假設情況是不存在的，而後分句則是在承認假設狀況存在的前提下，從不同的方面做出結論，目的是為了強調結論的重要性。

從假設的內容狀況來說，讓步句還可以分為虛讓（虛擬式的讓步）與實讓（實際的讓步），實讓句所假設的條件發生的概率很低，但還是存在著發生的可能性；而虛讓句所假設的條件基本上不存在發生的可能性，屬於子虛烏有。為了方便理解，我舉一個淺顯的例子，比如說「即使你變得又老又醜，我對你都還是深情不渝」，而變得又老又醜是未來可能發生的，雖然現在並非事實，因此這是一種實讓句。再比如說「即便明天太陽打從西邊出來，我都不會改變我對你的許諾」，但我們都知道，太陽東升西落，就目前人類的知識來看，太陽根本不可能從西邊升起，因此所謂的「即便明天太陽打從西邊出來」便是虛讓句。

回到寶釵的籤詩來看，以讓步句的修辭法而言，「任是無情也動人」意指即使寶釵無情，她也還是很動人的。那麼這是實讓還是虛讓呢？倘若是實讓的話，則「無情」便是可能存在的解釋。而我認為它是虛讓的意思，理由在於對仗的上句「若教解語應傾國」是虛讓的用法，該句詩的意思是說，如果讓牡丹花懂得說話，就會傾國傾城了。但牡丹是植物，植物並不會開口講話，然而儘管如此，那並不妨礙牡丹花傾國傾城的地位。在律詩的對仗法則之下，上下兩句的語法必須平行，如「魚對鳥，鵪對鳩，翠館對紅樓」之類的口訣，我們也耳熟能詳，簡單來說，即名詞與名詞相對，形容詞與形容詞相對，動詞與動詞相對，除此之外，一聯詩中的出句與對句在語法結構上也必須是一致的。因此，前一句「若教解語應傾國」是在退一步虛擬牡丹花「解語」的情況，以加強它傾國傾城的程度，真正的意思是承認國色天香的牡丹花即使不「解語」也依然「傾國」，則下一句的「任是無情也動人」也是如此，「無情」是在虛擬的情況之下所做的讓步性假設，那是一個不存在的事實，而在姑且承認一個不存在的事實的前提下，後分句所強調的「動人」仍然能夠成立。

總結來說，「若教解語應傾國，任是無情也動人」這一聯假設複句屬於虛讓句，從理性的角度看，虛讓是對假設情況的讓步，而前分句中所假設的情況如「解語」、「無情」都是不存在的，並且由後分句從相反方向來推翻前分句的虛擬情況，以強調後分句的結論如「傾國」、「動人」不受前分句假設條件的影響或約束。而之所以如此描寫的目的，是為了透過修辭語法來強調牡丹花傾城傾國的動人程度。

我從修辭學中找到了正確的解釋，不只如此，小說中還出現過類似的表達，提供絕佳的內證。與「任是無情也動人」如出一轍的，是關於第一回絳珠、神瑛建立木石前盟的一段，脂硯齋批云：

古人之「一花一石如有意，不語不笑能留人」，此之謂耶？

其中引述古人所說的兩句詩，來自唐朝劉長卿的「一花一竹如有意，不語不笑能留人」，為了符合木石前盟中神瑛侍者與絳珠仙草的設定，便將原詩中的「竹」改為「石」，是對木石前盟的譬喻性說法，意指這段神話故事平平淡淡，但卻令人感動留駐，玩味不已。需要補充說明的是，劉長卿此詩題為〈戲贈干越尼子歌〉，是寫給一位尼姑的。在世俗的印象中，尼姑斷絕七情六欲，不僅削去三千煩惱絲，並且必須穿著顏色灰暗的袈裟，體現出不引人注目的低調形象，以專注於修行，但在這首作品中，劉長卿認為，即便沒有那些外在的表情動作，那位不語不笑的尼姑也還是十分動人，讓人徘徊在她身邊流連忘返。

由此可見，「不語不笑能留人」與「任是無情也動人」都是在強調：即使尼姑與牡丹花並沒有表現出任何情感的反應，但二者依然十分動人，因此這兩句詩的重點不在於尼姑的笑與不笑、說與不說，也不在於牡丹有情或無情，而是在於她們能夠「留人」與「動人」，此所以能夠打動詩人的真正魅力。

以上，我們回到原詩的完整脈絡中觀察，並且從修辭學和語法學的角度來理解，證明「無情」在原詩裡並沒有指涉無情的意思。除此之外，下文還嘗試從另一個角度來思考，即承認「無情」是一個被接受的可能事實，那麼我們又該如何理解寶釵的「無情」，是否仍然可以從正面的角度來理解「無情」？

「情順萬物而無情」

一般認為，「無情」意指冷酷絕情，性情冷漠，與人們互助共享的美好情感是不同的，因此很難將「無情」與人類正面的人格境界相聯繫。但那其實是我們在自身貧乏的既有知識背景下想當然耳，並未回到傳統文化的思想脈絡中加以思考。事實上，在中國傳統哲學思辨的範疇內早就包括「無情」的議題，並且「無情」乃是非常崇高的聖人境界！曹雪芹這些世家大族的精英子弟活在大傳統裡，於經學、史學、子學、文學領域都有著深厚的修養，而在中國思想史上，「無情」是哲學發展過程中非常重要，並一再引發了深刻討論的一個議題，絕非冷僻的邊緣觀念。

由於古典哲學十分艱深，我們無法對「無情」議題進行十分深入的哲理性說明，因此現在只能夠引述相關概念，從完全不同的角度來解讀「無情」。究竟什麼是無情？從字面上看，無情一詞中有一個「情」字作為焦點，而「無」則否定了「情」的存在價值。由於現代人對於「情」秉持著高張的態度，無論是私人之間的浪漫愛情還是其他形式的情感，只要是發自內心的感受，都是我們現代人所著重的神聖價值，這一現象的產生有著複雜的社會文化背景，是中西文化在近代發展出來的結果，現代人因此對於所謂的「無情」便直接產生反感。然而，「情」所包含的範圍其實很廣，絕不限於真摯熱誠的溫情，何況人們往往將「情」與「欲」相混淆，將二者相提並論，而情欲在現代文化語境下又被放大和彰顯，甚至將情欲解放等同於自我的個性覺醒，那完全是現代化的價值觀。但是，「情」的內涵或範疇僅限於此嗎？我們是否只能如此片面而單薄地理解「情」的所指呢？這個問題牽涉源遠流長的文化背景，從先秦以來，「情」的問題便是一個「大哉問」，而且涉及十分複雜的辯證關係，因此這一問題不是輕易能夠獲得答案的。

簡單來說，「情」是一種主觀感受的發用，是故會受到主體的局限而帶有偏私的性質，因此存在著「私情」的提法。認識到情的私人性以後，一旦我們想要超越情的偏私與局限，就需要去否定主觀偏執的情。從這個角度來看，「無情」即意謂著超越個人之偏私與局限的開闊境界，不僅莊子早已有所闡發，魏晉玄學、宋明理學中的「無情」也正是如此。「無情」要求我們超越個人的偏私，在看待世間事物及應對眾人之時不局限於個人的感受，而達到超越個人主體的廓然大公的無上境界。

程顥與程頤兄弟屬於宋代最重要的理學家，二人對「無情」有著十分精彩的論證。程顥在〈答橫渠張子厚先生書〉（即〈定性書〉）中寫道：

> 夫天地之常，以其心普萬物而無心；聖人之常，以其情順萬物而無情。故君子之學，莫若廓然而大公，物來而順應。

程顥指出，天地是一個超越性的極大的存在，為了要照顧到萬物，天地必須放棄自己的特定性，因為只要有了特定性便會使自身受限，而無法擴及萬物。同樣地，「聖人之常」是聖人以其情順應萬物而無所偏私，為了要順應萬物各式各樣的情，聖人只能超越其個人的情。例如，大象有大象的情，要瞭解大象的情，我們就不能從自身的角度來指引大象甚至改變大象；同樣地，那小如螻蟻者也有螻蟻的情，螻蟻的需求與大象的需求當然是很不同的。總歸來說，天下萬物形形色色，每一個生命都有其個體的特性以及個別的需要，而聖人要到達最高的境界，即必須超越自我的個體局限，同時也要順應眾多個別的需求。

程顥接著指出「君子之學，莫若廓然而大公」，君子理應以聖人作為最高境界的榜樣，並且朝著聖人的方向超越自我。「廓然」是空闊的狀態，一個人的心要達到十分寬廣的境界才能超越自身的局限性，從而達到「大公」的層次，唯有「大公」的狀態始得以實現自身與萬物的圓滿互動，如此一來，個體面對萬物時也就可以十分融洽地順應與接受。總而言之，如果一個人的自我意識太強，只會把自我看作絕對唯一的標準，更不用提站在對方的角度和立場來考慮問題了。用最粗淺的方式來說，「無情」其實是傳統文人耳熟能詳的思想概念，儘管這一概念的內涵可以更精緻和複雜，但「無情」理應包含這種正面的意涵，並且為君子向聖人之最高境界付出努力提供一個方向。

宋明理學中的「無情」說為我們帶來新的啟發，「無情」即是一種不限定、不執著，並且順應大公、普施萬物的超然表現，而那與寶釵待人處事的君子之道是完全合拍的。脂硯齋在第二十一回的批語中便提到：

> 逐回細看，寶卿待人接物，不疎不親，不遠不近；可厭之人，亦未見冷淡之態，形諸聲色；可喜之人，亦未見醴密之情，形諸聲色。

寶釵待人接物的時候不會特別疏遠誰，也不會特別親近誰，她不會刻意與他人保持距離，也不會與別人過度狎暱。面對一個討人厭的對象，寶釵並不會把情緒表現在聲調臉色上，而是同樣以禮相待，表現出個人的修養。通常來說，出於現實利害的考慮，「可厭之人，亦未見冷淡之態，形諸聲色」對一般人而言是可以做到的，但寶釵對於可喜之人表現出的態度才更值得我們敬佩和學習。面對一個十分可愛值得親近的人，寶釵也「未見醴密之情，形諸聲色」，「醴」指甘泉，甘泉是非常甘美的，但面對可喜之人，寶釵也並未將醴密之情形諸聲色。相比之下，現代人面對值得尊敬的人往往會竭力親近和讚美，並盡量鼓勵大家如此表現出來，這是現代人的一種直率，也符合歐美文化的價值觀。

但是必須提醒大家，寶釵面對可喜之人的態度是令人敬佩的一種大智慧，她表現出更高的境界。用最粗淺的話來說，我們喜歡一個人時會特別親近對方，並且把不假思索的想法毫無保留地宣洩出來，固然在一時半刻的短期之間可以得到膠漆般的快感，但長此以往，這樣的關係很容易會變得疏遠甚至破滅。因為在親近的關係中，我們為了表示友好親密而總是不斷迫近對方，以此獲得親密互動時的愉悅暢快，但如此的相處方式會帶來的問題在於：毫無保留、沒有距離的相處形態，久而久之一定會造成某一方的不堪承受，畢竟每個人都需要自我空間，也不可能永遠與對方一致，當不能配合或不想回應的時候，便會產生彼此的期望落差，倘若缺少智慧來化解這一緊張壓迫感，最後必然會導致雙方關係的破滅。何況在親近關係中很容易涉及個人隱私，往往出於喜歡對方而把自己「不足為外人道也」的一些隱私和盤托出，但由於個人的隱私或許涉及陰暗的領域，而那些領域並非所有人都能接受或瞭解，一旦長期累積這一類的負面訊息，最後也很容易會造成傷感情，而傷感情的結果便導致二人的關係破裂。

中國有個成語典故，叫作「破鏡重圓」，但事實上，破鏡是無法重圓的，無論如何彌補，人際關係中的裂痕都難以真正消除。因此，為了避免裂痕的產生，富有智慧的人會選擇合適的方式盡早化解緊張的關係，而人與人之間關係裂變的壓力需要靠智慧來識別。即使只是在有限的人生經驗中，各式各樣的關係破裂也是屢見不鮮的，在那些人生經驗中，或許是我們充當施壓於人的一方，或許是他人擔任施壓於我們的角色，但都造成彼此的傷害，印證了莊子所說的「相刃相靡」。人與人之間的關係是需要用智慧來經營的，我們要用智慧來瞭解人性的多樣與複雜，從而掌握到人與人相處的底線與分寸。擁有智慧的處世方式是一種十分難得的教養，有待我們不斷去學習和掌握。最重要的是，我們不能因為喜歡一個人就毫不設限，或過度隨便，而錯以為那是親近關係的反映，這是應該要被糾正的觀念。

回到脂硯齋對寶釵的評價，我終於明白「可喜之人，亦未見醴密之情」的難能可貴，那才是一種讓彼此關係可長可久的正面方式。隨著人生經驗的增長，我對人性的認識也越來越深刻，而慢慢地瞭解到，正是出於對對方的珍惜和喜愛，我們才必須懂得適可而止，不能僅憑藉一腔熱情魯莽地與人相處。脂硯齋對寶釵的描述實質上與「聖人之常，以其情順萬物而無情」是一致的，她廓然而大公，物來而順應，因此對外界事物沒有強烈的親疏遠近之差異，這是君子之所為，也是「無情說」的另一層奧義。我慢慢瞭解到，面對自己討厭的人不將冷淡之心形諸聲色，乃是君子的修養，而懂得尊重自己喜歡的人的感受，並懂得退後一步給對方留下足夠的空間，讓雙方能夠可長可久地交談與相處，更是君子之所為。出於對對方的珍惜，我們要懂得如何控制自己，這一類的感受在宋明理學中有更精緻、更深刻的表述，有待讀者繼續深入瞭解。

小說本是從人情世態來反映生命哲學的文體，寶釵泯除了主觀的執著與個人的好惡，甚至超越了親疏遠近的情感差序格局，她才可以做到不偏不倚地權衡裁量，事事都盡量回歸到「天鈞」的狀態，讓自身臻及隨運任化的自在境界。在這樣的人生態度之下，寶釵不僅對親疏遠近一視同仁，連個人遭遇的炎涼甘苦、天地萬物的聚散無常，也都可以怡然自安而不受影響，誠然是十分難得而可貴的。寶釵的「無情」是超越了個人的主觀好惡與偏私，同時對於自我的得失榮辱亦皆一併超越，而幫助寶釵達到這一境地的深層原因也與冷香丸有關。

冷香丸

現在，我們來探討「冷香丸」的命名以及它的象徵意義。在全面爬梳《紅樓夢》的文本內容與反覆思考之後，可以發現冷香丸的含義絕對不是一般人所認為的那樣，即「冷」是指寶釵的人格冷酷無情，而「香」是指她的外表美豔。試想：為什麼不可以反其道而行之呢？即「冷」是形容外貌的冷靜，而「香」是在讚美人格的芬芳，猶如屈原的香草譬喻！既然「冷香」這兩個字乃是相提並論，則任何片面取捨的單一詮釋都是不妥的。倘若寶釵並非一個冷酷無情的人，那麼很顯然地，冷香丸的「冷」字也不能作「冷酷無情」之解，而「香」也不一定只是單指她的外表。

在推翻既有的詮釋框架之後，我們應如何重新認識冷香丸的含義呢？首先，可參照脂硯齋的解釋：

> 歷看炎涼，知看甘苦，雖離別亦能自安，故名曰冷香丸。

也就是說，在看遍了世態炎涼、得失榮辱後，寶釵深深瞭解到人生各種甘苦的況味，而使得她能夠在歷盡滄桑之餘獲得一種穩定與平衡的智慧，如此超然的心態能讓一個人在面對「離別」這種人生最痛楚的遭遇時亦能自安。南朝文學家江淹在〈別賦〉中開宗明義便感嘆道：「黯然銷魂者，唯別而已矣。」李商隱〈離亭賦得折楊柳二首〉其一也曾說「人世死前唯有別」，「離別」可以說是除了死亡之外，生命中最痛入骨髓、最慘徹心魂的一種經歷，也是人生痛苦的一大來源。而寶釵這一類受到儒家高度教化並具有超越性人格的人，他們能夠在離別的遭遇中做到自我安頓，那真的是由學問所帶來的一種靈魂高度的持平，據脂硯齋的說法，這般的人格才是冷香丸真正的象徵意義！

回顧整部小說，曹雪芹是否對寶釵「雖離別亦能自安」的心靈境界有所同步表現呢？答案是肯定的，而且處處可見。參照眾金釵在第七十回桃花詩社的活動中，寶釵於〈臨江仙・詠柳絮〉一闋裡寫道：「萬縷千絲終不改，任他隨聚隨分。」便意謂著無論這個世道如何地動盪不定，都不改其志，因此面對聚散無常、隨聚隨分的外在變化，內心依然穩定安詳，仍舊謹守人格的重量，不失平衡。那豈不正是「雖離別亦能自安」的絕佳呼應嗎？透過寶釵〈柳絮詞〉所做的抒情言志的自我表達，再聯繫脂硯齋對冷香丸的詮釋，證明這才是一種合理的解讀方式。

因此，冷香丸的「冷」字可以解釋為寶釵的冷靜，「香」也可以理解為一種道德所散發出來的人格芳香，例如寶釵的住所名為「蘅蕪苑」，源自蘅蕪苑中遍地所種的香草，包括杜若、蘅蕪、藤蘿、薜荔、茝蘭、清葛等等，見第十七回、第四十回，而「香草」意象早在《楚辭》的系統中便被比擬為君子賢人的道德象徵。所以，有關冷香丸複雜的象徵意涵，絕對不能望文生義和斷章取義地孤立看待。

其實，作者在設計冷香丸的象徵意涵時也煞費苦心，小說中處處呈現冷香丸的象徵寓意，故而面對冷香丸所對治的疾病以及寶釵生病的緣由，我們都需要進行一種全面性的思考，寶釵之所以需要服用冷香丸，其中一定存在著一些特殊的緣故。清末以來喜歡《紅樓夢》的人，尤其是抑釵揚黛派常常認為，書中為了襯托黛玉，於是將寶釵設計成一個壞人，如清代解盦居士《石頭臆說》所言：「此書既為顰顰而作，則凡與顰顰為敵者，自宜予以斧鉞之貶矣。寶釵自云從胎裏帶來熱毒，其人可知矣。」

但是，這一番話根本上便存在很大的問題，首先，《紅樓夢》一書真的是為了顰顰一個人而作的嗎？當然不是，這部巨作呈現了對個人、家族甚至整個世界的種種哲理性的反思，並且透過很多具體的人物與事件來呈現世間萬象、人性百態，形成一種無比豐富多元而複雜奧妙的複調交響曲，林黛玉只不過是其中的人物之一。第二，解盦居士說凡是與顰顰為敵者，都要用斧鉞來貶低，其實已經是抱有很強的好惡成見之心，正是我們應該盡量避免的。事實上，連是否有人與黛玉為敵都還有待仔細考察，讀者實在不應該自行去創造敵人，而流於黨同伐異。

無名之症

回歸文本內容，我們來仔細看看小說家如何描述寶釵生病的原因以及治病的原理。在第七回中，周瑞家的因這幾日不見寶釵，便問道：

「這有兩三天也沒見姑娘到那邊逛逛去，只怕是你寶兄弟沖撞了你不成？」寶釵笑道：「那裏的話。只因我那種病又發了，所以這兩天沒出屋子。」周瑞家的道：「正是呢，姑娘到底有什麼病根兒，也該趁早兒請個大夫來，好生開個方子，認真吃幾劑，一勢兒除了根才是。小小的年紀倒作下個病根兒，也不是頑的。」寶釵聽了便笑道：「再不要提吃藥。為這病請大夫吃藥，也不知白花了多少銀子錢呢。憑你什麼名醫仙藥，從不見一點兒效。」

從寶釵的口中可以得知，她的病是長期的宿疾，請了多少名醫仙藥都不奏效，這一點恰恰與黛玉有些近似，試看第三回中，眾人見黛玉先天有著不足之症，便問她吃什麼藥，黛玉道：「我自來是如此，從會吃飲食時便吃藥，到今日未斷，請了多少名醫修方配藥，皆不見效。」由此可見，黛玉與寶釵所罹患的都不是一般的疾病，一般的疾病來自於筋骨形骸所產生的問題，那是可以透過一般的世間藥方而對症下藥的。

再看寶釵接著說：「後來還虧了一個禿頭和尚，說專治無名之症，因請他看了。」據此更證明這兩個人所患的疾病都可稱為「無名之症」，也就是一般的醫理沒辦法解釋的疾病。《紅樓夢》為黛玉後設了一個「木石前盟」的神話，用以解釋黛玉為何總是愛哭、憂愁幽思、風露清愁的根由。而在此要特別提醒一下，我們不能用科學的邏輯去解讀《紅樓夢》中的神話，因為那些神話根本上只是為了要說明人物的性格特質。在瞭解這一點之後，我們再繼續比對這兩位少女醫治疾病的方法。

首先，兩人所患的都是「無名之症」，而度化她們的也都是和尚。其次，和尚提供給黛玉的療治之道是要化她去出家，而提供給寶釵的對症方法則是一帖「海上方」。之所以同中有異，關鍵在於兩個人的性格完全不一樣，所以醫治的方法也不相同：黛玉的個性太鑽牛角尖，以致病根太重，加上身體又太柔弱，所以必須出家才能夠徹底斷了病根；而寶釵先天渾厚，性格比較健全，體質又比較強壯，所以只要服用冷香丸便可緩解疾病。和尚說寶釵的病是：「從胎裏帶來的一股熱毒，幸而先天壯，還不相干。」也就是說，寶釵無論是身心還是其他方面都比較強健，所以能夠抗拒得了疾病所帶來的影響而不至於致命，這也是兩人之間最大的不同。

黛玉的不足之症是一眼便能夠看得出來的，作者給予對應的神話解釋，即黛玉的前世為一株絳珠仙草，不幸奄奄一息，只因有神瑛侍者恰巧路過，發了好心灌溉甘露給她，否則仙草是要枯死的。絳珠仙草那種非常脆弱的先天不良體質，從前生帶到今世，所以黛玉看起來十分消瘦，「病如西子勝三分」，而寶釵則擁有非常健全的先天特質與後天環境，包含母親的教養及家世的背景各方面，所以這種「無名之症」就不會對她產生重大的影響。

原書在形容寶釵「幸而先天壯，還不相干」兩句旁，有脂硯齋夾批道：「渾厚故也，假使顰鳳輩，不知又何如治之。」批語所說的「渾厚」指的不僅是寶釵的體質，還包括她的心量，她不會為了一些小小的情感刺激便大喜大悲、情緒動盪。脂硯齋接著指出，如果讓黛玉與王熙鳳此等人物得了這種所謂胎裡帶來的熱毒，那麼縱然是冷香丸也不能夠壓制、解決得了。換句話說，黛玉先天即有不足之症，再加上後天愛哭，時常處在一種心神焦慮的狀態中，古人知道那樣其實非常傷身，《聖經》中也提到：「憂傷的靈，使骨枯乾。」難怪黛玉會病勢沉重。而王熙鳳雖然精明能幹，但是她常常渴望實踐自身的才能，以致過度耗損，有失保養，這種十分積極實現自我的欲望也是很難根治的，所以王熙鳳在小產之後，病情不但沒有好轉反而加劇，在在可見健康狀況其實都與她們內在的心靈狀態有關。

那麼，冷香丸究竟是從何而來呢？針對寶釵所言：「他就說了一個海上方，又給了一包藥末子作引子，異香異氣的，不知是那裏弄了來的。」甲戌本上有脂硯齋批道：

> 卿不知從「那裏弄來」，余則深知是從放春山採來，以灌愁海水和成，煩廣寒玉兔搗碎，在太虛幻境空靈殿上炮製配合者也。

而參照第五回，可知「放春山」、「灌愁海」正是太虛幻境的所在，在這一回中，寶玉剛剛進入太虛幻境之際見到一位仙姑，那仙姑自云：「吾居離恨天之上，灌愁海之中，乃放春山遣香洞太虛幻境警幻仙姑是也。」所以根據脂批，我們得知冷香丸來自於太虛幻境。再對比太虛幻境的其他產物包括「千紅一窟」、「羣芳髓」、「萬豔同杯」，更清楚顯示冷香丸的意涵絕對不是一般讀者所以為的那麼簡單，因為它與千紅一窟、羣芳髓、萬豔同杯具有孿生的關係，也因此具有同樣的象徵意義，即女性的集體悲劇！此外，寶釵服用的冷香丸是用「灌愁海水」所調和而成的，這又與黛玉的前身絳珠草「飢則食蜜青果為膳，渴則飲灌愁海水為湯」有著共通性。

由此可見，曹雪芹在塑造全書的兩大女主角時，都用了一種非常有趣又合理的安排來刻畫她們的先天稟賦。透過脂批的補充，我們知道與黛玉的性格特質息息相關的灌愁海水，實際上也同樣是寶釵人格因素的來源之一，而為什麼寶釵如此一位得體大方的大家閨秀，要服用由灌愁海水所和成的藥丸呢？很明顯地，那是在暗示這兩位女主角都不能擺脫「愁」的命運，但是彼此又有所不同，一個是先天性的，因此是飲灌愁海水為湯；一個是後天的，所以要用灌愁海水調成的藥丸來達到治病的效果。這便是兩人都有「無名之症」的原因。

胎裡帶來的熱毒

能稱為「無名之症」的顯然便不是一般的身體病患，那種疾病可能帶有一些先天性及一種身心連貫的影響，很大程度上與人格的先天特質和後天因素有關，所以是一種所謂的「身心症」。關於寶釵從胎裡帶來的一股熱毒，一般的讀者很容易望文生義，用自己所熟悉的知識系統去加以理解，這種做法雖說是人性的弱點，不算什麼大錯，但卻注定會導致誤解，於己無益、於書無補，因此我們不應該停留在目前的知識水準上，而是要察覺到自身的渺小以及知識範圍的狹窄，努力透過讀書來擴大眼界，讓我們更瞭解這個世界中人性可能存在的複雜。在此，我要引用蘇聯學者伊・謝・科恩（N. C. Koh, 1928-）的一番提醒，他說：

> 一知半解者讀古代希臘悲劇，天真地以為古代希臘人的思想感受方式和我們完全一樣，放心大膽地議論著俄狄浦斯王的良心折磨和「悲劇過失」等等。可是專家們知道，這樣做是不行的，古人回答的不是我們的問題，而是自己的問題。專家透過精密分析原文、詞源學和語義學來尋找理解這些問題的鑰匙。

科恩雖然是以古希臘悲劇為例，但其道理對於我們理解《紅樓夢》也是完全適用的。事實上，我們連對同時代、同環境的人都瞭解甚少，雖然彼此呼吸著同樣的空氣，受到相同價值觀的洗禮，甚至是在同一套社會制度的運作下成長，但是我們背後還是有各式各樣的家庭背景、彼此不同的成長經歷，而導致了許許多多的差異，更何況是存在著時代鴻溝的古人。經過民國初年以來歷史文化的巨大斷裂，傳統與現代之間橫亙著一段極為遙遠的時空距離，我們對古人的所知也就更少。

與科恩所言相同的情況，我們也常用一知半解的方式在理解《紅樓夢》，認為和尚說寶釵有「胎裏帶來的熱毒」便是在否定這個人物，並將冷香丸視為寶釵性格冷酷的證物，那是因為我們常常忽略《紅樓夢》所回答的是他們自己的問題，即這種世家大族面臨末世的狀況下所會遇到的問題，而不是我們現代人的問題，事實上我們很難體會處於那等的獨特階級裡，當遇到毀滅的轉捩點之際，其中的感受究竟如何。所以我們要透過精密地分析原文，透過詞源學和語義學來尋找正確理解這些問題的鑰匙。

接下來，我們便先探討所謂的「熱毒」。透過爬梳、整理《紅樓夢》前八十回的文本及參考脂批，我注意到作者在解釋書中人物的獨特性及個別的差異性時，會不斷地追溯他們先天所稟賦的一種性格內核，同時更探索他們後天的成長環境類型，雙管齊下地說明他們的性格成因；也就是說，即使是同一種先天的性格內核，如「正邪兩賦」，都會透過後天教育的分殊化而導致塑造出不同的人格特質。為了解釋這個問題，曹雪芹在文本裡以及脂硯齋在批語中都不斷地強調「先天」的概念，而其中相關類似的、也暗含「先天」概念的詞彙，便包括「從胎裏帶來的」。

那麼，這一股先天上與生俱來的熱毒又是什麼呢？由於我們對「熱毒」這樣的字眼完全沒有什麼好感，覺得是一種具有殺傷力、非常邪惡的詞語，因此很容易朝著負面的方向去解釋寶釵。比如解盦居士便給予這樣的詮釋，其《石頭臆說》道：「薛氏之熱毒本應分講，熱是熱中之熱，毒是狠毒之毒。」現在很多相關的文章萬變不離其宗，慣於把「熱」解釋為熱衷功名利祿、現實利益等，而「毒」更是被視為形容寶釵的邪惡。所以解盦居士接著說，從「熱毒」一詞就可以看出曹雪芹「其痛詆薛氏處，亦不遺餘力哉！」該類簡單地、片面地把「熱毒」解釋為熱切追求現實功利之欲望的說法，堪稱比比皆是，但是面對《紅樓夢》這樣一部集各式各樣豐富內涵的文化百科全書，以如此淺俗的認知方式去解釋「熱毒」這個詞彙，真的妥當嗎？

下面要提供脂硯齋對「熱毒」的解釋，它指引了截然不同的方向。甲戌本在「從胎裏帶來的一股熱毒」句下批云：「凡心偶熾，是以孽火齊攻。」其中的兩個用語實在意義深長。回顧小說內容的書寫，「凡心偶熾」這個詞彙首先出現在第一回中，當時石頭因「凡心已熾」而懇求一僧一道攜帶它進入紅塵，在那富貴場中、溫柔鄉裡受享幾年。此外，與石頭有關的神瑛侍者也出現同樣的描述：「恰近日這神瑛侍者凡心偶熾，乘此昌明太平朝世，意欲下凡造歷幻緣，已在警幻仙子案前掛了號。」可見無論石頭還是神瑛侍者，想要下凡到人間的前提都是「凡心偶熾」，這是石頭幻形入世的動機，也是寶玉入世的主要根源，由此更證明了石頭和神瑛侍者是二而一的關係，都屬於賈寶玉的前身。值得注意的是，脂硯齋同時將「凡心偶熾」用在「熱毒」的解釋上，所以對於「熱毒」的理解，必須聯繫寶玉之所以來到人間的原因一併考察，因為他們共有同一個術語，並且享有同樣的語義，那是文本內在互證的一個絕佳的客觀參照。

不僅如此，脂硯齋還將「凡心偶熾」用「孽火」來補充說明，這更可以回到中國傳統的文化背景裡獲得解釋。「孽」字加上個「火」字其實具有很鮮明的佛教思維，對佛教而言，這個世界如同「火宅」，我們來到人間雖然得到很多的感官享樂，可是那些感官享樂其實是傷害了自身，使人有了煩惱和痛苦。所以「受享」一詞從另外一個層面來說，也等於是來到人間受苦，因為人生有得必有失，一僧一道便是以此勸阻石頭道：「那紅塵中有却有些樂事，但不能永遠依恃；況又有『美中不足，好事多磨』八個字緊相連屬，瞬息間則又樂極悲生，人非物換，究竟是到頭一夢，萬境歸空，倒不如不去的好。」而且當人有得的時候，貪婪的心便會想要得到更多而變成無底洞，以至於處在一種永遠不滿足的追求中，由此陷入沉重的焦慮不安，此一狀態本質上已經如同地獄。脂硯齋所說的「孽火齊攻」便是告訴我們，當一個人凡心熾熱的時候，即會遭受被火焚燒的痛苦，所得到的孽報即是來到人間受罪。這也表明寶釵的「熱毒」與石頭「凡心偶熾」想要幻形入世一樣，都是人性先天的本能欲望，和狠毒之類的人格概念完全無關。

上述所舉的佛家觀念，是透過脂批的「凡心偶熾」所找到的一個線索，從石頭幻形入世的欲望來理解「熱毒」。此外，我們還可以參照另一處的情節來理解「熱毒」這個詞彙，堪稱為文本中的一個絕佳內證。第三十四回中，當寶玉被賈政毒打一番而傷重臥床時，寶釵在第一時間送來丸藥，並向襲人吩咐道：「晚上把這藥用酒研開，替他敷上，把那淤血的熱毒散開，可以就好了。」這是第一處提到「熱毒」。接下來，王夫人因為擔心寶玉，而找襲人去問話，此時襲人道：

> 「寶姑娘送去的藥，我給二爺敷上了，比先好些了。先疼的躺不穩，這會子都睡沉了，可見好些了。」王夫人又問：「吃了什麼沒有？」襲人道：「老太太給的一碗湯，喝了兩口，只嚷

乾渴，要吃酸梅湯。我想著酸梅是個收斂的東西，才剛捱了打，又不許叫喊，自然急的那熱毒熱血未免不存在心裏，倘或吃下這個去激在心裏，再弄出大病來，可怎麼樣呢。」

這是第二次提到「熱毒」。單單寶玉挨打的一段情節中便有兩次提到「熱毒」，很可以提供關於寶釵從胎裡帶來的「熱毒」的正確解釋。

統合整段情節的相關描述，有兩個重點可以注意：第一，寶玉的熱毒是從何而來的？答案很明顯，必須先要遭受毒打，受到外力強大的侵逼迫害，才會產生淤血與熱毒；第二，寶玉的熱血、熱毒之所以會那麼嚴重，就在於不許叫喊，他是處在一種壓抑和痛苦不得宣洩的狀態下，其痛其苦都蓄積在身體之內無法化解，所以才形成熱毒、熱血存在心中。而寶釵從胎裡帶來的「熱毒」是否與寶玉「熱毒」產生的緣由具有交叉互證之處呢？

我想，為了避免望文生義、穿鑿附會，應該先藉由傳統的醫學概念來把握「毒」的意義，而且前提在於這個「毒」是身體內在的某一種東西，不能用外在諸如砒霜之類的毒藥來理解。除醫學概念的解釋之外，再參考訓詁書籍的說法，道理便會更清楚了，如《廣雅》將「毒」字解釋成：痛也、苦也、慘也，這是一種從生理狀況延伸出去而可以與心靈狀態有關的解釋。又另一種解釋則是佛教中有所謂的「三毒」之說，即貪、嗔、痴，也就是貪欲、嗔恚、愚痴，此三毒是對靈魂的毒害，能夠傷害到自身的佛性，破壞了出世的善心，使眾生的身心感到「逼迫」、「熱惱」，「熱惱」即煩惱，因此處於「孽火齊攻」的狀態下，不能獲得安定與沉靜。

據此而言，寶釵從胎裡所帶來的「熱毒」固然是與生俱來，但「熱毒」其實是指進入到人世的那一種凡心，一旦有了凡心之後，心靈便處在「孽火齊攻」的狀態中，事實上那是所有的人都不可能完全避免的。因為「三毒」或多或少都會對個人造成干擾與影響，使我們感到痛苦，誠屬所有人與生俱來的一種存在本質。而我將這種「熱毒」解釋為一種對於人生的熱情，包含著希望、追求、期待以及喜、怒、哀、樂、貪、嗔、痴、愛等種種好惡情緒，是一種很基本的人性本能。當人性本能過度受到壓抑以後，熱情欲望無法自然地宣洩或是合理地疏導、轉化與昇華，痛苦也就產生了，何況就算沒有去壓抑，對很多人來說，欲望的煎熬本身其實便是一種痛苦。對照寶玉挨打所產生的「熱毒熱血」，可見小說的文本與脂硯齋的批語事實上更為一致，因此我才會不斷呼籲要盡量回歸文本，回歸到作者的時代脈絡裡，才能客觀且深入地理解其中真正的文化意涵。

「熱毒」既然是誰都不能避免的人生本質，則對於治療這種從胎裡帶來的熱毒而設計的藥丸，或許可以找到比較合理的答案。我們應該先追問寶釵發病時的症狀到底如何？關於這個疑問，寶釵自己提出說明：「也不覺甚怎麼著，只不過喘嗽些，吃一丸下去也就好些了。」但奇怪的是，喘嗽豈不是我們每個人都會有的日常生活經驗嗎？那根本談不上是一種疾病，最多只能算是身體的輕微反應，傷風會喘嗽，勞動稍微激烈一點也會喘嗽，甚至情緒感觸非常激動的時候也會喘嗽，所以喘嗽根本是一個非常普通的生理現象。這般平凡輕微的病症簡直與對治的冷香丸極端不相稱，因為冷香丸的配方十分繁瑣，在一般正常的狀況下，甚至需要十年的時間才能配製而成，並且冷香丸又是和尚所給的海上方，既然靈丹妙藥總是用來克制頑疾，則依常理推斷，冷香丸所對治的疾病應該是很嚴重、甚至足以致命的，不會只是一般性的喘嗽。孰知竟然只不過如此！據此而言，問題顯然不在於一般意義下的生理反應，而是另有深層的隱喻，我們必須盡量理解這裡的喘嗽到底有哪些可能。

宋淇曾認為寶釵的喘嗽是輕微的哮喘，雖不會致命，但是也不能根治。而引發哮喘的原因各式各樣，宋淇又主張寶釵主要是因花粉熱而產生的哮喘，所以她的喘嗽屬於過敏症，這完全是從生理的角度來理解此一喘嗽現象。我認為或許可以從另一個角度來認識寶釵的喘嗽，即它是來自於精神心靈狀況的一種身心症，而非單純地因受到外來刺激所產生的過敏反應。所謂「從胎裏帶來的」也就是與生俱來的一種本能的熱情，攜帶這種熱情進入人世，便會遭受到很多痛苦，因為我們一定會因欲望被壓抑，或者面臨很多的失落和不能滿足而產生痛苦感。

簡單來說，寶釵的病因是一種與生俱來的熱情，那是每個人都具有的，也是我們來到人世間以後，無法也根本不需要完全根除的人性本能。這種人性的本能有好有壞，好的就如孟子所謂的「四端」：「惻隱之心，仁之端也；羞惡之心，義之端也；辭讓之心，禮之端也；是非之心，智之端也。」壞的本能即包括貪婪自私、自我中心等，所以需要後天不斷地擴充和涵養「四端」，努力將不好的人性本能所帶來的影響減到最低，然後才可以成為一名君子，那便是為什麼後天教育也一樣非常重要的原因。幸而寶釵是先天壯，心理狀態很是渾厚均衡，她的豁然大度也使得她對別人的怨懟渾然不覺，所以心理的不平衡感便相對減少，再加上她的體質也比王熙鳳和黛玉來得健全，所以才產生了與二者不同的對治方式。

在全書中，黛玉是喘嗽最頻繁、最強烈的代言人，這或許可以幫助我們解釋寶釵的喘嗽。首先，喘嗽是一種正常現象，而在《紅樓夢》中，喘嗽應該是一種情感疾病的表徵，也正是所謂的「熱毒」，此毒即「三毒」之類，可以擴充到人的喜怒哀樂等種種本性來理解，熱毒透過身體轉化之後外顯出來的症狀便是喘嗽。所以當寶釵喘嗽時，便表示此時內心失去平衡，需要服用一點冷香丸以恢復原先的平靜與冷靜。

回到冷香丸藥材的設計原理來看，既然喘嗽是正常的情感表現，又為什麼要大費周章地製作冷香丸去對治它？黛玉吃的是人參養榮丸，因為她先天不足，所以需要滋養。可是黛玉的情感表徵更為強烈，而且對她來說，情感是源自先天「飢則食蜜青果為膳，渴則飲灌愁海水為湯」所造就而成的獨特人格稟賦，那麼何以黛玉不用服食冷香丸呢？在此一對照之下，或許可以讓我們體會到作者在設計黛玉的時候，是刻意安排她既具備特殊的先天稟賦，後天生長的環境又比較不受壓抑，因為黛玉在本家是一個嬌養的獨生女，來到賈府之後又是炙手可熱的寵兒，相對可以率性而為，因此黛玉是不大需要克制自我的人，以至於她的喘嗽也就出現得較為頻繁。寶釵則不一樣，她一有喘嗽的症狀便得服用冷香丸，以恢復到平時周全均衡的情緒和為人處事的渾厚狀態中。在這般的理解層面下，冷香丸所代表的其實即一個人的內心狀況，由曹雪芹所設計的海上方，足見冷香丸顯然有其獨特的象徵意義與意涵。

配製冷香丸

關於配製冷香丸的藥材，首先要注意所需的花蕊都是白色：「春天開的白牡丹花蕊十二兩，夏天開的白荷花蕊十二兩，秋天的白芙蓉蕊十二兩，冬天的白梅花蕊十二兩。」試想：當所有的花都是白色的時候，看起來會是什麼感覺？此時這些花就只有大小的差別，而遠遠看過去一片都是潔白，其實大小的差異也不大。尤其白色在中國文化中又往往與悲劇有關，如喪事等，所以我認為白色其實是帶有特定的文化意涵的，那些白花並無原先點染春天時的繽紛色彩，象徵著縞素與蒼白，也象徵著純淨與淡泊。

此外，配製冷香丸的藥材計量單位都與數字「十二」有關，如花蕊十二兩、雨水十二錢、露水十二錢、霜十二錢、雪十二錢，還有十二錢的蜂蜜、十二錢的白糖，以及十二分的黃柏。搭配春夏秋冬四季的花蕊以及二十四節氣的要求，也都包含「十二」的基數，則首先可以產生的象徵寓意，即意味著終年不斷。

此外，關於「十二」這個數字，《紅樓夢》一定有其自身想要表達的象徵意義，該象徵意義也都需要我們回到源遠流長的中國傳統文化裡去理解。在《左傳．哀公七年》中便提到十二是「天之大數」，乃宇宙運行的基本節奏，構成了世界的秩序，例如一年有十二個月，再細分為二十四節氣，推而擴之，十二年也叫一紀年，還有十二地支、十二生肖等。「十二」是一個非常重要的輪迴與循環的單位，從古到今，這個「天之大數」深深地烙印在我們的生活文化裡，是我們理解整個世界的一個基本範疇。《紅樓夢》中也有奠基於文化傳統的數字使用，如補天棄石的尺寸大小是「高經十二丈、方經二十四丈」，並且更將「十二」用在十二金釵上，而有正十二釵、副十二釵、又副十二釵的統整歸類，顯然是代表所有女性的意思。正因如此，在第七回敘述冷香丸的藥方時，甲戌本脂硯齋夾批道：「凡用『十二』字樣，皆照應十二釵。」

由此可見，冷香丸並不完全是寶釵個人專屬的獨特象徵，而是作者藉由寶釵作為代表，將所有的女性悲劇加以展示出來。回想冷香丸不正是由太虛幻境的灌愁海水調製而成的嗎？黛玉的前生飲用的是灌愁海水，寶釵來到今世以後也要服用帶有灌愁海水成分的藥丸，這兩者之間恐怕有一個同樣的根源，那就是人類與生俱來的、每一個人都有的本性，如前面所述的三毒之類。舉例來說，聖嚴法師在其回憶錄裡便談到，佛教中人首要克服的兩個基本原始本性即「食」與「色」，而在漫長的修行過程裡，最初的那些年裡，他對於「色」其實還是沒辦法完全不動心，所以在修行過程中一直不斷地努力克服。聖嚴法師是把佛法實踐在現實人間，使得人人都可行可為，也因此變得更好的一位非常了不起的人物，初期卻也不能免於那一類的考驗。由此看來，我們與生俱來的本性真的需要靠後天不斷地努力、不斷地昇華。

換言之，每一個人的內在其實都有灌愁海水的成分，小說中的十二金釵也都同樣受到這般的痛苦，一旦將冷香丸製作過程中的數字「十二」與十二金釵相互聯繫，則透過這個線索可以更清楚地看到，春夏秋冬的四種花品恰巧也是六位金釵的代表花，春天開的牡丹是寶釵的代表花，夏天開的荷花是香菱的代表花，秋天開的芙蓉是黛玉及晴雯的代表花，冬天開的梅花是李紈乃至妙玉的代表花。這六人所展現的都是活生生的真實樣貌，有青春少女的春心，也有完美淑女的渾厚，而早寡的李紈從一出生便受到封建禮教的洗禮，所以她很快地進入白梅花的狀態，至於年幼出家的妙玉，則還是色澤豔麗如胭脂的紅梅花。

以李紈的白梅花作為一個參照，作者告訴我們：牡丹花變成白色，荷花也漂白了，就連芙蓉也不能夠免除縞素的命運。從春天到冬天，白色會不會是禮教的象徵呢？有的從一出生便接受禮教，有的人是中途深受禮教的收編，有的人則很早便已經變成禮教中最完美的淑女，因此都用「白」來顯示，包括芙蓉花黛玉都要走向一條非常完美的閨秀道路，那也是身為貴族女性的十二金釵所不能避免的終極命運。

綜合來看，由數字「十二」與「白色」再加上各人的代表花，我認為冷香丸的設計便是要呈現所有的女性都不能夠免除禮教的深刻影響，如同冷香丸炮製而成的地方是在太虛幻境，而那裡的薄命司以及「千紅一窟」、「羣芳髓」、「萬艷同杯」等物品，不也都是女性悲劇命運的代名詞嗎？如此一來，冷香丸的「冷」字或許可以解釋為冷卻，即脂批所說的「香可冷得」，指冷卻那些美好的芳香。而「香」在《紅樓夢》以及傳統文化中都有象徵美麗女性的含義，例如所謂的軟玉溫香、憐香惜玉，所以冷香丸的意涵或許是指這些美麗的少女們終究都要步向縞素，接受禮教的洗禮收編。從這個角度來說，「冷香丸」便是與「千紅一窟」、「羣芳髓」、「萬艷同杯」互為形容女性悲劇命運的同義詞。

試看寶釵只要一喘嗽就得服用冷香丸，那麼回顧全書，寶釵又是在什麼狀況下會喘嗽呢？於第二十七回寶釵撲蝶之際，作者便形容她「香汗淋漓，嬌喘細細」，這是寶釵難得展現出活潑童心的一面，可此時也許即得服用冷香丸了。前面說過，喘嗽其實是一種與生俱來的欲望、本能的熱情，既然人不可能完全變成槁木死灰，則寶釵也難免有這般遊戲玩耍的時刻，於是一不克制便出現流汗喘氣的情況，那確實與她平常穩重和平的形象大相徑庭。

再看配製冷香丸的成分還有雨水、霜、露水、雪，中醫將這四樣歸納於「天水類」，認為它們是從天而降的水。在考察《本草綱目》以後，我發現天水類具有以下幾個特徵：第一，它們都是從天而降，所以古人認為它們非常潔淨，沒有受到大地上各種人類活動、風土塵埃的汙染。就連漢武帝求仙時，也刻意打造一座高出雲表的金銅仙人，手掌中托有承露盤，用意是以最乾淨的露水調製而成的仙藥會比較有效；第二，它們都是所謂的結晶品，尤其是霜、雪等水的結晶，是純淨到了極點才會變成的精華產物。以這四樣東西入藥便具有去毒、解毒的功能，可想而知，要化解寶釵從胎裡帶來的熱毒須得用到這些天水。

但上述所言只是一個單一的層次，或許還有其他不同層面可以來解讀冷香丸。表面上冷香丸是在壓抑人性，使得所有繽紛的色彩都被化約成單一的白色，顯得非常無情，彷彿禮教只是負面地在戕害人性，然而，真的是這樣嗎？我認為實際上並非如此，禮教也有其非常正面的地方，如同天水類的潔淨有其正面的意涵。畢竟人性並不保證都是最可貴的，生物本能、心理情緒本身並不等於是一種正面價值，要成為正面價值，一定得要經過後天的努力。同樣地，孟子雖然主張性善，但那只不過是說我們與生俱來便有「四端」，即惻隱之心、羞惡之心、辭讓之心、是非之心，而這四端只是一個很微小的萌發點，有善端並不等於就是一個善人，每個人都必須努力向善，使得先天的良好稟賦得以擴充、涵養，才能夠不斷地提高自我的人格層次。一旦沒有後天的擴充與涵養，「四端」很快即會被淹沒，因為人有太多的邪念與惡意，還有更多由敷衍、隨便、冷漠所構成的「平凡的罪惡」，會使得四端很快地消失死亡。所以如果從正面來看，後天的教育、各式各樣的道德涵養甚至包括禮教，都可以說是非常良好地提升一個人的環境力量。

以上我們從各種不同的角度來理解冷香丸，這正顯示了小說家的宏大與寬廣，以及小說作品的深不可測，所以確實是一個正確的解讀方向。

何時開始服用冷香丸

接著，我們針對寶釵開始服用冷香丸的年齡再做一點補充。比對《紅樓夢》的相關文本之後，以下的幾點訊息可以幫助我們推斷寶釵服用冷香丸的大約年齡。

第一，如果冷香丸的功效在於壓抑、對抗或是陶鑄、轉化人人皆有的一種天性本能，則我們可以回到寶釵的成長經歷來看看是否如此。第四十二回中寶釵對黛玉說：

> 你當我是誰，我也是個淘氣的。從小七八歲上也夠個人纏的。我們家也算是個讀書人家，祖父手裏也愛藏書。先時人口多，姊妹弟兄都在一處，都怕看正經書。弟兄們也有愛詩的，也有愛詞的，諸如這些「西廂」、「琵琶」以及「元人百種」，無所不有。他們是偷背著我們看，我們卻也偷背著他們看。後來大人知道了，打的打，罵的罵，燒的燒，才丟開了。

這一段話清楚說明七、八歲以前的寶釵也是淘氣的，與遭到大人們「打的打，罵的罵，燒的燒」而改過自新以後大為不同，所以我將七、八歲看成是她生命中的一大轉捩點。巧合的是，在古代，孩子們到了七、八歲便要開始上私塾，接受正規的教育，從順任本能的原始天然狀態中脫離出來。寶釵小時候的淘氣便表現於「姊妹弟兄都在一處，都怕看正經書。弟兄們也有愛詩的，也有愛詞的，諸如這些『西廂』『琵琶』以及『元人百種』，無所不有。他們是偷背著我們看，我們卻也偷背著他們看」。而她開始脫離淘氣的階段，是在大人們「打的打，罵的罵，燒的燒」的教育之後，足見「打罵」對於這種世家大族成長中的年輕一輩來說，是他們甚至成年以後都不能避免的一種教育形態，事實上只要做父親的尚在，他們基本上都是用打罵的方式來教育下一代。

回想一下《紅樓夢》中的幾個成年男子，有的已經是擔當理家大任的成熟大人，可是只要父親不高興，他們還是會遭到夾頭夾腦的笞打。例如賈璉，於第四十八回中，只因為他不贊同用下三濫的手段奪取石呆子的扇子來孝敬給父親賈赦，而對賈雨村的做法表示不以為然，就被賈赦打了個動彈不得。但縱然如此，賈璉也完全沒有批評父親收受他人不當之物的過錯，那是他們身為世家大族的子弟根本不敢做的，因為對他們而言，父親乃是天大地大、神聖至尊，父親所說的話便是聖旨，他們徹骨沒有任何反抗的意念。因此連平兒提到此事時，咬牙切齒所罵的也是賈雨村，可見世家大族的教育形態真的與我們現代大不相同，我們不能因為不理解他們的教育信念便妄加批評。所以說，賈政笞撻寶玉事實上一點都不能稱為殘酷，尤其寶玉「在外流蕩優伶，表贈私物，在家荒疏學業，淫辱母婢等」，對於此等世家大族來說，這種行為將置祖宗顏面於何在？

總而言之，「打的打，罵的罵，燒的燒」屬於該類大家族的教育常態，寶釵在七、八歲之後也即與別的兄弟一樣，回歸到貴族階層所要求的教育常軌之中，把一些所謂淘氣、不合規矩的作為給丟開。

第二，在第五十七回寶釵與邢岫烟的一番對話中，也顯示出寶釵由富麗轉向簡樸的轉變。當時她看到岫烟身上多了一個玉珮，詢問之下獲悉是探春贈送的，於是對岫烟說道：

> 他見人人皆有，獨你一個沒有，怕人笑話，故此送你一個。這是他聰明細緻之處。但還有一句話你也要知道，這些妝飾原出於大官富貴之家的小姐，你看我從頭至腳可有這些富麗閑妝？

然七八年之先，我也是這樣來的，如今一時比不得一時了，所以我都自己該省的就省了。將來你這一到了我們家，這些沒有用的東西，只怕還有一箱子。咱們如今比不得他們了，總要一色從實守分為主，不比他們才是。

從兩人的對話可知，薛家應該已經處於外強中乾的狀況，寶釵也十分瞭解事實，以至於她從自己開始做起，知其不可而為之地力挽狂瀾。寶釵說七、八年之先，她也是富麗閑妝，這顯示出喜歡打扮是人性中一種很本然的心理，何況還有環境的要求，但是在此之後，她的衣飾都淡雅素淨、一色半新不舊，蘅蕪苑也被她布置得如同雪洞一般。將相關的文字段落整合來看，我們可以推測出寶釵在七、八歲時開始受到一些外力，如禮教道德的介入，使得她的本性有了轉變與昇華，讓她遠離浮面不實的富麗閑妝。我想這樣的一個推論是合理的，因為富麗閑妝確實是外在的裝飾，當我們發現內在有一種更為充實的力量時，外在的裝飾也就可以不怎麼放在心上。

根據以上兩點，我們大概可以推斷寶釵的發病年齡應該是在「打的打，罵的罵，燒的燒」，即七、八歲之際天性橫遭壓抑，待活潑的天性和熱情被壓抑一段時間之後，也就轉化為身心症，而開始外顯出來呈現喘嗽的病狀。所以對寶釵的成長來說，七、八歲是一個很重要的關鍵點。

再考慮第三個文本證據，即冷香丸的製作很有可能要花上十年的時間才能夠完成，顯然寶釵的病症其實並不是很嚴重，否則緩不濟急，早已致命，也證明了所謂的宿疾只是一個人在成長學習的過程中，進行自我超越時所會遇到的關卡。

對人們來說，面對自己、改變自己本來就是一件很困難的事，在這個蛻變的過程中，必須與自我搏鬥，才能夠改變自我。而一般人所謂的「個性」是：只要我喜歡，便可以不惜違抗周遭外在的各種規範，以為如此即是自我的實踐，但這是一個非常簡化的、甚至錯誤的觀念。事實上，「個性」是一個人很清楚自己可以活成的某種樣貌，那是自身所認可的更高價值，在清楚認識到這一點之後，為了此一更高的價值而努力透過實踐去自我改造。我們不惜辛苦地改變自己，違背一些既有的天性，諸如自私自利、好逸惡勞、貪生怕死、嫉妒貪婪等，只為了讓自己成為一個更好的人，而最終所達到的那種性格特質才有資格稱為「個性」，所以「個性」是在千錘百鍊之後才能鑄成的。人之所以活著，並不只是來滿足物質世界的各種追求而已，我們還必須要瞭解這個世界、尊重這個世界，不應該讓自己構成這個世界的負擔，最好是更可以有所貢獻，因此要讓自己有所改變與超越。換句話說，違背自己的天性並不完全是一件不好的事，絕不能單用「禮教吃人」來解釋所謂的壓抑個性，因為人性必須要昇華，個性真的是需要打造的，靈魂更是需要雕琢，沒有一種與生俱來的東西可以叫作「價值」，「價值」是生命昇華以後才會產生的。

所以，我們不能因為冷香丸的功效是抑制胎裡帶來的熱毒，便把它當作一個負面的東西來反對，更何況冷香丸的藥料製作有可能真要花上十年的時間，據此便足以證明冷香丸所對治的疾病並不是多麼嚴重，畢竟自我成長的過程十分漫長，並非一蹴可幾。由此也讓我們意識到本性真的必須要有所昇華，進而調整自己的個性，希望靈魂的造型可以雕琢得更美，這是值得我們現代人努力和進一步思考的問題。

那麼，究竟花了多久的時間才配成冷香丸呢？寶釵說道：「一二年間可巧都得了，好容易配成一料。如今從南帶至北，現在就埋在梨花樹底下呢。」如果寶釵是七、八歲時開始有了喘嗽的症狀，之後再尋醫治療，等到禿頭和尚給了海上方，再花一兩年的時間將藥丸配成，如此一來，我們只能很粗略地估計寶釵是在十歲左右開始服用冷香丸。到此為止，我們對於冷香丸的所有方面大概都做了一個完整的交代。

「外靜而內明」

接下來再探討寶釵啟人疑竇的其他方面，尤其是不喜歡她的人都將一些客觀的文本描述解釋成她的罪證，但是那其實存在著很大的誤解。首先，這根本違背了整部小說對於寶釵的整體設計；其次，有一些批評，其實是批評者想當然耳的推斷，他們對於傳統社會中的世家大族一無所知，對於整部小說及脂批中的評論也不予理會，那些輕率的論斷其實毫無價值可言。成見建立於無知之上，然後又把成見當作真理，這都是我們需要自我檢討的地方。

讓我們再回到冷香丸的象徵寓意作為討論的基點。二知道人原名蔡家琬，是一位頗有見地的《紅樓夢》評點家，發表了許多真知灼見。雖然我並不贊同二知道人的部分觀點，但他對於冷香丸的理解是值得我們思索的，相關說法也符合脂硯齋所給出的方向，其《紅樓夢說夢》中寫道：

寶釵外靜而內明，平素服冷香丸，覺其人亦冷而香耳。

此處所說的「外靜而內明」與寶釵所服用的冷香丸有關，但問題仍在於「冷而香」的「冷」，究竟是「冷酷」抑或「冷靜」之意？兩者堪稱天差地別，不可不加以區辨，給予正確判斷的關鍵便在於「冷而香」的「而」字。從修辭學的角度來看，「而」這個字作為連接詞，可以有兩種不同的用法：一是對等並列；一是反向轉折。比如說一個人聰明而善良，此時的「而」是對等並列的用法，相當於「並且」的意思，因為聰明、善良都是正面的價值。再舉另一個例子：說某個人很醜而溫柔，此處的「而」則是相反轉折的用法，相當於「卻」、「然而」的意思，因為醜和溫柔屬於正、反不同的範疇。那麼，「冷而香」中的「而」到底是指寶釵「冷酷卻美麗」？還是同一個範疇的對等連接，指「冷靜且美好」呢？

幸而這段文字還有絕佳的文本內證作為參照系，試看前面的第一句說寶釵「外靜而內明」，按二知道人的表述邏輯，「外靜」與「內明」都是正面的肯定，可見「而」字是表示前後同等並列的用法。既然在對仗的情況下，前後兩句中的語法應該是一致的，也就是「冷而香」與「外靜而內明」的「而」字用法一致，則「冷而香」即同屬前後同等並列的用法。據此，便無形中傳達出二知道人對於「冷」與「香」的正面態度，「冷」字在這裡明顯並非「冷酷無情」的負面批評之意，而是相應於「外靜」，指外在所呈現的冷靜沉穩，「香」則是相應於「內明」，指內在的明智通透，其語序和語意的對應關係如下：

冷而香＝外靜而內明

冷＝外靜

香＝內明

順著這般的思路來思考，「冷」與「香」、「外靜」與「內明」都具有相近的道德意涵，則小說家乃是用「冷香」傳達出傳統禮教所隱含的道德高度與正面價值。

仔細探究文本，寶釵「外靜而內明」的處世方式誠然合乎宋明理學的傳統。只可嘆一提起宋明理學，世人往往會想起「存天理，滅人欲」這句廣為人知的標語，並以此來批駁宋明理學，但那完全是現代人的斷章取義。事實上，從「存天理，滅人欲」六個字在上下文中的整體脈絡，以及背後所蘊含的學術思想和哲學體系來看，其實理學家並非是要否定人欲，而是向世人揭示許多欲望對人類的損害，並引導人們透過更高的、如天理般的價值來提升自身。因此，「存天理，滅人欲」的完整語境與意涵與後人斷章取義之後的理解是不同的，後人過分誇大了其中的極端性，那是對理學家的嚴重誤解。簡單來說，「存天理，滅人欲」並非要求人們走向極端，而是在一定程度下，指引人們向上提升並超越自我的一種方向。

寶釵的「外靜」與「內明」有著傳統深厚的學術思想或文化根據，不能簡單地把「靜」與「明」當作一般的語詞來理解。明代理學家王陽明〈山東鄉試錄〉一文中便曾提到：「修身惟在於主敬，誠使內志靜專，而罔有錯雜之私，中心明潔，而不以人欲自蔽，則內極其精一矣。」修身是為了能夠成為一個越來越好的人，因此修身最重要的，就是讓自己的心安靜下來，不受外在的干擾。而唯有超越世界上各式各樣的功名利祿與形形色色的競爭比較，我們才能免除外界的干擾，並以此作為自己修身的起點。如此，人才有可能做到「中心明潔」，實現內心的清明與潔淨，並有機會達到對自我的超越。宋代理學家周敦頤在《通書》裡也曾指出「學聖之要」是：「無欲也。無欲則靜虛動直，靜虛則明，明則通；動直則公，公則溥。明通公溥，庶矣乎！」眾所周知，周敦頤以〈愛蓮說〉

名揚後世，而他對於蓮花的喜愛是有一整套哲學作為基礎的，即「無欲則靜虛動直，靜虛則明，明則通」，這是要求我們安靜下來，不要被外在的事物及躁動的欲望所填滿，唯有如此，我們的內心才能敞亮，從而實現「明則通」。

周敦頤和王陽明所提到的「靜」與「明」，完全符合寶釵服用冷香丸以後所形成的人格特質，並且這一理念背後蘊含了一系列有關理學的思想涵養，乃是非常厚實而深奧的。由此可見，我們不僅要仔細閱讀文本，還必須增廣學問，才能掌握書中所隱含的文化底蘊，正如第二回中，曹雪芹藉賈雨村之口所說的：「若非多讀書識事，加以致知格物之功，悟道參玄之力，不能知也。」

前文提到過，「冷」與「香」都帶有至深的道德含義，「冷」來自於寶釵廓然大公而帶來的冷靜，而「香」則不僅表現了寶釵的容貌豐美，同時也具有人格上的道德意涵。寶釵住在蘅蕪苑，得名於院中種了很多的香草，包括藤蘿、薜荔、杜若、蘅蕪、茝蘭、清葛之類，而香草明確是來自屈原《楚辭》的象徵性意象，代表君子或賢人，由此所形成的「香草美人」更是傳統古典文學中具有高度道德意涵的寓託，因此冷香的「香」理應具備同樣的意涵。而且，襲人是寶釵的重像，她的名字來源是因為寶玉讀到陸游的一首詩中說「花氣襲人知晝（驟）暖」，所以便把姓花的這位丫頭改名為「襲人」，可見「襲人」之名是為了強調「花氣」，也就是「花香」。

在此需要注意的是，「花氣襲人知驟暖」一句在《紅樓夢》裡都被錯引為「花氣襲人知晝暖」，而這並不是單一的孤例，《紅樓夢》中的引詩常常會出現某一個單字的錯誤，有時是因為音近，有時是因為義近，顯示小說家大而化之的一面，我們不論是閱讀或引用時都必須留意這一點。陸游的該句詩意在說明，當一陣花香迎面襲來的時候，即代表天氣突然變暖和了，因為天氣變暖時花香會格外濃烈，這是對大自然進行精密觀察之後如實細膩的創作反映。而曹雪芹改為「花氣襲人知晝暖」，意思便略有不同了，變成是白天的溫暖帶來了花香，則不免一般化、通俗化了，對環境的觀察顯得沒那般精細、富有氣候的微妙變化性。

「花氣襲人知驟暖」句中的「花氣」就是指花香，由於律詩有平仄的要求，而「花香」的發音並不符合格律的規範，因此將花香改作「花氣」。並且「香」與襲人的性格密切相關，作為寶釵的人物重像，襲人的存在是從「香」與「品德」兩個範疇來襯托寶釵的，作者在第八回中提到，服用冷香丸以後會散發出「一陣陣涼森森甜絲絲的幽香」，脂硯齋對此指出「這方是花香襲人正意」。「涼森森甜絲絲」正是冷香之意，而「花香襲人」更完全指涉襲人，因此把「香」與襲人的改名相聯繫，並且與寶釵所服用的冷香丸相結合是完全合理的。第七十七回中，寶玉對襲人的評價是「至善至賢之人」，賈府眾人也一致公認襲人是「久已出了名的賢人」，再根據一字定評的安排，作者給予襲人的評語也是「賢」字，因此小說以「賢」來評價襲人的觀點是一致的，而非讀者所認為的明褒暗貶，寶釵的「香」字亦然，是為道德所散發的芬芳。

如何看待禮教

作者取「香」字來傳達寶釵的道德之美，正是得益於禮教對寶釵人格的鑄造與昇華。由此可見，對於任何一件事情，我們都不應該僅從單一角度來看，更不宜只就一個層次去看待事情的變化。從積極層面來看，禮教對人並非全然是負面的壓抑，在適度的情況下，禮教其實是提升人性的絕佳外在助力。「適度」一詞要求我們在做事情時不能太過或不及，面對禮教之際亦然，我們不能輕率地全然加以否定而走向個人主義的極端。

禮教是否完全壓抑人性，並要求人們「存天理，滅人欲」，這很值得我們深入思考。清中葉的學者沈欽韓〈妻為夫之兄弟服議〉一文對禮教問題進行了論述：

> 原夫聖人之制禮，因人本有之情而道之。莫可效其愛敬，莫可罄其哀慕，則有事親敬長之禮、吉凶喪祭之儀，所以厭飫人心，而使之鼓舞浹洽者也。後賢之議禮，則逆揣其非意之事，設以不敢不得之科多方以誤之。

禮教制度起源於周公制禮，直至清代，禮教制度仍是傳統文化的核心。沈欽韓的這一段話表明，聖人制禮的根本原因在於要引導「人本有之情」，原來禮教制度是為了順應並引導人本身的情感而設的，與我們今天所以為的壓抑人性完全相反。人類的喜怒哀樂與七情六欲是自然的情感，但我們不能放任這些情感不加任何束縛，而是應該對自己的情感進行引導而提升。人的內心存在著強烈的感情，諸如深刻的愛與強烈的悲哀，在禮教制度產生以前，對於這樣的情感，我們「莫可效其愛敬，莫可罄其哀慕」，無法表達出對父母的敬意與愛慕，也無法把失去父母至親或愛侶知己的哀痛完全釋放出來，因此聖人制禮便是為了讓人們充分表現情感，以「厭飫人心」，使我們的心靈得到滿足，達到圓滿的境界。因為只有把情感抒解開來，我們才不會一直糾結纏陷其中，破壞了心理的平衡，甚至失去正常生活下去的力量。

認識到這一點以後，我對禮教的看法開始有了一些改觀。舉個例子，有一位老師不幸於幾年前失去了唯一的孩子，她十分悲傷，在如同致命的打擊之下失魂茫然，如同行屍走肉。在為孩子籌辦告別儀式時，一位友人建議這位老師把喪禮辦得繁瑣隆重。當時我十分不解，在我的觀念裡，孔子所說的「禮，與其奢也寧儉；喪，與其易也寧戚」代表儒家對待喪葬禮儀的觀點，儀式的隆重周至遠不如感情上的悲戚。但此一案例使我對人心的另一層面有了不同的認識，這位老師籌辦的喪禮雖然繁文縟節，卻使得整個儀式更加隆重莊嚴，在漫長的打理過程中也疏導了她心中沉重的悲痛。

這便引發了我的思考，我們從小只知道「禮」是一種外在形式，但實際上，人心對於禮的需求是不可或缺的，哀戚與隆重並不衝突，甚至可以共存，與暴發戶庸俗可笑的鋪張炫耀完全不同。沈欽韓也告訴我們，莊重的儀式能夠「厭飫人心」，因為在籌備儀式的過程中，遺族投入的心血精力越發充足，內心的哀傷就有了投注的對象，而能夠轉移心境，使之趨於平緩。於是我體會到，沈欽韓所說的「因人本有之情而道之」確實才是制禮的主要目的。經過此一事件，我對於禮教、儀式有了不同以往的理解和觀點，與其說禮教與儀式是束縛行為的外在制度，不如說禮教和儀式是引導人們面對自己的內心與情感的管道。

當然，事情總是沒那麼簡單，關於「禮」是否為虛禮的問題，就連子貢都曾為此而與孔子產生爭執，《論語．八佾》記載：

> 子貢欲去告朔之餼羊。子曰：「賜也，爾愛其羊，我愛其禮。」

子貢想要省去每個月初一舉行告朔之禮時必須宰殺來供奉的活羊，既然「禮」已經成為虛禮，那麼是否還有必要「行禮如儀」？在世人只是行禮如儀、情不由衷的前提下，這些動物是否還要被白白犧牲呢？但在孔子看來，「禮」是不可荒廢的。如今儘管虛禮大行其道，但如果連虛禮都不存在，那麼後人便失去了觀摩的憑藉而不再會去學習「禮」，許多重要的制度儀式也因此被廢棄，那就完全喪失了以禮提升人心的機會。中國文化博大精深，制禮作樂影響古代社會兩千餘年，因此從正常的邏輯來看，禮樂制度一定有著非常深刻的道理，以至於最後即使演化為虛禮仍具有被維繫的價值。

對此，曹雪芹提供了另外一個非常有意思的例子，即黛玉侍親敬長的態度。長期以來，黛玉和寶玉一樣，被認為是個人主義反叛禮教的典範，實則大謬不然。我們往往戴著有色眼鏡看待《紅樓夢》中的人物，因而忽略了黛玉遵守禮教制度的一面，例如在第二回冷子興演說榮國府時，其中提到了黛玉對於母親「莫可效其愛敬」的敬愛，並以禮教的方式來表達。由於當時的黛玉還是一個小孩子，其實並不需要接受其他許多形式的行為規範，然而她卻自行嚴格遵守倫理要求，在讀書時只要遇到母親的名字，黛玉便主動選擇「更讀」或者「缺筆」的避諱方式。黛玉的母親叫作賈敏，因此黛玉每每寫到「敏」字就會故意缺一筆，讀到該字的時候也故意念錯音，兩種情況都屬於禮教所要求的避諱。在黛玉身上，我們清清楚楚地看到聖人之制禮是「因人本有之情而道之」，並由此發展出一套侍親敬長之禮，避諱便是其中之一，黛玉正是藉此以幫助她表達出對母親的敬愛。由此可見，禮教並非完全壓抑人性或者流於形式的外在虛禮，在黛玉身上，「情」與「禮」合而為一。

不僅如此，第六十四回中黛玉私下祭奠父母，也表現出了對父母的愛敬。作者描述寶玉往瀟湘館去看望黛玉：

將過了沁芳橋，只見雪雁領著兩個老婆子，手中都拿著菱藕瓜果之類。寶玉忙問雪雁道：「你們姑娘從來不吃這些涼東西的，拿這些瓜果何用？不是要請那位姑娘奶奶麼？」

根據雪雁的說明，當時更具體、完整的情況是：

今日飯後，三姑娘來會著要瞧二奶奶去，姑娘也沒去。又不知想起了甚麼來，自己傷感了一回，提筆寫了好些，不知是詩是詞。叫我傳瓜果去時，又聽叫紫鵑將屋內擺著的小琴桌上的陳設搬下來，將桌子挪在外間當地，又叫將那龍文鼎放在桌上，等瓜果來時聽用。

但種種做法都不像是要請客或點香，因此她也莫名所以。寶玉聽了心內細想，推測是：

或者是姑爹姑媽的忌辰，但我記得每年到此日期老太太都吩咐另外整理餚饌送去與林妹妹私祭，此時已過。大約必是七月因為瓜果之節，家家都上秋祭的墳，林妹妹有感於心，所以在私室自己奠祭，取《禮記》：「春秋薦其時食」之意，也未可定。

黛玉的父母雖已去世多年，但正如寶玉所推測的那般，儘管不是黛玉父母的生辰或忌日，但她出於由衷的孝心，仍會遵守「春秋薦其時食」的傳統，以表達對父母深重的思慕之心，而《禮記》正是黛玉表達情感的絕佳依據。從黛玉對父母的孝敬可知，她祭奠父母絕非是形式上的虛禮，而是發自內心真誠的愛敬。

藉由黛玉的事例，我們也可以看出寶釵時時刻刻遵守禮教並不是對個性的壓抑，而是封建社會的貴族少女及正統大家閨秀本身應有的一套教養，此一教養是由內而外地形成的，絕非只是一套虛禮。脂硯齋在談論這種世家大族的教育時，用了現代人耳熟能詳的一個俗語，即「習慣成自然」，一個人受到的教育與自身性格的養成同樣合乎這個邏輯，顯示人的性格是可以培養的，猶如天性一般。事實上，人與社會之間不一定是對立的關係，文化也並非總是在侵奪個人的空間；相反地，人與文化是相輔相成的，二者關係十分複雜，必須說文化對人的滋養和影響十分深刻，我們不能用簡單的二分法的對立邏輯來加以看待。

藉由黛玉「春秋薦其時食」的事例，我們可以明白，《禮記》帶給黛玉、寶釵等人的薰陶與訓練是深遠且持久的，她們深刻瞭解到禮教的深厚內涵，並打從心底由衷地服膺禮教，更由內而外地將之融入生活中。除了禮教所賦予女孩子的道德之美以外，黛玉身上所表達出的孝心也是極美好動人的。從這些事例來看，禮教是否應該被完全否定和廢棄，實在很值得人們反思，我們在「自然成習慣」的時代思維鉗制之下，以為天生自然的就是真正的自我，殊不知，養成好的習慣其實可以塑造出更好的自我，以至於往往誤入歧途而不自知，忽略了自我完善化的重要。總而言之，確實應該盡力擺脫「以自然為自我」的通俗思維定式。

學問中便是正事

寶釵的道德之美還有一個很重要的來源，那就是「學問」，這對我們現代人也很有深刻的啟發意義。禮教與學問有別，但二者在一定範圍和程度上可以相通，並且各自都兼具不同的範疇，因此我把學問獨立出來，作為認識寶釵的另一個切入點。在第五十六回中，寶釵指出：

學問中便是正事。此刻於小事上用學問一提，那小事越發作高一層了。不拿學問提著，便都流入市俗去了。

人真正該做的當然不是順從荒嬉遊樂的淘氣本性，而是要昇華自己的靈魂，學問正是讓一個人活得更美好、更深刻的重要橋梁，所以說「學問中便是正事」。並且正如寶釵所說的，於小事上用學問一提，小事便能夠作高一層，而不拿學問提著，就會流入市俗，停留在平庸泛泛的一般層次，因為學問不但能夠令人獲得昇華，同時也可以幫助人擁有看得更深遠的眼光，不被眼前耳目所及的表象世界所限制。學問使我們不會短視而急功近利，導致一葉障目而不見泰山，由此才能夠實現對自我的超越，走向更接近真理的道路。寶釵的學問在《紅樓夢》中得到了一致的肯定甚至稱頌，此外還有脂硯齋，他雖然對黛玉、晴雯等女性也都讚譽有加，然而對寶釵與襲人給予更為頻繁和更加高揚的讚美。

整部《紅樓夢》的人物風景，猶如第二十二回脂硯齋所說：「總寫寶卿博學宏覽，勝諸才人。

顰兒却聰慧靈智，非學力所致，皆絕世絕倫之人也。」以寶釵為例，學問的昇華對於她自身的道德完善是十分必要的。從貴族階層的立場來看，《紅樓夢》裡的大家閨秀絕非《西廂記》、《牡丹亭》之類故事的才子佳人，其實在曹雪芹的道德觀念中，《西廂記》、《牡丹亭》內的佳人形同娼妓——儘管這是一個干冒大不韙的結論，但從研究成果以觀之，的確如此。對曹雪芹而言，傳統才子佳人敘事中的佳人，看到一個清俊貌美的男人就動了心，甚至待月西廂去自由戀愛，這與守禮法的大家閨秀是完全不同的，因為只有風塵女子才會做出那樣的行為。類似的行跡也只能存在於李娃、霍小玉、崔鶯鶯此等風塵女子的身上與價值觀中，而該類女性並不能稱之為「佳人」。《紅樓夢》裡足以擔任「佳人」的完美女性典範也唯有寶釵和襲人，但鑑於襲人的丫鬟身分，因此仍把寶釵作為佳人的典型，那也有脂批為依據。

寶釵除了道德上無可非議之外，學問對她的人格境界乃是至關重要的。脂硯齋曾在第二十二回給予評價：

> 瞧他寫寶釵，真是又曾經嚴父慈母之明訓，又是世府千金，自己又天性從禮合節，前三人之長並歸於一身。前三人向有捏作之態，故惟寶釵一人作坦然自若，亦不見踰規踏矩也。

當時是元宵節慶，內闈女眷團聚說笑取樂，但因為賈政在場，大家都不免感到拘束，這一段脂批中提到的「前三人」分別指寶玉、黛玉和湘雲，三個人的個性十分不同，但寶釵卻能夠將他們的優點都並歸於一身，而兼具眾人之長，堪稱一位集大成的女性。因此前三人在賈政面前都有扭捏之態，唯獨寶釵能夠坦然自若，卻亦不見踰規越矩，達到只有古稀之年的孔子才能企及的境界，即「從心所欲，不逾矩」。

此外，第二十回脂硯齋還評論寶釵道：

若一味渾厚大量涵養，則有何令人憐愛護惜哉。然後知寶釵襲人等行為，並非一味蠢拙古版，以女夫子自居。當綉幰燈前，綠窗月下，亦頗有或調或妬，輕俏艷麗等說。不過一時取樂買笑耳，非切切一味妬才嫉賢也，是以高諸人百倍。不然，寶玉何甘心受屈于二女夫子哉，看過後文則知矣。

可見寶釵是一位活潑靈動的君子，絕非迂腐古板的女夫子，這也才是真正懂學問的人會具備的特徵。關於寶釵與黛玉二人的差異，脂硯齋的另一段批語給出了不同於一般的認識視角：

寶釵可謂博學矣，不似黛玉只一《牡丹亭》，便心身不自主矣。真有學問如此，寶釵是也。

以黛玉作為參照系，在第二十三回裡，她聽到《牡丹亭》中「如花美眷，似水流年」與「良辰美景奈何天」之類的語句，身心便受到很大的震撼，從而「如醉如痴，站立不住，……不覺心痛神痴，眼中落淚」。對讀者而言，這是十分感人且具有強烈感染力的畫面，也是閱賞文學作品能夠達到的高妙境界，但脂硯齋為我們提供另外一種看法，即認識事物並不是只有一種角度，除直接的、強烈的感覺之外，還有一種理性的、智慧的洞視。黛玉在閱讀中表現出個性的靈慧，她擁有纖細易感的靈魂，對於充滿詩性感傷的戲曲語詞有著很大的反應，因此她是一位十分靈動的女孩子。然而從另外一個角度來看，不過幾句話便足以令黛玉心動神搖，幾乎承受不住，那麼黛玉人格的穩定力是十分值得懷疑的。從文本的描寫及脂硯齋的評論，可知當黛玉的心靈被觸動以後，對身體的控制也隨之完全弱化，整個人蹲倒在山石上流淚，可見她這個人的自主性、自我控制力太過薄弱，容易受到影響，此之謂「心身不自主」。相較之下，寶釵則大不相同，她的博學帶給自己一種高度的人格穩定力，並且可以從中獲得超越，因此寶釵能夠從更大的整體範疇來看待眼前當下的感動，使得那般強烈的感動不至於動搖到自己的根基，這便是學問帶給寶釵的一種力量。

如果我們據此推測寶釵缺乏文學審美能力，那就大謬不然了。實際上，寶釵不僅所作的詩可與黛玉平分秋色，藝術才華之高無可置疑。此外，她更能夠欣賞唯獨解脫開悟者始能觸及的幻滅美學，那便不是黛玉之所能。試看在第二十二回寶釵的生日宴上，她點了《魯智深醉鬧五臺山》這齣戲，內有〈寄生草〉一支，曲文道：「漫搵英雄淚，相離處士家。謝慈悲剃度在蓮臺下。沒緣法轉眼分離乍。赤條條來去無牽掛。那裡討煙蓑雨笠捲單行？一任俺芒鞋破缽隨緣化！」當時寶玉誤以為那只是一齣譁眾取寵的熱鬧戲，而寶釵卻能夠領略〈寄生草〉的空無、茫然與幻滅，這豈非一種靈透的稟賦？並且寶釵對此齣戲文的欣賞玩味與黛玉痛哭流淚的感動截然不同，她能夠默默領會和靜靜欣賞戲文的蒼涼之美，並把戲文吸收成為自己內在心靈的另一種深度，而不是像黛玉一樣身心不能自主。

總歸一句話，真正的佳人不僅要合乎禮教，要得體大方，能夠面面俱到，最重要的是要培養出一種厚實穩定的心靈力量，學問即提供了一大助力。《紅樓夢》對佳人的要求在於：不能因為肚子很餓，就像劉姥姥一樣地狼吞虎嚥，也不能因為青春萌動或情竇初開，便去待月西廂，那非但不是佳人之舉，反而是人性本能的奴隸。脂硯齋提供了一個不同的思考，讓我們深入認識《紅樓夢》的女性：知道自己想要做怎樣的人，並努力鑄造那般的個性，甚至改造自己的本能，這才是脂硯齋所要表達的個性的意義。就人性的角度而言，我十分認同脂硯齋的批語。總而言之，脂硯齋告訴我們，學問使靈魂得以昇華，同時也是帶給個人新生自主的強大且真實的力量來源。學問是幫助我們心靈成長壯大，進而成就自我的一種力量，不唯對寶釵是如此，對每一個人也都適用。

另一個可用來佐證寶釵之完美的案例，即第五回賈寶玉神遊太虛幻境時聆聽的套曲之一〈終身誤〉，那是針對寶釵所安排的，且看曲文說道：

> 都道是金玉良姻，俺只念木石前盟。空對著，山中高士晶瑩雪；終不忘，世外仙姝寂寞林。嘆人間，美中不足今方信。縱然是齊眉舉案，到底意難平。

值得注意的是，其中的「金玉良姻」往往被寫作「金玉良緣」，屬於文本流傳時所產生的訛誤，也表現出讀者常見的粗疏大意，以至於想當然耳地錯用。這段歌詞表現了寶玉對黛玉堅如磐石、韌如蒲葦般忠貞不移的情感，然而我們卻不能因此便推論寶釵不好，更不可就此斷定寶玉討厭寶釵。讀者的直覺式推論常常粗略又不合邏輯，需要我們仔細地澄清：這闋曲文固然表明了寶玉對黛玉情有所鍾，但我們絕不能據此便認為黛玉是各方面都完美無缺的人，俗話說「情人眼裡出西施」，人與人之間的愛情大多出自於一種無法解釋的原因，而該種動因並不完全與對方的好壞直接相關聯，以至於愛上後才發現對方有問題的情況屢見不鮮，更何況如果我們是盤算過對方的客觀條件以後才對他（她）抱持愛情，那樣的真情恐怕也十分令人懷疑。

因此，由寶玉對黛玉的偏愛而推論黛玉是最好、最完美的人，乃是讀者很容易出現的一種盲點，殊不知愛情的神奇之處就在於：儘管又遇到一個更好的人，可是內心仍然情有所鍾！寶玉對寶釵便是如此，寶玉心中的空缺只能由黛玉來填補。而寶釵雖然是一位完美的女性，但寶玉已經先一步鍾情於黛玉，於是只好辜負寶釵，此所以第二十回寶玉在安撫黛玉時，說的便是：「你這麼個明白人，難道連『親不間疏，先不僭後』也不知道？我雖糊塗，卻明白這兩句話。」其中完全沒有批評寶釵的意味。

寶釵在曲文裡被稱為「山中高士晶瑩雪」，典故出自明代高啟的《梅花九首》之一，詩中云：「雪滿山中高士臥，月明林下美人來。」足證其崇高人格得到高度的讚美，由此可見，我們必須用謹慎、仔細和靜謐的態度來思考作者之意，倘若把很多東西混在一起，最終只能得到自己的成見，根本對自己的成長毫無幫助。「山中高士晶瑩雪」絕無以負面角度去批評寶釵的意涵，相反地，那是一種客觀的讚揚，小說家的重點在於強調愛情是不講道理的，而愛情的浪漫特質也在於此。經過客觀條件的計算才愛上對方，那般的情感隨時會被取代，真正的愛情絕非如此。因而，我們絕不能混淆範疇並做出錯誤的推論，並對特定的人物橫加抨擊和否定，這是特別需要讀者注意的地方。

紅樓夢公開課（二）：細論寶黛釵卷

2024年1月初版　　定價：新臺幣580元

著　　者	歐麗娟
叢書編輯	杜芳琪
校　　對	蘇淑君
	林瑞能
整體設計	李偉涵

出版者	聯經出版事業股份有限公司
地址	新北市汐止區大同路一段369號1樓
叢書編輯電話	(02)86925588轉5394
台北聯經書房	台北市新生南路三段94號
電話	(02)23620308
郵政劃撥	帳戶第0100559-3號
郵撥電話	(02)23620308
印刷者	文聯彩色製版印刷有限公司
總經銷	聯合發行股份有限公司
發行所	新北市新店區寶橋路235巷6弄6號2樓
電話	(02)29178022

副總編輯	陳逸華
總編輯	涂豐恩
總經理	陳芝宇
社長	羅國俊
發行人	林載爵

行政院新聞局出版事業登記證局版臺業字第0130號

本書如有缺頁，破損，倒裝請寄回台北聯經書房更換。　ISBN 978-957-08-7159-3 (平裝)
聯經網址：www.linkingbooks.com.tw
電子信箱：linking@udngroup.com

國家圖書館出版品預行編目資料

紅樓夢公開課（二）：細論寶黛釵卷/歐麗娟著．
初版．新北市．聯經．2024年1月．576面．17×23公分
ISBN 978-957-08-7159-3（平裝）

1.CST：紅學　2.CST：研究考訂

857.49　　112018028